歷代駢文精華

吴云　编

广西师范大学出版社
GUANGXI NORMAL UNIVERSITY PRESS
·桂林·

LIDAI PIANWEN JINGHUA

图书在版编目（CIP）数据

历代骈文精华 / 吴云编. —桂林：广西师范大学出版社，
2019.12（2024.4 重印）
ISBN 978-7-5598-2344-1

Ⅰ. ①历… Ⅱ. ①吴… Ⅲ. ①骈文—作品集—中国—古代
Ⅳ. ①I222.5

中国版本图书馆 CIP 数据核字（2019）第 240474 号

广西师范大学出版社出版发行
（广西桂林市五里店路 9 号　邮政编码：541004
网址：http://www.bbtpress.com）
出版人：黄轩庄
全国新华书店经销
广西广大印务有限责任公司印刷
（桂林市临桂区秧塘工业园西城大道北侧广西师范大学出版社
集团有限公司创意产业园内　邮政编码：541199）
开本：720 mm ×1 000 mm　1/16
印张：27.75　字数：530 千字
2019 年 12 月第 1 版　2024 年 4 月第 4 次印刷
定价：68.00 元

前　言

骈文常被后世赞誉为美文,它是中华民族文化遗产中的精华之一。骈文的特点有三:一、语句为骈偶(对仗)和"四六";二、语言平仄相对;三、遣词多用典和藻饰(追求辞藻华丽或称丽辞)。

我们从古籍中去观察文章的骈体,可见它的渊源是颇为久远的。在经书方面,阮元在《文言说》中说:"《文言》数百字,几于句句用韵,孔子于此发明乾、坤之蕴,诠释四德之明,几费修词之言,冀达意外之言,要使远近易诵、古今易传,公卿学士皆能记诵,以通天地万物,以警国家身心。不但多用韵,抑且多用偶。"刘勰《文心雕龙·丽辞》引《尚书》中的《大禹谟》:"皋陶赞云:'罪疑惟轻,功疑惟重';益陈谟云:'满招损,谦受益';岂营丽辞,率然对尔。"后人言丽辞者,遂均以此为证。其实,此篇中也还有"任贤勿贰,去邪勿疑""德惟善政,政在养民"等,都是骈偶。

《诗经》的骈文特点主要体现在藻饰方面:

昔我往矣,杨柳依依。今我来思,雨雪霏霏。(《小雅·采薇》第六章)

昔我往矣,黍稷方华。今我来思,雨雪载涂。(《小雅·出车》第四章)

诸子中的藻饰,处处可见,例如《论语》第一章:

学而时习之,不亦说乎?有朋自远方来,不亦乐乎?人不知而不愠,不亦君子乎?

《老子》全文有韵,而且每章均有骈句,或全用俪辞。例如"上礼为之,而莫之应,则攘臂而扔之",便是押韵的。又如"处其厚而不居其薄,处其实而不居其华",便是骈偶句。

屈原《离骚》开头说:“帝高阳之苗裔兮,朕皇考曰伯庸。”屈原于此,“岂营丽辞,率然对尔”。屈原的著作中,运用对偶和丽辞的例子极多,此处不赘述。

在先秦时代文人著作中,体现骈文特点最为明显的,首推秦李斯的《谏逐客书》:

臣闻地广者粟多,国大者人众,兵强则士勇。是以泰山不让土壤,故能成其大;河海不择细流,故能就其深;王者不却众庶,故能明其德。……

此文较多地运用了对偶、铺陈、藻饰,初步具备了骈文形态。

汉代文章秉承先秦的余绪,仍然是骈文与散文兼用的风格。然而,另一方面却又是文章演变中一个重要的时期,即骈文与散文分歧时期。

西汉的赋作家贾谊、枚乘、司马相如等,他们的赋中,骈文因素比先秦时代显然有所加强。司马迁的著作,特别是《史记》,成了后世散文之祖。然而,就他的文章本质看来,仍骈散兼行。曾涤生《送周荇农南归序》里对此有重要议论。他说:“自汉以来,为文者莫善于司马迁。迁之文,其积句也皆奇,而义必相辅,气不孤伸,彼有偶焉者存焉。”汉代文风可以用《史记》作代表。概括起来,西汉的文章来得淳朴自然,也可以说散文的调子多于骈文。例如贾谊的《过秦论》《陈政事疏》等作品,洋洋洒洒,均是以散文行文的,但也不能忘情于骈体,时有俪句。邹阳《狱中上书》中的警句“里名胜母,曾子不入;邑号朝歌,墨子回车”,以及枚乘的《七发》里的“且夫出舆入辇,命曰蹷痿之机;洞房清宫,命曰寒热之媒;皓齿蛾眉,命曰伐性之斧;甘脆肥脓,命曰腐肠之药”,乃是成俳的骈句,完全是同字数偶对,也是骈文的最初现象。又如司马相如,虽以词赋著名,然而他的《喻巴蜀檄》《难蜀父老》均为极好的文章。特别是王褒《圣主得贤臣颂》“服絺绤之凉者,不苦盛暑之郁燠;袭貉狐之暖者,不忧至寒之凄怆”等,我们已觉出上述作者著文错落有致,不再是单调的对偶,而是出之以变化,为此音节上也得到调节而铿锵起来。

经过西汉较长时期的酝酿,骈体因素在文章中逐渐增加,为此,东汉文章的风格便显得整齐华赡,而骈文的基础由此得以奠立。此时有一个现象值得重视,那便是班固的《汉书》显现出骈俪的倾向。它和《史记》作为散文,恰成两大势力对峙,从而隐约之中成为后世骈文开山祖。曾涤生在《送周荇农南归序》一文中说:“蔡邕、范蔚宗以下,如潘(岳)、陆(机)、沈(约)、任(昉)等比者,皆师班氏者也。”正如陈天倪所说:“《汉书》为整文,上承典、谟、训、诰之遗,下立黄初、典午之则,其流为六朝骈丽,与《史记》对峙。”班固《两都赋》里的“于斯之时，都都相望，邑邑相属。国藉十世之基，家承百年之业……”这一段赋文和他的《汉书》作风相似，乃是散中带骈。东汉其他文人如张衡、蔡邕等人的文章，均以骈散兼用作文，而以骈体成分居多。由于篇幅所限，此处不再举例说明。

两汉文章演变至三国和晋代，骈文渐渐地趋于独立。骈文与散文虽然有了分化趋势，但两者都有明显的进步。仅就骈文来考察，我们看出有两点进步：其一，已经不用假借、转注等不容易了解的字眼，略知音调上的谐和并注意于炼字；其二，行文时常常用双句来表示一个意念，对仗也求工整与流利，较此前的作品有明显的进步。

三国魏骈体文大为兴盛，究其原因，尽管口头语与文字的渐渐分歧乃是促进它取得进展的一个较大因素，但也同当时政治和学术风气密不可分：一方面是帝王的提倡，另一方面则是文士的求奇。刘师培在《中国中古文学史》中说得颇为深刻：

建安文学，革易前型，迁蜕之由，可得而说。两汉之世，户习七经，虽及子家，必缘经术，魏武治国，颇杂刑名，文体因之，渐趋清峻，一也；建武以还，士民秉礼，迨及建安，渐尚通侻，侻则侈陈哀乐，通则渐藻玄思，二也；献帝之初，诸方棋峙，乘时之势，颇慕纵横，骋词之风，肇端于此，三也；又汉之灵帝，颇好俳词，下习其风，益尚华靡，虽迄魏初，其风未革，四也。

建安文学与前代不同之处有二：一为从理论上要求把文章写得华丽，即提倡藻饰。曹丕在《典论·论文》中说：“诗赋欲丽。”赋乃散文的一种文体，他们著文作诗都力求华美。汉末三国时期的曹操、曹丕、曹植父子三人，骈文写得最好的是曹植。如他的《与杨德祖书》中说：

昔仲宣独步于汉南，孔璋鹰扬于河朔，伟长擅名于青土，公幹振藻于海隅，德琏发迹于大魏，足下高视于上京。当此之时，人人自谓握灵蛇之珠，家家自谓抱荆山之玉也。

上述所引，既讲究藻饰，又体现骈偶。曹植虽然未公开提倡把文章写得华美，但他却在这方面用力甚多。曹丕的《典论·论文》及《与朝歌吴质书》，既讲究丽辞，也同样重视骈体。

“建安七子”文章写得都好，其中陈琳、王粲、孔融的文章更显得突出。如陈琳的《为袁绍檄豫州》中，写到曹操时指出：

司空曹操：祖父中常侍腾，与左悺、徐璜并作妖孽，饕餮放横，伤化虐民。父嵩，乞丐携养，因赃假位，舆金辇璧，输货权门，窃盗鼎司，倾覆重器。操赘阉遗丑，本无懿德，犭票狡锋协，好乱乐祸。

陈琳从曹操的祖父骂起，一直骂到曹操，古代为文善骂者，在陈琳之前，实为罕见。文章不仅有文采，且有气势，并重视偶对。骈文到了建安时，又比东汉前进了一步。

魏末所谓“竹林七贤”，在骈文方面较著名者，当推嵇康和阮籍。刘师培说：“嵇康、阮籍之文，文章壮丽，揔采骋辞，虽发道教之绪，实与纵横家为近者也。”(《中国中古文学史》)刘氏对嵇、阮文章的评价是颇为到位的。

骈文在汉、魏之际初步形成，到魏、晋之际，几乎所有文人、学者，无论写何种文章，均以骈体行之。西晋骈文家代表人物有张华、左思、潘岳、陆机。潘岳骈文，极重对偶，如《西征赋》起于记时，他写道：“岁次玄枵，月旅蕤宾，丙丁统日，乙未御辰。”其下又云：“生有修短之命，位有通塞之遇；鬼神莫能要，圣智弗能豫。当休明之盛世，托菲薄之陋质；纳旌弓之铉台，赞庶绩于帝室。”其主要特点为：用典较多，句以六言骈对为主，不像汉人写赋以四言散句为主。

陆机也是写骈文的高手。他的《辨亡论》分上下两篇，其下篇末段云：

夫四州之萌，非无众也；大江之南，非乏俊也。……功不兴而祸遘者，何哉？所以用之者失也。是以先王达经国之长规，审存亡之至数；谦己以安百姓，敦惠以致人和；宽冲以诱俊乂之谋，慈和以结士民之爱。……

刘勰在其专著《文心雕龙·论说》中说：“陆机《辨亡》，效《过秦》而不及，然以其美矣。”此文不仅美，对仗也颇为工整。

东晋百年间，可称之者寥寥无几，尤其是骈文大为减少，几乎很少新变可言。所不同于西晋的，唯玄风益盛，更加以佛教影响益深。沈约在《宋书·谢灵运传论》中指出：“有晋中兴，玄风独振，力学穷于《柱下》，博物止于《七篇》，驰骋文辞，义殚乎此。自建武暨乎义熙(建武乃东晋元帝司马睿第一个年号，公元317年；义熙为安帝司马德宗最后一个年号，自405至418年，距晋亡仅两年)历载将百，虽缀响联辞，波属云委，莫不寄言上德，托意玄珠，遒丽之词，无闻焉尔。仲文(殷仲文)始革孙(绰)、许(询)之风，叔源(谢混)大变太元(东晋孝武帝司马曜年号，376—396)之气。”说的正是东晋百年间的文学衰风。

东晋时文坛上写骈文较为著名者有：刘琨、郭璞、葛洪、孙绰、陶渊明。陶渊明有辞赋三篇：《感士不遇赋》《闲情赋》《归去来兮辞》。上述三篇均为骈体。

《感士不遇赋》序的开端言董仲舒、司马子长先有此作，显然是说自己的处境有如前人，因此"慨然惆怅"，写了此赋。序用骈文写道："夫履信思顺，生人之善行；抱朴守静，君子之笃素。自真风告逝，大伪斯兴，闾阎懈廉退之节，市朝驱易进之心。怀正志道之士，或潜玉于当年；洁己清操之人，或没世以徒勤。故夷、皓有'安归'之叹，三闾发'已矣'之哀。"行文虽较质朴，但骈偶颇为鲜明。

骈文致力于技巧，结果虽然使文章走上了浮靡轻艳之路，但就文章本身来看，它脱离了散文的羁绊而独立起来，所以六朝时代可以说是骈文成熟和鼎盛的时代，它自己也因而有了独立的生命价值。此种情况，在刘宋一开端，整个南朝被浸润在雕饰自炫的潮流里。刘宋时，文学和儒学、玄学、史学出现了分别。当时享有盛名的作家有颜延之、谢灵运、鲍照等人。骈文较高境界有三：一是对仗的精核，二是用字的清新，三是声调的新奇。谢灵运和鲍照所致力处便在此。试看《艺文类聚》卷八所载的《岭表赋》："顾后路之倾巘，瞻前磴之绝岸；看朝云之抱岫，听夕流之注涧。罗石棋布，怪谲横越；非山非阜，如楼如阙。斑采类绣，明白若月。萝蔓绝攀，苔衣流滑。"从这一段引文中可看出谢氏之骈文对偶工整，辞藻华丽，全用四字句和六字句，骈文的因素几乎具备。

在文学史上鲍照以诗著称，其实他的骈文亦为六朝之杰出者。今存鲍照文十篇，表、疏十篇，启九篇，颂、铭六篇，碣文一篇。尽管他的文章散佚较多，就仅存者也可看出他的骈文之高妙。特别是他的《芜城赋》，不愧为其代表作。芜城指广陵的故城。自宋文帝元嘉二十七年(450)至孝武帝大明三年(456)，仅六七年间，广陵已两遭兵祸，残败不堪，千里荒芜，鲍照于此时登楼远望，颇为感伤，有感而作此赋。

南齐的年代很短，仅二十余年，但文学却出现了繁荣，其突出的例子是声律说的兴起。运用于诗文的写作上，在色彩之外又加上了声音之美。"永明体"主要指诗，却也不能排除骈赋和骈文。由于齐的年代短，有些作家原仕于宋，入齐之后，就成为齐代文学家；有些在齐代文坛上就成了名，入梁后，领袖文坛，遂被视为梁朝人；甚至如沈约者，历仕三代，永明时与王融、谢朓等并为"新变"，却被论者置于梁代。撰写史传，此种错综纠葛固所难免。《魏书·江式传》言："晋世义阳王典祠令任城吕忱表上《字林》六卷。……忱弟静别放故左校令李登《声类》之法，作《韵集》五卷，宫、商、角、徵、羽各一篇。"此证音律之学，声韵之辨，乃早起于魏、晋之世。特将音韵之学运用于文章创作之中，则始于南齐永明之时。《南史·庾肩吾传》说"齐永明中，王融、谢朓、沈约始用四声，以为新变"，就是指此。上述三人写诗和骈文，均有意地运用平、上、去、入四声。

梁陈的骈文，特别是陈朝乃骈文的鼎盛时代。这时造就了两个杰出的人才——徐陵和庾信，而骈文于此时达到了巅峰。许梿评徐陵《玉台新咏序》时指出："骈语至徐、庾，五色相宣，八音迭奏，可谓六朝之渤澥、唐代之津梁。"尤其庾信，在北朝以羁旅之臣写故园乡关之思，所以他的文章情感之丰富，无可伦比。杜甫诗云："庾信文章老更成，凌云健笔意纵横。今人嗤点流传赋，不觉前贤畏后生。"倒是颇能说出他的好处来。庾信的《哀江南赋并序》乃是骈文中之极品，又是骈赋中的典范。庾信的骈文，四六、藻饰、骈偶、用典的特点均已具备，且文中饱含着感情，读之令人感动。

论及梁、陈骈文，有两个人和两部书是不能忽视的：其一为萧统及他所编的《文选》，另一个是刘勰及其所著的《文心雕龙》。《文选》不但集录了梁代以前优秀的诗，也选了骈文，成为一部继往开来的巨构。萧统的一篇序文还强烈地反映了当时文士对于文学的观念——唯有能令人发生美感的，才算真正的文学作品。这与骈文发展的命运大有关系，因此，后来有一种以《文选》为研究对象的"选学"。促成《文选》为专门学问的原因，乃是唐代以辞赋取士，而《文选》则为必读的教科书之一。唐谚说"《文选》烂，秀才半"，足以见它力量之伟大了。

《文心雕龙》是一部文学理论专著，刘勰是在梁之前唯一用骈体文写专著的人。在这部专著中，讨论文章作法的二十余篇论文里面所讲的种种法则，为研究骈文者不可不知。他在《文心雕龙·丽辞》中说：

> 故丽辞之体，凡有四对：言对为易，事对为难；反对为优，正对为劣。言对者，双比空辞者也；事对者，并举人验者也；反对者，理殊趣合者也；正对者，事异义同者也。长卿《上林赋》云："修容乎《礼》园，翱翔乎《书》圃。"此言对之类也；宋玉《神女赋》云："毛嫱障袂，不足程式；西施掩面，比之无色。"此事对之类也。

庾信所处的时代，在南朝除了诗以外，写史书、应用文等方面，也多使用骈文的形式。这一点可以证明骈文风行之广了。因此，我们认为六朝是骈文的黄金时代，一方面因为骈文的文字技巧已经成熟，另一方面，也由于骈文这种体裁在这一时期已普及了。

尽管骈文控制了那个时期，成为当时文体的盟主，然而却不曾有"骈文"这个名称。梁简文帝《与湘东王书》中说："若以今文为是，则古文为非；若昔贤可称，则今体宜废。"他所说的"今体"，当然是指骈文而言的。刘勰《文心雕龙》中讨论骈偶的文章,有《丽辞》一篇,他的所谓"丽辞",即是专指骈体文的。显而易见,那时候"骈文"名称尚没有确定。至于现在所用以与散文对称的"骈文"一词,乃是起于唐代柳宗元的《乞巧文》:"骈四俪六,锦心绣口。"而当时之所以称为"今文",称为"丽辞"者,乃是几个假定的名词,正像词体在五代时尚有人称作"曲子""曲子词""乐府""诗余"一样。"骈"的本字是四马之车,因为"丽辞"重在排偶,所以定名为"骈文"。"骈文"这个名称确立在清代,其实这时候的骈文已经在衰落期了。

唐初的骈文,仍沿袭六朝的余习而没有明显的改变。骈文成绩显著者首推唐太宗。唐太宗不仅能打天下和治理天下,也是能诗善赋,并长于骈文。他的主要文章有《大唐三藏圣教序》《晋书·王羲之传论》《晋书·武帝总论》等。谢无量在《骈文指南》中指出:"唐兴,文士半为陈、隋之遗彦,沿徐(陵)、庾(信)之旧体。太宗本好轻艳之文,首用瀛洲学士参与密勿,纶诰之言,咸用俪偶。"当时的文人,如虞世南、许敬宗、李义府、王绩等人所写的论赞,也都迎合太宗所好,均用骈体。同时,《文选》学到那时也大为兴盛,科举教科书即是骈文,因此骈文的势力依旧统治了当代。《旧唐书·王勃传》说:"唐高宗时,王勃、杨炯、卢照邻、骆宾王四人以文章齐名,时称四杰。"许梿《六朝文絜》说:"六朝小赋,每以五七言相杂成文,其品教疏越,自然远俗,初唐四子,颇效此法。"整篇文章,不用四六言固定的形态,而常参以五七言来调剂其句调,因此,它的意味便不会流于平板、单调了。然而六朝骈文的散逸,不过是出于无意之中技巧的炫弄,使得文章生出跌宕的风致,唐代的刻意为文自然与之有些不同。

如骆宾王,以五七言相杂成文的特点在《代李敬业传檄天下文》中就有体现。此文开篇大骂武则天的"秽乱春宫"以及"近狎邪僻,残害忠良;杀姊屠兄,弑君鸩母"等罪恶,结尾处规劝武则天的左右及下属时指出:"公等或家传汉爵,或地协周亲;或膺重寄于爪牙,或受顾命于宣室。言犹在耳,忠岂忘心?"此段开头两句便是运用五七言来调剂句调。

骈文由于格式固定,束缚了思想的表达,唐初便有人试图改变此种局面。但真正反对六朝骈俪,提倡秦汉古文的要算唐德宗和唐宪宗时的韩愈、柳宗元。韩愈、柳宗元并未把他们提倡的文体定名为"古文"。所谓"古文"这一专门名词的由来,乃是后人所题。刘师培在《论文杂记》中说:

唐人以笔为文,始于韩、柳。昌黎(韩愈)自述其作文也,谓沉潜秾郁,含英咀华,作为文章,上规姚、姒、《盘》、《诰》、《易》、《诗》、《春秋》、《左氏》,下逮

《庄》、《骚》、太史(司马迁)、子云(扬雄)、相如(司马相如),以闳中肆外。而子厚(柳宗元)亦有言,谓每为文章,本之《书》、《诗》、《礼》、《春秋》、《易》,参之《穀梁》以厉其气,参之《孟》、《荀》以畅其支,参之《庄》、《老》以肆其端,参之《国语》以博其趣,参之《离骚》以致其幽,参之太史以著其洁。此韩(愈)、柳(宗元)为文之旨也。

综上所述,我们不难看出:韩愈、柳宗元所提倡的"古文",即先秦和西汉司马迁等人的文章。唐代文章,从初唐就有变化,再经过韩愈、柳宗元的倡导,文风的骈散兼用逐步推广开来。

将"四六"作为骈文的专称,始于晚唐李商隐。孙德潜《六朝丽指》说:

"四六"之名,当自唐始。李义山(李商隐)《樊南甲集》序云:"作二十卷,唤曰'樊南四六'。"知文以四六为称,乃起于唐,而唐以前则未之有也。

李商隐提倡"四六",大概是要使后来作者有法可循。和律诗绝句一样,四字一句,六字一句,以及平声、仄声相间为用,可以使文章的调子不至于流为呆板,而有柔和调匀的感觉,所以他特别提出"四六"两个字来。一般人认为"四六"即是骈文,这是不对的。它们的差别虽然是细微的,但骈文较为自由,"四六"更为工整,骈文未必一定四字一句、六字一句。"四六"之所以盛行,李商隐文章之精巧对后代的影响,实不可忽视。

宋代骈体文已渐至衰败。若就骈文发展而言,到唐代已经不能再前进,故自唐初起,便衰而屡变。因此,五代的五十几年中,就没有一个能被写进骈文史的骈文家。宋代沿袭唐旧,故士子文章,应科举,求仕上达,就不能不学作骈文,也不能不学作"四六"骈赋。明达之士在完成了进士以后,一面既有鉴于"四六"文章之弊而转向古文,一面却还要用骈体写内外制诰,以完成官职对他的要求。在两宋三百二十年间,文人学子对这僵化的"四六"骈文,也不会毫无变革,这是必然的。但任何变革都必然把"四六"骈文推向死亡的绝路,而不能使它重新繁荣,发出光辉。如大政治家、大诗人、大文学家王安石始创的"经义",后来被称为"制艺"的八股文的前身,其实就是"四六"骈文的变种,一直影响了明清五百多年的士子,便是"四六"变革的显例。

力争写骈文与写散文有同样自由的作家,在宋代当推欧阳修和苏轼。因此骈文到了欧阳修、苏轼,一反李商隐的作风,开拓了另一个新世界。程杲《四六丛话序》说:

宋自庐陵(欧阳修)、眉山(苏轼)以散行之气运对偶之文,在骈体中另出机杼，而组织经传、陶冶成句，实足跨越前人。要之，两端不容偏废也。由唐以前可以征学殖，由宋以后可以见才思。苟兼综而有得焉，自克树帜于文坛。

上述评价是公允的，说欧阳修、苏轼的“组织经传、陶冶成句，实足跨越前人”的功绩，令人信服。例如欧阳修《谢复龙图阁直学士表》一文中说“苟临危效命，尚当不顾以奋身；况为善无伤，何惮竭忠而报国”，这是五字七字句。又例如苏轼在《谢量移汝州表》一文中写道：“既无片善可纪于丝毫，而以重罪当膏于斧钺。”这是九字排句。此类例子尚多，此处不赘。此外，宋代骈文家还有王禹偁，他的《待漏院记》颇为著名。

金元时代的骈文，仍沿袭着宋代的余风，总体上呈衰败之势。元朝以蒙古人入主中原，不懂汉文，所以史官往往拿生肖纪年，如“兔儿年”“虎儿年”等。那时的教育政策，既不准蒙古人学习汉文，同时也不许汉人学习蒙文。因此，政府所颁发的文告里，也常使用俚言俗语。出现白话的纪事文和文告，固然因为蒙古人的汉文水平低，但也可见白话文的流传连绵不绝，能与骈文、散文保持着平衡。金元时的骈文，全为应付考试而作，多半随着题目敷衍成文，没有自己的性格，自然也不会有出色的文章了。但骈文却因为它们有专门的用处，才得以与散文同时流传，而不致成为古董。

骈文到了明代更趋衰落，此时虽有骈体文，但已不再处于重要的地位。本来散文的抬头，无异为骈文敲响了警钟，但在宋、元彼此消长的际会，骈文还可以有苟延残喘的余地，犹如好歌一阕，终了还有袅袅余音。一直迁延到明代，它的余势已尽，再没有振起的力量了，便被散文取代了统治地位。因此，明朝一代文章的变迁，出现模仿古文，学习唐宋和自抒灵性等派别，虽然他们的主张有所不同，但是他们的努力却向着同一目标前进，即把散体传播开来，成为有明一代最通行的文体。明朝骈文较可称道的是袁中道（1570—1626）的《西山十记》和牛金星（生卒年未详）的《讨明檄》，大体如是而已。

清代的骈文，被有些评论家说成复兴时期，其实仅是回光返照而已。尽管作家、作品大量产生，但它的艺术魅力和气势，同六朝和初唐骈文绝不能同日而语。清代骈文多取盛中唐及北宋人所走的路，以清新灵秀、平质疏峻见长。清代骈文代表作家有陈维崧、毛奇龄、朱彝尊、邵齐焘、袁枚、洪亮吉、吴锡麟、李慈铭、王闿运等人。此外，清代骈文复兴，还体现在大量选本、论著、别集的出现。论著有陈维崧《四六金针》、孙梅的《四六丛话》；选本有许梿的《六朝文絜》、彭云的《宋四六选》、吴鼒的《八家四六文钞序》、张寿荣的《后八家四六文钞》、曾燠的《国朝骈体正宗》、张鸣珂的《国朝骈体正宗续编》等。

骈文的没落期是在“五四”新文化运动之后。此处所说的没落，是指骈文这种特殊的文体已逐渐减少，但并不是说此后便没有骈文了。有少数人作文仍用骈体，只是并非规范的骈文；有些人用白话作文，文中骈偶句与散句互现。此种历史的相似，值得朋友们重视。例如著名作家孙犁，他晚年所著十本小书，多为骈散并用。故我称孙犁文章“老更成”。

目 录

秦汉魏晋骈文

南北朝骈文

隋唐五代骈文

宋元明清骈文

秦汉魏晋骈文

怀良辰以孤往，或植杖而耘耔。登东皋以舒啸，临清流而赋诗。

——晋·陶渊明

李斯(?—前208),楚上蔡(今河南上蔡西南)人。入秦后,初为吕不韦舍人,后被秦王政任为客卿。秦统一六国后,任丞相。反对分封制,主张焚《诗》《书》,禁私学,以加强专制主义中央集权的统治。秦始皇死后,他追随赵高,合谋伪造遗诏,迫令秦始皇长子扶苏自杀,立少子胡亥为二世皇帝。后为赵高所忌,被杀。他以"小篆"为标准,整理文字,对我国文字统一有一定贡献,泰山、琅琊等刻石,传说均为他手书。

谏逐客书

李斯

【一段】

臣闻吏议逐客,窃以为过矣。窃:私自。在文言中,向别人,特别是向上级或尊长表示个人意见时,常用"窃"字,含有自谦的意味。过:错误。

【译文】

我听说官吏们议论驱逐外国的客卿,我私下里认为是错误的。

【二段】

昔穆公求士,穆公:秦穆公,春秋五霸之一。公元前659—公元前621年在位。秦国从他那时候才明显强大起来。**西取由余于戎,**由余:春秋时秦国大夫,其祖先原为晋人,逃亡入戎。初在戎任职,后转入秦,帮助穆公伐西戎,灭国十二,开地千里。戎:当时对西部少数民族的总称。**东得百里奚于宛,**百里奚:楚宛人。初事虞公。虞亡,遂入秦。**迎蹇叔于宋,**蹇叔:岐州人。游宋,秦迎之于宋。**求邳豹、公孙支于晋。**邳豹:郑大夫邳郑之子。因其父被杀,自晋奔秦。公孙支:岐州人。游晋,后归秦。**此五子者,不产于秦,而穆公用之,并国二十,**并国二十:这些国都是西戎的部落。**遂霸西戎。孝公用商鞅之法,**孝公:秦孝公,公元前361—公元前338年在位。商鞅:卫国人,姓公孙,名鞅。入秦,劝秦孝公变法,有战功,封商十五邑,号商君。后称商鞅,又称卫鞅。**移风易俗,民以殷盛,**殷盛:殷实强盛。**国以富强,百姓乐用,**乐用:乐于被驱遣。**诸侯亲服,获楚、魏之师,**获:俘获。此处泛指战胜。秦孝公二十二年,商鞅击败魏军,俘获魏公子卬(áng)。**举地千里,至今治强。**举:攻取。治:政治安定。**惠王用张仪之计,**惠王:秦惠王,也称惠文王。张仪:魏国人,纵横家。**拔三川之地,**拔:攻取。三川之地:在洛阳一带。三川指黄河、洛水、伊水。**西并巴、蜀,北收上郡,**西并巴、蜀:公元前316年,惠王命司马错领兵灭蜀。上郡:今在陕西绥德等县,原属魏国,魏屡败于秦,秦惠王十年,魏纳上郡十五县于秦。**南取汉中,**汉中:原是楚地。**包九夷,制鄢、郢,**包:兼并。九夷:此处泛指散居在当时楚国境内的若干少数民族。鄢(yān)、郢:楚国先后建都的地方。**东据成皋之险,**成皋:要塞名,即今河南省荥阳县的虎牢。**割膏腴之壤,遂散六国之从,**从(zòng):以抗秦为目的的六国联盟。**使之西面事秦,功施到今。**施(yì):延,延续。**昭王得范雎,**昭王:秦昭王,公元前306—前251年在位。范雎(jū):魏国人。**废穰侯,逐华阳,**穰(ráng)侯:魏冉。华阳:华阳君,名芈(mǐ)戎。魏冉和华阳君,都是秦昭王的母亲宣太后的弟弟,专权骄横。**强公室,杜私门,**公室:王室,朝廷。杜:塞。**蚕食诸侯,使秦成帝业。此四君者,皆以客之功。由此观之,客何负于秦哉?向使四君却客而不内,**向使:假若,倘使。却:拒绝。内:同"纳"。**疏士而不用,是使国无富利之实,**是:此。**而秦无强大之名也。**

［译文］

从前秦穆公招求士人,从西戎得到谋士由余,从东方楚国宛地得到百里奚,从宋地迎得蹇叔,从晋国求得邳豹和公孙支。上述五人,不是秦国出生,但秦穆公能重用他们,因而可以灭掉二十个西戎小国,在西戎成就霸业。秦孝公用卫国商鞅的变法,移风易俗,使秦国殷实强盛,国家也因此富强起来,百姓乐于被驱遣,诸侯们都亲近秦国并表示服从。战胜楚国和魏国的军队,攻取千里土地,到现在政治安定,国家富强。秦惠王用魏国纵横家张仪的计谋,攻取洛阳一带的土地,西边吞并了巴、蜀等要地,北方收取魏国上郡十五个县,南方收取了楚地汉中,兼并楚国境内的少数民族,控制了鄢地和郢地。在东方占据了河南荥阳县的虎牢,割取肥沃的土地,从而解散了六国联盟,并使他们向西方侍奉秦国,其功业延续到今天。秦昭王得到魏国人范雎,废除穰侯魏冉,驱逐了华阳君芈戎,强大了王室,杜塞了私门,蚕食各诸侯国,使秦国成就了帝王之业。这四个君王(成就霸业),都是因为任用了外国的谋士。从这些地方看,客卿有什么对不起秦吗?假如上述秦国四个君王拒绝外国宾客而不接纳,这会使秦国没有富利的实,更没有强大的名。

【三段】

今陛下致昆山之玉,昆山:也叫昆冈,在新疆维吾尔自治区境内,有名的产玉地。**有随和之宝**,随和之宝:即随侯珠、和氏璧,都是有名的珍宝。**垂明月之珠**,明月之珠:即夜明珠。**服太阿之剑**,服:佩带。太阿:宝剑名,春秋时吴国干将所铸。**乘纤离之马**,纤离:骏马名。**建翠凤之旗**,建:树立。翠凤之旗:用翠凤的羽毛装饰的旗。**树灵鼍之鼓**。灵鼍(tuó)之鼓:用鼍皮蒙的鼓。鼍:俗名猪婆龙,鳄鱼类。**此数宝者,秦不生一焉,而陛下悦之,何也?必秦国之所生然后可,则夜光之璧,不饰朝廷;犀象之器,不为玩好**;犀象:犀角,象牙。**而郑、卫之女,不充后庭;骏良駃騠,不实外厩**;駃(jué)騠(tí):骏马。厩(jiù):马棚。**江南金锡不为用,西蜀丹青不为采**。丹青:指绘画的颜料。采:彩饰。**所以饰后宫,充下陈,娱心意,悦耳目者**,下陈:后列,指侍妾之类。**必出于秦然后可,则是宛珠之簪**,宛珠:宛地(靠近汉水)出产的珍珠。**傅玑之珥**,傅:附着。玑:不圆的珠子(此处泛指珠)。珥(ěr):耳环。**阿缟之衣,锦绣之饰,不进于前**,阿缟:东阿县(在山东省东阿县境)出产的绸子。饰:衣服领袖的边缘。**而随俗雅化**,随俗雅化:娴雅变化,而能随俗。**佳冶窈窕**,冶:艳丽。窈窕:悠闲。**赵女不立于侧也。夫击瓮叩缶**,缶(fǒu):瓦器。**弹筝搏髀,而歌呼呜呜快耳者**,搏髀(bì):拍着大腿。快耳:使耳朵感到愉快,意思是好听。**真秦之声也。郑、卫桑间**,桑间:卫国地名,在濮水上。此处指桑间之音,即郑、卫一带的音乐。**韶虞、武象者**,韶虞:箫韶、虞舜的乐。武象:周乐。**异国之乐也。今弃击瓮叩缶而就郑、卫,退弹筝而取韶虞,若是者何也?快意当前,适观而已矣**。适观:适于观听。**今取人则不然,不问可否,不论曲直,非秦者去,为客者逐,然则是所重者在乎色、乐、珠、玉,而所轻者在乎人民也。此非所以跨海内、制诸侯之术也。**

【译文】

如今陛下所喜欢的昆山的宝玉,(您)有随、和的珍宝,垂挂着夜明珠,佩带太阿宝剑,骑纤离骏马,树立翠凤宝旗,敲灵鼍大鼓。上述这些宝物,都不是秦国所产,您却非常喜欢,这是为什么呢?一定是秦国生产的您才用,那么夜光的璧玉就不会装饰朝廷;犀角象牙的器具,成不了所喜欢的玩物;郑国和卫国的美女,就不会充实后宫;骏马也不会充实马棚;江南的黄金和锡也不会被您所用,西蜀绘画的颜料也不会成为您的彩饰。用来粉饰后宫,充当侍妾,使您内心喜欢,使耳目愉悦的东西,一定要产自秦国(而后使用),那么宛地所产珍珠做成的簪子,镶着小珠子的耳环,产于山东东阿的绸子,锦绣衣服的缘饰,就不会送到您的眼前,娴雅变化而能随俗,艳丽又窈窕的赵女就不会站立在您的身边了。敲击瓮,打瓦器,弹筝拍着大腿,而歌声呜呜,感到愉快好听,乃是真正秦国的乐声。郑、卫一带的乐器,虞舜时的音乐和周氏乐,乃是异国的音乐。如今您抛弃弹筝而取虞舜和周代音乐,这是为什么呢?快乐在眼前,适于观听罢了。现在选取士人则不是这样,不问是否有用,不论性格曲直,不是秦国的人就被您驱逐,那么可以这样说,君上您看重的是声色珠玉,而人民正是您所轻视的。这不是横跨四海、制伏诸侯之道呀。

[四段]

臣闻地广者粟多,国大者人众,兵强则士勇。是以泰山不让土壤,让:辞,拒绝。**故能成其大;河海不择细流,故能就其深;**就:成就,完成。**王者不却众庶,故能明其德。是以地无四方,民无异国,四时充美,**四时充美:一年四季随时都很美好。充:完满。**鬼神降福,此五帝三王之所以无敌也。**五帝:《史记》以黄帝、颛顼(zhuān xū)、帝喾(kù)、尧、舜为五帝。三王:三代之王,即夏禹、商汤、周文王、周武王。**今乃弃黔首以资敌国,**黔首:秦称百姓为黔首。黔:黑。资:给,供给。**却宾客以业诸侯,**业诸侯:使诸侯成就功业。业:此处用作动词。**使天下之士退而不敢西向,裹足不入秦,此所谓藉寇兵而赍盗粮者也。**藉寇兵而赍盗粮:借给贼寇武器,送给强盗粮食。

[译文]

我听说土地广阔,粮食就多;国家庞大,人口就多;兵强的国家士兵就勇敢。因此泰山不拒绝一沙一石(的依附),才能成就其大;江河与大海不对融入其中的小河流挑挑拣拣,才能成就其深;作为统治者不排斥百姓,才能彰显他的恩德。因此,不论四方的土地都纳入统治,不论来自何国的百姓都同样施以恩惠,一年四季都很美好,神灵都来赐福,这就是五帝三王无敌于天下的原因。如今您却抛弃百姓来帮助敌国，驱逐宾客让别的诸侯国成就霸业，致使天下的士人退而不敢向西，缠着脚不入秦国，这就是人们所说的借给贼寇武器，送给盗贼粮食啊。

【五段】

夫物不产于秦，可宝者多；士不产于秦，而愿忠者众。今逐客以资敌国，损民以益仇，内自虚而外树怨于诸侯，自虚：（逐客以）自取虚弱。**求国无危，不可得也。**

【译文】

至于各种东西不是秦国所生产，可称为宝贝的则很多；士人不是生长于秦国，愿意效忠秦国的人也很多。如今您下令驱逐不是生于秦国的宾客来帮助敌对国家，损害了百姓的利益，使仇人受益，对内自取虚弱，对外结怨诸侯，这种政策要使国家没有危机是不可能的。

评 析

秦国势力强大以后，韩国曾派水工（能治水的人）郑国（人名）帮助秦国设计开渠，希望借此使秦国把人力用在水利事业上，以减少对韩国的军事压力。恰巧此时这件事被秦国发觉，秦国的贵族借此机会劝秦王逐客，说客卿都是为他本国的利益来秦国的，并不真心为秦国。于是秦王决定把所有的客卿都逐出，李斯也在被驱逐之列。李斯写了这篇《谏逐客书》（事在秦王政十年〔前237年〕）。此文最显著的特点，是列举很多比喻，说明不应“非秦者去”，而正面的话并没有几句。文章指出逐客非所以“跨海内、制诸侯之术”，很能打动秦王。秦王读后感到李斯是正确的，便恢复了李斯的官职。

此文较多地运用对偶、排比、铺陈，辞藻华丽，初步具备了骈文形态。因此，李兆洛在《骈体文钞》中以之为骈文开山之作，谭献称之为“骈体初祖”。

张衡(78—139),字平子,南阳西鄂(今属河南)人,东汉文学家。东汉安帝时曾任郎中、太史令、河间相、尚书等职。他是我国古代著名的学者和科学家,曾研制成候风地动仪(一种测报地震的仪器),在科学发展史上占有很重要的地位。《二京赋》《四愁诗》等是他的代表作,后人辑有《张河间集》。

归田赋[①]

张衡

［一段］

游都邑以永久,都邑:指东汉的京都洛阳。**无明略以佐时;**明略:高明的谋略。佐时:辅佐当时的君主。此句是谦句,也反映出张衡"仕不得志"的心情,"归田"的想法由此产生。**徒临川以羡鱼**,徒:空。临川羡鱼:《淮南子·说林训》有"临川而羡鱼,不如归家织网"的话。**俟河清乎未期**。俟:等待。河清:黄河河水浑浊,古代传说,黄河一千年水清一次。古人认为那是圣人出世,政治清明的象征。未期:未可预期。这句是说,等待圣人出世,政治清明,自己可以有一番作为,但这日子难以预期。**感蔡子之慷慨**,蔡子:即蔡泽,战国时燕国游士。先游说于诸侯,不被诸侯所用;后入秦,代范雎为相。慷慨:士人不得志而产生的不平心情。**从唐生以决疑**。唐生:唐举,战国时魏人,善相面。蔡泽在未得志时,曾让唐举给自己相面,得到启发,于是发愤入秦,建立了功业。决疑:指问相的事。**谅天道之微昧**,谅:实在是。微昧:幽隐难知。**追渔父以同嬉**。渔父:指隐居江湖的人。王逸在《楚辞·渔父》序中说:"屈原放逐,在江湘之间,忧愁叹吟,仪容变易,而渔父避世隐身,钓鱼江滨,欣然自乐。时遇屈原川泽之域,怪而问之,遂相应答。"同嬉:一同游乐。**超埃尘以遐逝**,超:超脱。埃尘:指污浊的世俗,与下句的"世事"同义。遐世:远走高飞。**与世事乎长辞**。长辞:告别。

［译文］

我到京师已经任职很久了,却没有高明的策略辅佐当今的君主;空有辅佐

① 此赋收于《昭明文选》。据李善注:"归田者,张衡不得志,欲归于田,因作此赋。"

君主的愿望，而无法付诸实现，等待圣人出世，政治清明，自己可以有一番作为，但这日子难以预期。有感于蔡泽因不得志而产生不平的心情，让唐生相面后，遂发愤入秦建立了功业。想到天道的幽隐难知，便想追随隐士避世隐居一同游乐，超脱污浊的世俗远走高飞，同昏暗的社会永别。

【二段】

于是仲春令月，仲春：二月；古代一月称孟春，二月称仲春，三月称暮春。令月：好月份。**时和气清。原隰郁茂**，原：高的平地。隰（xí）：低的平地。**百草滋荣。王雎鼓翼**，王雎（jū）：鸟名，鱼鹰。**鸧鹒哀鸣**；鸧鹒：黄莺。**交颈颉颃**，交颈：亲昵貌。颉颃（xié háng）：鸟上下飞翔的样子；飞而上叫颉，飞而下叫颃。**关关嘤嘤。**关关嘤（yīng）嘤：鸟鸣叫的声音。**于焉逍遥**，于焉：于此。逍遥：优游自得。此句乃《诗经》中的成语。**聊以娱情。**聊：暂且。

【译文】

在这仲春二月的好月份，时和气清。不管是高坡还是低地，都草木繁茂。鱼鹰展翅，黄莺鸟在哀鸣；它们相互亲昵，上下飞翔，不停地在鸣叫着。我在此处逍遥，暂时使心情获得快乐。

【三段】

尔乃龙吟方泽，方泽：大泽。此句和下句是说，自己在田园中啸傲自得，如龙之在泽，虎之在山，十分畅适。**虎啸山丘。仰飞纤缴**，缴（zhuó）：系在箭尾的丝绳。这句是说，自己仰射高飞的鸟。**俯钓长流。触矢而毙，贪饵吞钩。落云间之逸禽**，落：射落。逸禽：飞鸟。**悬渊沉之魦鰡。**渊沉：沉于渊底的。魦鰡（shā liú）：都是鱼名。此一段描写闲居射鸟之乐。

【译文】

在自己田园中吟啸自得，如龙之在泽号叫，虎之在山咆哮。仰射高飞的鸟，俯钓水中的鱼。碰上箭头的，就死；贪食的，便上钩；射落云间的飞禽，钓起沉于渊底的魦鰡。

【四段】

于是曜灵俄景，曜灵：太阳。俄：斜。景：同“影”，此处指日影。此句是说，夕阳西斜，天色渐晚。**系以望舒。**望舒：月亮。**极般游之至乐**，般（pán）游：游乐。

般,当“乐”讲。至乐:最大的快乐。**虽日夕而忘劬**。劬(qú):劳苦。此句是说,虽然从早到晚,但一点也不感到疲劳。**感老氏之遗诫**,老氏:老子。老氏之遗诫指老子《道德经》第十二章“驰骋畋猎,令人心发狂”的话。**将回驾乎蓬庐**。回驾:返车。蓬庐:茅屋,草舍,此处指自己的住处。**弹五弦之妙指**,五弦:五弦琴,传说乃是舜所制。妙指:美妙的音乐。指:同“旨”,意趣。**咏周孔之图书**。咏:诵读。周:周公,姓姬名旦,周武王之弟,成王之叔,辅佐成王治理天下。周的典章制度礼仪等多出自他手。孔:孔子,姓孔名丘,春秋时鲁国人,儒家学派的创始人。**挥翰墨以奋藻**,翰:笔。奋藻:写文章。藻:辞藻。**陈三皇之轨模**。陈:陈述。三皇:传说中的三个远古帝王,一般指伏羲、神农、黄帝。轨模:轨与模均当“法式”讲,此处指陈述自己的政治理想。此四句写游猎归来,弹琴读书,写作述志,也自得其趣。**苟纵心于物外**,苟:倘若能够。纵:解放、自由。物外:世俗的牵累之外。**安知荣辱之所如**?所如:何如,怎么样。结尾二句是说,如果自己的心神放于世外,忘怀一切,哪里还会考虑什么荣辱得失?

[译文]

在这时夕阳西沉,天色渐晓,月亮出来了。此乃最大的快乐,虽然从早到晚,但一点也不感到疲劳。深感老子所说的“驰骋畋猎,令人心发狂”的话是正确的,将返车回到家中。在五弦琴上弹起美妙乐曲,诵吟周公、孔子的著作;提起笔写文章,陈述自己的政治理想。如果将自己的心神放于世外,哪里还会考虑什么荣辱得失?

评析

自东汉安帝、顺帝以后,外戚、宦官当权,朝政日非。汉顺帝有一段时间曾升任张衡为侍中,讽议左右。然而宦官们终恐张衡揭露他们,永和初,张衡便被罢黜为河间相。永和三年(138),张衡六十一岁,由河间相上书乞骸骨,《归田赋》就是这时写的。

《归田赋》是一篇行文优美、感情真挚的抒情小赋。全文由四段构成,可分为两大部分。第一段说明了归田之心的产生;第二、三、四段描绘了田园的美妙景色,以及归田后的欣喜欢乐。

《归田赋》已完全不同于此前的汉大赋了,它已开始由叙事大赋转入抒情小赋;风格上已不再追求气势的铺排、辞藻的堆砌,而类似于四六的骈文,开了骈赋的先河。《归田赋》在我国文学史上占有重要的地位,是千百年来为人们所传诵的优秀篇章。

孔融(153—208),字文举,鲁国(今属山东)人,汉末文学家,“建安七子”之一。二十八岁辟举司徒尉,转为北海(今山东潍坊西南)相。曹操迎献帝都许昌,孔融被任命为少府。孔融任少府后看到曹操“挟天子以令诸侯”,极为不满,屡撰文抨击曹操,后来终于为曹操所杀。今存辑本《孔少府集》一卷。

荐祢衡表①

孔融

［一段］

臣闻洪水横流,洪水横流:大水不按原道而泛滥。**帝思俾乂**,俾乂(yì):使之得到治理。乂:治理。**旁求四方**,旁求:广求。**以招贤俊。昔孝武继统**,孝武:指汉武帝。继统:继承统治之位。**将弘祖业**,弘祖业:扩大汉高祖、文帝和景帝的业绩。**畴咨熙载**,畴咨:访求。熙载:发扬功业。**群士响臻**。响:声音。臻:到达。“昔孝”以下四句写汉武帝为了扩大祖宗的业绩,访求贤才,四方之士如响之应声迅速到达。**陛下睿圣**,陛下:指汉献帝。睿圣:睿智圣明。**纂承基绪**,纂承:继承。基绪:指汉初几个帝王的事业。**遭遇厄运**,厄运:指董卓于初平元年(190)焚掠洛阳,挟持献帝迁都长安之事。**劳谦日昃**。劳谦:勤谨谦虚。日昃(zè):太阳偏西。**惟岳降神**,惟:句首助词。岳:大山,指五岳之类。**异人并出**。异人:不寻常之人。此处包括祢衡。

［译文］

我听说当洪水泛滥的时候,皇帝想要治理洪水,就会广求四方,来招募贤才。当初汉武帝继承统治之位,为了扩大祖宗的业绩,便广求天下的贤才来发扬功业,四方之士如响之应声,纷纷投效。陛下睿智圣明,为继承汉初几个帝王的事业,虽遭董卓之乱,仍日夜勤勉,为国操劳。上天降福于您,天下许多贤才

① 祢衡(173—198):字正平,平原般(今山东临邑县东北)人,汉末文学家。少有才华,为人傲慢,曾经当众侮辱曹操,曹操怒,把他遣送给荆州刘表。与刘表不合,又被转送给江夏太守黄祖,终被黄祖所杀。此文作于建安元年(196)。

一齐涌现出来。

［二段］

窃见处士平原祢衡，窃：谦词。处士：旧指有才德而隐居的人。年二十四，字正平。淑质贞亮，淑质：美好品质。贞亮：正直坦白。英才卓跞。英才：杰出的才华。卓跞（lì）：高超绝异。初涉艺文，艺文：经籍文章。升堂睹奥。堂：阶上室外叫堂。奥：室内西南角。“初涉”以下二句写祢衡接触学术，就有较高的造诣。目所一见，辄诵于口；辄：即时，立刻。耳所暂闻，不忘于心。此二句写祢衡记忆力强。性与道合，性：此处指人的本性。《荀子·正名》：“生之所以然者，谓之性。”道：这里指儒家之道。思若有神。思若有神：思考神奇。弘羊潜计，弘羊：即桑弘羊（前152—前80），西汉洛阳人，出身商人家庭。主张重农抑商，推行盐铁酒类由国家专卖政策。武帝临终，授御史大夫，与大将军霍光等，受遗诏辅少主（昭帝）。后因与上官桀等谋立燕王刘旦夺霍光权而被杀。潜计：心计。安世默识。安世：张安世（？—前62），西汉大臣张汤之子。任右将军、光禄勋。昭帝死，与大将军霍光定策立宣帝，任大司马。默识（zhì）：暗记而不忘。识：通“志”。以衡准之，衡：祢衡。准：称量。诚不足怪。此二句承上两句是说，从祢衡的奇才异能来推量，历史记载桑弘羊和张安世极强的记忆力，都是并不令人奇怪的。意即祢衡并不比桑弘羊、张安世差。忠果正直，忠果：忠诚有决断。志怀霜雪。霜雪：此处用来比喻高洁。见善若惊，若惊：像是被惊起。言看到好的行为，就要尽快学习。疾恶若仇。任座抗行，任座：战国时魏文侯的臣属。抗行：高尚的行为。任座事见《吕氏春秋》：魏文侯问臣属，他属于什么样的国君？任座回答说：“不肖的君主。”理由是魏文侯攻克中山之后，没有封弟弟，却封儿子。由于任座能当面批评魏文侯，因此他的言行被认为属于高尚行为。史鱼厉节，史鱼：春秋鲁国人。《论语·卫灵公》：“直哉史鱼！”孔子曾赞美史鱼的为人正直。厉节：犹言高其节概。殆无以过也。殆（dài）：大概。此句承上句是说，任座和史鱼的操行，没有超过祢衡。鸷鸟累百，鸷（zhì）鸟：凶猛的鸟。累：积聚。不如一鹗。鹗（è）：鸟名。雕属，性凶猛，背褐色，栖水边，捕鱼为食，俗称鱼鹰。使衡立朝，必有可观。立朝：在朝廷做官。此两句是说，如果让祢衡在朝廷干一番事业，必然会有明显的业绩。飞辩骋辞，飞辩骋辞：形容言辞来得迅速，能言善辩。溢气坌涌，溢气：气盛。坌（bèn）涌：一齐涌出。解疑释结，解疑释结：善于解决疑难的事。临敌有余。临敌有余：对付敌人，其才智有余。昔贾谊求试属国，诡系单于；贾谊（前200—前168）：西汉政治家、文学家。求：请求。

属国：即典属国，官名，掌管民族交往事务。《汉书·贾谊传》："臣窃料匈奴之众，不过汉一大县。以天下之大，困于一县之众，甚为执事者羞之。陛下何不试以臣为属国之官以主匈奴。行臣之计，请必系单于之颈制其命。"这就是贾谊为抗击匈奴，给汉文帝上疏中所表示的决心。**终军欲以长缨，牵致劲越。**终军（前？—前112）：西汉武帝时任谏议大夫。有关他出使南越，并使之入朝事，见《汉书》卷六十四下《终军传》："南越与汉和亲，乃遣军使南越，说其王，欲令入朝，比内诸侯。军自请：'愿受长缨，必羁南越王而致之阙下。'军遂往说越王，越王听许，请举国内属。"**弱冠慷慨，**弱冠：古代男子二十成人，初加冠，体还未壮，因此称弱。《礼记·曲礼上》："二十曰弱冠。"慷慨：意气风发，情绪激昂。**前世美之。近日路粹、严象，亦用异才，擢拜台郎。衡宜与为比。**路粹：汉末建安初曾任尚书郎、军谋祭酒等职。严象：与路粹同时任尚书郎。严象后因有军事才能，又任扬州刺史。用：因。擢拜：选拔授官。台郎：即路粹、严象任尚书郎的官职。**如得龙跃天衢，**天衢（qú）：天路。**振翼云汉，**云汉：银河。此处指高空。**扬声紫微，**紫微：帝王的宫殿。**垂光虹霓，**虹霓：邢昺疏："虹双出，色艳者为雄，雄曰虹；暗者为雌，雌曰霓。"**足以昭近署之多士，**近署：此处指近皇帝的官署。多士：众多之士，指百官。**增四门之穆穆。**四门：四方之门。穆穆：端庄盛美貌。"如得"以下六句是说，倘祢衡能为皇帝所用，他就会像神龙跃上天路，振羽翼于高空，扬名声于国王的宫殿，留光彩于虹霓，从而使百官仪表美好，容止端庄恭敬。**钧天广乐，**钧天广乐：天上的音乐。**必有奇丽之观；帝室皇居，**帝室皇居：帝王的宫室。**必蓄非常之宝。若衡等辈，不可多得。**

［译文］

我私下里遇见平原人祢衡，现年二十四岁，字正平。他品德优良，英才卓绝。刚接触学术，就有较高的造诣。过目就能吟诵于口；用耳稍微一听，心中就不会忘记。本性与儒家之道吻合，思考问题不同于常人。如桑弘羊那样的才略，又像张安世那样有惊人的记忆力，如果拿祢衡来与他们比较，那么他们的才能实在不值得奇怪。他生性正直果敢，品性高洁。看到好的言行就很高兴，但又疾恶如仇。任座高尚的行为，史鱼高直的气节，祢衡与他们相比有过之而无不及。一百只鸷鸟加在一起，也超不过一只鹗那样凶猛。如果让祢衡在朝廷做官，他一定能干出一番惊人的政绩来。他能言善辩，口才过人。当初贾谊和终军以口才著称于世。贾谊自往说单于，终军以三寸不烂之舌，说降了南越王。他们以年轻气盛，慷慨陈词，一直为人们称道。近年路粹、严象，也因才华出众，被选为尚书郎之职。祢衡也应当像他们一样被皇上所用。他定会像龙跃于天路，振羽翼于高空，扬声名于宫殿，留光彩于霓虹，并能使百官仪表美好，容止端庄恭敬。天下的音乐必有动人之处；帝王的宫室，定有奇珍异宝。像祢衡这样的人，实在不可多得。

［三段］

《激楚》《阳阿》，激楚：曲名。阳阿：古之名倡，也是乐曲的名称。**至妙之容**，至妙之容：指《激楚》《阳阿》乐舞的容状。**掌技者之所贪**；掌技：即主管技艺的人。**飞兔騕褭**，飞兔：骏马名。騕褭（niǎo）：良马名。**绝足奔放**，绝足：疾足，跑得快。**良乐之所急**。良乐：王良、伯乐，都是古代善相马的人。**臣等区区**，臣等：指孔融等人。此表以孔融为首，此处还有别人连署。区区：爱慕。**敢不以闻**。**陛下笃慎取士**，陛下：指汉献帝。笃慎：诚笃慎重。**必须效试**。效试：考察检试。**乞令衡以褐衣召见**，褐衣：兽毛或粗麻制成的短衣，古时贫贱人所服。**无可观采**，采：取。**臣等受面欺之罪**。

［译文］

《激楚》《阳阿》，是极美妙的音乐和动人的舞蹈，主管技艺的人非常贪爱；飞兔、騕褭，是跑得飞快的千里马，王良、伯乐都在着急地寻找。我等爱慕贤才，不敢不把祢衡推荐出来。请陛下慎重考虑挑选士人，仔细验证。允许祢衡这样的布衣来拜见，如果祢衡无可取之处，我们愿承担欺君的罪责。

评析

祢衡有才，也很狂放。孔融能透过祢衡狂放的外表，认识到他怀才不遇的苦闷，因此极力向朝廷推荐，希望朝廷能给祢衡一官半职。为了说明祢衡才高于世，孔融用了很多典故，用历史上的一些名人来衬托祢衡的过目成诵、博闻强记、工于计谋。可惜孔融在祢衡问题上是枉费心机的，因为祢衡的狂放不羁得罪了曹操。因此，祢衡还未来得及发挥才干，便在曹操的诡计下，被黄祖推上了断头台。孔融行文用典和骈偶的倾向极为明显，观此篇可见一斑。

陈琳(？—217),字孔璋,广陵(今属江苏)人,汉末文学家,“建安七子”之一。陈琳避难冀州时,曾依附袁绍。袁绍败,归附曹操。曹操爱惜陈琳的才华,不计较他作檄文骂曹家三代之过,反而任命他为军师祭酒,管记室,草拟军国文书。后陈琳死于疫中。明人张溥辑有《陈记室集》。

为袁绍檄豫州[①]

陈琳

【一段】

左将军领豫州刺史、郡国相守:左将军:指刘备。刘备归曹操后,曹操曾推举刘备为左将军。领:指官位较高的官吏兼任较低的职务。郡国:乃古代行政区划名。汉代地方分为郡与国,郡直辖于朝廷,国分封于诸王侯。国中设有相的官职。**盖闻明主图危以制变,忠臣虑难以立权。**图危:考虑危难。制变:制定应变的措施。虑难立权:与“图危制变”意思相同,是互文见义。**是以有非常之人,然后有非常之事;有非常之事,然后立非常之功。夫非常者,故非常人所拟也。**此六句是直接引用司马相如的原话。据《史记·司马相如传·难蜀志》云:“盖世必有非常之人,然后有非常之事;有非常之事,然后有非常之功。非常者,固常人之所有异也。故曰非常之原,黎民惧焉。及臻其成,天下晏如也。”拟:仿效,比拟。**曩者强秦弱主,赵高执柄,专制朝权,威福由己;**曩(nǎng):从前。强秦:指强大的秦王朝。弱主:秦二世胡亥。赵高:秦时宦官。公元前210年,秦始皇死于沙丘。赵高与丞相李斯矫诏,杀长子扶苏,立胡亥为二世皇帝。不久,赵高又杀李斯,自己做丞相。他独揽大权,生死由己。后来又杀二世胡亥,立子婴。子婴即位后,用计杀死赵高。**时人迫胁,莫敢正言,终有望夷之败。**望夷之败:望夷,秦宫名,赵高杀胡亥于此。“望夷之败”即胡亥之被杀。**祖宗焚灭,污辱至今,永为世鉴。及臻吕后季年,产、禄专政,内兼**

① 这是陈琳代袁绍写的一篇征讨曹操的檄文,作于建安五年(200)。

二军，外统梁、赵，擅断万机，决事省禁，下凌上替，海内寒心。在吕后晚年，其侄儿吕产、吕禄专权，在内总领南北二军，在外统治梁、赵之地（吕产为梁王，吕禄为赵王），权势倾国，无人能与之抗衡。下凌上替：言下犯上，上渐衰。《左传·昭公十八年》："于是乎下凌上替，能无乱乎？"于是绛侯、朱虚，兴兵奋怒，诛夷逆暴，尊立太宗，绛侯、朱虚：指绛侯周勃、朱虚侯刘章。《史记·吕太后本纪》："吕产、吕禄欲发乱关中，内惮绛侯、朱虚等，外畏齐、楚兵，……太尉（周勃）尚恐不胜诸吕，未敢讼言诛之，乃遣朱虚侯曰：'急入宫卫帝。'朱虚侯请卒，太尉与卒千人，入未央宫，遂见产廷中。日晡时，遂击产。……辛酉，捕斩吕禄。"太宗：指汉文帝刘恒。周勃、刘章等铲平诸吕后，即迎代王刘恒为汉文帝。事见《史记·孝文本纪》。故能王道兴隆，光明显融。王道兴隆：指王道教化兴旺隆盛。此则大臣立权之明表也。明表：明显的表征。

［译文］

左将军兼豫州刺史、郡国相守：我听说英明的国君考虑危难以制定应变的措施，忠臣仔细分析灾难以找出解决的办法。所以有不同于一般的人，然后才能做出不同于一般的事；有不同于一般的事，然后才能建立不同于一般的功业。所谓非常，也就是不是平常人所能比拟的意思。过去，秦朝一度非常强大，秦二世却昏弱无能，赵高执掌国家权力，专制揽权，福祸任凭赵高的意思；大臣迫于威胁，不敢随便劝谏，这种局面终于引发了秦二世在望夷宫被杀一事。祖宗的功业毁于一旦，这种奇耻大辱，一直流传至今，并将永远成为后世为国者的教训。在吕后晚年，她的侄儿吕产、吕禄专权，在内总领南北二军，在外统治梁、赵之地，权势倾国，无人能与之抗衡。他们犯上又欺下，使得朝廷内外，人人寒心。在这时周勃和刘章因不能忍受吕氏的专权，便发兵讨逆，重新尊主刘氏，所以才有今天的王道兴隆，光明显融。这是大臣图危制变的最好的例证。

［二段］

司空曹操：祖父中常侍腾，与左悺、徐璜并作妖孽，饕餮放横，伤化虐民。腾：指曹腾，沛国谯人，字季长，曹操祖父，宦官。顺帝时由小黄门升任中常侍。后来他与长乐太仆州辅等七人，立桓帝有功，由费亭侯升任太长秋，加位特进。左悺（guǎn）：东汉平阳人。桓帝时初为小黄门史。当时外戚梁冀专横，桓帝召集左悺、单超等人定计除之。事后，左悺升任中常侍，封上蔡侯。徐璜：下邳人，桓帝时为中常侍，以诛梁冀功封武原侯。饕餮（tāo tiè）：恶兽名。钟鼎彝器多琢其形作为装饰。放横：放纵恣意，横行霸道。父嵩，乞丐携养，因赃假位，舆金辇璧，输货权门，窃盗鼎司，倾覆重器。父嵩：指曹嵩，字巨高，夏侯氏之子，因养于宦官曹腾家，冒姓曹，史称"莫能审其生出本末”。乞丐携养：向外人讨来的孩子，自己代养。因赃假位：指用不义之财来买官做。《后汉书·曹腾传》：“（曹）嵩灵帝时货赂中官及输西园钱一亿万，故位至太尉。”舆金辇璧，输货权门：用车子载着黄金宝玉，送到那些执掌朝政的权臣家里。鼎司、重器：二者代指国家权力。鼎司：指三公职位。重器：古以象征国家。**操赘阉遗丑，本无懿德，犷狡锋协，好乱乐祸**。赘阉遗丑：指赘于宦官家里的人（曹嵩），留下来的丑类（即后代）。懿德：美德。犷狡：轻疾、剽悍。**幕府董统鹰扬，扫除凶逆**，幕府：将帅在外的营帐。军旅无固定住所，以帐幕为府署，故称幕府。本文中代指袁绍。董统：督导率领。鹰扬：鹰之奋扬。常比喻威武或大展雄才。本文中喻威武雄壮的军队。扫除凶逆：消灭掉凶逆。凶逆：凶恶悖逆，此处指宦官。**续遇董卓，侵官暴国**，董卓：陇西临洮人，粗猛有谋。灵帝时为前将军，官至并州牧，灵帝死后，应大将军何进的征召，到京师来诛杀宦官。事平之后，董卓自任相国，废少帝，弑何太后，立献帝，淫乱凶暴，毒流朝野，袁绍、曹操等起兵诛讨之。后被其义子吕布杀死。侵官：冒犯他人的职守。暴国：祸乱国家。**于是提剑挥鼓，发命东夏**，东夏：中国的东部。夏：中国的古称。**收罗英雄，弃瑕取用。故遂与操同谘合谋**，同谘（zī）合谋：共同商议，一齐行动。谘：征询，商量。**授以裨师。谓其鹰犬之才，爪牙可任**。裨师：偏师。鹰犬之才：指只能供驱使奔走的人。可任：可以任用，充当。**至乃愚佻短略，轻进易退，伤夷折衄**，愚佻（tiāo）短略：指愚昧轻佻，缺乏谋略。伤夷：即“伤痍”，战场上受兵器的创伤。折衄（nǜ）：损伤，挫败。**数丧师徒。幕府辄复分兵命锐，修完补辑，表行东郡，领兖州刺史**。补辑：补救收集。表行东郡，领兖州刺史：表，上表推荐。“行”和“领”，是互文见义，都是指高级官员兼任低级职务。**被以虎文，奖蹴威柄**，虎文：羊质而虎皮，此处为讽刺曹操外强中干。蹴（cù）：《文选》李善注：“蹴，成也。”**冀获秦师一克之报**。秦师一克之报：指春秋时，秦穆公用孟明为将攻晋，屡败屡战，而穆公并不责罚他，最终战胜晋国一事。**而操遂承资跋扈，肆行凶忒，割剥元元**，承资跋扈，肆行凶忒：曹操以袁绍给予的权力作为资本，横行霸道，任意胡作非为。凶忒：奸恶，凶慝。**残贤害善。故九江太守边让，英才俊伟，天下知名，直言正色，论不阿谄。身首被枭悬之诛，妻孥受灰灭之咎**。边让：陈留浚仪人，字文礼。善属文，官至九江太守。初平中，曹操欲屈之，轻言辱曹，被杀。**自是士林愤痛，民怨弥重，一夫奋臂，举州同声。故躬破于徐方，地夺于吕布，彷徨东裔，蹈据无所**。徐方：指徐州。躬：身。此处指曹操的军队。东裔：指东部荒远的地方。蹈据无所：指失去依靠，没有立足的根据地。**幕府惟强干弱枝之义，且不登叛**

人之党；惟：思考，谋虑。强干弱枝：加强本，削弱末。比喻在政治上加强中央的权力，削弱地方的权力。且不登叛人之党：《左传·襄公元年》："于是为宋讨鱼石，故称宋，且不登叛人也。"叛人：指吕布。言我欲强君而弱诸侯，故不让吕布变强。**故复援旌擐甲，席卷起征，金鼓响振，布众奔沮，**曹操曾围吕布于濮阳，但被吕布杀得大败，只得投靠袁绍。袁绍给曹操五千人马取兖州。擐(huàn)：穿。**拯其死亡之患，复其方伯之位。则幕府无德于兖土之民，而有大造于操也。**方伯：一方诸侯之长。兖土：即兖州，今山东一带。大造：大成。

［译文］

司空曹操，他的祖父是宦官曹腾，曾与左悺、徐璜等人恃宠作孽，横行霸道，残害百姓。父亲曹嵩，是从外人讨要来的孩子，用不义之财买官职，用车子装着黄金宝玉，送给那些掌权者，以致能窃据高位。曹操是赘于宦官家的人遗留下来的丑类，本来就没有好的品德，轻浮锐躁，好生祸端。袁幕府督导军队如鹰之奋扬，欲起兵扫除奸孽，恰遇董卓侵犯他人的职守，祸乱国家。于是袁幕府挥军东进，广泛收罗天下英才，弃瑕录用。因此就与曹操共同商量退敌，交给他一支偏师。原以为他颇具才干，可委以重任，无奈他愚昧轻佻，缺乏谋略，轻率进军，很快便败下阵来，损兵折将，自己也受了伤，只得如丧家之犬似的逃遁。幕府再一次分拨精锐部队给他，希望他能够补救自己的失败，并上表推荐他担任东郡的地方官，兼任兖州刺史。之所以让他拥有实权，实在是希望他能有一个克敌制胜的机会。可没有想到曹操竟以此为资本，横行霸道，胡作非为，残害百姓，谋诛贤能。已故的九江太守边让，英才俊伟，天下知名。他为人正直，不畏权势，敢仗义执言，结果被曹操杀害，家族一并遭殃。从此，士人愤怒怨恨，老百姓怨气冲天，一人奋臂高呼，全州齐声响应。所以，他在徐州被击败，接着又受到了吕布的重创，进退无奈，失去凭据。袁幕府出于加强中央政权、削弱地方力量的考虑，不但没有成为吕布等人中的一员，反而起兵帮助他讨伐吕布，打得吕布狼狈逃窜，把曹操从死亡线上救了回来，并恢复了他一方诸侯的地位。从这件事上来看，袁幕府对兖州的老百姓没有功德，对曹操个人而言却是有恩德的。

［三段］

后会銮驾反旆，群虏寇攻。时冀州方有北鄙之警，匪遑离局，銮驾：帝王的车驾，此处代指汉献帝。反旆(pèi)：出师归来。旆：军前大旗。董卓将汉献帝劫持到长安，此后韩暹(xiān)又将献帝迎还到洛阳。群虏寇攻：指众多的军阀互相攻击厮杀。北鄙之警：北方边远地区的军事警报，指公孙瓒进攻袁绍一事。匪遑离局：此言没有闲暇的时间离开自己的岗位。**故使从事中郎徐勋，就发遣操，使缮修郊庙，翊卫幼主。**这四句所述之事未见史传，何焯所言应是正确的。何焯云："绍不听郭图、沮授之言，天子在洛阳，去邺甚近，不肯奉迎，乃为操所先。故檄中极意弥缝，然天下之人皆可欺乎？"翊（yì）卫幼主：指辅翼保护汉献帝。翊：辅佐。**操便放志，专行胁迁，当御省禁，**胁迁：逼迫迁都。汉献帝于建安元年七月回洛阳，九月，曹操把汉献帝迁到许昌，"胁迁"事当指此。当御：值现，当班，总管。**卑侮王室，败法乱纪，坐领三台，**卑侮：鄙视凌侮。坐领：安坐而任。三台：官名。汉因秦制，设尚书为中台，御史为宪台，谒者为外台，合称"三台"。**专制朝政，爵赏由心，刑戮在口。所爱光五宗，所恶灭三族，**五宗：五服以内的亲人。三族：即父族、母族、妻族。**群谈者受显诛，腹议者蒙隐戮。百僚钳口，道路以目。**显诛：明正典刑，处决示众。隐戮：暗中杀害。百僚：百官。道路以目：形容国人慑于暴政，敢怒而不敢言。言曹操独揽朝政，无法无天，肆意横行，致使群臣人人自危，不敢讲话，只能道路以目。**尚书记朝会，**朝会：诸侯或百属朝见君王，春日曰朝，时见曰会。**公卿充员品而已。**

［译文］

后恰逢皇上返回洛阳，众多军阀互相厮杀。当时冀州又遭到公孙瓒的进攻，幕府无暇离开自己的岗位，所以派从事中郎徐勋到曹操那儿去，劝他好好维修被战争损坏了的宫殿及祖宗的庙宇，并担负起保卫皇上的重担。曹操却肆意胡为，胁持皇上迁到许昌，自己总领省禁，冒犯皇室，败法乱纪，坐领三台，内外专权，赏与罚凭自己的心意，杀戮与否只凭自己的一张嘴说了算。他所喜爱的人则连五服内的亲戚也跟着沾光，他所恨的人则三族皆不能幸免于难。聚在一起谈论者则被公然杀戮，心怀不满者则被暗中除掉。百官受压制不敢讲话，国人慑于暴政，敢怒而不敢言。尚书的职责只剩下记朝会这一件事，百官也只是充数而已。

［四段］

故太尉杨彪，典历二司，享国极位。杨彪：字文先，弘农郡华阴（陕西华阴）人，杨赐子，杨修父，其家四世三公。博习旧闻，熹平中征授议郎，献帝时拜为太尉。当时董卓专权，想用迁都来躲避山东诸侯的讨伐，杨彪极力反对，董卓就免了杨彪的职。董卓死后，重新起为太尉。李傕、郭汜作乱时，杨彪尽力保护献帝。但曹操非常忌恨他，遂诬之为大逆之罪。经孔融全力营救，方才得免。曹丕称帝后，曾想拜为太尉，杨彪固辞。黄初中卒。典历二司：指杨彪曾任过司空、司徒之职。**操因缘眦睚，被以非罪，榜楚参并，**

五毒备至，触情任忒，不顾宪纲。眦睚（zì yá）：生气瞪眼的样子，引申指小的仇怨。榜楚：鞭打。楚：刑杖。五毒：四肢及身，备受拷打。另一种说法认为鞭、棰、灼、徽、缰五种刑法为五毒。任忒：随便变更。又议郎赵彦，忠谏直言，义有可纳，是以圣朝含听，改容加饰。赵彦：琅琊人，通术数。含听：意指含容采纳。加饰：或作"加锡"，谓加以恩赐。操欲迷夺时明，杜绝言路，擅收立杀，不俟报闻。时明：即明时，光明之时。不俟（sì）：不等待。又梁孝王先帝母昆，坟陵尊显，桑梓松柏，犹宜肃恭。梁孝王：汉文帝的第二个儿子，名武，立为代王。徙淮阳，又徙梁。栗太子被废后，太后想立刘武为嗣，但受到大臣袁盎等人阻止。刘武派人杀死袁盎。后入朝，想留京城，景帝不许，归国卒，谥曰孝。先帝母昆：先帝指汉景帝，母昆，指同母兄弟。桑梓：桑树和梓树乃古代住宅旁常栽的树木，东汉以来遂以之喻故乡。这里用桑梓和松柏相对，同时又引出下文的肃恭。松柏：古代的陵树。而操帅将吏士，亲临发掘，破棺裸尸，掠取金宝，至令圣朝流涕，士民伤怀。圣朝流泣：献帝痛哭。圣朝，指代汉献帝。操又特置发丘中郎将、摸金校尉，所遇隳突，无骸不露。发丘中郎将、摸金校尉：此为夸大之词，遍查诸史，均没有此种官职。刘勰《文心雕龙·移檄》："陈琳之《檄州》……发丘摸金，诬过其虐。"隳（huī）突：冲撞毁坏。身处三公之位，而行桀虏之态，污国虐民，毒施人鬼。三公：辅助国君掌握最高军政大权的大臣。周以太师、太傅、太保为三公；西汉以大司马、大司徒、大司空为三公；东汉以太尉、司徒、司空为三公。桀虏：指恶人。毒施人鬼：言曹操残杀毒害遍及人鬼，对人杀忠贤，对鬼掘棺木，暴骸骨。加其细政苛惨，科防互设，罾缴充蹊，坑阱塞路，举手挂网罗，动足触机陷，是以兖、豫有无聊之民，帝都有吁嗟之怨。苛惨：苛刻惨毒。科防：禁令，管制。罾缴（zēng zhuó）：网和一种用以射鸟的系丝箭。充蹊：布满道路。坑阱：陷阱。无聊之民：无以依赖、无以为生的老百姓。历观载籍，无道之臣，贪残酷烈，于操为甚。历观载籍，无道之臣，贪残酷烈：《魏氏春秋》《后汉书》作"历观古今书籍所载，贪残酷烈无道之臣"。

［译文］

太尉杨彪，曾历任司空、司徒二职，在百姓中很有名望。曹操因与他有一点小的仇怨，（杨彪）就被冠以罪名，鞭打、刑杖齐备，四肢及身体都备受拷打。曹操处理事情随他的心思，不顾及国家的宪章纲领。还有议郎赵彦，忠言直谏，因此很多有益的建议均被皇上含容采纳，并受到皇上的奖励。曹操为了达到迷惑皇上的目的，杜绝大臣的进谏之路，擅自将赵彦处死，而不向皇上请示。再有梁孝王是先帝的同母兄弟，陵寝十分尊贵，对他陵墓上的树木都应持肃穆恭谨的态度。可曹操却率领将士，亲自挖掘梁王的坟墓，敲破棺材露出尸体，掠夺里面的财宝。直到现在皇上及百官一想到这件事就止不住眼泪纵横，甚至老百姓也忍不住长吁短叹。曹操又设置了发丘中郎将和摸金校尉两个官职，所过之处，陵墓毁坏无遗，使得骸骨遍野。曹操虽身处三公之位，却施行暴政，玷污国家，凌辱百姓，人鬼皆不免于他的毒害，加上他苛刻残酷，严刑峻法，到处充满陷阱，一举手一投足都有被他致罪的可能。所以兖、豫二州有无法生存的百姓，连皇帝都有切齿的怨恨。纵观古今书籍所载，贪残酷烈无道之臣，没有超过曹操的。

【五段】

幕府方诘外奸，未及整训，加绪含容，冀可弥缝。方诘外奸：正在问罪于外奸。诘：问罪。外奸：指公孙瓒，即正在征讨公孙瓒。加绪：注意，特意。含容：言度量宏大，能够忍让。冀可弥缝：希望曹操能够弥补前恶，悔过自新。**而操豺狼野心，潜包祸谋，乃欲摧挠栋梁，孤弱汉室，除灭忠正，专为枭雄。**摧挠：摧折曲服。栋梁：喻国家的主要大臣，此处指袁绍。枭雄：指凶狠专横的人。**往者伐鼓，北征公孙瓒，强寇桀逆，拒围一年。**公孙瓒：辽西令支人，字伯珪。东汉末举孝廉，为辽西属国长史，曾屠青州、徐州黄巾军数万人，后割据幽州，与袁绍连年混战。建安四年，为袁绍所败，自杀。桀逆：凶暴忤逆。拒围一年：指袁绍包围公孙瓒，从建安三年到建安四年。**操因其未破，阴交书命，外助王师，内相掩袭，故引兵造河，方舟北济。**操因其未破，阴交书命：指曹操假托帮助袁绍攻打公孙瓒，实暗中与其通谋，想袭击袁绍。阴交使命：指暗中来往，写信通使（命）。王师：指袁绍的军队。造河：到达黄河边上。方舟：两舟相并。**会其行人发露，瓒亦枭夷，故使锋芒挫缩，厥图不果。**行人：使者通称。枭夷：杀戮，诛灭。锋芒：喻指人的锐气。厥图不果：指曹操的企图没有实现。**尔乃大军过荡西山，屠各、左校皆束手奉质，争为前登，犬羊残丑，消沦山谷。**大军：指袁绍的军队。过荡：经过扫荡。西山：此处当指常山，在今河北曲阳县西北。公元193年，张燕领导的农民起义军与袁绍大战于此。屠各：后汉至西晋时匈奴的部落之一。左校：官署名。秦及汉初，置左、右、前、后、中五校令；东汉沿置，掌左右工徒，凡大臣犯法常遣送左校劳作。此处指农民起义军之一部。奉质：进献留作保证的人或物。犬羊残丑：此处是对黑山农民起义军和匈奴将士的蔑称。消沦：消失沉没。**于是操师震慑，晨夜逋遁，屯据敖仓，阻河为固，欲以螳螂之斧，御隆车之隧。**震慑：畏惧。逋遁：逃亡。敖仓：在河南荥阳县东北敖山上，山上有城，秦代于其中置仓。这里指此城。螳螂之斧，御隆车之隧：即螳螂挡车，比喻不自量力。

幕府奉汉威灵,折冲宇宙,长戟百万,胡骑千群,奋中黄、育、获之士,骋良弓劲弩之势。折冲:使敌人的战车后撤,即击退敌军。此处有扬威之意。冲:战车的一种。中黄、育、获之士:指勇猛无敌的战士。**并州越太行,青州涉济、漯。大军泛黄河而角其前,荆州下宛、叶而掎其后。**并州:指高干。青州:指袁谭。济、漯(tà):两水名,济水古与江、淮、河并称四渎,源于河南济源市王屋山;古漯水出今山东聊城市。角:捉角,扼住曹操力量最强部分。荆州下宛、叶而掎(jǐ)其后:言要求刘表出兵宛城、叶县,以拖住曹操的后腿。荆州:代指刘表。宛、叶:两地名,宛故地在今河南南阳县;叶即叶县,故地在今河南省叶县西南。掎:拖住。**雷霆虎步,并集虏庭,若举炎火以焫飞蓬,覆沧海以沃熛炭,有何不灭者哉!**雷霆:比喻赫赫的声威。虎步:本指举步,此处形容威武。焫(ruò):烧。熛(biāo):燃烧。**又操军吏士,其可战者,皆出自幽、冀,或故营部曲,咸怨旷思归,流涕北顾。**部曲:豪门大族的私人军队。怨旷:怨恨长久离别。**其余兖、豫之民,及吕布、张扬之遗众,覆亡迫胁,权时苟从,各被创夷,人为仇敌。**张扬:应作"张杨"。权时:暂时。创夷:创伤。人为仇敌:人人都把曹操作为自己的仇敌。**若回旆方徂,登高冈而击鼓吹,扬素挥以启降路,必土崩瓦解,不俟血刃。**回旆(pèi)方徂(cú):曹操的军队转向投奔袁绍。素挥:白旗,白幡。挥:通"徽",旗、幡。

【译文】

袁幕府正在讨伐公孙瓒,还没有来得及休整,且他宽宏大量,希望曹操能够改正前恶,悔过自新。可是曹操豺狼野心,图谋不轨,妄想摧折国家栋梁,使汉室孤弱,除灭忠正之人,充分暴露出其凶残的品性。当初我军拔帅,向北讨伐公孙瓒时,公孙瓒凭险抵抗,与我军整整相持了一年。曹操则趁火打劫,表面上说发兵助袁幕府,暗中却与公孙瓒勾结。袁幕府对曹操怀抱信任,听信曹操引兵至黄河,恰逢曹操派往公孙瓒处的使者被发现,而公孙瓒亦已被诛,致使曹操的阴谋未能实现。接着,我大军扫荡西山,屠各和左校皆认输,且送来人质和贡品,并愿意作为前锋与西山农民军和匈奴的兵卒作战,因此我军很快荡除了此处贼寇。在这种情况下,曹操不敢贸然行动,只能连夜逃跑,占据敖仓,并妄图以黄河作为第一道防线,不自量力地与袁幕府一较高低。袁幕府托当今皇上的福,英武无比,拥有兵卒百万,匈奴的铁骑数千,战士骁勇,弓强弩劲,转眼间越过太行山,渡过济河、漯河。现有黄河作为屏障,宛、叶二县为后盾,且士气高涨,有不可遏止之势。有这样一支军队,何战不胜?另外,曹操的将士中,有作战能力的都来自幽、冀二州,好多都是袁幕府的老部下。由于久离故乡,他们的思家之情越来越浓，以至于眼泪纵横，向北遥望故乡。其余从兖、豫二州来的将士及从吕布、张杨处俘虏来的部下，都是被迫跟着曹操的，是一时的权宜之策，其实他们心中是很痛恨曹操的。只要我大军一到，进军的鼓声一响，并为来降者留条生路，我相信不需动一刀一枪，曹军即会土崩瓦解。

［六段］

方今汉室陵迟，纲维弛绝，圣朝无一介之辅，股肱无折冲之势。陵迟：衰落。纲维：指法度。弛绝：断绝。一介：一人。股肱：大腿和胳膊，常用来比喻辅佐君主的大臣。方畿之内，简练之臣，皆垂头搨翼，莫所凭恃，方畿(jī)：古代帝王境内方千里之地称为方畿。简练：精选训练。搨(tà)翼：谓鸟垂翅，表现垂头丧气的神态。虽有忠义之佐，胁于暴虐之臣，焉能展其节。又操持部曲精兵七百，围守宫阙，宫阙：帝王所居之宫殿，因其宫门双阙，以之为名。外托宿卫，内实拘执，宿卫：在宫中值宿，担任警卫。惧其篡逆之萌，因斯而作。此乃忠臣肝脑涂地之秋，烈士立功之会，可不勖哉！秋、会：二字互文见义，都是时机、机会、日子的意思。勖(xù)：勉励。操又矫命称制，遣使发兵，矫命称制：假托皇帝之命以行事，即挟天子以令诸侯。恐边远州郡，过听而给与，强寇弱主，违众旅叛，过听：误听。强寇弱主：(以上所举)使曹操强，使献帝弱。违众旅叛：与上句互文，即违反民心，帮助反叛者曹操。举以丧名，为天下笑，则明哲不取也。此三句言曹操名为效忠汉主，实则相反，被天下耻笑。明哲：犹言名智，谓洞察事理之人。即日幽、并、青、冀四州并进，幽：指幽州。当时袁熙居幽州，代指袁熙。书到荆州，使勒见兵，与建忠将军协同声势，荆州：当时刘表居荆州，此处命令荆州实指刘表。刘表，字景升，山阳高平人，与汉末名士范滂、张俭等交，号称"八顾"(顾：指以品德行为引导别人)。献帝初平元年，任荆州刺史，据有今湖南、湖北大部分地区，成为当时一股较大的割据势力。建忠将军：指张绣。《三国志·张绣传》称："绣随(张)济，以军功称，迁建忠将军。封宣威侯。"州郡各整戎马，罗落境界，举师扬威，并匡社稷，则非常之功于是乎著。罗落：罗列，布列。著：明显，显露。其得操首者，封五千户侯，赏钱五千万；部曲偏裨将校诸吏降者，勿有所问。广宣恩信，班扬符赏，布告天下，咸使知圣朝有拘逼之难。如律令。偏裨(pí)：偏将和裨将。班扬符赏：颁布并广为宣扬奖赏。符：古代调兵遣将、传达命令的凭证。如律令：按照法律执行，为古代命令性文告的惯用结尾语。

［译文］

当今汉室软弱，国家政纲松懈，朝廷没有一个得力的辅佐之臣，将帅中也无英勇善断之人。皇城之内，由于曹操的高压政策，使一些贤能之士皆垂头丧气，萎靡不振。即使有人想为汉室效忠，受胁迫于这些暴虐的大臣，也不能有所作为。加上曹操挑选七百精兵围守在皇宫大院，名义上是保卫皇上，其实是把皇上囚禁起来，我恐怕曹操篡逆的念头，就是在此时产生的。这正是忠臣肝胆涂地为国效忠的大好时机，希望大家共同努力。曹操又假托皇帝的命令，发派军队威胁边远州郡，这实在是一种使敌寇强，使天子弱，违背众人心意的做法。名义上效忠汉室，实则相反，成为天下人的笑柄，如果是明智的人根本就不会这么做。过几天幽、并、青、冀四州的大军就要出发，荆州的刘表和建忠将军张绣见到我们的信后，也会协同作战，各州郡也都在整顿军马，分布排列在各自的边境，都将奋其英勇，共同匡扶汉室，伟大的功业就要建成了。谁能得到曹操的首级，将获得五千户侯的封号，加上五千万钱的奖赏；曹操的部将及士兵有愿意投降的，一概宽恕。广泛宣扬我们的恩德信义，颁布并大力宣传奖赏，布告天下，使天下人都知道当今皇上危难的处境。务必按照法律执行。

评析

曹丕在《与吴质书》中曾称赞陈琳“章表殊健”，在《典论・论文》中又说陈琳与阮瑀的“章表书记，今之俊也”，可见陈琳的文章在当时是出了名的。陈琳的这篇《为袁绍檄豫州》据说也得到了曹操的欣赏。我们读了这篇文章后，会觉得陈琳骂人的技巧，确实是名不虚传：文章开头即以秦朝毁于赵高之手这样一个不算太远的历史事实，来引起人们对曹操专权的警惕。接着便从曹操的祖父曹腾开骂，连带曹操的父亲也在被骂之列。所谓“老子孬种儿混蛋”，有什么样的祖先，必有什么样的后辈。骂完了曹操的祖父和父亲，便将矛头直指曹操本人。先说曹操出身不好，再说他连吃败仗，跟着便数落曹操忘恩负义，专权欺主，挟天子以令诸侯，发丘、摸金等等，从血统到人品再到行为都被陈琳骂得不亦乐乎。所以张溥在评价这篇文章时认为，“后世即有善骂者，俱不及也”。陈琳骂得很有气势，令读者非常解恨。估计这篇檄文对曹操的刺激也相当大，等陈琳降操后，曹操还念念不忘，责怪陈琳不该把自己的祖宗也骂在里边。

曹丕(187—226),字子桓,于诗、赋、文学皆有成就,与其父曹操、弟曹植并称"建安三曹"。曹操病故后继任魏王,后迫使汉献帝禅让,改元黄初,定都洛阳,成为魏国的第一位皇帝。

曹丕即位之后,为了拉拢门阀世族,接受陈群的建议,实行"九品中正制",使世族地位更加巩固。在位七年后病逝,谥号文帝。

曹丕在散文方面成就突出,萧统《文选》收录其文四篇,皆为精品。代表作如《与吴质书》,文辞流丽,语调亲切,带有浓重的抒情色彩。

与吴质书①

曹丕

［一段］

二月三日,丕白。岁月易得,别来行复四年,行:且,将。**三年不见,《东山》犹叹其远,**"三年"二句,用《诗经·豳风·东山》之典,其中有云:"我徂东山,滔滔不归。……自我不见,于今三年。"**况乃过之,思何可支?**支:支持,支撑。**虽书疏往返,**书疏:书信。**未足解其劳结。**劳结:指思念非常深切。劳:谓思念之劳;结:指因思念心中郁结。**昔年疾疫,亲故多离其灾,**离:同"罹",遭受。**徐、陈、应、刘,**徐、陈、应、刘:指"建安七子"中的徐幹、陈琳、应玚、刘桢四人。徐幹(170—217),字伟长,北海(治今山东潍坊西南)人。陈琳(约160—217),字孔璋,广陵射阳(今江苏淮安市东南)人。应玚(?—217),字德琏,汝南(今河南汝阳)人。刘桢(?—217),字公幹,东平宁阳(今山东宁阳县南)人。**一时俱逝,痛可言邪!**

［译文］

二月三日,曹丕敬告。岁月实在过得太快了,我们分手以后又要四年了。而三年不见面,《东山》诗中就慨叹时间的久远,更何况已经超过三年,这种思

---

① 本文选自《文选》卷四十二。吴质(177—230),字季重,济阴(今山东定陶西北)人,是曹丕的亲信,为曹丕谋得世子之位出力甚多。建安二十二年(217),瘟疫流行,"建安七子"中的最后四人都在这场灾难中丧生,曹丕伤友人长逝,于是在次年写了这封信。

念之情又怎能让人忍受得住呢？即使常有书信往来，也不足以缓和我对你的深深思念。去年流行大瘟疫，亲朋好友中有不少人在其中丧生，徐幹、陈琳、应玚、刘桢同时病故，悲痛之情难以言表啊！

［二段］

昔日游处，行则连舆，连舆：车子相接。**止则接席，**接席：古人席地而坐，这里是说坐在一起。**何曾须臾相失？**须臾：指时间很短，片刻。相失：指分离。**每至觞酌流行，**觞（shāng）酌：指酒具。流行：指传壶饮酒。**丝竹并奏，酒酣耳热，仰而赋诗。当此之时，忽然不自知乐也。**忽然：指漫不经意的样子。不自知乐：没有察觉那时快乐的可贵。**谓百年己分，**己分：自己应得的一份。**可长共相保，何图数年之间，零落略尽，言之伤心！顷撰其遗文，都为一集。**都：凡，总共。**观其姓名，已为鬼录。追思昔游，犹在心目，而此诸子，化为粪壤，**粪壤：粪土。**可复道哉！**

［译文］

遥想过去，我们同游共处之时，若是出行，就前后车子相随，若是止息，则同坐一席之上，哪里有过片刻分离的时候？每当传壶饮酒，乐器齐奏，酒兴正浓，面红耳热的时候，仰头作诗。当此之际，漫不经意中，并没有察觉快乐的可贵。认为长命百岁是自己应得的一份，可以长久如此，共同相保，何曾想到在数年之中，知交们纷纷殂逝，言之令人伤心！最近我收集他们的遗文，每人都为他们编成一部文集。看到他们的姓名，都已成为阴间之鬼的名录。回忆过去同游的场景，现在还历历在目，而以上诸位，皆已化为粪土，真令人不忍心再提及啊！

［三段］

观古今文人，类不护细行，类：率，大多。护：拘。细行：指小节。**鲜能以名节自立。而伟长独怀文抱质，**伟长：即前文提到的徐幹。文：指文采。质：指品德。**恬淡寡欲，有箕山之志，**箕山之志：此指隐居的志向。箕山：相传是古代高士许由隐居的地方。**可谓彬彬君子者矣。**彬彬君子：语出自《论语·雍也》："文质彬彬，然后君子。"彬彬：指文质兼备的样子。**著《中论》二十余篇，**《中论》：徐幹所作的一部哲学著作，讲述如何提高道德修养，如何治国，如何当一个明君的道理。今存。**成一家之言，辞义典雅，足传于后，此子为不朽矣。德琏常斐然有**

述作之意，德琏：即前文中的应玚。斐然：文采焕发的样子。《论语·公冶长》："斐然成章。"其才学足以著书，美志不遂，良可痛惜。间者历览诸子之文，对之抆泪，抆（wěn）泪：擦眼泪。既痛逝者，行自念也。

［译文］

纵观古今的文人，大多不拘小节，很少有人能以名节著称于世。然而徐幹却文采出众，品德高尚，恬淡处世，不追求功名利禄，有隐居深山的志向，可以称得上是文质兼备的彬彬君子了。他还写下《中论》二十多篇，成为一家之言，文章的形式和内容都健康高雅，足以流传后世，这位先生可以千古不朽了。应玚常常文采焕发，有创作的志向，他的才学也足以著书立说，但他的崇高志向没有实现，确实令人痛心惋惜。最近我把以上诸人的诗文全部浏览了一遍，不禁泪流不止，一方面痛惜死去之人，一方面也慨叹自己亦不能长命百岁。

［四段］

孔璋章表殊健，孔璋：即前文提到的陈琳，以写符檄著称于世，代表作《为袁绍檄豫州》，痛斥曹操祖孙三代的丑恶凶暴。微为繁富。公幹有逸气，公幹：即前文的刘桢。但未遒耳。其五言诗之善者，妙绝时人。元瑜书记翩翩，元瑜：指阮瑀（？—212），字元瑜，陈留尉氏（今河南尉氏）人，亦为"建安七子"之一。书记：书札、奏记。翩翩：文采优美的样子。致足乐也。致：同"至"，极。曹丕《典论·论文》称："琳、瑀之章表书记，今之俊也。"仲宣独自善于辞赋，仲宣：指王粲（177—217），字仲宣，山阳高平（今山东邹县）人，"建安七子"之一。李善注："言仲宣最少，续彼众贤，自善于词赋也。"惜其体弱，体弱：指性情体质软弱。不足起其文。至于所善，古人无以远过。

［译文］

陈琳的奏章表文，写得十分雄壮有力，只是文采有点过于华丽了。刘桢的文章，很有飘逸超群之气，只不过还未遒劲而已。但他的五言诗中的佳作，要超越今人之上。阮瑀书札奏记文采优美，而其优秀的篇目足以使人赏乐不止。王粲相对他人，善写辞赋，可惜他性情体质柔弱，不足以振起其文。至于他的那些优秀作品，可以和古人相媲美。

［五段］

昔伯牙绝弦于钟期，钟期：指钟子期。伯牙与钟子期都是春秋时楚国人，伯牙善于弹琴，钟子期能知音。后钟子期死，伯牙便碎琴不复弹。（见《吕氏春秋·本味》）**仲尼覆醢于子路**，本句所言之事，见《礼记·檀弓上》，言孔子学生子路在卫国内战中被剁成肉酱，孔子得知后，非常哀痛，便把吃的酱倒掉了，以免见了伤心。醢（hǎi）：肉酱。**痛知音之难遇，伤门人之莫逮。诸子但为未及古人**，但为：只是。**自一时之俊也。今之存者，已不逮矣。后生可畏**，后生：指年轻人。可畏：使人敬畏。**来者难诬**，来者：指未来的人。难诬：即难以欺诬，有不可轻视之意。《论语·子罕》："后生可畏，焉知来者之不如今也。"**然恐吾与足下不及见也。**

［译文］

昔日钟子期死后，伯牙绝弦不再鼓琴，子路死后，孔子倒掉肉酱以免伤心，他们悲痛的是知音难遇，弟子莫及。以上诸人只是不如古人，但也是一个时代的杰出人物。如今健在的人，都已经赶不上他们了。年轻人使人敬畏，未来的人更不可轻视，然而恐怕我和您都见不到了。

［六段］

年行已长大，所怀万端，时有所虑，至通夜不瞑。志意何复类昔日？已成老翁，但未白头耳。

［译文］

年龄即将老大，胸中亦感慨万端，有的时候考虑问题，以致整夜难眠。情怀什么时候能再像往日那般愉悦呀？已经成为老头子了，只是头发未白而已。

［七段］

光武言："年三十余，在兵中十岁，所更非一。"光武：即东汉的开国皇帝刘秀。李善注引《东观汉记》光武《赐隗嚣书》："吾年已三十余，在兵中十余岁，所更非一，厌浮语虚辞耳。"而《后汉书·隗嚣传》中，光武之言，作"年垂四十，在兵中十岁，厌语虚词"。更：指经历。**吾德不及之，年与之齐矣。以犬羊之质，服虎豹之文**，扬雄《法言·吾子》："羊质而虎皮，见草而说，见豺而战，忘其皮之虎矣。"比喻装作强大而内心怯懦。此乃曹丕自谦之词，说自己品德不够，虚处其位。**无众星之明，假日月之光**，日月：喻曹操。**动见瞻观，何时易乎？恐永不复得为昔日游也。少壮真当努力，年一过往，何可攀援？**攀援：拉住，挽留。**古人思秉烛夜游**，此句出自《古诗十九首》："生年不满百，常怀千岁忧。昼短苦夜长，何不秉烛游。”秉:持,拿。**良有以也。顷何以自娱?颇复有所述造不?东望於邑,**於邑(wū yè):同“呜咽”,悲伤而气结的样子。**裁书叙心。**裁书:裁笺作书,即书信。**丕白。**

【译文】

光武帝曾说过:“年纪已三十多岁,在军队中也已十年,所经历的事也不止一件。”我的功德赶不上光武,年龄却和他一样大了。而我又以犬羊一般的低劣品质,却服有虎豹一般的文采,没有众星的明亮,却假借日月的光芒,一举一动都被别人观瞻景仰,这种局面,什么时候能得以改变啊?恐怕永远也不能再作昔日之游了。年轻时真应该努力奋发呀,否则的话,时间一流逝,怎么能够再挽留?古人想持蜡烛夜间出游,确实是大有原因的。最近你以什么自娱?又写点文章没有?东望你所在的方向,伤心不已,裁笺作书,以表心意。曹丕敬告。

评析

汉末建安年间,战乱频仍,瘟疫流行,人民大量死亡,当时不少重要作家也身罹其难。曹丕在本文中一方面追念往事,一方面抒发思念之情,文笔清新流丽,感情真切凄婉。虽然也对偶,用典,讲究藻饰,但其总体风格尚通脱自然,确实不失为优秀的骈文。

曹植(192—232),字子建,建安时期的杰出作家,文坛领袖之一,与其父曹操、兄曹丕合称“建安三曹”。其文笔自然流畅,感情洋溢,颇有锋芒,有《曹子建集》流传。

与杨德祖书[1]

曹植

[一段]

植白:数日不见,思子为劳,子:你。劳:苦。**想同之也。**想同之也:推想你思念我,也像我思念你一样。

[译文]

曹植敬告:几天不见面,为思念你而心情愁苦,我想你也有同样感受吧。

[二段]

仆少小好为文章,迄至于今,二十有五年矣。有:同“又”。古代十进整数后有零数,常加“有”字。**然今世作者,可略而言也。昔仲宣独步于汉南,**仲宣:王粲的字。独步:超出群众,独一无二,即没有人赶得上他。汉南:汉水之南,指荆州,王粲曾在荆州依附刘表。**孔璋鹰扬于河朔,**孔璋:陈琳的字。鹰扬:像鹰一样威武地飞扬。河朔:河北。陈琳曾在冀州做袁绍的记室。**伟长擅名于青土,**伟长:徐幹的字。擅名:独享盛名。青土:指青州地区。徐幹是北海郡人,汉时属于青州。**公幹振藻于海隅,**公幹:刘桢的字。振藻:显耀文采。海隅:刘桢是东平宁阳(今山东省宁阳县南)人。隅:角落。宁阳靠近海边,所以说海隅。**德琏发迹于大魏,**德琏:应玚的字。发迹:指人由隐微而得志显身,此处指出仕。大魏:指魏都许昌一带。应玚是汝南南顿(今河南省项城市北)人,南顿,接近魏都许昌。**足下高视于上京。**足下:敬辞,指杨

① 选自《文选》卷四十二。杨修(175—219),字德祖,华阴(今陕西华县)人。博学有才能,受到曹氏父子重视,与曹植关系尤为密切,后被曹操所杀。

修。高视：本是旁人不在眼下之意，此处指杰出。上京：指京师洛阳，这时杨修在京师。**当此之时，人人自谓握灵蛇之珠，家家自谓抱荆山之玉也。**灵蛇之珠：即随侯救蛇所得的珠。荆山之玉：即和氏之璧。详见李斯《谏逐客书》。此二句是比喻每个作者都珍视自己的创作。**吾王于是设天网以该之，**吾王：指曹操，于建安二十一年(216)自立为魏王。天网：天大的网。此处指曹操网罗人才的政治措施。该：同"赅"，包括一切。**顿八纮以掩之，**顿：振举。八纮(hóng)：指网周围的网绳，此处借指天下八方。掩：搜寻，捕取。**今尽集兹国矣。然此数子也，犹不能飞翰绝迹，**翰：翥，鸟飞的样子。绝迹：远方绝域，意谓最高的成就。**一举千里也。以孔璋之才，不闲于辞赋，**闲：同"娴"，熟练。**而多自谓能与司马长卿同风，**多：盛。司马长卿：司马相如，字长卿。此句是说，盛称自己和司马相如不相上下。**譬画虎不成反为狗也。**画虎不成反为狗：古代谚语。马援《诫兄子严、敦书》："效季良而不成，陷为天下轻薄子，所谓'画虎不成反类狗'也。"这句是嘲笑陈琳妄自夸大。**前书嘲之，反作论盛道仆赞其文。**盛道：大大地称说。**夫钟期不失听，**钟期不失听：事见《吕氏春秋·本味》，钟子期和伯牙都是春秋时楚国人，伯牙善于弹琴，钟子期能知音。后钟子期死，伯牙便碎琴不复弹。**于今称之，吾亦不敢妄叹者，**妄叹：妄，原作"忘"。叹：此处是赞美。**畏后世之嗤余也。**嗤(chī)：讥笑。

［译文］

我自从少小的时候就喜欢写文章，从那时到今天，已经有二十五年了。因而当今的作家们，可以大致评说一下。当年王粲在荆州无人能比，数一数二，陈琳在河北纵笔飞扬，徐幹在青州独享盛名，刘桢也在海畔显耀文采，应玚在大魏名声显赫，足下您也在上京傲然高视。在这时，人人都认为自己才能杰出，作品卓异。我王设下天网以搜罗之，拉紧网绳收取之，如今这些人才已经全部集结在我国了。然而以这几位先生的才能，还不能高飞绝域，一举千里。陈琳才能虽高，但不擅于辞赋，而又盛称自己和司马相如不相上下，就如同画虎不成反为狗一样。我曾写信嘲谑他，他反而做文章大力宣扬，说我是称道、赞颂他的文章。古代的钟子期不会错误领会曲意，至今还被人广为称颂，我之所以不随便赞美他人，怕的就是后人讥笑我。

［三段］

世人之著述，不能无病。病：缺点。**仆常好人讥弹其文，**讥弹：指责,批评。有不善者,应时改定。昔丁敬礼尝作小文,丁敬礼:丁廙(yì),字敬礼,曹植的亲近朋友之一,后为曹丕所杀。使仆润饰之。仆自以才不过若人,辞不为也。若人:这个人,指丁廙。敬礼云:“卿何所疑难乎?文之佳恶,吾自得之,后世谁相知定吾文者邪?”此四句大意是说,你何用为难不肯修改,文章好坏,我自己心里知道。如果你不肯为我润饰,后世还有谁和我相知而替我改定文章呢?吾常叹此达言,以为美谈。达言:通达的言论。昔尼父之文辞,与人通流。通流:即流通,指互相商讨。至于制《春秋》,游、夏之徒不能措一辞。游、夏之徒:言偃,字子游;卜商,字子夏。他们都是孔子的弟子。《论语·先进》:“文学子游、子夏。”意即二人熟悉文献。措一辞:即措一词,提出一点意见。过此而言无病者,过此:超过这个,此指《春秋》。无病:没毛病。吾未之见也。

【译文】

世上人们的著作,不会没有缺点,而我很喜欢别人批评我的文章,发现有不好的地方,便可以随时改正。过去丁廙曾写了一篇小文章,让我给他润色修饰。我认为才能不如他,所以推辞而没有做。丁廙对我说:“你何必为难呢,文章的好坏,我心里自然明白,若你不给我润色修饰,到后世还有谁和我相知为我改定文章呢?”我常赞叹这是通达之言,并且认为是美谈。昔日孔子作文章,常和别人交流探讨,等到写作《春秋》的时候,子游、子夏这些人就不能提出一点意见了。除去《春秋》而说文章没有缺点的,我还从未见过。

【四段】

盖有南威之容,乃可以论于淑媛;有龙渊之利,乃可以议于断割。南威:古美女名。淑媛:贤淑的妇女。龙渊:古宝剑名,唐人避高祖李渊讳改为龙泉。这四句是说,必须自己有过人的条件,才可以批评别人。刘季绪才不能逮于作者,刘季绪:李善注引挚虞《文章志》:“刘表子,官至乐安太守(《三国志》注作“东安太守”),著诗赋六篇。”逮:达到。而好诋诃文章,诋诃(hē):诋毁指责。掎摭利病。掎摭(jǐ zhí):指责、挑剔。昔田巴毁五帝,罪三王,訾五霸于稷下,一旦而服千人,鲁连一说,使终身杜口。田巴:战国时齐国的辩士。訾(zǐ):原作“呰”,诋毁。稷下:《史记·田敬仲完世家》集解引刘向《别录》云:“齐有稷门,城门也,谈说之士,朝会于稷下也。”鲁连:即鲁仲连。杜:堵塞。据说田巴曾在狙丘和稷下等地跟人辩论,他诽谤五帝,问罪三王,一日而说服千人。但经鲁仲连对他提出质责,田巴便不再谈了。刘生之辩，未若田氏，今之仲连，求之不难，可无叹息乎？

［译文］

作为人，大概只有拥有南威一般的美貌，才能够评论美人的高低上下；有龙渊一般的锋利，才可以议论斩断切割之事。而今天刘季绪的才能达不到一般作家的水平，却喜欢指责诋毁别人的文章，挑剔其中的毛病。昔日田巴在稷下诽谤三皇五帝，诋毁春秋五霸，一日之内能够说服千人。但经鲁仲连对他提出指责，田巴便终身闭嘴不再谈了。刘季绪的论辩远不如田巴，而今天的鲁仲连，亦求之不难，他能不闭嘴吗？

［五段］

人各有好尚。兰茝荪蕙之芳，兰茝（chǎi）荪蕙：都是香草名。众人之所好，而海畔有逐臭之夫；逐臭之夫：语出《吕氏春秋·遇合》，比喻爱憎违反常情的人。《咸池》《六茎》之发，《咸池》：相传是黄帝的乐名。《六茎》：颛顼的乐名。发：这里指演奏。众人所共乐，而墨翟有非之之论，墨翟有非之之论：《墨子》有《非乐》篇。岂可同哉？

［译文］

人们各有自己的爱好。兰茝荪蕙，芳香无比，大多数人都喜欢，但是据《吕氏春秋》记载，有一个人因为身有臭味而避居海畔，却也有人去追随他；演奏《咸池》《六茎》这样的音乐，众人听了都认为是享受，而墨子却有批判的言论，这些怎么能够都强求一致？

［六段］

今往仆少小所著辞赋一通相与。往：送去，寄去。一通：一份。相与：相赠。夫街谈巷说，必有可采，击辕之歌，有应《风》《雅》，匹夫之思，未易轻弃也。击辕之歌：指民歌。古代有田野中人叩击车辕唱歌，人称之为击辕之歌。有应《风》《雅》：指符合《诗经》的国风和大、小雅。这六句均为曹植谦指自己的文章。辞赋小道，固未足以揄扬大义，揄扬：发挥。大义：指大道理。彰示来世也。彰示：明白垂示。昔扬子云，先朝执戟之臣耳，扬子云：扬雄，字子云。先朝：指西汉。执戟：汉代郎官，执戟以侍皇帝，职位卑下。犹称“壮夫不为也”。壮夫不为：扬雄《法言·吾子》：“或问：‘吾子少而好赋？’曰：‘然。童子雕虫篆刻。’俄而曰：‘壮夫不为也。'”意指作赋绘景状物是童子所习的小技,男子汉是不屑于写的。**吾虽德薄,位为藩侯,**藩侯:古代诸侯职责是保护王室,如同藩篱。**犹庶几勠力上国,**庶几:希望。勠力:并力。上国:诸侯王指帝室为“上国”,此指魏国。**流惠下民,**流惠:推广恩惠。**建永世之业,流金石之功,**流:流传。金:钟鼎。石:丰碑。古代常把功绩刻在钟鼎(金)或碑碣(石)上,以便长期保留。**岂徒以翰墨为勋绩,**岂徒:难道只是。翰墨:即笔墨,指文章。勋绩:功业。**辞颂为君子哉!若吾志不果,吾道不行,亦将采庶官之实录,**庶官:百官。实录:指史料。**辩时俗之得失,定仁义之衷,**辩:辨析。衷:中心意旨。**成一家之言。虽未能藏之名山,将以传之同好。**此句是指曹植自谦说自己的著作虽不够“藏之名山”的价值,但还可以留给同好的人。**此要之白首,岂可以今日论乎?**要:约定……期限。白首:白头。这两句是说,他这个著作计划,不到头发白了的时候,是做不成的,这些岂是今日所能谈的呢?**其言之不惭,恃惠子之知我也。**惠子:惠施,战国时人,与庄周为知交,常常互相辩论问题。惠子死后,庄子过其墓说:“自夫子之死,吾无以为质矣,吾无以言之矣。”(见《庄子·徐无鬼》)此处曹植将杨修比惠施,说因为彼此交情深厚,才敢“言之不惭”。**明早相迎,书不尽怀。植白。**

【译文】

现在把我少小之时写下的辞赋送给你一份。即使是街谈巷语,也一定有可采之处,即使是粗野之人的击辕之歌,也有符合《风》《雅》的地方,所以是不应该随便抛弃的。辞赋是雕虫小技,本来就不足以阐发深远的道理,明白地垂示后人。昔日扬雄,只不过是先朝的一小臣而已,还称辞赋为“壮夫不为”。而我虽然德薄,但是也在藩侯之位,或许还可以为国家尽忠效力,施恩于百姓之中,建立万世不朽的业绩,铭刻在金石之上,怎能只是以文学创作为功绩,用辞赋作品称雄一时呢!倘我的志向不能兑现,我的理论行不通,那我就收集官员们记载的史料,辨析时政风俗的得失,把仁义当作中心意旨写成我的作品。虽不敢说把它藏在名山之中,流传千古,但还可以把它送给自己的亲朋好友。这个计划,不到白头之日是完不成的,又岂是今日所应谈到的呢?我之所以敢大言不惭地对您说,倚仗的是你和我深厚的交谊。明天早早相迎再谈,此信难以完全表达我的情怀。曹植敬告。

评析

这封信是曹植写给杨修的，在信中曹植阐述了自己对文学的见解和政治抱负。曹植为建安文学之杰，他对文学创作体验深刻，故其论文相当透彻。他的友人多喜欢与之谈文论道，倾听其议论。由于曹植的文学成就甚高，在他的文章中常常流露出一种自傲的神情，加之他对政治寄予极大的抱负，故论文称作文为“小道”，并非轻视文学之词，乃是其自负之词。本文中骈偶间以散体，于整齐中见自然风韵。

求自试表[1]

曹植

［一段］

臣植言：臣闻士之生世，入则事父，入：指居家。出则事君；出：指出仕。事父尚于荣亲，事君贵于兴国。故慈父不能爱无益之子，仁君不能畜无用之臣。畜：畜养。夫论德而授官者，成功之君也；量能而受爵者，毕命之臣也。毕命：尽命，即献出自己的生命。故君无虚授，臣无虚受。虚授谓之谬举，虚受谓之尸禄，尸禄：指白拿官俸而不干事。《诗》之素餐所由作也。《诗》之素餐：指《诗经·魏风·伐檀》："彼君子兮，不素餐兮。"素餐：指白吃饭，不做事，与上文的"尸禄"意思相同。昔二虢不辞两国之任，二虢（guó）：周文王的两个弟弟虢仲、虢叔，一个封在东虢，一个封在西虢。其德厚也；旦、奭不让燕、鲁之封，旦、奭（shì）：指周公旦、召公奭，两个人都是文王之子，周初的大臣，很有功劳。周公旦封于鲁，召公奭封于燕。其功大也。今臣蒙国重恩，三世于今矣。三世：指武帝曹操、文帝曹丕、明帝曹叡。正值陛下升平之际，升平：指国家太平。沐浴圣泽，潜润德教，潜润：犹言浸润。可谓厚幸矣！而位窃东藩，位窃东藩：指被封为东方藩国之王。曹植被封为鄄城（今山东鄄城北）王、雍丘（今河南杞县）王。爵在上列，身被轻暖，口厌百味，目极华靡，耳倦丝竹者，爵重禄厚之所致也。退念古之受爵禄者，有异于此，皆以功勤济国，辅主惠民。今臣无德可述，无功可纪，若此终年，无益国朝，将挂风人"彼其"之讥。风人：犹言诗人。《诗经》中各国歌谣称"风"，后世遂称诗人为"风人"。彼其：即彼其之子，意为"那个人"。是以上惭玄冕，玄冕：王者的礼冠。俯愧朱绂。朱绂（fú）：红色系印的丝带。

［译文］

臣曹植上言：我听说士人活在世上，居家则侍奉父母，出仕则侍奉君王；侍

① 本文较早见于《三国志·魏志·陈思王传》。

奉父母以荣显双亲为尚，侍奉君主以兴国安邦为贵。所以慈父不能宠爱毫无益处的儿子，仁君也不能畜养一无所用的大臣。按照品行授予官职的君主，这是成功的君主；衡量自己的才能而接受爵位的臣子，这是效命的臣子。所以君主不能平白授予官职，而臣子也不能平白接受任命。平白授予官职就是胡乱选官，平白接受任命就是说白拿官俸不干事，《诗经》中的"素餐"就是这样写出的。从前二虢之所以不辞却两国的重任，是由于其品德高厚；周公、召公之所以不推让燕、鲁的封地，是由于其功劳巨大。我承受国家重恩，迄于今日已经三世了。正赶上陛下听政、国家太平之际，深受您恩泽的沐浴，以及道德教化的浸润，可以说是太荣幸了！而我被封以东方藩王之位，享有侯王之爵，身穿的是轻暖之服，口吃的是奇珍百味，眼看的是美丽的女色，耳听的是丝竹乐曲，这都是爵位高、俸禄厚的原因。退而回想古时接受爵禄的人，和我现在大不一样，他们都曾立下功劳以助国家，辅佐君主施惠百姓。现在我既没有可称道的品行，又没有可记载的功业，倘若这样一直到老，对国家朝廷毫无益处，难免会被诗人讥为"那个人啊"。我将上惭我的玄冕，下愧我的印绶。

【二段】

方今天下一统，九州晏如。晏如：安然。而顾西有违命之蜀，东有不臣之吴，使边境未得脱甲，谋士未得高枕者，诚欲混同宇内，以致太和也。太和：太平和顺。本文作于太和二年(228)，不免使人臆测言外之意太和年间不"太和"。故启灭有扈而夏功昭，启：夏后启，夏禹之子。有扈：夏时诸侯，不服从夏，启遂伐之并将其灭掉，于是天下诸侯皆朝夏。昭：明显，昭著。成克商、奄而周德著。成王：周成王，周武王之子。商：指商纣之子武庚及商朝遗民。周武王灭商后，封弟鲜于管，封弟度于蔡，使监视武庚及商遗民。成王时，管叔、蔡叔挟武庚及商遗民起事，成王命周公平之。奄：古国名，在今山东曲阜，成王时，随武庚反抗周朝，被周公所灭。今陛下以圣明统世，将欲卒文、武之功；卒：尽，完成。文武：即周文王、周武王。继成、康之隆，成康：周成王、周康王，是文王、武王事业的继承者。简贤授能，以方叔、召虎之臣，方叔、召虎：皆周宣王的贤臣，方叔曾率兵车三千辆攻楚得胜，使楚国臣服于周；召虎曾率军战胜淮夷，奉命经营谢邑。镇御四境，为国爪牙者，可谓当矣。然而高鸟未挂于轻缴，高鸟：高飞之鸟。缴(zhuó)：生丝绳，系在箭尾，以弋射禽鸟。渊鱼未悬于钩饵者，渊鱼：深渊之鱼。钩：钓鱼钩。恐钓射之术或未尽也。昔耿弇不俟光武，亟击张步，言不以贼遗于君父。耿弇(yǎn)：东汉的开国功臣，光武的部将。他与张步交战，张步兵盛，光武亲自率兵救助，陈俊对耿弇说："剧虏兵盛，可且闭营休士，以须上来。"耿弇说："乘舆且到，臣子当击牛酾酒以待百官，反欲以贼虏遗君父邪?"遂出大战，自早到晚，大破张步。(事见《后汉书·耿弇传》)故车右伏剑于鸣毂，雍门刎首于齐境。车右：指立在车子右边的保卫人员。鸣毂：毂(gǔ)，车轮中心的圆木。先秦时，齐王出猎，车左毂突然发出鸣声，虽是造车工的过失，但车右却认为鸣声惊动了齐王而自刎。后越军至齐，未交战，齐雍门子狄说："今越甲至，其鸣吾君也，岂左毂之下哉?"也自刎而死。越人听到齐国有如此烈士，不敢交战而归。(见《说苑·立节》)若此二士，岂恶生而尚死哉？诚忿其慢主而陵君也。慢：轻侮。凌：侵犯。

【译文】

现在国家统一，九州安然。然而向西望去，还有不服调遣的蜀国，东边还有不臣服的吴国，边境的将士们不能解下衣甲，谋臣们也不能高枕无忧，他们特别想统一中国，以实现太平和顺。所以启消灭有扈而夏朝功业昭著，成王攻克商、奄而周朝功德显扬。现在陛下以圣明之体治理天下，想要完成文王、武王的大业，达到成王、康王的兴盛，选拔人才，授予官职，用方叔、召虎一般的臣子，镇守边境，充当国家的爪牙，可以说是很合适的。然而高鸟未被射中，渊鱼没被钓上来，恐怕射鸟钓鱼的方法还有不完善的地方。昔日耿弇不等待光武，急忙出击张步，称不把敌人留给君父。曾经也有车右卫士听到车轴的响声便自杀，雍门子狄看到越军至境也拔剑自刎。像以上二人，难道是讨厌生存而崇尚死亡吗?确实是由于痛恨轻侮侵犯了君主，才这样做的。

【三段】

夫君之宠臣，欲以除患兴利；臣之事君，必以杀身靖乱，以功报主也。昔贾谊弱冠，求试属国，请系单于之颈而制其命；贾谊：汉文帝时著名政论散文家，曾上书文帝请求出任典属国之官，以制伏匈奴。弱冠：古时二十岁成人而行冠礼，体犹未壮，故称弱冠。终军以妙年使越，欲得长缨占其王，羁致北阙。终军：年十八岁就上书给汉武帝，自请"愿受长缨，必羁南越王而致之阙下"。妙年：少年。此二臣者，岂好为夸主而耀世哉！夸主：在人主面前夸大自己。耀：炫耀。志或郁结，欲逞其才力，输能于明君也。输能：贡献才能。昔汉武为霍去病治第，霍去病：汉武帝时大将，曾多次出击匈奴，远涉沙漠，建立奇功。

第：住宅，府第。辞曰：“匈奴未灭，臣无以家为！”固夫忧国忘家，捐躯济难，忠臣之志也。今臣居外，居外：指身居京城之外的藩国。非不厚也，厚：指待遇优厚，生活富足。而寝不安席，食不遑味者，伏以二方未克为念！二方：指吴、蜀。伏见先武皇帝武臣宿将，年耆即世者有闻矣。耆（qí）：七十岁以上者称耆，一说六十岁称耆。即世：去世，死亡。虽贤不乏世，宿将旧卒犹习战阵。窃不自量，志在效命，庶立毛发之功，以报所受之恩。若使陛下出不世之诏，不世：犹言非常、特别。效臣锥刀之用，锥刀：即锥刀之末，以喻微小。使得西属大将军，大将军：指曹真。当一校之队，一校之队：犹偏师，军中以五百人为一校，此句作者自谦，言不敢当大将。若东属大司马，大司马：指曹休。统偏舟之任，必乘危蹈险，骋舟奋骊，骊（lí）：黑色马。突刃触锋，为士卒先。虽未能擒权馘亮，擒权馘（guó）亮：活捉孙权，杀死诸葛亮。馘：斩获敌人，把耳朵割下来，以讨功请赏。庶将虏其雄率，歼其丑类，必效须臾之捷，以灭终身之愧，使名挂史笔，事列朝策。虽身分蜀境，首悬吴阙，犹生之年也。如微才弗试，没世无闻，徒荣其躯而丰其体，生无益于事，死无损于数，数：指国家运数。虚荷上位而忝重禄，荷：承受。忝重禄：愧食此重禄。忝：辱，自谦之词。禽息鸟视，终于白首，禽息鸟视：如同禽鸟一般生长和视听，但求得食，没有其他志愿。此徒圈牢之养物，圈牢之养物：谓如同牲畜一般。非臣之所志也。流闻东军失备，师徒小衄，此二句指曹休至皖与吴将陆逊战于石亭，惨败。流闻：传闻。东军：指伐吴之军。衄（nǜ）：挫折，败北。辍食弃餐，奋袂攘衽，奋袂（mèi）：挥袖。攘衽（rèn）：扯开衣襟。抚剑东顾，而心已驰于吴会矣！吴会：吴郡和会稽郡，在今江苏及浙江两省，当时属吴国。

［译文］

君王宠爱臣子，为的是铲除忧患，带来好处；臣子侍奉君主，一定要用自己的生命平定叛乱，以自己的功绩报效君主。从前贾谊刚满二十岁，自荐出任典属国，立志系匈奴单于的脖子而使其听命。终军以十八岁的年纪出使南越，想要用一条长带子，把南越王捆绑到汉朝的北宫门下。以上两位臣子，难道是喜欢在君主面前夸大自己而在世人前炫耀一番吗？他们是心志郁闷不快，想施展自己的才能，为明君效力的缘故。从前汉武帝要给霍去病修建府第，他推辞说：

"匈奴不消灭,我无心顾及家事!"而为国分忧,忘却家事,不惜生命,解除国难,这正是忠臣的心愿。现在我身居京城之外的藩国,不能说待遇不优厚,但晚上不能安然入睡,吃饭来不及仔细品尝,其原因就是忧虑吴、蜀二方还未平复。我曾经见过先朝武皇帝的武臣老将,从年老过世者那里也有所耳闻。虽然世上不缺少贤才,老将旧兵却仍旧会操习攻战之道。我不自量力,把奉献生命、为国尽忠当成自己的志向,或许可以立下微小功劳,以报答所受的大恩。倘若陛下您颁布一道特别诏书,使我能够发挥出微小的作用,或是西属大将军指挥,统领一校人马,或者是东属大司马指挥,统领一支船队。一定能够冒着危险,跨马驰骋,操舟奋进,短兵接战,身先士卒。即使不一定能够擒获孙权、斩首诸葛亮,或许可以俘虏敌军大将,歼灭敌军士兵。一定以片刻的胜利,以扫除终身的惭愧,使得英名垂于史册,事迹列于朝典。即使是战死在西蜀境内,或是头颅悬挂在东吴宫阙之上,也是虽死犹生。若是我的小才得不到试用,直至去世功名无闻,只是白白地拥有尊荣而丰壮的身躯,活着对国事无益,死了对国运也不算损失,空自享有尊贵的地位和优厚的俸禄,如同禽鸟一般生长视听,一直白头到老,这如同牲畜一般的生活,并不是我的志向。我听说伐吴之军防卫不慎,兵众略受挫折,这使我放下美食挥动衣袖,扯开长襟,手抚宝剑,回头东望,我的心已经驰往吴会了。

〔四段〕

臣昔从先武皇帝,南极赤岸,极:尽。赤岸:指赤壁,在今湖北赤壁市。**东临沧海,**沧海:即今之渤海。**西望玉门,**玉门:玉门关,在今甘肃省敦煌西北。**北出玄塞,**玄塞:指长城。古人以黑色代表北方,故北方边塞称为玄塞。**伏见所以行师用兵之势,可谓神妙矣!故兵者不可豫言,**豫:同"预",预先。**临难而制变者也。**临难而制变:意谓面临危险形势,随机应变。**志欲自效于明时,立功于圣世。每览史籍,观古忠臣义士,出一朝之命,以殉国家之难,身虽屠裂,而功铭著于鼎钟,名称垂于竹帛,未尝不拊心而叹息也。臣闻明主使臣,不废有罪。故奔北败军之将用,秦、鲁以成其功;**秦、鲁败军:春秋时秦将孟明视、西乞术、白乙丙三人曾为晋所败,被俘。放还之后,穆公仍用其为将,终于打败晋人,报仇雪耻。鲁将曹沫亦三次被齐国所败,鲁国割地求和。后鲁庄公与齐桓公在柯地会盟,曹沫持匕首劫桓公,桓公乃承诺尽还鲁地。**绝缨**

盗马之臣赦，楚、赵以济其难。绝缨盗马：春秋时楚庄王与群臣夜宴，烛灭，有人暗中引楚王美人衣。美人挽绝其缨，以告楚王。王乃命群臣绝缨，然后举火。后楚与晋战，引美人衣者奋力作战，以报庄王。秦穆公乘马走失，被野人所食，秦穆公不罪野人，又赐给他们酒喝。后秦与晋战，穆公被围，野人力战，遂大败晋人。此处用"赵"，因为秦王也出自赵氏，故互文以避上文"秦"字。臣窃感先帝早崩，威王弃世，先帝：指曹丕。威王：指任城王曹彰。二人与曹植同为曹操正妻卞氏所生。臣独何人，以堪长久。常恐先朝露，填沟壑，填沟壑：意为身死被埋。坟土未干，而身名并灭。臣闻骐骥长鸣，则伯乐照其能；骐骥：千里马。卢狗悲号，则韩国知其才。卢狗：即韩卢，古代韩国黑色壮犬名。韩国：齐人，善相狗，在狗号鸣时，就知其为善狗。是以效之齐、楚之路，以逞千里之任；试之狡兔之捷，以验搏噬之用。今臣志狗马之微功，窃自惟度，惟度：思量，忖度。终无伯乐、韩国之举，是以于邑而窃自痛者也。

［译文］

我从前曾经跟随先武皇帝，南至赤壁，东临渤海，西望玉门，北出长城，曾经看到过他行军用兵的方法，可以说是非常神妙了！所以用兵之事不能事先陈说，只不过面对各种局面，随机应变而已。我的愿望是想在明主听政之时尽忠报国，在圣世立下大功。每当我翻看史书，看到古代的忠臣义士，不惜一死为解除国家危难献身，虽然身首异处，但功绩铭刻在钟鼎之上，英名永存于史书之中，没有一次不拊心叹息。我听说圣明的君主任用臣子，并不因其有罪而抛弃不顾。所以对败军之将也会抱以信任和器重，秦国、鲁国就有过建立奇功的例子；绝缨盗马这类犯过错误的臣下被赦免，楚国、秦国赖之渡过难关。我私下里认为先帝早已病故，威王也已去世，兄弟三人，只有我毫无功业，何以承受如此之长的年寿！我总是害怕早早死去，埋入土中，坟土未干，而身躯和名声便一同消逝。我曾听说千里马长鸣，则伯乐能够了解其能力；卢狗悲痛号叫，则韩国知道它的才能。所以才把它放到遥远的路途上，以施展其日行千里的本领；所以才以追逐狡兔的迅捷，来检验它捕获撕咬的才干。现在我想立下狗马一般微小的功绩，但心中暗自思量，始终没有伯乐、韩国的推荐，因此内心才非常悲痛伤心。

［五段］

夫临博而企竦，博：古代的一种游戏。企竦（sǒng）：站着看得出神。闻乐而窃抃者，抃（biàn）：拊，以手击节。或有赏音而识道也。昔毛遂，赵之陪隶，犹假锥囊之喻，以寤主立功，何况巍巍大魏多士之朝，锥囊之喻：战国时秦国围赵邯郸，赵平原君使楚求救，门客毛遂请往，平原君不允，毛遂称："臣乃今日请处囊中耳。使遂早得处囊中，乃颖脱而出，非特其末见而已。"平原君竟与毛遂行，赖毛遂之力，与楚定合纵抗秦之约。陪隶：犹陪臣，即臣子的臣子。而无慷慨死难之臣乎！夫自炫自媒者，自炫：指士子自我炫耀才能。自媒：指女子为自己做媒。士女之丑行也；干时求进者，干时求进：迎合政局以求取官职。道家之明忌也。而臣敢陈闻于陛下者，诚与国分形同气，分形同气：指自己与魏文帝骨肉之亲。分形：从一个人身体中分出的形体。同气：即气息相同。忧患共之者也。冀以尘雾之微补益山海，荧烛末光增辉日月。是以敢冒其丑而献其忠，必知为朝士所笑。圣主不以人废言，伏惟陛下少垂神听，臣则幸矣！"圣主"三句：《三国志》无。

［译文］

面对博局站着看得出神，听到音乐暗自击节，其中也许有人懂得音乐而略知胜负路数。从前有毛遂，尽管只是赵国平原君的一名家臣，但还用锥处囊中的比喻，使得主上觉悟，为国立功，更何况我大魏有众多人才，又怎能没有慷慨悲壮、为国捐躯的臣子！自我炫耀，自当媒人，这对士人和女子而言是丑行；迎合当时，以求升官，也是道家的明忌。而我敢于对陛下陈述往事，原因在于我确实和国家（皇帝）有骨肉之亲，有患难与共之谊。希望能够用微小的尘雾补益山海，用小小的烛光给日月增辉。因此才敢不惧耻辱奉献忠心，知道一定要被朝士讥笑。但圣明的君主不以人废言，希望陛下稍稍倾听一下（我的意见），我就感到无比荣幸了。

评析

曹植是著名文学家，却一直把实现自己的政治抱负当作最高目标。然而自从曹丕掌权之后，他就一直受迫害，抑郁寡欢，如同"圈牢之养物"，所以他才"常自愤怒，抱利器而无所施，上书求自试"（《三国志·魏志·陈思王传》），写下了这篇著名的文章，以展示自己一生忠心赤胆。曹植可谓"慷慨以任气，磊落以使才"（《文心雕龙·明诗》），忠贞之情，正义之气，流荡其间。虽有时引经据典，却能信手拈来，天然浑成，恰到好处；时用骈词，也不见造作之痕。钟嵘《诗品》评其诗为"骨气奇高，词采华茂"，本文亦如此。

阮籍（210—263），字嗣宗，陈留尉氏（今河南尉氏县）人，"建安七子"之一阮瑀之子，"竹林七贤"之一。曾为步兵校尉，故世称阮步兵。魏晋之际，司马氏专政，阮籍与当权的司马氏有一定的矛盾。为生存计，阮籍不与世事，口不臧否人物，常常醉酒，采取消极抵抗的态度。其主要作品有《咏怀诗》82首，散文《大人先生传》等。世传《阮步兵集》辑本一卷。

大人先生传（节选）

阮籍

【一段】

大人先生，大人：古谓德行高尚者为大人。先生：古以有学识而年长者为先生。这里的大人、先生都是表示尊敬的称呼。盖老人也。不知姓字，陈天地之始，陈：述说。言神农、黄帝之事，昭然也。昭然：明显的样子，这里是清楚的意思。莫知其生年之数，数：岁数。尝居苏门之山，苏门之山：苏门山，在今河南省辉县西北，又称百门山。《晋书·阮籍传》载："籍尝于苏门山遇孙登，与商略终古及栖神导气之术，登皆不应。籍因长啸而退。至半岭，闻有声若鸾凤之音，响乎岩谷，乃登之啸也。遂归，著《大人先生传》。"故世咸谓之闲。咸：都。闲：清静淡泊的意思。养性延寿，性：同"生"。与自然齐光。光：广阔，遥远。其视尧舜之所事，尧舜：传说中的古帝王名。尧：陶唐氏，名放勋，史称唐尧。舜：姚姓，有虞氏，名重华，史称虞舜。他们都是上古的贤君。若手中耳。以万里为一步，以千岁为一朝，行不赴而居不处，赴：趋，快步而行。处：常。求乎大道而无所寓。大道：大道理。这里有寄托的意思。寓：居。先生以应变顺和，和：《广韵》："不坚不柔也。"天地为家，运去势隤，隤（tuí）：落。魁然独存。魁然：孤独的样子。魁：通"块"。自以为能足与造化推移，造化：自然。故默探道德，不与世同之。自好者非之，无识者怪之，不知其变化神微也。神微：神奇微妙。而先生不以世之非怪而易其务也。务：追求。先生以为中区之在天下，中区：犹言中国。区：域。曾不若蝇蚊之着帷，故终不以为事，而极意乎异方奇城，游览观乐，非世所见，徘徊无所终极。遗其书于苏门之山而去，天下莫知其所如往也。

［译文］

大人先生是一位老人。不知道他姓甚名谁，他说起天地开辟和上古神农、黄帝时的往事来，清楚地如在眼前。不知道先生有多大岁数，他曾经住在苏门山上，所以世人都说他清静淡泊，无求于世。他保养身体，延长寿命，胸怀像自然一样广阔。他回首唐尧、虞舜时所做的事，就像刚刚做完还在手边一样。在他看来一万里不过像一步那么近，一千年不过像一个早晨那么短，他走起路来从不快行，居住的地方也不固定，探求大道而无所寄托。先生顺应变化，遵循中和之道，以天地为家，在势运衰落的情况下，仍决然独处，存活于世。他认为自己能够与自然变化相推移，所以默默无声地探求着道德的真谛，不同于世上的其他人。那些认为自己高明的人非议他，没有见识的人也认为他奇怪，他们不知道大人先生的变化是何等的神奇微妙啊！而大人先生不因为世人的非议和异样眼光就改变自己的追求。在他看来，中国这块地方对整个宇宙而言，还不如一只苍蝇或蚊子落在帷幕上所占的面积那么大，所以始终认为在这里没有什么可追求从事的，而非常向往那些奇邦异域，前去游玩观览，到那些世人见不到的地方，徘徊于天地之间，从来没有终点。他把信放在苏门山上就离开了，天下没有人知道他去了什么地方。

［二段］

或遗大人先生书，或：有人。遗（wèi）：投赠。书：信。曰："天下之贵，贵：可贵之意。莫贵于君子。服有常色，服有常色：《汉书·礼乐志》："武帝即位，进用英隽，议立明堂，制礼服，以兴太平。"颜师古注："服谓衣服之色也。"按古代礼制，衣服的颜色随贵贱、吉凶而定，故言衣服有一定的颜色。常：一定。貌有常则，貌有常则："貌"：容颜，此谓面部表情。则：法则。《礼记·乐记》说："乐者为同，礼者为异。同则相亲，异则相敬。乐胜则流，礼胜则离。合情饰貌者，礼乐之事也。"言有常度，度：尺度，犹今言"尺寸"。说话有一定的分寸，这也是君子之礼。行有常式。行：行为。式：法式，模范。立则磬折，磬折：磬，乐器，形曲折。折腰如磬：形容儒生鞠躬貌。拱若抱鼓；拱若抱鼓：形容打拱时像怀抱着鼓一样。动静有节，节：节拍，犹言"板眼"。趋步商羽；趋：奔。步：行。趋步：谓走路时步子的快慢。商羽：皆乐调名，古代五音之一，这里的意思是说走步的快慢都合乎音乐的节拍。进退周旋，周旋：辗转相从，引申为应接、交接之意。咸有规矩。心若怀冰，战战慄慄；战战慄慄：原为形容寒冷颤抖之貌，这里借以形容恐惧戒谨之貌。束身修行，束：约束。身：自己。修行：修养德行。日慎一日；择地而行，择地而行：表示执礼谨慎之意。唯恐遗失。遗失：疏忽失礼。诵周、孔之遗训，周：周公，周武王之弟，名旦。孔：孔子。周公与孔子都是制礼作乐的圣人。叹唐、虞之道德；唐：唐尧，上古传说中的圣明之君。虞：虞舜，也是上古传说中的圣明之君。唯法是修，法：礼法。修：谓实践躬行。唯礼是克。克：约束。《论语·颜渊》："子曰：'克己复礼为仁。'"手执珪璧，珪(guī)璧：古代王侯朝聘祭祀用的玉器，有珪有璧，璧圆珪方，象天地之形；也有合为一者，称珪璧。手执珪璧，是朝见君王时示敬的仪礼，其物则如后世的"牙笏""朝板"之类。足履绳墨；绳墨：正曲直的工具，犹今木工用的墨斗。比喻行为正确。行欲为目前检，目前：指当世。检：法式，榜样。言欲为无穷则。无穷：无尽，指后代。则：准则。少称乡间，乡闾(lǘ)：乡邑里闾。长闻邦国，上欲图三公，图：图谋得到。三公：周以太师、太傅、太保，西汉以大司马、大司徒、大司空，东汉以太尉、司徒、司空为三公。这里泛指朝廷最高官职。下不失九州牧。九州：古分全国为九州。牧：一州之牧，最高军政长官。故挟金玉，金玉：谓珍宝。垂文组，文组：用丝织成的有花纹的绶带。垂：佩戴。享尊位，取茅土，茅土：古代帝王封五色土为社，分封诸侯时，取其土以白茅裹之相赐。取茅土：谓封诸侯。扬声名于后世，齐功德于往古。齐：齐一，等同。奉事君王，牧养百姓；牧养：治理养育。退营私家，退：告退。营：经营，管理。私家：指妻子儿女。育长妻子。卜吉宅，卜吉宅：谓占卜以求风水吉祥的宅地。虑乃亿祉。虑：思虑。亿：谓多至无穷。祉(zhǐ)：福禄。亿祉指的是世代的福禄。远祸近福，永坚固已。此诚士君子之高致，高致：高尚的情趣。古今不易之美行也。今先生乃被发而居巨海之中，被发：披发。巨海：大海。与若君子者远，吾恐世之叹先生而非之也。行为世所笑，行：行，行为。为：被。身无由自达，自达：自己进荐于君上。则可谓耻辱矣。身处困苦之地，而行为世俗之所笑，吾为先生不取也。"不取：不值得。

［译文］

有人给大人先生写信说："天下最宝贵的，莫过于君子了。他们的衣服有固定的颜色，面部表情有固定的格式，说话有一定的分寸，行为有一定规矩。站立时弯腰如磬，打拱时像怀中抱鼓；一举一动都有板有眼，走起步来都合乎音乐的节拍；进进出出，与人交接，都有一定的规矩。他们心中如怀抱冰块，战战栗栗惊恐不止；约束自己修行德行，一天比一天谨慎小心；他们择地而行，唯恐有疏忽失礼之处。口中背诵着周公、孔子的遗训，赞叹着唐尧、虞舜的道德；礼法是君子们绝对要实践躬行的，还要绝对用礼制来约束自己。他们手里拿着珪璧，笔直地走路；要使其行为成为当时的榜样，其语言成为后代的准则。少年时为家乡的地方人士所赞美，而年长以后则要闻名全国，他们的抱负向上要做'三公'，向下也要做一州州牧。因为做官，就能拥有珍宝财富，佩戴绶带，享有尊位，身列诸侯，将自己的名声显扬于后世，其功德则可与古时圣贤相比。为官时替君王办事，治理抚育百姓，告退之后经营家室，养活妻子儿女。谋求风水吉祥之地，建造住宅，考虑着使福禄得以千年万代地传下去。要远祸近福，以便永远牢固地保住自己所获得的荣禄。这才是士人君子的高尚情趣，古今不变的值得赞美的行为。如今先生却披着头发，居于大海之中，与那些君子们离得很远，恐怕世人要叹息先生的行为而加以非议。先生的行为既为世人所笑，又无法使自己进荐于君上，那可以说是耻辱了。先生身处困苦的境地，而行为又为世人所耻笑，我认为先生这样做是不值得的。"

［三段］

于是先生乃逌然而叹，逌(yóu)然：悠然自得的样子。这里有意味深长的意思。**假云霓而应之曰："若之云尚何通哉？**假：借。云霓：霓，副虹，位于主虹的外侧，色带内红外紫。若：人称代词，你。**夫大人者，乃与造物同体，**造物：创造世界万物者，这里指自然。**天地并生，逍遥浮世，**逍遥：狂放不拘、怡然自得的样子。浮世：谓飘浮于世。浮：自在无定的意思。**与道俱成，**道：自然之道。**变化散聚，不常其形。天地制域于内，**域：区域，境界。内：内心。**而浮明开达于外。**浮明：自在明智。开达：自然表现。外：外形。**天地之永固，非世俗之所及也。吾将为汝言之：往者天尝在下，地尝在上，反覆颠倒，未之安固，焉得不失度式而常之？**度式：法度规范。**天因地动，**因：随。**山陷川起，**川：河谷。**云散震坏，**震：谓雷。**六合失理，**六合：指天地四方。理：次序，条理。**汝又焉得择地而行，趋步商羽？往者群气争存，**往者：从前。群气：犹言万物。**万物死虑，**死虑：担心死亡。**支体不从，**支体：肢体。从：顺从。**身为泥**

土，根拔枝殊，枝殊：枝叶脱离根干。咸失其所，汝又焉得束身修行，磬折抱鼓？李牧功而身死，李牧：战国时赵国名将，曾屡破秦军，以功封武安君，后因秦国贿赂赵王宠臣郭开诬其欲反而被杀。伯宗忠而世绝。伯宗：春秋时晋大夫，忠而好直谏，为权臣所害。进求利以丧身，进求：进，仕进，做官。求：谋求。营爵赏而家灭，营：营谋。汝又焉得挟金玉万亿，祗奉君上而全妻子乎？祗（zhī）奉：敬奉。且汝独不见虱之处于裈中？裈（kūn）：裤子。逃乎深缝，匿乎坏絮，坏絮：破败的棉絮。自以为吉宅也；行不敢离缝际，动不敢出裈裆，自以为得绳墨也；饥则啮人，啮（niè）：咬。自以为无穷食也。然炎丘火流，炎丘：炎土，指南方炎热之地。火流：谓酷热如火般流来。焦邑灭都，群虱死于裈中而不能出。汝君子之处区内，亦何异乎虱之处裈中乎？悲夫！而乃自以为远祸近福，坚无穷已！亦观夫阳乌游于尘外，阳乌：《广雅》："日亦名阳乌。"《论衡·说日》："儒者曰：'日中有三足乌。'"而鹪鹩戏于蓬芠，鹪鹩（jiāo liáo）：鸟名，体长约三寸，羽毛赤褐色，略有黑褐色斑点，尾羽短，略向上翘，以昆虫为食。蓬芠（jì）：蓬，蓬草。芠：浮萎。小大固不相及，汝又何以为若君子闻于余乎？且近者夏丧于商，周播之刘，播：转移。刘：指刘邦建立的汉朝。耿、薄为墟，耿、薄：商朝旧都。耿是祖乙所都，即邢，在今山西河津市。薄为汤所都，薄即亳，在今河南商丘。墟：废墟。丰、镐成丘。丰、镐：周初旧都，文王建丰，武王作镐京，均位于今陕西省西安市西南。至人来一顾，至人：谓道德修养达到最高境界的人，即人人。而世代相酬。相酬：酬，劝酒。这里是相传做土之意。厥居未定，厥：其。他人已有，汝之茅土，将谁与久？是以主人不处而居，不修而治，日月为正，正：主体。这里是说，把日月作为自然万物的主体。阴阳为期。期：时日。这里是说，以阴阳的转换、昼夜的变化来计算时间。岂吝情乎世，吝：顾惜。系累于一时？乘东云，驾西风，与阴守雌，据阳为雄，与阴守雌，据阳为雄：古人把世间万物划分为阴阳，阴为柔与雌相对，阳为刚与雄相称。志得欲从，物莫之穷，物莫之穷：万物是没有穷尽的。又何不能自达，而畏夫世笑哉？"

［译文］

在这时先生却意味深长地叹息着，借天空中垂下的云霓回答说："你这种说法又怎么能行得通呢？那大人与造物者同为一体，与天地一起生成，他自由自在地在世上飘游，因为他与道同时形成，世间的生死变化，并不能损害他的形体。大人将天地包容于他的内心，因而在形迹上表现出自在明智。在大人看来，天地的永固不变，是绝非世俗之人所能理解的。我还要对你说：从前天曾经在下面，地曾经在上面，反复颠倒，没有固定，那么怎样才能不失法度规范而保持固定不变呢？天随着地而摇动，山岳陷落，河谷突起，云散雷消，天地四方颠倒紊乱，那时你还怎么能'择地而行''趋步商羽'呢？从前万物争着生存，又都担心自身的死亡，而肢体不随心意，身躯化为泥土，如草木之根拔枝断，都失去根本所在，那时你又怎么能够'束身修行'而'磬折抱鼓'呢？李牧有功，却遭受杀身之祸，伯宗忠于晋国，反而被绝了后代。仕进求利而被杀丧生，谋求爵赏而使家门灭绝，那么你又怎么能够保有亿万珍宝，敬奉君王而保全妻子儿女呢？况且你难道没有看见过待在裤裆中的虱子吗？它们逃到裤子的深缝里，藏匿于破败的棉絮之中，自以为找到了风水吉利的住宅；行动不敢离开裤缝、裤裆，而又自以为做得对；饿了就咬人，自以为有吃不尽的食物。然而当南方炎土热气如火般袭来，城市都邑全被烤焦，那时虱子也只能死在裤子之中出不来了。你们君子活在世上，和虱子活在裤子之中，又有什么不同呢？可悲啊！而你却自以为远离灾祸亲近福禄，坚固无比！看一看那阳乌高翔于九天之上，而鷦鷯游戏于蓬草芰荷之间，大与小本来就是无法相比的，你又凭什么认为像你这样的君子无所不闻呢？况且近世夏朝被商朝所灭，周朝的天下又被刘邦的汉朝所取代，商朝当初的京城耿与薄已经变成废墟，周朝当初的京城丰与镐也已成为土丘。大人到世间来一趟，则人间世代做主人的轮流款待他。你住的地方还未定下来，就已经被他人所据有，又有谁把诸侯爵位长久地分封给你呢？因此，主人不久居一处，不洒扫也不整治，以日月作为万物之主，以昼夜的交替来计算时日。怎么能留恋于世间人情，被一时所牵累呢？来时乘着东云，去时驾着西风，与阴相处保持其柔韧，与阳相处化为刚强，志向得以满足，想法能够实现，万物是没有穷尽的，又有什么必要自我荐达，而怕世人耻笑呢？”

评析

《大人先生传》是阮籍撰写的一篇赋体传记，也是魏晋时的散文名篇。“大人先生”是虚构的人物，也是作者理想的化身。孙登是当时的著名隐士，也是阮籍推崇的人物，《大人先生传》即是作者取材于孙登并加以神化而来，借以抒写自己的理想。同时在虚幻的外形下对司马氏的统治,特别是虚伪的礼法制度及礼法之士,进行了激烈的斥责和无情的嘲讽。

《大人先生传》在形式上以问答的散赋为主,杂以骚赋体式与五言诗,借用赋体长篇大论的对话以表达内容的表现手法,写得变化诡奇,生动至极。这里节选的是《大人先生传》的前三段。第一段是对"大人先生"的介绍;第二段是世间礼法之士给大人先生的信,信中通过礼法之士赞美"君子"的口吻,描绘了"君子"的迂腐虚伪和向上爬的丑态;第三段是大人先生回答的前半篇,驳斥了信中礼法之士的非难,揭穿了"君子"守礼求荣、吃人帮凶的实质和可怜可笑的处境,痛快淋漓地对虚伪的礼法之士加以嘲骂。文中运用寓言式的精彩描写,对"君子"的丑恶本质进行了有力的揭露批判,尖锐、辛辣、巧妙,同时也在汪洋恣肆的气势中,将作者的信念和出世思想表现了出来。

嵇康(223—263),字叔夜,谯国铚(今安徽宿州)人,“竹林七贤”之一。应朝廷征辟为郎中,拜中散大夫。魏晋易代之际,嵇康在政治上不与司马氏集团合作,嗜酒放诞,蔑弃礼法,与司马氏发生直接冲突,终于被杀害。其主要文学成就是散文,代表作是《与山巨源绝交书》《难自然好学论》和《管蔡论》。他的文章善于持论,析理绵密,辞采壮丽。后世辑有《嵇中散集》。

与山巨源绝交书

嵇康

【一段】

康白:足下昔称吾于颍川,足下:这里指山涛。颍川:指山涛的叔父山嵚(qīn),曾为颍川(今河南省许昌市东)太守,故以颍川代指山嵚。山涛曾在山嵚面前谈及嵇康不愿出任官职的事。吾常谓之知言,知言:知己之言。然经怪此意尚未熟悉于足下,此意:指嵇康不愿出仕之意。何从便得之也?前年从河东还,河东:郡名,今山西省南部黄河以东地区,嵇康曾避居在这里。显宗、阿都说足下议以吾自代,显宗:公孙崇的字,谯(今安徽亳州市)人,曾任尚书郎。阿都:吕安的小名,东平(今山东东平县)人。二人俱为嵇康的挚友。自代:代替自己。事虽不行,知足下故不知之。故:原来。不知之:不了解自己。足下傍通,傍通:即旁通,通达,有随机应变之意。多可而少怪;可:认可,同意。怪:疑怪。指山涛处世圆滑。吾直性狭中,狭中:心胸狭隘。多所不堪,不堪:不耐,不能忍受。偶与足下相知耳。间闻足下迁,间:近日。迁:升迁。指山涛由尚书吏部郎升任大将军从事中郎。惕然不喜;惕然:恐惧的样子。恐足下羞庖人之独割,羞:以此为羞耻。庖人:厨师。引尸祝以自助,尸祝:祭祀时念祈祷之辞的人。此二句的意思是,山涛以独自做官感到难为情,想拉嵇康帮助自己。亦有责山涛引荐不当之意。手荐鸾刀,荐:进。鸾刀:带铃的屠刀。漫之膻腥。漫:玷污。膻腥:动物腥臊的气味。故具为足下陈其可否。具:详尽。

［译文］

嵇康陈述:您过去在颍川山嵚面前称赞我不愿出仕,我曾说那是知己之言,然而我常奇怪自己这种想法还没被您所了解,您怎么得知我的志趣呢?前年我从河东回来,显宗、阿都说您打算让我接替您的职务,事情虽未办成,也由此可知您原来是不了解我的。您博通事理,随机应变,遇事多附和而少怀疑,我性情褊急,有许多事不能忍受,只是偶然和您认识罢了。最近听说您要升迁,我又忧虑担心起来,怕您觉得自己单独做起官来难为情,要拉上我当您的助手,就像厨师不愿一个人去屠宰,定要拉上祭师去帮忙一样,让我也拿起屠刀,沾得满身膻腥。因此,我要向您详细地陈述不能这样做的理由。

［二段］

吾昔读书,得并介之人,并介之人:褊狭孤介之人,指自己。**或谓无之,今乃信其真有耳。性有所不堪,真不可强。**真:本性。强(qiǎng):勉强。**今空语同知有达人,**空语:虚谈。同知:共知。达人:通达事理之人。**无所不堪,外不殊俗,**外:外表。殊俗:与世俗不同。**而内不失正,**内:内心。**与一世同其波流,而悔吝不生耳。**悔吝:悔恨而遗憾。**老子、庄周,吾之师也,**老子:老聃,春秋时楚国人,道家的创始人,他曾做过周柱下史,后转为守藏史(掌典籍的秘书官)。庄周:庄子,战国时宋国蒙(今河南省商丘东北蒙泽)人,道家的主要代表人物,他曾做过宋国蒙地的漆园吏。**亲居贱职;**居:任。**柳下惠、东方朔,**柳下惠:即展禽,名获,字季,春秋时鲁国人,因居柳下,死后谥为惠,后人尊称其为“柳下惠”。他曾任过士师(狱官)。东方朔:字曼倩,平原厌次(今山东省德州市附近)人,汉武帝时曾任侍中。**达人也,安乎卑位,吾岂敢短之哉!**短:轻视。**又仲尼兼爱,**仲尼:孔子字。兼爱:《庄子·天道》:“孔子曰:‘中心物恺,兼爱无私,此仁义之情也。’”兼爱即泛爱。**不羞执鞭;**执鞭:赶车人。《论语·述而》:“子曰:‘富而可求也,虽执鞭之士,吾亦为之。’”**子文无欲卿相,**子文:春秋时楚国人,曾三度任令尹,史称令尹子文。《论语·公冶长》:“令尹子文,三仕为令尹,无喜色,三已之,无愠色。”令尹为楚国的宰相。**而三登令尹,是乃君子思济物之意也。**济物:济世。**所谓达能兼善而不渝,**达:显达,仕途得志。渝:改变。**穷则自得而无闷。**穷:困厄,仕途不得志。得:得意。闷:忧虑。**以此观之,故尧、舜之君世,**尧、舜:唐尧、虞舜,古代传说中的贤君。君世:君临天下。许由之岩栖，许由：字武仲，传说尧想让位于他，他不肯接受，便隐居在箕山（今河南省登封市东南）之下。岩栖：栖宿于山岩之中，指隐居。子房之佐汉，子房：张良的字。张良曾辅佐刘邦亡秦灭楚，建立汉王朝。接舆之行歌，接舆：春秋时楚国的隐士。行歌：边走边唱歌。《论语·微子》："楚狂接舆歌而过孔子。"其揆一也。揆（kuí）：道理，标准。仰瞻数君，可谓能遂其志者也。遂：从，实现。故君子百行，百行：各种各样的行为。殊途而同致，循性而动，循性：按照本性。各附所安。附：依托。安：安身。故有处朝廷而不出，入山林而不返之论。且延陵高子臧之风，延陵：即季札，春秋时吴公子，因封于延陵（今江苏常州市），故又称延陵公子，这里是以延陵代指季札。高：推崇。子臧：春秋时曹国公子。曹宣公死后，公子负刍杀太子自立，曹人想立子臧为君，子臧辞而不受，逃往宋国。公元前560年，吴王长子诸樊将依父遗命立季札为君，季札绝辞，并举子臧事以自勉。事见《左传·成公十五年》。长卿慕相如之节，长卿：汉司马相如的字，汉武帝时人，著名辞赋家。相如：指战国时赵国人蔺相如，因在与强秦的斗争中英勇不屈，屡挫秦国而被封为上卿。司马相如年轻时因慕蔺相如之为人而更名相如。节：品质。志气所托，不可夺也。夺：改变。吾每读尚子平、台孝威传，尚子平：即向子平，名长，曾做过小官，后归隐以砍柴为生。台孝威：名佟，以出仕为苦，故隐居武安山中，凿穴为居，以采药为生。见《后汉书·逸民传》。慨然慕之，慨然：赞叹的样子。想其为人。少加孤露，孤：幼年丧父。露：无庇护。母兄见骄，母兄见骄：即为母兄所溺爱而骄纵。不涉经学。涉：涉猎，阅览。经学：经书。汉代以来尊儒书《六经》为修身致仕之经典。性复疏懒，筋驽肉缓，筋驽肉缓：筋骨迟钝，肌肉松弛。头面常一月十五日不洗，不大闷痒，不能沐也。每常小便，而忍不起，令胞中略转乃起耳。胞：借作"脬"（pāo），膀胱。略转：纠结发胀的意思。又纵逸来久，纵逸：恣肆放纵。情意傲散，傲散：孤傲散漫。简与礼相背，简：简略，谓行止随便，不拘礼俗。懒与慢相成，慢：傲慢。而为侪辈见宽，侪（chái）辈：同辈人。宽：宽容。不攻其过。又读《庄》《老》，重增其放，重：更加。放：放纵，放达。故使荣进之心日颓，荣进：以入仕为荣。颓：衰。任实之情转笃。任实：放任本性。笃：厚。此犹禽鹿，禽：同"擒"。少见驯育，驯育：驯服养育。则服从教制；长而见羁，见羁：被系缚。则狂顾顿缨，狂顾：急剧地掉头回顾。顿缨：扯断绳索。赴蹈汤火；虽饰以金镳，金镳：马勒旁的铁衔，俗称马嚼子。飨以嘉肴，飨：喂饲。嘉肴：精美的饲料。愈思长林而志在丰草也。

【译文】

我过去读书，知道有一种褊狭孤高的人，当时我认为没有，如今我才相信确实有这样的人。人的性格中对有些事不能容忍，本性是不能勉强的。现在大家都空谈所谓通达的人，没有什么事不能忍受的，他们外表与世俗之人一样，内心里却不失正直，可与世俗随波逐流，又不会产生悔恨遗憾之心。老子、庄周是我所师承的，他们的职位都很卑下；柳下惠、东方朔是通达的人，他们都安于低下的职务，我又怎么敢妄论他们的不足呢？再如孔子提倡博爱，不以替人驾车为羞耻；子文没有做令尹的欲望，却三次登上相位，这是君子想救世济人的心意啊。这就是圣人所说的君子显达就施恩于百姓，而不改变其志向；穷困就自得其乐而不产生忧虑。由此看来，从前尧、舜做世上的君主，许由隐居在山林之中，张良辅佐刘邦建立汉朝，狂士接舆边走边歌，他们遵循的标准是一样的。我抬头瞻望诸位先生，他们可以说是能够实现自己志愿的人了。所以说君子的行为虽多种多样，但殊途同归，都是顺着本性而行，各有各的归宿。因此有在朝廷做官就不愿去隐居，进山林隐居就不愿返回出仕的说法。况且延陵季札崇尚子臧的风范，司马长卿羡慕蔺相如的节操，用以寄托自己的志向，这是不能强行改变的。我每次阅读尚子平、台孝威的传记，想到他们的为人，都非常赞叹羡慕。我少年丧父，很受母亲和哥哥的娇宠，从来不研读儒家的经典。性格又疏散懒惰，筋骨迟钝，肌肉松弛，经常几十天不洗脸，不是头皮闷痒得难以忍受，就不愿去洗澡。每次小便时，常忍着不愿起来，让尿在膀胱里滚动胀得快要溢出时才起身。加之为母兄放纵由来已久，性情孤傲散漫，举止随便，与礼法相违背，而懒散与傲慢却相辅相成，又被同辈人所宽容，没有批评过我的不足。经常阅读《庄子》和《老子》，更加助长了我的狂放，因此进仕求荣的心志日益减弱，放任本性的情绪日渐强烈起来。这就像野鹿，从小捉来驯育，就会服从主人的管教和制约；如果鹿已长大，再加束缚，那它就会疯狂地四处张望，挣脱绳索，哪怕是赴汤蹈火也不顾了；即使给它佩戴上铁镳子，拿精美的饲料喂它，它仍然会越发思念那茂密的森林，向往那肥美的草原。

【三段】

阮嗣宗口不论人过，阮嗣宗：阮籍，字嗣宗，陈留尉氏（今河南尉氏县）人。"竹林七贤"之一，嵇康的好友。曾为步兵校尉。吾每师之，而未能及；至性过人，至性：纯真的天性。与物无伤，物：外物，别人。《庄子·知北游》："圣人处物不伤物，不伤者，物亦不能伤也。"唯饮酒过差耳。过差：过度。至为礼法之士所绳，礼法之士：拘守礼法的人，指拥护司马氏的何曾等人。绳：纠弹。《文选》李善注引孙盛《晋阳春秋》："何曾于太祖（司马昭）坐谓阮籍曰：'卿任性放荡，败礼伤教，若不革变，王宪岂得相容？'谓太祖：'宜投之四裔，以洁王道。'太祖曰：'此贤素羸病，君当恕之。'"疾之如雠，幸赖大将军保持之耳。大将军：指司马昭。保持：保全。吾不如嗣宗之资，资：天赋的资质。而有慢弛之阙，慢弛之阙：高傲散漫的缺点。阙：同"缺"。又不识人情，闇于机宜；闇（àn）：不明白，不理解。机宜：时宜，时代的需要和好尚。无万石之慎，万石：汉太中大夫石奋及其四子薪俸都是两千石，合为万石，号万石君。石奋历事高祖、文帝、景帝，以谨慎著称，在人前"如不能言者"。《史记》《汉书》都有传。而有好尽之累。好尽：喜欢直言不讳。累：过失。久与事接，疵衅日兴，疵：缺点。衅：事端。虽欲无患，其可得乎？又人伦有礼，人伦：古代人与人之间的道德关系，特别是长幼尊卑之间。朝廷有法，自惟至熟，惟：思。熟：精细。有必不堪者七，甚不可者二：卧喜晚起，而当关呼之不置，当关：守门的人。不置：不停。一不堪也。抱琴行吟，弋钓草野，弋（yì）：用带绳子的箭射，这里指射鸟。钓：钓鱼。而吏卒守之，不得妄动，二不堪也。危坐一时，危坐：端坐。痹不得摇，痹（bì）：麻木。摇：晃动。性复多虱，性：身体。一说"性"为生。把搔无已，把：手抓。而当裹以章服，章服：绣有花纹以表示等级的官服。揖拜上官，三不堪也。素不便书，素：向来。不便：不习，不善于。书：书写。又不喜作书，作书：写信。而人间多事，堆案盈机，堆案盈机：公文堆满桌案。机：同"几"，案几。不相酬答，则犯教伤义，犯教伤义：触犯教化，损害理义。欲自勉强，则不能久，四不堪也。不喜吊丧，而人道以此为重，人道：犹言世情。已为未见恕者所怨，未见恕者：不宽恕我的人。至欲见中伤者。至：甚至。中伤：攻击，陷害。虽瞿然自责，瞿然：惊恐的样子。然性不可化，化：改变。欲降心顺俗，降心：压抑自己的内心。则诡故不情，诡故：违反故常。不情：不合真情。亦终不能获无咎无誉。咎：责难。誉：赞许。如此，五不堪也。不喜俗人，而当与之共事，或宾客盈坐，鸣声聒耳，聒（guō）耳：喧闹扰耳。嚣尘臭处，嚣尘臭处：喧嚣、尘垢、臭气所集，这里指官场交际。千变百伎，百伎：各种各样的花招。伎，伎俩，花招。在人目前，六不堪也。心不耐烦，而官事鞅掌，鞅掌：忙碌。机务缠其心，机务：紧要的公务。世故繁其虑，世故：世俗人情。繁其虑：使自己的心神受扰而不得安宁。七不堪也。又每非汤、武而薄周、孔，非：非难，抨击。汤：商汤。武：周武王。商汤和周武王分别是取代夏桀、商纣而自立的君主。当时司马昭父子借维护礼教，援用汤、武"以臣代君"的事例，为自己篡位造舆论。嵇康非议汤、武必然招致司马氏的怨恨。薄：轻视。周、孔：周公与孔子。周公与孔子是传统礼教的创制者，嵇康用薄周、孔以示反对礼教，必为世教所不容。在人间不止，人间：与隐居相对而言，指官场。此事会显，世教所不容，会：将会。显：暴露。此甚不可一也。刚肠疾恶，刚肠：比喻素性刚直。疾恶：痛恨丑恶的人和事。轻肆直言，轻肆：轻率放肆。遇事便发，此甚不可二也。以促中小心之性，促中小心：指胸怀褊窄。促：狭窄。中：内心。统此九患，不有外难，当有内痛，宁可久处人间耶？又闻道士遗言，饵术、黄精，饵：吃。术（zhú）：一名山蓟，根可作药用。黄精：百合科植物，茎可供药用。古人认为久服可以轻身延年。令人久寿，意甚信之；游山泽，观鱼鸟，心甚乐之；一行作吏，一行：一经。此事便废，安能舍其所乐而从其所惧哉！

【译文】

阮籍从来不议论别人的过错，我每每以他为师，却不能赶上他；他天性纯真超过一般人，待人接物从无伤害之心，只有爱喝酒的毛病。以致被墨守礼法的人所责难，恨得像对仇人一样，幸亏得到大将军的保护。我不如阮籍的天资，而又有傲慢懒散的缺点，加之不懂得人情，不明了事理；没有万石君那么谨慎，而有喜好尽情直言的毛病，同世事接触久了，每天都要发生事端，既然想避免麻烦，又怎么可能呢？人与人之间是有礼约束的，朝廷上是有法可依的，我思考得很清楚，如果我想做官的话，必定不能忍受的有七件事，特别不适宜的有两件事：我爱睡懒觉，起得很晚，一旦做官，看门人就要不停地叫我起床，这是第一件不能忍受的事。抱着琴散步吟唱，在郊野射鸟钓鱼，一旦做官，吏卒们守在我的身边，使我不能随便走动，这是第二件不能忍受的事。当官要端正地坐着办公，腿脚麻木也动弹不得，可我爱生虱子，搔起痒来没完没了，可还得穿着礼服去拜迎官长，这是第三件不能忍受的事。我平素不善写字，又不喜欢写信札，而官场事情繁多，公文信件堆满桌子，不相互往来酬答，就会违反礼教伤害情义，想自我勉力去做，却又不能长久，这是第四件不能忍受的事。我不喜欢吊丧，而世俗人情却把这看得很重，自己的行为已经被不能谅解的人所怨恨，甚至有人借此对我进行诬蔑中伤。我虽然惊惧自责，然而本性不能改变，要抑制本心去顺从世俗，那是违背本性不合情理的，而且即使这样也终不能做到既不受怪罪也不受赞誉。这就是第五件不能忍受的事。我不喜欢世俗之人，而做官就要与他们共事，有时宾客满座，喧哗吵闹之声刺耳，在那嚣尘弥漫、臭气聚集的地方，各式各样的花招都呈现在人的眼前，这是第六件不能忍受的事。我心中不能忍耐繁杂的事务，而官府事务忙碌，政务缠绕心头，人世的变故纷乱使人烦恼，这是第七件不能忍受的事。我又经常非难商汤、周武王而鄙薄周公、孔子，如果在官场上不停止这类议论，这种议论定将会传扬开来，为世俗礼教所不容许，这是最不能适应的第一件。我性格刚直，痛恨丑恶，轻慢放肆，敢于直言，遇事就要发脾气，这是最不能适应的第二件。以我这种心胸狭隘的性情，控制这九种毛病，即使对外没有遭遇灾祸，也会使内心产生痛苦，又怎么能长久地生活在人间呢？又听道士们说过，服用术和黄精这些药物可令人长寿，我心中非常信服；在山湖间漫游，看看游鱼飞鸟，我心中非常高兴；可是一经做官，这些好事就都不能做了，我怎么能舍弃自己乐意去做的事，而去干那些自己害怕干的事呢！

［四段］

夫人之相知，相知：相交，相亲。**贵识其天性，因而济之。**济：成全。**禹不逼伯成子高，**据《庄子·天地》记载：尧在位时，伯成子高为诸侯，尧将王位传给舜，舜后来又将王位传给禹。伯成子高不愿做诸侯而归耕于野。禹去请他做诸侯，伯成子高认为禹德薄，拒绝禹的请求，而禹尊重伯成子高的意愿，并不强迫他做诸侯。**全其节也；仲尼不假盖于子夏，**仲尼：孔子字仲尼。假：借。盖：车盖。子夏：卜商，字子夏，春秋时卫国人，孔子弟子，生性吝啬。《孔子家语·致思》云：孔子出行，正下雨而无伞，弟子想去向子夏借伞，孔子知道子夏吝啬，为了给子夏护短，不肯向子夏借伞。**护其短也；近诸葛孔明不逼元直以入蜀，**元直：徐庶字元直，汉末人。据《三国志·蜀书·诸葛亮传》记载：曹操南征时，徐庶和诸葛亮都跟随刘备从樊城向南败逃。后因徐庶的母亲被曹军俘获，徐庶就辞别刘备而归附曹操，诸葛亮并没有逼徐庶随刘备入蜀。**华子鱼不强幼安以卿相，**华子鱼：华歆字子鱼。幼安：管宁字幼安。据《三国志·魏书·管宁传》载：华歆和管宁是同窗好友，后来华歆做了魏文帝的相国，举荐管宁为相，管宁不肯出仕，举家浮海而逃，华歆也不强留。**此可谓能相终始，真相知者也。足下见直木不可以为轮，曲者不可以为桷，**桷（jué）：方椽。**盖不欲以枉其天才，**枉：屈。

天才：指本性。意为使它们天生的材料受委屈。**令得其所也。故四民有业，**四民：指士、农、工、商。**各以得志为乐，**得志：满足心愿。**唯达者为能通之，此足下度内耳。**度（duó）内：考虑之内。**不可自见好章甫，**章甫：冠名。**强越人以文冕也；**文冕：有纹饰的帽子。《庄子·逍遥游》："宋人资章甫而适诸越，越人断发文身，无所用之。"**已嗜臭腐，养鹓雏以死鼠也。**鹓雏：传说中鸾凤一类的鸟。《庄子·秋水》："南方有鸟，其名为鹓雏……非梧桐不止，非练食不食，非醴泉不饮。于是鸱得腐鼠，鹓雏过之，仰见祝之，曰'吓'！"**吾顷学养生之术，**顷：近来。养生之术：保养身心、延年益寿的健身之法。**方外荣华，**方：正在。外：疏远。荣华：指富贵显达。**去滋味，**去：丢弃。滋味：美味。**游心于寂寞，**游心：心神灌注。寂寞：宁静，淡泊。**以无为为贵，**无为：顺应自然变化。**纵无九患，**纵：即使。九患：指上文所说的"七不堪""二甚不可"。**尚不顾足下所好者。又有心闷疾，顷转增笃，**增笃（dǔ）：加重。**私意自试，**私意自试：内心自问。**不能堪其所不乐。自卜已审，**卜：考虑。审：周密。**若道尽途穷则已耳。足下无事冤之，**无事：不要。冤：委屈。**今转于沟壑也。**转于沟壑（hè）：辗转于山沟河谷，指流离死亡。

［译文］

人与人的交往，贵在能了解对方的天性，顺着他的天性成全他。夏禹不逼迫伯成子高出仕，是为了成全子高的节操；孔子不向子夏借车盖，是为子夏护短；近代诸葛孔明不逼迫徐庶进蜀，华子鱼不强迫管幼安做卿相，这可以说是他们的相处能相始终，是真正的知心朋友了。您知道直木不可能做成车轮，弯曲的木头不可以做木椽，大概是因为不愿意违拗它天然的形状，使其能各得其所。所以士、农、工、商，四民各有职分，都以能满足自己的心愿为乐，唯有通达的人才能明白其中的道理，这本是您所应该明了的。不可把自认为是漂亮的礼帽，就强迫越人也都戴上有纹饰的帽子；自己喜好吃腐臭的肉，就用死鼠来喂养鹓雏。我近来学习养生之术，正鄙弃荣华，摒弃美味，心情寂寞，崇尚无为，即使没有那"九患"，我尚且对您所喜好的东西不屑一顾。我又有心闷的病，近来越发加重，自己私下盘算，不能忍受那些自己不愿意做的事了。我自己已经考虑明确，如果到了没路可走的地步也就罢了。您不要做委屈我的事，让我辗转沟壑陷入绝境啊。

［五段］

吾新失母兄之欢，新失母兄之欢：指胞兄刚去世。**意常凄切。**凄切：悲痛。女年十三,男年八岁,未及成人,况复多病,顾此悢悢,顾此:看到这些。悢(liàng)悢:悲恨。如何可言!今但愿守陋巷,教养子孙,时与亲旧叙阔,叙阔:叙述离别之情。陈说平生。平生:往事。浊酒一杯,弹琴一曲,志愿毕矣。足下若嬲之不置,嬲(niǎo):纠缠,烦扰。不过欲为官得人,为官得人:替朝廷拉人。以益时用耳。益:资助。时用:当时的需要。足下旧知吾潦倒粗疏,潦倒:精神散漫,放任不羁。粗疏:粗心大意,不拘礼法。不切事情,不切事情:不接触世事。自惟亦皆不如今日之贤能也。惟:思。贤能:贤明能干之人,这里指在朝为官的人。若以俗人皆喜荣华,独能离之,离:丢掉。以此为快,此最近之,近之:接近我的性情。可得言耳。可得言:可以这样讲。然使长才广度,使:如果。长才广度:优越的才能和宽宏的度量。无所不淹,淹:贯通。而能不营,营:求。乃可贵耳。若吾多病困,若:至。病困:为病所困。欲离事自全,离事自全:远离世事以保全自己。以保余年,此真所乏耳,真:天性。所乏:缺少的。岂可见黄门而称贞哉!黄门:宦官。称:赞许。贞:贞洁。这是说,宦官不淫乱,不能赞许为贞洁,正像自己缺少才能而不做官,不能算高尚一样。若趣欲共登王途,趣(cù):通"促",催逼。王途:仕途。期于相致,期:期望。致:招致。时为欢益,欢益:欢乐而受益。一旦迫之,必发其狂疾,自非重怨,自非:若非。重怨:深仇。不至于此也。野人有快炙背而美芹子者,野人:居于田野之人,指农民。快炙背:以晒背为乐事。炙:烤。美芹子:以芹子为美味。《列子·杨朱》云:宋国有个农夫,想把太阳晒脊背取暖的方法献给君王,以求重赏。同里的富人告诉他说,从前有人爱吃芹子等物,向乡绅称道,乡绅一尝,苦涩难禁,吹嘘芹子好吃者遭到众人的嘲笑。欲献之至尊,至尊:君主。虽有区区之意,区区:至诚。亦已疏矣。疏:远于事理。愿足下勿似之。其意如此,既以解足下,解:解释,说明。并以为别。别:离开。这里是分手、绝交的意思。嵇康白。

［译文］

我的胞兄刚刚去世,心中经常悲切。女儿年十三岁,儿子年八岁,还没有长大成人,况且又体弱多病,看到这些我不禁悲伤,又有什么可说的呢?如今我只愿住在这陋巷之中,教养子孙,不时与亲朋故旧叙说离别之情,谈论以往的事情。喝一杯浊酒,弹一首琴曲,我的心愿就满足了。您如果缠着我不放,那不过是想替朝廷拉人,以图对现世有所帮助罢了。您从前知道我放任散漫,粗心大意，不拘礼法，不近世俗人情，我自己也认为各方面都不如当今属官的贤能之士。如果以为俗人都喜欢荣华富贵，而我独能抛开它，并以此为快，这就接近我的性情了，可以这么说。假如原来是才高量大，无所不能的人，却不去钻营仕途，那才是真可贵哩。至于像我这样多病多累，打算离开世事而保全自身，以尽余年的人，这是天性不足罢了，怎么能见了宦官就称赞他贞洁呢？假若急于让我共赴仕途，希望把我招去，和我共享欢乐，一旦来逼近我，那我一定会发疯的，若不是跟我有深仇大恨，就不至于这样做。乡下有以晒太阳为快活，以水芹菜为美味的人，想把这些献给君主，虽然是一片诚心，可也太不切合实际了。但愿您不要像他们一样。我的想法就是如此，说出来既是向您解释清楚，也借此表示绝交。我陈述完了。

评析

《与山巨源绝交书》约写于魏元帝曹奂景元二年（261），是年嵇康 38 岁。当时曹氏集团与司马氏集团的斗争非常激烈，不少名士牵扯进去丢了脑袋。嵇康一方面不满于司马氏集团的专横残暴，厌恶统治者提倡的虚伪礼教，一方面要保全自己的性命，于是他选择了“离事自全”的方式，寓居山阳，拒不出仕，常与阮籍、山涛、向秀、阮咸、刘伶、王戎游于竹林之中，世称“竹林七贤”。有一次他听说司马氏要拉他做官，便逃到河东躲藏起来，他回来不久，好友山涛又要升官，嵇康担心山涛拉他出仕，便写了这篇绝交书。文中以较多的笔墨说明自己不适于担任官职的原因，所谓“九患”的理由，明确表达了他对礼法和礼法之士的轻蔑和“非汤武而薄周孔”的政治态度，这正是对标榜名教、高谈周公摄政、阴谋篡位的司马氏集团的有力揭露和抨击。作者在文中提出的“循性而动，各附所安”的思想，倡言“任实”“得志”，性情率直，精神解放，是对当时虚伪礼教的彻底否定。嵇康本想“离事自全”，但他“刚肠疾恶，轻肆直言”的性格和他这篇凌厉峻激的绝交书，终于将他送上死路。这篇散文的特点是态度严峻，词气雄放，字里行间都浸透着作者那种激愤的情绪，在挥洒自如、随心所欲的宣泄中显示出尖锐的锋芒，将作者峻急刚烈的个性与玩世不恭的态度很好地结合起来。同时文章较多地运用典故、成语和一些生动的比喻，使文章富于形象性和讽刺的效果。而句法上排句、叠句排闼而来，又使文章意尽文畅，气势充沛。此外，本文重视运用华丽辞藻，更显示出骈文的特色。

养生论

嵇康

【一段】

世或有谓神仙可以学得，不死可以力致者；或云上寿百二十，古今所同，过此以往，莫非妖妄者。李善注引《养生经》，黄帝问天老曰："人生上寿一百二十年，中寿百年，下寿八十年，而竟不然者，皆夭耳。"此皆两失其情，请试粗论之。

【译文】

世间有人说神仙可以通过勤学而学成，长生可以凭借努力而做到；也有人说人的最高寿命是一百二十岁，古今相同，超过一百二十岁以上，全都是虚妄谬论。这两种说法都有失情理，请让我试为略述如下。

【二段】

夫神仙虽不目见，然记籍所载，记籍：书籍。前史所传，较而论之，较而：犹"较然"，明显貌。其有必矣！似特受异气，禀之自然，非积学所能致也。至于导养得理，以尽性命，上获千余岁，下可数百年，可有之耳。而世皆不精，故莫能得之。何以言之？夫服药求汗，或有弗获，而愧情一集，涣然流离。涣然：汗出貌。流离：犹"淋漓"。终朝未餐，终朝：谓整个早晨。则嚣然思食；嚣然：饥饿貌。而曾子衔哀，曾子：指孔子的学生曾参，以至孝闻名。衔：含。《礼记·檀弓上》："曾子谓子思曰：伋，吾执亲之丧也，水浆不穴于口者七日。"七日不饥。夜分而坐，夜分：半夜。则低迷思寝；低迷：神志模糊，昏昏沉沉。内怀殷忧，则达旦不瞑。瞑：通"眠"。"瞑"原作"暝"，据张溥本改。劲刷理鬓，劲刷：吕向注："谓梳也。"醇醴发颜，醴（lǐ）：甜酒。仅乃得之；壮士之怒，赫然殊观，赫然：盛怒貌。植发冲冠。植：竖立。由此言之，精神之于形骸，犹国之有君也。神躁于中，而形丧于外，犹君昏于上，国乱于下也。夫为稼于汤之世，偏有一溉之功

者，偏：表示范围的副词，意为只、单单。**虽终归燋烂**，燋（jiāo）烂：此谓被阳光烤焦。相传商汤之世大旱七年，事见《荀子·富国》《淮南子·主术》《说苑·君道》等。原有旧注云：（汤之世）“一无‘之’字。”**必一溉者后枯。然则一溉之益，固不可诬也。而世常谓一怒不足以侵性，一哀不足以伤身，轻而肆之，是犹不识一溉之益，而望嘉谷于旱苗者也。是以君子知形恃神以立，神须形以存；悟生理之易失**，失：违背。**知一过之害生。故修性以保神，安心以全身，爱憎不栖于情，忧喜不留于意，泊然无感**，泊然：恬淡无欲貌。感：惑。**而体气和平**。气：指人的精神状态。**又呼吸吐纳**，呼吸吐纳：指道家的导气引体、吐故纳新的养生术，实为呼吸和躯体运动相结合的体育疗法。《庄子·刻意》：“吹呴呼吸，吐故纳新，熊经鸟申，为寿而已矣。”成玄英疏：“斯皆导引神气，以养形魄，延年之道，驻形之术。”**服食养身**，服食：指服用各种药物，为道家养生术之一。**使形神相亲，表里俱济也**。济：弥补，补益。

【译文】

大凡神仙虽然不能用眼看见，然而各种典籍有所记载，前代史书有所陈述，通过比较来考察，神仙肯定真有啊！但好像他们与众不同地承受了灵异之气，并且是承受于天地自然，不是坚持学习所能做到的。至于疏导调养得法，得以尽享天命，多的能享一千多年，少的可达数百年，也是有的。然而世人都不精通（疏导调养之法），所以没有谁能做得到。根据什么这样说呢？大凡服食药物以求发汗，有时不能如愿，然而羞愧之情一旦交集，便会大汗淋漓。早上没有吃饭，便会饥饿思食；然而曾子饱含哀痛，能够七天不觉腹饥。半夜独坐，便会神志不清昏昏欲睡；然而心怀重忧，便能直到大亮不思睡眠。用硬毛梳整理鬓发，浓酒焕发红颜，也仅仅是通过外物得到的效果；然而壮士盛怒，威武雄壮，景观奇异，头发直立，上冲头冠。由此说来，精神在形体之中，就好像国家拥有君主。精神躁动于形体之中，而形体丧亡于精神之外，就好像君主昏聩于上位，国家混乱于下方。又如在商汤大旱的年代种植庄稼，独有一人灌溉了一遍，虽然最终庄稼全都枯焦，但一定是灌溉一遍的庄稼最后干枯。所以灌溉一遍的益处，确实不能抹杀。然而世人常说发怒一次不足以侵害性情，哀恸一次不足以伤损身体，满不在乎恣行哀怒，这就像不懂得灌溉一次的益处，而盼望干旱的禾苗长成丰谷一样。因此，君子懂得形体倚恃精神方得以确立，精神须有形体方得以存在；知道在现实生活中很容易违误养生之理，而对于那些戕生的做法，哪怕是偶以为之，也会有害生命，所以修炼性情以保养精神，安定心神以保全身形，爱憎之情不栖止于心怀，忧喜之意不滞留于胸中，恬静淡泊无欲无惑，因而形体精神和顺安宁。又能够导引运动，服药养身，使得形体精神和融相处，外表内里都得到补益。

【三段】

夫田种者，一亩十斛谓之良田，斛（hú）：古代容量单位，合十斗。此天下之通称也，不知区种可百余斛。区种（ōu zhòng）：指在田里按一定距离开沟挖穴，将种子播入其间的一种农作法。此法便于小范围内深耕细作，集中施肥灌水，所以产量较高。《太平御览》卷七百二十"田种"作"种田"，于义较长。"十"字下原有旧校云："'十'下一有'二'字。"田种一也，至于树养不同，树养：种植培养，即田间管理。则功收相悬。谓商五十倍之利，利：原作"价"，据吴钞本改。农无百斛之望，此守常而不变者也。且豆令人重，李善注引《经方小品》云："仓公对黄帝曰：大豆多食，令人身重。"又引《博物志》云："食豆三年，则身重，行止难。"榆令人瞑，瞑：通"眠"。"啖榆则瞑（《四部备要》本《博物志》卷二作"眠"），不欲觉也。"合欢蠲忿，合欢：植物名，落叶乔木。蠲（juān）忿：消除忿怒。崔豹《古今注·草木》："合欢，树似梧桐……树之阶庭，使人不忿，嵇康种之舍前。"萱草忘忧，萱草：又作谖草，古人称之为忘忧草。《诗经·卫风·伯兮》毛传："谖草令人忘忧。"愚智所共知也。薰辛害目，薰辛：指辛辣腥膻的肉、菜等食物。薰：通"荤"。李善注引《养生要》曰："大蒜多食，荤害目。"豚鱼不养，豚鱼：指河豚，肉味鲜美，但肝脏、生殖腺及血液有剧毒，经处理后方可食用。养：利。常世所识也。虱处头而黑，麝食柏而香，麝：兽名，俗称香獐，似鹿而小，雄麝脐与生殖器之间有腺囊，能分泌麝香。香：此指麝香。李善注引《本草名医》曰："（麝）常食柏叶，五月得香。"颈处险而瘿，瘿（yǐng）：囊状肿瘤，多生于颈部。《淮南子·地形训》："险阻气多瘿。"齿居晋而黄。晋：古晋国，在今山西省。相传晋地人喜欢吃枣，久而久之，牙齿变黄。推此而言，凡所食之气，蒸性染身，莫不相应。岂惟蒸之使重而无使轻，害之使暗而无使明，薰之使黄而无使坚，芬之使香而无使延哉！芬：香气，此用为动词，指用香气熏染。延：谓延长寿命。故《神农》曰"上药养命，中药养性"者，《神农》：又称《神农经》，即魏吴普等述的《神农本草经》。《博物志》卷七："《神农经》曰：'上药养命。'谓五石之练形，六芝之延年也。'中药养性。'谓合欢蠲忿，萱草忘忧也。"诚知性命之理，因辅养以通也。辅养：犹"调养"。

［译文］

种田的人，把一亩能收十斛粮食的土地称为良田，这是天下的共同说法，却不知道区种之法可以收获百余斛粮食。田地的种法是一方面，至于田间管理不同，则收成情况相差悬殊。说商人没有十倍的利润，农民没有百斛的期望，这是持守常规不知变通的人。况且吃大豆使人体重，吃榆叶使人多眠，合欢树能够消除愤怒，忘忧草能够忘掉愁忧，这些愚笨的人和聪明的人全都知晓。辛辣食物有害双眼，河豚有毒对人身体无益，寻常世人亦均了解。虱居人头上而体变黑，麝食柏叶而生麝香，人居住险阻之处颈部易生肿瘤，居住晋国故地牙齿容易变黄。以此类推，进一步说，大凡所食之物的禀气，烘蒸人性，熏染人身，（使食物禀气与人的性情身形）无不相应。哪里仅仅是烘蒸人体使之变重而不使之变轻，伤害双眼使之黑暗而不使之光明，熏染牙齿使之变黄而不使之坚固，芳香人体使之馨馥而不使之长寿呢！所以《神农本草》说"上等药物滋养命，中等药物滋养性"，这确实是懂得性命原理，因而注重调养以求身体通泰。

［四段］

而世人不察，惟五谷是见，声色是耽；耽：专注，沉溺。**目惑玄黄，耳务淫哇；**玄黄：本指天地之色，此泛指各种颜色。务：通"瞀"，眩惑。淫哇：淫邪之声。《老子》第十二章："五色令人目盲，五音令人耳聋。"**滋味煎其府藏，醴醪鬻其肠胃，**滋味：泛指各种美味佳肴。府藏：同"腑脏"。醴醪（lǐ láo）：美酒。鬻：通"煮"。《周礼·春官·肆师》："及果，筑鬻。"郑玄注引郑司农语："筑煮，筑香草煮以为鬯。"陆德明释文："鬻音煮。""鬻"下原有旧注："一作'煮'。"吴钞本、张溥本"鬻"作"煮"。**香芳腐其骨髓，喜怒悖其正气，**悖：乱。**思虑销其精神，哀乐殃其平粹。**平粹：此指人的平和纯粹的精神品质。**夫以蕞尔之躯，攻之者非一涂，**蕞（zuì）尔：小貌。涂：同"途"。**易竭之身而外内受敌，身非木石，其能久乎？其自用甚者，**自用：自行其是，放任自流。**饮食不节以生百病，好色不倦以致乏绝，风寒所灾，百毒所伤，**百毒：各种有害人体的物质，亦包括引起疾病的细菌、病毒以及药剂中配加的有毒性的药材。李善注引《汉书》杜钦上书曰："佩玉晏鸣，《关雎》叹之，知好色之伐性短年也。"**中道夭于众难，世皆知笑悼，**笑悼：谓既嘲笑又哀怜。李善注："谓笑其不善养生，而又哀其促龄也。"**谓之不善持生也。至于措身失理，亡之于微，积微成损，积损成衰，从衰得白，从白得老，从老得终，闷若无端，**闷若：犹"闷然"，不觉貌。**中智以下，谓之自然。纵少觉**

悟，咸叹恨于所遇之初，而不知慎众险于未兆。所遇之初：谓身体感到不适之时。遇：得，此指得病。兆：起始，萌生。《老子》曰："未兆易谋。"是由桓侯抱将死之疾，而怒扁鹊之先见，由：犹。桓侯：诸书记载或为"蔡桓侯"，或为"齐桓侯"，二人均与扁鹊同时的赵简子的时代相距太远，莫知孰是。扁鹊：春秋时名医。据《韩非子·喻老》，扁鹊数次见蔡桓侯，分别警告其病"在腠理""在肌肤""在肠胃"，桓侯因己无痛感而很不高兴。扁鹊再一次见桓侯时，已经"疾在骨髓"，不可救治了。五日之后，桓侯觉得体痛，派人找扁鹊，扁鹊已逃往秦国，桓侯不治而死。以觉痛之日为受病之始也。害成于微，而救之于著，故有无功之治。驰骋常人之域，故有一切之寿，一切：权宜。仰观俯察，莫不皆然。以多自证，以同自慰，谓天地之理尽此而已矣。纵闻养生之事，则断以所见，谓之不然。其次狐疑，虽少庶几，庶几：希望，但愿。莫知所由。其次自力服药，半年一年，劳而未验，志以厌衰，中路复废。或益之以畎浍，而泄之以尾间，畎浍（quǎn kuài）：田间水沟。李善注引孔安国曰："一亩之间，广尺深尺曰畎，广二寻深二刃曰浍。畎浍深之，亦入海也。"尾闾：传说中海水泄出之处。欲坐望显报者。或抑情忍欲，割弃荣愿，而嗜好常在耳目之前，所希在数十年之后，又恐两失，内怀犹豫，心战于内，物诱于外，交赊相倾，交赊：近远，此指眼前的嗜好与数十年之后的长寿。倾：倾轧，排斥。如此复败者。夫至物微妙，至物：最高深的事物，包括养生长寿之事。可以理知，难以目识，譬犹豫章生七年，然后可觉耳。豫章：同"豫樟"，枕木与樟木的并称。《史记·司马相如列传》张守节正义引《活人》语："豫，今之枕木也；章，今之樟木也。二木生至七年，枕樟乃可分别。"今以躁竞之心，涉希静之涂，希静：寂静无声。希：无声。《老子》第十四章："听之不闻，名曰希。"河上公注："无声曰希。"意速而事迟，望近而应远，近：谓历时较短。故莫能相终。夫悠悠者既以未效不求，悠悠者：谓众多的世人。既：副词，全，都。而求者以不专丧业，偏恃者以不兼无功，追术者以小道自溺，偏恃：谓仅仅倚重于一个方面，即只注重于养神、保形、导引、服药等某一个方面。术：方法，技术，此指世间流传的养生奇术。小道：斜路。凡若此类，故欲之者，万无一能成也。

【译文】

然而世俗之人不懂这些，他们只看到五谷食粮，只沉溺歌舞女色；眼睛眩惑于五颜六色，耳朵迷乱于淫邪之声；各种美味煎熬他们的腑脏，佳酿美酒烧煮他们的肠胃，芬芳香味腐烂他们的骨髓，狂喜盛怒扰乱他们的正气，竭思尽虑销损他们的精神，悲哀欢乐伤害他们的纯情。就凭他们那渺小的躯体，攻击的敌人来自许多方面，容易枯竭的身体内外受敌，身体不是木石，怎么能够长久呢？其中那些过于放任的人，饮食不知节制而滋生百病，贪恋女色不觉疲倦而导致精气匮乏，冷风寒气有所侵害，各种毒物有所损伤，半生夭折于众多祸难，世人都知道对其讥笑与哀怜，说他不善于保养生命。至于处置己身不合养生之理，身体衰弱从那细微之过开始，积累细微便造成小的损害，积累小的损害便造成人的衰弱，从衰弱到白头，从白头到苍老，从苍老到死亡，不知不觉之中似乎没有头绪，中等才智以下的人，说这种情况是出于自然。即使是稍稍有所觉悟，全都在得病之初叹息怨恨不已，而不知道在各种险难尚未萌生时多加慎重。这就好像桓侯身怀将死之病，却对扁鹊的先见之明非常生气，并认为自己感觉到痛苦的日子才是染病的开始。病害形成于细微不觉之中，而救治却在病症显著之时，所以方有无效的治疗。人们纵横奔波在寻常世人的范围之内，所以有这权且称为寿命的寿命，往远看往近看，无不如此。（他们常常）用多数人的行为来验证自己（的行为），用与多数人的行为相同来安慰自己的心神，称天地之间的道理全都在此了。即使多方面听到了养生之事，则用自己的经验加以判断，称其不妥。其次，有人犹豫迟疑，虽然稍有养生的愿望，却不知道从何做起。再次，有人自己致力于服食药物，吃过半年、一年，虽经劳碌而没有功效，养生之志因厌倦而衰减，半路又荒废了。有的人补益的营养如田间细流，消耗的能量如尾闾巨窟，却坐在那里盼望显著的回报。有的人压抑情感隐忍欲望，舍弃各种美好的心愿，然而嗜好经常展现在耳目之前，所期望的结果却要产生在数十年之后，又担心养生与嗜好两者皆失，胸中犹豫不定，内心左右矛盾，外物诱惑不断，近况远景相互排斥，如此又获失败。大凡最高深的事物精微玄妙，可以用道理推知，难以用眼睛辨识，就好像枕、樟二树生长七年，然后才能察觉二树的不同。如今用这躁动竞进之心，步入虚无寂静之途，心意欲速而事功迟缓，期望尽快奏效而成效之期遥远，所以不能坚持始终。大多数人都因未见功效而不求养生，而思谋养生的人由于心不专一而败亡其业，偏执一法的人由于不能兼顾而没有功效，追求养生奇术的人由于道路不正而自我沉溺，大凡都是这么几类，所以想要养生长寿的人，万人之中没有一个人能够成功的。

【五段】

善养生者则不然矣。清虚静泰，少私寡欲，知名位之伤德，故忽而不营，非欲而强禁也；识厚味之害性，厚味：美味。性：生命。故弃而弗顾，非贪而后抑也。外物以累心不存，神气以醇白独著；旷然无忧患，寂然无思虑。又守之以一，养之以和，和理日济，同乎大顺。一：即道家学说的“道”。和理：人的和顺身心的功能。《庄子·缮性》：“古之治道者以恬养知，知生而无以知为也，谓之以知养恬。知与恬变相养，而和理出其性。”成玄英疏：“知之与恬文相养也，斯则中和之道存乎寸心，自然之理出乎天性。”济：增加。大顺：谓与“道”的原则完全相适应。《老子》第六十五章：“玄德深矣，远矣，与物反矣，然后乃至大顺。”林希逸曰：“大顺即自然。”然后蒸以灵芝，润以醴泉，晞以朝阳，绥以五弦，无为自得，体妙心玄，忘欢而后乐足，遗生而后身存。蒸：进。晞：晒。绥：安。五弦：指琴。体妙心玄：谓身心达到非常舒适难以言表的状态。若此以往，庶可与羡门比寿，王乔争年，何为其无有哉！羡门：古仙人羡门高，又作羡门高篌、羡门高誓。王乔：古仙人王子乔。

［译文］

善于养生的人则不是这样。他们清纯虚无，恬静安泰，减少私心和欲望，懂得名誉地位伤损德性，所以忽视它而不去追求，并不是渴望名位而强自禁止；认识到美味佳肴危害性命，所以抛弃它而不加留恋，并不是贪图美味而后自我压抑。身外之物因其牵累心神而不挂在心上，精神元气因其醇素淡泊而独能显著；心胸开阔没有忧患，情绪平静没有思虑。又能用玄妙的“道”持守自己，用和谐平顺的方法调养自己，使得自己和顺身心的功能一天天增强，同归于自然大道。然后再进补灵芝，滋饮甘泉，迎照朝阳，安抚素琴，无为自得，身心惬意而舒畅美满，遗忘欢乐而后感到自我满足，遗忘生命而后得以长寿。像这样，大概便可以与羡门高比试寿命，与王子乔较量年寿，怎么会没有长寿的人呢？

评析

嵇康《养生论》的所论重点，在于常人的养生，认为：“至于导养得理，以尽性命，上获千余岁，下可数百年，可有之耳。”而常人极少能养生，原因在于怀有“躁竞之心”，结果“万无一能成”。文章从正面提出，对待“名位”应加以忽视而不去追求；对待“厚味”，应抛弃而不眷恋。内心要做到无忧患，然后用灵芝、醴泉等药酒滋补，再辅以音乐等，这样可达到延年益寿的目的。

嵇康行文，讲究文采，讲究四字句、六字句的骈对，其中以六字句相对仗居多。从骈文角度考察，是颇为可取的。

刘伶（约221—300），字伯伦，沛国（今安徽宿州西北）人，“竹林七贤”之一。他和阮籍、嵇康一样，反对当时司马氏的统治，常佯狂饮酒，放情肆志，自我麻醉，以避免当时的政治迫害。

酒德颂

刘伶

［一段］

有大人先生，大人：古代用以称圣人贤者。先生：对有德业者的敬称。大人先生在此处是作者对自己的称谓。**以天地为一朝**，朝（zhāo）：从平旦至食时为朝。**万期为须臾**，万期：万年。期（jī）：周年。须臾：一会儿。**日月为扃牖**，扃（jiōng）：门。牖（yǒu）：窗户。**八荒为庭衢**。八荒：四方和四隅为八方，八方极远处为八荒。庭衢（qú）：指院落。衢：街道。**行无辙迹，居无室庐**。《老子》：“善行无辙迹。”马融《琴赋》：“游闲公子，中道失志，居无室庐。”喻超脱旷达，不囿世俗。**幕天席地**，幕天席地：以天为幕，以地为席。**纵意所如**。如：往。**止则操卮执觚**，卮（zhī）：古代一种圆形盛酒器。觚（gū）：古代一种饮酒器。**动则挈榼提壶**，挈（qiè）：提，举。榼（kē）：古代一种盛酒器。**唯酒是务**，务：勉力从事。**焉知其余**。

［译文］

有一位大人先生，把开天辟地以来看作一个清晨，一万年看作是一会儿，太阳和月亮当作门窗，四野八荒当作里巷。他行踪不定，居无定所，把天当作帷帐，把地当作席子，想怎样就怎样。停下来时就端起酒杯，行走时就提着酒壶，心里想的、追求的只有酒，哪里还知道其他的事呢？

［二段］

有贵介公子，贵介：尊贵。公子：古代用以称诸侯之子，后多用称官宦人家子弟。**搢绅处士**，搢（jìn）绅：也称缙绅，古代高级官吏的装束。搢：插，此处指插笏（hù）。绅：指腰间大带。《晋书·舆服制》：“所谓搢绅之士者，插笏而垂带也。”此处指代做官的人。处士：隐士。**闻吾风声，议其所以。乃奋袂攘襟，**袂（mèi）：袖子。奋袂：撸起衣袖。攘襟：撩起衣襟。**怒目切齿，陈说礼法，是非锋起。**锋起：滔滔不绝，没完没了。

【译文】

有尊贵的公子，有做过官的士大夫，还有隐士，听到我的名声，对我的行为纷纷议论起来。他们挽起衣袖，撩起衣襟，横眉立目，咬牙切齿，陈述着礼教法度，一片嗡嗡嘤嘤。

【三段】

先生于是方捧罂承槽，罂（yīng）：瓮，指酒瓮。槽：盛酒的器具。**衔杯漱醪，**漱：喝。**奋髯踑踞，**奋髯（rán）：摆动着胡子，表示悠然自得，毫不在意。髯：两颊上的胡子。踑踞（jī jù）：即箕踞，坐时臀部着地，两足向前伸展像个簸箕，表示放荡不守礼法。**枕曲藉糟，**曲：酒母。藉：垫着。糟：酒糟。**无思无虑，其乐陶陶。**陶陶：快乐的样子。**兀然而醉，**兀然：无知觉的样子。**豁尔而醒。**豁尔：突然清醒过来的样子。**静听不闻雷霆之声，熟视不见泰山之形。不觉寒暑之切肌，**切：接触。**利欲之感情。**感情：这里是动心的样子。感：动。**俯观万物之扰扰焉，如江汉之载浮萍。**扰扰：纷乱的样子。**二豪侍侧焉，**二豪：指贵公子与隐士。**如蜾蠃之与螟蛉。**蜾蠃（guǒ luǒ）：蜂的一种，体青黑，细腰，用泥在墙或树上作窝。螟蛉（míng líng）：蛾的幼虫，蜾蠃捕捉螟蛉，存放在窝里，然后产卵在它们身体里，卵孵化后便以螟蛉为食。古人误以为蜾蠃不产子，喂养螟蛉为子，故用“螟蛉”比喻义子。此处将二豪比作二虫。

【译文】

这时我正捧着酒瓮，接着酒槽，嘴里衔着酒杯，喝着浊酒，摇动着胡子，伸腿大坐，枕着酒麴，垫着酒糟，无忧无虑，乐不可支。不知不觉喝醉了，一下子又清醒过来。静静地听，听不见打雷的声音，仔细地看，看不见泰山的形状。不知道冷热的变化，不知道为利欲而动情。低头看世间万物，纷乱不堪有如大河里漂动的浮萍；贵公子和隐士侍立在旁边，就好像蜾蠃和螟蛉那样的小虫。

评析

《酒德颂》是现存刘伶唯一的作品。酒德指饮酒的德行。刘伶在此文中塑造了一个为酒所醉的“大人先生”的形象。在“大人先生”的眼中,世间万物都丧失了它原有的存在和力量,时间已不再构成生命的威胁,“以天地为一朝,万期为须臾”。空间也骤然缩小,“日月为扃牖,八荒为庭衢”。这里人格的力量超然伟大,“俯观万物之扰扰焉,如江汉之载浮萍”。至于那些宣扬礼法的卫道者“贵介”与“搢绅”“处士”,在“大人先生”的眼中,不过是蝇虫而已。在司马氏专权的黑暗时期,统治者常以维护名教为名,杀戮政治反对派,迫害士人。刘伶反对司马氏的统治,厌恶虚伪的名教礼法,但为避免政治迫害,只好佯狂饮酒,做一位醉酒的“大人先生”。《酒德颂》所表现出的藐视一切存在的气概,敌视礼教之士的反抗精神,既高扬了人格的力量,批判了当时的黑暗政治,同时也抒发了作者压抑的愤世之情。这篇《酒德颂》充满了浪漫色彩,气魄豪迈,用辞又骈偶间行,有无意追求而自至的特点。

李密（224—278），一名虔，字令伯，犍为武阳（今四川眉山市）人。历任蜀汉尚书郎、大将军主簿、太子洗马等官，蜀亡后，晋武帝于泰始三年征召他为太子洗马，诏书累下，郡县逼迫，李密乃上表陈情，辞不就职，得到许可。后出仕晋朝，任尚书郎、河内温县令、益州大中正、汉中太守等职，因得罪权贵而去官。事见《华阳国志·后贤志》《晋书·孝友传》。

陈情事表

李密

［一段］

臣密言：臣以险衅，险衅：危难与不幸，这里指命运不济。**夙遭闵凶，**夙（sù）：早，指幼年。闵（mǐn）凶：悲伤凶险之事，这里指的是父死母嫁。**生孩六月，慈父见背。**见：指代第一人称“我”。慈父见背：即慈父离我而去，这是父亲死去的委婉说法。**行年四岁，**行年：经历的年岁。**舅夺母志。**舅夺母志：此句指李密的舅父强迫他母亲改嫁。**祖母刘愍臣孤弱，**愍（mǐn）：通“悯”，哀悯。**躬亲抚养。**躬亲：亲自。**臣少多疾病，九岁不行，零丁孤苦，至于成立。**成立：成人自立。**既无叔伯，终鲜兄弟。**终：又。鲜：少。**门衰祚薄，**门衰祚（zuò）薄：家门衰微，福分浅薄。祚：福泽。**晚有儿息。**儿息：儿子。**外无期功强近之亲，**外：家门之外。期功：古服丧一年为期服。服丧九月为大功，服丧五月为小功。这里以服丧名称指代近门亲属。强近：比较亲近。**内无应门五尺之僮。**应门：客来开门接待。僮：同“童”，指未成年的仆人。**茕茕独立，**茕（qióng）茕：孤独的样子。独：一作“孑”。**形影相吊。**吊：怜悯。**而刘夙婴疾病，**婴：缠绕。此言祖母刘氏长期疾病缠身。**常在床蓐，**蓐（rù）：草席。**臣侍汤药，未曾废离。**废：荒废，停止。

［译文］

臣下李密上言：我因命运坎坷，幼年遭遇不幸。刚生下六个月，慈父就去世了；到了四岁时，舅父强迫母亲改嫁。祖母刘氏怜悯我孤独幼弱，亲自把我抚养。我小时候经常生病，九岁时还不能走路，孤苦伶仃。直到长大成人，既没有叔伯，又没有兄弟。门庭冷落，福分浅薄，很晚才有儿子。在外面没有服丧与共的近亲，在家中没有照应门户的童仆。孤独无依，形影相伴。而祖母刘氏多年疾病缠身，经常卧床不起，我侍奉汤药，从没有间断或离开过。

［二段］

逮奉圣朝，逮：等到。**沐浴清化**。清化：清明的教化。**前太守臣逵**，太守：郡的最高军政长官。逵（kuí）：太守的名。**察臣孝廉**；察：荐举。孝廉：汉代以来选拔人才的科目，以孝顺父母、操行清廉为标准。晋代沿袭此制。**后刺史臣荣**，刺史：州的最高军政长官。荣：刺史的名。**举臣秀才**。秀才：当时选拔人才的科目，由州举荐，以文才出众为标准。**臣以供养无主，辞不赴命。诏书特下，拜臣郎中**；拜：授予。郎中：官名，尚书台各部门的长官。**寻蒙国恩**，寻：不久。**除臣洗马**。除：授予官职。洗马：太子的侍从官。**猥以微贱**，猥：谦词，同"辱"。**当侍东宫**，东宫：太子所居之宫，这里指太子。**非臣陨首所能上报**。陨（yǔn）：坠落。陨首：即掉脑袋。**臣具以表闻**，具：详细。闻：上达。**辞不就职。诏书切峻**，切峻：迫切而严厉。**责臣逋慢**。逋（bū）慢：逃避而轻慢。逋：逃避。**郡县逼迫，催臣上道；州司临门**，州司：州府官吏。**急于星火。臣欲奉诏奔驰，则刘病日笃**；笃（dǔ）：病重。**欲苟顺私情**，苟：姑且。**则告诉不许。臣之进退，实为狼狈**。

［译文］

自从到了晋朝，我承受着清明的教化。先前郡太守逵，推举我为孝廉；后来州刺史荣又举我为秀才。我因家中没有赡养祖母的人，故而推辞没有前往应命。如今陛下特地下达诏书，任命我为郎中；不久又承蒙国恩，授职太子洗马。以我这样微贱的人，承担侍奉太子的重任，即使肝脑涂地，也无法报答皇上的知遇之恩。当时我都上表奉闻，辞职不就。可是陛下如今诏书又下，言辞迫切严厉，责备我逃避征召，倨傲无礼。郡县官府前来逼迫，催我上路；州府官吏也登门催促，急如星火。我想奉诏上路，奔驰复命，但祖母刘氏的病一天比一天重；想姑且迁就自己的心愿，留在家中奉养祖母，而我的请求又得不到允许。这让我一时进退两难，十分狼狈。

［三段］

伏惟圣朝以孝治天下，伏惟：敬语，俯伏思忖。凡在故老，故老：年高有德之人。犹蒙矜育；矜育：怜悯，抚养。况臣孤苦，特为尤甚。且臣少仕伪朝，伪朝：指蜀汉。李密曾在蜀汉任职。历职郎署，郎署：尚书台官署。本图宦达，宦达：官位显达。不矜名节。矜：这里是顾惜的意思。今臣亡国贱俘，至微至陋，过蒙拔擢，拔擢(zhuó)：提拔。宠命优渥，岂敢盘桓，盘桓：逗留不前的样子。有所希冀？希冀：希望，企求。但以刘日薄西山，薄：迫近。气息奄奄，奄奄：气息微弱的样子。人命危浅，危浅：危急，短促。朝不虑夕。虑：预料。臣无祖母，无以至今日；祖母无臣，无以终余年。母孙二人，更相为命。更相为命：互相依靠而维持生命。是以区区，区区：恳切的意思。不能废远。废远：废养而远离。

［译文］

我低头思忖，圣朝以孝道治理国家，凡是年高有德之人，都得到怜惜和赡养，况且我与祖母孤独贫苦，更是不同寻常。再说我年轻时事奉蜀汉，曾经任职于尚书台，本来就希望官职显达，并不顾念自己的名节。现在我成了亡国的卑贱俘虏，极其渺小浅陋，受到陛下过分的提拔和优厚的任命，哪里还敢徘徊观望，有什么非分的企求呢？只因祖母刘氏已经日薄西山，气息奄奄，生命垂危，朝不保夕。我如果没有祖母的抚养，就不能活到今天；祖母如果没有我的赡养，就不能安度晚年。祖孙二人，相依为命，因此我实在不能丢下侍奉祖母的责任而离开远去。

［四段］

臣密今年四十有四，祖母刘今年九十有六，是臣尽节于陛下之日长，报刘之日短也。乌鸟私情，乌鸟私情：相传乌鸦长大后反哺其母。这里借以喻报答祖母的抚育之恩。愿乞终养。终养：养活到最后。臣之辛苦，辛苦：辛酸苦楚，指不幸的身世。非独蜀之人士及二州牧伯所见明知，二州：指梁州和益州，晋初把陕西汉中一带原属益州的地区别置梁州。牧伯：指刺史。皇天后土，实所共鉴。皇天后土：指天神地神。共鉴：共同察知。愿陛下矜愍愚诚，矜愍：怜悯。听臣微志。听：准许。庶刘侥幸，庶：或许。侥幸：意外幸运。保卒余

年。卒:终于。**臣生当陨首,死当结草**。结草:《左传·宣公十五年》载:晋大夫魏武子生病时,嘱咐儿子魏颗,在自己死后将一宠妾改嫁。及临终又嘱将其殉葬,但魏颗依前嘱将宠妾改嫁。后来魏颗与秦国作战时,恍惚间见一老人结草绊倒秦将杜回,被魏颗擒住。夜间有一老人给魏颗托梦,自称宠妾之父,特来报恩。**臣不胜犬马怖惧之情**,怖惧:恐怖畏惧。**谨拜表以闻**。拜:呈。

【译文】

臣下我今年四十四岁,祖母刘氏今年九十六岁,因此可以说,我效忠陛下的日子还很长,而报答祖母的日子却不多了。我怀着乌鸦反哺的心情,恳求陛下允许我为祖母养老送终。我内心的苦衷,不单是蜀中人士和二州长官所看见和了解,天地神明也会看得清清楚楚。希望陛下怜悯我的一片痴情,成全我这一微小的心愿,或许祖母刘氏会侥幸地得以安度残年。我活着愿为陛下奉献生命,死后也要结草报恩。我怀着难以承受的如犬马一样惶恐畏惧的心情,恭敬地拜呈表章,奏闻陛下。

评析

这篇文章选自《文选》卷三十七,也简称《陈情表》。文中作者陈述自己不愿就职是因为祖母年老患病,无人侍养,而自己从小由祖母抚养长大,祖孙相依为命,故不能离去,而非顾惜名节,留恋旧朝。此表奏闻后,深得晋武帝的嘉奖,晋武帝称他名望所在,并非虚传。这一表章之所以能感动人心,打动晋武帝,其成功之处有四:一是动之以情,作者把自己的身世和与祖母的感情陈述得翔实而生动,诚挚真切,凄恻动人,突出了"表以陈情"(《文心雕龙·章表》)的特点。二是晓之以理,作者不但周详而委婉地陈述了自己辞不应命的理由,而且顺应统治者的思想,为自己的行为提供了依据,抓住"以孝治天下"说明自己行为的合法性,得到了统治者的谅解和支持。三是对自己内心活动的揭示,真实感人,合情合理,使人信服。四是语言上生动形象,富有创造性,在句法上骈散结合,抑扬顿挫,章调优美。如此,使《陈情事表》成为一篇千古传诵的名篇。

左思(约250—305),字太冲,临淄(今山东临淄)人。泰始八年(272)前后,因其妹左芬入宫,举家迁居洛阳,曾任秘书郎。他的《三都赋》经过精心构思,十年乃成,其体制宏大,事类广博,文辞壮丽,为当时所竞相传写,曾使"洛阳为之纸贵"。

三都赋序

左思

【一段】

盖诗有六义焉,其二曰赋。诗:即《诗经》。六义:《诗大序》:"故诗有六义焉:一曰风,二曰赋,三曰比,四曰兴,五曰雅,六曰颂。"按:风、雅、颂是《诗经》诗歌的分类。风是民歌,雅是贵族游宴之作,多写政事,而颂是歌功颂德的作品。赋、比、兴是写作手法,赋是直接叙述,比是比喻,兴是寄托。**扬雄曰:"诗人之赋丽以则。"**扬雄:西汉著名的辞赋家,他在《法言·吾子》中说过"诗人之赋丽以则,辞人之赋丽以淫"的话。诗人之赋:指屈原的骚赋。屈原称自己的作品为诗,扬雄称屈赋为诗人之赋,是指屈赋符合《诗经》的写作精神。丽:华丽。则:法则,法度。**班固曰:"赋者,古诗之流也。"**班固:东汉史学家、辞赋家。他的《西京赋序》有"赋者,古诗之流也"的话。古诗:指《诗经》。流:流派。**先王采焉,以观土风。见"绿竹猗猗",**绿竹猗(yī)猗:引自《诗经·卫风·淇奥》:"瞻彼淇奥,绿竹猗猗。"猗猗:绿竹刚生长出来时柔弱美盛的样子。**则知卫地淇奥之产;**卫:春秋时古国名,在今河北省南部及河南省北部一带。淇:古水名,在河南省北部,本黄河支流,今南流至浚县西南淇门南入卫河。淇奥:谓淇水深曲之处。**见"在其版屋",**在其版屋:引自《诗经·秦风·小戎》。版屋:版筑之屋,筑墙时用两版相夹,以泥置其中,用杵舂实。**则知秦野西戎之宅。**秦:春秋时古国名,在今甘肃省东部和陕西地区。西戎:古时对我国西北部少数民族的总称。**故能居然而辨八方。然相如赋《上林》,而引"卢橘夏熟";**相如:司马相如,西汉著名辞赋家,曾作《上林赋》。**扬雄赋《甘泉》,而陈"玉树青葱";**《甘泉》:扬雄的《甘泉赋》。玉树青葱:《甘泉赋》中的句子。玉树:唐韦绚《刘宾客嘉话录》:"汉甘泉宫故地有槐而细,士人为谓之玉树。”甘泉宫为长安以北的离宫。**班固赋《西都》，而叹以“出比目”**；《西都》：班固的《西都赋》。比目：比目鱼。赋中描写钓鱼时，提到比目鱼。**张衡赋《西京》，而述以“游海若”**。张衡：东汉著名科学家、辞赋家。曾作《西京赋》和《东京赋》。海若：海神名。《西京赋》中提到海神的名字：“海若游于玄渚，鲸鱼失流而蹉跎。”这里意思是说，长安离海很远，不应有这些只有海里才有的东西。**假称珍怪，以为润色**。润色：修饰。**若斯之类，匪啻于兹**。匪啻（chì）：不但。**考之果木，则生非其壤**。壤：土壤。**校之神物**，校：考校。神物：指海若。**则出非其所。于辞则易为藻饰**，藻饰：用华丽的词句来装点。**于义则虚而无征**。征：证据。**且夫玉卮无当**，玉卮（zhī）无当：引自《韩非子》。卮：酒杯。无当：没有底。形容虽名贵却不实用。**虽宝非用；侈言无验**，侈言：夸大的话。验：验证。**虽丽非经**。经：常理。**而论者莫不诋讦其研精**，诋讦（dǐ jié）：批评指责。**作者大氐举为宪章**。大氐：大都。宪章：楷模，典范。**积习生常，有自来矣**。

【译文】

《诗经》中有“六义”，其二曰“赋”。扬雄说：“屈原的骚赋，虽然文辞华丽，但合乎准则。”班固说：“赋是古诗的支流。”古代君王采集民间的诗歌谣谚，是为了了解各地的风土人情。见到“绿竹婀娜细又长”这样的诗句，就知道它是卫国淇水湾处所产；看见“他住在版筑的屋子中”这样的诗句，就知道那是秦国郊外西戎的住宅。所以说坐在这里就能毫不费力地辨别各地不同的情况。然而，司马相如写《上林赋》有“卢橘夏熟”的句子，扬雄写《甘泉赋》有“玉树青葱”的句子，班固作《西都赋》感叹竟出现了海里才有的比目鱼，张衡作《西京赋》竟说到海若出游。他们借陈述珍奇怪事，来修饰自己的作品。像这类不切实际的浮词，还不止于此。像卢橘一类的果木，考究起来并不生长在上林的土地上；像海若一类的神物，考较起来，也并非出自甘泉那地方。论词句是容易用华丽的字词来装点的，对于文义则是虚伪而没有证据了。玉杯没有底，虽然名贵却无实用；夸大的言辞没有验证，虽然美丽却不符合常理。而论者并不批评指摘赋者缺乏精研细密的精神，作者们也大都把这些赋奉为典范。习惯成自然，已经很长时间了。

【二段】

余既思摹《二京》而赋《三都》。二京：即张衡的《二京赋》，是《西京赋》

《东京赋》的合称。《三都》即《三都赋》，是《魏都赋》《蜀都赋》《吴都赋》的合称。**其山川城邑，则稽之地图；**稽：考核，核对。**其鸟兽草木，则验之方志；**方志：地方的志书。**风谣歌舞，各附其俗；**附：相合。**魁梧长者，**魁梧长者：指出名的大人物。**莫非其旧。何则？发言为诗者，咏其所志也；**语出《毛诗序》："在心为志，发言为诗。"**升高能赋者，颂其所见也。**语出《毛诗传》："升高能赋，可以为大夫。"**美物者，贵依其本；赞事者，宜本其实。匪本匪实，**匪：同"非"。**览者奚信？且夫任土作贡，**任土作贡：语出《尚书·禹贡》。任：凭。作：规定。贡：贡赋。**《虞书》所著；辨物居方，**辨物居方：语出《易经》："君子以慎辨物居方。"**《周易》所慎。聊举其一隅，**聊：姑且。隅：角落。**摄其体统，**摄：抓住。体统：大纲节目。**归诸诂训焉。**诂训：即故训，古人的语言。

【译文】

我既然想模仿《二京赋》而写作《三都赋》，其中的山川城邑，就都与地图相核对；其中的鸟兽草木，就用方志来验证；其中的诗歌谣谚和舞蹈，也各与本地的风俗相吻合；所举出的有名的大人物，无一不是原地所有。为什么呢？开口吟诵诗句，是歌咏自己心中的志向；登上高处作赋，是称赞你所见到的事物。赞美事物应当按照其本来面目和实际情况。如果不是本来面目和实际情况，读者又怎么能相信呢？况且《尚书·禹贡》中有"凭地方所产来规定贡赋的物品和数量"，《周易》中也注重"各种物产都有适宜它们生长的地方"的话。姑且略举一例，抓住它的纲要，将古人的训诫归结其中。

评析

《三都赋》是左思耗尽十年心血，精心构制完成的长赋。赋前置序，陈述了他作此赋的指导思想和写作的原则。作者认为"赋者，古诗之流也"，是先王采之以观风土的，所以不能为追求华丽而放弃真实的原则。因此对司马相如、扬雄、班固、张衡等人"假称珍怪，以为润色"的毫无根据的夸饰，极为不满；并认为追求藻饰并不难，但这样一来对文章却没有任何益处。这对大赋创作中的浮夸之风和当时崇尚文饰华丽的文风，确有针砭的作用。本文辞不求华，言尚实在，明快简洁，很好地传达出作者的创作意旨。

潘岳（247—300），字安仁，荥阳中牟（今河南中牟东）人，与陆机齐名，被后人合称为“潘陆”。潘岳的赋、诗写得都很好，他写的诔文辞婉情切，哀痛感人，很受时人推崇。明张溥辑有《潘黄门集》。

秋兴赋并序

潘岳

［一段］

晋十有四年，晋十有四年：指晋朝开国第十四年，即晋武帝咸宁四年（278）。余春秋三十有二。春秋：指年岁。始见二毛，二毛：指头发黑白相间。以太尉掾兼虎贲中郎将，太尉掾：太尉的属官。虎贲中郎将：左右营校尉的属官。寓直于散骑之省。寓：寄居。直：同“值”，当值。散骑：掌规谏而无实权的侍从之官。高阁连云，阳景罕曜，景：日光。曜：同“耀”，照耀。珥蝉冕而袭纨绮之士，珥：插戴。蝉冕：晋代武官戴的官帽。袭：衣上加衣。纨绮：本为两种丝织物，这里指华美的衣服。此焉游处。仆野人也，野人：乡村之人，农夫。偃息不过茅屋茂林之下，偃息：仰卧休息。茅屋：简陋的房屋。谈话不过农夫田父之客。田父：农夫。摄官承乏，摄：辅佐。承：辅助。猥厕朝列，猥：苟且。厕：置身。朝列：朝官之列。夙兴晏寝，夙：早晨。晏：晚。匪遑底宁，匪：非。遑（huáng）：闲暇。底（zhǐ）宁：取得安处。譬犹池鱼笼鸟，有江湖山薮之思。薮（sǒu）：水草丛生的大泽。于是染翰操纸，翰：笔。慨然而赋。于是秋也，故以“秋兴”命篇。命篇：命此赋之名。其辞曰：

［译文］

晋开国十四年，我已三十二岁，头上开始长出白发。我以太尉掾兼虎贲中郎将的官职，在散骑常侍的官府内值日。那里高高的阁楼上接云天，屋宇遮蔽着阳光，头戴蝉冕、衣着华丽的士人们，都到这里游玩。我是个山野村夫，不过住在密林茅屋之下，和我聊天的也只是些农夫田父而已。我缺少辅佐君王的才干，苟且置身于朝官之列，早晨起来，夜晚归寝，没有什么闲暇安处的时间，好像池塘里的鱼和笼子中的鸟，时时在想念江湖山林一样。于是我拿起笔，铺上纸，慨然作赋。这时正值秋天，所以就以“秋兴”来作赋的篇名。赋的内容是：

［二段］

四时忽其代序兮，四时：四季。代序：岁月季节顺次更替。**万物纷以回薄**。回薄：动荡迁迫。**览花莳之时育兮**，览：观察。莳（shí）：移植，栽种。**察盛衰之所托**。**感冬索而春敷兮**，索：尽。敷：展开。此处是来临的意思。**嗟夏茂而秋落**。嗟：感叹。**虽末事之荣悴兮**，末事：指花草凋谢。悴（cuì）：憔悴。**伊人情之美恶**。伊：此。**善乎宋玉之言曰：“悲哉！秋之为气也。萧瑟兮，草木摇落而变衰**。宋玉：战国时楚人，曾任楚顷襄王大夫，著名辞赋家。文中所引出自他的《九辩》。萧瑟：秋风吹拂枝叶的声音。**憀栗兮，若在远行**，憀栗（liáo lì）：凄凉。**登山临水送将归。”夫送归怀慕徒之恋兮**，慕：思慕。徒：徒然。**远行有羁旅之愤**。羁旅：客居在外的人。**临川感流以叹逝兮**，典出《论语·子罕》：“子在川上曰：‘逝者如斯夫，不舍昼夜。’”**登山怀远而悼近**。登山怀远以悼近：《晏子春秋·谏上》：“景公游于牛山，北临其国城而流涕曰：‘若何滂滂去此而死乎？’”**彼四戚之疚心兮**，四戚：指人生四件忧愁的事：送归、远行、临川、登高。疚心：伤心。**遭一涂而难忍**。涂：通“途”。

［译文］

一年四季匆匆转换啊，世间万物都在动荡变化之中。看那花儿在不停地生长啊，一盛一衰都寄存于其中。有感于冬去春来万物开始萌发啊，可叹它们夏天茂盛而秋天就凋落。虽然秋天万物如此憔悴啊，人们的情绪也随之迁移变化。我赞许宋玉说的话：“可悲啊，秋天的天气；风萧萧啊，草木零落而衰败；心绪凄凉啊，就像登上高山，面对大河，送别将要远去的友人。”那送别的人心中空怀思念啊，远行人也有客居在外的愁苦。面对河水感慨它一去不回啊，登上高山怀念远方而又怜惜身边的人。那四种忧伤的事令人痛苦啊，遇到其中之一就使人难以忍受。

［三段］

嗟秋日之可哀兮，谅无愁而不尽。谅：确实。**野有归燕，隰有翔**

隼。隰(xí):低湿的地方。隼(sǔn):鹞鹰。游氛朝兴,游氛:浮动的云气。槁叶夕殒。槁:枯槁。殒:坠落。于是乃屏轻箑,屏:撤掉。箑(shà):扇。释纤絺,絺(chī):细葛布衣服。籍莞蒻,御袷衣。籍:铺垫。莞(guān):草名,蒲草。蒻(ruò):草名,嫩香草。袷(jiá)衣:夹衣。庭树槭以洒落兮,槭(sè):枝叶光秃。劲风戾而吹帷。戾:劲疾的样子。帷:帷幕。蝉嘒嘒而寒吟兮,嘒嘒:蝉鸣声。寒吟:因寒冷而发出的哀鸣。雁飘飘而南飞。天晃朗以弥高兮,晃朗:天气晴朗。日悠阳而浸微。悠阳:太阳徐徐降落的样子。浸:渐渐。何微阳之短晷兮,晷(guǐ):日影。觉凉夜之方永。凉夜:秋夜。月朣胧以含光兮,朣胧:肥大的样子。露凄清以凝冷。凝冷:寒冷。熠耀粲于阶闼兮,熠:萤火。粲:光耀。闼:门。蟋蟀鸣乎轩屏。轩:窗。屏:帷幕。听离鸿之晨吟兮,离鸿:离群之鸿雁,即孤鸿。望流火之余景。流火:《诗经·豳风·七月》:"七月流火,九月授衣。"火:大火星。流:落下。宵耿介而不寐兮,耿介:心中不安的样子。独展转于华省。华省:华丽的官署。

【译文】

感叹秋天时节的悲伤啊,确实有说不尽的哀愁。田野里有归巢的大雁,洼地草丛中有翔落的鹞鹰,白天里云气上升,傍晚时树叶落下。这时人们已放下轻盈的羽扇,脱去细葛制作的薄衣,铺上香蒲编的草垫,披上御冷的夹衣。庭院中树木的枝叶纷纷落地啊,秋风疾劲地吹打着幔帷。秋蝉在冷风中发出阵阵鸣叫,大雁飘飘向南飞。天气爽朗晴空万里,太阳悠然地徐徐落下。为何太阳落下而日照渐短,使人觉得秋夜竟这样漫长。月亮满盈而发出的光啊,寒露凄凉多么寒冷。萤火照耀在台阶门口啊,蟋蟀在窗下屏前叫个不停。听那离群的孤雁在清晨发出哀鸣,望着大火留下的光影。深夜不安难以入睡啊,独自在官署内徘徊不定。

【四段】

悟时岁之遒尽兮,遒尽:将尽。慨俯首而自省。斑鬓彪以承弁兮,斑鬓:鬓发黑白相间。彪(biāo):毛发下垂的样子。弁:冠帽。素发飒以垂领。素发:白发。飒:散落的样子。仰群隽之逸轨兮,逸轨:高卓的行迹。攀云汉以游骋。云汉:即天河。登春台之熙熙兮,春台:指登眺游玩的胜处。熙熙:温和欢乐的样子。珥金貂之炯炯。金貂:古代冠冕上的饰物,用貂皮和黄金做成。炯炯:光亮的样子。**苟趣舍之殊途兮**，殊途：途径不同。**庸讵识其躁静**。庸：平庸。讵：何。躁静：《老子》："静为躁君。"又："躁胜寒，静胜热，清静为天下正。"**闻至人之休风兮**，至人：指道德修养达到最高境界的人。休：美。**齐天地于一指**。《庄子·齐物论》："天地一指也，万物一马也。"以指、马为喻，说明万物无差别，归于一的思想。**彼知安而忘危兮，故出生而入死。行投趾于容迹兮**，趾：足。容迹：谓容其足迹之地。**殆不践而获底**。殆：大概。获底：获安，得到平安。**阙侧足以及泉兮**，阙：挖掘。《左传·隐公元年》："若阙地及泉。"侧足：谓足迹边缘以外之地。**虽猴猿而不履**。履：踩。**龟祀骨于宗祧兮**，龟祀骨于宗祧：《庄子·秋水》："吾闻楚有神龟，死已三千岁矣，王巾笥而藏之庙堂之上。此龟者，宁其为留骨而贵乎？宁其生而曳尾于涂中乎？"宗祧：宗庙。祧：远祖之庙。**思反身于绿水。且敛衽以归来兮**，敛：收。衽（rèn）：衣襟。**忽投绂以高厉**。投绂（fú）：喻弃官。绂：系印之带。高厉：犹言高蹈，谓弃官归隐。**耕东皋之沃壤兮**，皋：水边的淤地。**输黍稷之余税**。输：送缴。黍稷：泛指谷物。**泉涌湍于石间兮**，湍：急流。**菊扬芳于崖澨**。澨（shì）：水滨。**澡秋水之涓涓兮**，澡：洗。秋水：《庄子·秋水》："秋水时至，百川灌河。"涓涓：水流的样子。**玩游鲦之潎潎**。鲦（tiáo）：鲦鱼。潎（pì）潎：鱼在水中游动的样子。**逍遥乎山川之阿**，逍遥：安闲自得。阿：山水曲隅之地。**放旷乎人间之世**。放旷：放纵旷达。**优哉游哉**，优哉游哉：悠然自乐。**聊以卒岁**。卒岁：谓终其天年。

【译文】

感觉到岁月将尽啊，低头慨叹自我反省。花白的鬓发顶着冠帽啊，白发飘落在衣领上。仰慕众贤士高卓的行迹啊，攀升到天河去驰骋。登高远眺多么欢乐啊，金貂冠在阳光下闪着光。那进仕与退隐截然不同啊，平庸的人哪里懂得动与静的奥秘。听说境界高超的人具有美好的风范啊，把世间万事万物看成一样。你只知安宁而忘记危险啊，本来抛弃荣利就可生存，贪图荣利就陷入死地。行走在这只能容下脚的险境啊，大概从来没得到过安宁。挖掘了容足以外的地方，那么容足之地即使猴猿也不敢踩了。龟骨被放在宗庙中充作祭礼啊，如果它活着还会想回到绿水之中。还是收起衣襟归来啊，我忽然想弃官而归隐。在东边淤地的沃土上耕种啊，剩余的粮食可以缴税。泉水湍流在山石间啊，野菊花在山崖边吐出芳香。在涓涓秋水中洗澡啊，欣赏着水中悠然自得的鲦鱼。从容悠闲地信步在山川弯曲的地方，放纵旷达地活在人世间，优游自乐地生活到终年。

评析

《秋兴赋》作于晋咸宁四年，这年潘岳被贾充召为太尉掾，但仍掩不住他沉郁苦闷的心情，故因秋起兴而作了这篇《秋兴赋》。在赋中作者表达了他对周旋官场的厌倦，对滞官不迁的牢骚；四季更替，年华流逝，凄凉的秋景勾起他心中无限的怅惘，他真想摆脱世俗的羁绊去做一个超然世外的高人了。此赋即反映了潘岳在进仕中的苦闷和进退无从的矛盾心情。

悲秋是文学上古老的主题，最早的赋作是宋玉的《九辩》，而潘赋则自有特色：他赋前置序，交代写作缘由，正文中先从盛衰荣悴说起，再写秋天的萧瑟景象，接下来写草木摇落所产生的迟暮之感，归结于“江湖山薮”之思，层层递进，秩序井然。该赋的语言精美而格调清婉，具有西晋文坛讲究形式美的共同特色。但它丽而不繁，柔而不靡，语言明畅，情景交融，意境高远，别具一种清丽的风韵，是潘赋中最为人称道的名篇。

闲居赋并序

潘岳

［一段］

岳尝读《汲黯传》，《汲黯传》：《史记》《汉书》皆有《汲黯传》。汲黯，字长孺，濮阳人，为人忠正敢谏，曾历任太子洗马、荥阳令、东海太守、右内史等职，以寿终。至司马安四至九卿，而良史书之，题以巧宦之目，司马安：《史记·汲黯传》载："黯姑姊子司马安亦少与黯为太子洗马。安文深巧善宦，官四至九卿，以河南太守卒。"良史：优秀的史官。巧宦：长于钻营的官吏。未尝不慨然废书而叹。废书：放下书卷。曰：嗟乎！巧诚为之，拙亦宜然。拙：指拙宦，与"巧宦"相对，指不善为宦。顾常以为士之生也，非至圣无轨，至圣：谓道德最高尚的人。无轨：犹言无迹。微妙玄通者，微妙玄通：精微深奥而灵通。则必立功立事，立功立事：谓建立功名，成就事业。效当年之用。效：效劳。是以资忠履信以进德，资：依凭。履：实现。《周易·乾》："忠信所以进德也。"修辞立诚以居业。修辞：指文教。诚：诚实。《周易·乾》："修辞立诚，所以居业也。"疏曰："外则修理文教，内则立其诚实，内外相成则有功业可居。"

［译文］

我曾经读《汲黯传》，看到司马安四次进入九卿的行列，而良史在传中称他善于钻营为宦时，没有不放下书而感慨叹息的。唉！确实有人善于钻营为官，也有人拙笨不善为宦。我常常认为士人活在世上，只要不是如道德高尚的圣人一样，不露行迹，精微灵通，那就一定要建功立业，将一生为世所用。因此凭借忠诚履行信义以增进仁德，外修文教内修诚实以居家立业。

［二段］

仆少窃乡曲之誉，乡曲：乡里。《晋书·潘岳传》："岳少以才颖见称乡邑，号为奇童，谓终、贾之俦也。早辟司空太尉府。"忝司空太尉之命，忝：谦辞。所奉之主，即太宰鲁武公其人也。鲁武公：贾充。《晋书·贾充传》："帝袭位后，更封充为鲁郡公,及薨,谥曰武。”举秀才为郎。逮事世祖武皇帝,逮:及,到。世祖武皇帝:即晋武帝司马炎,庙号世祖。为河阳、怀令,尚书郎,廷尉平。河阳、怀:二县名,属晋河内郡。河阳在今河南孟县西。怀县在今河南武陟西南。尚书郎:官名,尚书台的属官。廷尉平:廷尉是主刑法狱讼的朝官,属官有正、监、平等,潘岳曾为廷尉平。今天子谅闇之际,谅闇:谓天子居丧之所。领太傅主簿。领:任。太傅:官名,为帝师,辅佐朝政。此处指杨骏,晋惠帝即位后晋升为太傅。太傅主簿:太傅的属官,掌管文书。府主诛,除名为民。除名为民:杨骏辅政,曾引潘岳为太傅主簿,后杨骏被诛,潘亦除名。俄而复官,除长安令。除:任命。迁博士,未召拜,召拜:向皇帝谢恩。亲疾,亲疾:潘岳的母亲病重。辄去官免。阅自弱冠涉于知命之年,阅:总计。弱冠:古时男子二十成人,初加冠,体还未壮,故称弱冠。知命之年:《论语·为政》:“五十而知命。”指年已五十。八徙官而一进阶,八徙官而一进阶:《文选》李善注:“八徙官谓举秀才为郎,河阳令、怀令、尚书郎、廷尉平、领太傅主簿、长安令,迁博士也。一进阶谓徙怀令为尚书郎也。”再免,一除名,再免,一除名:《文选》李善注:“再免谓任廷尉平以公事免,迁博士以去官免也。一除名谓太傅主簿,府诛,除名为民也。”一不拜职,一不拜职:指上文“未召拜,亲疾,辄去官免”。迁者三而已矣。迁者三:指迁廷尉平,领太傅主簿,迁博士。虽通塞有遇,塞:指仕途阻塞。遇:知遇,指为官。抑亦拙之效也。抑:助词。效:验。

［译文］

我少年时在乡里就有声誉,得到司空太尉府的任命,所奉侍的主人,就是太尉鲁武公贾充。后来被推举为秀才,做了郎,到了世祖武皇帝时,又被任命为河阳、怀县的县令,尚书郎,廷尉平。在天子居丧之际,任为太傅主簿,府主杨骏伏诛后,被除名为民。不久又复官,任长安令,迁为博士,因母亲病重,未来得及向皇帝谢恩就走了,结果被免官。我自从年轻时步入仕途,到现在已进入知天命的年纪,其间曾八次调动官职,一次升级,两次免职,一次被除名,又有一次授职而未谢恩,三次升迁。虽能使仕途通畅有所机遇,也不过是一个不善为宦者努力争取的结果罢了。

［三段］

昔通人和长舆之论余也,通人:博学多才者。和长舆:和峤,字长舆,汝南西平人,有盛名于世,仕晋,官至中书郎。固谓“拙于用多”。拙于用多:谓不能表现其才识。称多,则吾岂敢;言拙,则信而有徵。徵:同"证"。方今俊乂在官,俊乂:贤俊之士。百工惟时,百工:众官。拙者可以绝意乎宠荣之事矣。绝意:不再企想。宠荣:恩宠仕宦。太夫人在堂,太夫人:指潘岳之母。有羸老之疾,羸老:病弱年老。尚何能违膝下色养,而屑屑从斗筲之役乎?色养:承顺父母颜色,孝养侍奉父母为色养。屑屑:劳碌奔忙的样子。斗筲之役:斗和筲都是古代的量器,斗容十升,筲容两升,后多用以比喻人之才识短浅,器量狭小;此处指官位卑微。于是览止足之分,止足:谓知止知足,不求名利。庶浮云之志,庶:希望。浮云之志:富贵的志向。《论语·述而》:"不义而富且贵,于我如浮云。"筑室种树,逍遥自得。池沼足以渔钓,舂税足以代耕。舂税:舂谷取利。灌园鬻蔬,灌园:耕灌田园。鬻(yù):卖。供朝夕之膳;膳:饭食。牧羊酤酪,酤:卖。酪:乳酪。俟伏腊之费。伏腊:夏、冬的两次祭祀,即伏祭和腊祭。孝乎惟孝,友于兄弟,此亦拙者之为政也。乃作《闲居赋》以歌事遂情焉。歌事:歌咏其心之所感。其辞曰:

［译文］

从前博学多才的和峤曾议论我,坚持说我虽不善为官却多有才华。说我有才华我岂敢承受,说我笨拙不善为官倒是确有实证。如今贤俊之士为官,众人都赶上了好时候。像我这样的拙笨之人便不再企念恩宠仕宦的事情了。太夫人尚在堂上,年老体弱,我又怎么能不孝顺父母,为卑微的官职而忙碌呢?因此,我恪守知止知足的本分,收敛起富贵的念头,在乡间盖房植树,过起逍遥自在的生活。池塘中的鱼足以供我垂钓,舂米的收入足以使我不忙于耕作。灌园卖菜,用以供给早晚的饭食;牧羊贩乳,用以供给伏腊祭祀的费用。孝顺父母,友善兄弟,这也是不善为政之人在为政啊。于是我作《闲居赋》,用以歌咏由此而产生的情感。其内容如下:

［四段］

遨坟素三长圃,遨:游历。坟素:指古代的典章文集。长圃:收谷物、种蔬菜的场地。步先哲之高衢。高衢(qú):大道。虽吾颜之云厚,犹内愧于宁、蘧。宁:指春秋时卫国大夫宁武子,《论语·公冶长》:"子曰:'宁武子,邦有道则知,邦无道则遇。其知可及也,其遇不可及也。'"蘧(qú):春秋时卫国大夫蘧伯玉,《论语·卫灵公》:"君子哉蘧伯玉!邦有道则仕,邦无道则可卷而怀之。"有道余不仕,无道吾不愚。

何巧智之不足，而拙艰之有余也！巧智：聪明多方。拙艰：笨拙呆板。于是退而闲居，于洛之涘。洛之涘：洛水之滨。身齐逸民，逸民：隐居不仕者。名缀下士。缀：连缀。下士：资质浅陋者。背京沂伊，背京：背对洛阳。沂伊：面对伊水。面郊后市。浮梁黝以径度，浮梁：连船所搭成的桥。黝：微青黑色。迳度：直渡。灵台杰其高峙。灵台：汉光武帝在洛阳南所筑的高台。杰：高挺。窥天文之秘奥，天文：日月星辰等天体现象。究人事之终始。人事：人间的各种事情。其西则有元戎禁营，元戎：元帅。禁营：王营，指卫戍京师的禁军。玄幕绿徽，玄幕：玄黑色的营帐。绿徽：绿色的旗帜。溪子、巨黍，溪子、巨黍：皆良弓名。异絭同机，絭(juàn)：弓弦。机：发箭的装置。炮石雷骇，炮石：古代兵器，即抛石机。范蠡《兵法》："飞石重二十斤，机发，行三百步。"激矢虻飞，虻：飞虫名，这里以虻飞喻箭发多而快。以先启行，以先启行：先于后阵而发。耀我皇威。其东则有明堂辟雍，明堂：古代天子宣教行礼之所。辟雍：贵族子弟的就学之所。清穆敞闲，环林萦映，圆海回渊，圆海回渊：《水经注·十六》："(谷水)又迳明堂北，汉光武中元元年立。寻其基构，上圆下方，九室重隅十二堂。蔡邕《月令章句》同之，故引水于其下，为辟雍也。"聿追孝以严父，聿：语助词。宗文考以配天，宗：宗祀。文考：晋文帝。祗圣敬以明顺，明顺：显扬孝道。养更老以崇年。更老：即三老五更。相传古代设三老五更之位以养老人，汉代仍保留此制。郑玄据汉制以三老五更为各一人；蔡邕以各为三人五人。若乃背冬涉春，背：离开。阴谢阳施，阴：冬。谢：告去。阳：春。施：展布。天子有事于柴燎，有事：指祭祀。柴燎：烧柴祭天。以郊祖而展义，郊祖：指郊祀，祭天地。展义：申示礼义。张钧天之广乐，钧天之广乐：传说中天庭上的一种大乐。张衡《西京赋》："昔者大帝说秦缪公而觐之，飨以均天广乐，帝有醉焉。"备千乘之万骑，服枨枨以齐玄，枨(chéng)枨：威风凛凛的样子。齐玄：皆青黑色。管啾啾而并吹，管：一种管乐器。啾啾：乐声。煌煌乎，煌煌：光辉的样子。隐隐乎，隐隐：声音盛大的样子。兹礼容之壮观，而王制之巨丽也。两学齐列，两学：国学与太学。双宇如一，右延国胄，延：延纳。国胄：犹言国子。左纳良逸。良逸：贤良之士。祁祁生徒，祁祁：盛多的样子。济济儒术，济济：盛大的样子。或升之堂，或入之室，升堂入室：《论语·先进篇》："由也升堂矣，未入于室也。"堂是正庭，室是内室。先升堂后入室，表示学问的阶段或深浅。教无常师，道在则是。**故髦士投绂**，髦士：俊杰之士。投绂（fú）：弃官。绂：系印之带。**名王怀玺**，名王：大王。怀玺：藏起玉印。**训若风行**，训：说教。**应犹草靡**。靡：偃倒。**此里仁所以为美**，里仁为美：见《论语·里仁》，意为住的地方要有仁德才好。**孟母所以三徙也**。孟母三徙：《列女传》："其舍近墓，孟子之少也，嬉游为墓间之事，踊跃筑埋。孟母曰：'此非吾所以居处子。'乃去。舍市旁，其嬉戏为贾人衒卖之事。孟母又曰：'此非吾所以居处子也。'复徙。舍学宫之傍，其嬉游乃设俎豆，揖让进退。孟母曰：'真可以居吾子矣。'遂居之。"

【译文】

在场圃上浏览古代的典藉，踏上先哲走过的道路。虽说我的颜面较厚，内心却愧对宁武子和蘧伯玉。国家有道我不为官，天下无道我不出仕，为何我精巧智慧不足而笨拙呆板却有余。于是我退归闲居在洛水之滨，将自己等同于隐士，名字缀入百姓之中。后边是京城而前边是伊水，面对着郊野而背朝着集市。黝黑的浮梁可为直渡，高大的灵台两相对峙。可以窥探天上的奥秘，考究人间事物的终始。它的西边有元帅统领的禁军，黑色的营帐、绿色的军旗，有溪子和巨黍等强弓，虽弓弦不一而装置相同，发出的炮石如雷声一样令人惊骇，射出的箭矢同飞虻一样密集，每战它必先行，炫耀着帝皇的威严。它的东边有明堂和辟雍两座学府，这里清静肃穆又悠闲宽敞，周围有树木掩映，又有流水环绕，里面讲述着孝道中以尊敬父亲为最大，祭祀中将祖父与天帝同祭的道理，唯有礼敬圣人才能显扬孝道，设立三更五老的职位用以隆崇年老之人。至于冬去春来，秋冬之际万物凋谢，春夏之时万物勃发，天子因祭礼而柴燎祭品，在郊外祭天祀地以展文德义，奏起天庭的大乐，具备千乘万骑，黑色的礼服整齐而威武，竹管齐奏乐声啾啾，多么盛大，多么庄严啊！这样壮观的阵容，显示着帝王仪礼的恢宏富丽。国学与太学并列，学府建筑如一，右边延揽国子，左边接纳贤良，众多的学生弟子，盛大的儒家学术，有的升堂，有的入室，学识有高有低，学习没有常师，只有道才是应该永远尊奉的。因此有的俊杰放弃官职，有的大王抛开名位，都前来学习，学子们接受老师的训教如同草儿被风吹拂。住的地方要有仁德才好，所以孟母才三次迁徙。

【五段】

爰定我居，筑室穿池，长杨映沼，芳枳树篱，枳：木名，果实似橘。**游鳞瀺灂**，瀺灂（chán zhuó）：鱼在水中出没的样子。**菡萏敷披**，菡萏：荷花。敷披：

荷花在水面摇摆的样子。**竹木翳薈，**翳薈：茂盛繁密。**灵果参差。**灵果：犹言名果。**张公大谷之梨，**张公大谷之梨：潘岳《洛阳记》："洛阳有张公，居大谷，有大梨，海内唯此一株。"**梁侯乌椑之柿，**梁侯乌椑之柿：《文选》李善注引《广志》曰："梁国侯家有乌椑，甚美，世罕得之。"**周文弱枝之枣，**周文弱枝之枣：《文选》李善注引《广志》曰："周文王时，有弱枝枣，甚美。"**房陵朱仲之李，**房陵朱仲之李：《述异记》云："房陵定山有朱仲李园三十六所。"**靡不毕植。**靡：无。**三桃表樱胡之别，**三桃：指山桃、樱桃、胡桃。**二柰曜丹白之色，**二柰：柰子有白、青、赤三种。《广志》云："张掖有白柰，酒泉有赤柰。"曜：同"耀"，日光。**石榴蒲陶之珍，**蒲陶：即葡萄。**磊落蔓衍乎其侧。**磊落蔓衍：谓果品繁多。**梅杏郁棣之属，**郁：郁李，即山李。棣：棣树，结子如樱桃。**繁荣丽藻之饰，**丽藻：形容果花光色装饰在园林之中。**华实照烂，**华实：花、果。照烂：光彩的样子。**言所不能极也。菜则葱韭蒜芋，青笋、紫姜，堇荠甘旨，**堇荠：两种菜名。**蓼荾芬芳，**蓼荾(suī)：两种菜名。**蘘荷依阴，**蘘荷：草名，亦名覆葅、蒚葙。根似姜，可入药。**时藿向阳，**时藿：植物名，向日葵。**绿葵含露，白薤负霜。**

［译文］

选定我的住地，修建屋宇穿凿池塘，长杨树映掩着沼池，芳香的枳子树围起篱墙；游鱼在水中出没，荷花在水面摇荡，翠竹与绿树茂密繁盛，名贵的果木参差错落。大谷张公的大梨，梁侯乌椑的柿子，周文王弱枝的大枣，房陵朱仲的李子，这里应有尽有无不种植。三桃中樱桃和胡桃的外形不一，柰子中表色有红与白的区别，石榴、葡萄等珍奇的果树，果实紧紧长长地排在两侧，梅、杏、李、棣等树，花果并茂装饰在园林之中，花朵和果实光彩照人，用语言难以形容它们的极致。蔬菜中有葱、韭、蒜、芋，青笋、紫姜，堇菜、荠菜，味道甘美，蓼菜、荾菜发出芳香，蘘荷在阴凉处生长，时藿朝向阳光的地方，绿葵含着清露，白薤覆盖着素霜。

［六段］

于是凛秋暑退，熙春寒往，熙春：暖春。**微雨新晴，六合清朗。**六合：天地四方。**太夫人乃御版舆，**版舆：一种轿子。**升轻轩，**轻轩：轻车，与版舆互言。**远览王畿，**王畿：指京城所管辖的地区。**近周家园。体以行和，药以**

劳宣，药以劳宣：谓有所运动药力方可遍达于周身。常膳载加，载：助词。旧痾有痊。痾：病。席长筵，列孙子，柳垂荫，车结轨，结轨：停车不进。陆摘紫房，紫房：果子熟透，呈紫色者。水挂赪鲤，赪（chēng）：赤色。或宴于林，或禊于汜。禊：古代民俗之一，在河水旁洗濯以祛除不祥的活动。昆弟斑白，昆弟：犹言兄弟。斑白：老人。儿童稚齿，稚齿：少年。称万寿以献觞，觞：酒杯。咸一惧而一喜。咸一惧而一喜：《论语·里仁》："子曰：'父母之年，不可不知也，一则以喜，一则以惧。'"寿觞举，慈颜和，浮杯乐饮，丝竹骈罗，丝竹：弦、管类乐器。骈罗：犹言并举。顿足起舞，抗音高歌，人生安乐，孰知其他。退求己而自省，信用薄而才劣。奉周任之格言，周任：《论语·季氏》："周任有言曰：'陈力就列，不能者止。'"周任：古代良吏。敢陈力而就列。几陋身之不保，几：近乎。而奚拟乎明哲，仰众妙而绝思，众妙：万物之玄理。终优游以养拙。优游：闲适自得。

［译文］

随着凉秋到来，暑气消退，冬寒离去，暖春又至，细雨初晴，天地之间清清朗朗。太夫人坐着版舆轻车，到京郊来游览，就像到了家园。运动可使身体调和，活动可使药力散发，增加日常的饮食，旧病沉痾可以痊愈。排列长长的筵席，子孙坐在两旁，柳荫低低垂下，车轮止步不进。从树上摘下熟透的鲜果，水中钓出赤色的鲤鱼，或在竹中饮宴，或在河边洗濯，有头发斑白的兄弟，也有儿童和少年，献上美酒祝福长寿，有一喜就有一惧。祝寿的酒杯举起，慈母的容颜和乐。浮杯畅饮，管竹并奏，顿足起舞，引吭高歌。人生安乐，哪里还管其他呢？回到家中要求自我反省，我信义浅薄而才能拙劣。尊奉周任的格言，岂敢不度量自己的才力而进入仕宦之中。性命几乎难保，哪里还考虑什么明哲，还是为敬仰万物的玄妙而竭尽思虑，终身闲适自得培养我的拙笨吧！

评析

《闲居赋》作于元康六年（296），这一年潘岳由长安令回京任博士，因母病去官，闲居洛阳。时作者年已五十岁，已涉知命之年。回顾三十年的宦海生涯，可谓坎坷不平，一时间不觉心灰意懒，生起归隐田园的念头，便写了这篇《闲居赋》。作者在序中陈述了作赋的意旨。以为自己本不善为官，而如今"俊义在官，为工惟时"，自己便可以放弃宠荣之念，归耕田亩，不想再涉足官场了。在赋中，他描绘自己将在一个既幽静又高雅的地方筑室隐居，在园中穿池种树，在细雨初晴的日子里，全家老少“或宴于林，或禊于汜”，“浮杯乐饮，丝竹骈罗，顿足起舞，抗音高歌，人生安乐，孰知其他”！魏晋时政治黑暗，士大夫皆以标榜清静闲适，归隐田园为时尚，出现了不少描写山林隐士、田园乡居的作品。但他们并非真的要归隐田园，“名缀下士”不过是在政治倾轧，官场失意后不得已而求其次的自我安慰，潘岳的赋中所表现出的隐居生活，那带有贵族气的天伦之乐，即可说明这一点。尽管如此，《闲居赋》仍不失为一篇气韵生动的佳作，它造句工致，行文流畅，笔调清淡，其中对田园风光和与家人宴会同乐的描写，尤为清爽动人，有很高的艺术技巧。

张载(生卒年不详),字孟阳,安平(今河北省安平县)人。父张收为蜀郡太守,晋武帝太康初年(280 年左右),张载入蜀省父,途经剑阁,作《剑阁铭》。张载与弟张协、张亢均以文学著称,善诗文辞赋,被称为“三张”。明人张溥辑有《张孟阳景阳集》。

剑阁铭

张载

【一段】

岩岩梁山,岩岩:岩山积垒的样子。梁山:古代梁州的山(梁州,今陕西省汉中市东南高原一带),大剑山的别称。**积石峨峨。**峨峨:高大的样子。**远属荆、衡,**属:连接。荆:荆山,在今湖北省南漳县西。衡:衡山,即今湖南省的衡山。**近缀岷、嶓。**缀:连缀。岷:岷山,在今四川省松潘县北。嶓:嶓山,又名嶓冢山,在今陕西省勉县西南。**南通邛、僰,**邛(qióng):地名,在今四川省西昌县东南。僰(bó):我国古代少数民族名,居于四川省宜宾县一带。这是指这一地区。**北达褒斜。**褒斜:古道路名,因取道褒水、斜水两河谷而得名。两水同出秦岭太白山:褒水南注汉水,谷口在旧褒城县北十里;斜水北注渭水,谷口在眉县西南三十里。其陆道自汉以后长期为往来秦岭南北的重要通道。**狭过彭、碣,**彭:指彭门山,在四川省彭县西北,山峰对立如门。碣:指碣石,海边山名,地点传说不一,一般指河北省昌黎县北的碣石山。**高逾嵩、华。**逾:超过。嵩:指河南嵩山。华:指陕西华山。

【译文】

梁山上巨石堆垒,巍峨高峻,远处与荆州、衡州相连接,近处临靠着岷山和嶓山,往南可与邛地、僰地相交通,在北可到达褒斜古道。它比彭门山和碣石山还狭窄,而高度超过嵩山和华山。

【二段】

惟蜀之门,作固作镇。固:险塞。有险塞可守者为固。镇:大山,古人认为每个地方都有大山为镇。**是曰剑阁，**剑阁：古道名，在今四川剑阁县东北大剑山、小剑山之间，“连山绝险，飞阁通衢”。三国时诸葛亮凿剑山，开设阁道（即栈道）三十里，自古为川陕间主要通道，戍守要地。**壁立千仞。**仞：古以八尺为一仞。**穷地之险，**穷：极尽。**极路之峻。**极：穷尽。峻：险峻。**世浊则逆，**世浊：世道混浊，这是指社会动乱的时候。逆：违逆。这里是指剑阁的作用，天下动乱时为他人所据，干出违逆之事。**道清斯顺。**道清：指政治清明的时候。**闭由往汉，**往汉：已往的汉朝，这里指蜀汉刘备。刘备据蜀建国，所以说蜀门关闭不通了。**开自有晋。**开自有晋：钟会伐蜀，蜀门又开。钟会伐蜀虽是魏末时事，但政权实际在司马氏手中，故称晋。

［译文］

它是蜀地的门户，险要的关隘，镇国之山，又有峭壁千仞，它的名字叫剑阁。大地上的关隘没有比它险要的，世上的道路没有比它陡峻的。世事混乱时有人据此谋逆，政治清明时它才通畅无阻。汉末时蜀门关闭，晋初时才被打通。

［三段］

秦得百二，秦得百二：秦指秦国之险，意为据秦地之险以两万人可敌百万。**并吞诸侯。齐得十二，**齐得十二：齐指齐地依山傍海的险要地势，意谓据齐之险要地势以两万人可敌十万。**田生献筹。**田生：田肯，汉初时人。刘邦以谋反罪逮捕韩信后，大赦天下，田肯向刘邦建议，言秦、齐二地形势险要，“非亲子弟”不能派为王，其中有“秦得百二”和“齐得十二”之语，见《史记·高祖本记》。**矧兹狭隘，**矧（shěn）：况且。**土之外区。**土之外区：指国土边远的地方。对中原内地而言，以秦地为外区。**一人荷戟，万夫趑趄。**趑趄（zī jū）：踌躇不进或行走困难的样子。**形胜之地，**形胜：言地形险固，可以胜人。《史记·高祖本纪》：“秦，形胜之国，带河山之险，悬隔千里。”**匪亲勿居。**匪：同“非”。亲：指亲子。

［译文］

汉初时田生曾向刘邦献计，说秦国据有这样险要之地，有兵两万可敌百万，并吞天下诸侯，而齐国据有依山傍海的地势，有兵两万可敌十倍。况且剑阁之关又非常狭隘，远在中原之外的蜀地，如果有一人持戟拒守，能使万人踌躇不前。如此地形险固可以胜人之地，切勿让他人据有。

［四段］

昔在武侯，武侯：魏武侯，战国时魏国国君，文侯之子。**中流而喜。山河**

之固，见屈吴起。吴起：战国时军事家，卫国左氏（今山东曹县北）人，为魏文侯所用，曾领兵伐秦；文侯死后，辅其子武侯。有一次吴起陪同武侯在黄河中乘船，武侯曾对吴起说，山河环抱，形势美极，这是魏国的国宝。这时吴起告诉他，国家依靠的是德，而不是险要的形势，并举出"三苗"有洞庭湖，殷纣有孟门山的险要，但终究亡国为例来说服魏武侯。见：被。**兴实在德，险亦难恃**；恃：依仗。**洞庭孟门**，洞庭：洞庭湖。孟门：古隘道名，在今河南辉县西。**二国不祀**。二国：指三苗与商纣。不祀：指宗庙毁坏，无人祭祀，即亡国。**自古迄今，天命匪易**。易：替代。**凭阻作昏**，作昏：作乱。**鲜不败绩**。鲜：少。**公孙既灭**，公孙：西汉末年，公孙述在成都割据，自立为蜀王，后被汉将吴汉所灭。事见《后汉书·隗嚣公孙述列传》。**刘氏衔璧**。刘氏衔璧：指蜀汉后主刘禅向邓艾投降。事见《三国志·蜀书》。衔璧：古代国君向人投降时，常背缚双手，口衔玉璧，所以后世常用"衔璧"代指投降。**覆车之轨，无或重迹**。**勒铭山阿**，勒：雕刻。山阿：山间。**敢告梁、益！** 梁益：梁州和益州。古代梁州包括陕西南部、四川和云南两省及贵州东部，汉代才分川西北一带以置益州，这里是泛指当时蜀地。

【译文】

从前魏武侯乘船游于黄河中流，曾高兴地认为有险固的地形，是魏国的国宝，但被吴起所说服：国家的兴盛确实在于德，险关要隘是难以依恃的。三苗依洞庭之险，商纣恃孟门之隘，结果都亡了国。自古及今，天命是不会改易的，凭借地势险要而作乱的人，没有不失败的。东汉初公孙述割据称王被消灭，蜀汉刘禅也衔璧投降，失败灭亡的方式是没有重样的。将这个铭文刻在梁山上，以此告诫梁州、益州的人。

评析

铭，是一种文体，刻于器物之上，后代亦刻于石上，或示警诫，或记功勋。《剑阁铭》是张载所撰的一篇描写剑阁险要的地势，兼寓告诫之意的铭文。剑阁位于四川省剑阁县北，有大小剑山，山间有栈道，又称阁道，约长三十里，"连山绝险，飞阁通衢"，自古为川陕间主要通道，戍守要地。张载进蜀省父时路过剑阁，以蜀人恃险好乱，写此铭以为诫。

这篇铭文文字不多，立意高远。文章首先对剑阁的地理形势加以介绍，描写了它"穷地之险，极路之峻"的险要之势，为进一步的论说做了铺垫。接着引发出作者的告谕，这种告谕并不在于对蜀人恃险好乱的规劝，而在于希望统治者从中悟出“兴实在德，险亦难恃”的真理，它不仅是对那些“凭阻作昏”的割据势力的警示，又是对朝廷的劝诫。据说，益州刺史张敏看到此文后，上表推荐给晋武帝，武帝即派人将它镌刻于剑阁之上。可见这篇铭文对统治者的震撼力和在当时的影响。此文引据赅博，扼要中肯，辞采清壮，铿锵有力，是秦刻石的继续和发展，对唐代铭文也有较大影响，故历来对其评价颇高。

陆机（261—303），字士衡，吴郡华亭（今上海松江）人。晋太康末年，与弟陆云一起来到洛阳，以文才为当时士大夫所推崇。"八王之乱"中，被杀害。陆机博学多才，有文采，好诗赋论文，在当时文坛上享有盛名。他的创作较重技巧，多刻意追求辞藻雕琢。宋人辑有《陆士衡集》十卷。

吊魏武帝文并序

陆机

［一段］

元康八年，元康：晋惠帝年号，元康八年即298年。**机始以台郎出补著作，**台郎：即尚书郎。尚书省又称尚书台。尚书郎是省中分曹办事的属官。著作：即著作郎。**游乎秘阁，**秘阁：是朝廷保管图书文籍的地方，属秘书省，故陆机得以著作郎之身份游于秘阁。**而见魏武帝遗令，**遗令：指魏武帝曹操临死时遗言的记录文字。**忾然叹息，**忾（xì）然：悲叹的样子。**伤怀者久之。**

［译文］

晋惠帝元康八年，我刚刚以尚书郎的身份出任著作郎，在秘阁浏览文籍时见到魏武帝曹操的《遗令》，不禁慨然叹息，伤感了很久。

［二段］

客曰："夫始终者，万物之大归；始终：这里指生死，重在言死。大归：共同的归宿，指死亡。**死生者，性命之区域。**区域：界限。**是以临丧殡而后悲，**临丧殡：指向死者吊祭。**睹陈根而绝哭。**陈根：《礼记·檀弓上》："朋友之墓，有宿草而不哭焉。"郑玄注："宿草，谓陈根也。"指上一年留下的草根。绝哭：不哭。**今乃伤心百年之际，**百年之际：曹操死于建安二十五年（220），到元康八年（298），只有78年，百年是举成数，说明时间很久。**兴哀无情之地，**无情之地：指秘阁。秘阁非丧殡之地，不该

“兴哀”发动哀情，故曰“无情之地”。意者无乃知哀之可有，而未识情之可无乎？”

［译文］

客人说：“有始必有终，是万物共同的归结；有生必有死，是每一个生命的界限。因此人们向死者吊祭时就会悲伤，而当看到死者坟上长出隔年的宿草时就不再哀痛了。如今您在魏武帝死后的百年之际，在这并非动情之地的秘阁内哀伤不已，我想恐怕有知道您哀伤的人，而未必有了解其中情由的人吧？”

［三段］

机答之曰：“夫日食由乎交分，交分：《左传·昭公二十一年》载晋梓慎说：“日月之行也，分，同道；至，相遇也。”因此，日蚀发生在二分（春分和秋分）、二至（冬至和夏至）不为灾。这里把“至分”改作“交分”是协调音律的缘故。山崩起于朽壤，朽壤：古人有山崩是由于土壤朽坏的说法。《国语·晋语》：“山有朽壤而崩。”亦云数而已矣。数：理，自然的常规。然百姓怪焉者，岂不以资高明之质，资：天赋，天生。高明：指日月。而不免卑浊之累；卑浊：指缺蚀。居常安之势，常安：指山。而终婴倾离之患故乎？婴：遭逢。倾离：指山崩。夫以回天倒日之力，回天倒日：喻强大的权势。《淮南子·览冥训》：“鲁阳公与韩构难，战酣日暮，援戈而挥之，日为之反三舍。”而不能振形骸之内；振：救。形骸之内：指生命。济世夷难之智，夷难：平定战乱。而受困魏阙之下。魏阙：宫门外的一种建筑物，也称象阙，后用以指代宫阙或朝廷。《庄子·让王》：“身在江海之上，心居乎魏阙之下。”已而格乎上下者，格乎上下：见《尚书·尧典》。格：至。上下：指天地。藏于区区之木；区区之木：指棺木。光于四表者，光于四表：见《尚书·尧典》。光：充实。四表：四方之外，指势力范围的广阔。翳乎蕞尔之土。翳（yì）：掩盖。蕞（zuì）尔：小的样子。雄心摧于弱情，摧：摧折。弱情：指对妻妾子女的感情。壮图终于哀志，壮图：远大的抱负。哀志：指将近死亡。长算屈于短日，长算：高明的计谋。短日：指寿命的短暂。远迹顿于促路。远迹：远大的功绩。顿：跌倒。促路：指人生路程的短促。呜呼！岂特瞽史之异阙景，瞽（gǔ）史：瞽是乐官，史是史官，这里专指史官，史官兼掌天文历法。异：惊奇。阙景：指日蚀；景同“影”。黔黎之怪颓岸乎？”黔黎：百姓。怪：惊怪。颓岸：指山崩。

［译文］

陆机回答客人说："那日蚀是由日月交会而引起的，高山崩倾起自朽坏的土壤，不过是自然常规罢了。然而百姓仍为之奇怪，难道日月可以凭借它天生的光辉，而免除亏蚀的牵累；高山常处于安然的状态中，就能最终免遭崩倾的危险吗？即使有回天倒日的神力，也不能挽回生命；纵然有治国平乱的智慧，也不能代汉称帝。不久这位顶天立地的英雄，竟丧生于区区棺木之内；势力充斥于四方之外的魏王，却被掩埋于小小的坟墓之中。雄心被柔情所摧折，宏愿随死亡而终止，高明的谋划屈服于短暂的寿命，远大的抱负在短促的人生旅途中被舍弃。呜呼！难道只有史官才对日蚀感到惊异，只有百姓才对山崩感到奇怪吗？"

［四段］

观其所以顾命冢嗣，顾命：临终遗命。冢（zhǒng）嗣：嫡长子。曹操长子曹昂为张绣所杀，这里指曹丕。**贻谋四子，**贻（yí）：留给。谋：谋划。四子：指当时在身边的四个儿子。这时曹操的儿子有十一人，此四子指谁，尚无定说。**经国之略既远，**经国：治理国家。略：策略。**隆家之训亦弘。**隆家：振兴家门。弘：大。**又云："吾在军中，持法是也。至小忿怒，大过失，不当效也。"善乎，达人之谠言矣！**达人：通达之人。谠（dǎng）言：直言，善言。**持姬女而指季豹，**姬女：妾所生之女，李善认为指杜夫人所生的高城公主。季豹：杜夫人所生的小儿子曹林。**以示四子，曰："以累汝！"因泣下。伤哉！曩以天下自任，**曩（nǎng）：从前。**今以爱子托人。同乎尽者无余，**同乎尽者：指寿命，随着寿命的完结，精神也就同归于尽。**而得乎亡者无存。**得乎亡者：指尸体，随着身体的死亡，一切知识都不复存在。**然而婉娈房闼之内，**婉娈：亲爱的样子。闼（tà）：宫中小门。**绸缪家人之务，**绸缪：缠绵。**则几乎密与！**几乎：近于。密：细致周密。**又曰："吾婕妤妓人，**婕妤（jié yú）：宫中女官，实为妾媵之类。妓人：歌舞妓。**皆著铜爵台。**著：放置。铜爵台：即铜雀台，建安十五年冬天修建成的台观，在今河北临漳县西南。**于台堂上施八尺床，繐帐，**施：设置。繐（huì）帐：用布所制的床帐。繐：细而疏的布。**朝晡上脯糒之属。**朝晡（zhāo bū）：早上和申时（下午三至五时）。上：上祭。脯（fǔ）：干肉。糒（bèi）：干饭。**月朝、十五，辄向帐作妓。**月朝：每月初一。十五：十五日。

辄:就。作妓:表演歌舞。汝等时时登铜爵台,望吾西陵墓田。"西陵:即曹操所葬之高陵,在铜雀台的西面。墓田:墓地。又云:"余香可分与诸夫人,余香:指身后所遗财产。诸舍中无所为,舍中:指众妾。学作履组卖也。履组:饰履的丝带。吾历官所得绶,绶:古代穿印组的丝带。皆著藏中。藏:埋。指埋于墓穴。吾余衣裘,可别为一藏。不能者,兄弟可共分之。"既而竟分焉。亡者可以勿求,亡者:指曹操。存者可以勿违,存者:指曹氏诸子。求与违,不其两伤乎?两伤:此处是说,曹操令衣裘别为一藏,这是亡者有求,可以勿求而有求,伤廉;曹丕兄弟分衣裘,可以勿违而竟违,伤义。曹氏父子的行为都是不当的,故曰两伤。悲夫!爱有大而必失,爱有大:人最爱的是生命。恶有甚而必得。恶有甚:人最恨的是死亡。智惠不能去其恶,智惠:惠同"慧"。威力不能全其爱。故前识所不用心,前识:指先知的哲人。而圣人罕言焉。圣人:指孔子。孔子"罕言命",见《论语·子罕》。若乃系情累于外物,情累:感情的牵累。外物:指官绶、衣裘之类。留曲念于闺房,曲念:犹言私情。闺房:指婕妤、舞妓等。亦贤俊之所宜废乎!废:废弃。于是遂愤懑而献吊云尔。愤懑:悲愤,烦闷。

［译文］

观察魏武临终遗命,将王位传给嫡子曹丕,为四位王子考虑得也很周全,其治国的方略非常远大,振兴家业的计划也很宏伟。魏武帝又说:"我在军中执行军法,至于因小愤怒而造成大过失,你们不应效法。"说得多好,这真是通达之人的直言快语啊。他抱着女儿、手指着小儿子,对四位王子说:"牵累你们了!"于是流下眼泪。悲伤啊!从前以治理天下为己任,如今把爱子寄托于人。随着寿命的终结,精神将同归于尽;随着身体的死亡,一切智慧都不复存在。然而魏武对夫人姬妾的留恋,对家人事务的安排,有些过于周密了!他又说:"我的婕妤舞妓,都安置在铜雀台上,在台中正堂上放一张八尺长的床,布好帷幔,早晚各摆上干肉、干饭之类的祭品,每月的初一和十五,都要对着幔帐表演音乐舞蹈。你们要经常登上铜雀台,远望我在西陵的坟墓。"又说:"我遗下的财物可分给几位夫人,众姬妾不会干什么,学着做鞋和织丝带卖吧。我历年所得的绶带,都收藏在墓穴之中,我穿剩的衣物,可以另行埋藏;不能保存的,你们兄弟就一起把它分了吧。"不久曹丕兄弟就把这些东西全分掉了。死者可以不提什么要求,而活着的人也能够不违背遗嘱,可死者提了要求,生者也违背了遗嘱,不是都有伤事理吗?悲伤啊!人最爱惜的是生命,生命却必将丧失;人最厌恶的是死亡,死亡却必将到来。虽有智慧,不能免于死亡;虽有权力,不能保全生命。所以老子不在生死问题上用心,孔子对生死也从来不议论。像魏武这样把感情寄于身外之物,将私情留给姬妾们,这也是贤明俊杰之士所应放弃的啊!于是我悲伤地献上这篇祭文。

［五段］

接皇汉之末绪,皇汉:指东汉。末绪:最后的统绪。**值王途之多违**,王途:指国家政治道路。违:悖谬,多艰。**伫重渊以育鳞**,伫:盼望。重渊:深渊。育鳞:育养鳞甲,做腾飞的准备。这里是以龙喻曹操。**抚庆云而遐飞**。抚:凭借。庆云:古人以为一种祥瑞的云。遐:远,高。**运神道以载德**,运:用。载德:施行仁德。载:行。**乘灵风而扇威**。灵风:好风。扇威:发扬威武。**摧群雄而电击**,摧:摧毁。**举勍敌其如遗**。举:攻取。勍(qíng)敌:强敌。如遗:如拾遗一般,形容很容易。**指八极以远略**,八极:八方极远的地方。远略:深远的谋略。**必翦焉而后绥**。翦:剪除。绥:安。**釐三才之缺典**,釐(lí):治理。三才:指天、地、人。缺典:残缺的典章。**启天地之禁闱**。启:打开。禁闱:闭塞着的门。《周易·坤·文言》以"天地闭"喻昏乱之世。**举修网之绝纪**,修:长。绝纪:断了的纲绳。**纽大音之解徽**。纽:系,绷紧。大音:礼乐。解徽:指调整音调。**扫云物以贞观**,云物:喻各种乘乱起兵的势力。贞观:《周易·系辞下》:"天地之道,贞观者也。"贞:正,常;观:示。指政治清明。**要万途而来归**。要:会集。万途:指各种割据势力。来归:归向于曹操。**丕大德以宏覆**,丕:张大,扩大。宏覆:普遍覆盖。**援日月而齐辉**。齐辉:同等光辉。**济元功于九有**,济:成,创建。元功:首功。九有:九州。**固举世之所推**。举:全。推:推崇。

［译文］

魏武崛起于汉王朝末年,当时正值国运多艰,他像龙一样隐藏在深渊之中培育自己的势力,待机凭借祥瑞之云腾飞远翔。他运用奇谋施行德义,发扬威武如有神灵相助。如电击一般摧毁群雄,轻而易举地消灭了强大的敌人。他的谋略远及四面八方,决心要剪除顽敌而使国家安宁。他整理人间遗缺的经典,打开天地间闭塞的禁门。重新制定已经废弛的法律,提倡礼乐而恢复秩序。扫灭群雄使天下清平,削平各种割据势力,使之归顺。魏武的大德遍布天下,可以与日月齐辉;成就统一九州的大业,因此受到天下人的推崇。

［六段］

彼人事之大造，大造：大的成就。夫何往而不臻，臻（zhēn）：至，达到。将覆篑于浚谷，篑（kuì）：古代用来装土的竹筐。浚谷：挖深的溪谷。挤为山乎九天。挤：同“跻”，坠。九天：九重天上，形容山高。苟理穷而性尽，理穷而性尽：指命终。《周易·说卦》：“穷理尽性，以至于命。”岂长算之所研。长算：长远的谋算。研：指思虑。悟临川之有悲，临川：用孔子在河边叹息“逝者如斯夫”的故事，见《论语·子罕》，指光阴流逝。固梁木其必颠。梁木其必颠：《礼记·檀弓》载，孔子临终歌曰：“太山其颓乎！梁木其坏乎！”喻曹操将死。当建安之三八，三八：即二十四，指建安二十四年。实大命之所艰。大命：犹言大限。虽光昭于曩载，光昭：荣显，荣耀。曩（nǎng）载：先前的年岁。将税驾于此年。税驾：卸马停车，即终止的意思。曹操死于建安二十五年正月，这里说“三八”是就病重时间算的。惟降神之绵邈，降神：指天生圣贤。《诗经·大雅·嵩高》用“惟岳降神”来歌颂上天为周宣王生甫侯及申伯。绵邈：遥远，形容稀少。眇千载而远期。眇：远。千载：千年。桓谭《新论》：“夫圣人乃千载一出。”古人认为一千年才出现一个圣人。信斯武之未丧，信：实。斯武：孔子有言：“天之未丧斯文。”（《论语·子罕》）陆机引文改“文”为“武”，有讥讽之意。膺灵符而在兹。膺（yīng）：受。灵符：指天命。兹：此，指曹操。虽龙飞于文昌，龙飞：比喻帝王兴起。文昌：文昌宫，星座名。《汉书·天文志》：“文昌为上将贵相。”这里即用文昌代指将相。非王心之所怡。王：曹操晋爵为魏王。怡（yí）：喜悦。愤西夏以鞠旅，西夏：指今陕西、甘肃一带，当时是蜀国的地界。鞠旅：即誓师之意。溯秦川而举旗。溯：逆流而上。秦川：渭水上游称秦川，这里泛指陕西的河流。举旗：建人将旗以行军的意思。逾镐京而不豫，逾：越。镐京：西周的都城，在今陕西省西安市西南，这里代指长安。不豫：帝王有病称为不豫。临渭滨而有疑。冀翌日之云瘳，冀：希望。翌（yì）曰：明日。瘳（chōu）：病愈。弥四旬而成灾。弥：满。四旬：四十天。成灾：指病重。咏归途以反旆，旆（pèi）：大旗。反旆：指还师。登崤渑而朅来。崤渑：崤山、渑池，在洛阳西。朅（jiē）：去。这里是登崤渑而去。次洛汭而大渐，次：到。洛汭（ruì）：洛水流入黄河的地方，即洛阳。大渐：病情加剧。指六军曰念哉。六军：古代天子有六军，这里指曹操率领的军队。念哉：叮咛勿忘的意思。

［译文］

他在治国平乱上获得很大的成就，无论做什么都无往而不胜，如同用一筐筐土填平深谷,堆起高山直上苍穹。生与死自有天命,哪里是高超的谋略所能预测的呢?孔夫子面对流逝的河水有所感悟而发出逝者如斯的悲叹,临终时唱出“梁木必颠”的歌声。那建安二十四年,的确是魏武命运艰难的关头。虽然从前的岁月声威显赫,但如今却要寿终当年。神灵再次降临的日子多么渺茫,要等一千年那样遥远的时间。相信他的武功并未消亡,上天赐予的灵符仍然在他身上。即使在文昌殿登上王位,也没使他心欢意畅。不能容忍蜀汉的存在而聚众练兵,逆渭水而上举旗讨伐。路过长安时身染重病,面对渭水而疑虑不前。希望明天病会痊愈,没想到四十天过后竟成劫难。像赋中咏叹的那样,大军踏上归途,登上崤山去了又还。驻扎在洛阳时病情加重,手指六军留下遗言。

【七段】

伊君王之赫奕,伊:发语词。赫奕:盛美的样子。**实终古之所难**。终古:久远。**威先天而盖世**,先天:指曹操的威势为天下先。盖世:超过世人。**力荡海而拔山**。**厄奚险而弗济**,厄:困厄。奚:何。济:渡过。**敌何强而不残**,残:杀,消灭。**每因祸以禔福**,禔(tí)福:安福。**亦践危而必安**。践:履,遭遇。**迄在兹而蒙昧**,迄(qì):至。在兹:指在临终的时候。蒙昧:糊涂,迷糊。**虑噤闭而无端**,噤(jìn)闭:闭口不言。无端:没办法。**委躯命以待难**,委:听任。难:死亡。**痛没世而永言**。没世:离开人世,指死。永言:长言。**抚四子以深念**,抚:抚摩。深念:无穷的怀念。**循肤体而颓叹**。循:抚摩的意思。颓叹:颓然叹息。**迨营魄之未离**,迨(dài):及,趁着。营魄:魂魄。**假余息乎音翰**。余息:余下的生命。音翰:用笔记下言语,指遗言。翰:笔。**执姬女以嚬瘁**,嚬瘁(pín cù):即“颦蹙”,眉头深锁,担忧的样子。**指季豹而漼焉**。漼(cuǐ):垂泪的样子。**气冲襟以呜咽,涕垂睫而汍澜**。睫:眼毛。汍澜(wán lán):泪水横流的样子。**违率土以靖寐**,违:离去。率土:指代臣民。《诗经·大雅·北山》:“率土之滨,莫非王臣。”靖寐(mèi):即长眠。**戢弥天乎一棺**。戢(jì):聚。弥天:指广大高远的才志。

【译文】

那君王的赫赫功业,在历史上确实也少见。他威势无双而才德盖世,其伟力可以使大海震荡、高山拔起。困厄于什么样的险情不能度过,面对多么强大的敌人而不能将其消灭?每次都变灾祸为福祉,遇危险而转为平安。临终时却担心自己糊涂不清,无法开口留下遗言,听任生命一步步走向终结,因悲痛死亡而叮咛不已。用深情的嘱咐抚慰四个王子，摸着自己的身体而颓然叹息。趁着灵魂尚未离开躯壳，凭借剩余的气息留下遗愿。抱着女儿而痛心忧伤，指着小儿子流下眼泪。呜咽不已而胸襟起伏，泪水淋漓挂满睫毛。就要离开自己的臣民而长眠地下，把那远大的志向带进棺木。

［八段］

咨宏度之峻邈，咨（zī）：叹息。宏度：指曹操的宏伟气度。峻邈：高远。**壮大业之允昌**。允：信，实在。昌：兴盛。**思居终而恤始**，居终：指曹操临终。恤：顾念。始：指即位之君。《穀梁传》："先君有正终，后君有正始。"**命临没而肇扬**。命：即遗命。肇（zhào）扬：开始传播出来。肇：始。**援贞吝以惎悔**，援：引。贞：正。吝：小疵。贞是指"吾在军中，执法是也"；吝是指"小忿怒，大过失"。惎（jì）悔：痛悔。**虽在我而不臧**。不臧：不善。**惜内顾之缠绵**，内顾之缠绵：即序文所说的"婉娈房闼之内，绸缪家人之务"。**恨末命之微详**。末命：指遗令。微详：细致详明。即序文中"几乎密与"的意思。**纡广念于履组**，纡：萦绕。**尘清虑于余香**。尘：遮蔽。**结遗情之婉娈**，结：牵系。遗情：余情，指对诸夫人和众妾的感情。**何命促而意长？陈法服于帷座**，陈：摆设。法服：平生的衣服。帷座：指"于台堂上施八尺床，繐帐"。**陪窈窕于玉房**。窈窕：美好的样子，指婕妤妓人。玉房：指铜雀台。**宣备物于虚器**，宣：显示。备物：《礼记·檀弓下》孔子曰："为明器者，知丧道矣，备物而不可用也。"指遗令"朝晡上脯糒之属"，是虚设食器，聊备其物，死者其实不能享用。**发哀音于旧倡**。旧倡：指妓人。遗令有"向帐作妓"的要求。**矫戚容以赴节**，矫戚容：是说强颜为欢，不免于戚。矫：强。赴节：合着节拍歌舞。**掩零泪而荐觞**。荐觞（shāng）：进献酒醴。**物无微而不存**，物：指死者服用玩好之遗物。**体无惠而不亡**。体：指死者本身。惠：同"慧"。**庶圣灵之响像**，庶：庶几，希冀。圣灵：指死者的在天之灵。响像：声音和形貌。**想幽神之复光**。幽神：亦指死者的冥神。复光：复显。**苟形声之翳没**，翳（yì）没：掩没。**虽音影其必藏**。**徽清弦而独奏**，徽：调弦。**进脯糒而谁尝？悼繐帐之冥漠**，冥漠：渺茫。**怨西陵之茫茫**。**登爵台而群悲，眝美目其何望？**眝（zhù）：凝视。**既晞古以遗累**，晞（xī）：看。遗累：指不犯过失。**信简礼而薄葬**，信：尊奉。**彼裘绂于何有**，绂（fú）：绶。**贻尘谤于后王**。

尘谤：垢污谤毁，指世人的非议。后王：指曹丕。**嗟大恋之所存，**嗟：叹词。大恋：超乎寻常的爱恋。**故虽哲而不忘。览遗籍以慷慨，**览：观看。遗籍：指遗令。**献兹文而凄伤！**兹文：指这篇吊文。

［译文］

可叹那魏武的气度宏伟而远大，事业壮观确实昌盛。临终时还顾念着将要即位的儿子，留下的遗令开始传扬。回想自己一生中成败得失有多少悔恨和遗憾，并承认这是因为自己的过错。可惜对家事过于缠绵，那临终遗令也过于详明。宽广的胸怀中萦绕着织绶卖履的念头，将清明的思虑都用在分配财物上。临别时牵系着对姬妾的委婉情思，为何生命短促而情意绵长？将礼服摆放在帷座上，让姬妾陪侍在铜雀台中。在虚设的食器中放上祭品，让从前的歌妓唱出悲哀的歌声。强颜欢笑按着节拍跳起舞蹈，掩着泪水献上祭奠的酒。遗物无论多么微小也会存在，而人的智慧却要随着生命的终结而消亡。希望还能听到他的声音看到他的形貌，想望他的神灵再现于世上。假如人的形体消失了，那么他的音形也会随之隐藏。歌妓们奏出美好的琴声，献上祭品谁来品尝？感伤那帷帐中渺茫寂静，怨恨那西陵墓地一片茫茫。登上铜雀台众人皆悲，美人凝目远眺何方？既然羡慕古风弃去厚葬的牵累，崇尚简省的礼仪而薄葬，又何必吝惜那微不足道的绶带皮裘，给后王留下世俗的讥谤。可叹人们对人世都有依恋之情，因此就是圣哲也不会遗忘。观看《遗令》我感慨叹息，献上这篇凄伤的凭吊文章。

评析

《吊魏武帝文》选自《文选》卷六十。魏武帝即曹操，生前只称魏王，曹丕称帝后，追尊为太祖武皇帝。据《三国志·魏书·武帝纪》载："建安二十五年春正月，至洛阳。……庚子，王崩于洛阳，年六十六。遗令曰：'天下尚未安定，未得遵古也，葬毕，皆除服。其将兵屯戍者，皆不得离屯部。有司各率乃职。敛以时服，无藏金玉珍宝。'谥曰武王。二月丁卯，葬高陵。"陆机在元康八年(298)任著作郎时在秘阁看到了曹操的《遗令》，非常感慨，故而写了这篇吊文。

在吊文中作者对曹操的雄才大略和他统一北方的功绩，给予了充分的肯定，同时又写出曹操临死时对家庭琐事的留恋，以及死后的空虚与凄凉，既不一味歌颂，也不一味谴责，而是从多方面入手，揭示其悲剧性格。曹操作为一代英雄，具有“摧群雄而电击，举勍敌其如遗。指八极以远略，必翦焉而后绥”的豪情壮举，又有“执姬女以嚬瘁，指季豹而不灌焉”的儿女情长，这才是英雄的性格。同时作者将魏武生前的壮烈与他身后的凄凉相比较，使人生发出同情之心及对人事沧桑的感慨。这篇吊文的序文写得很精彩，但有些地方与正文重合，然而由于序文重在叙事，且议论横生，文势跌宕，与正文的重在抒情相得益彰，而又胜过正文，故刘勰称之为“序巧而文繁”。

刘琨(270—318),字越石,中山魏昌(今河北省无极县)人。他出身士族,少好老庄,早年与石崇、陆机等人为友,以文章依附于权贵贾谧,时称“二十四友”。永嘉之乱后,其诗文创作风格发生明显的变化,表现出悲壮慷慨的特点,为世人所推崇。明人辑有《刘越石集》。

答卢谌书

刘琨

［一段］

琨顿首。损书及诗,损:对人家馈赠的敬辞,如同现在所说的“破费”。**备辛酸之苦言,**备:都。**畅经通之远旨。**经通:常理和变通的意思。**执玩反覆,不能释手。慨然以悲,欢然以喜。**

［译文］

刘琨顿首。烦劳你给我写信并赠诗,述说近来的辛酸苦痛和内心深沉的思绪。我拿着你的信和诗反复阅读,爱不释手,不禁为之感动。时而慨然悲伤,时而欣然而乐。

［二段］

昔在少壮,未尝检括,检括:检敛与约束。**远慕老庄之齐物,**老庄:指老子和庄子。齐物:《庄子》有《齐物论》,其内容以齐是非、齐彼此、齐物我、齐寿夭为主,从“道未始有封”(即道是无界限差别)的命题出发,论证任何事物本无确定不变的是非标准,“彼亦一是非,此亦一是非”,一切争辩,只是对道的全面性的歪曲、割裂。这里以“齐物”代指道家思想。**近嘉阮生之放旷,**阮生:即阮籍,字嗣宗,为魏末著名文学家、思想家,他在哲学上认为“天地生于自然,乃物生于天地”。为人嗜酒放旷,曾著《大人先生传》和《达庄论》,宣传道家思想,批判礼俗之士。**怪厚薄何从而生,哀乐何由而至?**这两句是对《列子·力命》中西门子“厚薄”之论文字的概括,“厚薄”指外来的遭遇。《列子·力命》认为,如果懂得听任命运,就不会感到厚薄,也就没有哀乐之分了。

〔译文〕

我在青年时，没有约束过自己，心中羡慕想望老庄道家的理想境界，喜欢效法阮籍的狂放不羁，不知人生处境厚薄从何而来，也不知人生的哀乐从何而生。

〔三段〕

自顷辀张，顷：近来。辀（zhōu）张：惊惧的样子。**困于逆乱，国破家亡，**国破家亡：指西晋东迁，父母俱为刘聪所害。**亲友凋残。负杖行吟，则百忧俱至，块然独坐，**块然：孤独的样子。**则哀愤两集。时复相与举觞对膝，破涕为笑，排终身之积惨，**惨：惨痛之事。**求数刻之暂欢。譬由疾疢弥年，**疾疢（chèn）：泛指疾病。疢：热病。弥年：终年。**则欲一丸销之，**一丸：指一丸药。**其可得乎？夫才生于世，世实须才。和氏之璧，**和氏之璧：春秋时楚人卞和所得之宝玉，献与楚王，故称和氏之璧。**焉得独耀于郢握？**郢（yǐng）握：指归楚国所有。刘琨在这里取楚玉不一定只限于楚国所有的意思，喻卢谌不一定只被自己所用，也可以归于段氏，并为之所用。郢：楚国都城。**夜光之珠，**夜光之珠：指随侯之珠。古代传说随侯见一大蛇负伤，便给它敷伤治好，后来这条大蛇衔着一极大珠来报答，故称为随侯之珠。**何得专玩于随掌？**随掌：随侯的手中。**天下之宝，当与天下共之。但分析之日，**分析：这里是分离的意思。**不能不怅恨耳。然后知聃、周之为虚诞，嗣宗之为妄作也。**聃（dān）、周：聃，即老子，名聃。周即庄子，名周。嗣宗：阮籍，字嗣宗。

〔译文〕

自从战乱以来，为叛臣逆子所困扰，国破家亡，亲朋死伤。我扶杖行吟赋诗，会招致无尽的忧愁，独自块然而坐，就会有无数哀愤之情涌上心头。有时我想与你促膝而坐，举杯对饮，破涕为笑，排遣积蓄一生的苦闷，以求得短时间的欢娱，而这好比陈年的积病，想用一丸药来治愈，又怎么可能呢？有才能的人生于世上，而社会上也确实需要有才能的人。和氏璧玉怎能唯独照耀在楚国的郢都，夜光明珠又怎能专供随侯一人把玩呢？天下的人才，应当与天下人共同拥有。道理虽然如此，但在与你分离的日子里，我又不能不惆怅遗憾啊。这以后我才知道老庄道家学说的虚妄和阮嗣宗行为的荒诞。

［四段］

昔骕骦倚辀于吴坂，骕(lù)骦：良马。倚辀：指靠着车辕。吴坂：吴地的山坡。**长鸣于良、乐**，良、乐：良指王良，乐指伯乐，二人都是古代善于相马的人。**知与不知也。百里奚愚于虞而智于秦**，百里奚：春秋时虞国人。晋灭虞后，把他作为陪嫁送给秦国。他逃到楚国宛地，为楚边人所执。秦穆公闻其贤，以五张黑羊皮赎之，授以国政。相秦七年，秦国大治。**遇与不遇也**。遇：遇合，指相遇而受到赏识。**今君遇之矣，勖之而已**。勖(xù)：勉励。

［译文］

从前有骏马在吴地的山坡上拉车，见到善相马的王良和伯乐，便放声长嘶，那是因为见到了知己。百里奚在虞国时做奴隶而在秦国时做宰相，那是因为找到了知遇的国君。如今你找到了知遇之人，努力去干吧。

［五段］

不复属意于文，属意：指用心。**二十余年矣。久废则五次**，废：放弃。次：章法。**想必欲其一反**，一反：一个回答，这里指答诗。**故称指送一篇**。称指：按照你的意旨。送一篇：即赠答一篇，指《答卢谌》诗。**适足以彰来诗之益美耳。琨顿首顿首**。

［译文］

我不用心作文已有二十多年了。由于荒废已久，写起来就没有章法，想你一定要我写诗赠答，故按照你的意旨送上一首。不过是用来给你的诗增光添彩罢了。刘琨顿首顿首。

评析

卢谌(284—350)，字子谅，河北范阳(今河北省涿州)人，尚书卢志之子。公元311年，洛阳失陷后，卢谌随父北依刘琨，刘琨为司空，卢谌为主簿，转从事中郎。卢谌有文才，好老庄，与刘琨交往密切，两人屡有赠答。愍帝建兴四年(316)，卢谌随刘琨投辽西段匹磾，段以卢谌为别驾。卢谌在与刘琨分别时，曾赠书信及诗与刘琨，本文即是刘琨写给卢谌的回信。不久，刘琨被羯族石勒打败，继为段匹磾所害，卢谌则长期留在北方，当冉闵灭后赵时，卢谌被害。

刘琨在《答卢谌书》中，表达了自己对好友卢谌的感情，叙述了自己思想的变化，对自己从前“远慕老庄之齐物，近嘉阮生之放旷”的行为进行了反省和批判。这是作者在经过“国破家亡”的人生巨变之后才得出的深刻结论，在当时玄学清谈之风盛行的六朝时期是难能可贵的。同时刘琨还提出了“世实须才”，而人才“当与天下共有之”和人才在世贵在知遇的用人观点。这篇散文层次分明，腾挪跌宕，慷慨激昂，深挚动人；文字简约劲拔，辞约义丰，洋溢着爱国的感情，在当时的文坛上是不可多得的。

孙绰(314—371),字兴公,太原中都(今山西平遥)人,累官至廷尉。东晋偏安江左,清谈之风甚盛,"永嘉时贵黄老,稍尚虚淡,于时篇什,理过其辞,淡乎寡味。爰及江表,微波尚传"(钟嵘《诗品序》)。孙绰和许询便是此种诗风的代表,他们"弥善恬淡之词"(《诗品》),但也有一些清新之作。明人张溥辑有《孙廷尉集》。

游天台山赋并序

孙绰

【一段】

天台山者,天台山:在今浙江省天台、临海两县境,因地处偏僻而鲜为人知,东晋后始被发现,渐成名胜。**盖山岳之神秀也。**神秀:神奇,奇异。**涉海则有方丈、蓬莱,**涉:渡水。方丈、蓬莱:古代传说中海上的仙山。**登陆则有四明、天台,**四明:山名,上有方石,四面开窗,故名。**皆玄圣之所游化,**玄圣:道家理想中的神仙。**灵仙之所窟宅。**窟宅:洞府。**夫其峻极之状,**峻极:极端高峻,意谓天一样高。**嘉祥之美,穷山海之瑰富,**瑰:珍宝。**尽人神之壮丽矣。所以不列于五岳,**五岳:东岳泰山、西岳华山、南岳衡山、北岳恒山、中岳嵩山。**阙载于常典者,**常典:五经之流也。**岂不以所立冥奥,**冥:幽暗。**其路幽迥。**幽迥:偏远。**或倒景于重溟,**重溟:大海。景:即"影"。**或匿峰于千岭;**匿:遮蔽。**始经魑魅之涂,**魑魅(chī mèi):古代传说中的鬼怪。涂:即"途"。**卒践无人之境。**卒:最后,终于。践:脚踏。**举世罕能登陟,**陟(zhì):攀登。**王者莫由禋祀,**王者:帝王。禋祀:虔诚祭祀。**故事绝于常篇,名标于奇纪。**奇纪:特殊的记载。**然图像之兴,**图像:指有关天台上的风景图画。**岂虚也哉?非夫遗世玩道,**遗世:放弃世俗的事物。玩道:追求道术。**绝粒茹芝者,**绝粒:不吃饭,也称"辟谷"。茹芝:吃灵芝。道家认为吃灵芝等菌类,可以长生。**焉能轻举而宅之!**焉:何。轻举:飞升成仙。**非夫远寄冥搜,**远寄:将心思寄托在远处。此处指志在成仙。冥搜:

深深苦思,指寻求玄妙的道术。**笃信通神者**,笃信:虔信。通神:诚信感动了神仙。**何肯遥想而存之?** 遥想而存之:将心思远远寄托在那上面。**余所以驰神运思**,驰神:精神飞越别处。远思:反复思虑。**昼咏宵兴**,昼咏宵兴:白天歌咏,夜里也睡不着。**俯仰之间**,俯仰:指刹那间。**若已再升者也**。升:登。**方解缨络**,缨络:比喻世事缠身。**永托兹岭**。**不任吟想之至**,不任:经不起。吟想:口中吟咏,心里默想。**聊奋藻以散怀**。奋藻:用文辞来发挥,此处指拿起笔来写作。

【译文】

天台山是山岳之中的奇异之山。渡海有方丈、蓬莱等仙岛,登陆有四明、天台等仙山,它们都是神仙所来往和居住的地方。天台山的高峻和它所显示出的美好吉祥,可说拥有了一切山海中所有的名贵物产,具有所有人和神所能设想的壮丽了。它之所以没有被列入五岳之中,没有记载在平常的典籍之内,是因为它位处幽暗深秘、路途僻远之地。或是因为濒临大海,或是因为被掩映于千山万岭之中;开始就要走鬼怪出没的路途,最后才能踏上这渺无人迹的境界。世人很少有人去攀登,帝王们也没有祭祀过它,故而平常的书中没有记载它的事迹,只在特殊的记载中才出现它的名字。然而这天台山的图画难道是凭空想象的吗?我不是放弃世俗而追求道术,不食人间烟火而专吃灵芝的学道之人,怎么能飞升成仙而住在这里呢?我也不是志在求仙寻道,虔信神灵的人,怎能有这些渺茫的空想呢?但我对天台山心驰神往,白天歌咏,夜不能寐,转瞬之间仿佛去了两次天台山。我正打算摆脱世事的纠缠,永远托身在这山上。禁不住口吟默想,姑且拿起笔来用文辞抒发我的心怀吧!

【二段】

太虚辽廓而无阂,太虚:指宇宙。阂(hé):阻碍。**运自然之妙有**。妙有:道家的术语。道家认为宇宙本来是空虚无物的,万物由“无”而生。这个“无”中之“有”,具有奇妙的道理,所以称为“妙有”。自然:原始。**融而为川渎**,融:溶化。渎(dú):河流。**结而为山阜**。阜:丘陵。**嗟台岳之所奇挺**,嗟:发语词,有赞叹的意思。奇挺:突出。**实神明之所扶持**。神明:神灵。**荫牛宿以曜峰**,宿:星座。古代以天文的星宿,配合地理的区域,称为分野。天台山在越国地区,是牵牛星座的分野。曜:日照。**托灵越以正基**。灵:灵秀。正基:指位置。**结根弥于华岱**,弥:超过。华:华山。岱:泰山。**直指高于九疑**。九疑:九嶷山,在湖南宁远境内。**应配天于唐**

典，配：对。**齐峻极于周诗**。齐：并比。**邈彼绝域**，绝域：极远的地方。**幽邃窈窕**。邃（suì）：深奥。窈窕：幽深之貌。**近智以守见而不之**，近智：智力短浅，没有远见的人。守见：守着自己狭隘的见闻。之：到。**之者以路绝而莫晓**。路绝：道路难以通行。**哂夏虫之疑冰**，哂（shěn）：耻笑。夏虫疑冰：《庄子·秋水》中说：夏天的虫没有在冬天生活的经验，不肯相信有冰。这是说，那些见识不广的人是可笑的。**整轻翮而思矫**。矫：飞。翮：翅膀。**理无隐而不彰**，隐：指幽深微妙的道理。彰：表显。**启二奇以示兆**。二奇：即下文的赤城和瀑布。兆：迹象。**赤城霞起而建标**，赤城：天台山的入口处，山壁好像一座红色的城墙，因而得名。建标：立下标志。**瀑布飞流而界道**。界道：划出界线。

【译文】

太虚广阔空虚没有任何阻碍，运行起来有很多奥妙。它融化的液体形成江河，凝结的物质成为山岭。那天台山是如此奇异挺拔，确实是有神明的扶持。天台山的山峰在牵牛星的照耀之下，山脉的位置正处在灵秀的越国境内。它的根基比华山和泰山深厚，而高度又比九嶷山还高崇。孔子曾用"唯天为大，惟尧则之"歌颂《尚书·尧典》中唐尧的功绩，而天台山也有资格被举以配天；《诗经·大雅·嵩高》中用"嵩高维岳，峻极于天"赞美嵩山，天台山与之相比也并不逊色。它是极其遥远而深奥的，智力短浅没有远见的人囿于自己狭隘的见闻没有去，而去的人又因路途难通而不熟悉那里的情况。可笑那夏天的飞虫怀疑冰的存在，我像鸟一样舒展翅膀准备起飞。没什么深奥的道理不能说明，先说两件奇景以显示天台山的气象：赤城如红霞立起一座标柱，白色的瀑布在青山中划出界线。

【三段】

睹灵验而遂徂，灵验：指上文二奇。徂（cú）：往。**忽乎吾之将行**。忽乎：飘然。**乃羽人于丹丘**，乃：接近，追随。羽人：仙人的别称。古人认为仙人可像鸟一样飞。丹丘：古代神话中仙人居住的地方。**寻不死之福庭**。**苟台岭之可攀**，苟：假。**亦何羡于层城？**层城：古代传说中昆仑山上的神仙居处。**释域中之常恋**，释：脱离。域中：尘世。常恋：常人所贪恋的事物。**畅超然之高情**。畅：使之畅通。超然：脱俗尘世。**被毛褐之森森**，毛褐：粗糙的毛制衣服，适合山野中生活之用。**振金策之铃铃**。金策：装有金属品的手杖。铃铃：手杖触地声。**披荒榛之蒙茏**，榛

(zhēn):丛树。蒙茏:草木茂盛的样子。**陟峭崿之峥嵘**。峭崿:高峻而危险的山峰。峥嵘:高耸险峻的样子。**济楢溪而直进**,楢(yóu)溪:是进入天台山必须经过的一条河川。**落五界而迅征**。落:斜行。五界:地名,据说因为地处五县交界而得名。**跨穹隆之悬磴**,穹窿:长而弯曲的样子。悬蹬:高悬的石桥。**临万丈之绝冥**。绝冥:极端幽深,即万丈深渊。**践莓苔之滑石**,莓苔:石桥上长的青苔。**搏壁立之翠屏**。搏:用手抓住。翠屏:石桥上的石壁。**揽樛木之长萝**,樛(jiū)木:拳曲的树木。萝:缠在树身上的藤。**援葛藟之飞茎**。葛藟(lěi):粗藤。飞茎:屈曲盘旋的藤条。**虽一冒于垂堂**,垂堂:堂屋檐下。因檐瓦落下,可能伤人,比喻危险的境地。古语有"坐不垂堂"的训诫。**乃永存乎长生**。**必契诚于幽昧**,契:合。幽昧:指深奥的道理。**履重险而逾平**。履:踏足。逾:更加。**既克济于九折**,克:能够。跻(jī):登上。九折:曲折盘旋的道路。**路威夷而修通**。威夷:漫长而舒缓的样子。**恣心目之寥朗**,恣:放任,尽情。寥朗:心舒目明的样子。**任缓陟之从容**。**藉萋萋之纤草**,**荫落落之长松**。藉:当作席子垫着。纤:柔细。落落:形容松树的孤高独立。**觌翔鸾之裔裔**,觌(dí):遇见。裔裔:鸟飞翔的样子。**听鸣凤之嗈嗈**。嗈(yōng)嗈:鸟和鸣的声音。**过灵溪而一濯**,灵溪:天台山中一条河川。濯:洗沐。**疏烦想于心胸**。疏:清除。烦想:凡俗的想法。**荡遗尘于旋流**,旋流:有旋涡的流水。**发五盖之游蒙**。五盖:佛经里的话,指人的五种不良思念,一是贪欲,二是嗔恚,三是睡眠,四是调戏,五是疑悔。游蒙:愚昧昏蒙。**追羲农之绝轨**,羲农:伏羲、神农,传说中的上古帝王。此处指上古时代。绝轨:已经绝迹了的轨道;古人认为上古时代的生活是自由无拘束的。**蹑二老之玄踪**。二老:指老子和老莱子,他们均为古代有道德的人。玄踪:玄妙的踪迹。**陟降信宿**,信宿:连宿两夜。陟降信宿,是说登高爬低走了一两夜。**迄于仙都**。迄:到达。仙都:神仙的都城。

[译文]

看见了奇迹便往前行,我要飘然而去。追随仙人来到丹丘,寻找那长生不死的乐园。只要能够攀上天台,那又何必羡慕层城呢?摆脱尘世的信念,抒发超然于世外的高情。披上那粗糙的毛皮衣,手执铃铃作响的金手杖。从茂密的树丛中分开路,登上那高峻而危险的山峰。渡过楢溪一直朝前走,斜穿过五界而前行。跨过长曲高悬的石桥,来到万丈深渊的面前。踏着石桥上的青苔,抚着桥上的石壁。攀着曲树上的长箩,抓着粗壮的长藤。虽然冒着"垂堂"的危险，但愿永远长生。只要自己至诚地寻求深奥的道理，愈是重重险阻而愈觉平坦可行。当登上曲折盘旋的险道后，又觉得路宽缓而畅通。心情恣肆而眼目舒朗，信步缓行而悠然从容。坐在柔嫩的草地上，上面遮着孤耸的高松。眼见那鸾鸟裔裔飞翔，耳听那凤鸟喈喈长鸣。过灵溪时洗一洗脚，以清除胸中的俗念。将遗俗在旋流中荡涤干净，撇开那五盖的昏蒙。追随伏羲、神农已经断绝的遗迹，跟上二老玄妙的踪影。行走攀登了一两夜，才到达神仙的都城。

［四段］

双阙云竦以夹路，双阙：古代的城门口，一边有一座高楼，称为双阙。**琼台中天而悬居**。琼：美玉。琼台：指高楼华美，好像是美玉装成的殿堂。**朱阙玲珑于林间**，朱阁：红楼。**玉堂阴映于高隅**。玉堂：用玉饰成的殿堂。阴映：冷森森地闪光。**彤云斐亹以翼棂**，彤：红色。斐亹（fěi wěi）：形容花纹复杂。棂（líng）：窗格子。**皦日炯晃于绮疏**。皦（jiǎo）日：白日。炯晃：光辉灿烂。绮疏：饰有花纹的窗孔。**八桂森挺以凌霜**，八桂：引自《山海经》："桂林八树。"形容桂树的高大，八树就可以成林。森挺：茂盛挺拔。凌霜：遭遇霜雪也不凋落。**五芝含秀而晨敷**。五芝：道家所说的五种灵芝。秀：草木的英华。敷：开放。**惠风伫芳于阳林**，惠风：和煦的风。伫：储藏。阳林：山南的树林。**醴泉涌溜于阴渠**。醴泉：甜美的山泉。涌溜：喷溅。阴渠：山北的沟渠。**建木灭景于千寻**，建木：神话中仙境的树木。**琪树璀璨而垂珠**。琪：美玉。琪树也是仙境的树木，华美如玉。璀璨：光彩闪烁。垂珠：指琪树的果实。**王乔控鹤以冲天**，王乔：古代传说中的仙人，名晋，原为周灵王的太子，故又称王子乔。控：驾驭。鹤：传说中仙人乘以上天的灵禽。**应真飞锡以蹑虚**。应真：即佛家所说的罗汉。锡：佛教僧徒所用的锡杖。因仙人手执锡杖升上天空，所以说飞锡。蹑虚：腾空。**骋神变之挥霍，忽出有而入无**。出有、入无：语出《淮南子》"出于无有，入于无为"，即出入于虚幻和真实之境。

［译文］

双阙高耸入云夹在路旁，华美的楼台高悬在空中。空明透亮的红楼在林间，绿荫掩映的玉堂在远处的高山上。红色的云彩从窗前飞过，白日的光辉透过有纹饰的窗孔。桂树茂盛挺拔，凌霜而不凋，灵芝包孕着英华，在清晨开放。山南树林中的和风储藏着芬芳，山北沟渠中喷溅着清甜的泉水。建木高大无比，太阳照不出它的阴影，琪树光彩闪烁，果实挂满枝头。王乔驾鹤飞上青天，罗汉手执锡杖腾空而去。他们施展迅速的神奇变化,在人神之境出入往来。

［五段］

于是游览既周,周:周遍。**体静心闲**。闲:安宁。**害马已去**,害马:《庄子》中所设的比喻之一。意思是说,若用牧马来比喻治天下,必将那危害马群的马除去。此处指尘世的嗜欲。**世事都捐**。捐:抛弃。**投刃皆虚,目牛无全**。投刃皆虚,目无全牛:《庄子·养生主》中庖丁解牛的寓言,说一个善于解牛的人,技术熟练至极。眼睛能透过牛身的表面,看到牛的骨节空隙处,所以刀一下去恰好落到空虚的地方,牛身便迎刃而解。此处的意思是能洞察一切玄妙隐微的事理。**凝思幽岩**,凝思:集中思想。**朗咏长川**。朗咏:高声歌咏。**尔乃羲和亭午**,羲和:神话中太阳的御者。亭午:正午。**游气高褰**。游气:浮动在空中的大气。高褰(qiān):高高地敞开。**法鼓琅以振响**,法鼓:讲法时召集听众的鼓。琅:声音响亮。振响:振起声音。**众香馥以扬烟**。众香:各种名贵的香。馥:芳香。**肆觐天宗**,肆觐:便将朝见。天宗:天尊。道家理论中高于一切的神。**爰集通仙**。爰:于是。通仙:群仙。**挹以玄玉之膏**,挹:用勺舀取。玄玉之膏:传说中神仙所吃的像黑玉一样的膏。**嗽以华池之泉**。华池:传说中昆仑山上的仙池。**散以象外之说**,散:启发。象外之说:超出物象的话,指道家的学说。**畅以无生之篇**。畅:解说,使之了悟。无生:佛教的理论。无生之篇:即指佛经。**悟遣有之不尽**,有:指尘世,虚假的幻象。**觉涉无之有间**。无之有间:"无"指无为,神仙境界。间,疏漏。**泯色空以合迹**,泯:灭。色空:佛家用语,"色即是空"的省语,佛教谓有形之万物为色,而万物为因缘而生,本非实有。**忽即有而得玄**。玄:指玄妙之道。**释二名之同出**,二名:指"有""无"。**消一无于三幡**。三幡:佛经语,指色、空、观。**恣语乐以终日**,恣语:纵情谈论。**等寂默于不言**。**浑万象以冥观**,冥观:深深的观察。**兀同体于自然**。兀:浑然无知的样子。同体:一体。

［译文］

在山间游览一遍之后,身心宁静舒闲,世间的嗜欲如害群之马一样被清除。这时就像解牛的庖丁一样目无全牛,能洞察一切玄妙的事理。在幽静的岩石上凝神静思,在长长的河水旁高声歌咏。此时太阳正值中午,游气飘荡在高空。敲起法鼓发出琅琅的声响,点燃各种名贵的香烛,青烟送来阵阵芳香。将要朝见天宗之神,于是将群仙召集在一起。舀取黑玉一样的膏脂,喝着华池的泉水。宣讲着"象外"的玄理,畅谈着佛家学说。我感到心里的俗念尚未驱尽,对仙道的理解也存有疏漏。泯灭色空的界限将二者合为一体，消除有无之分从而获得玄妙之道。了解到有无本同出一辙，使色、空、观同归于无。即使终日纵情谈论，也与默然无语相同。如果对世间万物作整体的深刻观察，就会不知不觉地归于自然。

评析

孙绰的《游天台山赋》是晋代赋中的名篇。史载孙绰视此赋为平生得意之作，曾对范启说："卿试掷地，要作金石声。"这篇赋以游记的形式，对天台山的景物，做了细致、生动的描绘。文辞工整，颇见情韵。这种投入的而非旁观的、动情的而非静止的描写，尤为后来的山水游记所效法。此赋还借山水而谈佛理，兼有道、释，将仙佛思想与山水题材合而为一。此种文风对谢灵运以及后来的山水诗人有很大影响。这种虚幻的求仙思想，也反映了晋代纷乱动荡的局势下士大夫的苦闷情绪。此外，此文以游踪为线索，写景千姿百态，语言简洁凝练，骈偶工巧，是骈体山水文中较早的代表作品。

陶渊明(365—427),字元亮,或名潜,字渊明,去世后,友人私谥为"靖节",浔阳柴桑(今江西九江西南)人,东晋诗人,辞赋家。因对当时的政治现实不满,于四十一岁时弃官归隐,后来一直过着躬耕隐居的生活。诗文质朴自然,形象鲜明,韵味隽永,风格独特。现存诗文一百三十余篇,有《陶渊明集》行世。

归去来兮辞并序

陶渊明

【一段】

余家贫,耕植不足以自给。幼稚盈室,幼稚:幼儿。瓶无储粟,粟:小米,泛指谷类。生生所资,生生:维持生计。所资:凭借、需要的东西。未见其术。亲故多劝余为长吏,长吏:职位较高的县吏,如县令、县丞、县尉等。脱然有怀,脱然:舒展轻快的样子。求之靡途。靡途:没有门路。会有四方之事,四方之事:勤王与经略四方的大事。诸侯以惠爱为德;诸侯:此处指州刺史和郡太守。以惠爱为德:把施恩于人视为美德。家叔以余贫苦,家叔:陶夔,作者的叔父,时任太常卿。遂见用于小邑。小邑:指彭泽县。作者被任为彭泽令。于时风波未静,风波未静:指桓玄余党仍在活动,战争尚未停息。心惮远役。惮:害怕。远役:指任参军时赴远地出差。彭泽去家百里,公田之利,公田:供奉禄的田。足以为酒,故便求之。及少日,少日:不几日。眷然有归欤之情。眷然:怀念的样子。归欤:回去吧,指还乡。何则?质性自然,质性:本性。非矫厉所得;矫厉:勉强。矫:故意克制感情;厉:同"励",激励。饥冻虽切,切:痛切。违己交病。违己:违背自己的心意。交病:身心都很痛苦。交:都。尝从人事,人事:官场中的人事交往。皆口腹自役。口腹自役:为了吃饭而强迫自己去干不愿干的事。于是怅然慷慨,怅然慷慨:失望而情绪激动。深愧平生之志。平生之志:指作者追求自由生活的意志。犹望一稔,稔(rěn):庄稼成熟。一稔:指收获一次。当敛裳宵逝。敛:

收，整理。逝：离去。**寻程氏妹丧于武昌**，寻：不久。程氏妹：作者同父异母的妹妹。武昌：今湖北鄂城。**情在骏奔**，骏奔：如骏马奔驰，喻指心情急迫。**自免去职。仲秋至冬**，仲秋：农历八月。**在官八十余日。因事顺心，命篇曰《归去来兮》**。命篇：执笔写文章。**乙巳岁十一月也**。乙巳岁：晋义熙元年(405)，其时作者四十一岁。

【译文】

我家境贫困，靠种田不足以自给。年幼的孩子很多，米瓮中没有存粮，维持生计需要有所凭借，而我还未找到出路。亲戚朋友们都劝我出去做官，我心中忽而有所考虑，但又缺少求官的途径。恰好遇到四方勤王的大事，诸侯们都以惠爱为美德。家叔父因我贫苦，就举荐我任小县县令。这时讨伐桓玄的战事尚未结束，心里害怕出远差。彭泽县离我家只有一百多里远，公田的收益，足够换酒喝，故而向族叔谋求此职。到任后不久，很思念家乡，便产生了回去的想法。为什么呢？我本性率真，不能勉强做自己不愿做的事。饥寒虽令人痛切，但违背自己的心愿则使我身心都感到痛苦。先前曾在官场奔走，那都是为了吃饭而役使自己。于是我惆怅感慨，为平生志趣不能实现而深感惭愧。本想干一年就收拾行装连夜离去。不久程氏妹在武昌逝世，我奔丧的心情如骏马奔驰一样急迫，于是免职离去。从仲秋八月到入冬，共任职八十多天。因这件事办得随心所欲，故执笔作《归去来兮》。时乙巳年十一月。

【二段】

归去来兮，田园将芜胡不归！芜：荒芜。胡：为什么。**既自以心为形役**，心为形役：心被形体所驱使，指为饥寒所迫而出仕。**奚惆怅而独悲？**奚：何。惆怅：忧伤的样子。**悟已往之不谏**，谏：正。**知来者之可追**。追：弥补，挽回。**实迷途其未远**，迷途：指出仕。**觉今是而昨非。舟遥遥以轻飏**，摇摇：荡漾的样子。轻飏：形容船行轻快的样子。**风飘飘而吹衣。问征夫以前路**，征夫：行人。前路：前方回家路之远近。**恨晨光之熹微**。熹微：天色微明。

【译文】

归去啊，田园快要荒芜了，为什么还不归去！既然知道自己是拿心供形体役使，又为何惆怅而独自悲伤！意识到以往的错误，知道将来还可挽回；认识到走上迷途还不太远，觉悟到今是而昨非。船荡漾着轻快地行进，阵阵风来吹起衣襟。借问行人离家还有多少路，抱怨晨光竟这样微弱。

【三段】

乃瞻衡宇，瞻：远望。衡宇：横木为门的简陋住宅。**载欣载奔**。载：且，又。**僮仆欢迎，稚子候门**。**三径就荒**，三径：院中的小路。就荒：已经荒芜。**松菊犹存**。**携幼入室，有酒盈樽**。樽：盛酒器。**引壶觞以自酌**，引：举起。壶觞（shāng）：酒壶和酒杯。**眄庭柯以怡颜**。眄（miǎn）：斜视。柯：树枝。怡：和悦。**倚南窗以寄傲**，寄傲：寄托傲世不屈的情怀。**审容膝之易安**。审：深知。容膝：仅容双膝的狭小房子。易安：虽简而安。**园日涉以成趣**，涉：涉足，散步。**门虽设而常关**。**策扶老以流憩**，策：拄着。扶老：手杖的别名。流憩：漫步、休息。**时矫首而遐观**。矫：举、抬。遐观：远望。**云无心以出岫**，云无心：云气自然而然地。岫（xiù）：峰峦。**鸟倦飞而知还**。**景翳翳以将入**，景：同"影"，指太阳。翳（yì）翳：昏暗的样子。**抚孤松而盘桓**。盘桓：徘徊留恋的样子。

【译文】

终于看见简陋的家屋，不禁高兴地加快了脚步。僮仆们前来迎接，年幼的儿女也在门口等候。庭院中的小路虽已荒芜，所种的松菊却依然挺秀。抱着幼儿走进房中，看到酒已注满杯樽。举起杯壶自斟自饮，顾盼着庭中的树木，脸上浮现出笑容。倚着南窗以寄托高傲的情怀，我深知居室虽小却能使人安心。每日在园中享受漫步的乐趣，虽有门却经常不开。拄着手杖流连休憩，时时仰起头来眺望天边。云毫不在意地飘出峰峦，鸟飞得疲倦了便知道归还。光线暗淡了，太阳将要落山，我抚着孤松徘徊流连。

【四段】

归去来兮，请息交以绝游。息交、绝游：停止交游，断绝来往。指与官场绝交。**世与我而相违**，世：指官场。相违：两相背离。**复驾言兮焉求？**驾：驾车，指出游。言：语助词，无实意。焉求：何求。**悦亲戚之情话**，情话：知心的谈话。**乐琴书以消忧**。**农人告余以春及**，及：到。**将有事于西畴**。事：农事。畴：田地。**或命巾车**，巾车：有篷布的车。**或棹孤舟**。棹：船桨，这里作动词用。**既窈窕以寻壑**，窈窕：幽深曲折。壑：山谷。**亦崎岖而经丘**。崎岖：山路高低不平。丘：小山。**木欣欣以向荣**，欣欣：草木旺盛的样子。向荣：趋向茂盛。**泉涓涓而始流**。涓涓：水流细小的样子。**善万物之得时**，善：羡慕，赞美。**感吾生之行**

休。行休:行将结束。

［译文］

归去啊,让我同外人断绝来往。既然这世道与我意愿相背,再驾车出行又有何追求?我喜欢听亲人们充满感情的谈话,爱用琴书来消忧解怨。农人告诉我春天节令已到,该到西边的田头耕作。有时驾着篷布的车,有时摇起一叶扁舟;摇船进入曲折深邃的山谷,驾车沿着崎岖的道路登上山丘。树木茂盛生机蓬勃,涓涓的泉水开始流淌。赞美万物都能适时萌生,感叹我一生行将结束。

［五段］

已矣乎,已矣乎:算了吧。**寓形宇内复几时!**寓形宇内:寄身于世上。**曷不委心任去留,**曷:何。委心:顺从心意。去留:指生死。**胡为乎遑遑欲何之?**遑遑:急匆匆,心神不定的样子。之:往。**富贵非吾愿,帝乡不可期。**帝乡:天帝所居之处,指乡境。**怀良辰以孤往,**怀:企盼。良辰:天气晴朗的佳日。**或植杖而耘耔。**或:那时候,拟想之词。植:通“置”,放下。耘:除草。耔:给苗培土。**登东皋以舒啸,**东皋:东边的水边高地。舒啸:放声长啸。**临清流而赋诗。聊乘化以归尽,**聊:姑且。乘化:随着大自然的变化。归尽:回到生命的尽头,指死亡。**乐夫天命复奚疑!**乐夫天命:乐天知命。奚:何。

［译文］

算了吧,形体寄居在天地间能有几时,何不随着心意听任去留!为什么遑遑然,难道还想往哪里走?富贵不是我的心愿,仙乡也不是我的期望。企盼着好天气时独自前往,那时将手杖插在地上去除草培苗。登上东边的高地放声长啸,对着清澈的溪流吟咏诗章。姑且随着造化而走向死亡,乐天知命又有什么困惑疑虑!

评析

本文是一篇与仕途官场告别的宣言,也是陶渊明作品中有代表性的骈文。文章采用介于散文、诗歌之间而偏重于抒情的“辞”的形式,句式整齐,讲究骈偶对仗。多用比兴暗示的手法,借景物寄托感情。景物描写和心理描写均生动传神。语言平淡朴素,流畅清新,富于韵律,充满诗意。序文叙述了作者就任彭泽令直至弃官的经过,与辞互为补充,浑然一体。

感士不遇[1]赋并序

陶渊明

【一段】

昔董仲舒作《士不遇赋》，董仲舒：西汉思想家，著有《春秋繁露》等。**司马子长又为之。**司马子长：司马迁，字子长。**余尝以三余之日，**三余之日：指闲暇的时间。三国时魏国的董遇说："读书当用三余。冬者，岁之余；夜者，日之余；风雨者，时之余。"**讲习之暇，读其文，慨然惆怅。夫履信思顺，**履信：守信用。思顺：考虑忠孝敬爱等。《左传·隐公三年》："君义，臣行，父慈，子孝，兄爱，弟敬，所谓六顺也。"**生人之善行；**生人：生民。善行：好的品行。**抱朴守静，**抱朴守静：胸怀纯朴，坚守道德。指品行方正。古人认为品德方正的人，才能完全做到平心静气，凶暴就不能平静。**君子之笃素。**君子：旧时指有修养的人。笃素：纯厚的素质。**自真风告逝，**真风：淳朴真诚的风气。告逝：消逝，消失。**大伪斯兴，**大伪斯兴：虚伪之风盛行。斯：乃。**闾阎懈廉退之节，**闾阎：里巷，这里指民间。懈：懈怠。**市朝驱易进之心。**市朝：指朝廷。**怀正志道之士，**怀正志道之士：思想正直，有志于治世之道的人。**或潜玉于当年；**或：有的。潜玉：像美玉一样收藏起来，指隐居。当年：壮年。**洁己清操之人，**洁己清操：洁身自好，操行廉洁。**或没世以徒勤。**没世：终身。徒勤：徒劳。**故夷皓有"安归"之叹，**夷：伯夷。皓：商山四皓。安归：归依何处，意思即无处可归。秦末汉初的文人夏黄公、绮里季、东园公、角（lù）里先生等四人，一起隐居于商山，称"商山四皓"。伯夷、叔齐是商朝孤竹君的两个儿子，周灭商后，因耻食周粟而隐居于首阳山，曾作歌说："神农虞夏忽焉没兮，我安适归矣！"商山四皓也作歌说："唐虞世远，吾将安归！""安归"之叹，即指这些生不逢时的悲叹。**三闾发"已矣"之哀。**三闾：指屈原，他在楚国曾任三闾大夫（掌管昭、屈、景三姓贵族的官）。已矣：算了吧。屈原在《离骚》的结尾说："已矣哉！国无人莫我知兮，又何怀乎故都！"**悲夫！**夫：语助词，表示感叹。**寓形百年，**寓形：寄身。百年：指人的一生。**而瞬息已尽，立行之难，而一城莫赏。**立行：指建立功业。一城：指赐爵封地。**此古人所以染翰慷慨，**染翰：指蘸墨

---

[1] 感士不遇：感慨读书人不遇时，即为人才没有得到合理的使用而感慨。

作文。翰：笔毫。**屡伸而不能已者也。夫导达意气，**导达：宣导，表达。意气：思想感情。**其惟文乎？**其：语助词，表示揣测。**抚卷踌躇，**卷：书卷。踌躇：此处有反复思考之意。**遂感而赋之。**

［译文］

从前董仲舒作《士不遇赋》，司马迁也作《悲士不遇赋》。我曾在闲暇的时间，与朋友讨论、研习学问的间隙，读他们的赋作，不禁感慨惆怅。遵守信义，讲究忠孝，是人们善良的品行；胸怀纯朴，坚守道德，是君子纯厚的素质。自从淳朴的风尚消逝后，虚伪的风气便盛行起来。民间松懈了廉洁谦让的节操，而朝廷内弥漫着侥幸升官的心理。思想正直、有志于治世之道的人，有的正在壮年便隐居起来；洁身自好、操行廉洁的人，有的白白地辛苦了一生。所以伯夷、叔齐与商山四皓皆有"我将回到何处"的慨叹，三闾大夫屈原也发出"算了吧"的哀鸣。悲哀啊！人生在世不过百年，转眼之间就会过去；建立功业实属艰难，而且得不到应有的封赏。这就是古人慷慨挥毫，一再申述而不能停止的原因。表达思想，宣泄情绪，大概只有写文章吧？我抚着他们的文章心绪难平，故有感而作《感士不遇赋》。

［二段］

咨大块之受气，咨：叹息声。大块：指自然。**何斯人之独灵？禀神智以藏照，秉三五而垂名。**禀：承受。秉：持，拿着。三五：指三正五行（三正：指天、地、人的正道；五行：指仁、义、礼、智、信五常）。垂名：留名。**或击壤以自欢，或大济于苍生，**击壤：古代的一种游戏。壤是一种鞋形的木块，做游戏时先丢一壤在三四十步远的地上，然后投手中的壤去击它，击中了就算胜利。济：补益，帮助。**靡潜跃之非分，**靡：无。潜：潜藏，隐居。**常傲然以称情。**

［译文］

自然界的万物，都受到精气的抚育，为什么独有人最灵智呢？人具有超常的智慧和聪明，凭着三正五行而留名。或者隐居自娱，或者出仕济民。隐居出仕无不安于本分，各自高傲自足，称心如意。

［三段］

世流浪而遂徂，物群分以相形。徂（cú）：往，过去。形：对照，比较。**密**

网裁而鱼骇，宏罗制而鸟惊。宏：广大。罗：捕鸟的工具。彼达人之善觉，乃逃禄而归耕。达人：通达、有见识的人。善觉：善于观察形势。逃禄：逃避爵禄，指不出仕。山嶷嶷而怀影，川汪汪而藏声。嶷（yí）嶷：高峻的样子。汪汪：水流深广的样子。望轩唐而永叹，轩：轩辕。唐：唐尧。轩唐，指上古治世的君主。甘贫贱以辞荣。淳源汩以长分，汩（gǔ）：水流的样子。美恶作以异途。原百行之攸贵，原：推究，探讨。百行：种种行事。攸：所。莫为善之可娱。奉上天之成命，师圣人之遗书。成命：既定的命令。师：效法。发忠孝于君亲，生信义于乡闾，闾：里巷。推诚心而获显，不矫然而祈誉。矫然：矫揉造作。嗟乎！嗟乎：叹息声。雷同毁异，物恶其上。雷同：雷发声则万物同时响应，比喻人云亦云。毁异：对异己进行诋毁。物恶其上：对胜过自己的人进行污蔑。妙算者谓迷，妙算者：机智的人。直道者云妄。坦至公而无猜，卒蒙耻以受谤。至公：最公平。卒：终于。虽怀琼而握兰，琼：美玉，比喻贞洁。兰：兰草，比喻芳香。徒芳洁而谁亮！

［译文］

上古那种民风淳朴的时代已经过去，到后世就分出好坏来对照了。制成细密的渔网使鱼儿害怕，织就宽大的罗网使鸟儿心惊。那些通达的智者善于观察形势，便逃避做官而回家务农。高高的山岭隐着达人的身影，深广的流水藏着达人的声音。向往上古的治世而长长地叹息，甘于过贫贱的生活而辞去荣华富贵。清醇的泉水流出后便会分流，懂得了美丑好坏便有了区分。推究种种可贵的行为，只有行善最能令人欣慰。遵奉上天永恒的道理，学习圣人留下的典籍。对君亲奉献自己的忠孝，在乡里民间培养信义，以诚心相推而获得显耀，不矫揉造作而祈求荣誉。唉！人们都人云亦云地诋毁异己，总是忌恨胜过自己的人。机智的人被说成糊涂，直言的人被说成狂妄。襟怀坦白、公平而又没有猜忌的人，结果还会受到毁谤而蒙受耻辱。虽有如琼玉、兰草的美德，又有谁来欣赏你呢？

［四段］

哀哉！士之不遇，已不在炎帝帝魁之世。炎帝：神农氏。帝魁：黄帝子孙。独祗修以自勤，岂三省之或废！祗（zhī）修：谨慎地修养。祗：敬。三省：指天天进行自我反省。《论语·学而》曾子曰："吾日三省吾身：为人谋而不忠乎？与朋友交而不信乎？传不习乎？”**庶进德以及时，时既至而不惠**。庶：希望。不惠：不顺利。**无爰生之晤言，念张季之终蔽**。爰生：指爰（袁）盎。生，对读书人的尊称。晤言：当面谈话。张季：张释之，字季。据《汉书》载：张释之担任骑郎（管理宫廷马匹的小官），十年没有提升，中郎将（皇帝的侍卫官）爰盎当面向汉文帝要求调释之为谒者（皇帝的传达），文帝才拜张释之为谒者仆射（为皇帝掌管传达的长官）。**愍冯叟于郎署，赖魏守以纳计**。愍（mǐn）：忧念。冯叟：指冯唐。叟：对老人的称呼。魏守：指魏尚。汉文帝时冯唐担任郎中署长（管理宫廷车马的官），当时匈奴正进犯边界，汉文帝问他如何可以得到良将。冯唐说：汉朝的制度赏轻罚重，有良将也不能用，比如云中守魏尚抗击匈奴有功，只因为报告成绩时有一点小差错，就被文官降级治罪，处罚太重。文帝听了以后，就派冯唐持节去赦魏尚，恢复他的云中守之职。冯唐也被封为车骑都尉（低于将军的武官）。**虽仅然于必知，亦苦心而旷岁**。仅然：相近，庶几。旷：荒废，耽搁。**矧夫市之无虎，眩三夫之献说**。矧（shěn）：的确。眩：迷惑。三夫：三人。《韩非子》载：一人从市上来，说市上有虎，人们都不相信；第二个人又说市上有虎，人们将信将疑；第三个人说市上有虎，人们就相信了。**悼贾傅之秀朗，纡远辔于促界**。贾傅：指贾谊。他曾任长沙王太傅，是西汉杰出的政论家和文学家，因遭人谗害，没有受到重用，三十三岁就死了。秀朗：指聪明有学问。纡：曲。辔（pèi）：马笼头，这里指马。促界：近界。**悲董相之渊致，屡乘危而幸济**。董相：指董仲舒。他曾相江都王和胶西王，这两人均很骄纵，董仲舒多次上疏谏诤，得到他们的敬重，使国中大治。后来董仲舒怕久而获罪，便托病辞职，回家治学著书。渊致：学问渊博。**感哲人之无偶，泪淋浪以洒袂**。哲人：聪明智慧的人。偶：双。袂（mèi）：衣袖。**承前王之清诲，曰天道之无亲。澄得一以作鉴，恒辅善而佑仁**。诲：教导。无亲：无私。澄：清，指天。《老子》：“天得一以清。”鉴：观察，审察。**夷投老以长饥，回早夭而又贫。伤请车以备椁，悲茹薇而殒身**。夷：伯夷。投老：到老。回：颜回。椁：套在棺材外面的大棺材。在《论语》中记载：颜回家贫，他死后没有钱买棺材，他父亲请求卖掉孔子的车子去买棺材。茹：食。茹薇：指伯夷隐居首阳山采薇而食。殒身：丧命，死亡。**虽好学与行义**，好学：指颜回好学。行义：指伯夷行义。**何死生之苦辛！疑报德之若兹，惧斯言之虚陈**。若兹：这样，指伯夷、颜回的结局。斯言：指前王“曰天道之无亲”的话。陈：陈述。**何旷世之无才，罕无路之不涩**。旷：空绝。涩：阻塞，不光滑。**伊古人之慷慨，病奇名之不立**。伊：语助词，无意义。病：患，担忧。**广结发以从政，不愧赏于万邑。屈雄志于戚竖，竟尺土之莫及。留诚信于身后，动**

众人之悲泣。广:汉代李广。结发:指少年。戚竖:指汉代的外戚、大将军卫青。竖:小子,轻蔑的称呼。尺土:指极少的封地。李广在汉文帝、景帝时,曾多次抗击匈奴立了大功,匈奴称他为“飞将军”,听到他的名字就害怕。汉文帝曾对他说:可惜你没有遇时。征匈奴的人都封侯了,而李广没有封侯。他又随大将军卫青抗击匈奴,因为迷了路,卫青责罚他。李广说:我从少年结发时起,与匈奴战斗过七十多次,今从大将军出征又迷失了道路,岂非天哉!说完就自刎而死。百姓听说,老少为之哭泣。**商尽规以拯弊,言始顺而患入。奚良辰之易倾,胡害胜其乃急!**商:指汉朝的王商。王商在汉成帝时任左将军,受到皇帝的信任。后为丞相,也很受尊重。而大将军王凤怨恨他,令人上书谗害,结果王商被免相,发病吐血而死。规:规划,计议。奚:何。胡:为什么。其:竟。

【译文】

悲伤啊!士人的不遇,是没有遇上炎帝、帝魁的好时代。独自认真修养,勤奋不息,每日三省,哪能荒废!修治德行,等待时机,但到时候仍不顺利。没有袁盎当面向皇帝请求,料想张季终身要被埋没。可怜冯唐老了还只担任郎中署长,后来就因为魏尚的事,文帝采纳了他的计议,才得以升迁。虽然张季、冯唐总算知遇了,但也愁苦地耽搁了很长时间。市上本来没有虎,但一连三个人都说市上有虎,人们就信假为真了。可惜贾谊聪明博学而大材小用,就像让千里马去跑短途,无法驰骋。董仲舒学问渊博,却多次处在危难中,幸而得到解救。想起那些聪明智慧、举世无双的人,没有得到适当的任用,我的眼泪就刷刷地掉下来洒在袖子上。承蒙前代帝王清楚地教诲,说天道不讲私情。它用统一的标准来审察事物,经常帮助、保佑从善的仁人。伯夷老年经常饿肚子,颜回短命而又贫困。可悲的是颜回死后他的父亲请求卖掉车子去备棺椁,可伤的是伯夷采薇而食,却被活活地饿死。虽然颜回那样好学,伯夷那样行义,为什么他们活着和死时却那样痛苦酸辛!伯夷、叔齐得到这样的结局,使我怀疑前王说的“天道无亲,唯与善人”的话是假的。哪里是旷世没有人才,实在是进仕之路阻塞不通。古人是那样慷慨不平,忧虑的是不能建立美好的名声。李广自少年时就与匈奴作战,封他万户侯也当之无愧。可宏大的志向却被小人摧折,竟然尺土之封也没有得到!只有他待人诚信的名声留在身后,感动得众人为之悲泣。王商用尽自己的计议以拯救时弊,他的意见刚被皇帝所采纳,而祸患接着就来了。为什么好时光那样容易过去,为什么谗害善良竟那样急迫!

【五段】

苍昊遐缅,人事无已,有感有昧,畴测其理!苍昊(hào):苍天。遐缅:遥远。已:停止。感:感悟。昧:迷惑不解。畴:谁。**宁固穷以济意,不委曲而累己。既轩冕之非荣,岂缊袍之为耻?**轩:古时一种有围棚的车,富贵的人所乘。冕:古代大夫以上的官所戴的礼帽。轩冕:指高官厚禄。缊袍:破旧衣服,贫贱的人穿的。**诚谬会以取拙,且欣然而归止。拥孤襟以毕岁,谢良价于朝市。**诚:假如。谬会:谬合,指错误地出仕。拥:抱。襟:襟怀,素志。毕岁:终年,终身。朝市:指朝廷。

【译文】

苍天十分遥远,人事没有停息,有些事情可以感悟,有些事情迷惑不解,谁能探测其中的道理?宁可固守穷困以满足自己的心意,也不愿委曲求全而劳累自己。既然不把高官厚禄看成荣耀,怎么会把衣服褴褛当成耻辱?如果出仕只取得一个拙穷的结果,就不如欣然终止而回归乡里。怀抱自己的素志终此一生,朝廷给以高官厚禄也谢绝不从。

评析

封建统治阶级摧残、压抑人才,使有才华的正直之士没有得到合理的任用,此乃当时社会存在的一个普遍问题。古人之所以经常写《士不遇赋》一类文章,其原因就在于此。本篇作者遭逢不偶,加之社会黑暗而决心归隐,其写作时间大约是辞彭泽令之前不久。

在这篇赋中,陶渊明愤怒地揭露和抨击了当时的政治腐败与残酷。他指出当时社会上虚伪之风盛行,道德败坏,持不同意见就遭到毁谤,正直善良的人遭到诬陷,廉洁退让的节操没有了,当官的不择手段向上爬;统治者就像布下的密网和鸟罗一样,顺者昌,逆者亡,弄得鱼骇鸟惊,人人自危。作者还以古喻今,引用古代许多才华出众、道德高尚的人遭受谗害和埋没的事例,来发泄自己心中的怨恨。

作者认清了当时政治的黑暗和残暴,知道"大济于苍生"的志愿无法实现。他又不愿与当时污浊社会同流合污,更无力改变这种现实,所以只好走"逃禄而归耕"的隐居之路。尽管隐居要过贫穷的生活,但可以洁身远祸,不违背自己的心意。这就使他"谢良价于朝市",决心辞官归田,隐居到底。

这篇赋对封建社会现实的揭露与批判,态度鲜明,感情愤激,语气强烈,是作者"金刚怒目"式的重要篇章。

南北朝骈文

物尚孤生，人固介立。
岂伊时遘，曷云世及？
嗟乎若士，望古遥集。

——南朝·颜延之

颜延之(384—456),字延年,琅琊临沂(今属山东)人,与谢灵运皆以文章华丽著称于世。沈约云其“自潘岳、陆机之后,文士莫及也。江左称颜、谢焉”(《宋书·颜延之传》)。

陶征士诔[①]并序

颜延之

【一段】

夫璇玉致美,璇(xuán)玉:美玉。致美:极美。**不为池隍之宝;**池隍(huáng):护城河。**桂椒信芳,**桂椒(jiāo):两种做香料的植物。**而非园林之实。岂其深而好远哉!盖云殊性而已。**殊性:特殊的习性。**故无足而至者,物之藉也;**藉:凭借。**随踵而立者,**踵(zhǒng):脚后跟。**人之薄也。若乃巢、高之抗行,**巢:巢父,相传为尧时的隐士;高:伯成子高,相传为禹时的隐士。抗行:高尚的品行。**夷、皓之峻节,**夷皓:指伯夷和商山四皓。商山四皓指秦末的四位隐士,即夏黄公、甪里先生、绮里季、东园公四人。峻节:高峻的节操。**故已父老尧、禹,**父老尧、禹:即以尧、禹为父老。父老:此指普通老百姓。**锱铢周、汉;**锱(zī)铢周、汉:即轻视周朝、汉朝之意。锱、铢为古代的两种重量单位,二十四铢为一两,六铢为一锱,此处为轻视的意思。**而绵世浸远,**绵世浸运:近代渐远。绵:连绵。浸:渐。**光灵不属,**光灵:比喻盛德。不属:不连接,指后继无人。**至使菁华隐没,**菁华:精粹。此指隐士们的高尚节操。**芳流歇绝,不其惜乎!虽今之作者,**作者:指隐士。**人自为量,**量:限度。**而首路同尘,**首路:出发上路。**辍涂殊轨者多矣。**辍途:半途而废。殊轨:走不同的道路,即分道扬镳之意。**岂所以昭末景、泛余波?**昭、泛:此处是发扬光大之意。末景、余波:比喻前代隐士的高风亮节。景:同“影”。

【译文】

璇玉非常之美,却不是护城河中的宝物;桂和椒的确芳香,但不是一般园林

① 陶征士:指陶渊明。诔(lěi):哀悼文的一种,主要罗列死者的生平德行和事迹。

中的果实。难道是它们喜欢隐匿在林木深处和遥远的山巅吗？这大概是习性特殊的缘故吧。那些稀有之物凭借人们的爱好，尽管无腿，却从远方而至；那些芸芸众生，尽管受人轻视，也接连不断地立于朝中，为的是求得一官半职。至于像巢父和伯成子高、伯夷和"商山四皓"那样，因为有那么高尚的品行、那么高峻的节操，所以才能够把尧、禹看得同普通父老一样，把周朝、汉朝看得也很轻微。此后由于年代久远，无人来继承他们的盛德，这才致使隐士的高行隐没，芳流停歇，不是太可惜了吗？虽然现在也有隐士，但人人满足于自己的成就，一同走上隐居之路，半途而废、改弦易辙的却大有人在。这又怎么能够继承前代隐士的高风亮节呢？

【二段】

有晋征士浔阳陶渊明，浔阳：郡名，治所在今九江西南。南岳之幽居者也。南岳：此指庐山，在陶渊明家乡之南。陶诗云："采菊东篱下，悠然见南山。"（《饮酒》）正谓此山。弱不好弄，弱：幼年。弄：嬉戏。长实素心。长：年长。素心：襟怀淳朴。学非称师，称师：标榜师法。文取指达。指：宗旨。在众不失其寡，处言愈见其默。少而贫病，居无仆妾。井臼弗任，井臼弗任：身体难以承受汲水、舂米此类的操劳。井臼：指汲水和舂米。藜菽不给。藜：一种野菜。菽：豆子。母老子幼，就养勤匮。就养：指奉养父母。勤：劳。匮：竭。远惟田生致亲之议，惟：思。田生：指田过，战国时齐国人。齐宣王曾问田过：君与父谁重？田过回答：父比君重，因为事君为了得爵禄，爵禄是为了养亲。致亲：尽心赡养父母。追悟毛子捧檄之怀。毛子：指毛义，东汉人。母亲在时，得到官府征召，他高兴地应征，等母亲死后，他便不再出仕了。檄：政府征召的文书。初辞州府三命，三命：指多次征召。后为彭泽令。彭泽：县名，在今江西九江地区。道不偶物，道：指陶渊明的品德操守。偶物：与世俗相和谐。弃官从好。遂乃解体世纷，解体：此处是摆脱之意。世纷：世俗的纷扰。结志区外，结志：坚定志向。区外：人世之外。定迹深栖，定迹深栖：隐居山林，远离人世。于是乎远。灌畦鬻蔬，鬻（yù）：卖。为供鱼菽之祭；供：充，用做。鱼菽之祭：用鱼与豆祭祀祖先，简单粗略，以表其意。此乃贫寒之家的祭品。织絇纬萧，絇（qú）：鞋头上一种钩形的东西，可以穿系鞋带。纬萧：把蒿草编织成席箔。以充粮粒之费。心好异书，性乐酒德，酒德：实指酒。晋代刘伶有《酒德颂》。简弃烦促，简：省略。烦促：世俗的纠缠与狭窄心胸。就成省旷。就成：成就。省旷：简约旷达。**殆所谓国爵屏贵，**国爵屏贵：抛弃富贵荣华与国家爵位。屏：抛弃。**家人忘贫者与？**家人忘贫：有修养的人，能使家人忘掉贫穷。**有诏征为著作郎，称疾不到。春秋若干，**春秋：指年岁。若干：一作"六十有三"。**元嘉四年月日，**元嘉四年：公元427年；元嘉，宋文帝刘义隆的年号。**卒于浔阳县之某里。**某里：一作"柴桑里"。**近识悲悼，远士伤情。冥默福应，**冥默福应：即"福应冥默"，指天道不明。冥：渺茫，黑暗。默：沉默，没有反应。福应：谓行善得福，是天对人的报应。**呜呼淑贞！**淑：善。贞：正。

【译文】

而晋代有一征士浔阳人陶渊明，他隐居在庐山。从幼年开始，便不喜欢嬉戏，长成之后，又性情淳朴。对于学业，他并不标榜师承关系；写作文章，重在表情达意。人众越多，越显示出他的独特操守；人们谈得越热烈，越显示出他的沉静少言。自幼贫穷多病，居处又无奴仆侍妾。他的身体难以承受汲水、舂米之类的操劳，连野菜、豆子都吃不饱。在母亲年老、孩子幼小的情况下，他依然竭尽全力，勤心供养。远思古代田过尽心养亲的议论，近想毛义捧檄应召时的感慨。起初他多次辞却官府的征召，此后便出任彭泽县县令。但他的品德操守与世俗难以和谐一致，便辞却官职，以追求自己喜欢的事情。于是便摆脱世俗的纷扰，坚定了远离官场的志向，到山林深处隐居，从而远离人世。亲自浇园卖菜，为的是用鱼和豆子祭祀祖先；亲手织鞋编席，为的是得到饮食之资。由衷喜欢内容奇诡的书籍，生性甚爱饮酒，抛弃了世俗的纠缠与狭隘的心胸，形成了一种简约旷达的性格。他大概是古人所说的那种"摒弃富贵荣华与国家爵位，使家人忘掉贫穷"的修养很高的人吧！朝廷下诏征他为著作郎，他推脱有病而未去赴任。享年若干，元嘉四年某月某日，在浔阳县的某里逝世。远近之人都悲痛怀念，伤心不已。一生行善，未有福应，可见天道不明，哎呀，善良正直之人逝去，太令人心伤啦！

【三段】

夫实以诔华，名由谥高，谥：古帝王、贵族、大臣、士大夫，依其生前事迹给予称号。**苟允德义，**允：确实符合。**贵贱何算焉。若其宽乐令终之美，**令终：善终。**好廉克己之操，有合谥典，**谥典：指谥法条文。《谥法》曰："宽乐令终曰'靖'，好廉自克曰'节'。"**无愆前志。**愆（qiān）：违背。前志：前人书志，指《谥法》。

故询诸友好,宜谥曰靖节征士。其辞曰:

［译文］

一个人的崇高品质要靠诔来显示,而其美好的名声也要靠谥来颂扬。倘若确实符合德义的话,是贵是贱就不必斤斤计较了。而像陶渊明那样有“宽乐令终”的美好品行,有“好廉克己”的高尚情操,合于谥法的条文规定,也不违背前人书志的记载。所以广泛征求亲朋好友的意见后认为,应该谥为“靖节征士”。诔辞曰:

［四段］

物尚孤生,尚:崇尚。孤生:独立而生。**人固介立。**固:固守,坚持。介立:耿直独立。**岂伊时遘,**时遘(gòu):随时遇到。**曷云世及?**曷:同“何”。世及:代代都有。**嗟乎若士,**若士:指陶渊明。**望古遥集。韬此洪族,**韬:隐藏不露,不炫耀。洪族:大族。陶渊明的曾祖父陶侃,曾做过大司马。**蔑彼名级。**蔑:蔑视。名级:指贵族阶层。**睦亲之行,至自非敦;**敦:勉力,勉强。**然诺之信,**然诺:履行诺言。**重于布言。**布言:指季布之言。季布,汉初大臣,以信义闻名关中,当时有“得黄金百斤,不如季布一诺”的谚语。**廉深简洁,**廉:方正。**贞夷粹温,**贞:正。夷:平。粹:纯而不杂。温:和。**和而能峻,博而不繁。依世尚同,**依世:迁就世俗。尚同:与旁人苟同。**诡时则异,**诡时:违背时俗。**有一于此,两非默置。**默置:漠然置之,指对一切事物保持一种超然态度。**岂若夫子,因心违事,**因心:顺从自己的本愿。违章:委弃世事。**畏荣好古,薄身厚志。世霸虚礼,**世霸:当时的霸者,指当权的大官。虚礼:指对陶渊明虚心以礼相待。**州壤推风。**州壤:指州县地方。推风:推崇陶渊明的高风亮节。**孝惟义养,**义养:合乎礼义奉养父母。**道必怀邦。**怀邦:怀念自己的家乡。**人之秉彝,**人:指陶渊明。秉彝(yí):即秉性。**不隘不恭。**隘:指疾恶过甚,不能容人。不恭:指对人态度恶劣。**爵同下士,禄等上农。**此二句言陶渊明位卑禄薄。**度量难钧,**度量难均:指度量宏大,不易测量。**进退可限。**进退:出仕和隐居。限:指有操守。**长卿弃官,**长卿:指司马相如,汉代著名赋家,字长卿,曾因病辞官。**稚宾自免,**稚宾:指郇相,汉代人,字稚宾,屡次因病辞官。**子之悟之,何悟之辨?**辨:指对上述道理懂得非常清楚。**赋诗归来,**诗:一作“辞”。归来:指《归去来兮辞》。**高蹈独善。**高蹈:归隐田园。独善:即“独善其身”的略语。**亦既超旷,无**

适非心。此二句言心胸已旷达，无往不随心，即随处感到舒畅。适：往。汲流旧巘，汲流：汲水。旧巘（yǎn）：往日游历的山丘。葺宇家林。葺（qì）宇：修理房屋。家林：家乡的林园。晨烟暮霭，春煦秋阴。陈书辍卷，辍：通“掇”，拾取，此处为打开之意。置酒弦琴。弦琴：弹琴。

【译文】

万物以独立存在为高，士人以耿直不群为能。而像你这样高尚的人啊，哪里会世世代代都有！哎呀！就像你陶渊明，和远古的隐士遥遥相应。隐藏起你那高贵的出身，蔑视当时那权势阶层。而你那孝友的品行，出于天性，并非由督促造成；履行诺言，讲究信用，比当年季布一诺更为赤诚。你是那样正直深远而简略高洁，既纯粹专一而又温柔和平，温柔和平而能够节操高峻，知识广博却又不繁缛庞杂。若迁就世俗，则必与旁人苟同；若违背世俗，则必被人批评为标新立异。若是其中一种，必被讥刺；而抱有这两种人生态度的人，也不能对讥刺默然置之。哪里能比得上先生您啊，顺从本心，违弃世事，畏惧荣华，喜好古道，鄙薄自身的享受，以顺应自己的心志。当时的权贵对你以礼相待，当地的官府也推崇你的高风亮节。孝养父母啊合乎礼法，怀念家乡啊履行道义。你的天性是何等高尚，既不狭隘又不失礼。你不在乎地位低，爵位与下士同等，收入与农夫相齐。但你的器量又是何等宏大，无论进退都不拘泥。司马相如曾经因病辞官，汉代郇相也自免家居，你思索以上道理啊，却理解得清晰无比！赋上一篇《归去来兮辞》啊，独善其身，归隐田园。心胸既已达到超远旷达的地步，就无处不随心，所至皆舒畅。在旧时的山丘上汲水，在往日的家园里整修房屋。早上欣赏缕缕炊烟，晚上观看沉沉暮霭，春天到处是和煦的阳光，秋天是一片惬意的清凉。有时打开书卷广泛浏览，有时设下美酒弹琴消遣。

【五段】

居备勤俭，躬兼贫病。人否其忧，否：恶，讨厌，有不堪忍受之意。子然其命。然：安于。隐约就闲，隐约：穷困。闲：此处指有道德、有修养的一种品性。迁延辞聘。迁延：退避。非直也明，非直：不仅。是惟道性。道性：指有道德的一种品性。纠纆斡流，纠纆（mò）：原指三股线拧成的绳子，此处当“缠绕”解。斡（wò）流：旋转流动。冥漠报施。冥漠：渺茫。报施：谓“上天”给予人“报应”。孰云与仁？孰：谁。与：赞许。仁：指仁人。实疑明智。谓天盖高，语出《诗经·小雅·正月》,其中云:"谓天盖高,不敢不局。"局:弯曲。**胡愆斯义**?胡:何,为什么。愆(qiān):违反。斯义:指天道与仁的道理。**履信曷凭**?**思顺何置**?此二句针对《周易》而言,《周易·系辞》上:"天之所助者,顺也;人之所助者,信也;履信乎思顺。"履:履行。**年在中身**,中身:指五十岁上下。**疢维痁疾**,疢(chèn):伤风感冒一类的热病。痁(shān):疟疾。**视死如归,临凶若吉。药剂弗尝,祷祀非恤**。恤:顾。**傃幽告终**,傃(sù)幽:走向死亡。傃:向。**怀和长毕**。

［译文］

隐居田园,以勤俭为业,亲身承受了贫病交加的折磨。一般人难以忍受其中的忧痛,而你却安于天命,不改其乐。尽管你隐居贫困,却多次拒绝官府的征召。你不仅智慧聪明,还具有高超的道性。世间的事物变化不定,而上天给人的报应也确实渺茫,难以说清。谁说是"天道无亲,常与善人",它的可靠性被明智之士怀疑。天明明很高,人却要弯着身子,为什么违反了天理?履行信义啊,何以没得人助的凭验?思顺天道啊,何以被弃置在一边?到了中身之年,各种疾病接连不断,但你视死如归,面对凶讯而处之从容。虽有多种药剂,但拒绝服用,心中泰然,也不祈祷神灵。然后宁静地走向死亡,心怀平和地结束了你的一生。

［六段］

呜呼哀哉!敬述靖节,式尊遗占。式:发语词。尊:同"遵"。遗占:遗嘱。占:口述的话。**存不愿丰,没无求赡**。赡:丰足。**省讣却赙**,赙(fù):送丧的礼物。**轻哀薄敛。遭壤以穿**,遭壤:随便找一块地方。穿:指挖坟穴。**旋葬而窆**。旋:立刻。窆(biǎn):埋葬。**呜呼哀哉!深心追往,远情逐化**。化:变化,此处指死去的人。**自尔介居**,介居:独居,隐居。**及我多暇。伊好之洽,接阎邻舍**。接阎:指居住相近。阎:闾里。**宵盘昼憩,非舟非驾。念昔宴私,举觞相诲**。诲:教诲,此处指陶渊明劝颜延之的话。**独正者危,至方则阂。哲人卷舒**,哲人:指才能见识超群的人。卷:退隐。舒:仕进。**布在前载**。前载:指前人的记载。**取鉴不远,吾规子佩**。规:规劝。子:指颜延之。佩:佩戴,引申为牢记之意。**尔实愀然**,愀(qiǎo)然:忧虑的样子。**中言而发**,中言:指肺腑之言。**违众速尤**,违众:与众人相违背。速尤:招致怨恨。**迕风先蹶**。迕风:逆风。蹶:倒下,此指被摧折。**身才非实**,身才:指人的自身和聪明才智。实:坚实可靠。**荣声有**

歇。睿音永矣，睿：明哲的言论。永：此指永别。**谁箴余阙？**箴：规劝。阙：过失。**呜呼哀哉！仁焉而终，智焉而毙。**此二句慨叹自古仁智圣贤之人，均不免于一死。**黔娄既没，**黔娄：春秋时高士，死后其妻谥其为“康”。**展禽亦逝。**展禽：春秋时鲁国大夫，品行高尚，封邑名“柳下”，谥为“惠”，故亦称其为“柳下惠”。**其在先生，同尘往世。**此二句言陶渊明与古代贤士同道。**旌此靖节，**旌：表彰。**加彼康惠。**加：超过。**呜呼哀哉！**

【译文】

哎呀，太令人悲伤啦！我满怀敬意地追忆你啊，靖节先生，谨遵你的遗嘱。慰问不希望丰厚，设祭不追求富赡。省略报丧的讣告，辞却别人吊丧送来的钱财，不过度哀伤，草草收敛。随便找个地方，挖个坟穴埋葬。哎呀，确实令人悲伤！满怀深情，回忆往事，思绪绵绵，追念故人。自从你隐居之后，而我又时多闲暇。我们两人便常在一起，关系非常融洽。我们居住在左右近邻，前去拜访不用舟船，更无须车驾。使我们能长期盘桓休憩，不分昼夜与冬夏。回想当初我们一同欢乐饮酒，你举杯劝我：“独立不屈的人必然身危，刚正不阿的人自然难以圆通于世。而圣哲之人的出仕与归隐，都已留在前人的记载之中。他们的经验教训都近在眼前，我的规劝你能牢记在心。”当时你确实忧心忡忡，肺腑之言随之说出：“与众人违背会招致怨恨，逆风的东西最先被折断。人身与才干并不坚实，浮华名声终归有停歇的时候。”明哲的言论从此一去不返，今日还有谁对我的错误进行规劝？哎呀，着实令人悲哀！仁者啊有终，智者啊逝去。黔娄已经死去，展禽也已逝世。而今日先生您啊，也与古代的贤士并驾齐驱。我们表彰您啊——靖节先生，比黔娄、展禽更高大无比。哎呀，太令人悲哀啦！

评析

陶渊明长颜延之十九岁，两人为忘年之交。颜延之任始安太守时，路经浔阳，常在陶渊明家饮酒、谈论，相知甚深。所以在陶渊明死后，颜延之满怀感情，写下了本文。此文以四言韵语写成，哀声发自肺腑，深情注之笔端。全文情感真挚，气格高迈，虽用骈体行文，却能摒除虚夸谀美之风，写出了陶渊明独特的精神风貌，所以历来被推崇为诔文中的典范之作。

鲍照（？—466），字明远，祖籍东海（治所在今山东郯城一带）。鲍照的文学成就是多方面的，其诗、文、赋皆有名篇传世。当然，其中数量最多的是诗歌，他和谢灵运、颜延之被后人誉为“元嘉三大家”。

芜城[1]赋

鲍照

［一段］

㳽迆平原，㳽迆（mǐ yǐ）：平坦而倾斜的样子。**南驰苍梧、涨海，**驰：此与下句之“走”，都是“通往”之意。苍梧：郡名，治所在今广西苍梧县。涨海：古海名，相当于今中国南海以至爪哇海一带。**北走紫塞、雁门。**紫塞：指长城。秦筑长城土色均紫，由此得名。雁门：汉代郡名，在今山西北部一带。**柂以漕渠，**柂（duò）：引。漕渠：运粮的河道。即指今自江苏江都西北抵淮安三百七十里之运河，古名邗沟。**轴以昆岗。**昆岗：一名阜岗，亦名广陵岗，广陵城即在其上。此句云昆岗如轴心一般，向四方辐射。**重江复关之隩，**隩（ào）：深隐之处。**四会五达之庄。**庄：大道。**当昔全盛之时，车挂轊，**挂轊（wèi）：车轴头互相碰撞，形容车辆之多。**人驾肩，**驾肩：言人多拥挤，肩膀被挤得抬起来。**廛闬扑地，**廛闬（chán hàn）：指古代城市的居民区。扑地：到处都是。**歌吹沸天。**歌吹：歌指歌唱，吹指吹奏笙、管、笛、箫之类的乐器。沸天：言声音沸腾，直达天空。**孳货盐田，**孳货：指增加财富。**铲利铜山。**铲利：取利。**才力雄富，士马精妍。**精妍：精良。妍：美好。**故能奓秦法，**奓（chǐ）：通“侈”，此处是“超越”之意。秦法：指秦代建城的规模体制。**佚周令，**佚：超越，高出。周令：指周代筑城的规格。**划崇墉，**划：以刀破物，此处有“建造”之意。崇墉：高峻的城墙。**刳浚洫，**刳（kū）：凿开，挖掘。浚洫（jùn xù）：深沟。**图修世以休命。**修世：永世。休命：美好的天命。**是以板筑雉堞之殷，**板筑：古代筑墙，以两板相夹，中间填土夯实，谓之板筑。雉堞：

[1] 芜城：荒芜的城，指广陵，今江苏扬州。

指城墙。殷：盛大，宏伟。**井干烽橹之勤**，井干：指修造高大建筑物所用的脚手架。烽橹：举烽火报警用的望楼。**格高五岳**，格：此与下句之“袤”皆度量之意。五岳：指东岳泰山、西岳华山、南岳衡山、北岳恒山、中岳嵩山。**袤广三坟**，三坟：指汝水、淮河、黄河三水之涯。**崪若断岸**，崪（zú）：高峻。断岸：断崖峭壁。**矗似长云**，矗（chù）：高耸笔直的样子。**制磁石以御冲**，制磁石：以磁石为城门，相传秦筑阿房宫，即以磁石为门，磁石吸铁，因此能防止刺客进入。**糊赪壤以飞文**。糊：涂抹。赪（chēng）：红色。飞文：指墙上描绘的图案光彩夺目。**观基扃之固护**，基扃（jiǒng）：泛指城阙。扃：门上的闩。**将万祀而一君**。祀：年。一君：一姓的统治。**出入三代**，出入：犹言经过。三代：指汉、魏、晋。**五百余载，竟瓜剖而豆分**。瓜剖豆分：如瓜之剖，如豆之分，形容广陵惨遭破坏。

［译文］

广陵的地势平坦而倾斜，它南通苍梧、涨海，北达长城、雁门。水路运输凭借运河，陆路交通辐射四方。城池隐藏在重重河道与众多关卡的深处，有四通八达的大道与外界来往。昔日这个城市全盛的时候，车子多得轴头相撞，行人多得驾起肩膀，居民住宅布满全城，歌唱声、音乐声响彻云霄。这里有盐田可以生财，有铜山可以取利。人才济济，兵马精良。所以当时建城技术超越秦、周两代的规模形制，修筑起高高的城墙，开挖出深深的沟渠，希望永世享受美好天命。于是用板筑修起宏伟的城楼、高墙，连筑造望楼的脚手架都是那样的壮观，其高度超过五岳，广度超过三坟，其险峻如同断崖峭壁，耸立笔直就如同长云一般，还以磁石为门以防止刺客的进入，用红土描绘出光彩夺目的图案。看到广陵城修得如此牢固，是打算千秋万代保持一姓的统治。可是仅仅过了五百余年，经历汉、魏、晋三个朝代，竟然惨遭破坏。

［二段］

泽葵依井，泽葵：莓苔一类的植物。**荒葛罥涂**。葛：漫草。罥（juàn）：挂绕。涂：同“途”，道路。**坛罗虺蜮**，坛：庭院。虺（huì）：毒蛇。蜮（yù）：短狐，又名射工，相传能含沙射人为灾。**阶斗麏鼯**。麏（jūn）：指獐子。鼯（wú）：一种鼠，也称大飞鼠。**木魅山鬼**，木魅：林中的鬼怪。**野鼠城狐，风嗥雨啸**，嗥（háo）：野兽的号叫。**昏见晨趋**。**饥鹰厉吻**，厉吻：磨砺嘴巴。**寒鸱吓雏**。鸱（chī）：鹞鹰，一说为猫头鹰一类的鸟。吓（hè）：怒叫威胁。雏：鹓雏，鸾凤一类的鸟。一说泛指小鸟。**伏虣藏虎**，虩：或作“虤”（hán），白虎。**乳血餐肤**。乳血：饮血。餐肤：食肉。

［译文］

而今这个城市井边长满了莓苔，道上布满蔓草。庭院里尽是毒蛇、短狐，獐鹿与鼯鼠在台阶上戏耍。还有山林鬼怪，野鼠城狐，在风雨中号叫，从早到晚出没其中。饥饿的老鹰磨尖嘴巴，缺食的鸱鹰恐吓鹓雏，隐伏的猛虎饮血食肉。

［三段］

崩榛塞路，榛（zhēn）：丛生的树木。**峥嵘古馗**。峥嵘：此处是阴森黑暗之意。馗（kuí）：同“逵”，大道。**白杨早落，塞草前衰。稜稜霜气**，稜稜：严寒逼人的样子。**蔌蔌风威**。蔌（sù）蔌：劲疾的风声。**孤蓬自振**，孤蓬：蓬草，其花如球，随风旋转。**惊沙坐飞**。坐飞：无故而飞。**灌莽杳而无际**，灌莽：丛生的草木。杳（yǎo）：幽暗深远。**丛薄纷其相依**。丛薄：草木丛生。**通池既已夷**，通池：指护城河。夷：平。**峻隅又以颓**。峻隅：指高城。隅：城楼的一角。**直视千里外，唯见起黄埃。凝思寂听，心伤已摧**。摧：极度悲伤。

［译文］

倒伏的树木堵塞了路径，过去四通八达的大道阴森恐怖。白杨早早地落叶，塞草也已经枯萎。寒气逼人，疾风呼啸。孤蓬无风自飘，乱沙无故自飞。丛生的草木幽深无边，纷乱交叉而又连成一片。原来贯畅的护城河已被夷平，高耸险峻的城楼也已倒塌。放眼望去，一片空旷，只见尘土满天飞。凝神沉思静心细听，令人悲伤已断肠。

［四段］

若夫藻扃黼帐，藻扃：彩绘的门户。黼（fǔ）帐：绣花的帷帐。**歌堂舞阁之基，璇渊碧树**，璇渊：指玉池。碧树：玉树。**弋林钓渚之馆**，弋林：射鸟的树林。钓渚（zhǔ）：钓鱼的河岸边。**吴、蔡、齐、秦之声，鱼龙、爵马之玩**，爵：同“雀”。鱼龙、爵马：古代魔术杂技的名称。**皆薰歇烬灭**，薰：香气。烬：物体火烧后的残余部分。**光沈响绝。东都妙姬，南国丽人，蕙心纨质**，蕙心：心灵美善。纨质：体质柔润而细腻。**玉貌绛唇**，绛唇：朱红色的嘴唇。**莫不埋魂幽石，委骨穷尘；岂忆同舆之愉乐**，同舆：指后妃与皇帝同车，以示被宠。**离宫之苦辛哉？**离宫：皇帝的行宫，此云后妃被皇帝抛弃而独居于离宫。

【译文】

至于原来的那些彩绘的门户、绣花的帷帐、歌堂舞阁之类的建筑，美玉池、碧玉树，以及那些供射猎、钓鱼所用的去处，还有吴、蔡、齐、秦等地的音乐，鱼龙、雀马之类的杂技魔术，今天都已经香消烟灭、无影无踪。而原来那些来自洛阳的美女，来自南方的佳丽，她们都是心灵美善，体质柔润，还有美丽的容貌，鲜红的嘴唇，但到现在，她们没有一个不把灵魂埋葬在幽石之下，把尸骨丢弃在深土之中。难道还能够回忆起当年受宠与君王同车的欢乐，遭抛弃独处冷宫的痛苦吗？

【五段】

天道如何，吞恨者多。吞恨：怀恨，抱恨。**抽琴命操，**命操：指谱曲的意思。**为芜城之歌。歌曰："边风急兮城上寒，井径灭兮丘陇残。**井径：田间小路。丘陇：坟墓。**千龄兮万代，共尽兮何言！"**

【译文】

天道究竟如何，抱恨之人为什么这样多？我取琴谱曲，作一首芜城之歌。歌词是："边塞的风啊强劲地吹，广陵城啊阴森森，田间的路啊都不见，高高的坟啊皆已残。千秋万代后啊，人人归黄泉，贵贱同归于尽啊，我辈复何言！

评析

鲍照为一代文学名家，但生逢门阀制度盛行的南朝，虽有满腹才华，却无处施展，只得依附权门，聊以为生。而其名作《芜城赋》，正是借广陵今昔的对比，抒发作者的兴亡之感和无限悲伤之情。赋的上半部详细描绘了广陵往日的繁盛，"车挂轊，人驾肩，廛闬扑地，歌吹沸天。孳货盐田，铲利铜山。才力雄富，士马精妍"，然而数百年后，竟然是"泽葵依井，荒葛罥涂。坛罗虺蜮，阶斗麏鼯。木魅山鬼，野鼠城狐。风嗥雨啸，昏见晨趋"。由此作者感慨不已，"天道如何，吞恨者多"，而作者亦为"吞恨者"之一，感慨悲凉，实为时文之所未有。

登大雷岸与妹书[①]

鲍照

［一段］

吾自发寒雨，发：出发，启程。**全行日少，加秋潦浩汗，**秋潦：秋雨。浩汗：水广阔无边的样子。**山溪猥至，**猥（wěi）：多盛。**渡溯无边。**溯：逆流而上。**险径游历，栈石星饭，**栈石：在山路险绝处搭木以为飞梁。栈：栈道。**结荷水宿，**结荷：结荷花之叶以为屋，言晚上在河边歇宿。**旅客贫辛。波路壮阔，**波路：水路。**始以今日食时，仅及大雷。途登千里，日逾十晨。严霜惨节，**严霜：凛冽的寒霜。惨节：刺痛关节。惨，痛，用如动词。**悲风断肌，去亲为客，**去亲：离开自己的亲属。**如何如何！**

［译文］

我自从顶着寒冷的秋雨启程以来，整天赶路的日子很少，再加上由于雨水很大，条条山溪从上游冲来，无论是前渡还是逆流而上，都渺无尽头。我在险路上游历，在山路上搭桥以为飞梁，夜里吃饭，然后结扎荷叶为屋，住宿在水边，备尝出行之人的痛苦艰辛。因为水路壮阔，今天吃午饭的时候，才到达大雷岸。一路之上已爬过了无数山峰，时间也超过一旬光景。凛冽的寒霜刺痛骨节，悲凉的秋风摧人肌肤，离开亲人客游他乡，心情是何等悲凉啊！

［二段］

向因涉顿，向：过去，前些时候。涉顿：言徒步过一条河而停下来食宿。**凭观川陆，**凭观：眺望。**遨神清渚，**遨神：犹言散心。遨：游。清渚（zhǔ）：清静水边上的小洲。**流睇方曛。**流睇（dì）：转目而视。方曛（xūn）：黄昏刚刚降临。**东顾五洲之隔，**五洲：地名。《水经注·江水》："（江水）又东经轪县故城南……城在山之阳，南对五洲

① 大雷岸：地名，在今安徽境内。妹：指鲍照之妹鲍令晖，能诗有才。钟嵘《诗品》称："令晖歌诗，往往崭绝精巧，《拟古》尤胜，唯《百怨》淫矣。"此封信写于元嘉十六年（439）。

地也;江中有五洲相接,故以五洲为名。”**西眺九派之分**;九派:指在江州(今九江)所分的九道水,其名称说法不一。**窥地门之绝景**,地门:《河图括地象》:“五关山为地门,上与天齐。”钱振伦认为“地门”就是五关山。绝景:绝妙无比的景色。**望天际之孤云。长图大念**,长图大念:犹言宏图大志。**隐心者久矣!南则积山万状,负气争高,含霞饮景,参差代雄,凌跨长陇,前后相属,带天有匝,横地无穷。东则砥原远隰**,砥原:指像磨刀石一般的平原。砥:磨刀石。隰(xí):低洼之地。**亡端靡际。寒蓬夕卷**,蓬:草名,又称转蓬。**古树云平。旋风四起,思鸟群归。静听无闻,极视不见。北则陂池潜演**,陂池:水泽。潜演:潜流。**湖脉通连。苎蒿攸积**,苎(zhù)蒿:指苎麻和青蒿,两种草本植物。**菰芦所繁**。菰(gū)芦:菰,一种草本植物,其嫩芽即食用的茭(jiāo)白。芦:芦苇。**栖波之鸟,水化之虫,以智吞愚,以强捕小,号噪惊聒**,聒(guō):声音喧嚣。**纷牣其中。西则回江永指,长波天合。滔滔何穷,漫漫安竭!创古迄今,舳舻相接**。舳舻(zhú lú):船尾与船头。**思尽波涛,悲满潭壑。烟归八表,终为野尘。而是注集,长写不测**。写:同“泻”。不测:不定,无定。**修灵浩荡**,本句语出《离骚》“怨灵修之浩荡兮”。灵修:指神,此处当指河神,并以河神来代表河流。**知其何故哉!西南望庐山,又特惊异。基压江潮,峰与辰汉相接。上常积云霞,雕锦缛**。雕锦缛:形容庐山形体绮丽,色彩丰富。**若华夕曜**,若华:若木之花,此处指霞光。曜:照。**岩泽气通,传明散彩,赫似绛天。左右青霭**,青霭:指云气。**表里紫霄**。紫霄:庐山的一个峰。**从岭而上,气尽金光,半山以下,纯为黛色**。黛色:青黑色。**信可以神居帝郊**,帝郊:天都之郊。帝:天帝。郊:邑外之地。**镇控湘、汉者也。若潨洞所积**,潨(cóng):小水汇入大水。洞:疾流。**溪壑所射,鼓怒之所豗击**,鼓怒:如鼓声雷鸣一般。豗(huī):相击。**涌澓之所宕涤**;澓(fú):水洄流。宕涤:同“荡涤”,即流荡。**则上穷荻浦**,荻浦:布满芦荻的水滨。**下至狶洲**,狶(xī)洲:野猪出没的荒洲。**南薄鷰(燕)**辰,薄:迫近。辰:即“派”。**北极雷澱**,澱:荡漾的浪花,此指水波荡漾处。**削长埤短**,埤(pí):增,厚。**可数百里。其中腾波触天,高浪灌日,吞吐百川,写泄万壑。轻烟不流,华鼎振涾**。华鼎:华丽的宝鼎。涾(tà):水溢出来。**弱草朱靡**,朱:干也,指草茎。靡:披靡,指草被水淹没。**洪涟陇蹙**。洪涟：大波纹。陇：田中高坟。蹙：迫。**散涣长惊，电透箭疾。穹溘崩聚，**穹溘(kè)：高高的浪峰。**坻飞岭覆。回沫冠山，奔涛空谷。砧石为之摧碎，**砧石：河边的捣衣石。**碕岸为之齑落。**碕(qí)岸：曲岸。齑(jī)落：言坠落如齑。**仰视大火，**大火：星名，也称心宿，即火星。**俯听波声，愁魄胁息，**胁息：迫使人屏气而喘息。**心惊慓矣！**慓：急速，疾猛。**至于繁化殊育，**繁化殊育：指丰富多彩、千奇百怪的生物。化、育，均作"生殖""繁殖"解。**诡质怪章，**诡质怪章：此句言各种不同体态外表的动物。**则有江鹅、海鸭、鱼鲛、水虎之类，豚首、象鼻、芒须、针尾之族，石蟹、土蚌、燕箕、雀蛤之俦，折甲、曲牙、逆鳞、返舌之属。**此四句所言"江鹅"等十六种生物，均承"繁化殊育""诡质异章"而来，有的是实有其物，有的来自神话，有的仅举其形体的某一特点，未必实有此名。**掩沙涨，被草渚，浴雨排风，吹涝弄翮。**吹涝：吐水。涝：水。**夕景欲沉，晓雾将合，孤鹤寒啸，游鸿远吟，樵苏一叹，**樵：打柴。苏：割草。**舟子再泣。诚足悲忧，不可说也。**

【译文】

前些时候，因涉过一条河而停下来吃饭，眺望远方的河流和陆地，游神于清流边的小洲上，注目欣赏着黄昏日暮的山川景色。回头东望走过的行程，与家人亲属遥隔五洲；远望前路，目的地便在江分九道之处；俯视地门的绝妙景色，仰望天边那孤傲的白云。积蓄心中已久的宏图大志，便和这景色融为一体。在南面，有重叠的山峦，呈现出多种峥嵘奇特的形态，它们好像也在竞争斗气，一比高低，还如同含着彩霞，饮着阳光；高高低低的山峰，又像在互相更替着称霸逞雄，高视阔步，前后相连成一道高大的长陇，如同长带，可以绕天一圈，横地无穷。在东面，有磨刀石一般的平原，广阔的草野，无边无际。傍晚的寒风吹动蓬草，翻卷不停；高高的古树，耸入天际，与云朵平齐。旋风四起，思念故巢的鸟也一群群归去。等到我着意去倾听时，这风又变得寂静无声，当我去搜寻飞鸟时，这鸟又飞得远去无踪。在北面，有水泽暗中相连，湖脉明里相通。苎麻与青蒿积聚于此，菰与芦苇繁育其中。水鸟和游鱼，智者吞愚者，强者捕小者，喧闹之声刺破耳骨，纷乱轰鸣。在西面，有江水曲折，流向远方，天水合成一种颜色。波浪滔滔，何时能穷，江水漫漫，何时能停！自古至今，船只不绝。一腔愁思，融进波涛，满腹悲怀，注溢潭壑。江湖之上烟气蒸腾，弥漫空中。山溪渠水注集于此，奔流倾泻，变化莫测。江河如此浩荡奔腾，又有谁知道它是何缘故！在西面，远望庐山，景色之奇令人惊异。山脚的下方镇压江水，山峰的上方与云汉相连。山峰常常积满云霞，形体绮丽，色彩丰富。如若木之花，在夕阳下照耀生辉，山水之间的雾气又连成一体。晚霞绚丽，传播着光亮，散布着色彩，把天空染成一片火红。庐山的左右弥漫着云气，紫霄峰的内外布满霞光。山岭之上，一片金光，山岭之下，尽是深青之色。庐山确实是神灵所居之处、天帝的郊野，足可以镇服湘江、汉水之地。至如小水疾流汇入大河，深溪沟壑冲入长江，波浪拍击，发出战鼓雷鸣一般的声响，回旋奔流，广为涤荡；往上极至长满芦荻的水滨，往下到野猪出没的荒洲，往南至河流分水之处，往北达水波荡漾的远方，削长补短，达数百里之遥。其中飞起的波涛直上天空，高高的巨浪径灌云日，能够吞吐百川，泻泄万壑。上面的轻烟停留不动，下面浪涛滚滚，就像华鼎中的水一般沸腾。大水把弱草淹没，而且越来越迫近田垄。巨浪像受惊一般崩散，突如其来，又恰似雷电与飞箭一般。一会儿高高涌起，一会跌得粉碎，似要把小岛冲走，把山岭冲翻。撞击射回的浪花水沫一直上峰顶，奔腾的波涛将山谷冲刷一空。河边的捣衣石被摧毁，曲折的石岸被击得粉碎。仰天望火星，俯身听涛声，眼前的景象使人难以喘息，魂魄惊散，心底战栗。至于其中繁化养育的生物，体形和外部花纹都千奇百怪，迥然各异，其中有江鹅、海鸭、鱼鲛、水虎之类，豚首、象鼻、芒须、针尾之族，石蟹、土蚌、燕箕、雀蛤之俦，折甲、曲牙、逆鳞、返舌之属。它们借沙洲以掩身，用草渚以蔽体，沐浴在风雨中，吐水拍翅，活跃异常。在黄昏日暮、夕阳西下的时候，在晓雾将合、东方发亮的早晨，像孤鹤游鸿一般的游子，悲慨长啸，忧郁远吟，使得樵夫舟子都忍不住悲叹哭泣。这些确实令人悲伤忧愁，又难以用语言表达。

［三段］

风吹雷飙，飙（biāo）：暴风。**夜戒前路。下弦内外，**下弦：夏历每月二十三前后，月亮东半明而西半暗，成半圆弓形，故称。**望达所届。**所届：所要到达的地方。**寒暑难适，汝专自慎。夙夜戒护，**夙夜：每天早晚。戒护：小心保重。**勿我为念。恐欲知之，聊书所睹。临途草蹙，辞意不周。**

［译文］

风声大作，迅疾四起，夜晚行路，更要小心在意。本月二十三日左右可望能够到达目的地。天气冷热变化，难以适应，你要好自为之。每天早晚，小心保重，不要惦念我。我估计你想知道我路上的状况，所以暂把途中所见写出。路上匆忙急促，辞意不周之处，望多原谅。

评析

《登大雷岸与妹书》是鲍照的一篇书信体文章，它既非辩论说理，又非叙事抒情，而是用大量的篇幅来描摹景物。文中从南、东、北、西四个方面铺陈描写，极与赋体类似。可见当时不仅以诗写山水，就连往来书信亦如此，反映了时人对自然的钟爱之情。

晚清桐城派古文家吴汝纶称许此种以家书形式之写景与抒情的骈文“奇崛惊艳，前无此体，明远创为之”。此文实属六朝骈文的精品，向为选家所不敢遗漏。

谢惠连(397—433),祖籍陈郡阳夏(今河南太康),生于江左。现存《泛湖归出楼中望月》《西陵遇风献康乐》《秋怀诗》《捣衣诗》《雪赋》等作品较为著名,均被萧统录入《文选》之中。其作大多文辞富艳,形式华美,钟嵘《诗品》称其"才思富捷"。

雪　赋

谢惠连

【一段】

岁将暮,时既昏,既昏:黄昏以后。**寒风积,愁云繁。梁王不悦,**梁王:指梁孝王刘武,汉文帝的第二个儿子。先封为代王,后改封为淮阴王,又改封梁王。死后谥孝。当时一些著名文人,如邹阳、枚乘、司马相如等,都曾事梁王。本篇所言乃假设主客问答之辞,不必实有其事。**游于兔园。**兔园:梁孝王所筑苑囿名,又名梁园、梁苑。**置旨酒,**旨酒:美酒。**命宾友,召邹生,**邹生:邹阳。汉代齐人,曾事吴王刘濞。见其有异志,上书谏之,不听,遂投梁王。**延枚叟;**枚叟:枚乘,乃汉代著名辞赋家。**相如末至,**相如:司马相如,亦汉代著名辞赋家。**居客之右。**

【译文】

时值年底,天色已晚,寒风郁积,愁云不散。梁王心中不快,出游兔园。准备了盛宴美酒,聚集起好友宾朋,召来邹阳,请来枚乘;司马相如最后赶到,在宾客之右坐定。

【二段】

俄而微霰零,霰(xiàn):小冰粒。**密雪下,王乃歌《北风》于卫诗,**王:指梁孝王。《北风》:《诗经·邶风》篇名,因其开头两句诗是"北风其凉,雨雪其雱"。卫诗:因邶地春秋时属卫,古人多以邶诗为卫诗。**咏《南山》于《周雅》。**《南山》:指《诗经·小雅·信南山》,其中有"上天同云,雨雪雰雰"的诗句。《周雅》:指《小雅》。**授简于司马大夫,**简:古代用来写字的竹板。司马大夫:对司马相如的尊称。**曰:"抽**

子秘思，抽：抽出，此乃运用、发挥之意。骋子妍辞，骋：驰骋，引申有施展之意。妍：妍丽。侔色揣称，侔（móu）：齐，相等。揣：揣量。称（chèn）：相等，相当。为寡人赋之。”寡人：梁孝王的自称。相如于是避席而起，避席：古人席地而坐，为表示对对方的敬畏，则离席而起，称为避席。逡巡而揖，逡（qūn）巡：为表示敬畏而做出欲进不进的样子。曰：“臣闻雪宫建于东国，雪宫：战国时齐国行宫名，《孟子》记载，齐宣王曾于雪宫接见过孟子。东国：指齐国，因其在东方，故称。雪山峙于西域。峙（zhì）：高高耸立。西域：汉时指玉门关以西地区。《汉书·西域传》言，西域有天山，天山之上冬夏有雪。岐昌发咏于《来思》，岐昌：指周文王姬昌，因其兴起于西岐（今陕西岐县东北），故称。《来思》：代指《诗经·小雅·采薇》，因其中有“昔我往矣，杨柳依依；今我来思，雨雪霏霏”的诗句。旧说认为此诗是周文王为勉励慰劳远戍将士而作。姬满申歌于《黄竹》；姬满：周穆王。申：同“伸”，与上句之“发”同义。《黄竹》：诗篇名。《穆天子传》说周穆王曾游于黄台之丘，天气寒冷，北风怒吼，天下大雪，周穆王作《黄竹诗》三章。《曹风》以麻衣比色，《曹风》：《诗经》十五国风之一。《曹风》中有《蜉蝣》一篇，其中有“蜉蝣掘阅，麻衣如雪”的诗句，意思说贵族们穿着雪白的麻衣，就像挖洞的蜉蝣一样。比色：指雪色。楚谣以《幽兰》俪曲。楚谣：楚辞。宋玉《讽赋》，云其曾弹《幽兰》《白雪》之曲。俪曲：以《幽兰》与《白雪》并奏。盈尺则呈瑞于丰年，盈尺：大雪厚满一尺。呈瑞于丰年：就是“瑞雪兆丰年”之意。袤丈则表沴于阴德。袤（mào）丈：雪深一丈。袤：长度。沴（lì）：伤害。阴德：古人认为雪属阴，此处言雪太大了也不利于百姓。雪之时义远矣哉。请言其始。若乃玄律穷，玄律穷：指到了严冬季节。《尔雅·释天》：“九月为玄。”严气升，严气：肃杀之气，指寒气。焦溪涸，焦溪：据《水经注》记载，焦溪源于天门山左边，南流成溪，叫作焦溪。涸（hé）：水干。汤谷凝，汤谷：《荆州记》记载，南阳郡城北有紫山，东有一水，冬夏常温，因名汤谷。凝：结冰。火井灭，火井：古书记载，蜀中多火井，即今之天然气井。温泉冰，沸潭无涌，沸潭：《水经注》记载，曲阿季子庙前，潭常沸，所以名沸潭。无涌：指因天气寒冷而结冰。炎风不兴，炎风：指南方灼热的风。北户墐扉，北户：北开的门户。墐扉（jìn fēi）：用泥涂抹门缝隙。裸壤垂缯。裸壤：裸人国。古书中多有裸人国的记载，此处意指热带、亚热带土著民族。垂缯：穿起衣服御寒。缯：丝织品的总称。于是河海生云，朔漠飞沙；朔漠：北方的沙漠。连氛累霭，氛、霭：皆指云气。掩日韬霞；韬：掩盖。霰淅沥而先集，淅沥：霰粒降落时发出的声音。雪纷糅而遂多。纷糅：纷乱的样子。其为状也，散漫交错，氛氲萧索；氛氲(yūn)：盛多的样子。蔼蔼浮浮，蔼蔼浮浮：雪多的样子。瀌瀌奕奕；瀌(biāo)瀌奕奕：亦为雪多的样子。联翩飞洒，联翩：连续飞舞的样子。徘徊委积。委积：积聚。始缘甍而冒栋，缘：沿着。甍(méng)：屋脊。冒：覆盖。终开帘而入隙。初便娟于墀庑，便(pián)娟：轻盈回旋的样子。墀(chí)：台阶上的空地。庑：堂下的房子。末萦盈于帷席。末：最后。萦盈：与前之"便娟"义同。既因方而为圭，因：循，随着。圭：一种玉器，上圆下方。亦遇圆而成璧。璧：亦为一种玉器，平圆形，中间有孔。眄隰则万顷同缟，眄(miǎn)：斜视。隰(xí)：低湿的原野。缟(gǎo)：一种白色丝织品。瞻山则千岩俱白。瞻：仰视。岩：指高峻的山崖。于是台如重璧，逵似连璐；逵：路。璐(lù)：一种美玉。庭列瑶阶，瑶阶：玉阶。林挺琼树。琼树：玉树。皓鹤夺鲜，皓(hào)：洁白。白鹇失素；白鹇(xián)：鸟名，雄的背为白色，有黑纹，色鲜艳。纨袖惭冶，纨袖：白色细丝的衣袖，此处代指美丽的女子。冶：异常的妖艳。玉颜掩嫮。玉颜：玉色容颜，亦指美女。嫮(hù)：美好的样子。若乃积素未亏，积素：指积雪。亏：指融化。白日朝鲜，烂兮若烛龙，衔耀照昆山；烛龙：据《山海经・大荒北经》记载，赤水之北，有章尾山，山上有神，人面蛇身。神闭目，天晦暗；神开目，天明亮。《楚辞・天问》王逸注：天之西北，有幽明无日之国，有龙衔烛而照，此龙称为"烛龙"。昆山：昆仑山。尔其流滴垂冰，缘霤承隅，缘：沿着。霤(liù)：承霤。屋檐下流水的天沟。承隅：落在屋角下面。粲兮若冯夷，剖蚌列明珠。冯(píng)夷：水神名，即河伯。至夫缤纷繁骛之貌，繁骛：乱飞的样子。皓旰皦洁之仪，皓旰(hàn)：明亮的样子。皦：同"皎"，洁白、明亮。回散萦积之势，萦积：萦绕聚积。飞聚凝曜之奇，固展转而无穷，嗟难得而备知。若乃申娱玩之无已，夜幽静而多怀，风触楹而转响，楹(yíng)：房屋的柱子。月承幌而通辉。幌(huǎng)：帷帐。酌湘吴之醇酎，湘吴：湘州有酃(líng)湖，取水为酒，名曰酃酒。其湖在湖南衡阳县东。又吴兴乌程县若下酒，极甘美。醇酎：美酒。御狐貉之兼衣；貉(hé)：兽名，形似狐，皮可制衣。兼衣：两件以上的衣服。对庭鹍之双舞，鹍(kūn)：大鸟名，形似鹤，黄白色。瞻云雁之孤飞。践霜雪之交积，怜枝叶之相违。驰遥思于千里，愿接手而同归。"接手：携手。

【译文】

片刻工夫，微霰飘零，密雪降下，梁王高歌《北风》之曲，吟咏《南山》之篇。

又把简札送给司马相如,说:“请运用您高妙的文思,发挥您华丽的辞采,将眼前的景色,为我如实描绘。”相如听罢,离席而起,恭恭敬敬,上前施礼,说:“我听说雪宫建立在东方的齐国,雪山峙立在遥远的西域。周文王曾吟咏‘今我来思,雨雪霏霏’的诗句,穆王也曾高唱《黄竹》之歌;《曹风·蜉蝣》曾将麻衣与雪比色,楚辞中宋玉也曾弹奏《幽兰》《白雪》之曲。雪厚满尺是丰年之兆,若深达一丈则弊大于利。由此看来,下雪的时间和意义可谓远矣。请允许我先从其开始谈起。严冬降临的时候,寒气上升,焦溪干涸,汤谷结冰,火井已灭,温泉冷冻,沸潭不涌,热风难兴,北门涂隙,裸人着衣。于是河海产生乌云,大漠扬起飞沙;云气连绵,重叠密布,掩盖了大阳,遮蔽了霞光;冰粒淅沥,从天而降,白雪纷糅,多而且广。当时情状大概是这样:漫天飞扬,交错不断,时而聚集,时而分散;朦朦胧胧,飘飘荡荡,漫无边际,纷纷扬扬;连续飞舞,洒落人间,徘徊不定,委积眼前。开始时,沿着屋脊而覆盖了栋宇,到最后,透过帘幕进入房室。起初轻盈回旋于阶下,后来飘舞萦绕于帷席。既可以随方物成为玉圭,又能够随圆物成为玉璧。俯瞰原野则万顷如同缟素,仰瞻山岭则千峰一片洁白。在这时,楼台如厚厚的玉璧,大路如串起美玉;庭前的台阶似用瑶制成,林中挺立着玉树琼枝。洁白的仙鹤失去了往日的光彩,鲜艳的白鹇也没有了从前的素质。美女对自己的妖冶感到惭愧,玉颜也显不出平常的容姿。在积雪未化时,阳光鲜艳,就如同烛龙照耀着昆仑山一般辉煌;等到(雪稍融化)冰柱悬挂,依檐承隅,就如同河伯开蚌列珍珠那样灿烂。而那缤纷飞舞的样子,明亮皎洁的仪态,回旋疏散、萦绕聚积的气势,风吹之下,忽散忽聚,晶莹闪烁的奇景,本自辗转不定,变化无穷,令人嗟叹,难以尽知。至于反复娱人,欣赏不止,夜深幽静之时,令人多所怀想,风吹楹柱,呼啸作声,月上帷帐,内外通明。斟上湘吴美酒,披上狐貉皮衣,欣赏庭中鹍鸟的双双起舞,仰瞻云中大雁的形单影只。踏着交错纵横的霜雪,怜惜离枝的落叶。想的是千里之外的知己,希望能与其携手同归。”

【三段】

邹阳闻之,邹阳:即本文开始时的邹生。**懑然心服**,懑(mèn)然:惭愧的样子。**有怀妍唱**,有怀:深为感动。妍唱:美妙的歌曲,指司马相如上之所云。**敬接末曲。于是乃作而赋《积雪之歌》,歌曰:“携佳人兮披重幄**,重幄:指层层的帷帐。**援绮衾兮坐芳缛**;援:拿。绮衾:华丽的被子。缛:通“褥”,垫子。**燎熏炉兮炳明烛**,熏炉:熏香的炉子。炳:点亮。**酌桂酒兮扬清曲。”又续而**

为《白雪之歌》，歌曰："曲既扬兮酒既陈，朱颜酡兮思自亲。酡(tuó)：喝酒之后，脸上发红。愿低帷以昵枕，念解佩而褫绅。褫(chǐ)：解下，脱去。绅：大带子。怨年岁之易暮，伤后会之无因。君宁见阶上之白雪，岂鲜耀于阳春？"歌卒，王乃寻绎吟玩，寻绎：反复体会。抚览扼腕，扼腕：抓住手腕，表示激动。顾谓枚叔，枚叔：即枚乘，字叔，本文开始之枚叟。起而为乱。乱曰："白羽虽白，质以轻兮；白玉虽白，空守贞兮；未若兹雪，因时兴灭。玄阴凝不昧其洁，玄：黑色。阴：指暗夜。凝：固结遮盖。昧：隐藏，污损。太阳曜不固其节。不固其节：不顽强地要求保存自己，指雪被阳光照射而融化。节岂我名，节岂我贞，凭云升降，从风飘零。值物赋象，值：逢。赋：赋予，形成。任地班形。班：与上文之"赋"同义。素因遇立，遇：外在所处的环境。污随染成。纵心皓然，皓然：广阔自由，坦坦荡荡。何虑何营？"营：经营，谋划。

［译文］

邹阳闻听之后，自愧弗如，内心叹服，对相如所赋非常感动，恭恭敬敬，乃欲赋之。于是站起身来，续作《积雪之歌》，歌词说："携佳人啊遮盖重帷，拿过绮衾啊安坐芳褥。烧好熏炉啊点燃明烛，斟上桂酒啊奏起清曲。"又继续写出《白雪之歌》，歌词说："乐曲已奏啊美酒已陈，朱颜红酡啊希望相亲。放下帷帐啊接近衾枕，解下环佩啊脱衣就寝。怨恨年岁啊飞快地流逝，感伤此后啊相会无因。谁人曾见啊阶上的白雪，阳春三月啊依旧长存。"歌唱完毕，梁王于是反复体会，吟咏玩味，看完之后，激动不已，回过头来，看了一下枚乘，枚乘会意，续作尾声。尾声说："皎洁的羽毛虽然白啊，质地不坚还又轻；晶莹的玉石虽然白啊，不过徒自守坚贞；都不如今日这白雪啊，随时节降下又融化。漆黑的夜幕来遮盖，不能掩藏它的皎洁，明亮的太阳升起后，也不顽强表现自己的气节。气节并非我的美名，也从来不是我的坚贞，我随着乌云来升降，听从风吹任飘零。随物展示原情状，根据地形地貌显现自身形态。洁白本随机遇立，玷污亦由浸染成。开阔心胸坦荡荡，无虑无求任西东。"

评析

谢惠连的《雪赋》是古代写景状物的名篇。其中虚构了梁王宴请宾客的场面，通过席间的宾主唱和问答，对雪进行种种描写。全篇以虚构的司马相如"雪赋"为中心部分，叙述了雪的产生，描写了雪的艳美。最后带出邹阳的"积雪之歌"和枚乘的"乱曰"。突出了"因时兴灭""纵心皓然，何虑何营"的思想，这和当时崇尚淡泊无方的老庄思想紧密相关。

本篇气势磅礴，描写生动，音韵谐调，用词考究，骈赋的形式美又能给人以充分的美的感受，一直能为人们所重视并非出于偶然。

谢庄(421—466),字希逸,祖籍陈郡阳夏(今河南太康),生长于江左。自幼聪明,才思过人,年七岁,能属文,通《论语》。历仕宋文帝、宋孝武帝、宋明帝三朝,官至中书令,加金紫光禄大夫。后人辑有《谢光禄集》。

月 赋

谢庄

[一段]

陈王初丧应、刘,陈王:指曹植,三国魏时著名文学家,曹操之子,因其曾受封为陈王,故称。应、刘:指应玚、刘桢,皆为当时文学家,"建安七子"中的人物,曹植的好朋友。**端忧多暇**。端忧:正处于忧愁之中。**绿苔生阁,芳尘凝榭**。**悄焉疚怀**,悄焉:忧愁的样子。疚怀:即伤怀,忧心。疚:原指久病,这里指忧愁。**不怡中夜**。怡:愉快。中夜:夜半。**乃清兰路,肃桂苑,腾吹寒山**,腾:喧腾。吹:鼓吹,奏乐。**弭盖秋阪**。弭:停下。盖:车盖,代指车。阪:山坡。**临浚壑而怨遥**,浚壑:深渊。**登崇岫而伤远**。崇岫(xiù):高高的峰峦。岫:峰峦,有洞穴的山岩。**于是斜汉左界**,斜汉:汉,指天上的银河。到了秋天,银河出现倾斜的角度,所以称斜汉。左界:运行至天空的左边。**北陆南躔**,北陆:星名,即虚宿,也称玄枵。躔(chán):日月星辰运行的次度。**白露暧空,素月流天**。素月:月亮。**沈吟齐章**,沈吟:沉思吟味。齐章:指《诗经》当中的《齐风》,因《齐风·东方之日》里有"东方之月兮"的句子。**殷勤陈篇**。殷勤:深切习思。陈篇:指《诗经》当中的《陈风》,因《陈风·月出》里有"月出皎兮"的句子。**抽毫进牍,以命仲宣**。仲宣:指王粲,字仲宣,"建安七子"之一。

[译文]

曹植在好友应玚、刘桢刚刚去世的时候,忧愁深重,居多暇日。因无心游赏,致使楼阁生出绿苔,尘土布满台榭。心中忧郁悲伤,时值夜半,依然闷闷不乐。于是便打扫布满兰草的路径,清理长满桂树的苑囿,奏响音乐,弥漫寒山之上,停下车驾,徘徊在秋阪之中。面对深渊,觉得哀怨之情是如此深长;登临高峰，觉得悲伤之感又是如此悠远。时值秋季，银河倾斜至天空的左边，北陆也向南运行。白色的露气充斥空中，银色的月光流泻天宇。沉思吟味《诗经·齐风》中“东方之月兮”的诗句，深切讽诵《诗经·陈风》中“月出皎兮”的篇章。取出毛笔，送上书板，命王粲作文记之。

［二段］

仲宣跪而称曰：“臣东鄙幽介，东鄙：东部荒野之地。王粲是山阳（今山东金乡西）人，属东方，所以谦称东鄙。幽介：出身低微，亦为谦词，因王粲家有数世官至三公，是颇有影响的世族大姓。**长自丘樊，**丘樊：山丘藩篱，犹言蓬门草户。亦属谦词。**昧道懵学，**昧：无知。懵（měng）：糊涂。**孤奉明恩。臣闻沈潜既义，高明既经，日以阳德，月以阴灵。擅扶光于东沼，**擅：同“禅”（shàn），传位，禅让。扶：扶桑，神木名，传说日出其下，此处以“扶光”代指日光。东沼：指汤谷，亦作“旸谷”，传说中日出之处。**嗣若英于西冥。**嗣：继续。若英：若木之花。若木是传说中的大树，日落之处。西冥：指昧谷，亦传说中的日落之处。**引玄兔于帝台，**玄兔：玉兔。神话传说中称月中有白兔，后用以作月的代称。**集素娥于后庭。**素娥：指嫦娥。**朒朓警阙，**朒朓（nǜ tiǎo）：月初的缺月称为朒，月末的缺月或月行失其常轨，称之为朓。警阙：阙，缺点、错误。言国君看到缺月，便应该警惕自己的缺点、错误。**朏魄示冲，**朏（fěi）魄：月初生明，月光不强，称为朏（fěi），又称为魄。示冲：言国君见到亏缺的月光，就应该谦虚自省。冲：谦虚。**顺辰通烛，**顺辰：言月亮顺着十二辰的次序运行。辰：十二辰，即十二月。通：普遍。烛：用作动词，为照耀之意。**从星泽风。**从星泽风：古人认为月行到某一星宿便产生某种气象，如与毕宿相遇，便要下雨，如其与箕宿相遇，便要起风。泽：雨。**增华台室，扬采轩宫。委照而吴业昌，**“委照”句：用吴国孙策之典，传说孙策母生策前，梦月入怀，遂生之，后孙策奠定吴国王业，故云“吴业昌”。“委”与下句之“沦”，都指月光向下照耀。“照”与下句之“精”，都指月光。**沦精而汉道融。**“沦精”句：用西汉元帝皇后之典，其母生她之前，也梦月入怀，后来她当了皇后，所以称为“汉道融”。

［译文］

王粲跪拜说道：“我出生于东部荒野的低微之家，成长在蓬门草户，不明大道而又不学无术，白白承受您的恩惠。我听说地合乎义，天合乎经，太阳有阳的德性，月亮有阴的精华。早晨月亮让位给日光，晚上又在太阳落山后出生。将玉兔引入帝台，把嫦娥召进后庭。看到缺月，国君应警惕自己的缺点，谦虚自省。月亮顺着十二辰的次序运行，若是遇到某些星宿的位置，便要下雨起风。月光普照，能使台室增加光华，能使轩宫发扬光彩，能使吴业昌盛，能使汉道和融。

［三段］

“**若夫气霁地表，**霁（jì）：谓雨雪之止，或者云雾之散。**云敛天末，洞庭始波，木叶微脱。菊散芳于山椒，**山椒：山顶。**雁流哀于江濑。**江濑：江水。濑：指从沙石上流过的急水。**升清质之悠悠，**清质：指月轮。清：清洁；质：质地。**降澄辉之蔼蔼。**蔼蔼：暗淡、昏昧的样子。**列宿掩缛，**列宿：众星。缛：繁。这里指星光灿烂。**长河韬映，**长河：指天上的银河。韬：隐藏。映：照耀。**柔祇雪凝，**柔祇（qí）：指大地。祇：地神。古人认为地道阴柔，故称柔祇。**圆灵水镜。**圆灵：指天。古人认为天圆地方，故称圆灵。**连观霜缟，**连观（guàn）：连接的宫观。宫观：供帝王游憩的离宫别馆。霜缟：像霜雪一样洁白。**周除冰净。**周除：指四周的台阶。冰净：像冰一般洁净。**君王乃厌晨欢，乐宵宴，收妙舞，驰清县。**弛：放下。县（xuán）：即“悬”，指悬挂钟磬的架子，此处指钟磬一类的乐器。**去烛房，即月殿，芳酒登，鸣琴荐。**荐：进献。

［译文］

“至于地面上雾气消散，天边上云敛初晴，洞庭湖波涛滚滚，湖边的树木刚刚落叶。山顶弥漫着菊花的芳香，江水里流荡着大雁的哀鸣。月亮那清白的形体缓缓上升，洒下一片清澈的月光略带朦胧。群星失去了往日的光彩，银河隐藏起明净的面容，大地像是布满了一层白雪，天空明澈如同水镜。连接的宫观像秋霜一般洁白，四周的台阶像是由冰块砌成。于是，君王厌倦了白日的欢娱，更加倍喜欢夜晚的盛宴，终止了奇妙的歌舞，放下了往日的乐悬。离开灯火通明的房间，登上欣赏明月的大殿，下人捧上醉人的美酒，还有那绝妙的琴曲也一同进献。

［四段］

“**若乃凉夜自凄，风篁成韵，**风篁：风吹着竹林。篁：竹林。**亲懿莫从，**亲懿：即懿亲，指好的亲族。**羁孤递进。**羁孤：指流落在外之人。**聆皋禽之夕闻，**聆：听。皋禽：指鹤。《诗经·小雅·鹤鸣》：“鹤鸣于九皋。”故谓鹤为皋禽。**听朔管之**

秋引。朔管：笛子。因笛子原是羌人的乐器，羌在朔方（北方），所以称笛为朔管。秋引：秋天肃杀凄凉的曲调。于是弦桐练响，弦桐：琴。琴以桐木制成，故称之为弦桐。练响：选择曲调。音容选和，徘徊《房露》，《房露》：古曲名。惆怅《阳阿》。《阳阿》：亦古曲名。声林虚籁，虚：停息的意思。籁：风吹孔窍所发出的音响。沦池灭波，情纡轸其何托，纡轸（yū zhěn）：隐痛在心，郁结不解。纡：曲；轸：痛。愬皓月而长歌。愬：向着。歌曰：'美人迈兮音尘阙，迈：往，离去。音尘：音讯。阙：空。隔千里兮共明月。临风叹兮将焉歇，川路长兮不可越。'

［译文］

"至于在凄凉孤独的夜晚，风吹着竹林，发出一种自然成韵的声音的时候，亲朋好友无一人在场，羁旅孤客却前后接踵。听到的是仙鹤凄厉的啼叫，还有朔管悲凉的和鸣。于是拨动琴弦，选择曲调，风格委婉，令人动情；《房露》令人徘徊不止，《阳阿》使人惆怅难宁。琴声使得呼啸的树林绝响，使汹涌的波涛息声；感情郁结沉痛向谁倾诉，面对着一轮明月而长歌。歌词曰：'美人远去啊音讯渺绝，隔阻千里啊共此明月。临风叹息啊如何止歇，川路漫长啊难以跨越。'

［五段］

歌响未终，余景就毕；景：指月光。就：接近，即将。毕：完毕，此指月落。满堂变容，回遑如失。回遑：内心彷徨，没有着落。又称歌曰：'月既没兮露欲晞，晞：干。岁方晏兮无与归。方：当。晏：晚。佳期可以还，微霜沾人衣。'"

［译文］

歌声虽然未尽，月亮即将沉没；满堂客人皆变容，徘徊彷徨若有失。又歌曰：'月亮已没啊白露将干，岁时已晚啊无人和我一同归还。在这美好的日子里回去吧，秋天的微霜要沾湿人的衣衫。'"

［六段］

陈王曰："善。"乃命执事，执事：指左右侍从人员。献寿羞璧。献寿：进酒祝贺。羞璧：进献玉璧。敬佩玉音，复之无斁。复：反复地诵读。斁（yì）：厌烦。

［译文］

曹植说："好。"于是命令侍从的下人，捧酒祝贺，进献玉璧。并表示牢记王粲的美言，反复诵读，永不厌烦。

评析

本篇通过假设曹植与王粲月夜吟游的故事，描写月夜清丽的景色，细腻、轻柔，很有艺术魅力。同时又把叙事、咏物、抒情完美地结合起来，很好地表现了别离之情和迟暮之感。至于“隔千里兮共明月”，更是千古流传的名句。

江淹(444—505),字文通,祖籍济阳考城(今河南兰考县)。历仕宋、齐、梁三朝,官至金紫光禄大夫,封醴陵伯。

《江醴陵集》中,章、表、诏、诰之作占有不小分量,不过代表江淹重要创作成就的乃在诗、赋两方面。

别 赋

江淹

[一段]

黯然销魂者,唯别而已矣。黯然:心神沮丧貌。销魂:犹言丧魂。**况秦、吴兮绝国,复燕、宋兮千里。**秦、吴:皆古国名。秦地在今陕西一带,吴地在今江浙一带。绝国:相去甚远之国。燕、宋:亦并为古国名。燕地在今河北北部和辽宁南部一带,宋地在今河南东部一带。**或春苔兮始生,乍秋风兮暂起,是以行子肠断,百感凄恻,**行子:出外旅行者。肠断:喻极度悲哀。恻:忧伤。**风萧萧而异响,云漫漫而奇色。舟凝滞于水滨,车逶迟于山侧;**凝滞:停留不动。逶迟:缓慢渐行貌。**棹容与而讵前,马寒鸣而不息;掩金觞而谁御,横玉柱而沾轼。**掩:覆盖。觞(shāng):酒杯。御:进。横:横持。柱:琴瑟上用以系弦之木。沾轼:谓泪流沾轼。轼:车前横木。**居人愁卧,怳若有亡。**居人:留于家中者,与上文之"行子"相对。怳:恍惚貌。有亡:有所失。**日下壁而沉彩,月上轩而飞光。**日下壁:指太阳沉落下去。轩:楼板。**见红兰之受露,望青楸之离霜。巡层楹而空掩,抚锦幕而虚凉。**层楹:原为很高的柱子,此处指房屋。锦:有色彩花纹的丝织品。幕:帷帐。**知离梦之踯躅,意别魂之飞扬。**踯躅(zhí zhú):徘徊不行。意:料想。

[译文]

使人丧神失魂之事,莫过于别离。更何况彼此像秦、吴或燕、宋等国那样相去那么遥远。离别之际或恰逢青苔始生的春天,或时处凉风已起的素秋,因此远行者深感悲伤,以至于觉得萧萧的风与飘浮的云都异于平时了。船滞留在水边，车停息在山侧；桨在水中荡漾不进，马于车前鸣叫不息；对金杯而不能饮，抱琴瑟而不能奏，别情凄切，洒泪沾轼。留于家中的人亦因离别而伤心，愁卧于床，恍然若有所失。当太阳沉下，所有的光彩就消失了，这时月亮渐渐升起，照射着房间。红色的兰花上布满露珠，青楸树也挂了秋霜。屋室的门空掩着，帷帐中充满了寂凉。可以设想远行之人亦必“离梦踯躅不进，别魂飞扬不安”。

［二段］

故别虽一绪，事乃万族。一绪：一种情绪。族：种类。**至若龙马银鞍，朱轩绣轴，**龙马：高壮之马。朱轩：有地位者所乘的车。轩：车的通称。绣：五色俱备。**帐饮东都，送客金谷。**帐饮：设帐宴饮。东都：即东都门，汉长安城之门名。金谷：地名，在今河南洛阳西北，亦名金谷涧，晋石崇曾于此造园。**琴羽张兮箫鼓陈，燕、赵歌兮伤美人。**羽：为五音之一，其声最细。张：此处谓演奏。燕：古国名。赵：亦古国名。古诗云“燕赵多佳人，美者颜如玉”，所以后人诗文中凡称美人时多与燕、赵相联。**珠与玉兮艳暮秋，罗与绮兮娇上春。**暮秋：犹言晚秋。上春：即早春。**惊驷马之仰秣，耸渊鱼之赤鳞。**驷马：古时四匹马驾一车，称驷马。仰秣：仰头咀嚼之意。《淮南子·说山训》：“伯牙鼓琴，驷马仰秣。”高诱注：“仰秣，仰头吹吐，谓马笑也。”耸：惊动。《韩诗外传》：“昔者瓠巴鼓瑟而潜鱼出听。”此二句言音乐极其动听，以至使动物都产生了共鸣。**造分手而衔涕，感寂寞而伤神。**造：到。衔涕：含泪。感：都。**乃有剑客惭恩，少年报士，**剑客：侠义之人。惭：感激。报士：勇于报仇之人。**韩国赵厕，吴宫燕市，割慈忍爱，离邦去里。**韩国：指战国时聂政为严仲子报仇，刺杀韩国权臣侠累之事。赵厕：指战国初期豫让为智伯报仇，化装埋伏在厕所里准备刺杀赵襄子之事。吴宫：指春秋时专诸刺死吴王僚之事。燕市：指荆轲为燕太子丹刺秦王之事。以上所言之事，并见《史记·刺客列传》。**沥泣共诀，抆血相视，**诀：分别。抆（wèn）：擦拭。**驱征马而不顾，见行尘之时起。方衔感于一剑，非买价于泉里。**衔感于一剑：谓因感知遇之恩而仗剑行刺。买价：换取声价。泉里：地下，指舍去生命。**金石震而色变，骨肉悲而心死。**金石：指钟磬一类的乐器。此句李善注引《燕丹太子》：“荆轲与武阳入秦，秦王陛戟而见燕使，鼓钟并发，群臣皆呼万岁，武阳大恐，面如死灰色。”心死：言悲哀之甚。此句指聂荣为弟（聂政）收尸，且死其旁之事（见《史记·刺客列传》）。

［译文］

因此离别之情虽一，而离别之事却千差万别。有时情况是这样：骏马银鞍，车轩华贵，饯别在东都，送行于金谷。琴瑟箫鼓之类的乐器一齐鸣奏，燕赵之地的美女和乐而歌，十分忧伤。这些美女都打扮得很华丽娇艳；音乐歌声之生动，致使某些动物也都产生了共鸣，马仰起头，鱼跳出水。当分手之时刻到来，人们都感到十分空寂伤怀，眼中含着泪水。一些侠义之士，感于他人的知遇之恩，仗剑赴险，如聂政之于韩相，豫让之于赵襄子以及专诸刺吴王，荆轲别易水等，都是割慈忍爱、离家别乡的突出事例。洒泪而去，悲痛已极，驱征马而不回首，后边留下的只有翻扬起的埃尘。他们只因感恩而仗剑行刺，并非要以生命去换取身价。当挺身赴险时，有的胆怯了，如随荆轲一同刺秦王的秦舞(武)阳，在看到秦国的威仪时就变色了；有的则感于亲生骨肉的离去而悲痛欲绝。

【三段】

或乃边郡未和，负羽从军。负羽：负箭。羽：指箭。**辽水无极，雁山参云。**辽水：即今辽河，流经辽宁省，到营口入海。无极：谓没有尽头。雁山：即雁门山，在今山西省境内。参云：高耸入云。**闺中风暖，陌上草薰。**陌：田野上的小路。薰：香气。**日出天而耀景，露下地而腾文。镜朱尘之照烂，袭青气之烟煴。**镜：在此为动词，犹言照。朱尘：受日光照耀而呈现出红色的灰尘。照烂：明亮貌。青气：春天之气。烟煴：气盛貌。**攀桃李兮不忍别，送爱子兮沾缪裙。至于一赴绝国，讵相见期？**讵：岂，何。**视乔木兮故里，决北梁兮永辞。**乔木：高树。王充《论衡·佚文》："睹乔木，知旧都。"梁：桥。**左右兮魂动，亲宾兮泪滋。可班荆兮赠恨，唯尊酒兮叙悲。**班荆：布荆草于地而坐。《左传·襄公二十六年》载：伍举与声子在郑国相遇，班荆而坐，谈心话别。后人用这个典故，比喻匆匆话别。赠恨：倾诉内心悲憾。尊：同"樽"，酒器。**值秋雁兮飞日，当白露兮下时，怨复怨兮远山曲，去复去兮长河湄。**怨复怨：谓伤别之情重重。湄：水边。**又若君居淄右，妾家河阳。**淄：即淄水，在今山东省境内。右：西面。河阳：今河南孟县有河阳故城。河阳亦可指黄河北岸。**同琼佩之晨照，共金炉之夕香。**琼佩：玉佩。金炉：金质香炉。此二句叙离别前的幸福生活，言清晨于阳光中同起，傍晚在香炉旁共坐。**君结绶兮千里，惜瑶草之徒芳。**绶：官印上所系的带子。结绶：谓出仕为官。瑶草：珍贵之香草，在此喻闺中之人。**惭幽闺之琴瑟，晦高台之流黄。**幽闺：深闺。此句是说，虽有琴瑟，但由于伤别，故无心弹奏。流黄：丝织品艳丽的色泽。此句是说，高台上的织物也黯然失色。**春宫闷此青苔色，秋帐含兹明月光。**闷

(bì):掩闭。兹:此。**夏簟清兮昼不暮,冬釭凝兮夜何长。**簟(diàn):竹席。釭(gāng):灯。**织锦曲兮泣已尽,回文诗兮影独伤。**此二句典出前秦苻坚时,窦滔镇河阳,携宠姬赵阳台之任,遗其妻苏蕙在家中,蕙于是织锦为回文,五彩相宣,纵横八寸,题诗二百余首,计八百余言,纵横反复,皆成章句,名曰《璇玑图》寄滔。这里用此事写思妇相思之情。

【译文】

边郡有战事,人们负箭从军。辽河一望无际,雁山高耸入云。而闺房内却十分温暖,田野小路上的草木也散发着香气。大阳升空,光辉四射,在阳光的照耀下,大地上的露水呈现出绚丽的色彩。大地上的埃尘也变得红了,到处充满了春天的气息。此情此景,实在令人难舍难分,当为心爱之人送行时,泪水已沾湿了衣裙。就要去往遥远的国家,何时才可相见?眼望着故乡的高树,在北面的桥上分手。亲戚朋友见此,均为之伤怀落泪。可以把荆草铺于地上诉说心曲,唯有借酒来叙述悲哀。时值秋雁翻飞,白露下降,送别的人们望着远山弯曲处满怀离恨,而离去的人已沿着长河之岸愈走愈远了。又如丈夫留在淄右,妻子孤居河阳。未分手之时,夫妻在清晨沐浴着阳光一同起床,傍晚于香炉边依偎共坐。现在丈夫到千里之外做官,妻子的青春年华正渐渐流逝。闺房中的琴瑟形同虚置,高台上的帷幕也失去了光泽。青苔的翠绿色于宫中可见,待秋天到来时,日光又照射进帐幕中。夏天床上的竹席十分清凉,夜幕很晚才降临,而冬季之夜很长,虽有灯烛,可光亮凝滞又惨淡。泪水已随着织锦曲而流尽,回文诗亦不能了却心中的孤独忧伤。

【四段】

傥有华阴上士,服食还山。傥有:或有。华阴:今陕西华阴县。上士:此指道士。服食:道家炼丹合药,服用以求长生。**术既妙而犹学,道已寂而未传。**术:道术,与下文之“道”字互文。**守丹灶而不顾,炼金鼎而方坚。**丹灶:道家炼丹的灶炉。金鼎:谓在金鼎中炼丹。方坚:言其志十分坚决。**驾鹤上汉,骖鸾腾天。**上汉:升天。汉:银河。骖:驾三马,此谓车驾。鸾:古代传说中似凤凰的一种鸟。**暂游万里,少别千年。**此二句意思是说,万里之行不过是短暂的游程,千年的分离也只是小别。**惟世间兮重别,谢主人兮依然。**重别:把离别之事看得很重。谢:辞别。依然:留恋貌。此二句是说,世间重离别,即使是一心求仙者,一旦飞升,亦不免流恋世情。**下有芍药之诗,佳人之歌,**芍药:一种香草。《诗经·郑风·溱洧》:“维士与女,伊其相谑，赠之以芍药。”佳人之歌：《汉书·外戚传》载李延年《歌》：“北方有佳人，绝世而独立。一顾倾人城，再顾倾人国。宁不知倾城与倾国，佳人难再得。”**桑中卫女，上宫陈娥。**桑中：春秋时期卫国的地名。上宫：春秋时期陈国的地名。娥：美丽的女子。**春草碧色，春水渌波，送君南浦，伤如之何！**南浦：指送别之地。《楚辞·九歌》：“子交手兮东行，送美人兮南浦。”**至乃秋露如珠，秋月如珪，**珪（guī）：上圆下方的玉器。**明月白露，光阴往来，与子之别，思心徘徊。是以别方不定，别理千名，**千名：种类繁多。**有别必怨，有怨必盈，使人意夺神骇，心折骨惊。虽渊、云之墨妙，严、乐之笔精，**渊：汉王褒，字子渊。云：汉扬雄，字子云。二人都是西汉时期的文章大家。严：指严安。乐：指徐乐。二人均为汉武帝时代的文人。**金闺之诸彦，兰台之群英，**金闺：即金马门，汉宫署名，求见皇帝的人在此等候。彦：有才学者。兰台：汉宫廷中名儒著述的地方，其中亦藏书。**赋有凌云之称，辩有雕龙之声，**赋有凌云之称：《史记·司马相如传》：“相如既奏《大人》之赋，天子大悦，飘飘有凌云之气，似游天地之间。”辩有雕龙之声：比喻文辞华丽，如雕镂龙文。**谁能摹暂离之状，写永诀之情者乎？**

【译文】

有的华阴道士，服食丹药而返回山里。其道术虽已很高妙但依然钻研，追寻失传的道法。守着炼丹的炉灶不问世事，一心一意地炼造金丹。有的能乘鹤升天，驾鸾凌霄。一刹那可游万里，天上少别，人间已是千年。只有世上的人才把离别看得很重，即使已得道升仙者，仍不免依依不舍地和世人告别。世上有《芍药》之诗，《佳人》之歌，桑中的卫国女子，上宫的陈国美姬。春草碧色，春水绿波，送君于南浦，伤心又如何？至于秋露如珠，秋月如珪，明月白露，光阴往来，与君分别，相思之情缠绵起伏。因此尽管别离的地方没有一定，别离的原因也有种种不同，但是有别必有怨，有怨而其情必充盈，使人悲伤之至。虽像王褒、扬雄那样的文章大家，严安、徐乐那样的著名文士，还有金马门、兰台署中的那些才人们，他们辞赋有凌云之称，言论有雕龙之声，谁又能摹写短别时的情景，刻写永别的心情呢？

评析

《别赋》是中国文学长河中一篇著名佳作。其思想内容虽谈不上有多么深刻，但其较高的艺术性及所蕴含的那种感伤美，多少年来却一直打动着许多失意者的心灵。《别赋》不仅锻造出“春草碧色，春水渌波，送君南浦，伤如之何”这类极富感染力的抒情名句，而且通过环境描写更把人物的心理刻画得生动真实。另外，作者所赋之离别，并非局限于某一特定的时空或人物，作者通过自己的丰富想象，极力要将“伤别”表现为一个永恒的人生主题，而且从某种意义上说，作者做到了这一点。

恨赋

江淹

【一段】

试望平原,蔓草萦骨,拱木敛魂。萦:绕。拱木:可用两手围抱的树。人生到此,天道宁论!于是仆本恨人,心惊不已。仆:作者自称。恨人:内心充满忧憾之人。直念古者,伏恨而死。直念:犹言考虑。至如秦王按剑,诸侯西驰,削平天下,同文共规。同文:统一文字。规:法度,准则。华山为城,紫渊为池。华山:五岳之一,在陕西省华阴县南。紫渊:河流名。池:护城河。雄图既溢,武力未毕。雄图既溢:谓雄伟的计划很宏大。未毕:未能完成。方架鼋鼍以为梁,巡海右以送日。架:构架。鼋鼍:两种龟属动物。梁:桥。海右:大海的西面。一旦魂断,宫车晚出。魂断:死去。宫车晚出:比喻帝王死亡。若乃赵王既虏,迁于房陵。赵王:战国末期的赵国君主。赵灭,为秦所虏。房陵:古县名,在今湖北省境内。薄暮心动,昧旦神兴。薄暮:傍晚。昧旦:拂晓。别艳姬与美女,丧金舆及玉乘,艳姬:美丽的女子。金舆、玉乘:均指非常华贵的车驾。置酒欲饮,悲来填膺,膺:胸。千秋万岁,为怨难胜。至于李君降北,名辱身冤,李君:指西汉李陵。降北:投降匈奴。匈奴在汉朝之北。拔剑击柱,吊影惭魂。惭魂:即内心深感惭愧。情往上郡,心留雁门,上郡、雁门:均是汉朝的郡名。裂帛系书,誓还汉恩。裂帛:撕开织物。书:信。此二句指苏武行迹。据《汉书·李广苏健传》载:苏武为汉使者出使匈奴,被扣留。十几年后,汉又派使者来,匈奴人谎称苏武等已死。常惠对汉使者说:你告诉匈奴王,汉天子射猎上林苑,得雁,雁足上系有一封信,上写苏武等人仍在匈奴,并未死。朝露溘至,握手何言?溘:忽然。握手:谓李陵与苏武相别。若夫明妃去时,仰天太息,明妃:即王昭君,为汉元帝的宫妃,后远嫁匈奴。紫台稍远,关山无极。紫台:犹紫宫,帝王所居。无极:无尽头。摇风忽起,白日西匿,摇风:即扶摇之风,谓大风。西匿:西下。陇雁少飞,代云寡色。陇:指陇山,在今甘肃省境内。代:代郡,在今山西省境内。望君王兮何期？终芜绝兮异域。芜绝：谓身死后尸骨化为芜草或埃尘。异域：犹言异国，此指匈奴。至乃敬通见抵，罢归田里，敬通：冯衍，字敬通，东汉辞赋家，一生怀才不遇，《后汉书》有传。罢：罢官。闭关却扫，塞门不仕，闭关：犹言闭门。却扫：不再扫路迎客。左对孺人，右顾稚子。孺人：指妻。稚：幼。脱略公卿，跌宕文史，脱略：轻慢，不拘。公卿：有高官厚禄者。跌宕：无检束。赍志没地，长怀无已。赍(jī)：怀着。没地：死去。及夫中散下狱，神气激扬。中散：指嵇康，曾任职中散大夫。后因与司马氏政权不和，被害。浊醪夕引，素琴晨张。醪(láo)：酒。张：犹弹奏。嵇康《与山巨源书》："浊醪一杯，弹琴一曲。"秋日萧索，浮云无光。郁青霞之奇意，入修夜之不旸。青霞：喻高远。奇意：犹言奇志。修：长久。旸：明。或有孤臣危涕，孽子坠心，孽子：庶子。《文选》李善注："然心当云'危'，涕当云'坠'。江氏爱奇，故互文见意。"迁客海上，流戍陇阴。迁客：被贬谪于远方者。戍：守卫。陇阴：陇山的北面(山之北为阴)。此人但闻悲风汩起，血下沾衿，汩(gǔ)：快，迅速。血：即泪水。亦复含酸茹叹，销落湮沉。茹：吞，含。销：犹散。湮：没。若乃骑叠迹，车屯轨，黄尘匝地，歌吹四起，骑叠迹：喻车骑之盛多。匝(zā)：原为环围，此引申为蔓布。歌吹：音乐。无不烟断火绝，闭骨泉里。烟断火绝：喻人之死。闭：埋。泉里：地下。

［译文］

抬眼向原野上望去，只见蔓草萦绕着白骨，墓地上的树木已有两手合围那么粗。人生如此，何用谈论天道。我自己的心中原本就充满怨憾，见此情景，更为震惊。于是便想起了那些含恨而死的古人。如秦王按剑，诸侯纷纷倒毙，平定天下，统一了文字及法度。秦以华山为城，以紫渊为护城河。雄图大略非常宏远，仍欲再展武力。并且用龟鼋等架桥，要从海上西行送太阳落去。但最终仍不免一死。又如赵王被秦人掳去，投放到房陵。每到傍晚或清晨，他都不免心动神伤。离别了艳丽的美女宫妃，丧失了豪华的车驾骑乘，置酒欲饮，然而心中却已被哀伤充满，这种哀伤千秋万代后也是很难消除的。至于李陵投降匈奴，名誉受了污辱，且含有冤屈，拔剑击柱，望着自己的身影，有所惭愧。情已飞往上郡，心却留在雁门，裁帛写成信系于飞禽足上，发誓要回报汉家之恩。朝露(喻年命)不会存在很久，握手分别又能说些什么呢？还有昭君去汉时，仰天叹息，皇宫渐渐远去，前面的路程还没有尽头。大风忽然扬起，太阳西沉，陇山之上已很少有雁飞，代郡上空的浮云也失去颜色。何时才能与君再相见？最后只能埋骨异国了。至于冯衍受挫抑，罢官归乡里，闭门谢客，家居不仕，与妻子儿女共享天伦之乐。他轻傲公卿，跌宕于文史之间，怀着自己的志向长眠入地，惆怅不已。嵇康被害下狱，情怀激荡。日夕饮酒，清晨弹琴。秋天的太阳萧索凄冷，天上的浮云也暗淡无光。高蹈的志愿被压抑，漫漫长夜难眠。有些孤臣、庶子也痛心落泪，还有的被贬谪于海上（似指大漠），或被迫去戍守陇阴。他们听到骤然刮起的悲风，不觉泪下沾衣，结果大都满怀悲伤而死去。至于那些有着无限权势，动辄车骑浩荡、黄尘四起、鼓乐动天的人，也无不身死魂飞，埋骨地下。

［二段］

已矣哉！已矣哉：发端叹词。**春草暮兮秋风惊，秋风罢兮春草生。绮罗毕兮池馆尽，琴瑟灭兮丘陇平。**毕：完结。绮罗：原为丝锦织物，此处代指歌舞。歌舞者所穿为绮罗。**自古皆有死，莫不饮恨而吞声。**

［译文］

唉！春草凋落，秋风四起；秋风过后，春草更生。清池楼馆乃至于丘陵陇岭都随着歌舞音乐的消失而化为平地了。自古至今，有生必有死，而死之日，人们的心中也还是充满了憾恨与忧伤。

评析

《恨赋》亦是江淹有名的一篇佳作。作品集中描写的是人类十分沉重的一种情感——恨。人类的这种情感，原本是很抽象的。然而作者通过各种典型人物和事例，却把它表现得极为生动。作品在赋予人们一定的艺术性的伤感之美的同时，也使人们从更深的层次上领悟到死亡确实是不可超越的。人们活在世上，生活与地位尽管不同，如有的歌舞声色，前呼后拥，有的失魂落魄，境遇惨淡，但死亡还是带给他们彻底的平等。这是该赋的主题。这一主题虽含有低沉的伤感色彩，但人生从某种意义上说确实如此。

从艺术角度上看，它的词语结构正像许梿指出的那样，乃是“从千锤百炼中来”。虽然作品连连引事用典，不过并不失流畅自然。

孔稚珪(447—501),字德璋,会稽山阴(今浙江绍兴)人。官至太子詹事,加散骑常侍,卒于任上。他性好诗文,不乐庶事。居宅盛营山水,门庭之内,草莱不剪。嗜酒,饮辄七八斗。有骈文《北山移文》,文句优美精工,较为著名。诗以《白马篇》较出色。明人张溥辑有《孔詹事集》。

北山移文[①]

孔稚珪

［一段］

钟山之英,草堂之灵,草堂:据说是周颙隐居钟山时住的地方,李善注引梁简文帝《草堂传》说:"汝南周颙,昔经在蜀,以蜀草堂寺林壑可怀,乃于钟岭雷次宗(刘宋时隐士)学馆立寺,因名草堂,亦号山茨。"灵:此与上文之"英",皆指钟山神灵。**驰烟驿路,**驰烟驿路:言钟山与草堂神灵腾烟驾雾,在路上奔驰。驿路:驰道,古代官用的大道。**移勒山庭。**移勒:把移文刻在石上。山庭:山居的庭院,此指山的空旷之处。

［译文］

钟山与草堂的神灵,腾云驾雾,在驿路上驰骋,刻移文于山庭。

［二段］

夫以耿介拔俗之标,耿介:正直而有气节。拔俗:超脱流俗之上。标:仪表气度。**潇洒出尘之想,**潇洒:洒脱而无拘束的样子。出尘:与上之"拔俗"同一含义。想:指情怀。**度白雪以方洁,**度(duó):推测,估量。方:比。**干青云而直上,**干:犯,

① 本文选自《文选》卷四十三。北山:指钟山,今名紫金山,在南京市东北。移文:用于责让、声讨的一种文体,与檄文相近。本文假托北山神灵以责让周颙,嘲讽了那些先隐后仕的人物。六臣注《文选》吕向题注称:"钟山在都北。其先,周彦伯(周颙字)隐于此。后应诏出为海盐县令,欲却过此山。孔生乃假山灵之意移之,使不许得至。故云《北山移文》。"后之注者,多取此说。但考之《南齐书·周颙传》,并无先隐后仕之事,亦未曾担任过海盐县令。此文当是出于朋友之间的一种戏谑。

直达,凌驾。**吾方知之矣。若其亭亭物表,**亭亭:耸立的样子。物表:万物之上。**皎皎霞外,**皎皎:明亮的样子。霞外:指人烟之外。**芥千金而不盼,**芥千金:视千金为草芥。芥:小草,此处是意动用法。盼:一作“眄”,看。本句用战国时高士鲁仲连却金之典,事见《战国策·赵策》。**屣万乘其如脱,**屣(xǐ)万乘:视抛弃万乘之位,如脱破鞋。屣:鞋子,此处是意动用法。万乘(shèng):万辆兵车。周制,王畿方千里,出兵车万乘,后遂以“万乘”喻指帝位。此句用舜典,事见《孟子·尽心上》。**闻风吹于洛浦,**此句用王子乔典,《列仙传》云:“王子乔,周灵王太子晋也,好吹笙作风鸣,游伊、洛之间。”浦:指水边。**值薪歌于延濑,**吕向认为本句用苏门先生典,吕向云:“苏门先生游于延濑,见一人采薪,谓之曰:‘子以终此乎?’采薪人曰:‘吾闻圣人无怀,以道德为心,何怪乎而为哀也!’遂为歌二章而去。”所据何书不详。**固亦有焉。岂期终始参差,**岂期:哪里想到。终始参差:指前后不一致。**苍黄翻覆,**苍黄翻覆:比喻变化不定。苍黄:本指青色与黄色。**泪翟子之悲,恸朱公之哭。**此二句所言之事,见《淮南子·说林训》,其中有云:“杨子见歧路而哭之,为其可以南,可以北;墨子见练丝而泣之,为其可以黄,可以黑。”翟子:指墨子,名翟。朱公:指杨朱。恸(tòng):大哭,哀痛之至。**乍回迹以心染,**乍:忽然。回迹:指隐居。染:指内心沾染世俗名利。**或先贞而后黩。**贞:正直,高洁。黩(dú):污垢。**何其谬哉!呜呼!尚生不存,**尚生:指尚长,又称向长,字子平,东汉隐士。**仲氏既往,**仲氏:指仲长统,汉末名士,以倜傥敢直言而著称于世,有《昌言》今存。**山阿寂寥,千载谁赏?**

［译文］

有这么一种人,他们有耿介不俗的仪表,潇洒超尘的情怀,其品行足以同白雪比洁,其志向足以超越青云之上,这才是我所了解的真隐士。至于另外一种人,他们耸立万物之上,皎洁明亮在人烟之外,把千金看成草芥,不予理睬,把帝位看成破鞋子,可以轻易甩开,在洛水河畔吹笙作风鸣,在长河之滨听樵夫抒怀,这样的人也确实存在。但谁能料到这一种人,他们前后不一,反复不定,就同歧路与练丝一样,足以使墨子啼哭,足以使杨朱悲伤。虽然有时他们可以隐居山林,但内心仍然对世俗名利念念不忘;或者是开始时还保持贞洁,到后来便变得污秽不堪。这是多么欺人啊!哎呀!像尚生那样的隐士已没有了,而仲长统那样的人也一去不返,使山林变得何等的寂静寥落,很长时间也无人欣赏。

［三段］

世有周子,周子:指周颙,汝南人。其事迹见《南齐书》本传。**俊俗之士,既**

文既博，文：指有文采。博：指学识渊博。亦玄亦史。玄：指精通玄学。史：指精通历史。然而学遁东鲁，学遁东鲁：即"学东鲁循"。东鲁：指颜阖，隐士，事见《庄子·让王》。遁：指隐居。习隐南郭；习隐南郭：即"习南郭隐"。南郭：指南郭子綦，亦为隐士，事见《庄子·齐物论》。偶吹草堂，偶吹：指滥竽充数，用南郭处士典，事见《韩非子·内储说》。滥巾北丘。滥巾：滥戴隐士的头巾，指名实不符。诱我松桂，欺我云壑。虽假容于江皋，假容：指假装成隐士的样子。江皋：江边，指草野。乃缨情于好爵。缨情：系情，不能忘怀。其始至也，将欲排巢父，拉许由，排、拉：乃排斥、摧折之意。巢父、许由：相传都是唐尧时的隐士。傲百氏，百氏：指诸子百家。蔑王侯，风情张日，霜气横秋。风情、霜气：都指风度气概。张日、横秋：都指傲气之盛。或叹幽人长往，叹：赞叹，赞美。幽人：指隐士。长往：指长隐不返。或怨王孙不游。王孙：贵族子弟，此指贪恋富贵之人。游：逍遥，意谓超脱现实。谈空空于释部，空空：佛家语。佛家认为一切事物皆无实体，叫做空。但空是假名，假名亦空，故称"空空"。释部：指佛教的经典。核玄玄于道流。核：考核。玄玄：道家语，指道的微妙深奥。《老子》："玄之又玄，众妙之门。"道流：道家。务光何足比，涓子不能俦。务光、涓子：相传都是古代的隐士。俦：匹敌。

［译文］

时至今日，有周颙先生，智慧杰出，才能出众，既有文采，而又博学，既懂玄学，又通历史。然而却要学习东鲁、南郭，隐遁山壑，在草堂上滥竽充数，在北岳中装模做样。欺骗了这里的青松桂树，还有那白云幽谷。虽然表面上在江边隐居，实际却热衷于爵禄。在开始的时候，想要排斥巢父，摧折许由，傲对诸子百家，轻视公卿王侯，风度情致之高，似要遮天蔽日，精神气概之盛，如同秋季凌厉的严霜。有时他慨叹幽人隐居不返，有时他怨恨王孙贪图富贵。有时他高谈阔论佛教经典，有时他反复考核道家的玄虚。同时他还认为，务光和涓子都比不上自己。

［四段］

及其鸣驺入谷，鸣：指喝道声。驺(zōu)：帝王的侍从骑者。这里指使者的车马。鹤书赴陇，鹤书：鹤头书，原指一种书体，古时写诏书常用鹤头字体，所以此处以之代指诏书。形驰魄散，志变神动。尔乃眉轩席次，尔乃：于是就。眉轩：即指眉飞色舞。席次：坐席之上。席与下句的"筵"都指席子，古人席地而坐，筵长席短，筵铺地上，席设筵上，称为坐席。**袂耸筵上，**袂(mèi)：衣袖。耸：高举。**焚芰制而裂荷衣，**芰制、荷衣：《离骚》："制芰荷以为衣兮，集芙蓉以为裳。"此处以之指隐者的衣服。**抗尘容而走俗状。**抗、走：此处都显露之意。尘容、俗状：皆指世俗小人的面貌。**风云凄其带愤，石泉咽而下怆，望林峦而有失，顾草木而如丧。至其纽金章，绾墨绶，**纽、绾：都是系带之意。金章：铜印。墨绶：黑色挂印的丝带。县令佩带金印墨绶。**跨属城之雄，**属城：谓邻近各县。**冠百里之首，**百里：指一县所辖地盘。**张英风于海甸，**海甸：海边。**驰妙誉于浙右。**浙右：指钱塘江之南。**道帙长殡，**道帙：指道家书籍。帙：书套。长殡：与下句之"久埋"皆指弃置不顾。**法筵久埋。**法筵：佛教徒讲经说法的讲席。**敲扑喧嚣犯其虑，**敲扑：敲打，鞭笞。**牒诉倥偬装其怀。**牒：公文。诉：诉状。倥偬(kǒng zǒng)：事多而急促的样子。**琴歌既断，酒赋无续。常绸缪于结课，**绸缪：纠缠。结课：指考核官员的政绩。**每纷纶于折狱。**纷纶：忙碌。折狱：处理各种诉讼案件。**笼张、赵于往图，**笼：笼盖。张、赵：指张敞、赵广汉，两人都曾任京兆尹，是西汉的著名官吏。图：指法度。**架卓、鲁于前箓。**架：同"驾"，超越。卓、鲁：指卓茂、鲁恭，两人都曾任县令，是东汉的循吏。箓：簿册，指历史上的有关记载。**希踪三辅豪，**希踪：此处是追踪之意。三辅豪：指曾在三辅任职的杰出官员。三辅：汉代把京城长安附近分为京兆、左冯翊、右扶风，以辅卫京城，称为三辅。**驰声九州牧。**驰声：传扬名声。九州牧：泛指天下的地方官。牧：州里的军政长官。

［译文］

等到皇帝征车来山，诏书到谷，他的形貌变样，魂魄飞散，志向改变，精神动摇。于是就在坐席之上，眉飞色舞，奋臂挥袖，洋洋自得，焚毁撕裂了隐居的衣服，呈现出世俗小人的本相。风云因此而凄怆带恨，石泉因此而呜咽悲伤，远望山林对他灰心，回顾草木对他丧气。当他佩印绶，做了县官的时候，声望在邻近各县之上，在本县之内，也美名传扬，而且这种名声一直远达海甸、浙右。使得道家书籍长埋尘底，佛家讲席也被抛弃。鞭打犯人喧嚣的声音，干扰着他的思虑，繁忙的公文诉状，装满他的胸臆。琴歌已经断绝，酒赋也无心再续。常常被考核官吏所纠缠，每每忙于处理诉讼等杂事。想超过汉代张敞、赵广汉的英名，胜于卓茂、鲁恭的业绩。追寻在三辅任职的杰出官员的足迹，要把美名传遍九州大地。

［五段］

使我高霞孤映，明月独举，青松落阴，白云谁侣？涧石摧绝无与归，涧石：两山之间的流水。石径荒凉徒延伫。徒：白白地。延伫：引颈而望。至于还飙入幕，还飙：旋风。写雾出楹，写：同“泻”，喷，吐。楹：堂前之柱。蕙帐空兮夜鹄怨，山人去兮晓猿惊。昔闻投簪逸海岸，投簪：即投冠，比喻弃官而去。簪：是指古时官吏所用的冠簪。逸：隐遁。今见解兰缚尘缨。兰：兰草，一种香草，隐者所佩。缚尘缨：指出仕为官。尘缨：世俗的冠带。于是南岳献嘲，北陇腾笑，列壑争讥，攒峰竦诮。攒（cuán）峰：指众多的山峰。攒：聚。竦：耸动。慨游子之我欺，游子：指周颙。悲无人以赴吊。吊：此处指慰问遭遇不幸的人。故其林惭无尽，涧愧不歇，秋桂遗风，春萝罢月，骋西山之逸议，驰东皋之素谒。骋、驰：都是传播之意。西山、东皋：泛指隐居之处。逸仪、素谒：隐士们的议论。

［译文］

周颙走后，景色孤寂，使我高霞孤零照映，明月独自升举，青松白白降下阴凉，白云谁去当他的俦侣？涧石已经毁坏，但无人踏石而归，石径已经荒凉，还白白地在那里引颈企望。以至于旋风吹入帐幕，云雾喷吐在堂前，蕙帐空空啊鸿鹄哀怨，山中人已去啊晓猿惊啼。昔日有人弃官隐遁到海边，今天却有人抛弃兰草去仕宦。于是南岳北陇表示嘲笑，千山万壑争相讥讽。慨叹受了周颙的欺骗，又悲伤无人前来慰问。所以树林、山涧都为他惭愧不止，秋桂、春萝也因惭愧不再受风月的拂照。群山众壑又交相议论，要一齐控诉周颙的无耻。

［六段］

今又促装下邑，促装：急忙整装。下邑：下县，相对京师而言，指山阴，或说指海盐。浪拽上京。浪拽：摇桨，指乘船。上京：京都的通称，这里指京城建业。虽情投于魏阙，魏阙：高大的宫门，这里指朝廷。或假步于山扃，假步：借步。山扃（jiōng）：山门。岂可使芳杜厚颜，杜：杜若，香草名。厚颜：一作“颜厚”，羞惭。薜荔无耻，薜荔：亦为香草名。碧岭再辱，丹崖重滓，滓（zǐ）：污辱。尘游躅于蕙路，尘：扬尘，污染。游躅：游踪，指隐者的足迹。污绿池以洗耳。绿池：清水池。洗耳：据《高士传》，尧想召许由为九州长，许由不欲闻，即于颍水之滨洗耳。宜扃岫幌，扃：用如动词，此处是关闭之意。岫幌：从山穴中出来的云气所形成的帐幕。掩云关，敛轻雾,藏鸣湍,截来辕于谷口,来辕:指周颙的车子。杜妄辔于郊端。杜:拒绝。妄辔:随便闯入的车马,与上之"来辕"意同。于是丛条瞋胆,瞋胆:犹言肝胆都被气坏了。叠颖怒魄,叠颖:重叠的草木。颖:草叶的末端。或飞柯以折轮,柯:树的枝条。乍低枝而扫迹。请回俗士驾,俗士:指周颙。为君谢逋客。君:指山灵。谢:辞绝。逋客:逃客,亦指周颙。

【译文】

如今他又急忙整装,离开县城,经由水路,赶赴上京。虽然他一心向往朝廷,也许他还要从这里路过,怎么能够放过他,使芳杜、薜荔重受奇耻,碧岭、丹崖再蒙大辱,怎能使其扬尘污染了蕙草路上隐士的足迹,听了他庸俗的话,洗耳时弄脏了池水。所以应该关上山气的帐幕,掩闭起云朵的关卡,收敛轻雾,隐藏鸣湍,把周颙的车子拦截在谷口,拒绝于郊端。于是一丛丛的树枝气破了胆,一簇簇的草片发了怒,有的飞出粗枝折断了他的车轮,有的忽然低下枝叶扫除他的污迹。请以此文挡住周颙的车驾,为山灵辞绝这个逃客。

评析

本文构思新奇,文笔辛辣,通篇使用拟人化的手法,假借山神的口吻,历数周子先隐后仕,遗羞山灵的虚伪灵魂和庸俗行径,层层抒发香草含耻、山林蒙辱的悲愤心情。而在抒情时,作者借助山石、云霞、草木等物的具体感受来表现,形象感人,别有一番情趣。本文在形式上,句式整齐而富于变化,讲究对偶,善用典故,语言华美精练,而且通篇押韵。这一切在作者手里,都运用得纯熟自然,恰到好处,并无堆砌之感,是六朝时一篇优秀的骈体文。

丘迟(464—508),字希范,吴兴乌程(今浙江湖州市)人。其文辞采丽逸,钟嵘《诗品》评其诗"点缀映媚,似落花依草",将其列为中品。所作《与陈伯之书》,乃是用其时流行的骈体写成。

与陈伯之书[①]

丘迟

[一段]

迟顿首,陈将军足下:无恙,幸甚幸甚。顿首:叩拜之意。古人书信中开头和结尾常用的客气语。无恙:问候语。恙:忧。**将军勇冠三军,**勇冠三军:勇敢为三军第一。**才为世出,**才为世出:当代杰出的人才。**弃燕雀之小志,慕鸿鹄以高翔。**典出《史记·陈涉世家》:"陈涉尝与人佣耕,辍耕垄上,怅恨久之,曰:'苟富贵,无相忘!'佣者笑而应之曰:'若为佣耕,何富贵也?'陈涉太息曰:'燕雀安知鸿鹄之志哉?'"陈涉以小鸟燕雀比佣者,以大鸟鸿鹄比自己。这里是指陈伯之弃齐归梁。**昔因机变化,**因:顺。机:时机。**遭遇明主,**遭遇:遇合。明主:指梁武帝。**立功展事,**立功展事:建立了功勋事业。**开国称孤;**开国称孤:晋以后封爵自郡公至县男,皆冠以开国之号,陈伯之封丰城县公,故云。又,古代诸侯亦可自称为孤。**朱轮华毂,**朱轮华毂:此句形容车舆的华丽。毂:车轮中心的圆木。**拥旄万里,**旄:旄节。古代高级武官持节统治一方,称为"拥旄"。万里:形容其统治地区之广。以上是说,他背齐投梁以后,得到了梁朝优厚的待遇。**何其壮也!如何一旦为奔亡之虏,**奔亡之虏:逃跑投敌之人。**闻鸣镝而股战,**鸣镝:响箭,相传是西汉初冒顿单于所造,军中用以发号施令。股战:大腿发抖。**对穹庐以屈膝,**穹庐:毡帐,本为外族人所居,此处是指陈伯之投降北魏的事情。**又何劣邪!**

---

① 陈伯之:睢陵(今江苏睢宁)人,齐末为江州刺史,曾率部拒梁,后降梁仍为江州刺史,封丰城县公;继又率部投魏,为平南将军。梁临川王萧宏北行,陈率兵相拒,待丘迟劝降书至,乃于寿阳(今安徽寿县附近)拥兵八千归降。

［译文］

丘迟拜上，陈将军阁下：近来身体康健，真是幸事。将军的勇敢为三军之冠，才能超出当代，鄙弃那些燕雀般的渺小志向，企慕像鸿鹄那样远飞高翔。过去您顺应时机，改弦更张弃齐投梁，碰上了英明的君主，建功立业，开拓疆土，拜官称孤；乘坐高贵华美的车子，拿着国家颁发的旄节号令一方，这是何等的雄壮！为什么竟一下子变成了逃亡投敌者，听到响箭就两腿颤抖，对着毡帐屈膝跪拜，这又是多么窝囊啊！

［二段］

寻君去就之际，寻：推究。去就：去梁而就北魏。**非有他故，直以不能内审诸己，**不能内审诸己：自己内心不反复思考。**外受流言，**流言：无根之言，反间之言。**沉迷猖獗，**沉迷：迷惑。猖獗：狂妄。**以至于此。**以至于此：即上文写梁朝对陈伯之的优遇，并指出他投降的错误。**圣朝赦罪责功，**圣朝：指梁朝。赦：免。责功：要求被赦者立功赎罪。**弃瑕录用，**瑕：缺点。**推赤心于天下，安反侧于万物。**赤心：真心。反侧：不安心的样子。此二句用东汉光武帝刘秀事。光武破铜马等军时，不怀疑投降的人，曾轻骑入降军中。降军说他"推赤心置人腹中"。**将军之所知，不假仆一二谈也。**不假：不须，不用。仆：古时与人交际时，对自己的谦称。一二谈：一样一样地叙述。**朱鲔涉血于友于，**此句典出汉光武帝之兄刘縯(yǎn)为更始皇帝刘玄所杀，朱鲔曾参与其事；后光武帝攻洛阳，朱鲔坚守，光武遣岑彭说朱鲔来降。鲔不敢降。光武再遣岑彭往说，谓建大事不忌小怨，并答应保留朱鲔的官爵，朱鲔乃降。涉血：杀人流血。**张绣剚刃于爱子，**此句典出《三国志·魏志·武帝纪》：建安二年，"公(曹操)到宛，降张绣，既而悔之，复反。公与战，军败，为流矢所中。长子昂、弟子安民遇害。"建安四年，"张绣率众降，封列侯"。剚(zì)：刺杀。**汉主不以为疑，魏君待之若旧。况将军无昔人之罪，**昔人之罪：朱鲔、张绣那样的罪过。**而勋重于当世。夫迷途知返，往哲是与；**迷途知返：本于《离骚》："回朕车以复路兮，及迷途之未远。"往哲：先贤，指屈原。与：嘉许。**不远而复，**不远而复：《易·复卦》："不远复，无祇悔，元吉。"复：回，返。**先典攸高。**先典：指《易经》。攸：所。高：以为高，作动词用。**主上屈法申恩，吞舟是漏；**吞舟：吞舟之鱼，指大鱼。**将军松柏不翦，**松柏不翦：古人常在坟侧植松柏，以为标记。指祖先的坟墓没有被破坏。**亲戚安居；**亲戚：古时指父母、兄弟等近属。安居：健存。**高台未倾，**高台：指住宅。未倾：没有遭到破坏。**爱妾**

尚在。悠悠尔心,亦何可言! 此二句是说,只要您的心里仔细思量一下,还有什么可说的呢!悠悠:思虑深长貌。

［译文］

琢磨一下你背梁投魏时的实际情况,并没有其他重要的缘故,也不过是因为你没有慎重地考虑,轻易地听信了流言,一时糊涂,陷入今天这样狼狈的境地。梁朝宽大为怀,赦免人的罪愆,责令他重新立功赎罪,不计较人的小错误而广为录用,推心置腹地对待天下一切人,因此能使那些心怀忐忑、疑惧不安的人都放下心来。这些情况你也是十分清楚的,就用不着我一一解释了。朱鲔曾经杀掉了汉光武帝的兄长刘伯升,张绣曾经杀掉了曹操的爱子和侄儿,但汉光武帝后来并不因此怀疑他,曹操对待张绣依旧和过去一样。何况你也并没有像这些人这样严重的罪过,而功劳却被当代人所推重!人走入迷途后应懂得回头,古圣先贤对此曾给予很高的评价;错路走出不远就马上回来的人,也是被古代的经典所推崇的。现在我们的主上轻法而重情,就连能吞舟的大鱼也会漏网;因此你的祖坟并未遭到破坏,亲人们也都很平安;房屋也安好无损,爱妾也还在家。你思之再三,到底还有什么好说的呢?

［三段］

今功臣名将,雁行有序。 雁行有序:雁飞列成行,比喻梁朝功臣名将论功封赏,威仪有序。**佩紫怀黄,** 紫:紫绶,系官印的带子。黄:金印。**赞帷幄之谋;** 赞:协助。帷幄:军中的帐幕。此句是说,在军中帮助谋划军事。**乘轺建节,** 轺(yáo):轻小的车马,古代使者常乘之。节:符节,皇帝遣使在外所持凭证。**奉疆场之任。** 疆场:边境。**并刑马作誓,传之子孙。** 刑马作誓:古代诸侯会盟,杀白马,饮血为誓。此处指爵位可世袭。**将军独靦颜借命,** 靦(tiǎn)颜:强颜。靦:羞愧之状。借命:意谓苟且偷生。**驱驰毡裘之长,** 毡裘:胡人衣着,借指胡人。长:酋长,此处指魏君。**宁不哀哉!** 本处用梁朝的宽容以及历史上成大事不计小怨的事例,来打动对方。**夫以慕容超之强,身送东市;** 慕容超:南燕王,曾大掠淮北,刘裕北伐擒之,斩于建康。东市:原是汉代长安处决人的地方。**姚泓之盛,面缚西都。** 姚泓:后秦君主,刘裕伐后秦,攻克长安,姚泓出降。面缚:面部向前,缚手于背。西都:指长安。**故知霜露所均,** 均:分布。此句是说,霜露所及的地方,意谓天地之间,语出《礼记·中庸》。**不育异类;** 育:长育。异类:指外族。**姬汉旧邦,** 姬汉:周汉,也是指汉族。"姬"乃周朝的姓。**无取杂**

种。杂种:指外族。北虏僭盗中原,北虏:指北魏。僭(jiàn):假称帝号。盗:窃取。中原:此处泛指北方黄河下游一带。多历年所,多历年所:北魏自统一北方到梁天监时,已有六十余年。年所:年数。恶积祸盈,理至燋烂。燋烂:崩溃灭亡。燋,通“焦”。况伪孽昏狡,伪孽:指北魏宣武帝。自相夷戮;自相夷戮:自相屠杀。部落携离,携离:分裂,不团结。酋豪猜贰。猜贰:猜疑有二心。方当系颈蛮邸,方:将。系颈:指投降时以绳系颈请罪。蛮邸:古代外族人入朝时所居住的邸舍。悬首藁街。藁街:长安街名。而将军鱼游于沸鼎之中,燕巢于飞幕之上。沸鼎:烧着滚水的鼎。飞幕:摇荡的帷幕。不亦惑乎?本段以史实和北方内部的分裂变乱,说明陈伯之所处地位之危险。

【译文】

现在梁朝的功臣名将们按着品级高低,仿佛雁阵一样有次序地一行行排列着。他们腰间佩着紫色的绶带,怀中抱着黄金的大印,文官在军帐中帮助策划军国大事,武将驾轻车、竖旄节,接受保卫边疆的重任。并杀马饮血为誓,爵位可传给后代子孙。只是你却还厚颜偷生,为居毡帐着皮裘的外族君长奔波效力,岂不是太可悲了吗?燕王慕容超是多么强大,但还是被送到刑场问斩;秦主姚泓也曾嚣张一时,可也还是被生擒活捉,捆缚于长安。可见普天之下,霜露所被,是不会哺育那些异族的;在周汉的故土上,也不会让外族得逞。北方的群小盗取中原,已有多年时间,恶贯满盈,按理必当土崩瓦解。何况那伪政权昏聩狡诈,自己内部互相残杀;许多部落和伪政权心怀二心,酋长们互相猜忌。伪政权的头子们用不了多久就会来到京城供外族所居的馆舍,好等着脖子上系上绳子来请罪,或被砍掉脑袋悬在藁街上示众。你现在险恶的处境就好像一条鱼游在沸腾的锅里,好像燕子把巢筑在帷幕上一样。这不是太愚蠢了吗?

【四段】

暮春三月,江南草长,杂花生树,群莺乱飞。莺:一作“鸎”,意同。见故国之旗鼓,故国:指梁朝。感生平于畴日,畴日:昔日。抚弦登陴,弦:弓弦。陴:城上的女墙。岂不怆悢!怆悢:悲恨。所以廉公之思赵将,廉公:据《史记·廉颇蔺相如列传》:赵将廉颇晚年居魏,魏不能信用之。赵王欲召颇,因使者言其老而未果。颇遂入楚,无功。曰:“我思用赵人。”吴子之泣西河,吴子:吴起。据《吕氏春秋·观表》:吴起居魏,治西河之外;后受谗被召回,他出城时流泪说:“西河不久将被秦夺去,魏国从此就要被削弱了。”后西河果为秦所取。**人之情也。将军独无情哉？想早励良规，自求多福**。此二句是说，希望他早日做好归梁的打算，自己来取得幸福。本段以故国之情来打动对方。

［译文］

晚春三月时节，江南芳草丛生，各种烂漫的花朵开满枝头，群莺纷纷飞舞。你遥望着故国的旗鼓，感慨回味着那些逝去的日子，抚摩着弓弦登上城垣之时，怎能不悲从中来！廉颇逃亡在魏时却总怀恋故国，思念在赵为将的日子，吴起离开西河时伤心而泪下，怀恋故国乃是人之常情。难道阁下便没有这种感情吗？望你早日作出妥善安排，好自为之。

［五段］

当今皇帝盛明，天下安乐。白环西献，白环：《文选》李善注：舜时，西王母来朝，献白环。**楛矢东来**；楛（hù）矢：用似荆而色赤的树做成的箭。此句语出《孔子家语》。孔子曰：“昔武王克商……于是楛慎氏贡楛矢石砮。”此二典故，言梁朝之圣明。**夜郎滇池**，夜郎：在今贵州省。滇池：在今云南省昆明市。两地在汉代时为西南少数民族建立的国家。**解辫请职**；此句是说，他们本来是编发为辫的，现在解开发辫，请求封职，表示归顺。**朝鲜昌海**，昌海：今新疆罗布泊。**蹶角受化**。蹶角：叩头。受化：接受梁朝教化。**唯北狄野心**，北狄：指北魏。**掘强沙塞之间**，沙塞：沙漠边塞。**欲延岁月之命耳！中军临川殿下**，临川殿下：指萧宏。宏为梁武帝之弟，封临川郡王，时为中军将军。**明德茂亲**，明德：好德行。茂亲：谓萧宏乃武帝之弟。**揔兹戎重**。揔：通“总”，持。戎重：兵权重任，意为总领这次军事重任。**吊民洛汭**，吊：慰问。洛汭（ruì）：洛水隈曲之处，即洛水入黄河处，在河南洛阳、巩义一带。**伐罪秦中**。伐罪：讨伐有罪者。秦中：今陕西关中地区。**若遂不改，方思仆言**。遂：仍旧。此二句言你仍因循不知改悔，可要仔细考虑我这番话。**聊布往怀，君其详之**。布：陈述。往怀：往日的情谊。此二句言权且以此书表达往日的情谊，望你详察。**丘迟顿首**。本段叙写梁朝的强盛，望陈伯之详加考虑，再次表示招降之意。

［译文］

当今皇帝神圣英明，全国的民众都安居乐业。有像虞舜时西方献来白玉环那样隆盛的局面，又有如周武王克商后肃慎从东方献来楛木所做的箭那样邻国宾服；夜郎、滇池等国家，都解开了头上的发辫改用汉人的服饰，请求封职表示归顺；朝鲜、昌海，叩头降服，接受梁朝的教化。只有北方的鲜卑野心勃勃，硬是逞强在沙漠边塞之间，也不过是苟延短暂的寿命罢了！中军将军临川王殿下，品德高尚，乃当今皇上的至亲，总揽着北伐的军机大事。他即将率军去洛阳的中原一带慰问受迫害的人民，到陕西去讨伐有罪的敌人。如果你仍然徜徉于迷途而不知悔改，就请仔细考虑一下我这些话。姑且以这封信表达一下往日的情谊，希望你能仔细考虑。丘迟拜上。

评析

《与陈伯之书》切实做到了“动之以情，晓之以理”。分明是一篇“外交辞令”，却作得花团锦簇，丘迟真是大手笔。

如仅“动之以情”，则容易格调鄙下，有气无力；如只“晓之以理”，便可能言辞激烈，盛气凌人。只有情理交融，刚柔相济，方有奇效，三寸不烂之舌，一支如花妙笔，胜十万甲兵。

孙子曰：“知己知彼者，百战不殆。”读《与陈伯之书》，方知心战何独不然？未动笔之先，丘迟于陈心理已揣摩详悉，纤毫毕现，故行文上方能针针见血，叶叶关情。

只是还要有些闪展腾挪的手段，理情虽是如此，如何铺排却还要煞费周折，开门见山，跌宕取势，摇曳生姿，虚实相生，方寸之地，无懈可击。想那陈伯之至此时仿佛已被刀山剑树罩住，能无投戈下拜乎？

刘峻(461—521),字孝标,以字行,平原(今属山东)人,南朝梁学者、文学家。天监初为典校秘书,后任荆州户曹参军。梁武帝普通二年卒,年六十岁,门人谥曰"玄靖"先生。著有文集六卷,见《隋书·经籍志》。所注《世说新语》尤典赡,常为考据家引证。明人辑有《刘户曹集》。

广绝交论

刘峻

【一段】

客问主人曰:"朱公叔《绝交论》,为是乎? 为非乎?"主人曰:"客奚此之问?"朱公叔:名穆,东汉时人,他痛恨世态炎凉、人心淡泊,就写了《绝交论》一文,用以针砭时弊。奚:为何。**客曰:"夫草虫鸣则阜螽跃,雕虎啸而清风起。**草虫、阜螽(zhōng):均为虫名。语出《诗经·草虫》:"要要草虫,趯(tì)趯阜螽。"据这种说法,当草虫鸣叫时,阜螽就会跳跃。此处用以喻朋友间感情的共鸣。雕虎:野兽名,实为有花纹的老虎。**故絪缊相感,雾涌云蒸;嘤鸣相召,星流电激。**絪缊(yīn yūn):天地二气相互作用而发生变化。《易·系辞下》:"天地絪缊,万物化醇。"嘤鸣:鸟类嘤嘤地叫,此处指用鸣叫来寻求友谊。语本《诗经·伐木》:"嘤其鸣矣,求其友声。"雾涌云蒸、星流电激:都是用指异物之间感情的迅速感应。**是以王阳登则贡公喜,**王阳:名吉,字子阳。登:登朝做官。贡公:贡禹。《汉书·王吉传》:"吉与贡禹为友,世称'王阳在位,贡公弹冠'。"**罕生逝而国子悲。**罕生:名虎,字子德,春秋时郑国公族。国子:名侨,又称公孙侨,字子产,郑国贤相。《左传·昭公十三年》:"(子产)闻子皮卒,哭,且曰:'吾已,无为为善矣。唯夫子知我。'"**且心同琴瑟,言槚郁于兰茝;**琴瑟:比喻友谊的融洽。《诗经·棠棣》:"妻子好合,如鼓琴瑟。"槚(jiǎ)郁:(香气)浓郁。借指二人意气相投,情感默契。兰、茝(chǎi):都是香草。**道叶胶漆,志婉娈于埙篪。**叶(xié):相合。胶漆:比喻友情的深固。埙(xūn)、篪(chí):皆为乐器,《诗经·何人斯》:"伯氏吹埙,仲氏吹篪。"比喻和睦协作。**圣贤以此镂金版而镌盘盂,书玉牒而刻**

钟鼎。镂、镌:都是刻。版、牒:都是片状的东西。以金属为材料制成的叫金版,饰以玉类的叫玉牒。盘盂、钟鼎:都是古代的器皿,多用青铜制作。古人为把重要事件传于后世,时常在版、牒、盘、盂、钟、鼎上刻字,以期保持久远。此指重视友谊的话,早已记载于典籍之上了。**若乃匠人辍成风之妙巧**,匠人:刻石工人。成风:发出一阵风。《庄子·徐无鬼》:"郢人垩(白粉)漫其鼻端,若蝇翼,使匠石斫之。匠石运斤成风,听而斫之,尽垩而鼻不伤。郢人立不失容。"这里既写匠石的绝技,又赞美郢人对匠石的了解深信。后来郢人死了,匠石再也无从施展他的绝技。**伯子息流波之雅引**;伯子:伯牙,春秋时人。流波:流水。雅引:高雅的琴曲。《吕氏春秋·本味》记载:伯牙善鼓琴,钟子期善解琴意,在曲声中知其志在高山,或志在流水。后钟子期死,伯牙终身不再弹琴。**范、张款款于下泉**,范、张:汉代的范式、张劭是同学知友,张死,范素车白马奔来为他抚棺下葬。事见《后汉书·独行传》。下泉:黄泉。**尹、班陶陶于永夕**。尹、班:汉代的尹敏、班彪,二人言语相投,常常谈到废寝忘食。事见《东观汉记》。陶陶:快乐的样子。永夕:长夜。**骆绎纵横,烟霏雨散**;骆绎纵横:骆绎即"络绎",连续不断的样子。烟霏雨散:众多的样子。此二句都形容友谊的故事、佳话历来叙说不尽。**巧历所不知,心计莫能测**。巧历、心计:都指精巧的、善用心曲的计算。**而朱益州汩彝叙**,朱益州:朱穆死后,追谥益州太守。汩:扰乱。彝叙:社会的伦理、秩序。**粤谟训,捶直切**,粤:同"越",越出。谟训:圣贤的指示教导。捶:打击。直切:纯正、恳切的友情。**绝交游**,绝:断绝。交游:交往。**比黔首以鹰鹯**,黔首:百姓。鹰鹯(zhān):猛禽。**媲人灵于豺虎**。人灵:人类。豺虎:凶犬。**蒙有猜焉,请辨其惑。**"蒙:愚昧。自称的谦词。猜:疑惑。

[译文]

客人问主人:"朱穆所写的《绝交论》看法是对还是不对呀?"主人说:"您为什么会提这样的问题呢?"客人说:"当那草虫鸣叫时,阜螽就会跃动,当那花斑虎呼啸时,便会有清风荡起。所以天地二气相感召,会雾起云涌;求友的鸣叫声相呼唤,友情的感应便如电光四射,星波流动。因此当王阳当了官,他的好友贡公就十分欢喜,当罕生逝世时,他的至交国子就非常悲痛。再说心心相印的友谊如香草那样芬芳,牢固不移的情感同琴音那样美妙和谐。圣贤们就把这些事迹和箴言镂刻在金版上,雕凿在盘盂里,书写在玉牒中,镌刻在钟鼎上。那郢人已死,石匠就终止了运斤成风的绝技;子期仙逝,伯牙便止息了高山流水的纶音。范式、张劭亲热诚挚地相见于九泉,尹敏、班彪欢言畅叙到废寝忘食。友情的佳话像道路那样连绵不绝,像烟雨那样此落彼生;这些却是工于心计的心无法理解、无法揣度的。可是这朱穆却搞乱了社会的伦理,超出了圣贤的遗训,抨击那纯正的友谊，断绝与人的交往，把百姓比做猛禽，把人类视同凶兽。实在是心生疑惑，请您帮我弄个明白。"

【二段】

主人听然而笑曰："客所谓抚弦徽音，听然：开口而笑的样子。抚弦：弹奏。徽音：美妙的音乐。**未达燥湿变响；**燥湿变响：琴弦会因气候的燥湿，产生音响的变化。**张罗沮泽，**罗：罗网。沮泽：沼泽地带。**不睹鸿雁云飞。**睹：看见。云飞：高飞入云。**盖圣人握金镜，阐风烈，**握：掌握。金镜：高明的哲理。阐：发扬。风烈：风化，文明。**龙骧蠖屈，**龙骧（xiāng）：神龙腾跃。蠖（huò）屈：尺蠖屈服。比喻各有行状、境界，依时变化。**从道污隆。**从道：随从正道。此指圣人的作为依从世道。污隆：卑污的兴隆，即盛与衰。**日月联璧，**日月联璧：形容太平的景象。**赞亹亹之弘致；**亹（wěi）亹：勤勉不倦的样子。弘致：宏人的成就。**云飞电薄，显棣华之微旨。**薄：迫，冲击。云飞电薄：形容"道污"的局面。棣华：反指郁李之花虽繁而实将凋萎。微旨：微妙的意义。**若五音之变化，**五音：古代将音阶分为五级，即宫、商、角、徵、羽。**济九成之妙曲。**九成：乐曲一终，一段为一成。九成或作九章、九阙。此句同上借指舜时高级音乐《韶》乐。**此朱生得玄珠于赤水，**朱生：即朱穆。玄珠：黑色的珠子。《庄子·天地》："黄帝游乎赤水之北，登乎昆仑之丘，而南望还归，遗其玄珠。"此处赤水是虚指，用玄珠比喻至言妙道。**谟神睿而为言。**谟（mó）：仿效，师法。神睿：神圣聪明。**至夫组织仁义，**组织：此处指联系、结合、交流等。**琢磨道德，**琢磨：此处指切磋、砥砺、促进等，各种道理相互发明、考证。**驩其愉乐，**驩：同"欢"，欢庆。**恤其陵夷。**恤：抚慰。陵夷：衰落。**寄通灵台之下，**寄通：寄托交往之意。灵台：乃文王观象之所。"寄通灵台之下"是指道隆时共仕于朝的友情。**遗迹江湖之上，**遗迹：保存交游之迹。江湖：指江河湖海。"遗迹江湖之上"是指"道污"时同隐于野时所遗下的种种行迹、事迹。**风雨急而不辍其音，霜雪零而不渝其色。**辍：中止。渝：改变。**斯贤达之素交，历万古而一遇。**素交：纯真质朴的交往。**逮叔世民讹，狙诈飙起，**逮：及，到了。叔世：末世，指政治、风俗衰败的社会。讹：欺诈，败坏。狙（jū）诈：中伤，欺诈。飙起：狂风般地卷起。**溪谷不能逾其险，**逾其险：超过他们的险恶。**鬼神无以究其变，**究其变：看透他们的变诈。**竞毛羽之轻，趋锥刀之末。**竞：争夺。毛羽之轻、锥刀之末：都比喻极琐细轻微的利益。趋：追逐。**于是素交尽，利交**

兴，利交：从自私自利出发交游。**天下蚩蚩，鸟惊雷骇**。蚩蚩：纷扰忙乱的样子。**然则利交同源，派流则异。较言其略，有五术焉**：较言：考校而言之。

［译文］

主人开口笑道："先生您这种情况，就好比要抚弦弄乐，却不懂得天气的燥湿变化会影响音色；在沼泽中张网捕雁，却不知它们已高飞到云天上。大抵说来，那圣人拥有高明的哲理，发扬着文明风化，可以如神龙腾跃，也能像尺蠖屈从，依照世道的浊污或清明而随时变化。称赞那宏大的成就，如同日月相连般的光明；表述那盛极而衰的微隐的，如同云电般的飞散衰竭。只有当五音随时变化，才会构成九章妙乐。朱穆先生得到了这些微言大义，仿效那些圣哲表达了自己的看法。若是结合仁义的教条，研味道德的深义，则要乐朋友之所乐，哀矜他们的沦落。天下有道，则共仕于朝廷，天下无道，则同在江湖上漂泊，哪怕是风雨大作也不能使他们停止发声，霜凄雪零也不能使他们改变颜色。这就是达人贤士的纯真质朴的交往，千百年也不过有一两次。到末世时，民风败坏，欺诈之行如狂风般卷起，山川的险要也比不过人心的险恶，鬼神也搞不清人心叵测，这样的人连鸡毛蒜皮的小利都要斤斤计较。于是纯真质朴的交谊消失了，利欲熏心的交往开始了，天下乌烟瘴气，大自然都惊愕万状。然而利欲熏心的交往形式，根源虽只有一个，在表现上却有不同的流派。考察比较后，大略说一下，约有五种情况：

［三段］

"若其宠钧董、石，钧：相等，相似。董、石：董贤、石显，均为西汉时皇帝的宠臣。**权压梁、窦**。压：压过，压倒。梁、窦：梁冀、窦宪，皆为东汉外戚，有重权。**雕刻百工**，雕刻：雕制，刻削。百工：朝中百官。**炉捶万物**，炉捶：冶炼敲打。万物：指各方人士。**吐漱兴云雨，呼噏下霜露**，呼噏（xī）：同"呼吸"。**九域耸其风尘，四海叠其熏灼**。九域、四海：都是用指全国。耸、叠：都是害怕的意思。风尘：风起尘扬。熏灼：烟熏火灼，都是形容气焰逼人。**靡不望影星奔，藉响川骛**。靡不：没有不。藉响：依着响动。藉：凭，照着。川骛：如急川般地飞泻。**鸡人始唱，鹤盖成阴**，鸡人：戴着鸡冠帽报晓的官吏。鹤盖：像飞鹤展翅的车盖，借指官吏们所乘的车马。**高门旦开，流水接轸**。流水：形容车辆一辆接一辆，连绵不绝。轸（zhěn）：车后部的横木。**皆愿摩顶至踵，隳胆抽肠**，摩顶至踵（zhǒng）：从头顶直到脚跟都磨坏了。隳：通

“堕”，毁坏。**约同要离焚妻子**，要离：春秋时人，为了替吴王谋刺庆忌，不惜烧死自己的妻子，以麻痹庆忌，取得他的信任。**誓殉荆卿湛七族**。荆卿：即荆轲，战国时人，替燕太子丹行刺秦王，未遂。传说后来燕国诛灭了他的七族，以求见谅于秦王。湛：通“沈（沉）”。**是曰势交，其流一也**。势交：势力之交，追求权势的相交。

［译文］

“要说他所得到的宠信简直和董贤、石显一样，权势能压倒梁冀、窦宪。可以随意摆布朝中百官，可以驱策鞭扑各界人士，吞吐间可以鼓动风雨，呼吸之际能够引发霜露，九域之内都害怕他们的乌烟瘴气，四海之中都厌惧他们的气焰灼人。这些趋炎附势者，望见权贵的影子，便会如众星奔月，听到达官显宦的声响，便如同百川归海，趋之若鹜。雄鸡报晓，更人初唱，要人的门前已摆开车阵，车上的冠盖相接成荫；大门方一打开，车子便如潮水般涌上。他们心甘情愿受那‘摩肩接踵’之劳，何惧‘开膛破肚’，一旦被达官贵人赏识了，真是像要离烧了自己的妻子，荆轲被灭七族那样的人都有。这便是利欲之交的第一种情况，是为追求权势而相交的‘势交’。

［四段］

“富埒陶、白，埒（liè）：等同。陶：范蠡（lǐ），春秋时的越国大夫，极富机谋远见。帮助越王勾践灭吴后，归隐至陶（今山东定陶），经商致富，称“陶朱公”。白：白圭，战国时富人，十分阔绰。**赀巨程、罗**，巨：大于。程：程郑，汉时临邛一带的大富翁。罗：罗褒，汉时成都地区的大富翁。**山擅铜陵**，铜陵：铜山。汉文帝宠爱邓通，赐他铜山一座，准他自行铸钱。**家藏金穴**，金穴：郭况是汉光武帝的郭后之弟，屡受赏赐，丰盛无比，故人称郭家为“金穴”。**出平原而联骑，居里闬而鸣钟**。联骑：出行时必群马相伴。里闬（hǎn）：里巷。闬为巷口的门。鸣钟：地势广阔必鸣钟以通告、联络。“联骑”和“鸣钟”皆形容后代富室、贵族出外和居家时的豪华奢侈生活。**则有穷巷之宾**，穷巷：穷僻的里弄。**绳枢之士**，绳枢：用绳子代替枢纽门轴。**冀宵烛之末光，邀润屋之微泽**，冀：期待。宵烛：夜里的灯烛。末光：灯烛投射放散至最远处的光芒。邀：争取。润屋：代指富家。微泽：微细的恩泽。**鱼贯凫跃，飒沓鳞萃**，鱼贯：鱼群往往逐队连贯而游，此处用以描绘宾客众多。凫跃：野鸭的展翅跳跃，此处形容宾客的活泼、踊跃。凫：野鸭。飒沓：写禽在空中群集而飞的样子。鳞萃：鱼类攒集。**分雁鹜之稻粱**，分：分享。雁鹜：飞雁和家鸭。**沾玉斝之余沥**。玉斝（jiǎ）：用玉装饰成酒器。余沥：残余的酒滴。**衔**

恩遇，进款诚，援青松以示心，指白水而旌信。援青松：援取青松作证。示心：坦示心曲。指白水：指着白水发誓。旌信：标示信用、忠诚。是曰贿交，其流二也。贿交：贪图财利交往。

［译文］

“豪富如同范蠡、白圭，财产超过程郑、罗褒，好比那有一座铜山的邓通，类乎那家藏‘金穴’的郭况，到平原上散步也会马匹如云，居住在深巷里要鸣钟响应。于是住在破胡同里的穷汉、门户都不全的寒民，便想从富贵人家的灯烛上沾点余光，豪门里捡点实惠，他们像鱼群一样连贯成行，像野鸭一样扑腾跳跃，纷纷扰扰地聚集到富家的厅堂上，想从雁鹜的嘴巴里分点稻粱，从玉质的酒杯里喝点残汁。于是表白自己的感恩戴德，奉上自己一片深切的忠诚，引举那青松以表示心曲，指着白水来证实自己的赤诚。这便是利欲之交的第二种情况，是为贪图财贿而相交的‘贿交’。

［五段］

“陆大夫宴喜西都，郭有道人伦东国，公卿贵其籍甚，搢绅羡其登仙。陆大夫：即西汉时的太中大夫陆贾。他曾在西都长安宴饮宾客，甚得人缘。《史记·陆贾列传》：“陆生以此游汉廷公卿间，名声藉甚。”郭有道：东汉名士郭泰，曾以“有道”征，辞不就。他曾于东都洛阳品评人物。《后汉书·郭林宗传》：“游洛阳，后归乡，诸儒送之，与李膺同舟而济，众宾望之，以为神仙。”加以敛颐蹙頞，涕唾流沫，敛颐：收紧颊腮。蹙頞（è）：皱起鼻梁。敛颐蹙頞：形容会谈时十分专注的表情。涕唾流沫：侃侃而谈的样子。骋黄马之剧谈，纵碧鸡之雄辩。黄马、碧鸡：都是关于“名”“实”问题中的一些命题。此处泛指“剧谈”“雄辩”中所涉及的一些概念。叙温郁则寒谷成暄，论严苦则春丛零叶，飞沉出其顾指，荣辱定其一言。暄：温暖。零：凋零。飞沉：起落升降。顾指：用眼神顾盼来指挥、暗示。于是有弱冠王孙，绮纨公子，弱冠：刚成年后束发加冠，这是古人进入成年后的标志。绮纨：细绫，细绢。均为富家的服装，后来成为膏粱子弟的代称。道不挂于通人，声未遒于云阁；道不挂：学问达不到一定水平。通人：通畅古今的专家学者。声未遒（qiū）：名声未曾大盛。云阁：宫中高耸入云的台阁，或指东汉明帝追念中兴功臣，绘图像，记其英名而建的云台。攀其鳞翼，丐其余论，攀鳞翼：比喻攀附权贵的点滴力量而向上爬。丐余论：意指掇拾高人名士的牙慧余唾向人炫耀。附驵骥之旄端，轶归鸿于碣石。驵（zǎng）骥：骏马。旄端：马尾末端。轶：超过。碣石：古山名，在今河北昌黎西北，临渤海。归鸿：飞回的大雁。**是曰谈交，其流三也**。谈交：以无谓无益的清谈而相交。依恃谈辩而定交。

［译文］

“陆贾在长安大宴宾客，郭泰在洛阳品评人物，众公卿把他们崇拜得不得了，诸绅士欣仰他们的道骨仙姿。一个个都摇唇鼓舌，口沫横飞，在‘黄马’‘碧鸡’一类辩题上纵横驰骋、诡论雄辩。说到热乎的地方则寒冷的深谷也如艳阳高照，谈到凄惨处，则春天的花丛中也会败叶飘零，就这样，一个人的浮沉就决定于他们的顾指之间，荣辱全靠他们一言。于是就有些刚成年的王孙，衣冠楚楚的公子，不学无术，寂寂无名，就想攀龙附凤，拾人牙慧，以图附身于千里马的尾端，候在碣石装作抢先于归鸿之前。这便是利欲之交的第三种情形，是攀附谈辩而相交的‘谈交’。

［六段］

“阳舒阴惨，生民大情，忧合驩离，品物恒性。阳、阴：指喜忧、顺逆、治乱、正邪等相对不同的事件。舒、惨：指舒畅、欢愉或悲惨、忧伤等相对不同的心理情绪。忧合：忧患困苦艰难之时能够情投意合。驩离：欢乐得意酣畅之时，却会情异意离。驩：同“欢”。品物：万物，万众。恒性：常情，常性。**故鱼以泉涸而煦沫**，泉涸：泉水干枯。煦沫：吐出口沫。《庄子·大宗师》：“泉涸，鱼相处于陆，相煦以湿，相濡以沫。”**鸟因将死而鸣哀**。鸣哀：《论语·泰伯》：“鸟之将死，其鸣也哀；人之将死，其言也善。”**同病相怜，缀《河上》之悲曲**；缀：编制。悲曲：《吴越春秋》记，伯嚭逃吴，伍子胥请吴王用为大夫，有人问子胥：“何见而信嚭？”子胥说：“吾之怨与嚭同。子闻河上之歌乎？‘同病相怜，同忧相救。’”**恐惧寘怀，昭《谷风》之盛典**。寘（zhì）怀：放在心上，不能忘怀。昭：显出。**斯则断金由于湫隘，刎颈起于苫盖**。断金：削断金属，比喻坚不可摧的友谊。湫（qiǎo）隘：低矮狭窄。刎颈：割断脖子，比喻誓同生死的感情。苫（shàn）盖：用茅草编成的屋顶。**是以伍员濯溉于宰嚭**。伍员：伍子胥。濯溉：灌溉，引申为培植、培养。宰嚭：即伯嚭，后官至太宰，故称。最后他向吴王进谗，害死了伍员。**张王抚翼于陈相**。张王：张耳，曾封常山王。抚翼：庇护，掩护。陈相：陈余，后来做了赵相。**是曰穷交，其流四也**。穷交：穷困中的结交，贫贱之交。

［译文］

“顺利之时，便心舒神畅，挫折之际，便心沮神疲，这本是人之常情；忧患之时，容易志同道合，得意之秋，不觉貌合神离，这却又是万众固有的本性。所以，鱼会因泉涸而相煦以沫,鸟会因将死而哀鸣。同病相怜,才产生了《河上》那悲哀的曲调;充满忧惧,才构成《谷风》那著名的篇章。断金之侣,出于陋巷,刎颈之交,成于草屋。也正是在贫困之时,伍员培植了伯嚭,张耳庇护了陈余。这是利欲之交的第四种情况,是同陷于穷困而相交的'穷交'。

[七段]

"**驰骛之俗,浇薄之伦**,驰骛之俗:奔走的风气。浇薄之伦:轻薄之辈。**无不操权衡,秉纤纩**。操:掌握。权衡:秤锤,秤杆。秉:持,拿。纤纩(kuàng):纤细的丝绵。纩:丝绵。**衡所以揣其轻重,纩所以属其鼻息**。揣:揣摩。属(zhǔ):附着。属纩,就是拿着一些轻细的丝绵去测试、检查临死的人鼻息有无或强弱。**若衡不能举,纩不能飞,虽颜、冉龙翰凤雏**,颜、冉:颜回、冉求,二人均为孔子的弟子。**曾、史兰薰雪白**,曾、史:曾参、子鱼。曾参,孔子弟子,事亲至孝。史鱼,春秋时卫国大夫,为臣耿直。兰薰雪白:似兰之香,同雪之白。此处称道曾、史的高尚品德。**舒、向金玉渊海**,舒、向:汉代大臣董仲舒、刘向。金玉:比喻文章的精粹珍贵。渊海:形容学识的渊博浩瀚。**卿、云黼黻河汉**,卿、云:汉代司马相如,字长卿;扬雄,字子云。黼黻(fǔ fú):古代礼服和官服上所绣的花纹。此处比喻辞藻华美。河汉:银河,比喻言辞的卓异不凡。**视若游尘,遇同土梗**,游尘:浮动的尘埃,指视上述人物至无关轻重。土埂:泥塑的偶像,指将上述人物视同无用之辈。**莫肯费其半菽,罕有落其一毛**。半菽:半颗豆子。一毛:一根毫毛。均指极微屑之物。**若衡重锱铢,纩微彯撇**,锱铢:古代重量单位。二十四铢为一两,六铢为一锱。比喻分量极轻。彯撇(piāo piě):轻飏。**虽共工之蒐慝**,共工:尧时的凶横奸恶之臣。蒐慝(sōu tè):隐藏罪恶。**驩兜之掩义**,驩兜:尧时的奸恶之臣。掩义:掩盖道义。**南荆之跋扈**,南荆:楚国。跋扈:专横。此句是指战国时期,传说中纵横天下的楚国大盗庄蹻。**东陵之巨猾**,东陵:齐地。猾:暴乱。此句是说,战国时齐鲁之间的大盗跖。**皆为匍匐逶迤,折枝舐痔**,匍匐:伏地而行。逶迤:斜行。折枝:即折肢,弯下身子,一说为按摩。舐痔(zhì):以舌舔人的痔疮。事在《庄子》:"秦王有病召医,破痈溃痤者,得车一乘;舐痔者,得车五乘。"意指趋炎附势的丑态。**金膏翠羽将其意**,金膏:黄金的精华。翠羽:翠鸟的羽毛。将其意:表明自己的心意、敬意。**脂韦理辟导其诚**。脂韦:凝油和柔软的皮革,引申为圆滑阿谀。理辟:谄媚逢迎。导其诚:表白自己的诚心。**故轮盖所游,必非夷、惠之室**;轮盖:

车轮、车盖，借代指车辆。夷、惠：伯夷、柳下惠，均为先秦高士。**苞苴所入，实行张、霍之家。**苞苴（jū）：裹鱼肉的草包，借代为行贿、收买、打通关节。张、霍：张安世、霍光，均为汉代大臣。**谋而后动，毫芒寡忒。**毫芒：毫毛、麦芒，比喻微细。**是曰量交，其流五也。**量交：衡量轻重得失后的交往。

［译文］

“在奔走富贵的风气下，轻薄浮滑的人们，无不掂着秤杆，捏着丝絮。用秤是在掂你的分量，用丝絮是在测你的鼻息。如果你是无足轻重，有气无力，无权又无势，那么，哪怕你有颜渊、冉求那样的出世之才，曾参、史鱼那样的高风亮节，董仲舒、刘向那样的博学多识，司马相如、扬雄那样的文采飞扬，也会把你视同飘浮的尘埃，呆滞的木偶，不肯为你破费半颗豆粒，难能为你拔取一毛。相反，如果秤杆上显出半点分量，丝絮上有一些吹拂，那么，哪怕你像共工那样罪恶深重，驩兜那样排蔽道义，楚国大盗庄蹻那样骄横，齐鲁大盗盗跖那样刁猾强暴，他们也会连滚带爬地跑来，弯下身子给你舐痔，用珍贵的金膏、翠鸟的羽毛来申明他们的敬意，用稀罕的油脂和柔软的皮革来表达他们的诚心。所以凡是成群结队的车马去郊游，叩拜的绝不会是清白寒素的伯夷、柳下惠之类；凡是整包的礼品所奉送的，肯定是那炙手可热的张安世、霍光之家。深谋远虑后，再采取行动，就会极少失误。这就是利欲之交的第五种情况，是衡量轻重得失而相交的‘量交’。

［八段］

“凡斯五交，义同贾鬻。贾鬻（yù）：买卖。**故桓谭譬之于阛阓，**桓谭：汉代学者。但他并未作过这一比喻，可能作者记忆有误。作此比喻的是战国人谭拾子，《战国策》：“谭拾子曰：‘富贵则就之，贫贱则去之，请以市喻……’”阛阓（huán huì）：市集。**林回喻之于甘醴。**林回：殷之逃民。醴（lǐ）：美酒。**夫寒暑递进，盛衰相袭，或前荣而后悴，或始富而终贫，**荣：兴旺。悴：衰败。**或初存而末亡，或古约而今泰，**约：紧缩。泰：宽舒。**循环翻覆，迅若波澜。此则殉利之情未尝异，变化之道不得一。由是观之，张、陈所以凶终，萧、朱所以隙末，断焉可知矣。**张、陈：张耳、陈余。两人始为刎颈之交，张耳有恩于陈余。后陈余背义，张耳也降汉，终与韩信一起，破赵杀陈余。萧、朱：汉代的萧育、朱博。萧、朱原为好友，后来朱博先登相位，而萧育位到九卿，怨嫌朱博不曾力荐他，二人因此有了矛盾。**而翟公方规规然勒门以箴客，何所见之晚乎？**翟公：汉代人。

《史记·郑当时传》:"始翟公为廷尉,宾客阗门。及废,门外可设雀罗。翟公复为廷尉,宾客欲往,翟公乃大署其门曰:'一死一生,乃知交情;一富一贵,乃知交态;一贵一贱,交情乃见。'"规规然:呆板的样子。勒(lè):题写,题刻。箴:告诫,警示。

［译文］

"凡这五种交往,道理上如同做买卖,所以桓谭(疑为谭拾子)把这些交游比作集市上的贸易,林回比喻为浓烈的美酒。寒暑交替,盛衰相继,有的是先繁荣后衰败,有的是先富贵后贫穷,有的是先生存而后衰亡,有的是先紧张而后舒泰,循环往复,迅速地得像波澜起伏。虽世间万物都在不断地演化、转变,但这些小人的'殉利'之情却难以改变。从这个角度出发,张耳和陈余最终发生了悲剧,萧育和朱博后来产生了怨隙,就都是可以理解的了。然而翟公却还要在门上固执地写上那几句讥刺来客的警语,为什么他醒悟得如此之晚呢?

［九段］

"因此五交,是生三衅:败德殄义,禽兽相若,一衅也;衅:瑕疵,毛病。殄(tiǎn):毁坏。**难固易携,雠讼所聚,二衅也;**携:分裂。雠:仇恨。讼:争执。**名陷饕餮,贞介所羞,三衅也。**饕餮(tāo tiè):古代传说中的动物,食量甚大,此处指贪利无厌之辈。贞介:忠诚正直。**古人知三衅之为梗,惧五交之速尤。故王丹威子以檟楚,**梗:弊痛,灾害。速:招致。尤:过错。王丹威子:见《后汉书·王丹传》:"其子有同门生丧亲,家在中山,白丹欲奔慰。结侣将行,丹怒而挞之。令寄缣以祠焉。"檟(jiǎ)楚:又作"夏楚",两种植物,古代用做扑挞犯礼者的棍杖。**朱穆昌言而示绝,**昌言:直言,明告。示绝:表示绝交。**有旨哉!**有旨:有深长的意味。**有旨哉!**

［译文］

"因为这五种交往,产生了三种毛病:败坏道德,毁伤仁义,如同禽兽,这是第一种毛病;患难与共,见利忘义,仇起祸结,这是第二种毛病;声名狼藉,为人不齿,这是第三种毛病。古人知道这三种毛病之所蔽,害怕那五种交往会招致祸患,这就是王丹竟动用家法责打儿子,朱穆理直气壮地断绝一切交往的原因。有道理啊!有道理啊!

［十段］

"近世有乐安任昉,海内髦杰,任昉(fǎng):字彦升,乐安博昌(今山东寿光）人，梁著名作家、文艺理论家，著有《文章缘起》等。髦（mào）杰：英锐杰出之士。**早绾银黄，夙昭民誉；**绾（wǎn）：系挂。银黄：银印、黄绶（系印的丝带），高级官员的佩物、标志。夙：早。民誉：人们的夸赞。**遒文丽藻，方驾曹、王；**遒文：奔放的文笔。丽藻：华丽的辞藻。方驾：并驾齐驱。曹、王：曹植、王粲，都是三国魏的著名诗人。**英跱俊迈，联横许、郭。**英跱（zhì）：卓立不倚。俊迈：超逸。联横：并列，平行。许、郭：许劭、郭泰，二人均为东汉名士。**类田文之爱客，**田文：即孟尝君，善养士的战国“四大公子”之一，礼贤下士，家有食客三千。**同郑庄之好贤。**郑庄：即西汉郑当时，字庄，也以好客举贤而闻名朝野。**见一善则盱衡扼腕，遇一才则扬眉抵掌。**盱（xū）衡：举眉扬目，感奋惊视的样子。扼腕：握持手腕，激扬振奋的样子。抵掌：拍手，鼓掌。**雌黄出其唇吻，朱紫由其月旦。**雌黄：古用黄纸写字，写错则用一种矿质颜料涂抹，以改正错字，后来引申为论定人物。朱紫：正色，杂色，比喻人品的清浊高下。月旦：东汉名士许劭与弟许靖常在每月初一品评乡里人物，因而后人就以“月旦”一词代指品评人物。**于是冠盖辐辏，衣裳云合，**辐辏（còu）：车轮的辐条都集中于车轴，比喻人众聚集于一处。云合：如云聚合，也形容人物集聚。**辎軿击轊，坐客恒满。**击轊（wèi）：车轴头相互碰击。辎、軿（píng）：都是有帷盖的车辆。恒满：常满。**蹈其阃阈，若升阙里之堂；**阃阈（kǔn yù）：房屋门限。阃：门槛。阈：界限，边界。阙里：乃孔子故乡，在山东曲阜。**入其隩隅，谓登龙门之阪。**隩（ào）隅：房屋角落。龙门：地名，是黄河流经山西、陕西峡谷里的险峻之处。传说鱼若能跃上这龙门，便可成龙。引申为人被举荐而成名成功。**至于顾盼增其倍价，**顾盼：转眼看。倍价：《战国策》载：“有欲卖骏马者，三旦立市，人莫与言。后因伯乐还而视之去而顾之。一旦而马价十倍。”**剪拂使其长鸣，**剪拂：修剪、拂拭。长鸣：《战国策》载：有千里马拉盐车上太行，中坂迁延，负辕不能止。“伯乐遭之，下车攀而哭之，解贮衣以幂之。骥于是俯而喷，仰而鸣，声达天下。”此赞知遇之力。**彯组云台者摩肩，**彯（piāo）组：飘扬印绶。摩肩：肩膀挨擦着肩膀。**趋走丹墀者叠迹。**趋走：奔赴。丹墀（chí）：宫殿前的石阶，涂成红色，故名。叠迹：脚印上又踏上脚印。同上句都是形容为官者的众多。**莫不缔恩狎，结绸缪，**缔：结。恩狎：恩爱亲密。绸缪：亲密缠绵。**想庄、惠之清尘，**想：企望。庄、惠：庄周、惠施，战国时人。有道义之友，又是畏友、净友。《淮南子》：“惠施死而庄子寝说，言世莫可为语也。”清尘：清雅的风致。**庶羊、左之徽烈。**庶：希冀。羊、左：羊角哀、左伯桃，春秋时人，有生死之交。《烈士传》：“羊角哀、左伯桃为死友。楚王贤，往寻之，道遇雨雪，计不俱全。（左）乃并衣粮与角哀,入树中死。”徽烈:美好的业绩。**及瞑目东粤,归骸洛浦,**东粤:即“东越”,约在今浙江和福建的部分地区。任昉死于新安(郡治在淳安县西)太守任上,归葬长江边上。洛浦:指江浦,在长江边上。西晋灭亡,洛阳失守,东晋迁都建业(今江苏南京),以后南朝人就把建业视作洛阳,也把长江视作洛水。**繐帐犹悬,门罕渍酒之彦;**繐(suì)帐:灵堂中所设的帐幔。渍酒之彦:借引以只鸡絮酒去吊唁黄琼的名士徐穉。《后汉书·徐穉传》:“穉尝为太尉黄琼所辟,不就。及琼死归葬,穉乃负粮徒步到江夏赴之,设鸡酒薄祭,哭毕而去,不告姓名。”**坟未宿草,野绝动轮之宾。**宿草:隔年未死的草。动轮之宾:坐车的客人。借引素车白马故吊唁张劭的故人范式,见《后汉书·独行传》。**藐尔诸孤,朝不谋夕,流离大海之南,寄命嶂疠之地。**藐(miǎo)尔:弱小无助的样子。诸孤:指任昉的几个孤儿。流离:流浪。大海之南:泛指南方海边。寄命:托身。嶂疠之地:泛指流行恶性传染病的地区。嶂疠,同“瘴疠”,多见于南方地区的传染病。**自昔把臂之英,金兰之友,**把臂:握住手臂。金兰:古人取金坚兰芳之性,用以比喻友情深厚。**曾无羊舌下泣之仁,**羊舌:复姓,姓羊舌,名肸,字叔向,春秋时晋国大夫。下泣:哭泣。**宁慕郈成分宅之德。**郈(hòu)成:姓郈,名瘠,谥成子,春秋鲁国大夫。分宅:分出房子。《孔丛子》载:郈成子与右宰穀臣是友人,后穀臣遭乱而死,郈成子便把他的妻子接来,分出房子给他们住。**呜呼!世路险巇,一至于此!**险巇(xī):险恶。**太行孟门,岂云崭绝。**太行、孟门:都是著名的高山。崭绝:险峻至极,几乎无路可上。**是以耿介之士,疾其若斯,**疾:憎恶,痛恨。**裂裳裹足,弃之长骛。**裂裳裹足:墨子奔去止楚攻宋时,急于赶路,脚走破了,就撕下衣裳,把脚裹起再走。长骛:向远方急驰。**独立高山之顶,欢与麋鹿同群,皦皦然绝其雰浊,**皦(jiǎo)皦然:洁白的样子。雰浊:雰同“氛”,浊气。**诚耻之也,诚畏之也!”**

【译文】

“近代有乐安人任昉,是天下的俊杰,很早就担任高官,素来就颇得民众的赞誉;他奔放的笔致、华丽的辞藻,可以比并曹植、王粲;他卓立的人格,超逸的风仪,可以媲美许劭、郭泰。他像田文那样爱客养士,如同郑庄一样礼贤下士。遇一善士就会扬眉握腕,逢一才子则会张眸拍掌。人才的清浊、高下都由他一言为定。于是车马成阵,人物云集,车轴相互撞击,坐客人满为患。进了他的家门,就好像到过孔圣的殿堂;待在他家的屋角旮旯,也如同鲤鱼跳过龙门。若是被他打量一番便增了身价,修饰之下便能一展身手,因而能当上高官的人摩肩接踵。众人莫不对他恩爱亲近,亲密缠绵,向往着这就是惠施与庄子那样的道义之交，差不多就是羊角哀、左伯桃那样的生死之情。然而，当他逝世于东粤，归葬于洛浦，灵堂中的帐幔犹悬，门前已少了吊唁的客人；坟上还未长出隔年的青草，野外已没有吊唁而来的车辆。他留下几个弱小的孤儿，生活无着，早晨尚不知晚上怎样度过，流浪在大海之南，存身于疾疫流行之地。当年他那些亲同手足、誓同生死的好友，如今可曾有过羊舌肸流泪那样的仁义，郈成子分宅那样的道德？唉！人情的险恶，竟到了这样的地步。太行山、孟门山，也比不上它的险绝。所以那些正直之士，痛心疾首，撕下衣裳，裹住伤处，也要逃得远远的。独立在高山之顶，欢乐地和麋鹿同群，清清白白地弃绝那恶浊之气，真以此为耻！真对此深惧！"

评析

有些文章千载之后读之，犹能生气拂拂，凛然纸上。其同仇敌忾，其义正词严，使人扬眉瞬目，奋臂扼腕。其艺术生命力所以能够如此，一方面盖由于作者的投入、理性与激情等等，长歌当哭，所以成天地间的"情文"与"至文"。另一方面是出于时代的厚赠，即作者在文中提出的问题仍未过时，经古常新，甚至愈演愈烈，如马克思言："历史常有其惊人的相似之处。"这便使文章仍是有的放矢，可谓借古人之酒杯，浇今人胸中之块垒。亦如鲁迅所言的那种情形："还是在杂文时代，还得要春秋笔法。"读刘峻《广绝交论》，大抵给我们上述感想。中国的"交友史"也可谓是"政治史"，古中国的政治史，则如李敖所言："很少正常的你侬我侬，而是大量反常的你杀我砍他下毒药。"因此《广绝交论》的生命将同这种政治史的生命一同完结。

《广绝交论》是一篇骈体文，我们惊讶它达到了骈文所能达到的容量与质量，我们更惊讶它甚至还有所超过。这当然是那整齐的句式、对仗的修辞、丰富的用典，及抑扬顿挫、铿锵有力的音节发挥了作用。

吴均(469—520),字叔庠,吴兴故鄣(今浙江安吉县西北)人。做过建安王萧伟记室、国侍郎、奉朝请。他的诗文多描绘山水景物,尤以小品、书札见称,风格清新挺拔,有一定艺术成就。《梁书》本传上说他“文体清拔有古气,好事者仿之,号为‘吴均体’”。《与宋元思书》一文,言辞清丽,对偶工整,历来为人传诵。明人辑有《吴朝请集》。

与宋元思书①

吴均

【一段】

风烟俱净,天山共色。从流飘荡,任意东西。自富阳至桐庐,富阳:今属浙江,临富春江北岸。桐庐:今属浙江,在富阳西南。一百许里,一百许里:一百里左右。奇山异水,天下独绝。水皆缥碧,缥碧:青苍色。千丈见底;游鱼细石,直视无碍。直视无碍:一无遮碍,直视江底。急湍甚箭,急湍甚箭:急流比箭还快。猛浪若奔。猛浪若奔:迅猛的波浪如同奔马。夹岸高山,皆生寒树。寒树:耐寒常青常绿之树,当指松柏之类。负势竞上,负势竞上:众山峰都有一种竞相上指的态势。负:凭。互相轩邈,轩:高。邈:远。在这里都作动词用,指竞相伸展,互比高远。争高直指,争高直指:山峰互争高下,直指青天之上。千百成峰。泉水激石,泠泠作响;泠泠:水声清亮之状。好鸟相鸣,好鸟:美丽的鸟。嘤嘤成韵。嘤嘤:鸟鸣相和之声。成韵:鸟鸣如歌。蝉则千转不穷,转:通“啭”,鸣唱,此处指蝉鸣。穷:尽。猿则百叫无绝。鸢飞戾天者,鸢(yuān)飞戾天者:指质性雄健、一味进取而青云直上的人。鸢:鹞鹰。戾:至。望峰息心;望峰息心:望见山峰而熄灭竞进之心。经纶世务者,窥谷忘返。经纶:理出丝绪为经,编丝成绳为

---

① 黎经诰《六朝文挈笺注》中说“宋”一作“朱”,非。宋元思,字玉山。刘峻有《与宋玉山元思书》。本篇描写自富阳至桐庐沿途中景色。

纶，此指规划、经营。**横柯上蔽**，横柯上蔽：横出的树枝。蔽：挡，掩。**在昼犹昏；疏条交映**，疏条：稀疏的小树枝。**有时见日**。

［译文］

风云烟霭消失得一干二净，天空与山峰变成同一种颜色。乘一叶小舟顺流漂荡着，随它漫游东西。从富阳到桐庐，其间约百里路程，都是奇特不凡的山水，天下都少有。水是一派青苍之色，哪怕有千丈之深，也能够一望见底；水中有游动的鱼儿和细小的石子，都可被毫无阻碍地一眼望见。急流迅疾胜似离弦之箭，迅猛的波浪如同奔马。两岸的高山上，生满了耐寒的常绿之树。山势都有一种竞相上指的姿态，它们高高地相对着，远远地相望着，百百千千的各样的山峰，都在互争高下，直指青天。泉水冲击着岩石，发出清亮之声；美丽的小鸟相互鸣叫着发出如歌般的相和之音。蝉鸣千声不消歇，猿啼百遍无断绝。那总在梦想着飞黄腾达之辈，望见这样的山峰，定能止息竞进之心；那些忙于俗务的人，看见这样的山谷，也定会流连忘返。横生的枝叶挡住了天空，密集得使白天也很昏暗；而有些稀疏的小枝条交叉着，有时却可从这里看见日光。

评析

吴均的《与宋元思书》是一篇“景文”，更是一篇“情文”，只有看到这一点，才能察觉其创作上的某些秘密。流传下来的这些文字中，已纯是写景的篇幅，甚至没有一句如陶弘景的《与谢中书书》那样的篇末点题的一句，使人的思绪从风景一下子过渡到人事上，成为点睛之笔。《与宋元思书》尽管篇幅短小，也许是因为某些阴差阳错，看到的全是“赋法”“铺陈其事”，通篇只是一味写景，这样便极容易循入另一种危机——“钻营草木之中”，而不能“窥情风景之上”。但我们所读到的《与宋元思书》却依旧是一派鲜活之气，纵笔所至，引起我们如许的欢快、惊奇、羡叹及心驰神往。这便是我们把它称为一篇“情文”的缘故。另外，通篇无一字言情，为何却能激发人如此多的情愫？原来技法的巧妙，更主要的是至情流露，使作者虽不曾正面“言情”，却在叙述中，饱含情感，把一份份、一点点惊奇与喜悦都偷运，潜埋在字里行间。它们都是经过感情浸泡、过滤、拣选的，所以用来能字字关心。说得更为具体些，它的动词、形容词、名词皆有讲究。名词极富光彩色泽，读之颇具美感；动词、形容词多现心理情绪，在刻画、描摹中，作者内心的感动也不期然地流露于纸上。

当然，说到“言情”，也有必要分辨一下“情”的种类，因为我们往往一提到这个字眼儿——情，便不由想起温柔缱绻、缠绵悱恻之类。其实除这种“浓得化不开”之类的情及“壮志豪情”外，还有如《与宋元思书》中这类清新涌动、惊奇喜悦、流连叹赏之情，就是这些情构成人与大自然的联系，也启动了文学宝库中“山水长卷”的开篇。

刘勰(？—约520),字彦和,东莞莒(今属山东)人,世居京口(今江苏镇江)。笃信佛理,依沙门居处有十余年,晚年出家,改名慧地。博通经论,尤精佛典,曾亲撰定林寺的经藏。

《文心雕龙》为我国古代文学批评史上绝无仅有的“体大虑周”的文论著作,不仅篇幅浩大,涉及广泛,而且逻辑谨严,思致绵密。且以骈文写就,文采斐然,从文学角度看,亦为不可多得。共五十篇,包括总论、文体论、创作论、批评论等几大部分,结尾《序志》一篇,言其创作缘起。

神　思

刘勰

［一段］

古人云:形在江海之上,心存魏阙之下,神思之谓也。此三句语见《庄子·让王》。魏阙:古代君王的宫门,代指朝廷。庄文原意是指以在野之身而向往高官厚禄,刘勰在此的引用是舍弃了原文的本意,说明神思是一种不受时空局限的想象活动。文之思也,其神远矣。此二句言为文构思,纵意想象,可无往不至。故寂然凝虑,思接千载;悄焉动容,视通万里;吟咏之间,吐纳珠玉之声;眉睫之前,卷舒风云之色,其思理之致乎。此九句言当作家浮想联翩之时,可以超越时空所限。吟咏之际,发出金玉般的声音,在眼前也仿佛能看到风云变幻的景色。这是艺术构思的情形。故思理为妙,神与物游。思理:艺术构思。神:作者的想象。物:事物的形象。游:在一起活动。此二句意思是说,艺术构思的奇妙之处在于能使想象活动与事物的形象紧密结合。神居胸臆,而志气统其关键;神:即神思。志气:思想感情。统其关键:说明作者之想象活动受制于思想感情。物沿耳目,而辞令管其枢机。辞令:言辞。《易·系辞上》:“言行,君子之枢机。”作者通过耳目来感触事物,用言辞为媒介来表达。枢机方通,则物无隐貌;关键将塞,则神有遁心。枢机:这里承上文用作言语的代词。前二句说掌握词能达意这一关键,则表述物象可以纤毫毕现;后二句说思绪凝滞,感情枯竭,则思路也必阻塞。**是以陶钧文思,贵在虚静,**陶钧:制陶器的转轮。此处用如动词,喻指构思,说明在构思时应摒除杂念,宁静专一。**疏瀹五藏,澡雪精神,**瀹:疏通。藏:脏。《白虎通论·五脏六腑主性情》:"五脏者何也?谓肝心肺肾脾也。"《庄子·知北游》:"老聃曰:汝斋戒,疏瀹而心,澡雪而精神。"此二句是讲,要使内心调畅,精神净化。**积学以储宝,酌理以富才,研阅以穷照,驯致以怿辞,**致:情致。怿:一作"绎",整理、运用的意思。此四句言构思顺畅的几项条件:平时须深思力学以积累知识,对事理进行分析以丰富才能。广泛而深入地观研物象,并在构思中逐渐获得恰当的言辞。**然后使玄解之宰,寻声律而定墨,**玄解:指懂得深奥的道理。宰:主宰,此指作家的头脑。声律:音节,这里指写作技巧。定墨:即落笔。此二句谓作家有懂得深奥的道理的头脑,便会找到恰当的技巧来写成文章。**独照之匠,窥意象而运斤,**独照之匠:见解独到之人。意象:指作者想象中的境界。运斤:《庄子·徐无鬼》:"匠石运斤成风。"本意是挥动工具,此处指著述。此二句说作者见解独到时,可率意来写作。**此盖驭文之首术,谋篇之大端。**大端:要点。**夫神思方运,万涂竟萌,规矩虚位,刻镂无形,**此四句指构思刚刚开始,各种想法争先恐后到来、产生。无法遵循一定的规矩写作,而必须对尚未具象的东西刻画雕琢。**登山则情满于山,观海则意溢于海,我才之多少,将与风云而并驱矣。方其搦翰,气倍辞前,暨乎篇成,半折心始。**搦翰:拿笔。辞前:文章写就之前。此四句是说,当作者开笔之前,气势非常充沛、旺盛,但文章写就后,却觉得只写出一半想法。**何则?意翻空而易奇,言征实而难巧也。**意翻空而易奇:谓想象容易出色,但一旦写出来却难能精彩。**是以意授于思,言授于意,密则无际,疏则千里。**此四句指创作要经几个过程,从内容到思想到语言,构思得好,如天衣无缝,反之如隔千里。**或理在方寸而求之域表,或义在咫尺而思隔山河。**方寸:心。域表:疆界之外,指极远的地方。此二句谓创作中有时道理或思想就近在眼前,却要到很远处去寻觅。**是以秉心养术,无务苦虑,含章司契,不必劳情也。**秉:执持。术:指作文的技术。章:文采。契:约券,此处意为规则。此四句言当作家具有相当的思想修养和一定程度的艺术技巧时,创作就不会劳神苦思了。

【译文】

古人说:"身体虽隐居于江湖上,心思却仍羁恋于宫廷中。"说的就是精神可以飞越遥远悠久的时空。所以,当你静静地思考之时,思绪可以连接千年;面部的表情在悄悄地变化,视觉可以遥通万里;吟咏之间,嘴里发出琼珠碎玉般的声音;在你的眼前,涌现风云变幻的景色,这就是艺术构思时的情状吧!所以艺术构思时的情形很微妙，在于主观的精神与客观的事物相接触、结合。想象居住在胸中，而思想感情是支配它的关键；客观事物触动了你的耳目，而语言又是表达这些的一个关键。这个关键打开了，事物可以被表达得曲尽其妙、毫无隐留；相反，当这个关键凝滞时，想象力便会悄悄跑掉。因此在运用文思时，贵在于内心的清虚静穆，要调畅心理，涤荡胸怀，平时不断地学习以积累知识，对事理进行分析以丰富才干，广泛地、寻根究底地观察研究客观物象，以洞悉事物的本质，并在构思过程中逐渐得到恰当的言辞，有了这种修养后，才好叫心灵主宰着，循着声音的规律以落笔，叫眼光独到的匠心，窥探着心中的形象而写作。这便是写作文章的首要方法，是布局谋篇的先决条件。当构思活动刚刚开始时，思路千头万绪，竞相呈现，怎样落笔，没有规矩可以遵循，怎样刻画，也没有形象可以捕捉；如果是登山，则山中充满着感情，如果是观海，则海上到处都洋溢着意趣，这时我有多少想象力都要和那风云变幻并驾齐驱了。执笔为文之前，气势非常旺盛，但等到文章写就后，写好的不过是开始时心里所想的一半。为什么会出现这种情况呢？那是因为思想感情可以凌空翻飞，容易出奇入幻，而语言却是非常具体、质实的东西，运用起来难以生巧。思想内容是由想象思考获得的，语言形式又是由思想内容决定的，彼此结合得好，就会天衣无缝，结合得不好，就会相去千里。有时道理就近在方寸之内，却远到域外寻找；有时意义就在咫尺之间，然而思考却远隔江河。因此要保持内心的宁静，掌握写作的技巧，而不是追求苦苦的思索，要满腹文采，把握创作规律，而不必耗费情思。

［二段］

人之禀才，迟速异分；文之制体，大小殊功。相如含笔而腐毫，《汉书·枚皋传》："司马相如善为文而迟。"**扬雄辍翰而惊梦，**桓谭《新论·祛蔽》载，汉成帝幸临甘泉宫，令扬雄作赋。扬雄倦极而卧，梦见五脏流到地上，他用手再把五脏塞进胸腹里面。**桓谭疾感于苦思，**桓谭《新论·祛蔽》："余少时见扬子云之丽文高论，不自量年少新进，而猥欲逮及。尝激一事而作小赋，用精思大剧，而立感动发病，弥日瘳。"**王充气竭于思虑，**《后汉书·王充传》："充好论说……乃闭门潜思……著《论衡》八十五篇，二十余万言，年渐七十，志力衰耗……"**张衡研京以十年，**《后汉书·张衡传》："衡乃拟班固作《二京赋》，因以讽谏。精思傅会，十年乃成。"**左思练都以一纪。**一纪：十二年。《文选·三都赋序》李善注臧荣绪《晋书》曰："左思字太冲……欲作《三都赋》……遂构思十稔……赋成，张华见而咨嗟……"**虽有巨文，亦思之缓也。淮**

南崇朝而赋骚，淮南：汉淮南王刘安。荀悦《前汉纪·孝武皇帝纪》："初安朝，上使作《离骚赋》，旦受诏，食时毕。"高诱《淮南鸿烈解叙目》："孝文皇帝甚重之，诏使为《离骚赋》，自旦受诏，日早食已上。"枚皋应诏而成赋，《汉书·枚皋传》："上有所感，辄使赋之。为文疾，受诏辄成，故所赋者多。"子建援牍而口诵，子建：曹植字。杨修《答临淄侯笺》："又尝亲见执事，握牍持笔，有所造作，若成诵在心，借书于手，曾不斯须，少留思虑。"仲宣举笔似宿构，仲宣：王粲字。《三国志·魏书·王粲传》："善属文，举笔便成，无所改定，时人常以为宿构。然正复意覃深，亦不能加也。"阮瑀据案而制书，《三国志·魏书·王粲传》注引《典略》曰："太祖尝使瑀作书与韩遂。时太祖适近出，瑀随从，因于马上具草，书成呈之，太祖亲笔欲有所定，而竟不能增损。"祢衡当食而草奏。《后汉书·祢衡传》："（刘）表尝与诸文人共草章奏，并极其才思。时衡出，还见之，开省未周，因毁以抵地。表怃然为骇。衡乃从求笔札，须臾立成，辞义可观。表大悦，益重之。"《祢衡传》又云："（黄祖长子）射时大会宾客，人有献鹦鹉者，射举卮于衡曰：'愿先生赋之，以娱嘉宾。'衡揽笔而作，文无加点，辞采甚丽。"虽有短篇，亦思之速也。若夫骏发之士，心总要术；敏在虑前，应机立断；覃思之人，覃（tán）思：深思。情饶歧路，鉴在疑后，研虑方定。机敏故造次而成功，虑疑故愈久而致绩。难易虽殊，并资博练。博练：广泛地练习，统指积学、酌理、研阅、驯致几个方面。若学浅而空迟，才疏而徒速，以斯成器，未之前闻。是以临篇缀虑，必有二患：理郁者苦贫，辞溺者伤乱。然则博见为馈贫之粮，贯一为拯乱之药。贯一：一以贯之，即有中心、重点意，谓以一中心思想统贯全文以纠正文辞的杂乱无绪。博而能一，亦有助乎心力矣。

［译文］

人由于天赋的不同，为文也有快慢之别；文章由于体裁的不同，创作的劳动量也有大小之别。司马相如含笔思索，几乎使笔毫都要腐烂了；扬雄辍笔苦思，竟因此做了一场噩梦；桓谭苦思而生了大病；王充潜心默想，最后弄得气衰力竭；张衡研磨《二京赋》用了十年时间；左思锤炼《三都赋》费了十年光景。虽然其中有些是鸿篇巨制，但也同文思的缓慢有关。淮南王在一个早上就把《离骚赋》写成；枚皋应诏后一口气便把赋写好；曹子建拿起笔札便有如口诵在心；王仲宣提起笔就仿佛早已打了草稿；阮瑀靠在书案上即写出书信；祢衡在宴会中草奏章一挥而就。虽然其中有些是短篇之作，但也是因为构思神速。文思敏捷之士，心中有大致的路数，不需要过分考虑即能当机立断；思想滞重的人，头绪纷繁，怀疑再三才能做出裁断，反复考虑才能下定决心。由于机变敏捷，所以仓促之间创作便已完成;而由于犹豫不决,只有历时很久才能取得成绩。难易虽然不同,但都需要广博和精练。如果学识浅陋,写得多慢也无济于事,才能低劣,写得多快也没用处,凭借这些而能写成优秀的作品,从来没有听说过。因此为文构思,通常有两种毛病:一种是思路堵塞,因而使内容苦于贫乏;一种是词句滥用,因此造成文理凌乱。然而使自己增广见闻,就是赈济贫乏的粮食;突出主线,贯穿全篇,就是拯救凌乱的良药了。广博而能纯一,对于心思劳力的运用也是有助益的。

【三段】

若情数诡杂,体变迁贸。拙辞或孕于巧义,庸事或萌于新意。视布于麻,虽云未贵,杼轴献功,焕然乃珍。杼轴:织布机上的两个部件,用来持纬线的梭子和承经线的筘。亦代指织布机。**至于思表纤旨,文外曲致,言所不追,笔固知止。至精而后阐其妙,至变而后通其数。伊挚不能言鼎,**伊挚:即辅佐汤灭夏的伊尹,善烹饪。据《吕氏春秋·本味》,伊尹告诉成汤说:鼎中各种不同的滋味,精妙之极,不能说清楚。**轮扁不能语斤,**轮扁:是一个有名的只就树身砍伐为轮的工匠,名扁。据《庄子·天道》载,轮扁对齐桓公说:砍伐车轮要不快不慢,其技巧对自己的儿子也不能讲明白。**其微矣乎!**

【译文】

作品的思想内容、种类不一,表达形式也丰富多样。有时命意很巧,但写下来的词句十分笨拙,有时面对庸常的事物也能萌发新的见解。用麻与布相比,从质地来说是一样的,但由于经过了机杼的加工,文采焕然,成为珍宝。至于思绪不到的微妙的意趣,表达不出的曲折的情致,语言既无法追随,文笔当然也只好知难而止。只有头脑极其精细的人才能阐明它的奥妙,最为灵活的人才能通晓它的解数。伊尹也说不清烹调发出的各种美味,轮扁也说不明运用斤斧砍伐车轮的技巧,大约是因为太精妙了吧!

【四段】

赞曰:神用象通,情变所孕。物以貌求,心以理应。刻镂声律,萌芽比兴。结虑司契,结虑:构思。**垂帷制胜。**垂帷:即下帷。语出《汉书·叙传下·董仲舒传》:"下帷覃思。"意指在安静的环境中,才能写出满意的优秀的作品。

【译文】

总而言之:精神所用,物象通现,这也是由思想感情的变化而孕育出来的。

描写外物,可以从其外貌入手探求;表现内心,可以从其思想感情的活动来进行反映。根据声律,用声音铿锵的语言来刻画;让比、兴之类各种表达手法发芽滋长。这样,为文构思,匠心独运,通过潜心苦读来提高知识与艺术修养,方能胜利地完成任务。

评析

《文心雕龙》为中国古代文学批评史上的扛鼎之作,其《神思》一篇则是它的"创作论"部分的"提挈纲维之言",所以在"龙学"的研究中有非常重要的地位。

在对艺术想象的探讨中,《神思》并非"前无古人",系统的阐述至晚在陆机的《文赋》中已启先声。但刘勰不仅能对其精辟部分如灵感论等有所继承,且还能自出手眼,独辟蹊径,关注到文体、作家的能力、气质等因素对创作速度的影响。

尤为可贵的是,刘勰在阐述中不仅引证宏富,且能剖析入微。可以想象到,他对于作家们的创作过程及事迹已熟悉到"一枝一叶总关情"的程度,所以他在树立自己的观点时能做到"论从史出",而非对历史按既设的框架作人为的剪裁与演绎。这是一个非常值得今人学习、发扬的传统。恩格斯在论黑格尔分析问题时之所以能一贯正确的原因时便认为,这得力于他深厚的历史感。《文心雕龙》的成就,应当说其中也有这方面的原因。今人在学术研究中,在史料的把握上不能"扎硬寨,打死仗",故带有"游谈无根"的通病,这是深可忧虑的现象,《文心雕龙》恰可作为药石。

在艺术特色上,我们惊异地注意到,《文心雕龙》是一座骈体文筑成的大厦,而刘勰在驾驭这种文体时达到随心所欲、游刃有余的程度,形式与内容是紧密结合的,在谨严的论述中别具绮丽的光泽。所以说这是刘勰的又一个创造。通常骈文这种文体因外在形式的繁复及创作中"理不胜辞"的流弊为人所诟病,但从未有人把这个矛头指向过刘彦和,指责他不该偏爱这种文体。这个情况是非常有趣的。一方面说明《文心雕龙》在骈文的辉煌成就使最苛刻的批评家都望而却步,"王顾左右而言他";另一方面也表明骈体文自有其魅力与生命力,事实上力倡"古文"的韩愈也并不曾把它"歼灭",反而也有相当之研究。在已告别了"文以载道"的观念的新时代,我们应以一种新的、宽容的眼光对其重新做出评价。

情　采

刘勰

【一段】

圣贤书辞，总称文章，文章：最初指刺绣品上五色交错的花纹。非采而何？采：文采。《礼记·乐记》："文采节奏，声之师也。"在本篇中泛指作品的艺术形式。夫水性虚而沦漪结，性：性质，特征。沦漪（yī）：波纹。木体实而花萼振，萼：花朵下的绿片。文附质也。文：即采。质：即情。这句说明内容和形式关系的一个方面。虎豹无文，文：指虎豹皮毛的花纹。则鞟同犬羊；鞟（kuò）：去了毛的兽皮。《论语·颜渊》：子贡曰："文犹质也，质犹文也；虎豹之鞟，犹犬羊之鞟。"犀兕有皮，犀兕（sì）：都是似牛的野兽，犀雄兕雌；皮坚韧，可制兵甲。而色资丹漆，资：凭借。质待文也。此句说明内容和形式关系的又一个方面。若乃综述性灵，性灵：指人的精神方面。此句谓抒情。敷写器象，敷：铺陈，敷写，描写。此句指状物。镂心鸟迹之中，镂心：精心推敲。镂：刻。鸟迹：指文字。许慎《说文序》："黄帝之史仓颉，见鸟兽疏远之迹，知分理之可相别异也，初造书契。"织辞鱼网之上，织辞：安排文辞。鱼网：指纸。《后汉书·宦者蔡伦传》："伦乃造意用树肤、麻头及敝布、鱼网以为纸。"其为彪炳，彪炳：光彩鲜明。缛采名矣。缛（rù）：繁盛。故立文之道，道：道路，途径。其理有三：一曰形文，五色是也；五色：青、黄、赤、白、黑。二曰声文，五音是也；五音：宫、商、角、徵、羽。三曰情文，五性是也。五性：静、躁、力、坚、智。又《大戴礼·文王官人》以喜、怒、欲、惧、忧为五性。五色杂而成黼黻，黼黻（fǔ fú）：古代礼服上的花纹。五音比而成《韶》《夏》，比：缀辑。《韶》：舜乐。《夏》：禹乐。五情发而为辞章，五情：喜、怒、哀、乐、怨，又有人认为"情"当作"性"。神理之数也。神理：神妙的道理。从《文心雕龙》全书看，刘勰所谓神妙的道理，就是《原道》篇所说的"自然之道"。《孝经》垂典，垂：流传下来。典：法度。丧言不文，丧言：哀悼父母的话。不文：不修饰。《孝经·丧亲章》："子曰：孝子之丧亲也，哭不偯，礼无容，言不文。"故知君子常言，未尝质也。质：朴质。老子疾伪，疾：憎恶。故称"美言不信”，美言不信：《老子·道德经八十一章》：“信言不美，美言不信。”是针对某些虚华不实的文辞说的。而五千精妙，五千：即指老子的《道德经》，因它共有五千多字。《史记·老庄申韩列传》：“于是乃著书上、下篇，言道德之意五千余言而去。”刘勰此句言老子自己的文章写得很精妙，可见他并不是完全否定文采之美。则非弃美矣。庄周云“辩雕万物”，辩雕万物：《庄子·天道》：“故古之王天下者，知虽落天地，不自虑也；辩虽雕万物，不自说也。”《释文》：“说，音悦。”辩，此指巧言。谓藻饰也。韩非云“艳采辩说”，艳采辩说：采，一般认为是“乎”字之误。《韩非子·外储说左上》：“夫不谋治强之功，而艳乎辩说文丽之声，是却有术之士，而任坏屋折弓也。”谓绮丽也。绮丽以艳说，藻饰以辩雕，文辞之变，于斯极矣。研味《孝》《老》，《孝》：指《孝经》。《老》：指《老子》。则知文质附乎性情；文质：本来指形式和内容，但这里是复词偏义，实际只指形式。详览《庄》《韩》，则见华实过乎淫侈。华实：也是偏义复词，这里只指华。淫：过度，华过于实，则流为淫侈。若择源于泾、渭之流，泾、渭：二水名，一清一浊。“泾渭之流”和后文“邪正之路”，均指文风而言：情辞相符，为正为清；辞过于情则淫侈，为邪为浊。按辔于邪正之路，辔：缰绳。按辔是骑马缓行之状，这里借喻作从容不迫的意思。亦可以驭文采矣。夫铅黛所以饰容，铅：铅粉。黛：古时女子画眉用的青黑色颜料。“铅黛”喻辞采。“淑姿”喻性情。而盼倩生于淑姿；倩：笑貌。淑：美好。文采所以饰言，而辩丽本于情性。情性：指作品中所表达的作家的思想感情。故情者，文之经；辞者，理之纬。理：指作品的思想内容。经正而后纬成，理定而后辞畅，此立文之本源也。以上可算作是本篇的第一大段。纪昀评曰：此一篇之大旨。这段说明内容和形式的关系，任何文学作品都必须有艺术表现形式，但内容是最基本的。

［译文］

古代圣贤的著作，都称作“文章”，这不是由于它们都具有文采吗？由于水的本性空灵，才有微波荡漾，由于树的本性质实，才有花儿开放，可见文采必须依附于特定的实物。虎豹的皮如果没有斑纹，那就跟犬羊一样了；犀牛虽然有皮，但用作器物时，要靠涂上丹漆，才有漂亮的颜色。由此可见，物体的实质也要依靠美好的外形。至于抒写人类的思想情感，描绘事物的形象，在文字上用心琢磨，然后组织成词句写在纸上，其所以能够光辉灿烂，就是文采繁茂的缘故。从艺术创作的道理来说，其文理可分为三种：第一种是表形的创作，依靠各种不同的颜色而成；第二种是表声的创作，依靠各种不同的声音而成；第三种是表情的创作，依靠各种不同的性情而成。各种颜色互相错杂，就构成鲜艳的花纹；各种声音互相调和，就构成动听的乐章；各种性情表达出来，就构成优美的作品。这是由自然的道理所决定的。《孝经》传下来的教训，只说父母死了，孝子守丧，说话才不加文饰，可知君子之人，在平时说话，未尝没有文采。老子痛恨虚伪，所以他说："华丽的语言往往靠不住。"但他的《道德经》可是词句精妙，这就表明他对语言的华美，并非一概反对。庄周用轻视的口气所说的"用巧妙的言辞来描绘万事万物"，指的就是修饰过度了。韩非子用反对的口吻所说的"对说话要求漂亮"，指的就是绮丽的词句。文采太多的议论，修饰过度的言辞，使文章之变达于顶点。我们体会《孝经》《老子》等书中的内容，可知文章的形式是依附于作者的情感的；细看《庄子》《韩非子》等书中的话，就明白作品的华丽是由于过分了。如果能够在清流与浊流之间加以适当的选择，在邪道与正路面前从容考虑，也就可以在文学创作中适当地驾驭文采了。脂粉是用来修饰容貌的，但少女的巧笑美目却来自天生丽质；文采是用来修饰语言的，但言语的美妙动人却是由于发乎至情。正如机杼上的经纬一样，情性是文章的经，语言是思想的纬。只有经线拉正了，纬线才能织成布帛，只有思想明确了，语言才能通达流畅，这就是文学创作根本的道理。

【二段】

昔诗人什篇，诗人：指《诗经》的作者，同时也指能继承《诗经》优良传统的作家。什：诗篇。**为情而造文；辞人赋颂**，辞人：辞赋家，同时也指某些具有汉赋铺陈辞藻特点的作家。**为文而造情**。《范注》曰："彦和，诗人什篇，为情而造文；辞人赋颂，为文而造情。寥寥数语，古今文章变迁之迹、盛衰之故，尽于此矣。"**何以明其然？盖《风》《雅》之兴，志思蓄愤**，志思蓄愤：即司马迁《报任安书》中所说："《诗》三百篇，大抵圣贤发愤之所为作也。"**而吟咏情性，以讽其上**，吟咏性情，以讽其上：语本《毛诗序》。上：指统治者。**此为情而造文也。诸子之徒，心非郁陶**，郁陶(yáo)：忧思。**苟驰夸饰，鬻声钓世**，鬻(yù)：卖。声：名。**此为文而造情也。故为情者要约而写真，为文者淫丽而烦滥**。滥：不切实。**而后之作者，采滥忽真，远弃《风》《雅》，近师辞赋，故体情之制日疏**，体：体现。制：作品。**逐文之篇愈盛**。逐：追求。逐文：单纯地追求文采。**故有志深轩冕**，轩：有屏藩的车。轩冕：官爵的代称。冕：礼冠。**而泛咏皋壤**；皋壤：指山野隐居的地方。**心缠几务**，几(jī)务：即"机务"，指政事。**而虚述人外**。人外：指尘世之外。**真宰弗存，**真宰：语本《庄子·齐物论》。这里指作者的内心。**翩其反矣。**"真宰"二句：谓文中不见真性情，所表现的恰是相反的一面。翩其反：适得其反，借用《诗经·小雅·角弓》的成语。**夫桃李不言而成蹊，**蹊：路。语出《史记·李广列传》："桃李不言，下自成蹊。"比喻有真情实感的作品才令人百读不厌。**有实存也；男子树兰而不芳，**语出《淮南子·缪称》："男子树兰，美而不芳。"这里借喻为情感虚伪的文章，不可能有强烈的吸引力。**无其情也。夫以草木之微，依情待实，况乎文章，述志为本，言与志反，文岂足征？**这是本篇第二大段，对文坛上重文轻质的趋势进行了批判，提出文学创作要以"述志为本"的主张。

［译文］

从前《诗经》的作者所写的诗歌，是为了表达思想感情而成的；后代辞赋家所写的作品，则是为了写作而去捏造出情感来的。为什么这样说呢？因为《风》《雅》的创作，是由于诗人怀着满肚子的愤懑，最后忍不住了，才吟咏出来，以讽刺在上的人，这就是为了发泄感情才进行创作。一些辞赋家，肚皮里本来就没有憋着要说的话，却勉强夸大其词，沽名钓誉，这就是为了写文章而捏造情感。所以为了表达情感而写出来的文章，一般都能做到文辞精练而内容真实；仅仅为了写作勉强而成的文章，就往往是过于华丽而内容杂乱空泛。但是后代的作家，大都爱好虚华而轻视真实，抛弃了古代《诗经》的传统，只习染近世辞赋的风尚，因此，描写性情的作品在一天天地减少，而追求辞藻的篇章则一天天增加。所以有的人内心里深深思念着高官厚禄，却满口歌颂着山林的隐居生活；有的人骨子里对人间名利关心之至，却虚情假意地来抒发尘世之外的情趣。心里本来就没有真实的感情，嘴上说的话，其效果也只能适得其反罢了。桃李不需自吹自擂，树下便自然会走出一条小路，那是由于树上已结满了果实；男子种兰花而闻不到它的清香，那是由于他没有这种幽情。以草木那么微末的事物，尚且都要依情待实，何况以抒情述志为本的文章，口是心非，怎能取信于人？

［三段］

是以联辞结采，将欲明经；经：一作"理"，以作"理"为胜。**采滥辞诡，**滥：不切实。诡：反常。**则心理愈翳。**心理：作者内心所蕴藉的道理，表达为作品的思想内容。翳(yì)：隐蔽。**固知翠纶桂饵，**翠纶：用翡翠鸟毛做的钓鱼线。桂：肉桂，肉桂皮常被用作香料、烹饪食材。饵：食物，这里指鱼食。**反所以失鱼。"言隐荣华"，**隐：埋没。语见《庄子·齐物论》，"隐"下原有"于"字。**殆此谓也。是以"衣**

锦褧衣”，褧（jiǒng）：一种套在外面的单衣。语见《诗经·卫风·硕人》。恶文太章；章：鲜明。《贲》象穷白，《贲（bì）》：《易经》卦名。穷：探索到底。这里用以说明华丽的文辞要归之于自然。贵乎反本。夫能设谟以位理，谟：当作“模”，即规范。理：指思想。指树立一个正确的标准，把思想放在恰当的地位上。拟地以置心，地：底子，这里指文章的基础。心定而后结音，理正而后摛藻，摛（chī）藻：铺张辞藻。使文不灭质，文：指作品的文采。质：指思想内容。“文不灭质”语出《庄子·缮性》，原意谓文和博本来是修饰质与心的，但过多的文与博，反而妨害和隐没了质与心。这里是说，要使文与质相符，情与采相应。博不溺心，博：指辞采的繁盛。溺：淹没。正采耀乎朱蓝，间色屏于红紫，“间色”句：屏弃红紫类的杂色而不用。乃可谓雕琢其章，章：文采。彬彬君子矣。彬彬：文质兼顾，指内容和形式结合得恰当。以上是本篇的第三段，说明偏重形式就会损害内容，因此主张文学创作首先要有正确的内容，从而产生文质并茂的作品。

［译文］

因此，写文章时运用辞藻，目的是要讲明事理。如果文采浮泛而怪异，作品的思想内容就必然模糊不清。这就好比钓鱼的人，用翡翠的羽毛做钓绳，用桂枝做鱼食，反而钓不到鱼。古书上说的“言辞的含义被过繁的文采所掩盖了”，指的大约就是这类事情。《诗经》上说：“穿了锦绣衣服，外面再加上罩衫。”这就是因为不愿打扮得太刺眼；《贲卦》最后一爻之象还是以白色为正，所看重的就是恢复本来的面目。进行创作要是能做到树立一个正确的规范来安置作品的内容，拟订一个适当的基础来表达作家的心情，只有作品中所体现的思想感情确定了，才能据此配上音节，缀以辞采，做到形式虽然华美，但不掩盖其内容，辞采虽然繁富，但不致淹没作家的心情，使红、蓝等正色发扬光大，而把青、紫等杂色抛弃不用，那么就可以成为既能美化作品，又能使内容、形式都符合理想的作家。

［四段］

赞曰：言以文远，远：流传久远。语本《左传·襄公五十二年》：“言之无文，行而不远。”诚哉斯验。心术既形，心术：运用心思的方法，这里指创作的构思方法。语本《礼记·乐记》：“应感起物而动，然后心术形焉。”英华乃赡。英华：指文章的辞藻。赡：富足。吴锦好渝，渝：变。舜英徒艳。舜：木槿。英：花。木槿花朝开暮落，有花无实，故云。繁采寡情，味之必厌。

［译文］

总而言之，美好的言论要靠文采才能流传久远，这的确是一个经得起考验的真理。但思想感情表现了出来，才能谈得上文采丰富。就像太华丽的锦绣，却容易褪色；又如朝开而暮落的木槿花，娇艳也是徒然。只有繁丽的文采，而缺少真情实感，这样的作品细心玩味起来，定会令人生厌。

评析

孔子提出的“文质彬彬”这种关于人的修养与风范的一般关系的看法，应算是先秦的思想家们对于内容与形式的关系的初步体认。曹丕提出“文章经国之大业，不朽之盛事”，标志着文学进入了“自觉的时期”（鲁迅语）。至陆机“诗缘情而绮靡”，才算是给予艺术形式以最充分的肯定，这个高度也许在中国古代文学批评史上始终都未曾被突破。

刘勰的成就是单辟一章来讨论内容与形式的辩证关系，十分全面而具体，涉及方方面面，这种规模与深思熟虑是前人未曾做到的。但尽管刘勰从艺术内容的角度来讨论，而到底也没有像陆机那样痛痛快快地大喝一声，没有让艺术形式摆脱“为他人作嫁衣裳”的地位，让它高高兴兴地“独对东风舞一场”。这表明刘勰的观点仍不失为稳健。

当文艺已发展进入“现代”的今天，这种对艺术形式的传统看法，毫无疑问也有了重新商榷的必要。这些动态与发展无疑也应引起古文论研究的警觉与深思。

本文所谈是艺术形式的问题，给人的感觉是这个题目激发了刘勰更多的热情。这是他所钟爱的题目之一。他的笔触热烈而奔放，深情而绮丽。这很符合他睿智的看法：就是对形式颇多非议的圣贤，自己写起文章来，也是不废文辞的，故刘勰不愿埋没自己的才情，不愿放弃自己的浓墨重彩。很难想象，这些绚丽的篇章就是在青灯古卷旁写就的，是出自一位清心寡欲、深谙佛理的僧侣或佛教徒之手。人类的精神现象是何等奇妙啊。

《文心雕龙》为自己在文学批评史上盛大的声名所掩，使人几乎忘记了它也是第一流的美文，故在有关该书的介绍与阐释的文章中，鲜能看到从纯文艺的角度，即它本身的艺术质量、成就的角度加以论述的。而《情采》篇似乎在暗示和提醒我们，哪怕就是讨论艰深枯燥的理论问题，刘勰也没有忘记给它一个美丽的外衣，给它绚丽的情采。

钟嵘(？—552)，字仲伟，颍川长社(今河南长葛)人。著有《诗品》三卷，又名《诗评》，成书于梁天监十二年(513)以后。他从汉魏以来的诗人中选出一百二十余家，分为上、中、下三品，并逐一评说，同时也对五言诗的起源、发展及诗的功用与表现方法加以阐述，是中国古代第一部较系统的论诗专著。

《诗品》序

钟嵘

［一段］

气之动物，物之感人，气：在此指气候。动：犹言改变。故摇荡性情，形诸舞咏。形：见于。舞咏：即舞蹈与歌咏。照烛三才，辉丽万有，三才：指天、地、人。辉：光彩。丽：附着。万有：万事。灵祇待之以致飨，幽微藉之以昭告，灵祇：神灵。古称地神为祇。幽微：代指鬼神。藉：借。昭告：明告。动天地，感鬼神，莫近于诗。“动天地”句：语出《毛诗序》。

［译文］

气候使景物发生变化，而景物又感动人，所以感情被激荡起来，表现在舞蹈与歌咏中。照耀三才，辉映万物，祭祀神灵，阐明幽深微妙的意旨，感动天地鬼神，莫过于诗歌。

［二段］

昔《南风》之辞，《卿云》之颂，《南风》：歌名，相传为虞舜所作。《卿云》：亦歌名，不知何人作。厥义敻矣。厥：其。敻(xiòng)：深远。《夏歌》曰：“郁陶乎予心。”《夏歌》：指《尚书》中的《五子之歌》。楚谣曰：“名余曰正则。”《楚谣》：在此指屈原的《离骚》。正则：《离骚》：“名余曰正则兮，字余曰灵均。”虽诗体未全，然是五言诗之滥觞也。滥觞：事物的萌芽状态。逮汉李陵，始著五言之目矣。逮：到。李陵：西汉将领，曾率众击匈奴，战败降敌。始著此目：谓开始创立五言诗这种体裁。**古诗眇邈，人世难详，**眇邈：年代久远。人世：在此指作者与写作年代。**推其文体，固是炎汉之制，非衰周之倡也。**炎汉：古代有五行相生相克说法，汉朝为火德，故称炎汉。衰周：东周王朝衰微时代。**自王、扬、枚、马之徒，**王、扬、枚、马：分指王褒、扬雄、枚乘、司马相如，四人均是汉代著名文学家。**辞赋竞爽，而吟咏靡闻。**竞爽：争胜、争荣。吟咏：在此指诗歌。**从李都尉迄班婕妤，**李都尉：即李陵，曾拜骑都尉。班婕妤：汉成帝的妃子。婕妤：汉宫女官名。**将百年间，有妇人焉，一人而已。**将：近，几乎。妇人：指班婕妤。**诗人之风，顿已缺丧。**顿：立即。**东京二百载中，**东京：东汉都洛阳，世因称洛阳为东京。此以东京代东汉。**惟有班固《咏史》，质木无文。**班固：东汉史学家，著有《汉书》，并写有五言诗《咏史》。质木：质朴无雕饰。

［译文］

从前的《南风歌》《卿云歌》有很深长的意义。《夏歌》曰："郁陶乎我心。"《楚辞》曰："名余曰正则。"虽然诗体不全是五言，可它们是五言诗的开端。到了西汉时代，李陵创立了五言诗这种体裁。古诗年代久远，作者及创作的具体时期不好确定。从其文体来看，应是产生于汉代，而不是东周末期的作品。在汉代，王褒、扬雄、枚乘、司马相如等人，皆以辞赋著称，而没有听说有诗歌创作。从李陵到班婕妤这近百年中，除了一个女作家，仅李陵一人而已。诗歌创作，忽然中断。在东汉二百年中，五言诗仅有班固的一首《咏史》，却又朴质而缺乏文采。

［三段］

降及建安，曹公父子，笃好斯文；建安：汉献帝年号（196—220）。曹公父子：指曹操、曹丕等。斯文：指诗歌。**平原兄弟，郁为文栋。**平原：指曹植。曹植曾封平原侯。**刘桢、王粲为其羽翼。**刘桢、王粲：并为当时的著名文人。**次有攀龙托凤，自至于属车者，**攀龙托凤：喻依附有声望地位者，后指依附帝王，以建功业。属车：侍从之车。**盖将百计。彬彬之盛，大备于时矣。尔后陵迟衰微，迄于有晋。**有晋：即晋。有为助词。**太康中，三张、二陆、两潘、一左，**太康：晋武帝年号（280—289）。三张：指张华、张载、张协。二陆：指陆机、陆云。两潘：潘岳、潘尼。一左：左思。**勃尔复兴，踵武前王，风流未沫，**踵：追随。武：足迹。未沫：犹言未止。**亦文章之中兴也。**

【译文】

到了建安时期，曹操父子很爱好写诗，曹植及兄弟们成了文坛的领袖。并有刘桢、王粲等作为辅助，另有数以百计的追随者。建安时期的文学可谓十分兴盛。稍后这种情况就逐渐消失了。至西晋时期，太康年间，张华、张协、张载、陆机、陆云、潘岳、潘尼、左思等人，又把写诗之风重新复兴，他们继承前人的文学事业，使文学得以中兴。

【四段】

永嘉时，永嘉：晋怀帝年号（307—312）。**贵黄老，稍尚虚谈**。黄老：黄帝与老子。道家祖述黄帝、老子，称为黄老之言。虚谈：即附绎玄理的清谈。**于时篇什，理过其辞，淡乎寡味**。篇什：谓诗歌。理过其辞：玄理多于文采。寡味：缺少韵味。**爰及江表，微波尚传**。江表：指江南地区。此谓东晋。微波：玄言的余波。**孙绰、许询、桓、庾诸公诗**，桓、庾：分指桓温、庾亮。**皆平典似《道德论》**，平典：平淡、典奥。《道德论》：以此为题而作文有多人，不知钟嵘确指为谁。**建安风力尽矣**。建安风力：指建安诗歌中的慷慨悲凉情调和现实内容。**先是郭景纯用隽上之才，变创其体**；郭景纯：郭璞，字景纯。隽上之才：超越常人的上等才智。变创其体：改变玄言诗风。**刘越石仗清刚之气，赞成厥美**。刘越石：刘琨，字越石。赞成：助成。**然彼众我寡，未能动俗**。彼：指玄言诗及其作者。**逮义熙中，谢益寿斐然继作**。义熙：晋安帝年号（405—418）。谢益寿：谢混，字益寿。斐然：有文采貌。**元嘉中，有谢灵运**，元嘉：宋文帝年号（424—453）。谢灵运：我国著名山水诗人。**才高词盛，富艳难踪，固已含跨刘、郭**，含跨：超越。刘、郭：刘琨与郭璞。**陵轹潘、左**。陵轹：压倒、胜过。潘、左：潘岳、左思。**故知陈思为建安之杰**，陈思：指曹植。曹植曾被封陈王，思为其谥号。**公幹、仲宣为辅**；公幹：刘桢，字公幹。仲宣：王粲，字仲宣。**陆机为太康之英，安仁、景阳为辅**；安仁：潘岳，字安仁。景阳：张协，字景阳。**谢客为元嘉之雄，颜延年为辅**。谢客：即谢灵运。颜延年：与谢灵运同时的著名诗文作者。**斯皆五言之冠冕，文词之命世也**。命世：名高于世。

【译文】

永嘉年间，黄老之说被重视，清谈之风渐起。当时的诗歌中玄理多于文采，平淡无韵味。到东晋时期，这种余波还在流行。孙绰、许询及庾亮、桓温等人的诗歌,都典奥得像《道德论》一样,至此,建安诗歌所具有的那种慷慨特征就完全消失了。后来,首先是郭璞凭自己的杰出才智,开始改变玄言诗风;刘琨以清刚之气也助了一臂之力。然而,由于当时写作玄言诗的人太多,所以郭、刘二人的影响不是很大。义熙年间,谢混继起而作,诗歌很有文采。元嘉年间,谢灵运创作了不少词采华茂的诗歌,他的成就已超过了刘琨、郭璞、潘岳及左思。因此可以认为:曹植是建安文坛最杰出的人物,刘桢、王粲居其次;陆机是太康文坛最杰出的人物,潘岳、张协居其次;谢灵运是永嘉文坛最杰出的人物,颜延年居其次。他们都是名高一世的五言诗杰出作者。

［五段］

夫四言,文约意广,四言:四言诗。文约意广:文辞简约,含义广大。**取效《风》《骚》,便可多得。**风:指《诗经》或其中的《国风》。骚:《离骚》。**每苦文繁而意少,故世罕习焉。五言居文词之要,是众作之有滋味者也,**滋味:风味,韵味。**故云会于流俗。**会:犹言合。流俗:此指世人的爱好。**岂不以指事造形,穷情写物,**穷情写物:写景抒情。**最为详切者耶?**

［译文］

四言诗文辞简约,含义广大,学习《国风》《离骚》便可得到很多收获。每每苦于文辞繁多而写出来的意思较少,所以近世很少有人娴熟四言。五言诗在诗歌中最重要,是众诗体中最有味道的一种,所以适合于世人的口味。难道不是因为用它来抒情写景最容易做到细致贴切吗?

［六段］

故诗有三义焉:一曰兴,二曰比,三曰赋。文已尽而意有余,兴也;因物喻志,比也;直书其志,寓言写物,赋也。宏斯三义,酌而用之,干之以风力,润之以丹采,润:润饰。丹采:即文采。**使味之者无极,闻之者动心,**味之者无极:谓品味起来意蕴无穷。**是诗之至也。**诗之至:诗歌的最佳境界。**若专用比兴,患在意深,意深则词踬。**词踬:词意不达畅。踬:有阻碍。**若但用赋体,患在意浮,意浮则文散。**散:松散。**嬉成流移,文无止泊,有芜蔓之累矣。**芜蔓:芜杂散漫。累:毛病、缺点。

［译文］

因此诗有三义:一曰兴,二曰比,三曰赋。文已尽而意有余,即为兴;借描写外物表达自己的情志，就是比；直接表达心志，寓言写物，就是赋。作诗时斟酌运用赋、比、兴，以风力做骨干，加以文采的润色，使人玩味到它的诗意则觉得余味无穷，听到它的吟诵则心受感动，这就是诗的最高境界。作诗时若只用比、兴，则会出现意思深奥的毛病，意思深奥又会导致文辞生硬。若单用赋，又会产生意思浮浅的缺点，意思浮浅又造成文辞的松散。这样就使得作品轻浮油滑，无所归依，造成芜杂散乱的毛病。

［七段］

若乃春风春鸟，秋月秋蝉，夏云暑雨，冬月祁寒，祁寒：严寒。**斯四候之感诸诗者也。嘉会寄诗以亲，**嘉会：宾主宴会。**离群托诗以怨。**以怨：以抒写愁怨。**至于楚臣去境，汉妾辞宫；**楚臣：指屈原。去境：在此指被放逐于外。汉妾：在此指王昭君。昭君原为汉元帝宫人，后远嫁匈奴。**或骨横朔野，或魂逐飞蓬；或负戈外戍，杀气雄边；塞客衣单，孀闺泪尽；**塞客：停留在边塞的人。**或士有解佩出朝，一去忘返；**解佩出朝：指辞官而去。**女有扬娥入宠，再盼倾国。**娥：美貌。倾国：使一国人为之倾倒。**凡斯种种，感荡心灵，非陈诗何以展其义？非长歌何以骋其情？**骋其情：发泄内心的感情。**故曰："诗可以群，可以怨。"**此二句语出《论语·阳货》。意谓诗歌可以表达友爱，也可以表达怨恨。**使穷贱易安，幽居靡闷，**靡闷：不烦闷。**莫尚于诗矣。**

［译文］

春风春鸟，秋月秋蝉，夏天的云雨，冬季的严寒，这四季的气候景物对诗歌创作是有影响的。朋友相聚欢宴寄上一诗表示友爱，离群孤居时借助诗歌可以抒发心中幽怨。至于楚国屈原被放逐，汉朝王昭君远嫁匈奴；有的人身死异乡，尸骨横于北方的荒野，魂魄随飞蓬飘荡；有的人戍守边陲，持兵战斗；留滞于边塞者衣裳单薄，独守于空闺者泪水流尽；有的士人辞官出朝，一去不返；有的美女以姿容被选入宫，倾倒国人。所有这些，均使人心情激荡，若不通过诗歌怎能表达深情厚谊？如何能抒发内心的感情？所以说："诗可以表达友爱，也可以表现怨恨。"使穷困贫贱的人得以安心，使隐居者没有烦闷，没有比诗歌更有效的方法。

［八段］

故词人作者，罔不爱好。词人：犹言诗人。罔：无。今之世俗，斯风炽矣。炽：盛。此二句言在当时一般读书人中作诗之风很盛行。才能胜衣，甫就小学，甫：始。古人八岁入小学。必甘心而驰骛焉。驰骛：原意为奔走，此喻倾思写诗。于是庸音杂体，人各为容，庸音杂体：指其诗平庸驳杂，无韵致。至使膏腴子弟，耻文不逮，膏腴子弟：富家子弟。终朝点缀，分夜呻吟。终朝：犹言终日。分夜：半夜。独观谓为警策，众睹终沦平钝。警策：精练动人的诗句。平钝：平庸。次有轻薄之徒，轻薄：轻佻浮薄。笑曹、刘为古拙，曹、刘：指曹植、刘桢。谓鲍照羲皇上人，羲皇上人：太古有道之高人。谢朓今古独步。独步：超群出众，独一无二。而师鲍照，终不及"日中市朝满"；日中市朝满：为鲍照《代结客少年场行》中的诗句。学谢朓，劣得"黄鸟度青枝"。黄鸟度青枝：为虞炎《玉阶怨》中诗句。徒自弃于高听，无涉于文流矣。文流：文学之流。

［译文］

所以文人都爱好诗歌。当今一般人之中，作诗之风是很炽盛的。那些年龄稍长才刚开始识字的七八岁儿童，已经开始把大部分精力投入了写作中。这就涌现了各种平庸的杂乱之作，使得那些贵族子弟，唯恐自己的作品达不到水平，于是整天写作，整夜苦吟。对其所作，自己看了以为很不错，但在众人的眼中，就显得平庸鲁钝了。另有一些轻浮浅薄者，嘲笑曹植、刘桢之诗古朴笨拙，认为鲍照是了不起的人物，谢朓是古今独一无二的人才。然而师习鲍照，最终还是写不出像他"日中市朝满"那样的诗句；模仿谢朓，也只是勉强接近"黄鸟度青枝"那类句子。他们抛弃了高尚的追求，在文学上是未入流的。

［九段］

观王公缙绅之士，缙绅：谓在朝食禄者。每博论之余，何尝不以诗为口实，口实：话柄、谈资。随其嗜欲，商榷不同。嗜欲：在此为爱好。商榷：商讨。淄、渑并泛，朱、紫相夺，淄、渑：二水名，均在今山东省境内。二水异味，合则难辨。喧议竞起，准的无依。准的：标准。无依：没有依据。近彭城刘士章，俊赏之士，彭城：郡名，故治即今江苏省徐州铜山。俊赏：杰出的鉴赏才能。疾其淆乱，欲为当世诗品，口陈标榜，口陈：口头宣称。标榜：品评。其文未遂，感而作焉。未遂:没有完成。作焉:谓作《诗品》。昔九品论人,《七略》裁士,九品、《七略》:指班固《汉书·古今人表》把人物分为九等而品论。《七略》为汉代刘歆所作。裁士:评论作家。校以宾实,诚多未值。宾实:名实。未值:谓名不符实。至若诗之为技,较尔可知。较尔:明显。以类推之,殆均博弈。均:类似、等于。博:古代的一种棋戏。弈:古代称围棋为弈。

［译文］

现在的官宦贵族,在高谈阔论之余,也都以诗歌为话柄,随自己的爱好,商榷同异。或混淆不清,或相持不下,议论纷纷,没有可依凭的标准。彭城的刘士章,是一位杰出的文学鉴赏者,不满于这种混乱情况,想品评当代诗歌及其作者,有所标榜,可惜其作未完成,有感于此,我写作了《诗品》。先前班固把人分为九等进行评论,刘歆把文士分成七类加以论裁,若从名、实两方面加以考核,实有许多不当之处。至于诗歌作为一种技艺,是显而易知的。以类推之,几乎与棋艺相同。

［十段］

方今皇帝,资生知之上才,方今皇帝:指梁武帝。生知:即生而知之,谓天资极高。体沉郁之幽思,沉郁:深沉蕴藉。幽思:深思。文丽日月,赏究天人。文丽日月:谓文章与日月一样有光彩。究:穷究。天人:天理人情。昔在贵游,已为称首。贵游:贵族或有高位者间的交往。况八纮既奄,风靡云蒸,八纮:犹言八方。奄:覆盖。风靡云蒸:即风云际会,人才聚集。抱玉者联肩,握珠者踵武。抱玉、握珠:皆喻怀有才学。踵武:极言人多。以瞰汉魏而不顾,瞰汉魏而不顾:居高临下藐视汉魏诗作。瞰:俯视。吞晋宋于胸中。谅非农歌辕议,敢致流别。农歌辕议:指农夫的歌谣、赶车者的议论。嵘之今录,庶周旋于闾里,均之于谈笑耳。周旋:打交道。闾里:乡里。均:等同。

［译文］

当今的皇帝,具有天生之资才和深幽的文思,文章像日月一样辉丽,赏析也精深广博,能穷究天理人情。以前与文士交游时已是诗坛领袖。况且现在八方文士云集,怀才者比比皆是,已超过了汉魏晋宋。这实在非我粗浅的著作能区分其流派而加以品评的。我这著作只不过流传于民间,相当于一般谈笑而已。

［十一段］

一品之中，略以世代为先后，不以优劣为诠次。诠：解说评论。次：次序。又其人既往，其文克定。既往：言已死。今所寓言，不录存者。存者：仍活在世上的人。夫属辞比事，乃为通谈。属辞：即做文章。比事：排比事类。若乃经国文符，应资博古；经国文符：指古代章、表、奏议之类有关国家大事的文章。博古：博通古事。撰德驳奏，宜穷往烈。撰德：记叙德行。往烈：以往的功业。至乎吟咏情性，亦何贵于用事？"思君如流水"，既是即目；思君如流水：为徐幹《室思》中的诗句。即目：眼前所见。"高台多悲风"，高台多悲风：为曹植《杂诗》中的诗句。亦惟所见；"清晨登陇首"，羌无故实；清晨登陇首：一说为西晋张华诗。羌：助词。故实：典故。"明月照积雪"，讵出经史。明月照积雪：为谢灵运《岁暮》诗中的诗句。观古今胜语，多非补假，胜语：美妙的语句。皆由直寻。颜延、谢庄，尤为繁密，于时化之。颜延：即颜延之。故大明、泰始中，文章殆同书抄。大明：宋孝武帝年号（457—464）。泰始：宋明帝年号（465—471）。近任昉、王元长等，词不贵奇，竞须新事。竞须新事：极力追求用典。迩来作者，浸以成俗。迩来：近来。浸：逐渐。俗：习惯。遂乃句无虚语，语无虚字，拘挛补衲，蠹文已甚。拘挛：拘束过度。蠹文：危害诗文。但自然英旨，罕直其人。英旨：二字在此均为精美的意思。直：遇到。这两句说诗歌写得自然精美者却不见。词既失高，则宜加事义。词既失高：言词句既不高明。事义：典故，义理。虽谢天才，且表学问，亦一理乎！虽谢天才：虽离开天才。表学问：表现自己的学问。

［译文］

一品中的诗人，按时代的先后排列，不以优劣作为解说的次序。死去的作家，其诗已不会变动。今所收录而加以评定的诗人，不包括仍活在世上的。作文用事用典，是为人们经常谈论的问题。有关国家大事的文章，应该用许多典故；记叙德行和反驳错误意见的作品，要尽量引用古人的业绩。至于抒发情性的诗歌，用典用事又有何可取呢？"思君如流水"，写的是眼前所见；"高台多悲风"，人看了马上就明白；"清晨登陇首"，没有一点掌故；"明月照积雪"，岂是从经史中得来？看看古今美妙的语句，大都不借用、补缀典故，而是产生于直接感受。颜延年、谢庄的诗用典多，对当时影响很大。因此大明、泰始年间的诗歌，几乎像书抄一样。近来任昉、王元长等人，写诗不重视词句的奇妙，而争着选用新典。受他们的影响，于诗中用典已逐渐成为习尚。致使每字每句都有出处，拘束过度，到处补缀，对文学创作毒害很大。而诗歌写得自然精美的人却很少见。文词既欠高明，则宜加添掌故义理。虽显得没有天才，却表现出了学问，这也是用典的一个理由吧！

［十二段］

陆机《文赋》，通而无贬；无贬：对作者没有褒贬。李充《翰林》，疏而不切；翰林：即《翰林记》，晋李充著。此书已失传。严可均《全晋文》只辑有数条。王微《鸿宝》，密而无裁；《鸿宝》：今已失传。密而无裁：谓细密而没有加以鉴别和剪裁。颜延论文，精而难晓；颜延：即颜延之。难晓：不易弄明白。挚虞《文志》，详而博赡，《文志》：即《文章流别志》，部分失传。严可均《全晋文》辑得一些。颇曰知言。观斯数家，皆就谈文体，而不显优劣。至于谢客集诗，逢诗辄取；谢客：指谢灵运。集诗：收集诗歌。张骘《文士》，逢文即书。《文士》：即《文士传》。诸英志录，并义在文，曾无品第。文：在此包括诗。品第：品评高下。嵘今所录，止乎五言。虽然，网罗古今，词文殆集。殆集：搜罗齐备。轻欲辨彰清浊，掎摭利病。轻欲：大胆地要想，为钟嵘谦辞。掎摭（jǐ zhí）：指摘。病利：犹言优劣。凡百二十人，预此宗流者便称才子。此：指钟嵘所著《诗品》。宗流：诗人流派。至斯三品升降，差非定制，差非定制：还不是最后的定论。方申变裁，请寄知者耳。方申变裁：言还有变易、裁度之余地。

［译文］

陆机的《文赋》说理通达，但对作者无所褒贬；李充的《翰林论》涉及的方面很广泛，但不是完全贴切；王微的《鸿宝》写得很细密，而未加剪裁；颜延之的论文之作，精练而不易明白；挚虞的《文章流别志》，其内容既详尽又广博，可算是颇有见解。以上数家的著作，都仅仅评说文体，而不涉及文章的优劣。至于谢灵运的诗集选本，则是见诗就录；张骘的《文士》，也是见文就收。以上诸位的志录，目的只在收集诗文，而不加品评。我的这部《诗品》，只涉及五言诗。即便如此，其内容已基本上涵盖了古今的五言之作。并打算大胆地对它们加以品评，辨明其清浊，指摘其利弊。书中涉及作者一百二十人，他们都可以被称作才子。对这些作者上中下三类的划分不是定论，还有变易、裁度之余地——这需要知音来完成了。

［十三段］

昔曹、刘殆文章之圣，陆、谢为体贰之才，曹、刘：指曹植与刘桢。陆、谢：指陆机与谢灵运。**锐精研思，**锐精研思：精心钻研探究。**千百年中而不闻宫商之辨，**宫商：古代分五音，为宫、商、角、徵、羽。**四声之论。**四声：平、上、去、入。**或谓前达偶然不见，**前达：前代的贤达之人。**岂其然乎？尝试言之：古曰诗颂，皆被之金竹。**金竹：指乐器。被之金竹：谓入乐。**故非调五音，无以谐会。**谐会：和谐。**若"置酒高堂上"，"明月照高楼"，**置酒高堂上：为阮瑀《杂诗》之诗句。明月照高楼：为曹植《七哀诗》之诗句。**为韵之首。**为韵之首：韵律极好。**故三祖之词，文或不工，而韵入歌唱，**三祖：指曹操、曹丕、曹叡。韵入歌唱：言其诗声韵和谐，可以谱曲演唱。**此重音韵之义也，**此重音韵之义：这才是重视音韵的意义。**与世之言宫商异矣。今既不被管弦，亦何取于声律耶？**不被管弦：已不入乐歌唱。**齐有王元长者，尝谓余云："宫商与二仪俱生，**二仪：指天地。**自古词人不知之，惟颜宪子乃云律吕音调，而其实大谬。**大谬：大错。**惟见范晔、谢庄颇识之耳。**范晔：南朝著名史学家，《宋书》有传。**尝欲进《知音论》，未就。"王元长创其首，谢朓、沈约扬其波。三贤或贵公子孙，幼有文辩。于是士流景慕，务为精密。襞积细微，专相陵架。**襞（bì）：裙上的褶。架：加于某物上。**故使文多拘忌，伤其真美。余谓文制，本须讽读，**文制：诗文。讽读：即诵读的意思。**不可蹇碍。**蹇碍：阻碍。**但令清浊通流，口吻调利，**口吻调利：读时顺口。**斯为足矣。至平上去入，则余病未能，**余病未能：言其不能把握。**蜂腰鹤膝，闾里已具。**蜂腰鹤膝："蜂腰者，谓第二字与第五字同声，两头大，中心细，似蜂腰也。鹤膝者，谓第五字与第十五字同声，以两头细，中间粗，如鹤膝也。"（《诗格》引沈约之说）

［译文］

先前的曹植、刘桢算得上是文章之圣，陆机、谢灵运也可以说是亚圣，精心钻研进行探究，千百年来不曾听说有宫商之辨，四声之论。有人认为这是由于前代贤达偶然忽略了这一点，难道真是这样吗？且对比试作说明：古代被称为诗颂的作品，都要配上音乐。因此必须调好五音，否则辞与曲便不能和谐一致。

如“置酒高堂上”,“明月照高楼”,韵调最好。曹植、曹丕、曹叡的诗,文辞或有不工,而韵律都可以入乐歌唱,这是重视音韵的意义,它与近世讲究宫商的现象是不同的。现在的诗歌既然已不配乐歌唱,还要音律干什么呢？前朝的王元长曾对我说:“宫商与天地俱生,自古以来文人不知道,只有颜宪子说过律吕音调之类的话,其实大错特错了。只知道范晔、谢庄比较懂音律。我自已曾想进奏《知音论》,后未成。”王元长首倡于前,谢朓、沈约随后附和。这些贤人有的是贵族子孙,从年幼时就有文才。于是一般士人追随他们,作诗力求音韵精密,格律细微,并为此竞相争胜。结果使诗歌受到许多限制,伤害了它的本来之美。我认为诗歌是需要诵读的,不可以有所阻碍。能使其清新流畅,读时顺口就足够了。至于四声,我苦于不能识别,而蜂腰、鹤膝,在民间歌谣中本已具有。

［十四段］

陈思《赠弟》,《赠弟》:即《赠白马王彪》。**仲宣《七哀》,**《七哀》:王粲《七哀》诗今存三首。**公幹《思友》,**《思友》:似指刘桢的《赠徐幹》。**阮籍《咏怀》,**《咏怀》:阮籍《咏怀》诗有八十二首。**子卿“双凫”,**子卿“双凫”:苏武,字子卿。《古文苑》载有苏武《别李陵》,其中云:“双凫俱北飞,一凫独南翔。”**叔夜“双鸾”,**叔夜“双鸾”:嵇康《赠秀才入军》第十九首有句云:“双鸾匿景曜。”**茂先寒夕,**茂先寒夕:现存张华诗无“寒夕”句。**平叔衣单,**平叔衣单:钟嵘所说的这首诗亦不见何晏集。**安仁倦暑,**安仁倦暑:亦不知所指为潘岳哪首诗。**景阳苦雨,**景阳苦雨:似指张协《杂诗》的第十首。**灵运《邺中》,**《邺中》:谢灵运有《拟魏太子邺中集诗》八首。**士衡《拟古》,**《拟古》:陆机有《拟古诗》十二首。**越石感乱,**越石感乱:刘琨的《重赠卢谌》及《扶风歌》即描写战乱及其内心感受。**景纯咏仙,**景纯咏仙:郭璞有《游仙诗》十四首。**王微风月,**王微风月:王微今只存《杂诗》一首,其中无言“风月”者。**谢客山泉,**谢客山泉:谢灵运现存山水诗很多,不知确指为哪一首。**叔源《离宴》,**《离宴》:谢混此诗今已失传。**鲍照戍边,**鲍照戍边:鲍照的《代出自蓟北门行》就是咏戍边的。**太冲《咏史》,**《咏史》:左思今存《咏史诗》八首。**颜延入洛,**颜延入洛:颜延之有《北使洛》诗。**陶公《咏贫》之制,**《咏贫》:陶渊明有《咏贫士诗》。**惠连《捣衣》之作,**《捣衣》:谢惠连有《捣衣诗》。**斯皆五言之警策者也。所以谓篇章之珠泽,文采之邓林。**珠泽:传说中产珠之泽。《穆天子传・二》:“天子北征,舍于珠泽。”郭璞注:“此泽出珠,因名之云。”邓林:神话传说中的树林。《山海经・海外北经》:“夸父与日逐走……未至,道渴而死,弃其杖,化为邓林。"

【译文】

曹植的《赠弟》,王粲的《七哀》,刘桢的《思友》,阮籍的《咏怀》,苏武的"双凫",嵇康的"双鸾",张华的"寒夕",何晏的"衣单",潘岳的"倦暑",张协的"苦雨",谢灵运的《邺中》,陆机的《拟古》,刘琨的"感乱",郭璞的"咏仙",王微的"风月",谢灵运的"山泉",谢混的《离宴》,鲍照的"戍边",左思的《咏史》,颜延之的"入洛",陶渊明的《咏贫》,谢惠连的《捣衣》等作品,均为五言诗中佳作。所以能称得上是"篇章之珠泽,文采之邓林"。

评析

《诗品》是我国古代第一部论诗专著,这篇序是这部专著的重要组成部分,从中我们不仅可以得到有关中古文学史方面的宝贵资料,而且更能够了解这位文学批评家的许多诗歌主张。在这篇序中,作者既探讨了五言诗歌的起源,也叙述了其在各发展阶段上所呈现出的基本特征。同时作者已充分认识到,诗歌具有其他事物所不具备的重大情感价值,并对此给予了特别的强调。在作者看来,吟咏性情的诗歌,根本不同于那些应用性的行政公文,因此不可以把大量的旧事典故引入其中,那样会损害作品的自然美。另外,序中对齐梁文坛上盛行的形式主义风气也作了批评,尤其对当时的四声八病之说不以为然,认为这种重视音律的倾向限制了诗歌创作。从以上情况我们可以看出作者最重要的文学主张,即崇尚自然。这种崇尚自然的文学主张,既有其矫正时弊的积极方面,也带有一定的片面性。如对于声律的看法就是如此。在说明诗歌是不是应遵循音韵法则的时候,此序的理论根据完全在于作品与音乐的关系,而这无疑是没有说服力的,同时也表明作者关于文学发展的观点还是不完善的,表明他仍没有形成一个有关诗歌美学的十分健全的认识。

萧统(501—531),字德施,世称昭明太子,南兰陵(今江苏常州西北)人,梁武帝的长子,天监元年(502)立为皇太子,未及即位而病逝,时年三十一岁。

萧统爱好文学,读书甚广,史称其藏书近三万卷。引纳文人学士,商榷古今,编成《文选》。共选录先秦到梁代诗文七百余篇,为我国现存最早的诗文选集。还编有《文章英华》等书,今不传。其个人作品也很丰富,史称有文集三十卷,现已散佚。目前所存的《昭明太子集》为明人所辑。

《文选》序

萧统

[一段]

式观元始,眇觌玄风。式:发语词。元始:即原始,指远古时代。眇:通渺,谓远。觌(dí):看。玄风:远古的风俗。冬穴夏巢之时,茹毛饮血之世,冬穴夏巢:冬天掘洞而居,夏天搭棚而住。茹毛饮血:生吃鸟兽之肉并饮其血。世质民淳,斯文未作。质:质朴。文:文章。逮乎伏羲氏之王天下也,始画八卦,逮:到。伏羲氏:传说中的上古帝王。八卦:《周易》中八种基本图形,名为乾、坤、坎、离、艮、震、兑、巽,分别代表八种自然现象。造书契,以代结绳之治,书契:指文字。结绳之治:传说在没有文字的上古时期,曾用结绳的方法记事,大结记大事,小结记小事。由是文籍生焉。《易》曰:"观乎天文,以察时变;观乎人文,以化成天下。"天文:指日、月、星辰。时变:四季的变化。人文:指文化典章等。文之时义远矣哉!时义:对于时代的意义。若夫椎轮为大辂之始,椎轮:最简陋的小车。辂:车。大辂宁有椎轮之质;宁有:犹言何有。增冰为积水所成,增冰:厚冰。增:通"层"。积水曾微增冰之凛。曾微:犹言曾无。凛:寒。何哉?盖踵其事而增华,变其本而加厉。踵:因、继。华:文饰。变本:改革原貌。厉:甚。

物既有之，文亦宜然，随时变改，难可详悉。

［译文］

回顾一下遥远的原始时代的民情世风。那时人们在冬天就掘洞而处，夏季便搭棚而居，并且生吃鸟兽的肉，饮它们的血，世风质朴，民情淳厚，连文字、文章也没有。到伏羲氏为天下王时，才开始作八卦，造文字，以此代替了结绳的记事办法，随之就有了文字记载。《周易》云："观察日月星辰等天体现象，以了解时代的变化；观察人文（文化典章等），以施教化，可服天下。"文的时代意义是非常大的！大车是由简陋的小车发展而来的，却已不再那样粗质；厚冰是因积水结冻而成，可积水远没有厚冰那般寒冷。为什么呢？是由于事物继续发展、变化所致。事物是这样，文也是如此，它总是随时代而变化，很难一一论述清楚。

［二段］

尝试论之曰：《诗序》云："诗有六义焉，一曰风，二曰赋，三曰比，四曰兴，五曰雅，六曰颂。"《诗序》：指《毛诗序》。至于今之作者，异乎古昔。古诗之体，今则全取赋名。班固《两都赋序》："赋者，古诗之流也。"这两句言：赋本是古诗的一种，现在则被称为赋了。荀、宋表之于前，荀：即荀子，著有《赋篇》。宋：宋玉，著有《风赋》《高唐赋》等。贾、马继之于末。贾、马：指贾谊和司马相如，同为汉赋作家；贾谊有《鹏鸟赋》《吊屈原赋》等赋，司马相如有《上林赋》《子虚赋》《大人赋》等赋。自兹以降，源流实繁。以降：以下。述邑居，则有"凭虚""亡是"之作；述邑居：描述都市风物。凭虚：即凭虚公子，为张衡《西京赋》中的假托人物。亡是：即亡是公，为司马相如《上林赋》中的假托人物。戒畋游，则有《长杨》《羽猎》之制。畋：打猎。《长杨》《羽猎》二赋为扬雄所作。制：即作。若其纪一事，咏一物，风云草木之兴，鱼虫禽兽之流，推而广之，不可胜载矣。又楚人屈原，含忠履洁，屈原：名平，别号灵均，战国时期楚国的诗人。含忠履洁：满腔忠诚，行为高洁。君匪从流，臣进逆耳，匪：非。从流：从善如流，喻勇于求善。臣进：谓臣下所进之言。深思远虑，遂放湘南。放：放逐。湘南：湘水之南。耿介之意既伤，壹郁之怀靡诉。耿介：刚直。壹郁：忧愤不平。靡：无。诉：倾诉。临渊有怀沙之志，见《史记·屈原贾生列传》："屈原至于江滨……乃作《怀沙》之赋。”**吟泽有憔悴之容。**见《楚辞·渔父》:“屈原既放,游于江潭,行吟泽畔,颜色憔悴,形容枯槁。”**骚人之文,自兹而作。**

［译文］

可以试着分析一下:《毛诗序》云:“诗有六义,一曰风,二曰赋,三曰比,四曰兴,五曰雅,六曰颂。”至于当今的作者,已不同于古人了。在古代本属于诗的那种文体,现在全被称为赋。这一情况在以前表现在荀子、宋玉的身上,后来又被贾谊与司马相如继承下来。自那时以后,开的源流就繁多了。记述邑居的,有《西京》《上林》等赋;劝诫不要沉溺于野游打猎的,则有《长杨》《羽猎》等。至于那些记一事、咏一物及表现风云草木、鱼虫禽兽的赋作,若推而广之,则更多了。另有楚国的屈原,满腔忠诚,行为高洁,然而楚国的君主却不愿从善如流,听不进逆耳之忠言,他虽然深思远虑、一心为国,却被放逐湘水之南。刚直之心既被伤害,其胸中愤懑也无处诉说。屈原在江边写了《怀沙》之作以抒志意,行吟于泽畔,面容憔悴。骚体之作,即由此而兴。

［三段］

诗者,盖志之所之也,所之:意为所适、所往。**情动于中而形于言。《关雎》《麟趾》,**《关雎》:为《诗经·周南》的首篇。《麟趾》:即《麟之趾》,为《诗经·周南》的末篇。**正始之道著;桑间、濮上,**桑间、濮上:地名,濮指濮水。《礼记·乐记》:“桑间濮上之音,亡国之音也。”**亡国之音表。故《风》《雅》之道,粲然可观。自炎汉中叶,**炎汉:古人讲阴阳五行,汉被认为属于火德,故称炎汉。**厥途渐异。退傅有《在邹》之作,**退傅:退位之傅,指韦孟。韦孟曾做过楚元王及其儿、孙的傅,退位后居邹,作《在邹》诗。此诗今存,为四言句式。**降将著“河梁”之篇,**降将:指李陵。李陵在汉武帝时被拜为骑都尉,率兵出击匈奴,战败投降。旧说为李陵所作的《与苏武》诗有“携手上河梁”之句。**四言五言,区以别矣。**四言五言:指诗歌的句式。**又少则三字,多则九言,**三字:指三言诗,如汉《安世房中歌》等。九言:指九言诗,据说最早的作者为魏高贵乡公曹髦。**各体互兴,分镳并驱。**分镳并驱:原指骑乘各异而并驰,比喻各种诗体并兴与发展。**颂者,**颂者:《毛诗序》:“颂者,美盛德之形容,以其成功告于神明者也。”**所以游扬德业,褒赞成功。吉甫有“穆若”之谈,**吉甫:即尹吉甫,周代卿士,据说《诗经·大雅·烝民》为他所作,诗中有“穆如清风”之句。**季子有“至矣”之叹。**季子:春秋时期吴国公子季札。他出使鲁国观乐时,听到歌《颂》,便赞美道:“至矣哉。”见《左传·襄公二十九年》。**舒布为诗,即言如彼;**舒布:展示敷陈。言:助词。**总成为颂,又亦若此。**总成:总括而成。**次则箴兴于补阙,戒出于弼匡,**箴:一种寄寓规诫的文体。补阙:弥补缺点。戒:一种君主、长辈劝诫臣属、晚辈的文体。弼匡:帮助匡正。**论则析理精微,铭则序事清润,**论:一种分析事理的文体。铭:一种记赞题刻事、物的文体。《文心雕龙·铭箴》:“铭者,名也。观器必也正名,审用贵乎盛德。”**美终则诔发,图像则赞兴。**美终:赞美有功业而终者。赞:一种赞颂人物德行功业的文体。此句吕延济注:“若有德者,后世图画其形,为文以赞美也。”(六臣注《文选》)**又诏诰教令之流,表奏笺记之列,**诏诰教令:为四种文体,属于古代帝王或朝廷所发的不同种类的公文。表奏:古代臣下对其主进言陈事的两种文体。笺记:亦为两种文体。《文心雕龙·书记》:“记之言志,进己志也。笺者,表也,表识其情也。”**书誓符檄之品,吊祭悲哀之作,**书誓符檄、吊祭悲哀:为古代的八种文体。**答客指事之制,三言八字之文,**答客:亦为文体之一种,如《答客难》《答宾戏》之类。**篇辞引序、碑碣志状,**篇辞引序、碑碣志状:并为文体名。**众制锋起,源流间出。譬陶匏异器,**陶:指埙,古代吹奏乐器,用土制成。匏(páo):葫芦的一种,在此指用匏做成的乐器。**并为人耳之娱;黼黻不同,**黼黻(fǔ fú):古代礼服上绣饰的花纹。**俱为悦目之玩。作者之致,盖云备矣。**备:完备。

[译文]

诗歌乃是思想感情的表现,情动于内就要从语言上反映出来。《关雎》《麟之趾》,即体现了正确和基本的大道;而产生于桑间、濮上的音乐,则具有亡国之音的性质。因此《风》《雅》之道是粲然可观的。自汉代中期,情况开始渐渐变化。退位之傅韦孟写了《在邹》诗,投降匈奴的汉将李陵作了“河梁”诗,四言、五言便区别开来。另外有些诗句少则三言,多则九字,各种体裁互兴,分别发展。颂这种文体,主要在于歌功颂德。尹吉甫有“穆若”之美词,吴公子季札有“至矣”的赞叹。敷陈成诗,像前面(韦孟、李陵之诗)那样;总括成颂,又如这般。再有箴这一文体由拾遗补缺的动机而产生,戒则出于帮助、匡正的用意,论的特点是详尽分析事理,铭在于叙事清新圆润,诔记述已死而有功业者,赞也基本如此,是随着画家赞美有德者。另外还有诏、诰、教、令、表、奏、笺、记、书、誓、符、檄、吊、祭、悲、哀、答客、指事、三言、八言、篇、辞、引、序、碑、碣、志、状等,这些文体大量兴起，种类繁多。就像土制乐器与竹木制乐器，彼此虽然不同，但同样使人悦耳；又像相异的刺绣那样，均让人有悦目之感。通过这些形式，作者的种种情致就都可得到表现了。

［四段］

余监抚余闲，监：监国，谓皇帝外出，由太子代摄国政。抚：抚军，谓从天子外出巡行。居多暇日，历观文囿，泛览辞林，未尝不心游目想，移晷忘倦。文囿：文坛，文苑。晷（guǐ）：日影。自姬汉以来，眇焉悠邈，姬：指周代，周为姬姓。眇焉悠邈：谓年代久远。时更七代，数逾千祀。更：更替。七代：指周、秦、汉、魏、晋、宋、齐。祀：年。词人才子，则名溢于缥囊；缥囊：盛书的淡青色布袋。飞文染翰，则卷盈乎缃帙。缃帙：用浅黄色织物做成的书套。自非略其芜秽，集其清英，芜秽：糟粕。清英：精华。盖欲兼功，大半难矣。大半难：非常困难。若夫姬公之籍，姬公：指周公，周武王之弟，武王死后曾辅政多年。孔父之书，孔父：指孔子。与日月俱悬，鬼神争奥，孝敬之准式，人伦之师友，岂可重以芟夷，芟夷：原指除草，此谓删节文章。加以剪裁？老庄之作，老庄：指老子、庄子，二人为先秦道家学派代表，著作为《老子》《庄子》。管孟之流，管孟：指管仲与孟子，著作为《管子》与《孟子》。盖以立意为宗，不以能文为本，今之所撰，撰：编选。又以略诸。若贤人之美辞，忠臣之抗直，谋夫之话，辩士之端，端：舌端，《韩诗外传》："避辩士之舌端。"冰释泉涌，金相玉振。金相玉振：金质玉声，谓内容丰富，文采斐然。所谓坐狙丘，议稷下，狙丘、稷下：并为齐国地名。《文选·与杨德祖书》李善注引《鲁连子》："齐之辩者曰田巴，辩于狙丘而议于稷下。"仲连之却秦军，仲连：即鲁仲连。《战国策·赵策三》载：赵孝成王时，秦围邯郸，魏王使者辛垣衍劝赵尊秦为帝。鲁仲连时在赵，严斥辛垣衍，秦将闻此事，退军五十里。食其之下齐国，食其（yì jī）：即郦食其。楚汉战争时，他说服齐王田广归汉，下齐七十余城。见《史记·郦生陆贾列传》。留侯之发八难，留侯：张良的封号。《史记·留侯世家》载：汉高祖刘邦听郦食其之言，欲复封六国之后，张良用八事难之，遂使高祖转意。曲逆之吐六奇，曲逆：陈平的封号。《史记·陈丞相世家》载：陈平辅佐刘邦，曾六出奇计。盖乃事美一时，语流千载，概见坟籍，坟籍：在此泛指书籍。旁出子史。

子史：指诸子之作与史家之书。若斯之流，又亦繁博，虽传之简牍，简牍：古代无纸，书于竹上曰简，书于版上曰牍。而事异篇章，今之所集，亦所不取。至于记事之史，系年之书，系年之书：谓史书。所以褒贬是非，纪别异同，纪别异同：记述远近异同之事。方之篇翰，亦已不同。若其赞论之综辑辞采，综辑：连缀。序述之错比文华，错比：巧妙地组织安排。事出于沉思，义归乎翰藻，翰藻：文华辞藻。故与夫篇什，杂而集之。远自周室，迄于圣代，圣代：指梁。都为三十卷，名曰《文选》云尔。

［译文］

我除监国抚军之外，闲暇之日亦不少，历观文苑，泛览书卷，常常心向神往，以至长时间不觉疲倦。自周、汉以来，年月是很久远的。朝代更替了七个，时间超过了千年。见于记载的文人才士，是如此之多；所存的书籍文章，又这般繁富。倘若不略其糟粕，集其精华，是很难收到事半功倍之效果的。周公与孔子的著作，如同日月悬天，其深奥玄妙可与鬼神相敌，实为孝敬的准则法式，人伦的良师益友，怎可重新加以剪裁删节呢？老子、庄子、管子、孟子的著作，以立意为主，本不在于文辞，所以此次编撰也略之不取。至于贤人的美好言词，忠臣的刚直之言及谋士、辩士之言，文如泉涌，既有内容又具文采。谈士们辩议于狙丘、稷下，鲁仲连之却秦军，郦食其之下齐国，张良所阐述的八难，陈平所言的六奇之计，都为当时之美谈，且传于后世，可以在书籍中见到。只是它们太繁博，虽被记载下来，可毕竟还是有别于文学篇章，所以此次编撰亦不收录。记事系年的史书，主要在于褒贬是非，记叙史事，和文学篇章也不同。至于那些史书中的赞、论、序、述等，都是运用文学手段，经过深思，以华美的辞藻表现出来的，所以此次将它们与文学篇章一同收录。远到周代，止于今朝，总共为三十卷，名为"文选"。

［五段］

凡次文之体，各以汇聚。诗赋体既不一，又以类分；类分之中，各以时代相次。

［译文］

文章编排的体例，各以类分。诗与赋的文体既已不同，将其再作分别；同类之作，又以时代前后为次序。

评析

萧统此序在说明编纂《文选》目的的同时,也阐明了自己的文学见解。在作者看来,文学作品不同于经、史、诸子之作,文学有自己的独立地位。文学作品的基本特征是"辞采""文华",而且必须要"事出于沉思,义归乎翰藻"。萧统认为,文学作品由于具有上述特征,因此便能够给人们一定的审美愉悦。

如果仅就此序所论及的方面而言,萧统对文学审美特征的理解主要侧重于形式方面,这种理解代表了南朝士人审美意识的一般倾向。它既有消极的方面,也有积极的方面。就前者而论,它基本忽视了文学作品的内容,因此很难在理论上达到完备性。就后者来看,它又将文学的形式美提到了一个较高的地位,从而为后来的综合提出了思考的方向。

萧纲(503—551),即梁简文帝,字世缵,小字六通,南兰陵(今江苏常州西北)人。梁武帝第三子,太清三年(549)即帝位。大宝二年(551)为侯景所杀。曾与徐摛、庾肩吾等提倡并写作华靡艳丽的"宫体诗",对当时文坛影响很大。萧纲一生的创作也较丰富,现仍存有赋二十篇、诗二百六十二首,多以宫廷生活为主,描写的对象基本为宫中女子或落花飞絮。明人辑有《梁简文帝集》。

答新渝侯和诗书

萧纲

[一段]

垂示三首,风云吐于行间,珠玉生于字里,垂示:谦词。"风云""珠玉"二句言新渝侯所示之三首诗作精妙完美。**跨蹑曹、左,会超潘、陆。**跨蹑:跨越。曹:曹植。左:左思。潘:潘岳。陆:陆机。**双鬓向光,风流已绝;**向光:渐有白发。**九梁插花,步摇为古。**梁:指头上的金钗。步摇:妇女首饰的一种,装有垂珠,行步则摇动。**高楼怀怨,结眉表色;**结眉:紧锁双眉。色:面部的愁怨之色。**长门下泣,破粉成痕。**长门:汉代宫殿名。汉武帝陈皇后失宠时曾居长门宫,并使司马相如为之作《长门赋》。**复有影里细腰,令与真类;**细腰:指身材苗条的女子。类:相似。此二句用汉武帝思念李夫人,令方士招其神之事。**镜中好面,还将画等。**好面:美丽的容貌。将:与。**此皆性情卓绝,新致英奇。故知吹箫入秦,方识来凤之巧;**《列仙传》载:萧史为秦穆公时人,善吹箫。穆公有女号弄玉,好之,公遂与妻焉。遂教弄玉作凤鸣,居数十年,吹似凤凰,凤凰来止其屋,为作凤凰台。夫妇止其所,一旦随凤凰去。**鸣瑟向赵,始睹驻云之曲。**《西京杂记》载:戚夫人侍高帝,常以赵王如意相托。又曰:夫人善鼓瑟,帝常拥夫人倚瑟而弦歌,毕,每泣下流连。**手持口颂,喜荷交并也。**

[译文]

所赠三首诗极佳,字里行间似有风云吞吐,珠玉跳脱,已超过曹植、左思、潘岳、陆机等人的作品。(想那)两鬓渐生白发,昔日风韵已不复存在;满头金钗插饰有花朵,然而首饰却陈旧了。居于高楼上的女子内心忧伤,紧锁双眉的面容带有怨愁之色;长门宫里的美人愁闷悲思,泪水在敷有脂粉的脸上留下斑痕。另外,灯影里的苗条淑女,如同真人;镜中的美丽容颜,如同绘画一般。以上这些非常形象的刻画,都极其不同凡响,具有清新奇妙的特色。因此只有会吹箫者,才能体验到其演奏中的绝妙技巧;只有会弹瑟者,才会感受到驻云之曲的奇绝。手持口诵所赠之诗,欣喜不已。

评析

这封书信短小精练,虽属于一般的赠答之作,却也表现了梁朝统治者对文学之士的一般态度。书信开头以几句话表扬了新渝侯萧暎所赠的三首诗,接着对三诗之内容加以形象概括,最后又写了自己从阅读中所获之乐趣,其中还涉及有关文学欣赏的问题。这是一个方面。从另一个角度看,通过这封书信我们还可以了解当时文士们诗歌写作的取材范围,以及评价者对其取材如何看待等。

与萧临川书

萧纲

［一段］

零雨送秋，轻寒迎节。零雨：小雨。节：在此指冬季。江枫晓落，林叶初黄。登舟已积，殊足劳止。已积：言已有多日。殊足：犹言非常。劳止：劳累，止为助词无意。解维金阙，定在何日？解维：原意为解开系船的绳索，在此引申为摆脱朝廷公务的束缚。金阙：指皇宫。八区内侍，厌直御史之庐；八区：汉武帝后宫有八区。直：待侍。御史：官名，掌图籍秘令。庐：官吏值班时所息之室。九棘外府，且息官曹之务。九棘：古代群臣入朝时，立九棘为标志，以区别等级职位。外府：朝廷的行政机构之一，掌国家收入。官曹：官吏。应分竹南川，剖符千里。分竹：与下句剖符互文。符：古代朝廷传达命令或征调军队的一种凭证，双方各执一半，合则生效。汉代的符以竹为之，后代改用金属。但黑水初旋，未申十千之饮；黑水：河流名，其所处地区，古人众说不一。旋：返回。十千：言美酒价值十千。曹植《名都篇》："归来宴平乐，美酒斗十千。"桂宫既启，复乖双阙之宴。桂宫：汉武帝时造，汉成帝、元帝为太子时曾居桂宫。双阙之宴：在此指宫中的欢宴。文雅纵横，即事分阻。文雅：文雅精妙的文辞。分阻：分离。清夜西园，眇然未克。清夜西园：曹植《公宴诗》："清夜游西园，飞盖相追随。"眇然未克：言未能像曹植及其朋友们那样纵情畅游。想征舻而结叹，望横席而沾襟。舻：船。沾襟：即泪下沾襟。若使宏农书疏，脱还邺下；宏农：即弘农，郡名（今陕西、河南交界地区）。邺：三国时魏的都城。曹植居邺时，曾数度作书与弘农杨修，修亦回书答之。河南口占，傥归乡里。口占：随口说出即成文章。汉陈遵为河南太守，作书信以谢京师故人。陈遵口述，书吏记写，行文之妙，惊动众人。必迟青泥之封，且观《朱明》之诗。青泥之封：古人有喜用青泥封书信者，如东汉人郑训。《朱明》之诗：《汉书·郊祀志》有载，内容主要涉及夏季。白云在天，苍波无极，瞻之歧路，眷慨良深。歧路：岔路。眷慨：怀念慨叹。爱护波潮，敬勗光采。

［译文］

小雨阵阵送走了秋天，微微寒气预示着冬季的来临。江边枫树上的叶子在拂晓时分飘落，丛林开始现出一片金黄。乘舟而行已有多日，旅途奔波实在劳累。什么时候才能摆脱朝廷公务的缠绕？在宫廷任职有时令人厌烦，各机构官员间不仅有等级之分，而且公务繁多。真应该剖符外放为政南川。但由于刚从黑水返回，还未及与亲旧共享欢宴；桂宫之门已开，当急太子之务，故不能以宴饮娱心。文学之士才华横溢，文辞峻雅，然而都因公事彼此分离，不能像曹植那样与朋友们尽情游玩。想起远行的航船情不自禁要发出慨叹，望着船上的风帆止不住泣泪涟涟。昔日杨修在外，与留守邺都的曹植屡有书信往来；河南太守陈遵亦给亲旧知己写过数百封书信。你到目的地后不必急于写信给我，可以先观赏一下《朱明》之诗。白云飘浮在天空，眼前的江河涌动着一望无际的波澜，抬眼望歧路，心中充满怀恋。愿你一路保重。

评析

这是梁简文帝入为太子后写给萧子云的一封书信。行文看似平淡，其中却有一种真情。从中我们可以了解梁朝贵族士人生活的一个侧面。这些送别之作大都在抒发离别之绪的同时，融入景物描写，情景融合，因此具有良好的艺术情感效果，《与萧临川书》即可看作是这类作品的代表。

萧绎(508—554),即梁元帝,字世诚,小字七符,自号金楼子,南兰陵(今江苏省常州市西北)人,梁武帝第七子。侯景之乱起,梁武帝、简文帝先后死于非命,王僧辩讨平侯景后,于大宝三年(552)在江陵即帝位。西魏伐梁,围困江陵,及城陷,元帝为敌军所虏,后被杀。

今存诗一百一十余首,赋九篇,另著有《金楼子》《周易讲疏》《孝德传》《汉书注》等(除《金楼子》外,余者均不存)。明人辑有《梁元帝集》。

郑众论

萧绎

［一段］

汉世衔命匈奴,衔命:受君之命。匈奴:古代北方少数民族。困而不辱者,二人而已。子卿手持汉节,卧伏冰霜;子卿:苏武,字子卿,武帝时奉命出使匈奴,被扣留。苏武誓死不降,十九年后得返汉。仲师固无下拜,隔绝水火。仲师:郑众,字仲师。东汉永平初,北匈奴求和亲,汉明帝遣郑众持节使匈奴。众至匈奴,不下拜,单于大怒,围守闭之,不与水火,欲胁服郑众。众拔刀自誓,单于恐而止。况复风生稽落,日隐龙堆,稽落:即稽落山,东汉窦宪曾大破匈奴于此山。龙堆:即白龙堆,汉时属楼兰国。翰海飞沙,皋兰走雪。翰海:在此指沙漠。皋兰:山名。岂不酸鼻痛心,忆洛阳之宫阶;屑泣横悲,想长安之城阙。直以为臣之道,义不为生;事君之节,生为义尽。岂望拔幽泉,出重仞,经长乐,抵未央。长乐、未央:汉代的两座宫名。及还望塞亭,来依候火,塞亭:边境上的哨所。候火:候望敌情而燃的烽火。旁观上郡,侧眺云中。上郡:郡名,在今陕西省延安、榆林一带。云中:郡名,在今内蒙古自治区托克托一带。虽在己之愿自隆,而于时之报未尽。

［译文］

汉代受命出使匈奴,虽被威逼但不辱君命者,只有两个人。苏武手持汉节,卧伏于大漠冰雪之中；郑众面对单于不肯下拜，结果被禁闭隔离，断绝饮食。稽落山上渐渐风起，太阳从白龙堆那边慢慢沉下，大漠之上沙砾飞扬，皋兰山的积雪也被劲风吹得翻滚四散。面对这一切，怎能不伤悲痛心，愈加思恋洛阳；泣泪心酸，更为想念长安。但作为朝廷之臣，本不该贪生怕死；事君的节操，理应舍生取义。怎么可以只是希望战胜重重艰险，回到宫廷面见君王。回首观望边境哨所和候敌的烽火，上郡、云中郡亦在目光所及之内。虽自己返汉的愿望已达成，但朝廷的使命尚未全部完成。

评析

此篇为小文，然政治意味却相当浓厚。梁元帝当政时，君臣关系已不像两汉时期那样相对牢固，臣子为国效力、尽忠君主的意识已比较淡薄。因此他此作的宗旨实际是想为当时的士大夫们树立楷模，希望他们能像苏武、郑众那样为国效力，为君尽忠。

庾信(513—581),字子山,南阳新野(今属河南)人,梁诗人庾肩吾之子。初仕梁,四十二岁时出使西魏,值西魏灭梁,羁留长安,不得返国,后历仕西魏、北周。

庾信自幼聪敏,博览群书,尤精于《左传》。在梁时已颇有文名,然作品风格较为奇绝。仕魏后,生活、思想发生变化,创作风格亦随之一新,呈现出刚劲苍凉之特征。《庾信集》的版本较多,到清代又出现了两家注本,一为吴兆宜的《庾开府集笺注》,一是倪璠的《庾子山集注》。

哀江南赋序

庾信

【一段】

粤以戊辰之年,建亥之月,粤:发语词。戊辰之年:梁武帝太清二年(548)。建亥之月:阴历十月。**大盗移国,**大盗:指侯景。侯景于太清二年八月间兴兵作乱,十月攻陷梁都金陵。**金陵瓦解。余乃窜身荒谷,公私涂炭。**窜身:逃匿。荒谷:春秋时楚地名,在江陵县西。公私:指公室与私门。涂炭:比喻灾难。**华阳奔命,有去无归,**此二句指庾信在梁元帝承圣三年(554)自江陵出使西魏。十一月,西魏攻陷江陵,庾信自此羁留长安未归。华阳:即华阳山,在今陕西洛南县附近,这里的华阳代指建都长安的西魏及北周。**中兴道销,穷于甲戌。**中兴道销:梁元帝平定侯景之乱后,一度有中兴之势,但时间不长梁便被西魏灭掉。甲戌:即梁元帝承圣三年。**三日哭于都亭,三年囚于别馆。**都亭:城外的驿亭。三国时魏伐蜀,蜀将罗宪守永安城,听说后主刘禅降魏,率部下到都亭痛哭了三天。庾信借此事表达自己对梁朝灭亡的哀痛。别馆:指使臣应居的正馆以外的馆舍。春秋时鲁国叔孙婼出使晋国,被晋扣留,拘押在客馆中。庾信借此事说明自己在梁亡后被西魏扣留。**天道周星,物极不反。**周星:即岁星,十二年绕天运行一周。**傅燮之但悲身世,无处求生;**傅燮:东汉人,出任汉阳太守时,被王国、韩遂围困,其子劝他弃城归乡,他说:"世乱不能养浩然之气,食禄又欲避其难乎?吾行何之,必死于此。"见《后汉书·傅燮传》。**袁安之每念王室,自然流涕。**袁安:东汉人,官至司徒。因当时和帝幼弱，窦太后擅权，袁安每当朝会觐见及与公卿议事时，常忧伤流涕。见《后汉书·袁安传》。**昔桓君山之志事，杜元凯之平生，**桓君山：桓谭，字君山，著有《新论》一书。志事：有志于事业。杜元凯：杜预，字元凯，著有《春秋经传集解》。**并有著书，咸能自序。潘岳之文采，始述家风；**潘岳：字安仁，西晋诗人，写过《家风诗》。**陆机之辞赋，先陈世德。**陆机：字士衡，西晋诗人，写过《祖德赋》《述先赋》等。**信年始二毛，即逢丧乱，**二毛：指黑、白头发相间，喻年已半老。**藐是流离，至于暮齿。**藐：远。流离：转徙流亡不得其所。暮齿：晚年。**《燕歌》远别，悲不自胜；**《燕歌》：王褒在梁时曾作过《燕歌行》，抒写关塞寒苦，梁元帝、庾信等人都有和诗。**楚老相逢，泣将何及？**《列子·周穆王》载：有一燕人生于燕而长于楚，年迈归国后，见到祖居、祖坟等，涓然而泣，悲不自胜。**畏南山之雨，忽践秦庭；**《列女传·贤明传》载：南山有一玄豹，为保护自己的皮毛，雾雨天不外出觅食。作者引此典说明自己本想避害全身，但最终还是奉使来到长安。秦庭：指长安。**让东海之滨，遂餐周粟。**东海之滨：《史记·齐太公世家》载：战国时齐大夫田和迁齐康公于海上，篡齐自立。这里暗指北周取代西魏之事。周粟：《史记·伯夷列传》载：伯夷、叔齐反对武王伐纣。武王灭商后，他们二人隐居首阳山，不食周粟，最终饿死。**下亭漂泊，高桥羁旅；**下亭：《后汉书·独行传》载：孔嵩应辟赴京师，宿于下亭，其马被盗。后知为孔嵩，盗者又将马复还。高桥：在苏州阊门内，东汉时吴郡大姓皋伯通住此桥边，梁鸿穷困时曾为皋家帮佣，住皋家庑下。**楚歌非取乐之方，**楚歌：项羽被围垓下，夜闻汉军四面楚歌。羽知大势已去，遂与虞姬饮帐中，唱歌一曲。**鲁酒无忘忧之用。**许慎《淮南子注》云：楚国大会诸侯，鲁、赵都欲进酒于楚，鲁酒薄而赵酒厚，酒吏向赵索酒不如愿，就故意对换，使楚王认为赵酒薄，派兵围邯郸。**追为此赋，聊以记言；不无危苦之辞，惟以悲哀为主。**

［译文］

梁武帝太清二年十月，叛臣侯景篡国，都城金陵被攻陷。我逃奔江陵，王室与百姓都蒙受了深重灾难。此后我又由江陵出使魏国，从此一去不返，中兴的希望日渐渺茫，至承圣三年梁便被魏灭掉了。臣民们在城外都亭痛哭三日，而我则被魏国扣留在长安。岁星的运行是周而复始的，但国运衰落到极点却未曾好转。东汉人傅燮悲叹自己身世不偶，无处谋生；袁安忧虑国家命运，常常禁不住落泪。桓谭有志于事业，杜预平生好学，他们都有著述，并作序阐明要旨。潘岳之作富有文采，其最初写的一首诗便讲述了自己的家风；陆机的辞赋也很著名，其首篇赋作即陈述祖上之德。我刚到中年，就赶上了丧乱之灾，于是漂泊异域，直至晚年。正像当年在《燕歌行》中所描写的那样，长期别离家乡到北地，实在令人悲伤；当遇到南方父老时，泪水如何能抑制？先前为了国家利益出使魏国，现在又被迫在周朝为官。漂泊跋涉之苦，羁旅乡关之思，是歌舞与酒宴所不能消除的。于是便追忆往事，写了此赋以记述历史事实；虽然其中也写了自己的危苦，但主要还是悲悼国家的败亡。

［二段］

日暮途远，人间何世。将军一去，大树飘零；将军：指东汉人冯异。冯异在别人争功时，常倚大树不言己功，被人称为"大树将军"。见《后汉书·冯异传》。**壮士不还，寒风萧瑟。**壮士：指荆轲。荆轲赴秦，燕太子为他送行，荆轲与众人在易水河告别，并作歌一首："风萧萧兮易水寒，壮士一去兮不复还。"**荆璧睨柱，受连城而见欺；**荆璧：指产于楚国的和氏璧。《史记·蔺相如传》载：秦王欲以十五城换赵王的和氏璧，蔺相如持璧入秦，秦王无意偿赵城，蔺相如持璧睨柱，说要以头与璧俱碎。**载书横阶，捧珠盘而不定。**《史记·平原君传》载：赵平原君与楚王会盟，从早晨谈到中午还未能达成盟约，平原君的门客毛遂按剑上阶，说服楚王，当即捧铜盘请双方歃血为盟。载书：盟书。**钟仪君子，入就南冠之囚；**"钟仪""南冠"：钟仪为楚国乐官，被郑人俘获交与晋国，在晋国被囚两年，但钟仪不忘故国，一直戴着楚国的帽子，弹奏楚的乐曲。见《左传·成公七年》。**季孙行人，留守西河之馆。**季孙：名如意，为春秋时鲁国大夫，随鲁君参加平丘之盟。晋侯不许鲁盟，并把季孙扣留在西河（今陕西省东部）。行人：外交官员。事见《左传·昭公十三年》。**申包胥之顿地，碎之以首；**申包胥：春秋时楚国大夫。楚国都城被吴人攻占后，申包胥到秦求救，秦不出兵，申包胥哭了七天，秦哀公为之感动，答应发兵。申包胥叩头九次表示感谢。事见《左传·定公四年》。**蔡威公之泪尽，加之以血。**蔡威公：《说苑·权谋》载：春秋时，蔡威公知其国将亡，闭门哭了三日三夜，泪尽继之以血。**钓台移柳，非玉关之可望；**钓台：地名，在武昌。东晋陶侃镇守武昌，在钓台练兵，并命诸军营广种柳树。玉关：即玉门关，在今甘肃省敦煌西。**华亭鹤唳，岂河桥之可闻！**华亭：地名，在今上海市松江区，是陆机的故乡。河桥：在今河南省孟县。《晋书·陆机传》载：吴亡后，陆机入晋事成都王颖，带兵讨长沙王，战于河桥，兵败，被成都王所杀。临刑前叹息道："欲闻华亭鹤唳，可复得乎？"

［译文］

年已垂老，人世间的变故真多。冯异将军死后，大树亦随之飘零枯萎；壮士荆轲赴秦行刺，恰值秋风萧瑟之时。秦王言而无信，蔺相如持璧视柱，欲与之俱碎；志士毛遂曾逼迫楚君与赵签订盟约。钟仪身为君子，却成了南冠之囚；季孙身为使者，却被晋人扣在西河。申包胥为求救兵，不惜用头叩地；蔡威公忧伤国事，哭得泪尽出血。钓台的柳树，在玉门关是望不到的；华亭的鹤鸣声，也传不到河桥！

【三段】

孙策以天下为三分，众才一旅；孙策：字伯符，孙权之兄，是吴国基业的开创者。旅：古代以五百人为一旅。**项籍用江东之子弟，人惟八千。**项籍：即项羽。项羽起兵时，只带领江东子弟八千人渡江，后来成为西楚霸王。**遂乃分裂山河，宰割天下。岂有百万义师，一朝卷甲，芟夷斩伐，如草木焉？**芟（shān）：割草。**江、淮无涯岸之阻，亭壁无藩篱之固。**江淮：长江、淮河。涯岸：河岸。亭壁：营垒。藩篱：竹木编制的屏障。此二句言梁空有江河之险，防御工事尚不如一道篱笆坚固。**头会箕敛者，合从缔交；**头会箕敛：古代官府收谷，派人到农民家，按人头数出谷，用簸箕敛聚。合纵缔交：战国时六国联合起来以抗秦。**锄耰棘矜者，因利乘便。**耰（yōu）：碎土用的农具。棘：一种兵器。矜：矛的柄。**将非江表王气，终于三百年乎？**江表：指长江以南地区。王气：帝王之气。三百年：自孙吴建都金陵，经东晋、宋、齐、梁共近三百年。**是知并吞六合，不免轵道之灾；**六合：天地四方，此指天下。轵道：在今陕西省咸阳市附近，是秦王子婴向刘邦投降的地方。**混一车书，无救平阳之祸。**混一车书：秦并六国后，使天下车同轨，书同文。这里指晋武帝统一中国。平阳：在今山西省临汾县，晋怀帝、晋愍帝均在此地被刘聪所杀。**呜呼！山岳崩颓，既履危亡之运；**山岳崩颓：喻国家灭亡。**春秋迭代，必有去故之悲。**迭代：更替。故：指旧朝代。**天意人事，可以凄怆伤心者矣。况复舟楫路穷，星汉非乘槎可上；**星汉：天河。槎：木筏。古代传说，大海与天河相通，有人乘槎浮海至天河，并与牛郎织女在天上交谈。**风飚道阻，蓬莱无可到之期。**蓬莱：传说中的海上仙山，凡人无法靠近。**穷者欲达其言，劳者须歌其事。**《公羊传·宣公十五年》何休注："饥者歌其食，劳者歌其事。"**陆士衡闻而抚掌，**陆士衡：陆机。《晋书·陆机传》：陆机刚到洛阳，想写《三都赋》，后闻左思正在写，不禁抚手大笑，并认为左思的《三都赋》只配用来盖酒瓮。但当看到左思的作品后，却非常佩服。**是所甘**

心；张平子见而陋之，张平子：张衡，字平子。据传张衡看到班固的《两都赋》后，很不以为然，又重作《二京赋》。固其宜矣。

【译文】

孙策把天下一分为三，才用了不足五百人的队伍；项羽所统领的江东子弟兵，也只不过八千名。他们却能分割天下，雄踞一方。哪有百万之兵，一朝被打得闻风溃逃，叛军一路追杀，如同砍伐草木一样的事？长江、淮河失去了天然屏障的作用，关阻壁垒还不如篱笆坚固。居于上层的人物互相勾结，狼狈为奸；身份不高的人物，乘机举事，自谋私利。这岂不是证明江南的王者之气运，在经历了三百年后该结束了吗？由此可见，吞并天下的秦始皇，也难免后来的亡国之灾；统一海内的晋武帝，也保不住怀、愍二帝的身家性命。唉！山岳崩坏，国家已走上危亡之路；朝代更替，必然使人悲悯前朝的逝去。这是上天的旨意，也是人间的事理，真让人悲戚。况且顺水而行至河的尽头，乘着小船也无法飞上星空；大风阻路，蓬莱仙山根本不可到达。失志不如意者想通过言词表述心愿，忧苦的人则希望以歌声倾吐心事。对于我这篇《哀江南赋》，陆机听了会拍掌嘲笑，但我还是心甘情愿；张衡看到也会认为鄙陋不堪，我也认为这是理所当然。

评析

最能代表庾信文学风格与成就的作品，首推这篇《哀江南赋序》。古代的批评者也曾对它发表过不少意见，只是其中持否定态度的居多数。人们或对作品的遣词用事进行指责，或联系作品之内容对作者本人加以非难。现在看来，古人对《哀江南赋》及《序》及庾信本人的指责和非难是有失偏颇的。

从艺术的角度看，《哀江南赋序》有诸多可称道者。整个赋的内容基本都是用典故来表达的，但很多典故不仅运用得恰当贴切，而且还相当灵活，如“让东海之滨，遂餐周粟”“钓台移柳，非玉关之可望”等即是如此。另外，此赋序文，历来也广为人们传诵，它不仅对仗工整，音节和谐，而且生动形象，凄婉动人，充分体现了骈体文的长处，集中反映了作者的文学才思和驾驭语言的能力。从骈文的角度考察，堪称典范之作。

当然此赋也存在某些不足。由于作者刻意求新，个别地方出现了用语不当的毛病，对此前人已提出过批评，不过这只是白璧微瑕，并不能掩盖此赋的艺术成就。

枯树赋

庾信

［一段］

殷仲文风流儒雅，殷仲文：字仲文，陈郡（今河南睢阳）人。少有才辩，美容貌。为新安太守，闻桓玄平京邑，弃郡投奔。后又叛玄，终为刘裕所杀。海内知名。世异时移，出为东阳太守。东阳：郡名，所治在今浙江金华一带。常忽忽不乐，忽忽：失意貌。顾庭槐而叹曰："此树婆娑，生意尽矣。"婆娑：在此指树枝分散剥落貌。生意：即生机。至如白鹿贞松，白鹿贞松：《十三州志》载：白鹿塞在敦煌，地多古松，有白鹿栖息其下，故得名。青牛文梓，青牛文梓：秦文公时，雍州南山有梓树，伐树断，有一青牛出。详见《玄中记》。根柢盘魄，柢：根。盘魄：形容盘错纠曲得很厉害。山崖表里。表里：内外。桂何事而销亡？桂：桂树。销亡：枯死。桐何为而半死？桐：梧桐树。半死：凋残。昔之三河徙植，三河：汉时称河东、河内、河南三郡为三河。九畹移根。九畹：古时十二亩为一畹。开花建始之殿，建始：殿名，为曹操所建，在洛阳。落实睢阳之园。睢阳：古县名，故域在今河南省商丘一带。《九域志》载：汉梁孝王曾于睢阳建苑，方三百里，中有雁池、修竹园等。声含嶰谷，嶰谷：《汉书·律历志》载，昆仑山北有嶰谷，黄帝曾派人于此取竹制乐器。曲抱《云门》。《云门》：据说为黄帝时的舞曲。将雏集凤，雏：指雏凤。集凤：凤凰来集。比翼巢鸳。巢鸳：鸳鸯巢于其上。临风亭而唳鹤，风亭：这里指陆机、陆云的故乡华亭。陆机遇害前，曾对其弟陆云叹息说："欲闻华亭鹤唳，可复得乎？"对月峡而吟猿。月峡：即明月峡，在今四川省境内。此峡水急流险。

［译文］

殷仲文风流儒雅，天下知名。晋朝末年时局发生变化，他出朝做了东阳太守，感到很不得志，望着庭院的槐树叹息说："此树的枝杈分散剥落，已经失去生机了。"像白鹿塞坚贞的古松，雍州山上神奇的梓树，根深本固，与山崖内外结成一体。桂树为何要枯死？梧桐为何要凋残？它们从很远的三河地区，从很广阔的田园移植而来。它们在建始殿前开花，在东苑里结果。它们随风发出音乐般的声响，枝条拂扬像在慢舞《云门》。有凤凰带幼雏栖于其上，有比翼鸳鸯集于枝条。临风怀想，难忘故乡的鹤鸣；对月叹息，好像又听到三峡的猿啼。

［二段］

乃有拳曲拥肿，拥肿：树木瘿节多而不平。盘坳反覆，盘坳：盘结扭曲的样子。熊彪顾盼，彪：小虎。鱼龙起伏。节竖山连，节：柱上的斗拱，雕成山形，故又称山节。文横水蹙。文：彩绘。蹙：紧凑。这句是说，树皮上的图案就像文纹皱在一起。匠石惊视，匠石：名为石的工匠。《庄子·人间世》：匠石之齐，见栎社树，观者如市，匠伯不顾。公输眩目。公输：即公输班，也称鲁班，为春秋时期鲁国的巧匠。雕镌始就，剞劂仍加，剞劂（jī jué）：刻刀。平鳞铲甲，落角摧牙。此二句言在树木上雕出鱼龙甲兽之状。重重碎锦，片片真花，纷披草树，散乱烟霞。若夫松子、古度、松子：也作松梓，在此指松树、梓树。古度：树名。平仲、君迁，平仲、君迁：二树名。森梢百顷，森梢：挺拔的样子。槎枿千年。槎枿（zhà niè）：树木砍后再生。斜砍曰槎，复生者曰枿。秦则大夫受职，大夫受职：《史记·秦本纪》载：秦始皇东封泰山，遇雨，避于松下，遂封此树为五大夫。汉则将军坐焉。将军坐焉：袁宏《后汉纪》载：冯异为人谦退，不与诸将争功，独坐树下，军中称之为"大树将军"。莫不苔埋菌压，鸟剥虫穿，或低垂于霜露，或撼顿于风烟。撼顿：被风刮倒在地。东海有白木之庙，东海：东部的近海地区。白木之庙：俗传河南新密东三里有天仙宫，是黄帝葬三女处，其地植有白皮松。西河有枯桑之社，西河：黄河上游地区。枯桑之社：干宝《搜神记》载：张助在田中见一李核，捡起后种于桑树丛中，后桑中生李树，传言此树有神，远近前来祭祀。北陆以杨叶为关，北陆：北方。杨叶为关：以杨叶为关名。南陵以梅根作冶。南陵：泛指南方。梅根作冶：冶炼的地方以梅根为名。小山则丛桂留人，小山：指汉淮南王门客淮南小山，著有《招隐士》，其中有句云："丛桂生兮山之幽"，"攀援桂枝兮聊淹留"。扶风则长松系马。扶风：汉有扶风郡。晋刘琨《扶风歌》："系马长松下，发鞍高岳头。"岂独城临细柳之上，细柳：即细柳营，西汉文帝时，周亚夫曾驻兵于此，以拒匈奴。塞落桃林之下。桃林：指桃林之塞。春秋时晋文公派詹嘉率兵在此驻守。

［译文］

也有些弯曲结疤、盘绕缠扭的树木，其形状有的像蹲在地上的熊虎，有的似出没戏水的鱼龙。它们可用来制作山形的斗拱，而且木纹如同经过了藻绘。匠石看了会大吃一惊，公输望见也迷惑不解。初步雕琢完后，仍要用刻刀进行加工，或雕上有鳞有甲的龙，或雕上有角有牙的兽。一层层灿烂如碎锦，一片片生动如真花，还有那纷披的草树，散布如云霞。至于松子、古度、平仲、君迁这类树木，盛茂挺拔，广布有百顷，而且伐后又生，树龄往往至千年。有的树曾被秦帝封为大夫，有的树曾与汉代将军的名字连在一起。不过那些树或受遮于苔藓地菌，或剥啄于鸟雀虫害，并在霜露的侵袭下低眉垂首，甚至有的在风雨的吹打下倒下。东海一带有座庙前种着白松，西河地区的一个社坛上树有枯桑，北方的某关塞以杨叶命名，南方的一处冶炼场所呼作梅根。淮南小山的《招隐士》有“攀援桂枝兮聊淹留”的词句，刘琨在《扶风歌》中也写了“系马长松下”的诗句。树木何止是被用于细柳营的城防与桃林地区的关塞。

【三段】

若乃山河阻绝，飘零离别，拔本垂泪，拔本：将树连根拔起。本：根。**伤根沥血；**沥血：流血。**火入空心，**空心：指枯空的树干。**膏流断节。**膏：树脂。**横洞口而攲卧，**攲（qī）：倾斜。**顿山腰而半折。**顿：倒下。**文斜者百围冰碎，**文：指树纹。百围：谓树干粗大。双手合抱为一围。**理正者千寻瓦裂。**理：在此亦指树干的纹理。正：直。寻：古代八尺为一寻。**载瘿衔瘤，**瘿、瘤：均指树干上的疤结。**藏穿抱穴。**藏穿：为虫所穿。抱穴：为鸟所穴。**木魅睗睒，**木魅：指树怪。睗睒：闪烁。**山精妖孽。**山精：山妖。**况复风云不感，**风云：在此喻际遇。此句连下句为作者的身世之感。**羁旅无归，未能采葛，**采葛：《诗经·王风》有《采葛》。诗序云：“《采葛》，惧谗也。”笺云：“喻臣以小事使出。”**还成食薇，**食薇：周灭商后，伯夷、叔齐不食周粟，于首山采薇而食。或谓之曰：薇亦属周。伯夷、叔齐遂绝食而死。**沉沦穷巷，芜没荆扉，**荆扉：柴门，喻居处简陋。**既伤摇落，弥嗟变衰。**嗟：感叹，叹息。**《淮南子》云：“木叶落，长年悲。”斯之谓矣。乃歌曰：“建章三月火，**建章：即建章宫，汉武帝时建，后毁于大火。三月火：言火势极大。**黄河万里槎。**槎（chá）：木筏。**若非金谷满园树，**金谷园：在今洛阳附近，为西晋石崇的别墅。**即是河阳一县花。”**河阳县：故治在今河南孟县附近。晋潘岳为河阳令时，曾命人广栽桃树。**桓大司马闻而叹曰：“昔年种柳，依依汉南；今看摇落，凄怆江潭。树犹如此，人何以堪。”**桓大司马：指东晋时的桓温，曾被加官大司马。

［译文］

若是山河阻隔，飘零离别，被拔倒并伤了根的大树，或淌着泪水，或流出鲜血；枯死的空心树干会起火，断裂的节疤溢出树脂。它们有的斜横在山洞口，有的折倒于山腰间。纹理短而斜的树如同冰块般破碎，纹理正而长的树也像瓦片似的开裂。树干上长满瘤结，树干内成了鸟巢虫穴。丛林中有树怪闪烁出没，鬼魅山妖亦游荡其间。更何况像我这样机运不佳，生不逢时，出使不归而羁旅异国的人，身居陋巷，荆棘为门，见到草木凋落会伤心，见到它们枯死更会哀叹。《淮南子》说："树叶飘落，令人悲伤。"我的内心情绪正好印证了这一点。聊作歌一首："建章宫毁于一场大火，黄河里的木筏烂在水中，若不是金谷园的大片树木，即为河阳县的繁茂桃花。"桓大司马听后叹息说："往年种下的柳树，茂盛地生长于汉南；现在看到它们枯败凋零，使人伤感。树木尚不能在时间的流转中长青，人又怎么能经受得住年龄的催迫。"

评 析

清倪璠《庾子山集注》："《枯树赋》者，庾子山乡关之思所为作也。《朝野佥载》曰：'梁庾信初至北方，文士多轻之。将《枯树赋》示之，自后无敢言者。时温子升作《韩陵山寺碑》，信读而写其本。南人问信曰：'北方文字何如？'信曰：'唯有韩陵山一片石堪共语，薛道衡、卢思道稍解把笔，自余驴鸣狗吠，聒耳而已。'《枯树赋》有碑，贞观四年褚遂良所书也。"

《枯树赋》是庾信留于北朝的作品。如果唐张鷟《朝野佥载》所记述的文字属实的话，这篇作品又可被视为庾信在北朝文坛上的奠基之作。

与《春赋》《镜赋》相比，《枯树赋》已完全脱净了那种轻柔艳丽的情调，而呈现出沉郁凝重的特征。在这篇作品中，庾信着重抒写了两种情思，一种是对故乡的怀恋，另一种是对年命流逝的伤感。这些情思在中国古代诗文中本来是屡见不鲜的，然而唯独此作被后人书于碑石，则说明它确有极高的艺术价值。具体而言，这篇作品巧妙之处在于：写树则穷形极物，写人则悲感淋漓，而且运思严谨，行文练洁，想象虽丰富但紧扣主题，使人阅毕顿生慨叹。其情感效果确实如杜甫所说，"庾信平生最萧瑟，暮年诗赋动江关"。

徐陵（507—583），字孝穆，东海郯（今山东郯城西南）人。诗和文在当时都有高名，与庾肩吾并称“徐庾体”。徐陵曾编《玉台新咏》十卷，为现存较早的诗歌总集之一。该集所选内容偏重闺情之作，同时也收录像《古诗为焦仲卿妻作》这样的优秀诗篇。明人辑有《徐孝穆集》，清人吴北宜为之作注。

《玉台新咏》序

徐陵

【一段】

凌云概日，由余之所未窥；凌云概日：言宫殿宏伟高大。由余：春秋时戎人，曾受戎王派遣出使秦国，秦穆公示之以宫室台榭。**千门万户，张衡之所曾赋。**张衡：字平子，东汉时期辞赋家。其《西京赋》有“门千户万”之语。**周王璧台之上，汉帝金屋之中，**周王：指周穆王。《穆天子传》载：周穆王曾为盛姬造重璧之台。汉帝：指汉武帝。《汉武故事》载：武帝曾许诺：“若得阿娇，当金屋贮之。”**树以珊瑚作枝，珠帘以玳瑁为匣。**玳瑁：海龟之一种，甲片可做装饰品。

【译文】

高大宏伟的宫廷建筑，由余在来到秦国以前还不曾见过；千门万户的京城之居，张衡在《西京赋》中曾作了描写。在周穆王的璧台之上与汉武帝的金屋之中，玉树的树枝是用珊瑚为原料制成的，玉帘的帘匣取之于海龟的甲片。

【二段】

其中有丽人焉。其人也，五陵豪族，充选掖庭；五陵豪族：《文选·西都赋》注：“高、惠、景、武、昭帝五陵在北，士人多宅于此。”掖庭：原指宫中两边的侧室，此指后宫。**四姓良家，驰名永巷；**四姓：指东汉外戚樊氏、郭氏、阴氏、马氏。永巷：宫中嫔妃所居之处，亦即后宫。**亦有颍川、新市、河间、观津。**此处言后妃亦有来自颍川、新市、河间、观津等地的。**本号娇娥，曾名巧笑。**巧笑：《中华古今注》云：段巧笑，魏文帝宫人。**楚王宫内，无不推其细腰；**细腰：言其身材苗条。古人有"楚王好细腰，宫中多饿死"之语。**卫国佳人，俱言讶其纤手。**讶：惊讶。言：助词。**阅诗敦礼，非直东邻之自媒；**东邻自媒：宋玉《登徒子好色赋》："臣东家之子，嫣然一笑，惑阳城，迷下蔡。然此女登墙，窥室三年，至今未许也。"**婉约风流，异西施之被教。**西施：春秋时越国美女，曾于美人宫中亲受越王之教。见《越绝书》。**弟兄协律，自小学歌；**弟兄协律：《汉书·外戚传》：孝武李夫人与其兄李延年知音，善歌舞。平阳公主言之武帝，遂被召见，李夫人由是得幸，以延年为协律都尉。**少长河阳，由来能舞。**少长河阳：赵飞燕于河阳公主家歌舞时，被成帝看中，后进宫得幸。**琵琶新曲，无待石崇；**石崇：西晋人。《王明君辞序》云："昔公主嫁乌孙，令琵琶马上作乐，以慰其道路之思，其送明君亦尔也，其造新曲，多哀怨之声，故序之。"**箜篌杂引，非因曹植。**箜篌：乐器名。杂引：犹言杂曲。曹植有《箜篌引》诗。**传鼓瑟于杨家，得吹箫于秦女。**瑟：乐器名。杨：指西汉人杨恽。杨恽《报孙会宗书》："家本秦也，能为秦声。妇，赵女也，雅善鼓瑟。"秦女：指秦穆公女弄玉。其夫萧史，善吹箫引凤，后夫妇共随凤去。**至若宠闻长乐，陈后知而不平；**长乐：长乐宫。陈后：汉武帝陈皇后。史载陈皇后闻听卫子夫得宠时，气愤得几次想自杀。**画出天仙，阏氏览而遥妒。**阏氏（yān zhī）：匈奴单于的夫人曰阏氏。**至如东邻巧笑，来侍寝于更衣；西子微颦，将横陈于甲帐。**西子：即西施。颦：皱眉。甲帐：汉武帝有甲、乙二帐，俱以珠宝为饰。**陪游馺娑，骋纤腰于结风；**馺娑（sà suō）：建章宫殿名。结风：古歌曲名。司马相如《上林赋》："鄢郑缤纷，激楚结风。"**长乐鸳鸯，奏新声于度曲。**鸳鸯：古代宫殿名。**妆鸣蝉之薄鬓，照堕马之垂鬟。**蝉鬓：《中华古今注》云：魏文帝宫女有名莫琼树者，始制为蝉鬓，望之缥缈如蝉翼，故曰蝉鬓。堕马之垂鬟：即堕马髻，为古代妇女的一种发式。**反插金钿，横抽宝树。**钿：形如花朵的一种首饰。宝树：古代妇女的装饰品。**南都石黛，最发双蛾；**石黛：青黑色的颜料，古代女子用以画眉。双蛾：即一双蛾眉。**北地燕脂，偏开两靥。**燕脂：燕地产的粉脂。靥：俗称酒窝。**亦有岭上仙童，分丸魏帝；**仙童分丸：魏文帝《折杨柳行》："西山一何高，高高殊无极。上有两仙僮，不饮亦不食。与我一丸药，光耀有五色。"**腰中宝凤，授历轩辕。**腰中宝凤：句意不详。《左传·昭公十七年》："凤鸟氏，历正也（掌律历之官）。"轩辕：即黄帝。**金星与婺女争华，**金星：女子涂于面上的黄色装饰。婺女：星名，二十八宿之一。**麝月共姮娥竞爽。**麝月：女子涂于面上的月状装饰。姮娥：嫦娥，在此代指月亮。竞爽：犹言竞争。**惊鸾冶袖，时飘韩掾之香；**惊鸾：古有四鸾之舞。韩掾之香：语出《世说新语·惑溺》：韩寿美姿容，贾充辟以为掾。充女见韩寿悦之，并与之通。充见女盛自拂拭，又闻寿身有异香之气，是外国所贡，一著人衣，数月不歇。充疑寿与女通，取左右婢考问之，婢之实言。充秘之，以女妻寿。**飞燕长裾，宜结陈王之佩。**飞燕：即赵飞燕。陈王：指曹植。曹植《洛神赋》："愿诚素之先达兮，解玉佩以要之。"**虽非图画，入甘泉而不分；**甘泉：即甘泉宫。《汉书·外戚传》：李夫人死后，武帝命图画其形于甘泉宫。**言异神仙，戏阳台而无别。**宋玉《高唐赋》："妾在巫山之阳，高丘之阴，旦为行云，暮为行雨，朝朝暮暮，阳台之下。"**真可谓倾国倾城，**倾城倾国：言其美色使众人为之倾倒。**无对无双者也。**

【译文】

其中居住着一些美人。这些美人有的出自五陵豪族，有的出自樊、郭、阴、马等大姓贵族，当然也有从颍川、新市、河间、观津等地选入的。她们有的被称为娇娥，有的名叫巧笑。楚王宫里，属她们的身材最苗条；卫国的佳人见了她们纤细的秀指也感到吃惊。她们通晓《诗》《礼》，不像东邻之女那么浮艳轻薄；她们的举止大方，进退雍容，与受过教育的西施一般无二。兄妹二人通晓音乐，自幼便学习歌唱；小时候生长在河阳府内，天生擅长舞蹈。琵琶新曲，无须石崇表彰；箜篌杂曲，也用不着曹植赞美。从杨家那里学会了鼓瑟，从弄玉那里学会吹箫。卫子夫在长乐宫得宠，陈皇后听罢气愤；王昭君貌似天仙，阏氏看到画像后心中妒忌。在卧室内陪伴的有巧笑嫣然的东邻之女，在床上仰卧的是微微皱眉的西施美人。随君游于驳娑殿，伴结风之曲翩翩起舞；长乐宫中和鸳鸯殿内，新谱成的声乐也在演奏。她们把自己的鬓发修饰得薄如蝉翼，头上还梳了一个堕马髻，同时还插有金钗之类的首饰。一双蛾眉用南都产的石黛画就，脸颊上还敷有燕地出的脂粉。岭上的仙童曾把丹药分给魏文帝，凤鸟氏为黄帝的掌律历之官。美女们脸上的金星妆如同天上的婺女星一样有光华，而其麝月妆的艳丽使得她们看上去真像月中的嫦娥。她们那随身飘舞的长袖散发着奇妙的芳香，赵飞燕的长长衣裙真应结上曹植的玉佩。她们的美丽动人，汉武帝见了定会认为是李夫人死而复生；她们虽非神仙，但与阳台之下的巫山之女毫无区别。真可以说是倾国倾城，举世无双。

【三段】

加以天晴开朗，逸思雕华，妙解文章，尤工诗赋。琉璃砚匣，

琉璃:天然的有光的宝石。**终日随身;翡翠笔床,**笔床:安放笔管的架子。**无时离手。清文满箧,非惟芍药之花;**箧:小箱子。芍药:本为植物名,花大且美,此处指咏赞芍药花的诗歌。**新制连篇,**制:谓诗作。**宁止蒲萄之树。九日登高,时有缘情之作;**魏文帝《与钟繇九日送菊诗》:"九为阳数,而日月并应,俗嘉其名,以为宜于长久,故以享宴高会。"**万年公主,**万年公主:晋武帝之女,死后,武帝诏左棻为之作诔。**非无累德之辞。其佳丽也如彼,其才情也如此。既而椒宫宛转,柘馆阴岑,**椒宫:皇后所居殿曰椒房。以椒和泥涂壁,温暖而香,并能辟除恶气。柘馆:汉代上林苑中之一馆。**绛鹤晨严,**绛鹤:指籥,古代一种乐器。**铜蠡昼静。**铜蠡:指钟,也是古代一种乐器。**三星未夕,不事怀衾;五日犹余,**五日:汉代官吏五日休息一天。**谁能理曲。优游少托,寂寞多闲。**少托:缺少寄托。多闲:多闲暇时间。**厌长乐之疏钟,劳宫中之缓箭。**长乐:即长乐宫。箭:代指计时之器。古代宫中计时以孔壶为漏,浮箭为刻。**纤腰无力,怯南阳之捣衣;**南阳:地名,今属河南省。**生长深宫,笑扶风之织锦。**扶风:地名,今属陕西省。织锦:臧荣绪《晋书》:窦滔妻苏氏善属文。苻坚时,滔镇襄阳,携妾前往,音讯断绝。苏氏思之,织锦为回文诗寄滔,循环宛转以读之,辞甚悽惋。**虽复投壶玉女,为欢尽于百骁;**投壶:古代的一种游戏,设特制之壶,参加者依次投矢其中,中多者为胜。玉女:传说中的仙女。百骁:《西京杂记》:"武帝时郭舍人善投壶,以竹为矢,不用棘也。古之投壶取中而不求还,故实小豆,恶其矢跃而出也。郭舍人则激矢令还,一矢百余反,谓之为骁。"**争博齐姬,心赏穷于六箸。**博:古代一种棋类游戏。六箸:博具。

【译文】

再加上天空晴朗,想象丰富,文思赡博,通晓文章,尤其更擅长诗赋。天然宝石制成的砚匣终日随身携带,翡翠笔一刻也不离手。满箱的清秀之文,并非只咏芍药之花;新作品一篇连一篇,所取题材也不仅仅限于葡萄树。重阳节登高,往往会触景生情,作文赋诗;万年公主的诔辞,即出于左棻之手。她们的美貌与才华都是令人惊羡的。入夜之后,椒房深邃,柘馆清幽,拂晓时分,绛鹤(指籥)已调试好,钟也在等待着演奏时刻的到来。三颗小星还高悬在天空,宫门未开无法出去;高官贵人们仍在放假休息,演奏乐曲也无人来听。闲游缺少寄托,心中寂寞无法打发时间。对长乐宫中的钟声已感到厌烦,对嗒嗒作响的宫中箭壶也觉得不惬心意。身弱无力,对捣衣之类的劳作望而生畏;长年生活在宫中,对织锦之类的事不屑一顾。投壶玉女的最大欢乐,仅在于能把一只箭投中百次；从事博棋游戏的齐姬，乐趣也只是限于博具本身。

［四段］

无怡神于暇景，惟属意于新诗。暇景：空闲的时间。**庶得代彼萱苏，蠲兹愁疾，**萱苏：一种草本植物，传说可以使人忘忧。蠲（juān）：消除。**但往世名篇，当今巧制，分诸麟阁，散在鸿都。**麟阁：汉有麒麟阁，在未央宫左，内藏有各种书籍。鸿都：东汉宫门名，其内置学士与书库。**不藉篇章，无由披览。**披览：翻阅。**于是然脂暝写，弄笔晨书，**然：同“燃”，点燃。脂：油膏。**撰录艳歌，凡为十卷。曾无参于雅颂，亦靡滥于风人。**雅颂：《诗经》有《大雅》《小雅》及《颂》。风人：《诗经》有《国风》。**泾渭之间，若斯而已。**泾、渭：本二水名，此谓差别、区别。《三秦记》云：泾水初开头山，到高陵县而入渭，与渭水合流，三百里清浊不相杂。

［译文］

而我所说的佳人，她们不虚度光景，而是把精力集中于新诗的创作和欣赏。这样就可以把新诗当作忘忧草，消除掉内心的忧愁。但前代的名篇与今世的新作，或储存于麒麟阁，或散放在鸿都门。不将其编撰成书，便很难为一般人阅览。于是燃灯夜书，调墨晨写，撰录言情之诗，总共为十卷。这些作品虽不能与《诗经》的《雅》《颂》相提并论，但很接近《诗经》的《国风》，彼此之间的区别仅仅是这样。

［五段］

于是丽以金箱，装之宝轴。丽：排放。金箱：书箱。宝轴：书轴。**三台妙迹，龙伸蠖屈之书；**三台：《邺中记》：“魏武于邺城立三台。中台名铜雀台，南名金兽台，北名冰井台。”龙伸蠖屈：形容文字的形体。**五色花笺，河北胶东之纸。**五色花笺：古代的名贵纸张。**高楼红粉，仍定鲁鱼之文；**鲁鱼之文：指文字传抄因形近而产生的讹误。**辟恶生香，聊防羽陵之蠹。**羽陵之蠹：蛀虫。**灵飞六甲，高擅玉函，**《汉武内传》载：“帝受西王母真形、六甲、灵飞十二事。帝盛以黄金几，封以白玉函。”**鸿烈仙方，长推丹枕。**《博物志》：刘德治淮南王狱，得枕中《鸿宝》《苑秘书》。**至如青牛帐里，余曲既终；**青牛帐：其旨不详。疑为得道成仙者之帐。**朱鸟窗前，新妆已竟。**朱鸟窗：九华殿的南窗。《博物志》载：西王母乘紫车至九华殿，东方朔从朱鸟窗窥之。已竟：已完。**方当开兹缥帙，散此绍绳，**缥：青白色的丝织品。

帙:包书的布套。绢:丝带。**永对玩于书帷,长循环于纤手。岂如邓学春秋,儒者之功难习;**邓:指东汉和帝之后邓绥。《后汉书》载:邓绥自幼好学,入宫后又从曹大家受经传。**窦传黄老,金丹之术不成。**窦:指西汉文帝之母窦太后,好黄老。**固胜西蜀豪家,托情穷于鲁殿;**《三国志·蜀志》载:刘琰为车骑将军,车服饮食多侈靡,侍婢数十,能为声乐,悉教诵读《鲁灵光殿赋》。**东储甲观,流咏止于洞箫。**甲观:楼观。汉太子宫有甲观。《汉书·王褒传》载:元帝为太子时,最喜《洞箫赋》,令后宫贵人皆诵读之。**娈彼诸姬,聊同弃日。猗与彤管,丽矣香奁。**猗与:赞美之辞。彤管:笔。

【译文】

于是把这些诗装于轴上,放置在金箱里。这些诗有的是用古文字写成的,所用的纸是河北胶东产的五色花笺纸。在完成了校正讹误的工作后,又在书卷上撒些香料以防虫蠹。先前人们曾用玉函存放灵飞六甲之书和鸿烈仙方之作。青牛帐里的乐曲还未终了,新妆已成的佳人已站在朱鸟窗前。她正打开书帙,解开丝绳,展卷品味,手持口诵。不像东汉的邓皇后那样,潜心儒学,研习《春秋》;也不像西汉的窦太后那样,沉湎黄老,可最终仍未得到金丹之术。她们已远远超过了那些西蜀豪家中的女子,因为那些女子只能诵读《鲁灵光殿赋》;同时元帝的后宫贵人也比不上她们,因为那些宫人只会诵读《洞箫赋》。与这些佳人们在一起消遣掉空暇的时日,那精巧的彤管啊,那美丽的香奁。

评析

这篇小序原本是徐陵为表述编撰《玉台新咏》的主旨而写成的,但作者的文思却远远超过了一般诗集序言的水平。在这里,作者结合所选诗歌的内容,展开自己的丰富想象,不仅描写了宫女后妃的一般生活,而且揭示了她们寂寞无聊的内心状况,因此该序具有宫廷妇女生活之缩影的性质。另外,从作者的行文来看,他对自己所描写的一切是非常欣赏的,如果我们将此序与当时文坛的具体情况联系起来考察,就会发现作者的那种欣赏恰好代表了梁陈时代的审美倾向。

最后就这篇小序的遣词炼句而言,亦同样有可称道之处。它不仅"五色相宣,八音迭奏",而且对偶工巧,结构严整。清人许梿认为它实集六朝骈文之大成,确非过誉之词。

颜之推(约 531—591),字介,琅琊临沂(今属山东省)人,北齐学者和文章家。其主要著作是《颜氏家训》,多以儒家思想训诫子弟,立论平实,知识丰富,文辞时有骈体,风格平易亲切。

颜氏家训·文章

颜之推

【一段】

夫文章者,原出《五经》:诏、命、策、檄,生于《书》者也;诏、命、策:三种文体,用于皇帝的诏命文告。檄:也是一种文体,用于讨伐。序、述、论、议,生于《易》者也;序、述、论、议:古代的四种文体。歌、咏、赋、颂,生于《诗》者也;歌、咏:古代的两种文体,今可单称为诗。祭、祀、哀、诔,生于《礼》者也;祭、祀、哀、诔:古代的四种文体。书、奏、箴、铭,生于《春秋》者也。书、奏、箴、铭:古代的四种文体。朝廷宪章,军旅誓诰,宪章:典章律令。誓:誓言。诰:古代训令式的文章。敷显仁义,发明功德,牧民建国,牧民:管理百姓。施用多途。至于陶冶性灵,从容讽谏,性灵:性情心灵。讽谏:以委婉之词间接地劝说。入其滋味,亦乐事也。滋味:意味。行有余力,则可习之。然而自古文人,多陷轻薄:轻薄:不严格约束自己的行为举动。屈原露才扬己,显暴君过;屈原:战国时楚国文学家。显暴君过:屈原在《离骚》中对楚王有所讽刺和批评。宋玉体貌容冶,见遇俳优;宋玉:战国时楚国文学家。容冶:漂亮。东方曼倩,滑稽不雅;东方曼倩:东方朔,字曼倩,汉武帝时人,以幽默滑稽闻名。司马长卿,窃资无操。司马长卿:司马相如,字长卿,西汉时期的辞赋家。窃资:指司马相如与卓文君一起迫使卓王孙分财产给他们。王褒过章《僮约》,王褒:字子渊,西汉文学家。《僮约》是他写的一篇文章,其中讲到他去一寡妇家之事,这在古代守礼法者看来是一过失。扬雄德败《美新》,扬雄:字子云,西汉末的文学家和学者。《美新》:即《剧秦美新》,扬雄此作主旨在于赞颂王莽新朝。李陵降辱夷虏,李陵:西汉时大将,因战败无路而降匈奴。夷虏：在此指匈奴。**刘歆反覆莽世**，刘歆：西汉时期学者，起初支持王莽，后又反莽，最终被迫自杀。**傅毅党附权门**，傅毅：东汉文学家，曾做过外戚大将军窦宪的司马。**班固盗窃父史**，班固：东汉时期著名史学家和文学家。盗窃父史：班固的《汉书》是在其父班彪的史稿的基础上而写成的，颜之推认为这是盗窃。**赵元叔抗竦过度**，赵元叔：赵壹，字元叔，东汉文学家。抗竦：高傲自持。**冯敬通浮华摈压**，冯敬通：冯衍，字敬通，东汉文学家。摈压：压制。**马季长佞媚获诮**，马季长：马融，字季长，东汉文学家和学者。佞媚：谄媚。获诮：遭到讥讽。**蔡伯喈同恶受诛**，蔡伯喈：蔡邕，字伯喈，东汉文学家和学者。同恶受诛：蔡邕曾被董卓任用，王允诛董卓，蔡邕为之叹息，被治罪，后死狱中。**吴质诋忤乡里**，吴质：三国时曹魏文学家。诋忤：相处不好而出恶言。**曹植悖慢犯法**，曹植：曹操之子，诗文极受古人推崇。曹植曾因醉酒违法被贬爵。**杜笃乞假无厌**，杜笃：东汉文学家，曾和当地县令往来，多次以私事相求。**路粹隘狭已甚**，路粹：东汉末文学家。隘狭：气量狭小。**陈琳实号粗疏**，陈琳：曹魏文学家。粗疏：粗率少约束。**繁钦性无检格**，繁钦：曹魏文学家。检格：法式。**刘桢屈强输作**，刘桢："建安七子"之一，以诗闻名。输作：被罚去干活。**王粲率躁见嫌**。王粲："建安七子"之一，是很有才艺的文学家。率躁：轻率不沉稳。**孔融、祢衡，诞傲致殒**，孔融、祢衡：都是东汉末年的文学家。二人皆因恃才傲物、狂放不羁而被当权者杀害。**杨修、丁廙，扇动取毙**，杨修、丁廙：曹魏时期的文学家，二人与曹植关系甚密，并想帮助曹植争取世子之位，最后分别被曹操、曹丕所杀。**阮籍无礼败俗**，阮籍："竹林七贤"之一，诗、文都很有名。无礼败俗：蔑视礼教习俗。**嵇康凌物凶终**，嵇康："竹林七贤"之一，在当时与阮籍齐名。凌物：高傲无视权贵。凶终：被人残害，死于非命。**傅玄忿斗免官**，傅玄：西晋时期文学家。忿斗免官：傅玄因与人争喧而免官。**孙楚矜夸凌上**，孙楚：西晋时期文学家。矜夸凌上：以才气自负而不把上司放在心中。**陆机犯顺履险**，陆机：西晋时期文学家。履险：走上凶险之路。**潘岳干没取危**，潘岳：西晋时期文学家。干没：追逐名利。取危：指被人杀害。**颜延年负气摧黜**，颜延年：颜延之，字延年，南朝刘宋文学家。负气：负其才气。摧黜：被贬官。**谢灵运空疏乱纪**，谢灵运：刘宋文学家。乱纪：败乱法纪。**王元长凶贼自诒**，王元长：王融，字元长，南齐文学家。凶贼自诒：参与谋反而自取恶果。**谢玄晖侮慢见及**。谢玄晖：谢朓，字玄晖，南齐文学家。侮慢：轻视。见及：这里指被人陷害。**凡此诸人，皆其翘**

秀者，翘秀：高于一般，杰出。不能悉记，大较如此。大较：大略。至于帝王，亦或未免。自昔天子而有才华者，唯汉武，魏太祖、文帝、明帝，宋孝武帝，汉武：汉武帝。魏太祖：即魏武帝曹操。文帝、明帝：指魏文帝曹丕和魏明帝曹叡。宋孝武帝：刘宋孝武帝刘骏。皆负世议，非懿德之君也。懿德：美德。自子游、子夏、荀况、孟轲、枚乘、贾谊、苏武、张衡、左思之俦，子游、子夏：是孔子的两个著名弟子。荀况、孟轲：荀子名况，孟子名轲。枚乘、贾谊、苏武：都是西汉人。张衡：东汉文学家和科学家。左思：西晋文学家。有盛名而免过患者，时复闻之，但其损败居多耳。损败：损命败身。每尝思之，原其所积，原其所积：源于其所作所为。文章之体，标举兴会，标举：高超。兴会：兴致。发引性灵，使人矜伐，发引性灵：触动引导人的性情心灵。矜伐：夸耀自己的才能。故忽于持操，果于进取。持操：品行操守。果于：敢于。今世文士，此患弥切，一事惬当，一句清巧，事：在此指用事用典。清巧：新奇巧妙。神厉九霄，志凌千载，厉：上。九霄：天上极高处。凌：跨越。自吟自赏，不觉更有傍人。加以砂砾所伤，惨于矛戟；讽刺之祸，速乎风尘。深宜防虑，以保元吉。元吉：本意为大福，在此指声名。

［译文］

文章都源出于五经：诏、命、策、檄源出于《尚书》；序、述、论、议源出于《周易》；歌、咏、赋、颂源出于《诗经》；祭、祀、哀、诔源出于《礼》；书、奏、箴、铭源出于《春秋》。朝廷的宪章，军旅的誓诰，宣扬仁义，彰显功德，以及治民建国等，都不能缺少了文章。若是用来陶冶性灵，从容讽谏，体会其中的意味，也是很有乐趣的。如有多余精力，自可以研习它。然而从古以来的文人，多失于轻薄：屈原矜夸才能、高扬自我，把君主的过错公开展露；宋玉体貌漂亮，被人几乎当成了俳优；东方朔言行滑稽，而有失文雅；司马相如迫人分财与己，全无操行。王褒的过失见于《僮约》，扬雄的品德坏于《剧秦美新颂》，李陵投降匈奴，身败名毁，刘歆反复于王莽新朝，傅毅党附于权门，班固盗用其父的史学成果，赵壹性情高傲过度，冯衍因浮华而被压制，马融因谄媚而遭讥嘲，蔡邕因同情恶人而被杀，吴质在乡里无声誉，曹植悖慢犯法，杜笃乞求借贷无厌，路粹心胸狭隘，陈琳言行粗疏，繁钦性格狂放，刘桢被罚去服苦役，王粲因轻躁被嫌弃，孔融、祢衡因狂傲而丧命，杨修、丁廙因煽动事端而被杀，阮籍不遵礼法伤风败俗，嵇康高傲凌人未得善终，傅玄因忿争而免官，孙楚因矜夸而犯上，陆机错走了为宦之路而遭遇凶险，潘岳一味追求名利而取毙，颜延年任气独行被贬黜，谢灵运目空一切犯法纪，王元长因凶逆被杀，谢玄晖以侮慢遇害。以上所提到的这些人，都是文坛上的杰出者，至于其他人已无法全部都列出，大体上就是这样。即或是帝王，也不能免。古来有文才的帝王要数汉武帝、魏武帝、魏文帝、魏明帝及宋孝武帝等，但他们都曾被世人讥议，故算不上有美德的人君。从子游、子夏、荀况、孟轲到枚乘、贾谊、苏武、张衡、左思等人，享有盛名而免于祸患的也有人在，不过相比之下还是损身败名的居多。对此我常常思考，寻其病根，当是由于文章要标举兴会，引发性灵，这会使人矜夸才能，忽略操守，只知一味进取。在现在的文士们身上，这类毛病更为严重，一个典故用得恰当，一个句子写得新巧，就会自视甚高，目中无人，自夸自赏，觉得别人都远不如己。砂砾伤人，会比戈矛更厉害；讽刺招祸，会比风尘来得更快。因此应该认真考虑防范，从而保住自己的声誉。

［二段］

学问有利钝，文章有巧拙。钝学累功，不妨精熟；拙文研想，终归蚩鄙。但成学士，自足为人；必乏天才，勿强操笔。吾见世人，至无才思，自谓清华，才思：才气文思。清华：清新华美。**流布丑拙，亦以众矣。**丑拙：丑陋笨拙。**江南号为“诊痴符”。**“诊痴符”：古代俗语，指没有才学而好自夸之人。诊是叫卖，诊痴即叫卖痴愚。**近在并州，**并州：地名，今属山西省太原市。**有一士族，好为可笑诗赋，誂擎邢、魏诸公，**誂擎：嘲讽。邢、魏：指邢邵与魏收，均是北齐著名文人。**众共嘲弄，虚相赞说，便击牛酾酒，**击牛：杀牛宴客。酾：斟酒。**招延声誉。其妻明鉴妇人也，泣而谏之，此人叹曰：“才华不为妻子所难容，何况行路？”**行路：行路之人，指与自己不相干之人。**至死不觉。自见之谓明，此诚难也。**

［译文］

学问有敏利与迟钝之分，文章有精巧和拙笨之别。学问迟钝的人通过不断努力，可以达到精熟程度；文思拙滞的人即使苦心研想，最终也很难免出现陋劣之累。饱学之士，足以自立；毫无天才，切勿勉强作文。我看到不少人，本身一点才思都没有，却自命清奇不凡，让拙陋的文章在世上流传，而且数量很大。这在江南叫作“诊痴符”。近来并州有一士族出身的人，喜欢作一些不伦不类的诗、赋，还与邢邵、魏收诸公开玩笑，别人嘲弄性的赞扬，他竟听不出来，反而杀牛备酒，请人家赴宴，希望这样会进一步扩大自己的声誉。他的妻子是一位很有眼光的人，哭着劝他别再那样，而他却叹息道："连妻子都不承认我的才华，更何况外人呢！"此人到死也没有醒悟。自己能正确估计自己才叫明，做到这点确实很难。

【三段】

学为文章，先谋亲友，得其评裁，知可施行，评裁：评断。施行：在此指把所作诗文示与人看。**然后出手，慎勿师心自任，**师心：以己心为师，自以为是。**取笑旁人也。自古执笔为文者，何可胜言，然至于宏丽精华，不过数十篇耳。**宏丽精华：指文章写得宏丽华美。**但使不失体裁，辞意可观，便称才士。要须动俗盖世，亦俟河之清耳。**动俗盖世：震动世人，压倒同辈。俟河之清：古语传言黄河千年一清。

【译文】

学做文章，写成后应先和亲友商量，得到他们的评判，觉得能公布于世，然后才可出手，切不要自以为是，见笑于人。古来执笔作文者，数不胜数，然而宏丽精美的好文章，才只有数十篇。文人之作，只要体裁没毛病，辞意能看得过眼，就可以称得上是才士。至于要求作品达到惊世骇俗的完美，就如同企盼黄河之水变清一样，是很难实现的。

【四段】

不屈二姓，夷、齐之节也；夷、齐：指伯夷和叔齐，商周之交时孤竹国人。周灭商后，二人不食周粟，饿死首阳山。**何事非君，伊、箕之义也。**伊、箕：指伊尹、箕子。前者为商汤之大臣。后者为纣王之臣，预知商将灭亡，披发佯狂，以避祸难。**自春秋以来，家有奔亡，国有吞灭，君臣固无常分矣；**无常分：没有固定的位分区别。**然而君子之交绝无恶声，**交绝：断绝交往。恶声：诋毁之语。**一旦屈膝而事人，岂可以存亡而改虑？陈孔璋居袁裁书，则呼操为豺狼；**陈孔璋：陈琳，字孔璋。则呼操为豺狼：陈琳《为袁绍檄豫州文》："（曹）操豺狼野心，潜包祸谋。"**在魏制檄，则目绍为蛇虺。**檄：檄文。绍：指袁绍。蛇虺（huǐ）：毒蛇。今本《陈琳集》无此文。**在时君所命，不得自专，**不得自专：不由自主。**然亦文**

人之巨患也，当务从容消息之。巨患：大患。消息：消除去掉。

［译文］

不屈事异姓，是伯夷、叔齐的节操；不为昏君之臣，是伊尹、箕子的高义。自春秋时期以来，有的当政者被迫外逃，有的国家被他国吞灭，君臣之间已没有固定的常分了；然而君子绝交不以言语相伤，一旦屈膝而服事别人，又怎可以因利害关系而改变立场和观点呢？陈琳为袁绍作檄文时，曾称曹操为豺狼；但当其在魏事曹氏时，又于一篇檄文中把袁绍视为毒蛇。这当然是迫于在上者的压力，身不由己，但它仍旧为文人之大患，应努力消除之。

［五段］

或问扬雄曰："吾子少而好赋？"雄曰："然。童子雕虫篆刻，壮夫不为也。"余窃非之曰：虞舜歌《南风》之诗，《南风》：传说为舜所造。《孔子家语·辩乐解》载有歌词。周公作《鸱鸮》之咏，周公：周武王之弟。武王去世后，为成王顾命大臣，辅政多年。《鸱鸮》：《诗经》一篇名。《毛诗序》认为是周公作。吉甫、史克，《雅》《颂》之美者，吉甫：即尹吉甫。据《毛诗序》，《诗经》中的《嵩高》《黑民》《韩奕》等篇为尹吉甫所作。《颂》为史克所作。未闻皆在幼年累德也。孔子曰："不学《诗》，无以言。""自卫返鲁，乐正，《雅》《颂》各得其所。"大明孝道，引《诗》证之，大明孝道：旧说《孝经》为孔伋所作。引《诗》证之：《孝经》每一篇末，均引《诗经》之句加以说明。扬雄安敢忽之也？若论"诗人之赋丽以则，辞人之赋丽以淫"，淫：淫荡浮艳。但知变之而已，又未知雄自为壮夫何如也？

……

［译文］

有人问扬雄："先生年轻时喜欢写赋，果真如此吗？"扬雄回答说："是的。但那是少年童子的雕虫小技，有志向的人是不干的。"我以为扬雄的看法是错误的。虞舜曾歌《南风》之诗，周公曾作《鸱鸮》之咏，尹吉甫、太史克所写的作品在《雅》《颂》中也为上品，还从未听说过这些人因作诗在少年时影响了德行。孔子说："不学《诗》，无以言。"又说："我从卫国返回鲁国后，修正了音乐，《雅》《颂》也复归到了应有的位置。"大明孝道的《孝经》，也往往要引诗为证，扬雄怎敢如此轻之呢？如果说"诗人作的赋华丽而雅正，辞人作的赋华丽而淫靡"，这也只是涉及了变化和区别的问题,不知扬雄是否把自己视为“壮夫”呢?

……

〔六段〕

凡为文章,犹人乘骐骥,骐骥:骏马。虽有逸气,当以衔勒制之,逸气:俊逸之气。衔:横在马口中的铁条。勒:套在马头上戴嚼口的皮条。勿使流乱轨躅,放意填坑岸也。轨躅:轨迹。放意:恣意。填坑岸:跌入坑沟。文章当以理致为心膂,心膂:心脏与脊骨,喻最关键之处。气调为筋骨,事义为皮肤,华丽为冠冕。华丽:指辞藻。今世相承,趋末弃本,率多浮艳。辞与理竞,辞胜而理伏;事与才争,事繁而才损。事繁:用事繁多。放逸者流宕而忘归,流宕:流荡。穿凿者补缀而不足。穿凿:任意牵强附会。时俗如此,安能独违?但务去泰去甚耳。必有盛才重誉,改革体裁者,实吾所希。

〔译文〕

写作文章,有如人骑骏马,虽有俊逸之气,还须用衔勒来控制,不能让它四处狂奔,跌进沟坑里。文章要以理义为中心,气韵格调为筋骨,事典为皮肤,辞藻为冠冕。但当今文人们却因循陋习,趋末弃本,作品大多很浮艳。辞藻与义理相竞,辞藻胜则义理被埋没;用事与才思互争,用事繁多便使才思受损。放逸的流荡而忘返,穿凿的补缀而不足。当下时尚如此,怎能独自违抗?只要别做得太过分也就算了。若真能出现一位才华横溢、声望极高的人来改革文体,那才是我最大的心愿。

〔七段〕

古人之文,宏材逸气、体度风格,去今实远,但辑缀疏朴,未为密致耳。辑缀:缝接拼合。密致:严密细致。今世音律谐靡,章句偶对,谐靡:和谐悦耳。讳避精详,讳避精详:指为诗文写作而定的诸多规则,如“四声八病”之说。贤于往昔多矣。宜以古之制裁为本,今辞调为末,并须两存,不可偏弃也。

〔译文〕

古人的文章,就其宏材逸气、体度风格等方面看,要超过当今之文,只是在词句结构的安排上显得有些粗疏，不够周密细致。如今的文章，音律和谐靡丽，章句骈偶对称，避讳精细繁多，这一切又是古人之文所不具备的。因此，宜以古人的文章体制为本，以今人的辞调为副，这二者都要照顾到，不能偏弃任何一方。

评析

这是一篇较质朴的文学评论文章，其中既涉及演变与发展的问题，又有一些关于体裁区分和创作手法方面的论述。这些对我们了解或研究颜之推的文学思想很有帮助。

自曹丕提出“古今文人，类不护细行”的说法以后，已很少有人从此一角度来评论文人，而颜之推对作者的文才与品行看得几乎同样重要。本文前面所列举的那些作者，在他看来都存在品行修养方面的不足。这种把文与德联系起来加以考察的批评方法，是应该肯定的。如果他不把此批评方法过于极端化，就更好了。

另外，颜之推对当时的某些文学现象是以发展的眼光来看待的。他不像有的批评家（如钟嵘）那样完全否定业已形成的文学作品的形式美，而是主张在继承古代文章之优点的同时，采纳当代已形成的艺术规则，并通过具体的创作实践使之进一步完善。这一看法也是非常合理的。

隋唐五代骈文

关山难越，谁悲失路之人。萍水相逢，尽是他乡之客。

——唐·王勃

杨暕(585—618),字世朏,弘农华阴(今属陕西)人。隋炀帝杨广第二子,封齐王。

与逸人王贞[1]书

杨暕

【一段】

夫山藏美玉,光照廊庑之间; 廊庑:堂前廊屋。《史记·窦婴传》:"所赐金,陈之廊庑下,军吏过,辄令财取为用,金无入家者。" **地蕴神剑,气浮星汉之表。** 神剑:灵剑。白居易《汉高祖斩白蛇赋》:"提神剑于手中,斩灵蛇于泽畔。"星汉:天河,银河。 **是知毛遂颖脱,义感平原;** 毛遂颖脱:毛遂是战国平原君赵胜的食客。赵孝成王九年,秦攻赵,平原君求救于楚,毛遂自请随往。既至楚,平原君与楚王言合从,迄日中不决。毛遂按剑迫楚王,说以利害,定从约归。平原君曰:"毛先生以三寸之舌,强于百万之师。"以毛遂为上客。 **孙惠文词,来干东海。** 孙惠:晋人,好学有才识。当时东海王司马越举兵谋反,孙惠曾上书阻止之。事见《晋书·孙惠传》。 **顾循寡薄,有怀髦彦。** 顾循:回视,还视。髦彦:才俊之士。 **籍甚清风,为日久矣。未获披觌,良深伫迟。** 觌(dì):相见。

【译文】

山中埋藏的美玉,可以采集来照耀着居室廊屋;大地中埋藏的神剑,其宝气可以上升到天际。由此可知毛遂的超凡才能外露时,他的高论感动了平原君;孙惠依仗文词出众,可以冒犯东海王。我知道自己是一个孤陋寡闻的人,心中思念有真才实学的人。想借助于高人雅士,这种想法由来已久了。没有获得见面的机会,深感惆怅。

---

① 逸人:节行超逸之人。《后汉书·赵岐传》:汉有逸人,姓赵名嘉,有志无时,命也奈何。 王贞:隋朝一位高士,博学工文,曾任县尉,后辞官,《隋书》有传。

［二段］

比高天流火，早应凉飙；凌云仙掌，方承清露。想摄卫攸宜，与时休适。前园后圃，从容丘壑之情；左琴右书，萧散烟霞之外。茂陵谢病，非无《封禅》之文；此二句言司马相如很有才华，善作赋，曾著《子虚赋》和《上林赋》闻名于世。但汉武帝并不重视他，故只好称病，回归故里，不久病死。武帝派人到相如家搜取文章，得《封禅文》。彭泽遗荣，先有《归来》之作。此二句言晋陶渊明曾任彭泽令，他对荣华富贵看得很轻，加之其时政治黑暗，他辞官归隐，并写了《归去来兮辞》。优游儒雅，何乐如之！

［译文］

现在正是七月的时令，天气早该凉爽了；承露仙人高耸入云的手掌，正在接受甘露。遥想逸人定会注重养生之道，适应环境而按时休憩。身处前园后圃的居处，在山水之间从容游乐；左右放置瑶琴典籍，寄情于美景胜地之外。司马相如称病还乡，并非未写就《封禅文》；陶渊明抛弃荣华富贵，先写出一篇《归去来兮辞》。像这样悠然自得而富有学识的高士，他们是多么快乐啊！

［三段］

余属当藩屏，宣条扬、越。藩屏：保卫。扬、越：杨暕曾担任扬州总管，负责淮河以南的军事防务。坐堂听讼，事绝咏歌；攀桂蚧词，眷言高遁。蚧（yù）：疾飞貌。《诗·小雅·采芑》："蚧彼飞隼，其飞戾天。"至于扬旌北渚，飞盖西园，托乘乏应、刘，置醴阙申、穆。西园：在河北省临漳县之西，魏武帝所筑。《明一统志》：西园在彰德府邺县旧治，魏曹操所作，古今题咏甚多。应、刘：指"建安七子中"的应玚、刘桢。申、穆：即申生、穆生，西汉人，事楚元王为中大夫，元王待之颇厚。事见《汉书·楚元王传》。背淮之宾，徒闻其语；趋燕之客，罕值其人。卿道冠鹰扬，声高凤举，儒墨泉海，词章苑囿，鹰扬：鹰之奋扬，喻威武或大展雄才。苑囿：畜养禽兽的圈地。栖迟衡泌，怀宝迷邦。衡泌：谓隐者所居之地。《诗经·陈风·衡门》："衡门之下，可以栖迟。泌之洋洋，可以乐饥。"徇兹独善，良以于悒。悒：忧郁，不安。

［译文］

我本身是一个藩镇，在扬、越一带宣扬国威。在公署处理诉讼，无事时就吟诗作赋；每当我遣词写作时，就想念起高人雅士来了。当我行军于北渚途中，观赏于西园之地，同行者缺乏应场、刘桢这样的高才，备酒款待又没有申生、穆生这样的高士。我身处淮南，只是听到有人提到了足下；即便有到北方去的人，也很少有人见到足下。您是有德的雄才，名声崇高而气度昂扬，儒学渊博如大海之深，词章绝伦如花苑林圃，却在家隐居不出，怀才而不愿居官。对于足下这种独善其身的打算，我为之深感不安。

【四段】

今遣行人，具宣往意。行人：出行或出征之人。**侧望起予，甚于饥渴。想便轻举，副此虚心。**轻举：轻身升起。曹植《仙人篇》："万里不足步，轻举凌太虚。"**无信投石之谈，空慕凿坏之逸。**凿坏：指不慕荣利的隐者之德。据《淮南子·齐俗训》：鲁国国君以颜阖有德，派使者聘其为官，颜阖凿墙遁走。**书不尽言，更惭词费。**

【译文】

现在我派去一个使者，把我的想法当面告诉足下。我盼望您能对我有所接引启发，这种期盼比饥渴更为迫切。我想足下定会飘然而至，能够满足我这区区的心意。不要相信投石的说法，而空怀颜阖凿墙而遁的逸志。书信表达不了我的全部心情，我深感惭愧的是措词冗长。

评析

杨暕是个能文能武的藩王，史书上说他"颇涉经史，尤工骑射"。王贞是当时著名的学者，曾任县尉，因志趣不合，便辞官隐居乡里。杨暕命人以书信相邀，王贞应邀而至。杨暕对他以客礼待之，朝夕问安，宾主相处十分融洽。从本文中我们可以看出杨暕那种求贤若渴的心情。

本文可以视为典型的六朝骈文之作，不仅对仗工整，而且遣词颇费斟酌。有的句子如"是以毛遂颖脱，义感平原；孙惠文词，来干东海"，充分表达了作者对王贞的推崇和发自内心的爱慕心情。文中又以司马相如、陶渊明与王贞相比拟，恰如其分地道出了这位"逸人"超凡脱俗的为人。

综览全文，用典尚称确切，但稍嫌堆砌，而且有的典故比较冷僻，此为美中不足之处。

魏徵(580—643),字玄成,曲城(今河北晋州市)人。初为太子李建成洗马,秦王李世民杀建成,引其为詹事主簿,官至谏议大夫、秘书监。遇事敢谏,前后陈谏二百余事,为太宗所敬畏。

道观内柏树赋并序

魏徵

[一段]

玄坛内有柏树焉,封植营护,几乎二纪;玄坛:道观。纪:古代纪年的单位,十二年曰纪。**枝干扶疏,不过数尺。**扶疏:繁茂分披貌。《韩非子·扬权》:"为人君者,数披其木,毋使木枝扶疏。"**笼于众草之中,覆乎丛棘之下,虽磊落节目,不改本性,**磊落:高大,众多。节目:树木枝干交接处为节,纹理纠缠不顺的部分为目。**然而翳荟蒙笼,**翳荟:草木茂盛貌。《孙子·行军》:"军旁有险阻、潢井、葭苇、山林、翳荟者,必谨覆索之,此伏奸之所藏处也。"**莫能自申达也。惜其不生高峰,临绝壑,笼日月,带云霞,而与夫拥肿之徒杂糅兹地。**拥肿:隆起不平直。《庄子·逍遥游》:"吾有大树,人谓之樗。其大本拥肿而不中绳墨,其小枝卷曲而不中规矩。"**此岂所谓方以类聚,物以群分者哉!有感于怀,喟然而赋。其词曰:**

[译文]

玄坛内有一株柏树,通过人们的种植和维护,到现在已经将近两纪了;柏树的枝干茂密分披,方圆不过数尺。它被围困在杂草之中,身处荆棘丛生之下,虽然生长得高大而盘根错节,不改本性,但是由于周围的杂草荆棘生长得十分茂密,致使它不能自由自在地发展。可惜它没有生长在高山之上,面临悬崖峭壁,受到日月映照,围绕着云霞,而是和那些参差不齐的杂草混生在这里。这岂不是人们所说的方以类聚,物以群分吗!我对此有感于怀,叹着气写下了一篇赋。赋的全文如下:

【二段】

览大钧之播化，察草木之殊类。大钧：指天，大自然。钧为古代做陶器用的转轮。自然界形成万物，好像钧能造各种陶器，故称大钧。贾谊《鹏鸟赋》："大钧播物兮，坱圠无垠。"**雨露清而并荣，霜雪沾而俱悴。唯旭旭之庭柏，禀自然而醇粹。**旭旭：日出光明貌。贾谊《新书·修政语》下："君子将入其职，则其于民也，旭旭然如日之始出也。"《全唐文》作"丸丸"。醇粹：精纯不杂。屈原《远游》："玉色頩以脕颜兮，精醇粹而始壮。"**涉青阳不增其华，**青阳：春天。**历玄英不减其翠。**玄英：冬季。《尔雅·释天》："冬为玄英。"注：气黑而清英。**原斯木之攸挺，植新甫之高岑。**岑：小而高的山。**干霄汉以上秀，绝无地而下临。**霄汉：天空极高处。霄：云。汉：天河。《后汉书·仲长统传》："逍遥一世之上，睥睨天地之间，不受当时之责，永保性命之期。如是，则可以陵霄汉，出宇宙之外矣。"**笼日月以散彩，俯云霞而结阴。迈千祀而逾茂，秉四时而一心。**千祀：千年。**灵根再徙，兹庭爰植。**灵根：灵木之根，喻祖考也。陆机《叹逝赋》："痛灵根之夙殒。"注：刘良曰："灵根，灵木之根，喻祖考也。"**高节未彰，贞心谁识！**贞心：贞纯之心。《文选》何劭《游仙诗》："吉士怀贞心。"**既杂沓乎众草，又芜没乎丛棘，**杂沓：纷杂繁多。**匪王孙之见知，志耿介其何极！**王孙：王的子孙，后泛指贵族子弟。《左传·哀公十六年》："（白公）胜怒曰：'郑人在此，仇不远矣，胜自厉剑，子期之。'子平见之曰：'王孙何自厉也。'"又：公子亦称为王孙。耿介：光明正大。**若乃春风起于蘋末，美景丽乎中园。水含苔于曲浦，草铺露于平原。**曲浦：弯曲的水滨。浦：水滨。**成蹊花乱，幽谷莺喧。徒耿然而自抚，谢桃李而无言。**桃李无言：《史记·李将军列传》："谚曰：'桃李不言，下自成蹊。'"**至于日穷于纪，岁云暮止。飘蓬乱惊，愁云叠起。冰凝无际，雪飞千里。顾众类之飒然，郁亭亭而孤峙。**亭亭：耸立，高远。张衡《西京赋》："状亭亭以岧岧。"**贵不移于本性，方有俪乎君子。聊染翰以寄怀，庶无亏于善始。**

【译文】

看到了上天的广生万物，又看到了各种不同门类的草木植被。受到了雨露的滋润而争荣斗妍，受到了霜雪的侵袭而憔悴凋零。只有那光彩夺目的庭柏，自然生就精纯不杂的性格。在春季时也并不更加光彩，在冬季时也并不稍减其翠绿。考察一下这株挺拔的柏树，原来是生长在高山之上。向上茁壮成长抵达云霄，向下低垂的枝条笼罩大地。在日月照耀下光彩四射，抵挡住云霞而成树荫。树龄超过千年而越发茂盛，一年四季都在一心生长。经过先人的一再移植，才种植在这个庭院之中。它的高风亮节无法显现，它的贞洁之心又有谁能加以识别！既然杂处在荒草之中，又埋没在荆棘丛中，如果得不到王孙公子的赏识，它那耿介的个性怎会被人所知！到了春风吹拂的季节，园圃中的美景异常绚丽。弯曲的水滨表面生长出青苔，平原的地上铺满了青草。行人践踏的小路两旁野花怒放，深幽的沟壑中群鸟啼鸣。在这时还可以心情坦然地自慰，默默地无言而面对桃李。到了一年的终结时，有如一天到了黄昏的时刻。这时满天飞起了飘蓬，令人郁闷的云霭布满上空。一望无际的冰封大地，雪花飞舞在千里的天空。看到与自己同类的植被先后凋零，只有自己还孤零零地单独挺立在那里。柏树的可贵之处在于始终不移本性，这种本性可以与君子匹配。我姑且写出这篇文章来寄托自己的心怀，以便不会埋没我对它的爱慕之情。

评析

这是一篇咏物的骈体文。作者在文中叙写了柏树被人们从“生高峰，临绝壑”的自然环境中移植到了道观内，以致埋身于众草丛棘之间。尽管环境有了极大的变化，然而它能够做到出污泥而不染，保持住坚贞不移的品质。古代的思想家早就注意到了环境的重要性，如荀子在《劝学篇》中就说过：“蓬生麻中，不扶而直；白沙在涅（黑泥），与之俱黑。”魏徵在本文中反其意而用之，应该说是有一定的积极意义的，其可贵之处也正在这里。

全篇用语质朴，基本上没有用典，这种文风在骈体文中是少见的。全文不长而读起来铿锵有力，朗朗上口，令人回味无穷，堪称佳作。

李世民(599—649),即唐太宗,李渊次子。武德九年(626),他发动玄武门政变,杀死太子李建成,后即帝位,改元贞观。他在位期间社会经济恢复发展,政治清明,史称“贞观之治”。

大唐三藏圣教序[①]

李世民

【一段】

盖闻二仪有象,二仪:指天与地。象:形状。**显覆载以含生;**覆载:天覆地载。覆:盖。**四时无形,潜寒暑以化物。**化:使变化。**是以窥天鉴地,庸愚皆识其端;**鉴:见。端:事。**明阴洞阳,**明阴洞阳:《文苑英华》作“明阳洞阴”。阴阳:指阴阳二气。古代思想家以阴阳来解释自然界两种对立和相互消长的物质力量。**贤哲罕穷其数。**数:理。**然而天地包乎阴阳而易识者,以其有象也;阴阳处乎天地而难穷者,以其无形也。故知象显可征,**征:征信,寻见。**虽愚不惑;形潜莫睹,在智犹迷。况乎佛道崇虚,**佛道:即佛教,世界主要宗教之一。公元前6世纪至公元前5世纪由古印度释迦牟尼创立。反对婆罗门教的种姓制度,主张“众生平等”“有生皆苦”,以涅槃(超脱生死)为理想境界。相传东汉明帝时传入我国。虚:虚空,无形。**乘幽控寂,**幽:隐。控:控制。**宏济万品,**宏济:广泛救助,使得解脱。万:极言其多。品:众。宏济,《文苑英华》作“弘济”。**典御十方。**典:掌管。御:治理。十方:佛经称东、南、西、北、东南、西南、东北、西北、上、下为十方。**举威灵而无上,**威灵:神灵。**抑神力而无下。大之则弥于宇宙,**弥:充满。

① 三藏:佛、道经典总集。佛教以经、律、论为三藏。经为佛所自说,论是经义的解释,律是戒律。圣教:宗教徒各称其教为圣教,本文中的圣教指佛教。该文是唐太宗为玄奘所译和整理的佛经总集所写的序言,其要旨在于肯定玄奘取法印度不畏艰难险阻的精神,同时表彰他从印度携回经论,亲自译经所做出的巨大贡献。《大慈恩寺三藏法师传》载:贞观二十二年春,驾幸玉华宫。六月庚辰,敕追法师赴宫。帝先许作新经序,国务繁剧,未及措意。至此法师重启,方为染翰。少顷而成,名《大唐三藏圣教序》。据此可知,此文写于贞观二十二年(648)六月。

宇宙:上下四方谓之宇,古往今来谓之宙。细之则摄于毫厘。摄:敛取。无灭无生,无灭无生:佛教谓万物的实体无生无灭。历千劫而不古;劫:佛经言天地的形成到毁灭谓之一劫。古:古老。若隐若显,运百福而长今。妙道凝玄,玄:深奥不容易理解。遵之莫知其际;法流湛寂,法:佛教泛指宇宙之本源、道理、法术。湛寂:深奥,深寂。挹之莫测其源。挹:吸取。故知蠢蠢凡愚,蠢蠢:蠕动貌。凡愚:平凡无知之人。区区庸鄙,区区:小。庸鄙:平凡低劣之人。投其旨趣,旨趣:宗旨。按:《文苑英华》作"校"。此句承上说,对深奥的佛教理论,一般百姓无法理解。能无疑惑者哉!然则大教之兴,基乎西土,大教:指佛教。西土:印度。然则:《文苑英华》无"则"字。兴:《文苑英华》作"典"。腾汉庭而皎梦,此句言汉明帝曾梦见金人光洁灿烂,后使人到西土访求,为佛教传入中国之始。照东域而流慈。东域:指中国。流慈:传布慈爱。此句承上言佛教传入中国后的益处。昔者分形分迹之时,分形:《文苑英华》作"分流"。形:有质之称。《易·系辞上》:"形而上者谓之道。"迹:道也。言未驰而成化;化:习。当常现常隐之世,民仰德而知遵。《文苑英华》无"当"字。遵:《广弘明集》作"尊"。及乎晦影归真,归真:佛教对人死的别称。《释氏要览》下《送终初亡》:"释氏死谓涅槃、圆寂、归真、归寂、灭度、迁化、顺世,皆一义也。"迁仪越世,金容掩色,不镜三千之光;镜:照。三千:指"三千大千世界",佛教语,谓以须弥山为中心,以铁围山为外郭,是一小世界;一千小世界合起来就是小千世界;一千个小千世界合起来就是中千世界;一千个中千世界合起来就是大千世界。总称三千大千世界。丽象开图,空端四八之相。四八之相:即三十二相。佛教谓佛有三十二相,如目如青莲花,手如兜罗,脚有卍字,发作螺文之类皆是。《法苑珠林》七十四《谋谤·佛经苦行缘》:"以三十二相严饰其体。"于是微言广被,微言:精微之言。被:及。拯含类于三途;含类:佛教谓一切众生含识之类。三途:佛教指地狱、饿鬼、畜生。拯:《文苑英华》作"极"。遗训遐宣,遐:远。导群生于十地。十地:佛教称菩萨修行近于佛的十种境界。名目为:欢喜地、离垢地、发光地、焰慧地、难胜地、现前地、远行地、不动地、善慧地、法云地。然而真教难仰,真教:此处指佛教。莫能一其指归;指归:宗旨。曲学易遵,曲学:偏颇狭隘的言论。《战国策·赵二》:"穷乡多异,曲学多辨。"邪正于焉纷纠。所以空有之论,空有:佛教以一切法实有或谓一切法虚无,皆为偏执,必空有两忘,始为真谛。《后汉书》卷八十八《西域传论》:"详其清新释累之训,空有兼遣之宗,道书之流也。"注:"不执着为空,执着为有。兼遣谓不空不有,虚实两忘也。"或习俗而是非；大小之乘，大小之乘：指佛教的大乘和小乘。开一切智、尽未来际众生，化益之教为大乘。小乘则重在自我解脱，以求证阿罗汉果为其止境，通过个人修行，入于涅槃，以免轮回之苦。乍沿时而隆替。有玄奘法师者，法师：对僧侣的尊称。法师：《文苑英华》作“大法师”。法门之领袖也。法门：佛教指修行者入道的门径。也泛指佛门。法门：《文苑英华》作“沙门”。幼怀真敏，早悟三空之心；三空：言空、无相、无愿之三解脱。此三者共明空理，故曰三空。幼怀真敏：《广弘明集》作“幼怀贞敏”。长契神情，契：合。神情：精神意志。先苞四忍之行。苞：积。四忍：即四种忍耐，一是得无生忍，认识事物本空，无所谓生；二是得无灭法忍，无生也就无灭；三是得因缘忍，一切皆由因缘而生；四是得无住忍，即不执着。松风水月，未足比其清华；清华：清美华丽。仙露明珠，仙露明珠：比喻人的风采秀异。讵能方其朗润。朗：明亮。润：滋润。故以智通无累，累：忧患，危难。神测未形，超六尘而迥出，六尘：佛经谓色、声、香、味、触、法六者为尘。六尘与六根相接，而产生种种嗜欲，导致种种烦恼，故又叫六贼。迥：远。只千古而无对。只：单一。无对：无双。凝心内境，凝心：聚精会神地思考。悲正法之陵迟；正法：佛教指释迦牟尼的佛法，以别于外道而言。陵迟：败坏。栖虑玄门，栖虑：静止地思考。玄门：指佛教。慨深文之讹谬。深文：此处指佛教的经文。思欲分条析理，广彼前闻，分条析理：此处指对佛教经文的阐述。析理：《文苑英华》作“折理”。截伪续真，截伪续真：去伪存真。开兹后学。是以翘心净土，翘心：向往。净土：佛教指庄严洁净、没有五浊（劫浊、见浊、烦恼浊、众生浊、命浊）的极乐世界。此处指古印度（天竺）佛教国。往游西域，西域：这里指南亚的印度半岛。乘危远迈，杖策孤征。杖策：拄杖，亦作“策杖”。积雪晨飞，途间失地；惊沙夕起，空外迷天。万里山川，拨烟霞而进影；百重寒暑，蹑霜雨而前踪。此处写玄奘前往印度途中所遇到的艰难险阻。霜雨：《文苑英华》作“霜露”。诚重劳轻，诚重劳轻：以信仰为重，劳苦为轻。求深愿达，愿达：《文苑英华》作“愿远”。周游西宇，西宇：印度。十有七年。穷历道邦，询求正教，双林八水，双林：娑罗双树之林。转谓精舍，寺也。八水：指八功德水。佛教谓须弥山下大海中有八功德水。八功德指一甘、二冷、三软、四轻、五清净、六不臭、七不损喉、八不伤腹。味道餐风。味道：体察道理。鹿苑鹫峰，鹿苑：亦称鹿野苑。佛经说，上古有金仙道修石室，有母鹿生鹿女极美，金仙养之，因称鹿苑。鹫峰：即鹫山，在印度。传说佛曾居此，世俗所谓鹫岭、灵山，皆指此而言。瞻奇仰异，承至言于先圣，至言：最根本的道理。受真教于上贤。探赜妙门，探赜：窥探求取幽深的道理。妙：神妙，深微。精穷奥业。奥业：《文苑英华》作“奥典”。奥：高深。一乘五律之道，一乘：佛之教法，能载人至涅槃之岸，故谓乘。五律：即“五分律”，佛书之一，系阐述戒律的著作。驰骤于心田；心田：佛教语，即心。八藏三箧之文，藏：蕴积之义，包含元义，经典能包含蕴积文义，故名为藏。《善见律毗婆沙（一）》：“藏者，器也。何谓为器？器者，能聚集众义也。”八藏：一胎化藏，二中阴藏，三摩诃衍方等藏，四戒律藏，五十住菩萨藏，六杂藏，七金刚藏，八佛藏。也有说为大小乘三藏和杂藏，共八藏。“三箧”与“三藏”同。波涛于口海。口海：容量极大的口。这里引申为熟读佛经，口才敏捷。爰自所历之国，总将三藏要文，凡六百五十七部，译布中夏，中夏：中国。宣扬胜业。引慈云于西极，慈云：佛家以慈悲为怀，如大云之覆盖世界。注法雨于东垂。法雨：佛家谓佛法普度众生，如雨之润泽万物。东垂：东方。注：《文苑英华》作“洒”。圣教缺而复全，圣教：此处指佛教。苍生罪而还福。湿火宅之干焰，火宅：佛教比喻烦恼的俗界。言人有情爱纠缠，如居火坑之中，故名。焰：火苗。火宅：《文苑英华》作“火云”。共拔迷途；朗爱水之昏波，爱水：佛教把情欲比做江河，故以爱水喻情欲。昏：暗。同臻彼岸。臻：达。彼岸：梵语“波罗”的意译。佛教以有生有死的境界，譬曰此岸；烦恼苦难，譬曰中流；超脱生死，即涅架的境界，譬曰彼岸。是知恶因业坠，业：梵语“羯磨”。佛道谓在六道中的生死轮回，是由业决定的。业有善有恶，一般偏指恶业。善以缘升，缘：因缘，梵语“尼陀那”。指产生结果的直接原因及促成这种结果的条件。升坠之端，惟人所托。托：依。譬夫桂生高岭，云露方得泫其花；泫：水滴下垂。云露：《文苑英华》作“云霞”，《广弘明集》作“零露”。花：《广弘明集》作“华”。莲出绿波，飞尘不能污其叶。非莲性自洁，而桂质本贞，良由所附者高，则微物不能累，所凭者净，净：《文苑英华》作“洁”。则浊类不能沾。夫以卉木无知，夫以：《文苑英华》脱“以”字。木：《文苑英华》作“本”。犹资善而成善；况乎人伦有识，人伦：人类。不缘庆而求庆？缘：因。庆：善。方冀兹经流施，经：佛经。流施：传播。将日月而无穷；斯福遐敷，遐敷：远施。与乾坤而永大。永大：《文苑英华》作“可久”。

【译文】

我听说天和地都是有形状的，天覆地载孕育世间万物；一年四季是没有形状的，默默无闻寒来暑往化生万物。因此通过观察天地的变化，连愚笨的人也都明白这种现象;若要彻底了解阴阳二气的道理,连圣贤也难以说清其中的奥秘。天和地也包括了阴阳二气却容易认识,是它们都有形状的缘故;阴阳二气同处于天地之间却难以彻底弄懂,是它们都没有形状的缘故。因此我们知道有了明显的形状就有了根据,即便是愚者也不会困惑;若形状隐晦令人无法看到,即便是聪明的人也会迷惑。又何况佛教崇尚空虚,以幽静为基础而控制寂无,主张广泛救助天下万众,以佛理掌管治理天下十方。佛法威灵上扬没有达不到的高度,神力下指没有达不到的深度。往大处说可以弥漫于整个宇宙,往小处说可以集中在毫厘的空间。天下万物无生无灭,即便是经历了上千次劫也不会衰老;佛道既隐晦又显赫,给世人带来众多福祉而永在。深刻的佛道不容易理解,信奉起来感到无边无际;宇宙的本源深寂玄妙,考察起来无法测量其来龙去脉。因此我们知道那些愚人、渺小的凡夫俗子,如果对他们讲起佛道的宗旨,他们能不感到困惑不解吗?佛教是从西方发展起来的,曾经在汉代皇帝的梦境中出现过金人的形象,从此照亮了中国传布其慈爱之心。在从前形象刚传播的时候,不用教导民众就受到感化;在佛祖的形象有些模糊的年代,民众仰望德化而知道遵循。到了形象已经消逝的时候,已经变了的形象流布于各处。璀璨的形象被遮挡,照不到三千大千世界;展现给世人的华丽形貌,只是刻板地显出佛祖的三十二种瑞象。因而佛祖那些精微的言论才广为传布,从三途中拯救出众生;遗训宣扬至遥远之处,引导众生修行接近十生之地。然而真教难于仰望即见,人们不能一致认识到其中真谛;异端谬说倒是容易理解,邪教正教从此混杂在一起。因而究竟是空是有的论战,成为世俗间大是大非的焦点;究竟应该服从大乘或是小乘,顺着时间的变化而此消彼长。玄奘法师,是佛门的领袖。他从幼年皈依真教,很早就领悟了三空之心;成年后又契合了神情境界,率先积存了四忍之法。自然界的松风水月,无法比拟他那种清美华丽的仪表;宝物中的仙露明珠,怎能够形容他那种明朗滋润的品德。他运用智慧通向了无忧无患的境界,其精神是无法形容的;他超出了六尘的烦恼而屹立世间,千古以来无人可与他匹对。他在内心不断思考,悲痛佛教的正法日见衰败;在佛门中忧虑的是,流传的佛经中存在谬误之处。一心想对经文进行梳理订正,充实自己从前理解的内容,去伪存真,为后学者开辟门径。因此他向往西天的净土,决定前往西域进行游学,冒着危险去往遥远的地方,孤独地踏上征途。一路上历尽了雪花纷飞,中途迷失方向的处境;有时傍晚扬沙飞尘,连天空都遮盖住了。历经万里的山山水水,在烟霞笼罩下不停前进;多次经历寒暑交替的变换,足踏霜雨而勇往直前。以信仰为重而以劳苦为轻,希望通过追求深邃的教义从而达到个人的愿望，西去印度周游，前后历时十七年之久。走遍了佛教的故乡，一心追求正统的教义，朝拜了双林八水的圣地，为了体察教义而风餐露宿。他还瞻仰了鹿苑鹫峰的圣迹，为这些圣迹而顶礼膜拜，从先圣那里接受了至理名言，从贤人那里学习了佛教真谛。他在那里探求幽深的佛教理论，日渐精通高深莫测的佛教典籍。一乘五律的佛教圣道，在心中能够融会贯通；八藏三箧的经典文献，能够滔滔不绝地背诵如流。于是把从经历过的各国迎取回来的宝贵的三藏经文，共六百五十七部，翻译后传布于中国，以便宣扬这一伟大的业绩。从西方引进了象征慈悲的祥云，在东方降落了甘霖法雨。神圣的佛教由残缺而复归完整，天下百姓从罪孽中获得福祉。把招致烦恼的火焰用水浇灭，使人们都从迷途中脱身；澄清情欲的浊流，使人们同登彼岸。从此可知恶是业所生使人坠落，善是由缘所生使人高升，一升一坠的原因，完全由个人来决定。譬如桂树生长在高岭之上，云露才可以滋润它的花朵；莲花出自绿波，飞尘不能玷污它的荷叶。并不是莲花生性喜好清洁，而桂树的本质正直，确实是由于它依附的地方高亢，细微之物不能积聚其上，它所依附的地方洁净，混浊之物不能玷污它。就拿没有知觉的花卉草木来说，尚能够因所处善地而获得善果；何况人类是有知识的，还不凭借着善心而获得善果吗？我在此希望这些佛经广为流传，日日月月永无穷尽；于辽阔大地造福百姓，与天地永存。

评析

玄奘远赴印度取经的故事，可以说是家喻户晓了，但总结一下此行的重大意义，本文却是最早出现的一次（本文曾刻石保存，其碑石现存西安碑林）。佛教从东汉初开始传入中国，至唐初已有五六百年的历史。由于佛教的经典深奥难懂，又加上各种流派并存于世，因而要想掌握佛教的真谛所在，殊非易事。唐太宗本人虽不笃奉佛法，但出于治国的需要，也利用佛教作为教化的手段。本文即为玄奘取经回国并翻译佛经完成后，唐太宗所作的总序。

本文的显著特点是骈散兼备，这较之六朝时统治文坛的纯“四六”体已有了明显的改变。其次，在选材上除了追叙玄奘取经的艰难历程外，还深入浅出地总结出此行的重大意义，言简意赅，发人深省。

骆宾王(640—684),字观光,义乌(今浙江省义乌)人,"初唐四杰"之一。曾任长安县主簿、临海县丞等官职。徐敬业起兵反对武则天时,他参加了徐的幕府。徐敬业败,骆氏下落不明。著有《骆临海集》。

与博昌[1]父老书

骆宾王

【一段】

某月日,骆宾王谨致书于博昌父老:承并无恙,幸甚幸甚。此博昌父老先有书贻临海,故曰承并无恙也。云雨俄别,封壤异乡。云雨俄别:徐陵《报尹义尚书》:"别离二国,云雨十年。"春渚青山,载劳延想;春渚:谢朓《辞隋王笺》:"惟待青山可望,候归艎于春渚。"秋天白露,几变光阴。白露、光阴:江淹《别赋》:"明日白露,光阴往来。"古人云"别易会难",不其然也?别易会难:曹丕《燕歌行》:"别日何易会日难,山川悠悠路漫漫。"自解携襟袖,一十五年,交臂存亡,略无半在。携:解散。交臂存亡:《庄子·外篇·田子方》:"仲尼曰:'吾终身与汝交一臂而失之,可不哀与!'"半在:陆机《叹誓赋序》:"余年近四十,而懿亲戚属,亡多存寡;昵交密友,亦不半在。"张学士溘从朝露,辟闾公倏掩夜台;张学士:或作眭处士。《汉书·眭孟传注》:"颜师古曰:'眭,音随式反。今河朔尚有此姓,音字皆然。而韦昭、应劭并云音桂,非也。'"《魏书·逸士传》:"有眭夸。"按:各本多作张学士,今从之。辟闾公:郑樵《通志·氏族略》:"辟闾氏,姬姓。魏文公孙居楚丘营辟闾里,因为辟闾氏焉。"按:张学士,辟闾公,并是临海令博昌时所交游者,故云。朝露:《汉书·苏武传》:"人生如朝露。"注:颜师古注曰:"朝露见日则晞,人生短促,亦如之。"夜台:坟墓。陆机《挽歌诗》之一:"按辔遵长薄,送子长夜台。"注引阮瑀《七哀诗》:"冥冥九泉室,漫漫长夜台。"故吏门人,多游蒿里;耆年宿德,但见松丘。蒿里:本为山名,相传在泰山之南,为死

---

① 博昌:据《元和郡县志》:"河南道青州,博昌县,属千乘郡。昌水其势平博,故曰博昌。隋初属青州,十六年改为博昌县。按:今山东青州府博兴县是也。"

者葬所，因以泛指墓地、阴间。耆年：老年人。松丘：因墓地多植松树，故代指墓地。**呜呼！泉壤殊途，幽明永隔。**泉壤：指地下、墓地。潘岳《寡妇赋》："上瞻兮遗象，下临兮泉壤。"又《悼亡诗》："之子归穷泉，重壤永幽隔。"**人理危促，天道奚言？**司马迁《悲士不遇赋》："天道悠昧，人理促兮。"**感今怀旧，不觉涕之无从也。**不觉涕之无从：《礼记·檀弓上》：孔子之卫，遇旧馆人之丧，使子贡说骖而赙之。夫子曰："予乡者入而哭之。遇于一哀而出涕，予恶夫涕之无从也。"**况过隙不留，藏舟难固。追惟逝者，浮生几何？**浮生：《庄子·刻意》："其生若浮，其死若休。"老庄以人生在世，虚浮无定，后来相沿称人生为浮生。**哀缘物兴，事因情感。**陆机《叹逝赋》："乐隤心其如忘，哀缘情而来宅。"刘勰《文心雕龙·明诗篇》："人禀七情，应物斯感。"**虽蒙庄一指，殆先觉于劳生；**蒙庄一指：《史记·老庄韩非列传》："庄子者，蒙人也，名周。"《庄子·内篇·齐物论》："以指喻指之非指，不若以非指喻指之非指也；以马喻马之非马，不若以非马喻马之非马也。天地一指也，万物一马也。故浩然大宁，而天下万物各当其分，同于自得，而无是无非也。"劳生：《庄子·内篇·大宗师》："夫大块载我以形，劳我以生，佚我以老，息我以死。"**秦佚三号，讵忘情于怛化？**秦佚三号：《庄子·内篇·养生主》载：老子去世后，他的好友秦佚吊丧时仅哭了三声，说老子生死言行都合乎自然之理，没什么需要悲伤的。众人皆认为他是懂老子的。怛化：人死乃自然变化，无需惊扰。《庄子·内篇·大宗师》："子来有病，喘喘然将死，其妻子环而泣之。子犁往问之曰：'叱避，无怛化！'倚其户与之语，曰：'伟哉，造化又将奚以汝为，将奚以汝适，以汝为鼠肝乎？以汝为虫臂乎？'"**啜其泣矣，尚何云哉？**《诗经·王风》："有女仳离，啜其泣矣。"传：啜，泣貌。**又闻移县就乐安故城，**乐安：《隋书·地理志》："北海郡博昌，旧曰乐安。"《旧唐书·地理志》："河南道青州，博昌，汉县，治故郡城乐安，隋县。武德二年，属乘州。州废，属青州，总章二年，移治于今所。"**廨宇邑居，咸徙其地；**《周书·艺术传》："时外史廨宇，屡移未有定所。"《礼记·王制》："凡居民，量地以制邑，度地以居民。"**里闬阡陌，徒有其名。**里闬阡陌：《说文》十二篇："闬，闾也。汝南平舆里新曰闬。"《广雅·释诂》："里闬，凥也。凥，古居字。"《史记·秦本纪》：孝公十二年，开阡陌。索隐：《风俗通》曰："南北曰阡，东西曰陌。河东以东西为阡，南北为陌。"**荒径三秋，蔓草滋于旧馆；**荒径三秋：陶潜《归去来兮辞》："三径就荒，松菊犹存。"蔓草滋于旧馆：江淹《恨赋》："蔓草萦骨，拱木敛魂。"**颓墉四望，拱木多于故人。嗟乎！仙鹤来归，辽东之城郭犹是；灵乌代谢，汉南之陵谷已非。**灵乌代谢：《三国志·吴志·吴主传》："赤乌元年，诏曰：间者，赤乌集于殿前，朕所亲见。若神灵以为嘉祥者，既年宜以赤乌为元。"

［译文］

某月某日，骆宾王谨写信给博昌父老：承蒙来信提到你们那里平安无事，这就很好啊。在雨天和父老们告别后，来到了异乡他地。看到了这里的青山绿水，就多次联想到家乡父老们；看到了秋天白露的降临，就想到了已离别多年。古人说过，分别容易见面难，不正是这样吗？自从和亲友告别后，已经十五年了，过去的亲密友人，在世的已经不到一半了。张学士突然去世，辟闾公也永眠地下；故吏门生，大多死去；德高望重的先辈，也只留下了墓前的松丘。啊！黄泉和大地不属于同一世界，一明一暗永远隔绝了相互的交往。人生在世短促，还有什么天道可言？感今怀旧，眼泪不由自主地流出。时间的消逝无法挽留，事物的变化难以中止。缅怀逝世的故人，深感人生无常。悲哀的心情是由外界的事物引起，目前的举措是由感情的触动。庄周曾提出过"一指"的说法，是由于他感到人生的劳累；秦佚在悼念亡者时号哭了三声，怎么能说他对死去的人无情？我只有哭泣几声而已，还能再说些什么呢？我又听说县治所在已经迁移，改在了乐安故城，县衙和居民住所都迁移到了那里；原来的街道和农田，只存有旧日的名称了。秋天时到处是一片荒草，蔓草滋生在旧日的馆舍中；在颓壁残垣旁放眼四望，坟头比过去的朋友还多。唉！当年丁令威成仙后骑鹤归来，只看到辽东的城郭还在而人物全非；三国时的灵乌告别吴都，说明江南的面貌已经改变。

［二段］

昔吾先君，出宰斯邑，昔吾先君：骆宾王父无考。今《义乌志》称宾王父履元，官博昌令，殆出私牒，不可为据。春秋时，大夫称父为先君。**清芬虽远，遗爱犹存。**清芬：指高洁的德行。陆机《文赋》："咏世德之骏烈，诵先人之清芬。"遗爱：指值得被人怀念的德行、贡献。**延首城池，何心天地？**延首：伸长头颈，形容急切盼望。刘桢《黎阳山赋》："延首南望，顾瞻旧乡。"**虽则山河四塞，是称无棣之墟；**四塞：《史记·苏秦传》："说齐宣王曰：'齐南有泰山，东有琅邪，西有清河，北有渤海，此所谓四塞之国也。'"无棣：县名，属山东省。战国齐邑。《左传·僖公四年》："北至于无棣。"即此。**松槚千秋，有切维桑之里。**松槚：谓松及槚，以其植于墓旁，故又为墓地的代称。《旧唐书·苏环传》："松槚已远，风烈犹存。"按：《上裴侍郎书》曰："藜藿无甘旨之膳，松槚缺迁厝之资。"谓母乏养，父未归葬，此云松槚千秋。知骆宾王之父卒于博昌，即葬其他，不复迁厝故乡，故云有切维桑之里。**故每怀夙昔，尚想经过。**夙昔：昔时，往日。**于役不**

遑，愿言徒拥。于役：指奔波在外。《诗经·王风》："君子于役，不知其期。"不遑：没有闲暇。《诗经·邶风》："愿言思子。"拥：抢。

【译文】

我的先父曾担任过博昌县令，他的声望虽是过去的事情了，但后人对他的爱慕之情还存在着。遥望这座城池，心中还能想到别的什么地方吗？当地属于山河四塞之区，被人们称为无棣故城；坟茔久历风霜，怀念故土之心常在。因此每逢想到过去的事时，总想亲自去寻访。由于长年在外没有时间，这个愿望终于难以实现。

【三段】

今西成有岁，东户无为。东户：《淮南子·缪称训》："昔东户季子之世，道路不拾遗，耒耜余粮，宿诸晦首，使君子小人，各得其宜也。"高诱注："东户季子，古之贤人也。"**野老清谈，怡然自得**；野老：刘峻《山栖志》："岁始年季，农隙时间。浊醪初沸，青醍新熟。则有田父野老，提壶并至。"**田家独酒，乐以忘忧**。田家独酒：《隋书·房彦谦传》：虽致屡空，怡然自得。杨恽《报孙会卿书》："田家作者，岁时伏腊。烹羊炰羔，斗酒自劳。"乐以忘忧：嵇康《与山巨源绝交书》："浊酒一杯，弹琴一曲，志愿毕矣，乐以忘忧。"**故可洽赏当年，相欢卒岁。宁复惠存旧好，追思昔游**？追思昔游：曹丕《与吴质书》："追思昔游，犹在心目。"**所恨跂予望之，经途密迩**，跂予望之：《诗经·卫风》："跂予望之。"经途密迩：经途指所经路程。陆景《与兄书》："严寒向隆，经途撼轲。"密迩指贴近。梁武帝《赐何点手诏》："密迩物色，劳甚山阿。"**伫中衢而空轸，巾下泽而莫因**。中衢：《淮南子·缪称训》："圣人之道，犹中衢而设尊耶。"轸：转也。巾：《周礼·夏官》：巾车。郑注，巾，犹衣也。段玉裁曰：以巾拭物曰巾。按：以上数句，言曾经赶路时离得很近，却未得往博昌，与父老畅叙也。**风月虚心，形留神往**；神：心神，精神。**山川在目，室迩人遐**。迩：近。**以此劳怀，增其叹息，情不遗旧**，劳怀：谢瞻《怀灵运诗》："忽睹愁霖唱，怀劳奏所成。"遗旧：《后汉书·鲍永传》："仁不遗旧，忠不忘君。"**书何尽言**。

【译文】

今年秋天获得丰收，百姓过着无为而治的生活。村中老人们在一起畅谈，显出无忧无虑的神情；农夫们自酌自饮，乐以忘忧。因此可以联想到当年在一起欢洽的情景，在欢洽中度过一年。怎能不让我想起旧日的友好，联想到过去在一起游乐的情景？恨的是现在我只能远远地遥望，曾经距离非常近，却只能呆立在街头而空空地怀念,不自觉地将头巾散落开来。清风明月使心中惆怅不已,躯体在异乡而心神却飞往故土;看到眼前的山山水水,又想到居室虽近而故人却在远方。它们使我心中久久忧愁,不断地发出叹息,我的心是不会忘记旧交的,这封信怎么也不能把我想要说的话都说出来。

评析

作者之父骆履元曾担任过博昌县县令,政绩颇佳。作者本人少年时也在这里度过,其后远离博昌。博昌虽非作者故乡,但当追忆起昔日的情景时,自然会产生怀旧的心情。特别是想到故去的旧交时,就萌生了“人生无常”的感慨。全文的基调虽低沉,但在感情上来说却是真挚的,决非无病呻吟之作。

全文骈散相间,对仗工整,语言朴实无华,极少雕琢的辞藻,用典妥帖而不冷僻。如“虽蒙庄一指,殆先觉于劳生;秦佚三号,讵望情于怛化”“仙鹤来归,辽东之城郭犹是;灵乌代谢,汉南之陵谷已非”,在这里,把作者怀念去世的故人的悲痛心情刻画得恰如其分。

代李敬业传檄天下文[①]

骆宾王

【一段】

伪临朝武氏者，临朝：君临朝廷。武氏：即武则天（624—705），名曌（zhào），并州文水（今山西省文水县）人。唐太宗时入宫为才人。高宗李治即位后，为昭仪，又立为皇后，参与国政。弘道元年（683），高宗死，中宗李哲即位。次年，武氏临朝，废中宗为庐陵王，立相王李旦为帝。载初元年（690），降皇帝为皇嗣，自称圣神皇帝，改国号为周。**人非和顺，地实寒微。昔充太宗下陈，**下陈：原为古代殿堂下陈列礼品、站列婢妾之地，此处指后宫中地位低下的侍妾。**曾以更衣入侍。**更衣：更换衣服，古人也用做上厕所的婉词。此句用《史记·外戚世家》卫子夫的典故：汉武帝后卫子夫，出身寒微，初为平阳公主讴者。武帝过平阳公主，"既饮，讴者进，上望见，独说（悦）；是日，武帝起更衣，子夫侍尚衣轩中，得幸"。**洎乎晚节，**洎（jì）：及，至。晚节：此处指后来的行为。**秽乱春宫。**秽乱春宫：春宫即东宫，太子居住的宫室。此处指高宗做太子的时候，武氏与尚为太子的高宗发生了淫乱关系。**潜隐先帝之私，**潜隐先帝之私：潜隐，遮掩。武则天是唐太宗的才人，在太宗死后，曾一度做了尼姑，以掩盖原来曾是唐太宗的才人的身份。**阴图后房之嬖。**阴图：暗中图谋。后房：指唐太宗后宫。嬖（bì）：宠幸。《左传·隐公三年》陆德明释文："贱而得幸曰嬖。"**入门见嫉，蛾眉不肯让人；**邹阳《狱中上梁王书》："女无美恶，入宫见妒。"此二句言被选入宫的嫔妃，都遭到武则天的嫉妒。**掩袖工谗，狐媚偏能惑主。**掩袖：即以袖掩鼻，厌闻恶臭的一种表示。工谗：善于进谗。《战国策·魏策》记载：魏王遗楚怀王美人，怀王悦之，王姬郑袖对美人说："王爱子之美矣，虽然，恶子之鼻。子为见王，则必掩子鼻。"后美人见王，必掩其鼻。楚王问郑袖说："夫新人见寡人，则掩其鼻，何也？"郑袖回答说："其似恶闻其君之臭也。"于是楚王怒而劓之。此处指武氏巧而进谗，迷惑高宗以诬陷王后的事。又《新唐书·后妃传》：武氏有权术，甚得高宗宠爱，晋封为昭仪。"昭

---

① 李敬业：即徐敬业，隋末唐初徐世勣之孙。徐世勣归唐，赐姓李，名勣，封英国公。敬业少有勇名，屡从勣征讨，后贬柳州司马。武后废中宗，敬业与唐之奇、杜求仁、骆宾王等起兵扬州，声讨武后，自称匡复府上将、领扬州大都督，武后削去他的官爵，他恢复了本姓，后兵败而死。本文作于睿宗（李旦）光宅元年（684），是骆宾王替徐敬业写的反武氏檄文。

仪生女，后就顾弄，去，昭仪潜毙于衾下，伺帝至，阳为欢言，发衾视儿，死矣。又惊问左右，皆曰：'后适来。'昭仪即悲惊，帝不能察，怒曰：'后杀吾女，往与妃相谗媚，今又尔邪！'由于昭仪得入其訾，后无以自解，而帝愈信爱，始有废后意。……昭仪乃诬后与母厌胜，帝挟前憾……下诏废后。"**践元后于翚翟**，践：践踏。元后：指正宫皇后。翚翟（huī dí）：雉。雉之白质五色文者曰翚，山雉之尾长者曰翟。古代皇后的车子上常画翚翟做装饰。又，皇后衣服也织有翚翟的文彩。《旧唐书·舆服志》："皇后服有袆衣。……文为翚翟之形。"此处指武氏设法使高宗废掉王皇后，而自己当了皇后。**陷吾君于聚麀**。吾君：指高宗。聚麀：父子共同占有一个配偶。《礼记·曲礼》："夫惟禽兽无礼，故父子聚麀。"麀（yōu），雌鹿。此处指太宗和高宗都曾以武氏为妃嫔。**加以虺蜴为心**，虺蜴（huǐ yì）：毒蛇和蜥蜴。**豺狼成性；近狎邪僻，残害忠良**；近狎：亲近。邪僻：小人，指李义府等。忠良：指长孙无忌等。高宗欲废王皇后时，长孙无忌、褚遂良等同争，帝犹豫；而李义府、许敬宗则表请武则天为皇后，帝意遂决。武则天以长孙无忌等不助己，衔之。结果长孙无忌被诬谋反，置于黔州，投缳而死，褚遂良左迁为潭州都督；李义府等则威宠炽灼，当时莫比。（见《新唐书·后妃传》及有关各传）**杀姊屠兄，弑君鸩母**。杀姊屠兄：武则天姊嫁贺兰越石为妻，其女贺兰氏在宫中，颇承恩宠，结果被武则天毒死。武则天并以此事归罪于伯父之子惟良、怀运，此二人亦被其杀害。又，武则天立为皇后之后，其兄武元庆、武元爽均被流配而死。（见《旧唐书·外戚传》）君：指高宗。鸩（zhèn）：一种鸟，羽毛紫绿色，有毒，置于酒中，饮之立死。武则天母杨氏，死于高宗咸亨元年（670）。所谓弑君鸩母事，史书并无记载。一说鸩母当指谋害皇后事。《资治通鉴·唐纪十九》胡三省注："此亦高宗晏驾，及太原王妃之死为后罪。"**人神之所共嫉，天地之所不容。犹复包藏祸心，窥窃神器**。窥：窥伺。神器：指国家政权。此句指武则天密谋称帝。**君之爱子，幽之于别宫**；君之爱子：指高宗的次子睿宗（李旦）。幽：幽禁。高宗死后，中宗即位，后被武氏废，改立李旦。《新唐书·后妃传》："时睿宗虽立，实囚之，而诸武擅命。"又《资治通鉴·唐纪十九》："政事决于太后，居睿宗于别殿，不得有所预。"**贼之宗盟，委之以重任**。此句指任用武氏家族武承嗣、武三思等。**呜呼！霍子孟之不作，朱虚侯之已亡**。霍子孟：即霍光，字子孟。汉武帝时以光为大司马大将军。武帝死，辅佐年幼的昭帝。昭帝崩，迎昌邑王（刘贺）即位，因贺荒淫失道，光废之，即立宣帝（刘询），安定了汉朝基业。作：兴起。（见《汉书·霍光传》）**燕啄皇孙，知汉祚之将尽**；燕啄皇孙：汉成帝（刘骜）时，有童谣云："燕燕尾涎涎，张公子，时相见。木门仓琅根，燕飞来，啄皇孙，皇孙死，燕啄矢。"后来成帝出游，见舞者赵飞燕而幸之，立为皇后。她入宫后，害死后宫中许多皇孙。（见《汉书·五行志》）此处比喻武则天杀死皇子皇孙。高宗永徽六年（655），武氏被立为皇后之后，先后废掉或害死太子李忠、李弘、李贤等人。（见《新唐书·高宗本纪》及《则天皇后本纪》《后妃传》等）祚（zuò）：国家的命运。**龙漦帝后，识夏庭之遽衰。**漦（lí）：龙的涎沫。帝后：指夏帝。古代传说，夏朝衰亡的时候，有二神龙降于宫庭，自称是褒之二君。夏帝问卜于神，以为请其漦而藏之，乃吉。于是策告神龙，用木盒将它留下的漦封闭起来。比三代，莫敢发之。到周厉王末年，将木盒开启，结果龙漦流溢出来，化为鼋，进入后宫。有一未成年的宫女，遭之而孕，生一女，是为褒姒。后来幽王以褒姒为皇后，废掉太子，招致犬戎之祸，幽王被杀，西周灭亡。（见《史记·周本纪》）此二句是说，夏的衰亡，已在神龙下降时见出预兆。

［译文］

僭窃帝位的武氏这个人，本性并不和顺，出身实属低微。过去充当太宗的才人，曾借侍更衣而博得宠幸。到了年纪稍长，她开始勾引太子，并获得宠幸。她隐藏了与太宗的私情，暗地图谋（残害）后宫受宠爱的人。妃嫔入宫门，均被她所嫉妒，她依仗貌美，不肯让人；进谗害人，卖弄妖媚，迷惑君主。窃据了皇后的名位，坑害得皇帝淆乱人伦。而且她有着毒蛇般狠毒的心，豺狼般的品性；亲近奸佞，残害忠良；杀死姐姐，屠戮兄长，杀死君王，毒死母亲。对这样的人，百姓神灵共同憎恨，皇天后土，实难容忍。她还包藏祸心，图谋帝位。君王的爱子被囚禁在别处，她的同党和亲戚却委以重任。唉！霍光那样的重臣不再出现，像刘章那样忠贞宗室已经没有了。赵飞燕害死皇子时，就可以知道汉王朝将要结束；生出褒姒的龙涎产生那一刻，就已可以预见夏的衰亡了。

［二段］

敬业皇唐旧臣，公侯冢子。公侯：指徐敬业的祖父徐世勣，封英国公，卒赠太尉；父徐震袭封。冢子：长子。**奉先君之成业，荷本朝之厚恩。**荷：蒙受。**宋微子之兴悲，**微子：殷纣王的庶兄，周灭商后，封他于宋地。商亡以后，微子将往周朝，路过殷墟，看到荒废的情形，悲伤感叹，作《麦秀歌》。（见《尚书大传》）**良有以也；袁君山之流涕，**袁君山：即后汉时桓谭，字君山，光武帝时官议郎、给事中。因反对谶纬而被贬谪，郁郁不乐而死。（见《后汉书·桓谭传》）按，“袁”一作“桓”。此句即以袁（桓）谭自比，说徐敬业失去世爵，贬谪外地。**岂徒然哉？是用气愤风云，志安社稷。因天下之失望，顺宇内之推心，**失望：指武后让天下人失望。推心：指国人对徐敬业的信任。**爰举义旗，以清妖孽。南连百越，**百越：古代对南方各部族的总称。**北尽三河，**三河：指河东、河内、河南，今山西、河南一带。**铁骑成群，玉轴相接。**玉轴相接：形容车辆之多。玉轴，指华美的车子。李商隐《骄儿诗》：“左锦请裁衣，玉轴亦欲乞。”一说“轴”同“舳”，船尾，指代船。《文选·江赋》：“舳舻相属。”李善注引《说文》：“舳，舟尾也。”**海陵红粟，**海陵：指唐代扬州。隋唐时在这里设有米仓，准备海运，以接济东北边军。红粟：指陈年霉米。《文选·吴都赋》：“覗海陵之仓，则红粟流衍。”李善注引《汉书》曰：“太仓之粟，红腐而不可食。”李周翰注：“谓储久而色赤。”《本草·陈廪米》：“时珍曰：入仓陈久，皆气过气变，故古人谓之红粟、红腐，陈陈相因也。”**仓储之积靡穷；江浦黄旗，匡复之功何远？**江浦黄旗：《三国志·吴书·吴主传》裴松之注引《吴书》曰：“（陈化）为郎中令，使魏。魏文帝酒酣，嘲问曰：‘吴魏峙立，谁将平一海内者乎？’化对曰：‘……旧说紫盖黄旗，运在东南。”古时认为天空出现黄旗紫盖状的云气，乃皇帝的征兆。以上二句是说，徐敬业等应运兴兵，很快就会匡复唐朝天下。**班声动而北风起，**班：班马，离群的马。《左传·襄公十八年》：“有班马之声，齐师其遁。”又《古诗》：“胡马依北风。”此处指战马。此句言队伍已经整装待命。**剑气冲而南斗平。**剑：指龙泉剑。相传晋代张华见斗、牛二星之间有紫气，后使人于本城狱中掘得二剑，一曰龙泉，一曰太阿。（见《晋书·张华传》）此句言武器精良、充足。**喑呜则山岳崩颓，**喑（yīn）呜：形容怒气。**叱咤则风云变色。**叱咤（chì zhà）：形容怒声。**以此制敌，何敌不摧？以此图功，何功不克？**

【译文】

敬业是大唐的旧臣，公侯的长子。他继承先人的事业，蒙受本朝的厚恩。像宋微子的故国之悲，的确有其原因；如桓君山的痛哭流涕，难道是徒然的吗？因此，义愤激荡风云，志在安定国家。顺应天下对武氏的失望、人心归向，于是高举义旗，用以肃清妖孽之人。如今兴师，南连百越之地，北到三河之郡，铁骑成群，战车首尾相连。海陵陈米堆积，仓库的储存无穷无尽；江岸黄旗高扬，光复成功的日子怎么会遥远？萧萧马鸣，北风骤起，熠熠剑光，南斗为平。发怒就可以使山岳崩塌，叱咤便可以使风云变色。用这样的军威制服敌人，还有什么敌人不能摧毁？靠这样的军力去谋求功业，还有什么样的功业不会完成？

【三段】

公等或家传汉爵，或地协周亲；公等：指中央和地方的文武官员。家传汉爵：世代受到唐室的封爵。地：指门庭地位。周亲：至亲。**或膺重寄于爪牙，或受顾命于宣室。**膺：受。重寄：重大的托付。爪牙：比喻将领。《汉书·李广传》：“将军者，国之爪牙也。”顾命：皇帝临死的遗命。宣室：汉代未央宫正殿前室，汉文帝曾在这里受厘（受福）。此处借指皇宫的大殿。**言犹在耳，忠岂忘心？一抔之土未干，六**

尺之孤安在? 一抔(póu)之土:指坟墓上的土。《史记·张释之传》:"假令愚民取长陵(汉高祖陵墓)一抔土,陛下何以加其法乎?"光宅元年(684)八月,高宗葬于乾陵;九月,徐敬业起兵于扬州,相距仅一个多月,故云一抔之土未干。一抔:一掬,一捧。孤:幼而无父的人。《论语·泰伯》:"可以托六尺之孤。"邢昺疏:"谓可委托以幼少之君也,若周公、霍光也。"古代帝王临死时,遗诏令大臣辅佐太子即位,叫托孤。孤,此处指中宗;次年二月,被武则天废为庐陵王,软禁于房州,故云六尺之孤安在。**倘能转祸为福,** 转祸为福:指响应徐敬业的号召,背弃武则天。**送往事居,** 往:已死的,指唐高宗。居:现存的,指唐中宗。**共立勤王之勋,** 勤王:诸侯大臣为解除天子的祸难而起兵,谓之勤王。《左传·僖公二十五年》:"求诸侯莫如勤王。诸侯信之,且大义也。"**无废大君之命,凡诸爵赏,同指山河。** 同指山河:此乃封爵的誓言。《汉书·高惠高后文功臣表序》:"汉兴……封爵之誓曰:使黄河如带,泰山若砺,国以永存,爰及苗裔。"**若其眷恋穷城,徘徊歧路,坐昧先几之兆,必贻后至之诛。** 眷恋:留恋,不放弃。穷城:没有后援的孤城。先几之兆:事前的征兆。贻:给予。后至之诛:《周礼·大司马》:"比军众,诛后至者。"传说禹会诸侯时,因为防风氏后至,禹杀而戮之。(见《国语·周语下》)此四句是向替武则天守城的官吏发出的警告。**请看今日之域中,竟是谁家之天下!移檄州郡,咸使知闻。**

［译文］

诸公有的享有朝廷的封地,有的是皇室的近亲;有的在口头上接受过重托,有的在宫室里接受了遗命。先君的话还在耳边回响,如何能在心中忘记了忠诚?先帝的陵墓还没有干,先帝的遗孤交托给何人?假设能转祸为福,送别先帝高宗,侍奉中宗,共同建立扶助王业的功勋,不忘记先帝的遗命,凡是有功之臣,都有封爵之赏,可以共同指泰山、黄河为誓。假使留恋孤城,徘徊歧路,徒然错过事前的吉利征兆,必定因迟迟不响应而受到诛罚。请看今日的中国,竟是谁家的天下!檄文发布各地,使所有人都闻知。

评析

这篇檄文,目的是为了维护唐王朝的正统,反对武则天的篡位,措词虽不尽符合历史真相,但也写出了武则天篡位弄权的一个侧面。文章写得气魄开阔,气势宏大,颇富于鼓动性。据《新唐书》记载:武则天初读此文,但嬉笑不已,浑不以为意,后读至"一抔之土未干,六尺之孤安在"时,不禁悚然动容,急问:"谁为之?"继而又惊道:"宰相安得失此人!"由此可见,骆宾王这篇骈文颇具撼人的力量。

卢照邻(约630—约680),字升之,号幽忧子,幽州范阳(在今北京市附近)人,"初唐四杰"之一。长于七言歌行,有《幽忧子集》。

悲昔游[1]

卢照邻

［一段］

三悲曰:奇峰含沓半隐天,绿萝蒙茏水潺湲;含沓:重叠貌。《文选》谢朓《敬亭山诗》:"兹山横百里,含沓与云齐。"**因嵌岩以为室,就芬芳以列筵。**嵌岩:同"嵚岩"。《汉书·扬雄传》:"深沟嵚岩而为谷。"颜注:"嵚岩,深险貌。"**川谷萦回兮迷径路,山嶂重复兮无人烟;当谽谺之洞壑,**谽谺:《文选·上林赋》作"谽呀"。李善注引司马彪曰:"大貌。"**临决咽之奔泉。中有幽忧之子,长寂寞以思禅。**幽忧之子:作者自号,谓其患有幽忧之疾。《朝野佥载》卷六谓卢照邻"著《幽忧子》以释愤焉"。**暮色踖踖,**暮色踖踖(jí):《文苑英华》作"容色踳踳"。似当作"踳踳"。踳(chuán),即踳驳。《玉篇》:"色杂不同。"**朝思绵绵。**朝思:《文苑英华》作"形神"。**形半生而半死,气一绝而一连。**

［译文］

三悲:变幻莫测的峰峦遮住了半边天,碧绿的藤萝朦胧处水流潺潺;在又深又险的山谷处设置居室,凭借着芬芳的花丛罗列酒宴。川谷弯曲迂回会令人迷失路途,山嶂重叠啊没有人烟;面对巨大莫测的山洞,下临汹涌澎湃的奔泉。在这里有一个忧郁的人,终日寂寞地在思考佛理和禅关。傍晚时看到了色彩斑驳的天空,早晨就开始思绪万千。从外表来看是一个半生半死的人,实际上也是气息奄奄。

---

① 游:指游宦。曹丕《与吴质书》:"追思昔游,犹在心目。"

【二段】

自言少年游宦，来从北燕。淮南芳桂之岭，岘北明珠之川；淮南：汉郡名。此处指扬州。据《旧唐书·地理志》三，唐武德九年(626)后，淮南道扬州大都督府治所在扬州。芳桂之岭：指淮南之地，亦代指扬州。《楚辞》淮南小山《招隐士》："桂树丛生兮山之幽。"此句谓己少年时在扬州从曹宪受《苍》《雅》及弱冠拜邓王府典签（邓王李元裕，尝为寿州刺史）。岘北：指襄阳。《元和郡县志》卷二十一："岘山，在县东南九里。山东临汉水。"明珠之川：指汉水。用郑交甫在汉水台下遇佩珠神女事。按：作者宦游襄阳，当在高宗显庆三年(658)，邓王李元裕为襄州刺史时。**东鲁则过仲尼之故宅，西蜀则耕武侯之薄田。**东鲁：指曲阜，古为东鲁，有孔子故宅。作者过曲阜事未详。按：《释疾文粤若》谓早年游学时，尝得"遗书于东鲁"，疑即指此事。西蜀：作者曾多次入蜀，故云。诸葛亮曾封蜀汉武乡侯，故称"武侯"。《三国志·蜀志·诸葛亮传》："亮自表后主曰：'成都有桑八百株，薄田十五顷，子弟衣食，自有余饶。'"**旧乡旧国白云边，飞雪飞蓬暗远天。**旧乡：指故乡。作者《五悲》："旧乡旧国白云边。"**暂辞蓟北千万里，少别昭丘三十年。**蓟北：指蓟县，幽州治所。昭丘：似是指燕昭王墓，此处代指故乡。**昔时人物都应谢，闻道城隍今可怜。**城隍：犹言"城复于隍"。《易·泰卦》："城复于隍，勿用师。"孔疏："《子夏传》云：隍是城下池也。城之为体，由基上陪乃得为城，今下不陪扶，城则陨坏。"此处泛指离乡年久，故里变迁甚大。**忽忆扬州扬子津，遥思蜀道蜀桥人。**扬子津：古津渡名。《清一统志》卷九十七《扬州府》二："扬子津，在江都县南十五里，有扬子桥，自左为江滨津要道。"**鸳鸯渚兮罗绮月，茱萸湾兮杨柳春。**鸳鸯渚：据前后文意，当在蜀。《华阳国志》卷九："桓温伐蜀，苻坚引兵自江北鸳鸯碕渡向犍为。"鸳鸯碕在今湖北四川彭山一带，未详是否即作者所指。茱萸湾：缪荃孙校辑《元和郡县志阙卷佚文》卷二扬州江阳县："茱萸湾，在县东北九里……其侧有茱萸树，因此为名。"**烟波淼淼带平沙，阁栈连延狭复斜。**阁栈：即栈道。古蜀道多有之。《战国策·秦策》三："栈道千里于蜀汉。"又《三国志·蜀志·魏延传》："所过烧绝阁道。"阁栈：《文苑英华》作"门栈"，注：一作"阁道"。**山头交让之木，浦口同心之花。**山头交让之木：左思《蜀都赋》："交让所植，蹲鸱所伏。"刘渊林注："两树对生，一树枯则另一树生，如是岁更，终不俱生俱枯也。"同心之花：指同心莲，又称合欢莲。江总《新宠美人诗》："当作照日同心花。"按："忽忆扬州扬子津"句至此，写昔日在扬州及蜀时的恋人。作者在蜀时与郭氏女结婚（见骆宾王《艳情代郭氏答卢照邻诗》）。**严君平之卜肆，戴安道之贫家。**严君平：名遵，汉蜀郡人。《汉书·王吉传序》："君平卜筮于成都市，裁日阅数人，得百钱足自养，则闭肆下帘而授《老子》。"此处指成都。戴安道：即戴逵。《世说新语·

雅量》刘孝标注引《晋安帝纪》:"戴逵,字安道,谯国人。少有清操,恬和通任。"家贫,谓戴安道安贫隐居。同书《栖逸篇》:"戴安道即厉操东山,而其兄欲建功遏其功。谢太傅曰:'卿兄弟事业何其殊?'戴曰:'下官不堪其忧,家弟不改其乐。'"刘孝标注引《晋阳春秋》:"逵始不乐当世,以琴书自娱,隐会稽剡山。"此代指吴越之地。**月犯少微,吊吴中之隐士;**少微:星名。《史记·天官书》:"廷藩西有隋星五,曰少微,士大夫。"《索引》:《春秋合诚图》云:"少微,处士位。"又《天官占》云:"少微,一名处士星也。"《晋书·谢敷传》:"初,月犯少微,少微一名处士星,占者以隐士当之。谯国戴逵有美才,人或忧之。"按:此二句承"戴安道"句而言。**星干织女,乘海上之仙槎。**《博物志》卷十:有人乘浮槎自海,至天河,见织妇和牵牛人,牵牛人乃惊问曰:"何由至此?"此人具说来意,并问此何处。答曰:"君还至蜀郡访严君平则知之。"此人后至蜀,严君平曰:"某年月日有客星犯牵牛宿。"计年月,正是此人到天河时。**长安绮城十二重,金作凤凰铜作龙;**十二重:指长安四面共十二座城门。班固《西都赋》:"立十二之通门。"李善注引郑玄曰:"天子十二门,通十二子也。"十二门名,详见《三辅黄图》卷一。金作凤凰:班固《西都赋》:"设壁门之凤阙,上觚棱而接重爵。"李善注引《三辅故事》:"建章宫阙上有金凤凰,然金爵则铜凤也。"铜作龙:《西京杂记》卷一:"赵飞燕女弟居昭阳殿,中庭彤朱,……上设九金龙,皆衔九子金铃。"又《三辅黄图》卷一:直城门"亦曰故龙栖门,门上有铜龙"。**荡荡千门如锦绣,岩岩双阙似芙蓉。**千门:班固《西都赋》:"张千门而立户。"李善注引《汉书·郊祀志》下:"建章宫度为千门万户。"双阙似芙蓉:庾信《陪驾幸终南山和宇文内史诗》:"长虹双瀑布,圆阙两芙蓉。"**题字于扶风之柱,系马于骊山之松。**扶风之柱:按:京兆、冯翊间旧尝立石柱为界标。扶风,汉郡名。骊山:在陕西临潼。**灞池则金人列岸,太华则玉女临峰。**灞池:在汉文帝陵上。金人:指铜制承露仙人。《汉书·郊祀志》上:"其后又作柏梁、铜柱、承露仙人掌之属矣。"注引苏林曰:"仙人掌擎盘承甘露。"《三国志·魏明帝纪》裴注引《魏略》:"是岁(明帝明初元年)徙长安诸钟簴、骆驼、铜人、承露盘。盘折,铜人不可致,留于霸城。"太华:即华山。《山海经·西山经》郭璞注:太华之山"上有明星玉女,持玉浆,得上服之,即成仙"。**平明共戏东陵陌,薄暮遥闻北阙钟。**东陵陌:在长安霸城门外。《三辅皇图》:"长安城东出南头第一门曰霸城门,民见门色青,名曰青城门,或曰青门。门外旧出佳瓜,广陵人邵平为东陵侯,秦破为布衣,种瓜青门外,瓜美,故诗人谓之东陵瓜。"北阙:《汉书·高帝纪》:"萧何治未央宫,立东阙、北阙。"颜注:未央宫虽南向,而上书、奏事、谒见之徒皆诣北阙,公车司马亦在北焉。**洛阳大道何纷纷,荣光休气晓氤氲,**洛阳:《太平御览》卷七百五十引陆机《洛阳记》:洛阳"宫门及城中有道皆分作三,中央御道,两边筑土墙,高四尺余,外分之……凡人皆行左右,左入右出,夹道种榆槐树,此三道四通五达也"。按:作者染疾后寓洛,早年何时游洛时,未详。荣光休气:彩色云气,古代以为吉祥之兆。《初学记》六引《尚书中侯》："荣光出河，休气四塞。休，美也。荣光五彩。"**交衢近接东西署，复道遥通南北军**。东西署：当指门下省、中书省。《雍录》卷八及徐松《唐两京城坊考》卷一，谓长安宣政殿前有两庑，各有门，东曰日华，西曰月华，日华门外为门下省，月华门外为中书省。又《唐两京城坊考》卷五载：洛阳"乾元门外有衡街，街东日华门，西月华门"。洛阳官署制度，多仿长安。门下、中书二省因分置东西，故又称东西省。复道：楼阁间架空的通道，也称阁道。南北军：《文献通考》卷五："唐所谓天子禁军者，南北衙兵也。南衙，诸卫兵也；北衙，禁军也。"**汉帝能拜嵩丘石，陈王巧赋洛川云**。汉帝：指汉武帝。《汉书·武帝纪》："元封元年（前110）春正月，武帝行幸辛缑氏，诏曰：'朕用事华山，至于中岳，获驳鹿，见夏启后母石。"颜注："启，夏禹子也。其母涂山氏女也。禹治鸿水，通轘辕山，化为熊，谓涂山氏曰：'欲饷，闻鼓声乃来。'禹跳石，误中鼓。涂山氏往，见禹方作熊，惭而去，至嵩高山下化为石，方生启。禹曰：'归我子。'石破北面而启生。"事见《淮南子》。陈王：指曹植，曾封陈王。洛川云：曹植《洛神赋序》："黄初三年（222），余朝京师，还济洛川。古人有言，斯水之神，名曰宓妃。感宋玉对楚王神女之事，遂作斯赋。"赋谓宓妃"仿佛兮若轻云之蔽月"，故云。**河水河桥木兰栧，金闺金谷石榴裙**。河桥：洛水桥。据《元和郡县志》卷五："洛北上有天津桥，隋炀帝大业元年（605）初建；又有中桥，唐高宗咸亨三年（672）造，如天津桥之制。木兰栧：《楚辞·九歌·湘君》："桂棹兮兰枻。"《玉篇》："栧与枻同，楫。"金谷：《太平御览》卷九百一十九引：石崇《金谷诗序》"吾有庐在河南金谷中，去城十里，有田十顷，羊二百口"。石榴裙：红裙，指歌妓。《世说新语·汰侈》：石崇婢子"皆丽服藻饰"。**曾人西城看歌舞，也出东郊送使君**。使君：汉时称刺史，汉以后尊称州郡长官。

［译文］

这个人自己说在青年时也曾外出居官，他来自北燕。到过扬州芳桂之岭，也到过襄阳的汉水之滨；在东方曾到过孔子的故居，在西方曾耕耘过西蜀诸葛亮的薄田。想起了故乡故土好像是在白云边，飞雪飞蓬遮暗了远处的天。我离开蓟北家乡时走过了千万里，告别了昭丘古墓已有三十年。昔日的乡邻可能都已去世了，听说故乡的巨变令人感到心酸。忽然间追想起扬州当地的扬子津，又遥想起蜀地的蜀桥人。鸳鸯渚啊月色多么光彩照人，茱萸湾啊杨柳春意多么盎然。烟波辽阔无际啊带着平沙，栈道连绵不断而且又狭又斜。山头生长有交让之木，小河入江处盛产有合欢之花。又想起了当年严君平的卜肆，戴安道的贫穷之家。月犯少微之星，人们悼念吴中的这位隐士；曾有人干犯织女星，那是因为乘坐了海上的仙槎。华丽的长安城有十二座城门，宫阙上有各式金铜龙凤装饰；宫殿的千门万户如同锦绣，庄严的一对阙楼有如出水芙蓉。我也曾在扶风的石柱上题过字，又曾系马于骊山下的古松。灞池旁有金铸仙人立于岸边，华山上有玉女面临山峰。清晨时和大家遨游于东陵大道上，傍晚遥闻北阙的钟声。洛阳大道上的人们熙熙攘攘，彩色的云霭弥漫在天空，通畅的道路连接东西二署，修筑的复道远远地通向南北军。就是在洛阳，汉武帝能在中岳嵩山拜见启母石，陈王巧妙构思写出《洛神赋》。洛水桥下行驶着木兰舟，石崇曾在金谷园中蓄养大量歌伎。当年我也曾在洛阳的西城看过歌舞，还在东郊送别过使君。

【三段】

一朝颠额无气力，暴骸委骨龙门侧。暴骸：谓其卧病弃身于东龙门山。庾信《小园赋》："不暴骨于龙门，终低头于马坡。"鲍照《芜城赋》："莫不埋魂幽石，委骨穷尘。"按：《新唐书》本传：卢照邻"疾益甚，客东龙门山"。《初学记·地部》上引《杂道书》：嵩高山"自神庙东北二十里至一山，名曰东龙门"。**当时相重若鸿钟，今日相轻比蝉翼。驱代情兮共此，何余哀之能得！**代情：即世情（避唐太宗讳）。《文苑英华》《全唐文》，"代"上有"驱"字。**使我孤猿哀怨，独鹤惊鸣，**独鹤惊鸣：鲍照《舞鹤赋》李善注引《相鹤经》，谓鹤"昼夜十二鸣"。曹植《白鹤赋》："恨离群而独处……独哀鸣而戢羽。"**萝月寡色，风泉罢声。嗟昊天之不吊，**昊天：即天。《诗经·小雅·节南山》："不吊昊天。"毛传："吊，至。"郑笺："至，犹善也。"**悲后土之无情。松架森沉兮户内掩，**内：《文苑英华》注："一作何。"**石楼摧折兮柱将倾。窃不敢当雨露之恩惠，长痛恨于此生。**

【译文】

现在我面容憔悴浑身无力，在龙门山旁坐以待毙。想当年我被人器重时有如洪钟，现在被人轻视得有如蝉翼。世上的人情啊到处都是如此，还有什么值得哀叹！迫使我好像孤零的猿猴在哀啼，又好像孤独的野鹤在哀啼，看到了藤萝间月光失去了光芒，风吹泉水也发不出声音。可叹苍天也不怜悯我，可悲大地是多么无情。密密的松枝交叉，阴沉地把门遮掩，石楼败坏啊石柱将倾。我也不再希望蒙受什么恩泽了，只有在痛恨中度过此生。

评析

本文是作者所写的《五悲》中的一篇。

我国古代的文人中,不少都有过坎坷的经历,卢照邻也是如此。他早年间曾游宦各地,在邓王府中掌管过文书,后又曾在蜀地担任过县尉,不久便因病去职,最后定居于洛阳龙门山。由于他患的是一种痼疾,发作时异常痛苦,因而他便联想起自己生平的坎坷。追忆起"昔游"时,冠之以"悲"字,足以反映出他那种愤恨不平的心情。文中所涉及的都是作者的亲身经历,感情自然真挚而动人,这也正是本文的魅力所在。

全文骈散兼用,且多用七字句,有些句子明显地是在模仿《离骚》的风格,在骈体文中堪称为别具一格之作。

乐府杂诗序[①]

卢照邻

【一段】

闻夫歌以永言，庭坚有歌虞之曲；歌以永言：永，原作“咏”。《尚书·舜典》：“诗言志，歌咏言。”伪孔传：“谓诗言之以导之，歌咏其意以长言之。”则作“永”是，故改。庭坚：《左传·文公十八年》言“昔高阳氏有才子八人”，其中有庭坚。杜预注：“庭坚即皋陶字。”歌虞：《尚书·益稷》：“帝舜（姚姓，有虞氏）作歌，皋陶拜手稽首，乃赓载歌曰：‘元首（指虞舜）明载，股肱良哉，庶事康哉。’”**颂以纪德，奚斯有颂鲁之篇。**颂以纪德：《毛诗序》：“颂者，美盛德之形容，以其成功告于神明也。”颂鲁之篇：班固《两都赋》：“故皋陶歌虞，奚斯颂鲁，同见采于孔氏。”李善注：《韩诗·鲁颂》曰：“新庙奕奕，奚斯所作。”薛君曰：“奚斯，鲁公子也。”按《左传·闵公二年》：“奚斯即鲁大夫公子鱼。”**四始六义，存亡播矣；**四始：《毛诗序》：《风》《小雅》《大雅》《颂》，“是谓四始，诗之至也”。郑笺：“始者，王道兴衰之所由。”孔疏：“此四者是人君兴衰之始，故谓之四始也。”又《孔子世家》：“《关雎》之乱，以为《风》始，《鹿鸣》为《小雅》始，《文王》为《大雅》始，《清庙》为《颂》始。”六义：《毛诗序》：“故诗有六义焉：一曰风，二曰赋，三曰比，四曰兴，五曰雅，六曰颂。”存亡：指国家兴衰。《毛诗序》“是谓四始”句，孔颖达疏引郑玄《答张逸书》云：“《风》也，《小雅》也，《大雅》也，《颂》也，此四者人君行之则兴，废之则为衰。”**八音九阕，哀乐生焉。**八音：《周礼·春官·太师》：“皆播之以八音，金、石、土、革、丝、木、匏、竹。”郑玄注：“金，钟镈也；石，磬也；土，埙也；革，鼓也；丝，瑟也；木，柷敔也；匏，笙也；竹，管箫也。”九阕：即九成。《礼记·文王世子》：“有司告以乐阕。”郑注：“阕，终也。”《尚书·益稷》：“箫《韶》九成。”孔疏引郑玄曰：“成犹终也。”哀乐：《毛诗序》：“治世之音安以乐，其政和。”又：“亡国之音哀以思，其民困。”《礼记·乐记》：“其哀心感者，其声噍以杀；其乐心感者，其声啴以缓。”**是以叔誉闻**

① 乐府：汉武帝时所设的音乐机关。《汉书·礼乐志》：“至武帝定郊祀之初，乃立乐府，采诗夜诵。”顾炎武《日知录》卷二十八：“后人乃以乐府所采之诗，即名之曰‘乐府’。”魏晋以后，文人多按乐府旧题拟作，亦称乐府诗。杂诗：《文选》在“乐府”外，另列“杂诗”类，首录《古诗十九首》。《文选》王粲《杂诗》李善注：“杂者，不拘流例，遇物即言，故云杂也。”乐府杂诗，据作者主张，当指以乐府旧题抒写时事之作。作者所序之《乐府杂诗集》，乃贾言忠所作，然未见著录，当久佚。卢照邻在此文中曰：“时褫巾三蜀，归卧一丘。”他约在咸亨三年（672）离新都尉，则此序当作于咸亨二年或以后卧病太白山下时。

诗,验同盟之成败;叔誉:《礼记·檀弓下》:"赵文子与叔誉观乎九原。"郑注:"叔誉,叔向也。"《左传·襄公二十六年》:"秋,七月,齐侯、郑伯,为卫侯故如晋,晋侯兼享之。晋侯赋《嘉乐》。国景子相齐侯,赋《蓼萧》。子展相郑伯,赋《缁衣》。叔向命晋侯拜二君曰:'寡君敢拜齐君之安我先君宗祧也,敢拜郑君之不贰也。'""晋侯言卫侯之罪,使叔向告二君。国子赋《辔之柔矣》,子展赋《将仲子兮》,晋侯乃许归卫侯。"**延陵听乐,知列国之典彝**。延陵:指吴公子季札。《史记·吴太伯世家》:"季札封于延陵,改号曰延陵季子。"《左传·襄公二十九年》:吴公子季札来聘,请观乎周乐。于是使乐工为之歌《周南》《召南》《邶》《鄘》《卫》《王》《郑》《齐》《豳》《秦》《魏》《唐》《陈》《郑》,季札以列国政教得失,一一予以评论。典彝:谓国之常道。《文心雕龙·乐府》:"季札听微于兴废。"**王泽竭而颂声寝,伯功衰而诗道缺**。王泽竭:班固《两都赋序》:"昔成康没而颂声寝,王泽竭而诗不作。"李善注:"言周道既微,《雅》《颂》并废也。……《毛诗序》曰:'止乎礼义,先王之泽也。'然则作诗禀乎先王之泽,故王泽竭,而诗不作。……孟子曰:'王者云迹息而诗不作。'"伯:周公、召公。《周礼·春秋·大宗伯》:"九命作伯。"郑玄注:"上公有功德者,加命为二伯。"贾公彦疏:《曲礼》云:"五官之长曰伯,是职方。"郑(玄)引《公羊传》云:自陕以东,周公主之;自陕以西,召公主之,是东西二伯也。诗道缺:《毛诗序》将《周南》《召南》系于周公、召公,谓"《周南》《召南》,正道之始,王化之基"。郑玄《诗谱序》谓文、武至周公时之《风》《雅》为"诗之正经",其后则为《变风》《变雅》,故云。**秦皇灭学,星琯千年**;秦皇灭学:《史记·秦始皇本纪》:始皇三十四年(前 213),用丞相李斯议:"史官非秦纪皆烧之,非博士官所职,天下敢有藏《诗》《书》百家语者,悉诣守、尉杂烧之。有敢偶语《诗》《书》者弃市。以古非今者族。"星琯:指年。星指二十八宿。一年一周。琯本乐器,代指十二律应十二月。徐陵《与王僧辩书》:"修好征书,弥留星官。"千年:自秦焚书至作此序,只八百八十余年,此举成数。**汉武崇文,市朝八变**。汉武崇文:《史记·儒林列传》:"及今上(汉武帝)即位,赵绾、王臧之属明儒学,而上卿向之,于是召四方贤良之士。""及窦太后崩,武安侯田蚡为丞相,绌黄老、刑名百家之言,延文学儒者数百人……天下之学士,靡然向风矣。"市朝:代指朝代。陆机《门有车马客行》:"市朝互迁易。"李善注:古《出夏门行》:"市朝人易,千岁墓平。"八变:指汉、魏、晋、宋、齐、梁、陈、隋八朝递变。**通儒作相,徵博士于诸侯**;通儒:指魏其侯窦婴,武帝初立,为丞相。《史记·魏其武安侯列传》:"魏其、武安(田蚡),俱好儒学。"博士:指申公。《汉书·楚元王传》:文帝时申公为博士。《史记·儒林列传》:楚王戊"胥靡申公。申公耻之,归鲁,退居家教"。及王臧为郎中令、赵绾为御史大夫,"言师申公,于是天子使使,束帛加璧,安车驷马迎申公"。申公为楚中大夫,退于鲁,故谓征于诸侯。**中使驱车,访遗编于四海**。访遗编:《汉书·艺文志》:"迄孝武盛世,书缺简脱,礼坏乐崩。圣上喟然而称曰:'朕甚闵焉。'于是建书之策,置写书之官,下及诸子传说,皆充秘府。""成帝时,以书颇散亡,使谒者陈农,求遗书于天下。"清周寿昌《汉书注校补》:"窃疑汉求遗书,始于武帝。当时必有记录,班采其言入文中耶?"**发诏东观,缝掖成阴;**发诏:《后汉书·和帝传》:"永元十三年(101)二月,诏谒者刘珍及五经博士校定东观五经,诸子传记,百家艺术,整齐脱误,是正文字。"李贤注《洛阳宫殿名》:"南宫有东观。"缝掖:代指艺术之士。成阴:谓人数众多。刘孝标《广绝交论》:"鸡人始唱,鹤盖成阴。"**献书南宫,丹铅踵武。**南宫:洛阳宫殿名,东汉于此开学。《后汉书·张酺传》:"永平元年(58),显宗为四姓小侯开学于南宫。"又《贾逵传》:"建初元年(76),诏入讲南宫台。"献书:王先谦《汉书补注》引何焯曰:"《文选》三十八引刘歆《七略》曰:'孝武皇帝敕丞相公孙弘广开献书之路,百年之间,书积如山。'"丹铅:《西京杂记》卷三:"扬子云(雄)好事,常怀铅提椠,从诸计吏访殊方绝域之语。"此代指书籍。**王风国咏,共骊翰而升沉;**王风:王城之歌,此指朝廷乐官所制者。《诗经》有《王风》,郑玄《王城谱》:"王城者,周东都王城,畿内方六百之地。"国咏:诸侯列国之歌。汉乐府采歌诗,曾遍及各地。据《汉书·艺文志·诗赋略》载:"有高祖诗"至"南风歌诗"二十八家,三百一十四篇。骊翰:谓改正朔,代指不同时代。**里颂途歌,随质文而沿革。**里颂途歌:指民歌。《汉书·艺文志》:"自孝武立乐府而采歌谣,于是有代赵之讴,秦楚之风,皆感于哀乐,缘事而发。"随质文:《论语·雍也》:"质胜文则野,文胜质则史。"《齐书·陆厥传》:"质文时异,古今好殊。"**以少卿长别,起高唱于河梁;**少卿:李陵,字少卿。《汉书·苏武传》:"苏武归汉,李陵泣下数行,因与武决。"《文选》载《李陵与苏武书》:"游子上河梁,游手暮何之?"按:李陵诗当是伪作。《文心雕龙·明诗》已谓其"见疑于后代也"。**平子多愁,寄遥情于陇坂。**平子:张衡,字平子。《文选》张平子《四愁诗序》:"时天下渐弊,郁郁不得志,为《四愁诗》。"其"三思"曰:"我所思兮在汉阳,欲往从之陇坂长。"李善注:《汉书》曰:"天水郡,明帝改为汉阳。"应劭曰:"天水在大坂,名曰陇坂。"《秦州记》曰:"陇坂九曲,不知高几里。"**南浦动关山之役,作者悲离;**南浦:《楚辞·九歌·河伯》:"送美人兮南浦。"后即以"南浦"代称送别地。关山之役:当指汉《横吹曲》之《陇头》《出关》《入关》《出塞》《入塞》等,因多征夫思归别离之情,故称"悲离"。**东京兴党锢之诛,词人哀怨。**党锢:东汉桓灵二帝时,兴张俭、李膺、范滂等钩党之案,死狱中百余人,禁锢者六七百人。见《后汉书·党锢列传》。按前人谓古乐府《艳歌何尝行》《枯鱼过河泣》等,因钩党而作,然无确证,此未详所指。

［译文］

我听说诗歌是用来表达思想感情的,皋陶曾有歌颂虞舜的诗歌;颂是铭记君主之德的,奚斯曾有颂鲁君的诗篇。四始六义的作用,可以传达出国家存亡的信息;八音九阕的乐曲,可以反映出哀怨和安乐的心情。因此叔誉听到赋诗后,就判断出两国会盟的成败;延陵季子听到乐曲后,能够了解各国的施政方针。周天子的恩泽丧失后颂诗随之而消失，周、召二伯的功绩衰亡后诗道随之而缺亡。自从秦始皇消灭掉百家的学说后，到现在已有千年之久；自从汉武帝崇尚儒术以来，到现在已经改换了八个朝代。武帝任命学者担任丞相，文帝从诸侯那里选拔博士；从宫廷中派出使者驱车出发，向四方访求散佚的典籍。发出诏书要在东观订正古籍，饱学之士蜂拥而至；在南宫接受献书，大量典籍接连送到。各种不同的诗歌形式，随着朝代的改变而有兴有衰；民间流传的歌谣，由于雅俗的不同而有所变革。李陵在和苏武分别时，曾在河梁高声赋诗；张衡多愁善感，在诗篇中寄托自己的忧思于陇坂。征夫之妻室引发了思念亲人的乐曲，反映出作者伤离别之情；洛阳发动了诛杀党人的冤狱，作者为之哀怨。

【二段】

其后鼓吹乐府，新声起于邺中；邺中：邺，古邑名，曹操曾封于邺，魏因置邺都。故城在今河北临漳县北。此代指魏。曹植《鞞舞歌序》："汉灵帝《西园鼓吹》，有李坚者能鞞舞。遭乱，西随段煨，先帝（指曹操）闻其旧有技，召之。坚既中废，兼古曲多谬误，异代之文，未必相袭，故依前曲，改作新歌五篇。不敢充之黄门（按：《宋书》卷一，'汉世有黄门鼓吹'），近以成下国之陋乐焉。"**山水风云，逸韵生于江左。**此句指南朝宋以后的山水诗兴起。江左：即江南，指南朝。《文心雕龙·明诗》："江左篇制，溺乎玄风；宋初文咏，体有因革：庄老告退，而山水方滋。俪采百字之偶，争价一字之奇，情必极貌以写物，辞必穷力而追新。"**言古兴者，多以西汉为宗；**古兴：指诗之比兴。《汉书·艺文志》：自孝武立乐府而采歌谣，"亦可以观风俗，知厚薄云"。又谓乐府歌诗，"皆感于哀乐，缘事而发"。此乃上承《诗经》之比兴传统。**议今文者，或用东朝为美。**今文：相对汉乐府古辞而言，指五言古诗。此体至唐尚流行，故为"今文"。前谓五言诗由李陵首唱，今东汉党锢之"辞人哀怨"，盖即此类。东朝：即东汉。《文心雕龙·明诗》：谓汉世古诗为"五言之冠冕"。**落梅芳树，共体千篇；**落梅：即《梅花落》，为《横吹曲》。芳树：《汉铙歌十八曲》中，有《芳树》。此泛指乐府古题。共体：讥斥后世拟乐府诗千篇一律，鲜有新意。《乐府古题要解》序云："历代文士，篇咏实繁。或不睹于本章，便断题取义，赠夫利涉，则述《公无渡河》，庆彼载诞，乃引《乌生八九子》……类皆若兹，不可胜载。递相祖习，积用为常。"元稹《乐府古题序》："沿袭古题，唱和重复，于是文或有短长，于义咸有赘剩。"**陇水巫山，殊名一意。**陇水：即《陇头水》，《横吹曲》古题名。《巫山》：指《巫山高》，《汉铙歌十八曲》题名。此亦泛指乐府古题。**亦犹负日于珍狐之下，沉萤于烛龙之前。**负日：《列子·杨朱》："昔者，宋有田夫，常衣缊黂（fén），自曝于日……不知天下之有广厦隩室，绵纩狐狢。顾谓其妻曰：'负日之暄，人莫知者，以献吾君，将有重赏。'"萤于烛龙：左思《吴都赋》：

“西蜀之于东吴，小大之相绝也，亦犹棘林萤耀，而与夫棏木龙烛也。”刘逵注引崔寔《政论》：“使贤不肖相去如日月之与萤火。”**辛勤逐影，更似悲狂；罕见凿空，**凿空：《汉书·张骞传》：“然骞凿空。”颜注：凿，开也；空，通也。骞始开通域道也。**曾未先觉。**先觉：谓不学而知。《论语·宪问》：“不逆诈，不亿不信，抑亦先觉者，是贤乎？”**潘、陆、颜、谢，蹈迷津而不归；**潘、陆、颜、谢：指潘岳、陆机、颜延之、谢灵运。潘、陆为西晋作家；颜、谢乃南朝宋代作家。迷津：迷途，指沿袭古人拟作乐府诗。钟嵘《诗品·总论》：“陆机为太康之英，安仁（潘岳字）、景阳（张协字）为辅；谢客（谢灵运）为元嘉之雄，颜延年为辅，斯皆五言之冠冕，文辞之命世也。”按：上述作家，写五言乐府较多。卢照邻立论，常与《诗品》相左。**任、沈、江、刘，来乱辙而弥远。**任、沈、江、刘：指梁代作家任昉、沈约、江淹、刘孝绰，四人也有大量拟乐府作。乱辙：《诗品》将任、沈、江入中品，《总论》中批评任昉等“竞须新事”，沈约等“文多拘忌”（指四声说）。对此，卢照邻在《南阳公集序》中亦有贬词，而本文着重指出他们的模拟习气。《宋书·谢灵运传论》：“张蔡曹王，曾无先觉；潘陆谢颜，去之弥远。”**其有发挥新题，孤飞百代之前，**新题：指乐府杂诗，因不袭用乐府旧题、题意，故称“新题”。《全唐文》作“体”。**开凿古人，独步九流之上，**独步：《汉书·戴良传》：“我独步天下，谁与为偶？”九流：《汉书·艺文志》分诸子为儒家者流、阴阳家者流、道家者流、法家者流、名家者流、墨家者流、纵横家者流、杂家者流、农家者流、小说家者流，谓“诸子十家，其可观者九家而已”，是谓九流（十家除去小说家者流）。**自我作古，粤在兹乎！**自我作古：张衡《西京赋》：“自君作故，何礼之拘。”李善注《国语》：“鲁侯曰：君作故事。”韦昭曰：“君所作则故事也。”古与故义通。兹：指贾言忠所作乐府杂诗。

［译文］

其后出现的鼓吹乐府，这种新出之声是从邺中兴起的；以山水风云为内容的诗赋，这种优美的作品产生于江东。谈到古代比兴的写作方法，大多认为西汉继承了传统；评论五言诗歌，有人认为东汉的作品最好。以“落梅”“芳树”为题的诗作，竟有千篇之多；模仿《陇头水》《巫山高》乐府古题的，题目虽然不同而含义却是一致。这就好像农夫自认为晒太阳是莫大的享受，又好像萤火虫要和日月争光。辛勤地追逐日影，真是可悲的愚狂之人；很少看到有独创之处，对此这些人从未有过觉知。潘岳、陆机、颜延年、谢灵运，走上了迷途而不知回头；任昉、沈约、江淹、刘孝绰，车辙已乱而偏离更远。如果有人能够独创新题，飞跃于千古之前，对古人诗作进行创新，在原有的各种流派基础上独创新意，不拘泥于旧日成法，大概就是这部《乐府杂诗》吧！

【三段】

乐府者，侍御史贾君之所作也。侍御史贾君：高步瀛《唐宋文举要》乙编卷一本序注："贾侍御盖贾言忠也。"《旧唐书·文苑传》曰："贾曾，河南洛阳人也。父言忠，乾封中为侍御史。"《新唐书·贾曾传》亦载言忠事。此文言侍御史，官合。《新唐书·地理志》言乾封中复九成宫，时亦合。文云洛阳之才，地又合，则言贾言忠殆无疑也。按：高说是。**君升堂入室，践龟字以长驱；**升堂：《论语·先进》：子曰："由也升堂矣，未入于室也。"邢昺疏："言子路之学识深浅，譬如自外入内，得其门者，入室为深，渊源是也；升堂次之，子路是也。"龟字：及下文"龙图"，言贾言忠有神授之才。《艺文类聚·祥瑞》部引《尚书中候》："河龙图出，雒龟书威，赤文象字，以授轩辕。"又崔融《贺石龟负图表》："黄轩东省，河献龙书；苍颉南巡，洛呈龟字。"**藏翼蓄鳞，展龙图以高视。**藏翼蓄鳞：喻未显达。《文选》任昉《宣德皇后令》："在昔晦明，隐鳞戢翼。"李善注：曹植《矫志诗》曰："仁虎匿爪，神龙隐鳞。"成功绥《慰志赋》："唯潜龙之勿用，戢鳞翼而匿景。"**林宗一见，许以王佐之才；**林宗：郭泰，字林宗，东汉时期名士。《后汉书·王允传》："允字子师，太原祁人也……同郡郭林宗尝见允而奇之曰：'王生一日千里，王佐才也。'"**士季相看，知有公卿之量。**士季：钟会，字士季。《世说新语·赏誉》：王濬冲、裴叔则二人，总角诣钟士季。须臾去后，客问钟曰："向二童何如？"钟曰："裴楷清通，王戎简要。后二十年，此二贤当为吏部尚书，冀尔时天下无滞才。"**南国蛟龙之耀，下触词锋；**蛟龙之耀：《世说新语·赏誉》：张华见褚陶，语陆平原(机)曰："君兄弟龙跃云津。"刘孝标注引《裴氏家传》：司空张华与陶书曰："二陆龙跃于江汉。"按：陆机、陆云兄弟为吴郡人，故称"南国蛟龙"。二陆入洛后，名大振，因比喻言忠。**东家科斗之书，来游笔海。**东家：即东家丘，指孔子。《颜氏家训·慕贤》："鲁人以孔子为东家丘。"科斗之书：指孔子所藏书。**朝阳弄翮，即践中京；**朝阳：山之东面，代指凤凰。弄翮：振翅。郭璞《江赋》："鹓雏弄翮平山东。李善注：鹓雏，凤雏也。"**太行垂耳，先鸣上路。**太行：《战国策·楚策四》："汗明见春申君……汗明曰：'君亦闻骥乎？夫骥之齿至矣，服盐车而上太行……中阪迁延，负辕不能上。'"又贾谊《吊屈原赋》："骥垂两耳，服盐车兮。"上路：犹要路，喻显职。《古诗十九首》："何不策高足，先据要路津？"**当赤县之枢钥，作高台之羽仪。**赤县：此指万年县。《新唐书·贾曾传》："父言忠，貌魁梧，事母以孝闻，补万年主簿。"唐以县治在京都者为赤县。《元和郡县志》卷一《京兆府》："万年县，赤。"高台：指御史台，此言其为侍御史。**动息无格于温仁，颠沛安由乎正义。**动息：谢朓《观朝雨诗》："动息无兼遂。"李善注："动息，犹出处。"颠沛：倒仆，喻困顿失意。**玉阶覆奏，谨依汲直之闻；**汲直：《汉书·贾捐之传》："置之争臣，则汲直。"颜注引张晏曰："汲黯方直，故世谓之汲直。"《旧唐书·贾曾传》：言忠尝奉使辽东支军粮，及还，向高宗陈述可平之状与诸将优劣，"高宗深然之"。**铜术埋轮，先定雍门之罪。**铜术：犹铜街。《说文》："术，邑中道也。"此处代指洛阳。埋轮：《后汉书·张纲传》："汉安元年(142)，选遣八使，徇行风俗……余人受命之部，而纲独埋其车轮于洛阳都亭，曰：'豺狼当道，安问狐狸？'"遂奏大将军(梁)冀无君之心十五事。雍门：即梁冀之门，此指梁冀。《后汉书·梁统列传》：汉和帝永元九年(97)，封梁雍乘氏侯。雍子梁商之女为顺帝皇后，梁商之子梁冀拜大将军，从此梁氏专权。**霜台有暇，文律动于京师；**霜台：指御史台。《通典》卷二十四："御史为风霜之任，弹纠不法，百僚震恐，官之雄峻，莫之比焉。"言忠乾封时为侍御史，又曾"擢监察御史"。(《新唐书·贾曾传》)故云。文律：陆机《文赋》："普辞条与文律。"此处代指诗文。**绣服无私，锦字飞于天下。**绣服：执法大臣之服。《汉书·隽不疑传》：武帝天汉二年(前99)，遣直指使者暴胜之等"衣锦衣持斧"，至各地巡捕"群盗"。锦字：喻华美的文辞。

［译文］

《乐府杂诗》这部书，是侍御史贾君创作的。贾君的学问造诣精深，天生具备神才；在没有显达的时候，就以卓荦的才略傲视当世。从前郭林宗初见王允时，就肯定他是一个能够辅佐帝王的人才；钟会接见了王濬冲、裴叔则后，就认为他们将会有公卿的器量。吴郡的陆机、陆云有着螭龙的美称，诗赋名噪当时；孔子家藏古代典籍，遨游于文苑之中。凤凰展翅，来到了洛阳；千里良马，身居显职。先辈担任过赤县的要职，本人供职于御史台。举止进退从不违背平和仁爱，困顿失意也并非由于公正所致。在朝廷覆奏天子时，牢记汲黯的耿直作风；像张纲那样忠心报国，于洛阳埋轮，首先揭发佞臣梁冀的罪行。在御史台从政的余暇，写出的作品轰动了京城；执法时大公无私，秀美文章也流传于天下。

［四段］

九成宫者，信天子之殊庭，群仙之一都也。九成宫：隋文帝所置仁寿宫。唐贞观五年(631)修复，为避暑之所。殊庭：《史记·孝武本纪》：武帝"临渤海，将以望祀蓬莱之属，冀至殊庭焉。"《索隐》引服虔曰："殊庭者，异也。言仙人异域也。"群仙：《史记·封禅书》：汉武帝尝作甘泉宫，"中为台室，画天、地、太一诸鬼神，而置祭具以致天神。"此以九成宫况之，故为群仙之都。**五城既远，得昆阆于神京；**五城：仙人所居，在昆仑山上。《抱朴子》：昆仑山有五城十二楼。昆阆：昆仑之阆风，喻指九成宫。屈原《离骚》："登阆风而緤马。"王逸注："阆风，山名，在昆仑山上。"神京：指长安。**三山已沈，见蓬莱于古辅。**三山：《史记·封禅书》："蓬莱、方丈、瀛洲，此三神山者，其传在渤海中……

未至,望之如云;及到,三神山反居水下。"又言蓬莱等三神山皆"黄金银为宫阙",故以之喻九成宫。古辅:指凤翔府。《元和郡县志》卷二:凤翔府:"汉武帝太初元年(前104)更名右扶风,所以扶助京师行风化也,与京兆尹、左冯翊谓之三辅。"高步瀛《唐宋文举要》谓"古辅"为"右辅"之误,可备一说。**紫楼金阁,雕石壁而镂群峰;碧甃铜池,俯银津而横众壑**。甃(zhòu):井。铜池:檐下承接雨水的铜槽。《汉书·宣帝纪》:"金芝九茎,产于函德殿铜池中。"颜注:铜池,承溜是也,以铜为之。**离宫地险,丹硐四周;**硐:水涧。**徼道天回,翠屏千仞**。徼(jiào)道:班固《西都赋》:"徼道奇错。"李善注:《汉书》曰:"中尉,掌徼循京师。"如淳曰:"所谓游徼循禁,备盗贼也。"此处指巡察警戒之道。天回:谓所通极远。王粲《浮淮赋》:"旌麾翳日,飞云天回。"**卫尉寝蒙茸之署,将军无刁斗之警**。卫尉:张衡《西京赋》:"卫尉八屯。"李善补注:"卫尉,掌门尉屯兵。"蒙茸:扬雄《甘泉赋》:"飞蒙茸而走陆梁。"李善注引晋灼曰:"飞者蒙茸而乱,走者陆梁而跳,谓猛士之辈。"此处代指盗贼。**中岩罡燠,飞霜为之夏凝;**此句极言九成宫夏季凉爽。《文选》曹植《七启》:"清室则中夏含霜。"李善注引李尤《函谷关赋》:"盛夏临漂而含霜也。"**大谷生寒,层淮以之秋沍**。层淮:高步瀛《唐宋文举要》改"淮"为"匡",注:"案匡字当作淮,文义难通,今校改。"今按:"淮"字当误,"匡"字亦未必是,疑乃"帷"字之形讹。层帷,指九成宫的层层帷幕。**天子万乘,驱凤辇于西郊;群公百僚,扈龙轩而北辅。春秋络绎,冠盖满于青山;寒暑推移,旌节喧于黄道**。寒暑:《易·系辞下》:"寒暑相推而岁成焉。"道:《卢照邻集笺注》作"首",似误。**夕宿鸡神之野,朝登凤女之台**。鸡神之野:指陈仓。凤女之台:即凤台。传为秦穆公为萧史、弄玉所筑。**青鸟时飞,白云无极**。青鸟:《山海经·大荒西经》:西有王母之山,"有三青鸟,赤首黑目,一名曰大鵹,一名曰少鵹,一名曰青鸟。"郭璞注:"皆西王母所使也。"**千年启圣,邈同汾水之阳;**邈同:《庄子·逍遥游》:"往见四子,藐姑射之山,汾水之阳,窅然丧其天下焉。"**七日期仙,颇类缑山之曲**。七日期仙:江淹《别赋》李善注:《列仙传》曰:"王子晋吹笙作凤鸣,游伊洛之间,道士浮丘公接上嵩高。三十余年后,上见恒良曰:'告我家,七月七日,待我缑山头。'果乘白鹤住山,下望之不能到。"雷次宗《豫章记》曰:"洪井西,鸾冈鹤岭,旧说洪崖先生与(王)子晋乘鸾鹤憩于此。"**经过者徒知其美,揄扬者未歌其事。恭闻首唱,遂属洛阳之才;俯视前修,将丽长安之道**。长安之道:似指乐府诗《长安道》。《乐府诗集》卷二十三《横吹曲辞》有《长安道》,咏长安道路及风物。

［译文］

九成宫，确实是天子修筑的异乎寻常的宫殿，可以说是群仙荟萃的地方。五城位处遥远之地，京城中的九成宫可比作昆阆仙境；三山已经沉入水下，有如仙山蓬莱的九成宫还可以在古辅看到。那里有紫楼金阁，雕刻了石壁并镂刻了群峰；碧甃铜池，俯视银白色的河水而横对沟壑。离宫建在险要之地，丹硐围绕四周；警卫的道路一望无际，青绿的山峰高高耸立。缉捕盗贼的卫兵把守在这里，因而将军们听不到有关匪徒的信息。山中感觉不到热意，飞霜也会凝结成水珠；谷中十分凉爽，宫中的帷幕上也会出现霜冻。天子乘坐着御辇，在西郊一带驱车赏玩；文武百官们，簇拥着车辆而护驾。春秋季节里这里的人流络绎不绝，满山遍谷都是显赫的高官；寒暑交替，天子的仪仗喧嚷在御道上。晚上住宿在陈仓的郊外，早晨登上了凤台。天空的神鸟不时飞过，抬头看见无边无际的白云。寻访千年前的得道圣贤，有如来到了辽阔的仙境；七月七日按期求仙，好像缑山听到了仙人乐曲。身临其境的人确实懂得此中的美妙，听到传闻的人却未必能歌咏此事。听到了首先歌颂的人，应该是洛阳的才子；检阅了前人的作品，只有《长安道》可与之比美。

［五段］

平恩公当朝旧相，一顾增荣。一顾增荣：《战国策·燕策二》：有卖骏马者，“伯乐还而视之，去而顾之，一旦而马价十倍”。**亲行翰墨之林，光标唱和之雅。于是怀文之士，莫不向风靡然。动麟阁之雕章，发鸿都之宝思。**麟阁：指麒麟阁。《三辅黄图》卷六引《汉宫殿疏》：“天禄、麒麟阁，萧何造，以藏秘书，处贤才。”此处指代文士。鸿都：《后汉书·灵帝纪》：“光和元年(178)，始置鸿都门学士。”李贤注：“鸿都，门名也，于内置学。”此处代指文士。**云飞绮札，代郡苍梧；**代郡：据《汉书·地理志》：“代郡乃秦置。”地域在今山西。苍梧：汉武帝元鼎六年(前111)开，地在今广西东南。**泉涌华篇，岷波连于碣石。**岷波：岷即岷江，在今四川西部，南流入长江。此处指西方。碣石：山名。碣在东，代指东方。**万殊斯应，千里不违。**万殊：王羲之《兰亭集序》：“趣舍万殊。”千里：《易·系辞上》：“出其言善，则千里之外应之。”**同晨风之北林，似秋水之归东壑。**同晨风：《诗经·秦风·晨风》：“鴥彼晨风，郁彼北林。”毛传：“鴥，疾飞貌。晨风，鹯也。北林，林名也。”似秋水：《庄子·秋水》：“天下之水，莫大于海。”**洋洋盈耳，岂徒悬鲁之音？**洋洋：指盛大。《论语·泰伯》：“子曰：‘师挚之始,《关雎》之《乱》,洋洋乎盈耳哉!'"何晏《集解》引郑玄曰:"师挚,鲁太师之名。……鲁太师挚识《关雎》之声而理其《乱》,有洋洋盈耳,听而美之。"悬鲁:指鲁太师挚所用的乐器(编钟)。《周礼·春官·小序》:"正乐县(同'悬')之位:王,宫县;诸侯,轩县。"郑玄注:"乐县,谓钟磬之属县笱簴者。郑司农云:宫县,四面县;轩县,去其一面。"**郁郁文哉,非复从周之说**。郁郁文哉:《论语·八佾》:"子曰:'周监于二代,郁郁乎文哉!吾从周。'"何晏《集解》:"言周文章备于二代,当从之。"以上二句是说,贾言忠等唱歌之作,可上追周代,若孔子再生,亦得从之。**故可论诸典故,被以笙镛**。笙镛:皆乐器名。《尚书·益稷》:"笙镛以间。"伪孔传:"镛,大钟。"

［译文］

平恩公是当朝的旧相,有人以得到他的赏识为荣。他亲自参与文学活动,和大家在一起吟诗唱和。于是喜好写作的士人,没有不闻风而倾倒的。他在文坛中常有大作,在士林中具有独到的见解。词藻华丽的文章风行天下,从北方的代郡一直流传到南方的苍梧;优美动人的大作流传全国,从东方的碣石一直达到了西方的岷江。各地的文人都予以响应,千里之外都没有人进行过非议。有如晨风向北林飞速前进,又好像秋水最终流归于东海。悦耳的乐声充满耳际,哪能只有悬鲁之音?看到这样文采斐然的大作,孔子也不会再有"从周"之说。这些作品可称之为经典巨著,应该在吟咏时用乐器来伴奏。

［六段］

爰有中山郎余令,雅好著书,时称博物。郎余令:余,原作"徐"。按王勃《宇文德宅秋夜山亭宴序》:"中山郎余令,风流名士。"又《旧唐书·儒林传》:"郎余令,定州新乐人也。"少以博学知名,举进士,转累著作郎。《元和郡县志》卷十八:定州:"战国时为中山国。"王勃序作于蜀(德阳县属益州大都督府汉州),时郎余令在蜀,卢照邻为新都尉,所与交者,当即此人。"徐"盖形讹,今据改。**探亡篇于古壁,征逸简于道人**。亡篇:指贾言忠等唱和之乐府杂诗,与下文之"逸简"义同。古壁:指孔子壁,曾出科斗书。此处指诗稿收藏处。道人:犹路人。《汉书·食货志》:"孟春之月,群居者将散,行人郑本铎徇于路以采诗,献之太师。"**撰而集之,命余为序。时褫巾三蜀,归卧一丘**。褫巾:《易·讼卦》:"或锡之击带,终朝三褫之。"释文引王肃曰:"褫,解也。"巾指文官所戴平头小样巾子。褫巾:指辞官。**散发书林,狂歌学市**。散发:《后汉书·袁安传》附《袁闳传》:"延熹末,党事将作,闳虽散发绝世,欲投迹深林。"**江湖廊庙,宾庑萧条;**庑:马棚。《汉书·公孙弘传》:公孙弘死后,继为丞相者,"自(李)蔡至(石)庆,丞相府客馆丘虚而已,至(公孙)贺、(刘)屈氂时坏以为马厩车库奴婢等”。颜注:“丘虚曰:‘言不能进贤,故缮修其屋室可也。’”**绮季留侯,神交仿佛**。绮季:绮里季。留侯:张良。《史记·留侯世家》:汉高祖欲废太子,留侯为吕后设计迎商山四皓辅太子,“上(高祖)迎之,问曰:‘彼为何者?’四人前对,各言名姓,曰:东园公、角里先生、绮里季、夏黄公”。**遂复驱逼幽忧之疾,经纬朝廷之言**。幽忧之病:此处指作者所患病。朝廷之言:此处指贾言忠咏九成宫之诗,盖多言游兴宴从事。**凡一百一篇,分为上下两卷。俾夫舞雩周道,知《小雅》之欢娱**;舞雩:《论语·先进》:“风乎舞雩,咏而归。”何晏《集解》引包咸曰:“风凉于舞雩之下,歌咏先王之道。”《水经·泗水注》:沂水北对稷门,又名高门、雩门。“门南隔水有雩坛,坛高三丈,曾点所风咏处也。”地当在今曲阜南。此处代指歌咏。周道:指周先王之道。此处以周代唐。《诗经·大东》:“周道如砥。”《小雅》:《毛诗序》:“政有大小,故有《小雅》焉。”孔疏:“《小雅》所陈,有饮食宾客,赏劳群臣;燕赐以怀诸侯,征伐以强中国;乐得贤者,养育人才,于天子之政皆小事也。”盖乐府杂诗内容类似,故云。**击壤尧年,识太平之歌咏云尔**。击壤:《艺文类聚·帝王部(一)》引《帝王世纪》:帝尧陶唐氏时,“天下大和,百姓无事,有五十老人击壤于道。观者叹曰:‘大哉!帝之德也。’老人曰:‘吾日出而作,日入而息;凿井而饮,耕田而食。帝力于我何有哉!’”按:击壤乃古代游戏。《太平御览·乐部》引周处《风土记》:“壤者,以木作,前广后锐,长尺三寸,其形如履。”

【译文】

现在有一位中山的郎余令,生性喜好写作,人们都称赞他博通万物。从古壁中发现了亡佚的旧日典籍,向道旁行人征集失落的简册。他把这些资料汇集成册,让我写一篇序言。当时我已经从四川辞职,归来后住在太白山下。隐居丁书丛之中,在文坛中佯狂咏吟,脱离了官场而来到了市肆,宾客日见稀少;像绮里季和张良那样,只有在道义上相交的知己。我强忍着病痛带来的不适,整理了这些以游宴为主要内容的诗。共一百零一篇,分为上下两卷。舞雩以歌咏先王之道,可以了解到《小雅》诗篇的欢快活泼;老人们在唐尧年间击壤而歌,可以认识到这是在歌咏世间太平。这两卷诗作亦是如此。

评析

本文是作者为友人纂辑的诗集所写的序言。

除了介绍《乐府杂诗》的成书经过以及对其进行评价外,全文用了一定的篇幅对诗歌的发展史进行了追叙,并提出了与众不同的评价,这正是本文的独特之处。

作者认为,我国的诗歌有着悠久的历史传统,在上古的虞舜时代就有了诗歌的出现,其后历经三代和汉魏的不断创新,才有了空前繁荣的气象。他还认为,两晋以后的诗赋走上了歧途,所谓"蹈迷津而不归","来乱辙而弥远"。也就是说,这时的诗人只知仿效前人,少有新意。正是这样,他对《乐府杂诗》的锐意创新便深为推崇。这样的写法便具有很强的说服力了。

全篇基本上由传统的骈文写就,用典虽多但不冷僻,可称文情并茂。

杨炯(650—693),华阴(今陕西华阴)人,"初唐四杰"之一。卒于盈川县令任内,后人称"杨盈川";擅长五律,传有《盈川集》。

幽兰[1]赋

杨炯

【一段】

惟幽兰之芳草,禀天地之纯精,抱青紫之奇色,挺龙虎之嘉名。嘉名:美名。屈原《离骚》:"皇览揆余初度兮,肇锡余以嘉名。"不起林而独秀,必固本而丛生。尔乃丰茸十步,绵连九畹,十步:一步之十倍。《荀子·劝学》:"骐骥一跃,不能十步。"九畹:屈原《离骚》:"余既滋兰之九畹兮,又树蕙之百亩。"注:十二亩曰畹,或谓田之长为畹。茎受露而将低,香从风而自远。当此之时,丛兰正滋,美庭帏之孝子,循《南陔》而采之。庭帏:张于庭院的布幔。寒山诗:"美人朝夕弄,出入在庭帏。"《南陔》:古时笙诗篇名。《诗·小序》:"《南陔》,孝子相戒以养也,……其有义而亡其辞。"楚襄王兰台之宫,零落无从;楚襄王:即楚顷襄王。战国时楚怀王之子,名横,在位三十六年。兰台之宫:楚王宫殿名。宋玉《风赋》:"楚襄王游于兰台之宫,宋玉、景差侍。有风飒然而至,楚王披襟而当之曰:'快哉此风,寡人所与庶人共者邪。'"汉武帝猗兰之殿,荒凉几变。汉武帝:刘彻,前140—前87在位。猗兰之殿:《洞冥记》载,汉武帝未诞时,景帝梦一赤彘从云中直下,入芳兰阁,帝乃改芳兰阁为芳兰殿。闻昔日之芳菲,恨今人之不见。芳菲:花草。

【译文】

幽兰这种芳草,赋有天地之间最完美的精华,天生青紫的美色,独占了王者之香的美名。虽然并不雄伟却能一花独秀,草本挺拔而丛生。初生时幼苗不过狭小的一片,逐渐长成了连绵不断的花丛,茎叶因受露水而低垂,兰花则随风而香气远扬。在这个时候,丛生的兰草正生长茂盛,令人敬佩的孝子,正在庭院中

---

[1] 幽兰:兰花,俗称草兰。屈原《离骚》:"户服艾以盈要兮,谓幽兰其不可佩。"

采兰以侍养父母。在楚襄王的兰台之宫，兰草零落无从寻觅；汉武帝的猗兰殿，几乎变成荒凉之地。只听说过昔日的花草美景，恨的是现在的人们看不到了。

［二段］

至若桃花水上，佩兰若而续魂；兰若：香草，即兰草与杜若。竹箭山阴，坐兰序而开宴。山阴：县名。兰序：亭名，在浙江省绍兴县西南。《水经注·浙江水》注："湖口有亭曰兰序，亦曰兰上里。太守王羲之、谢安兄弟，数往造焉。"江南则兰泽为洲，东海则兰陵为县。兰泽：草兰生植之泽。枚乘《七发》："游涉乎云林，周驰乎兰泽。"兰陵：晋侨置，故城在江苏省常州市。《读史方舆纪要》："兰陵城府西北六十里，晋大兴初始为南陵郡及兰陵县于武进界内。"隰有兰兮兰有枝，赠远别兮交新知；气如兰兮长不改，心若兰兮终不移。及夫东山月出，西轩日晚，授燕女于春闱，降陈王于秋坂。燕女：谓燕地之女，古诗有燕赵多佳人，因谓燕女以代美人。陈王：即陈留王曹植。秋坂：秋日之坂坡。乔彝《幽兰赋》："芊眠茂苑，靡迤秋坂。"乃有送客金谷，林塘坐曛；金谷：也称金谷涧。在河南洛阳市西北。有水流经此，谓之金谷水。晋太康中石崇筑园于此，即世传之金谷园。林塘：林中之池塘。南朝梁刘孝绰《侍宴饯庾于陵应诏诗》："是日青春献，林塘多秀色。"鹤琴未罢，龙剑将分。龙剑：古有名剑龙渊、龙剑，因而称宝剑为龙剑。郭璞《蚍蜉赋》："虎贲比而不慑，龙剑挥而不恐。"兰釭熠耀，兰麝氛氲，兰釭：兰膏所燃之灯。兰麝：兰与麝香，皆高贵香料。《晋书·石崇传》："崇婢妾数十人，皆组兰麝，被罗縠。"氛氲：盛貌。谢惠连《雪赋》："霰淅沥而先集，雪纷糅而遂多，其为状也，散漫交错，氛氲萧索。"舞袖回雪，歌声遏云。回雪：喻舞态，谓如雪之因风而回翔。曹植《洛神赋》："仿佛兮若轻云之蔽月，飘飘兮若流风之回雪。"度清夜之未央，酌兰英以奉君。

［译文］

来到了桃花水上，人们佩戴着香草在招死者的亡魂；在山阴的细竹丛旁，人们坐在兰亭里举行宴会。在江南则有兰泽洲，在东海则有兰陵县。低湿之地盛产兰草啊，可采来赠送远别之人啊并结交新知之人；气质有如兰草啊，永久不会改变，内心好像兰草啊终生不移。等到月出东山，日落西轩，在内室将兰草赠给美人，使曹植停下疾驰的马车下来欣赏秋兰。还曾有在金谷园中送别宾客，在林塘旁坐看日落；赏鹤抚琴还未尽兴，已经到了夜间。兰釭发出了熠熠的灯光，兰草和麝香发出了氛氲的香味，舞女的长袖好像飞雪在飘荡，歌声高亢直抵云霄。清夜的欢乐生活意犹未尽,将兰花奉献给你。

［三段］

若夫灵均放逐,离群散侣,灵均:屈原,字灵均。楚怀王时任左徒、三闾大夫,主张联齐抗秦,后遭靳尚等人诬陷,被放逐,作《离骚》。**乱鄢郢之南都,下潇湘之北渚。**鄢郢:战国楚之国都。潇湘:犹言清深的湘水。旧诗文中多称湘水为潇湘。**步迟迟而适越,心郁郁而怀楚,**怀楚:指屈原怀念楚国。**徒眷恋于君王,敛精神于帝女。**君王:此处指楚怀王。帝女:天子之女,宗室之女。**汀洲兮极目,芳菲兮袭予。**汀洲:水中小洲。屈原《楚辞・九歌・湘夫人》:"搴汀洲兮杜若,将以遗兮远者。"**思公子兮不言,结芳兰兮延伫。**延伫:久立等待。屈原《离骚》:"时暧暧其将罢兮,结幽兰而延伫。"**借如君章有德,能神感灵,悬车旧馆,请老山庭。**旧馆:旧日之馆。《礼记・檀弓上》:"孔子之卫,遇旧馆人之丧,入而哭之哀。"**白露下而警鹤,秋风高而乱萤,循阶除而下望,见秋兰之青青。**阶除:台阶。

［译文］

当屈原遭到了放逐,离开了昔日的同伴故交,告别了动荡不安的鄢郢国都,来到了湘江的北渚。步履蹒跚地走向南方,内心郁闷不欢而怀念楚国的前途,只是眷恋不舍地惦记着君王,聚精会神地遥想着湘江女神。放眼遥望着江中小洲,一阵芬芳的香味迎面扑来。思念公子啊又无言相对,只是结扎着芳香的兰花久立等待。如果君主是个有德之人,并能感动了神灵,使我告老还乡回到昔日旧舍,那就在山庭中度过晚年。白露降下而惊动了野鹤,秋风高吹而扰乱了萤虫,顺着台阶往下看去,看到了青青的秋兰。

［四段］

重曰:若有人兮山之阿,纫秋兰兮岁月多。思握之兮犹未得,空巩之兮欲如何。乃抽琴操,为《幽兰》之歌。《幽兰》:古琴曲名。宋玉《讽赋》:"乃更于兰房之室,止臣其中。中有鸣琴焉,臣乃援而鼓之,为《幽兰》《白雪》之曲。"**歌曰:"幽兰生矣,于彼朝阳。含雨露之津润,吸日月之休光。美人愁思兮,采芙蓉于南浦;**南浦:泛指面南的水边。屈原《楚辞・九歌・河伯》:"子交手兮东行,送美人兮南浦。"**公子忘忧兮,树萱草于北堂。**萱草:忘忧草。**虽处幽林与穷谷，不以无人而不芳。”赵元淑闻而叹曰：“昔闻兰叶据龙图，复道兰林引凤雏。**赵元淑：未详。龙图：传说有龙马负图从黄河中出，故称。凤雏：幼凤。**鸿归燕去紫茎歇，露往霜来绿叶枯。”**紫茎：紫色之茎。《楚辞·九歌·少司命》：“秋兰兮青青，绿叶兮紫茎。”**悲秋风之一败，与蒿草而为刍。**

［译文］

又说：山边有一个人，成年累月地在那里捻秋兰。想握在手中啊还迟疑不决，佩戴在身上啊他的心情又是怎样。于是便取出琴来，演奏了一曲《幽兰》之歌。歌词是：幽兰长成了，生长在朝阳之地。蒙受雨露的滋润，吸吮了日月的光芒。美女遇见了发愁的事啊，在南浦采摘了芙蓉；公子忘却了忧郁的事啊，在北堂栽种了萱草。虽然生长在僻静的山林之间，却并不由于无人观赏而不散发芬芳香气。”赵元淑听见后叹息着说：“从前听说过兰叶依靠着龙图，又有人说兰林可以招引凤雏。鸿燕归去时要在紫茎上歇息，露往霜来时绿叶要枯落。”可叹遇到秋风时就要衰败，到头来和野草为伍。

评析

兰草，从来就是一种诗人骚客歌吟赞赏的象征高贵品德的植物。从《诗经》《楚辞》开始，历代诗作中以兰草为对象的佳句何止万千。本文更是以赞颂幽兰为核心，通篇写幽兰，处处写幽兰，乃至用典也以幽兰为主。

本文的后半篇中，作者以屈原自喻，并且在行文中多处套用屈原作品中的句式，借以抒发自己怀才不遇的愤懑。这是十分切合实际的。杨炯在仕途上并非一帆风顺，特别是在徐敬业起兵反抗武则天称帝失败后，他也受到了牵连，也有过贬谪的遭遇。这种类似的宦海浮沉的经历，很容易使他从屈原的作品中找到共鸣之处。

在行文方面，通篇用词华美而无堆砌之弊，用典确切且不冷僻。全文浑然一体，结构十分谨严。

李舍人[1]山亭诗序

杨炯

【一段】

永嘉有高阳公山亭者，今为李舍人别墅也。永嘉：西晋怀帝司马炽年号。**廊宇重复，楼台左右，烟霞栖梁栋之间，竹树在汀洲之外。**汀洲：水中小洲。**龟山对出，背东武而飞来；**龟山：山名。**鹤阜相临，向东吴而不进。**东吴：今苏州吴中区，旧亦别称东吴。又，东吴，古吴地之称；三国孙吴，世称东吴。**青溪数曲，赤岩千丈。寥廓兮惚恍，似蓬岭之难行；深邃兮眇然，若桃源之失路，**桃源：晋陶渊明虚构的与世隔绝的乐土，言其人人丰衣足食，怡然自得，不知世间有祸乱忧患。后因称这种理想之地为世外桃源。**信可谓赤县幽栖，黄图胜景。**赤县：赤县神州的略称，指中国。南朝江淹《江文通集》三《游黄蘖山诗》："南州绕奇怪，赤县多灵仙。"黄图：帝都。《艺文类聚》六十三陈江总："览黄图之栋宇，规紫寰于太清。"**从来八子，辟高阳之邑居；**八子：史载东汉荀淑有子八人，各有才名，号"八龙"。郡令以昔高阳氏亦有八子，遂改其里为"高阳里"。**今日四郊，逢舍人之置驿。故知樊家失业，遂作庾公之园；**樊家：见庾信《小园赋》，东汉豪族樊重家的宅第，易主后成了庾信的小园。**习氏不游，终成濮阴之地。**

【译文】

永嘉时有一座高阳公山亭，现在是李舍人的别墅。别墅中的房屋多处相连，左右都建有楼台，天空的云霭环绕在雕梁画栋之间，翠竹高树生长在汀洲之外。龟蛇二山隔江相望，背向东武飞来此处；鹤阜面临这里，面向东吴不再前进。这里有弯曲的青水流过，还有千丈之高的赤色岩峰。空旷啊而又隐约不清，好像蓬岭那样难以通行；深远啊而又微妙，好像在寻访桃源时迷失了道路，确实可以称为中国的绝好去处，国都的一大胜景。从前八子的居处，建成了高阳里的宅第；今天的四郊，成为舍人的居处。由此可知东汉豪族樊家丧失了产

---

① 舍人：周代官名，隋唐增置起居舍人、通事舍人。

业，成为庾公的园圃；习家的池馆无人游赏，最后湮废荒芜。

［二段］

其人也，凝脂点漆，琼树瑶林，学富文史，言成准的。准的：作为准则。王充《论衡·实知》：“观色以窥心，皆有因缘以准的之。”**葭莩为汉帝之亲，枝叶是周公之裔。**葭莩：谓远亲也。喻其轻荡而附着者也。《汉书·王莽传上》：“自诸侯以下，至于吏民，咸知莽上与陛下有葭莩。”枝叶：谓公族。《左传·闵公元年》：“臣闻之，国将亡，本必先巅，而后枝叶从之。”周公：姬旦，周文王之子，辅助武王灭商，建立周王朝，封于鲁。武王死，成王年幼，周公摄政。**田孟尝之待客，照饭无疑；**田孟尝：即孟尝君，战国时齐贵族，姓田名文。以好客著称，门下食客至数千人。**孔文举之邀欢，樽中自溢。**孔文举：即东汉末年孔融，字文举。其遗诗二句为：“坐上客常满，樽中酒不空。”**三冬事隙，五日归休。**三冬：冬季三个月之并称。孟冬（阳历十月）、仲冬（十一月）、季冬（十二月）。一说三年也。《汉书·东方朔传》：“年十二学书，三冬文史足用。”归休：回家休息。《汉书·孔光传》：“沐日归休，兄弟妻子燕语，终不及朝省政事。”**奏金石而满堂，召琳琅而触目。心焉而醉，德焉而饱。大隐朝市，本无车马之喧；**大隐：谓隐于朝市也。王康琚《反招隐诗》：“小隐隐陵数，大隐隐朝市。”无车马之喧：陶渊明《饮酒诗》：“结庐在人境，而无车马喧。问君何能尔，心远地自偏。”**不出户庭，坐得云霄之致。于是乎百年无几，万事徒劳，唯谈笑可以遣平生，唯文词可以陈心赏。既因良会，咸请赋诗。虽向之所欢，已为陈迹，俾千载之下，感于斯文。**

［译文］

李舍人其人，面容白皙，头发乌黑，具有美好的品德，在学问上精通文史，说出话来句句切题无误。和当今皇帝属于远亲关系，还是周公旁支的后代。他仿照孟尝君那样广招门客，供应饭饮；又好像孔融那样聚众欢饮，樽中之酒常满。在冬天公务之暇，趁便回家休憩数日。在家中聚众演奏乐曲，目光所及都是俊秀之士。内心感到酣醉，思想上感到满足。大隐之人隐于市肆，感觉不到车马的喧闹声；足不出户，静坐时而有崇高之志。人生在世能活到百年的能有几个，牵挂世间万事简直是白费心机，只有说说笑笑可以消磨平生时光，只有抄抄写写可以赏心悦目。由于是召集胜会，大家都要求赋诗。虽然说过去的欢愉情景已将成为陈迹，但是千年以后的人们，也会从这个诗集中有所感悟。

评析

本文首先介绍了李舍人山亭的位置及秀丽的景色和华贵的屋宇，接着描绘出这一带的环境，但全文的重点还是在叙说李舍人的家世和为人上。

从作者的介绍中我们知道了李舍人是一个仪表堂堂，喜好招揽宾客，兼通文史的饱学之士。特别值得称道的是他那种“大隐朝市，本无车马之喧”的高超的生活情趣，这无疑是受了东晋隐士陶渊明“结庐在人境”的影响。

全文不长，内容却较丰富，语言通畅，绝无晦涩之弊。结尾部分的语言更是通俗易懂，如“于是乎百年无几，万事徒劳，唯谈笑可以遣平生，唯文词可以陈心赏”等，已经接近口语。

王勃(649—676),字子安,绛州龙门县(今山西河津市)人。与同时的杨炯、卢照邻、骆宾王并称“初唐四杰”,著有《王子安集》。

秋日登洪府滕王阁饯别序[①]

王勃

【一段】

南昌故郡,洪都新府。南昌:隋称豫章,所以称“故郡”;唐代改为洪州都督府,所以说“新府”。**星分翼轸**,星分翼轸:古代将天上的星宿位置和地上的几个大区域相对应,称之为“分野”。翼、轸,均为星宿名,其分野对应地上的吴和楚。豫章郡古属楚地,当翼、轸二星的分野。(见《越绝书》)**地接衡庐**。衡:衡山。庐:庐山,在江西省。此句言州境连接衡山和庐山。**襟三江而带五湖,控蛮荆而引瓯越**。襟:衣襟。用为动词,面对。三江:即松江、娄江、东江。带:腰带。用为动词,围绕。五湖:即太湖、鄱阳湖、青草湖、丹阳湖、洞庭湖。荆蛮:荆,先秦时楚地,后因开化较晚,称“南蛮”,即今湖北、湖南地区。瓯越:即东瓯,今浙江省部分地区。此二句言豫章地方冲要,面对三江,围绕五湖,控制楚地,接引东瓯。**物华天宝,龙光射牛斗之墟**;物华:物有光华。天宝:天之宝物。此处指江西丰城地下曾发现古剑的故事。相传晋代张华见斗、牛二星之间有紫气,后使雷焕于丰城狱中掘地得二剑,一名龙泉,一名太阿。(见《晋书·张华传》)龙光,即指宝剑的光芒。雷焕谓“宝剑之精,上彻于天”。墟:区。此二句言这里物产的华美,有如天降之宝,其光彩上冲斗牛之宿。**人杰地灵,徐孺下陈蕃之榻**。人杰:人物杰出。地灵:地有灵气。徐稚:字孺子,豫章人,后汉时高士。陈蕃:字仲举,后汉汝南人,志操高洁。曾为豫章太守,累拜至太尉。他任太守时,“在郡不接宾客,唯稚来特设一榻,去则悬之”。(见《后汉书·徐稚传》)以上二句言此处的土地有灵秀之气,因而出生的人也特别杰出。**雄州雾列,俊彩星驰**。雄州:雄伟的州。雾列:像雾那样聚集。俊采:指英俊有文采的人。星

① 洪府:即江西省南昌市,隋称豫章郡,唐代改为洪州都督府。滕王:唐高祖李渊第二十二子,名元婴,贞观十三年(639)受封为滕王。做过洪州都督,在那里建一巨阁,世称“滕王阁”。唐高宗上元二年(675),作者前往交趾(今越南北部)省父,路过洪州,参加了当地许多官僚在滕王阁上的宴会,当场作了这篇序文。

驰:像群星那样奔驰。以上两句言豫章郡中富庶的州县很多,人文也很兴盛。**台隍枕夷夏之交,宾主尽东南之美。**台:指楼阁中的台基。隍:无水的护城壕,此处指城池。夷:古代对非中原地区和人民的概称。此处指荆楚地区。宾主:指此次宴会的客人和主人。东南之美:东南地区的杰出人才。以上二句言洪州城正跨着中原和吴越的交界处,来赴宴会的都是东南地区的杰出人才。**都督阎公之雅望,棨戟遥临;**都督:《唐六典》:"都护府都督一人,从三品。"当时的洪州都督姓阎,名字不可考。有人认为即阎伯玙,不确。雅望:美好的名声。棨(qǐ)戟:古代官吏出行时做前导的一种仪仗,戟上罩有衣套,表示传递信息,告诉人们某官将要到来。《后汉书·舆服志上》:"公以下至二千石,骑吏四人,千石以下至三百石县长二人,皆带剑持棨戟为前列。"遥临:从远处来临。**宇文新州之懿范,襜帷暂驻。**宇文:此时的宾客有新州刺史姓宇文的,名字不可考。或指为宇文峤,不确。新州:唐郡名,今广东省新兴县。懿范:美好的典范。襜帷:车帷,代指所乘的车。暂驻:短暂停留,因为他到新州去路过洪州。**十旬休假,**十旬休假:每十天为一旬。唐制度,每旬休假一天。《资治通鉴》卷二百四十四胡三省注:"一月三旬,遇旬则下直而休沐,谓之旬休。"此处本是说十天休假的日子,应是"一旬"或"十日","十旬"可能是作者笔误。假,一作"暇"。**胜友如云。千里逢迎,高朋满座。腾蛟起凤,孟学士之词宗;**腾蛟起凤:比喻才华富盛,如凤蛟的腾起。《西京杂记》卷二说:董仲舒梦蛟龙入怀,乃作《春秋繁露》词。又说:扬雄著《太玄经》,梦吐凤凰集《玄》之上。学士:唐时弘文、崇文二馆所设的官名,掌管著述。孟学士:是在座的一位客人,名字未详。《唐摭言》说孟学士即阎都督的女婿,也没有确据。词宗:文词的宗主,文章的祖师。**紫电青霜,王将军之武库。**紫电:宝剑名。《古今注》上:"吴大皇帝有宝剑六,……二曰紫电。"青霜:形容兵刃的锋利。《西京杂记》卷一:"高祖斩白蛇剑,刃上常若霜雪。"王将军:也是座上的客人之一,名字不详。武库:兵器库,此处比喻胸中韬略。《丹铅总录》卷十一:"《三国典略》曰:萧明与王僧辩书:凡诸部曲,并使招携,赴投戎行,前后云集,霜戈电戟,无非武库之兵。唐王勃《滕王阁序》,紫电清霜,王将军之武库,正用此事。"此言武库的精良。**家君作宰,**家君作宰:清翊曰:"王定保《唐摭言》载勃著序时,年十四。盖福畤先为六合县令也。"**路出名区,童子何知,躬逢胜饯。**童子:乃作者自称。对上句"家君"而言,又在座的多是他的长辈,故用自谦之词。有人认为作者此时年十四岁,不确。躬逢:亲逢。胜饯:盛大的饯别宴会。

［译文］

南昌是旧时豫章的郡治,如今是新置的洪州郡督府。星座中属于翼星和轸星的分野,地面上连接着衡山与庐山。以三江为衣襟,五湖为衣带,控制蛮荆,连接瓯越。此处物有光华，天产珍宝，龙泉、太阿的剑气直接斗牛二星之域；人有俊杰，地有灵气，徐孺子使陈蕃为他专设卧榻。雄伟的州郡耸立在云雾之中，杰出的人才繁星般活跃飞驰。楼台池壕处在少数民族与华夏族交接的地区，宾客与主人都是东南地区的美才。都督阎公享有崇高的声望，仪仗远临此处；宇文新州是美好风范的楷模，车驾在此暂停。正逢十天休假，胜友如云。迎接千里来宾，高朋满座。龙翔凤舞，孟学士是文坛的巨匠；紫电青霜，王将军乃武库的权威。家父远在交趾任县令，我因省亲而路过宝城，年轻无知，却荣幸地躬逢盛会。

【二段】

时维九月，序属三秋。九月：当是“九日”之误。夏历九月九日，称为“重阳”，乃古风俗中“登高”的日子。序：指春夏秋冬的节气次序。三秋：秋天三个月，九月是第三个月，称为“三秋”，又称“九秋”。上句如说九月，下句又说“三秋”，便成重复。**潦水尽而寒潭清，**潦水：雨后的积水。**烟光凝而暮山紫；俨骖𬴂于上路，访风景于崇阿。**俨：同“严”，整顿。骖、𬴂：古代驾车用四匹马，车前一条辕，靠近辕左右的两匹，叫作服马，靠近服马的左右两匹，叫作骖，也叫作𬴂。（见《礼记·曲礼》孔颖达疏）上路：指大路。崇：高。阿：山坡。**临帝子之长洲，得天人之旧馆。**临：到。帝子：指滕王李元婴。长洲：古苑名，此处指滕王阁所在高地。天人：等于说贵族，仍指元婴，因为他是高祖之子。天人，一本作“仙人”。**层峦耸翠，上出重霄；飞阁流丹，下临无地。**耸翠：指层台上青绿的装饰物高耸天空。飞阁：架空建筑的阁道。流丹：指阁道上红色的装饰物，如在空中的飞观。无地：几乎看不见地。王巾《头陀寺碑文》：“飞阁逶迤，下临无地。”**鹤汀凫渚，穷岛屿之萦回；桂殿兰宫，列冈峦之体势。**汀：水边的陆地。渚：水中小洲。萦回：回环萦绕。桂、兰：此处均形容宫殿的华丽。体势：指冈峦高低长短的形状。此四句言鹤凫止息的沙洲，极尽岛屿萦绕回环的景象；华美的宫殿体势如高低起伏的山冈。**披绣闼，俯雕甍。**披：开。绣闼（tà）：锦绣装饰的门窗。雕甍（méng）：雕镂华丽的屋脊。甍：屋脊。《释名·释宫室》：“屋脊曰甍。甍，蒙也。”**山原旷其盈视，川泽纡其骇瞩。**旷：指广阔。盈视：满眼。纡：曲折。一作“盱（xū）”，张目。骇：惊奇。瞩：注视。以上二句言放眼望去，山原辽阔，尽入眼底；川泽纡曲，使人看了惊骇。**闾阎扑地，钟鸣鼎食之家；**闾阎：街道房屋。扑地：满地。鲍照《芜城赋》：“廛闬扑地。”鼎：古代盛食品的高贵容器。钟鸣鼎食：鸣钟列鼎而食，形容贵族官僚的豪华生活。**舸**

舰迷津，青雀黄龙之舳。舸、舰：均为大船。《方言》："南楚江、湘，凡船大者谓之舸。"迷津：使停泊的地方都迷乱了，言船只拥挤。青雀、黄龙：指大船上的装饰图形。舳(zhú)：船后的舵，此处代指船。虹消雨霁，彩彻云衢。虹：一作"云"。彩：指空中各种色彩。彻：通彻上下。衢：指天衢，即宇宙。云衢，一本作"区明"，即天空。落霞与孤鹜齐飞，秋水共长天一色。鹜：即野鸭。此二句用语本于庾信《马射赋》："落花与芝盖齐飞，杨柳共春旗一色。"(见《丹铅总录》十九)渔舟唱晚，响穷彭蠡之滨；唱晚：傍晚时的歌唱。响：指歌声。彭蠡：湖名，即今鄱阳湖，在江西省。雁阵惊寒，声断衡阳之浦。雁阵：雁飞时形成的阵势。惊寒：雁是候鸟，天寒冷时即从北往南飞。声断：是说雁叫的声音，到那里就断了。衡阳：县名，即今湖南省衡阳县，衡山所在地，衡山有回雁峰。浦：水边。传说雁飞到衡阳的水边，便不再往南飞了。遥吟俯畅，逸兴遄飞。遥吟：一本作"遥襟"，旷远的胸怀。逸兴：超逸的兴意。遄(chuán)飞：迅速地飞起。爽籁发而清风生，纤歌凝而白云遏。爽：参差不齐。爽籁：此处指箫管之属。《文选·南州桓公九井作》诗："爽籁警幽律。"李善注："《尔雅》曰：'爽，差也。'箫管非一，故言爽焉。"纤歌：娇柔的歌声。白云遏：白云止而不行。《列子·汤问》说，歌者秦青"抚节悲歌，声振林木，响遏行云"。睢园绿竹，气凌彭泽之樽；邺水朱华，光照临川之笔。睢园：即汉代梁孝王(刘武)在睢阳(故城在今河南省商丘县南)的菟园。枚乘《梁王菟园赋》："修竹檀栾夹池水。"此处用睢园绿竹形容滕王阁的景色。凌：胜。彭泽：指陶渊明。陶渊明曾做彭泽令，故称。其《归去来兮辞》有句云："携幼入室，有酒盈樽。"邺水：指邺郡，今河北省临漳县。曹操有园池在此。朱华：芙蓉。曹植《公谯诗》："秋兰被长坂，朱华冒绿池。"临川：指谢灵运。谢灵运曾任临川(今江西省抚州市)太守，故称。《宋书·谢灵运传》说他"博览群书，文章之美，江左莫逮"。此四句言滕王阁下有像睢园那样的绿竹，它的蓊郁之气，可以助长滕王阁座上的像陶渊明那样的客人的酒兴；滕王阁下又有像邺水所有的那样的荷花，它的绚丽光彩，可以激发滕王阁上像谢灵运那样客人的诗情。四美具，二难并。四美：有二说：《文选·答卢谌书》："四美不臻。"李善注："四美者，意、味、文、言也。"又谢灵运《拟魏太子邺中序》："天下良辰、美景、赏心、乐事，四者难并。"此处当是用后一种典故。二难：指贤主和嘉宾。穷睇眄于中天，极娱游于暇日。睇眄(dì miǎn)：极目而视。中天：天的中心，指天的最高处。极：尽。游娱：游览，娱乐。暇日：闲暇的假日。天高地迥，觉宇宙之无穷；兴尽悲来，识盈虚之有数。盈虚：即盈亏，指宇宙间的事物有满有亏，有盛有衰。有数：有一定的气数、规律。望长安于日下，目吴会于云间。望长安于日下：《世说新语·夙惠》载：晋明帝数岁时，坐元帝膝上，有人从长安来，元帝问他长安和日谁远？答曰："日远，不闻人有从日边来。"次日宴会又问之，他说日近。元帝问故，他说："举目见日，不见长安。"目：动词，遥望。一本作"指"。吴会：吴和会稽，本是两个地名。古代曾属于一个政治区划，常被合称吴会。**地势极而南溟深，天柱高而北辰远**。南溟：即南海。天柱：《神异经》："昆仑之上，有铜柱焉。其高入天，所谓天柱也。"北辰：北极星。《论语·为政》正义引李巡云："北极，天心，居北方，正四时，谓之北辰。"以上四句分写东、西、南、北，总言天地之寥廓，人生道路之辽远，以引起下文"关山难越"的感慨。**关山难越，谁悲失路之人；萍水相逢，尽是他乡之客**。萍水：一作"沟水"。古诗《白头吟》："今日斗酒会，明日沟水头。蹀躞御沟上，沟水东西流。"此二句言宴会中的人，都是来自各方，也是暂聚即散的。**怀帝阍而不见，奉宣室以何年**？怀：怀念。帝阍：《离骚》："吾令帝阍开关兮，倚阊阖而望予。"本指天地间的守门者，此处借指皇帝所居的地方。宣室：汉代未央宫前殿一个宫室名，汉文帝曾在此室接见贾谊。此二句言怀念朝廷而不可能见到，不知什么时候才能像贾谊那样被召见于宣室。

【译文】

时令正是九月，节序恰属三秋。积潦退尽，寒潭清冽，烟云凝聚，光照空明，傍晚的山峰一片紫色；在山路上排着整齐的车马，往高山中去寻访风景。来到帝子喜爱的长洲，登上仙人建筑的馆阁。重叠的山峦，苍翠一片，向上直插云霄；腾空飞起的凌空阁道，跃动着鲜艳的丹红，向下看不清地面。鹤立水汀，凫栖小洲，极尽岛屿纡曲回环之致；桂树建造的楼殿，兰木为材的宫阁，高高低低呈现出山峦起伏之状。推开彩绘的阁门，俯视华丽的屋脊。山岭平原，尽收视野，看到河流沼泽使人感到吃惊。里巷房舍遍地，都是钟鸣鼎食人家；各种船只塞满了渡口，都是青雀黄龙样式。彩虹消失，雨过天晴，日月明彻，天空明朗。晚霞飘浮，孤鹜上翔，仿佛在一起飞舞；秋水清澈，长天明净，相映成水天一色。渔船在傍晚传出歌声，声响一直传播到鄱阳湖滨；成群的大雁因天寒而惊叫，一路飞鸣止息于衡阳水畔。远望长吟，登高俯视令人畅快，逸兴在云间飞舞。箫管吹起，清风因此而生，轻柔舒缓的歌声绵绵不尽，连白云也为它驻留。今日盛会，好比梁王睢园绿竹之会，酒量豪情超过了陶渊明；如邺水朱荷池边的唱和，光辉照耀谢临川。良辰、美景、赏心、乐事，四美具备，贤明的主人、美好的嘉宾，两种难得的人欢聚一堂。极目眺望长空，在假日里尽情嬉游。天高地远，感到宇宙间无穷无尽；兴尽悲来，知道事物变化的盛衰成败均由运数决定。西望长安，如在日下而遥远，遥望吴郡，若在云间而缥缈。地势尽于南方，南海深广；天柱耸立于北方，北极颇为遥远。关山难以逾越，谁会同情失意之人；聚散无定，萍水相逢，均为漂泊他乡之客。一心思念朝廷而不能觐见，渴望奉诏宣室，却不知道在哪一年？

【三段】

呜乎！时运不齐，命途多舛。舛(chuǎn)：相背。**冯唐易老，李广难封。**冯唐：西汉安陵人。曾任郎中，文帝见而问之曰："父老何自为郎？"冯唐如实对答，即派他做车骑都尉。景帝时派他为楚国相，后免官。武帝时求贤良，冯唐被推荐，但已九十余岁，不能任职。(见《史记·张释之冯唐列传》)。李广：汉武帝时名将，屡立战功，但终未获得封侯。(见《史记·李将军列传》)**屈贾谊于长沙，非无圣主；窜梁鸿于海曲，岂乏明时？**贾谊：在汉文帝时，曾提出过许多有关国政的建议，但均未被采纳。后被绛灌等老臣所排挤，出为长沙王太傅。圣主：圣明之主。窜：逃。梁鸿：后汉章帝时人，曾隐居于霸陵山中。后过京师时，曾作《五噫之歌》，章帝听见后很不满，四处找他，于是他又逃到齐鲁之间。(见《后汉书·逸民传》)海曲：指山东的滨海一带。明时：政治清明的时代。作者通过上述四人的遭遇，说明贤能的人在好皇帝的统治之下，也难免有不幸的遭遇。**所赖君子安贫，达人知命。**达人：通达的人。**老当益壮，宁移白首之心？穷且益坚，不坠青云之志。**青云之志：谓清高出俗、蔑弃功名利禄的志向。《续逸民传》："嵇康早有青云之志。"**酌贪泉而觉爽，处涸辙而犹欢。**贪泉：《晋书·吴隐之传》："隐之为广州刺史，未至州十里，地名石门，有水曰贪泉，饮之者怀无厌之欲。隐之酌而饮之，因赋诗曰：'古人云此水，一饮怀千金。试使夷齐饮，终当不易心。'及至州，清操愈厉。"涸辙：《庄子·外物》："周昨来，有中道而呼者，周顾视车辙，中有鲋鱼焉。周问之曰：'鲋鱼来，子何为者邪？'对曰：'我东海之波臣也。君岂有斗升之水而活我哉？'周曰：'诺。我且南游吴越之王，激西江之水而迎子，可乎？'鲋鱼忿然作色曰：'吾失我常与！我无所处，吾得斗升之水然活耳。君乃言此，曾不如早索我于枯鱼之肆。'"此处乃反用其意。此二句言有德之人，不论处在什么恶劣的环境，都不会改变自己的操守。**北海虽赊，扶摇可接；**北海：北溟。赊：远。《庄子·逍遥游》说，北溟有鱼，化而为鸟，其名为鹏。"鹏之徙于南冥也，水击三千里，抟扶摇而上者九万里。"此二句言北海虽远，乘风可到。**东隅已逝，桑榆非晚。**东隅：指日出处。桑榆：指日落处。日出日落，表示一天的早晚。《后汉书·冯异传》："(皇帝)玺书劳异曰：可谓失之东隅，收之桑榆。"此二句言早年虽然失意，晚年还可以有所作为。**孟尝高洁，空怀报国之情；**孟尝：字伯周，后汉时的循吏。曾做县令、郡守，任合浦太守时，卓有政绩。后辞官隐居。桓帝时杨乔荐举他，称其"清行出俗，能干绝群”,但不被用,年七十,卒于家。(见《后汉书·循吏传》)高洁:指他虽有报国之心,但不肯迁就做官。**阮籍猖狂,岂效穷途之哭?**阮籍:晋时人,字嗣宗,“竹林七贤”之一。他任性不羁,常常驾车出门,任凭马走,不由道路。走不通时,就恸哭而返。(见《晋书·阮籍传》)以上四句言自己像孟尝一样,虽不受皇帝重视,但仍怀着报效国家的志愿而不改,决不像阮籍那样,癫狂地去哭路穷。

［译文］

唉!时运不好,命途不顺。冯唐年轻时不得封高官,李广功勋显赫而难以封侯。受了委屈的贾谊到长沙任职,当时并非没有圣明的君主;迫使梁鸿隐匿在海滨的时代,难道不是政治清明的时代?我所坚守的处世的准则,是君子能安于贫贱,豁达的人能知道自己的命运。年纪老了,志气应当更加旺盛,难道能在白头时改变心志?困难时节操更加坚定,决不可放弃青云直上的抱负。操守坚定的君子,即使喝了贪泉的水,仍旧神清气爽;正处于涸辙中的鲋鱼,尽管处于极其艰难的环境,却依旧心情乐观。北海尽管遥远,乘着大风可以到达;早晨虽已逝去,但傍晚时积极努力,仍不算晚。孟尝高洁,空剩下一腔报国的衷情;阮籍狂放不拘,怎么仿效他无路可走时的痛哭而返?

［四段］

勃,三尺微命,一介书生。命:《周礼·春官·典命》郑玄注曰:“王之下士一命(王对下级的小官,只宣布一次,就算任命了)。”三尺微命:即指绅长三尺,只绶一命的微小官吏。《礼记·玉藻》:“绅长制(腰带的标准),士三尺(士的腰带三尺)。”一说三尺,指法律,汉代写法律的竹简三尺,故称为“三尺法”。王勃曾因杀官奴犯法遇赦,所以说是犯过三尺法的微小性命。一介:即孤单一人。**无路请缨,等终军之弱冠;**等:等于。终军:字子云,济南人。汉武帝时为谏议大夫。《汉书·终军传》:“越南与汉和亲,乃遣军使南越,说其王,欲令入朝,比内诸侯。军自请,愿受长缨,必羁南越王而致之阙下。”缨:绳子。后遂用请缨指投军报国。终军死时,年二十余。古代二十岁为弱冠。此二句言自己是终军弱冠之年,却无请缨报国的机会。**有怀投笔,慕宗悫之长风。**投笔:《后汉书·班超传》:“(超)家贫,常为官佣书,以供养(母)。久劳苦,尝辍业投笔叹曰:‘大丈夫无他志略,犹当效傅介子、张骞,立功异域,以取封侯,安能久事笔砚间乎!”后因以投笔从戎比喻弃文就武。宗悫:字元干,南朝宋南阳人。年少时叔父问他的志愿,他说:“愿乘长风破万里浪。”(见《宋书·宗悫传》)此二句言自己有投笔从戎的胸怀,爱慕宗悫那样乘风破浪的志向。**舍簪笏于百龄,奉晨昏于万里。**舍:舍掉。簪:戴冠时所插的簪。笏:官员上朝时所用象牙笏板。簪笏,此处代指官职。百龄:如同说“一辈子”“一生”。晨昏:指晨省昏定。《礼记·曲礼》:“凡为人子之礼,冬温而夏凊,昏定而晨省。”郑玄注:“定,安其床衽也;省,问其安否何如。”万里:指到交趾的路途。此二句言为了侍奉父母,甘心舍去一生的做官前程。**非谢家之宝树,接孟氏之芳邻。**谢家宝树:《世说新语·言语》:“谢太傅(谢安)问诸子侄:‘子弟亦何豫人事,而正欲使佳?’诸生莫有言者。车骑(谢玄)答曰:‘譬如芝兰玉树,欲使其生于庭阶耳。’”后因以芝兰玉树比喻佳子弟。孟氏芳邻:刘向《列女传·母仪传》载,孟轲幼年时,其母为培养他的好品德,曾三次迁居,最后选择了一个对孟轲有好影响的学馆附近定居。此二句言自己虽然没有谢家子弟那样的门第与材质,但却受过孟轲的邻居那样好环境的影响。**他日趋庭,叨陪鲤对。**他日:指到交趾后。趋庭:快步走过庭前。叨:叨光,谦辞;叨陪,犹言幸同,幸从。鲤:指孔鲤,孔子之子。鲤对,应孔鲤趋庭应对的故事。《论语·季氏》:“(孔子)尝独立,鲤趋而过庭。曰:‘学诗乎?’对曰:‘未也。’‘不学诗,无以言。’鲤退而学诗。他日又独立,鲤趋而过庭。曰:‘学礼乎?’对曰:‘未也。’‘不学礼,无以立。’鲤退而学礼。”此二句言自己见到父亲后,也将像孔鲤那样接受父亲的教诲。**今晨捧袂,喜托龙门。**今晨:今天,现在。捧袂(mèi):手提衣襟,坐在席上,表示恭敬的样子。喜:自喜,自幸。托:托足,登。龙门:在今山西省河津市西北,陕西省韩城市东北,两岸夹山,形如门阙,黄河从中流过,水险流急,不易攀登。古代传说,鱼鳖之类如能游过龙门,便可以变化为龙。(见辛氏《三秦记》)东汉李膺,声名极高,有受到他接待的人,称为登龙门。(见《后汉书·李膺传》)后遂以登龙门,比喻得到名人的援引而提高声望。此二句言自己受到阎都督的招待,可比登龙门。**杨意不逢,抚凌云而自惜;**杨意:即杨得意,西汉武帝时人。汉武帝读《子虚赋》很满意,想见写此赋的作者。狗监(为皇帝养狗的官)杨得意在旁说,此赋乃司马相如所作。于是相如被召见。相如又呈《大人赋》,“天子大说,飘飘有凌云之气,似游天地之间”(见《史记·司马相如列传》)。**钟期既遇,奏流水以何惭?**钟期:古代知音的人。《列子·汤问》:“伯牙善鼓琴,钟子期善听。伯牙鼓琴,志在高山,钟子期曰:‘善哉,峨峨兮若泰山!’志在流水,曰:‘善哉,洋洋乎若江河!’伯牙所念,钟子期必得之。”此处以奏流水比喻自己诗赋作序。以上四句言如果碰不上杨得意那种讲朋友之义的人,那么写出绝妙的赋来也是可惜的;如果遇到钟子期那样的知音,我为他赋诗作文,那有什么可惭愧的呢?

【译文】

我王勃身份微贱,乃是一个无足轻重的书生。没有门路请缨报国,虽然已经相当于终军的弱冠年龄;有志投笔从戎,羡慕宗悫乘风破浪的壮志。舍弃一生仕宦前程,到万里之外去省视父亲。我虽不能像谢玄那样出类拔萃,却幸而接触到孟氏所追求的芳邻佳宾。过些日子我将到父亲身边聆听教诲,今朝拜见阎公,荣幸如登龙门。没有遇到杨得意那样荐举的人,只能抚“凌云之赋”而空自怜惜;既然已经遇到了钟子期,奏一曲"高山流水",又有什么羞愧呢?

［五段］

呜呼！胜地不常,盛筵难再。胜地:指滕王阁。不常:不是常有的。盛筵:指这次宴会。难再:不易再有。**兰亭已矣,梓泽丘墟。**兰亭:在今浙江省绍兴市西南。地名兰渚,有亭曰兰亭。晋代王羲之曾会同当时贵族于上巳日在此宴集,并作有著名的《兰亭集序》。已矣:完了。梓泽:地名,在今河南省洛阳市西北,晋代贵族石崇的金谷园就在此处。《晋书·石崇传》:"崇有别馆,在河阳之金谷,一名梓泽。"石崇常和附从他的一帮文人在此宴集。丘墟:废墟。此二句言兰亭盛宴已成往事,金谷园也成为废墟。**临别赠言,幸承恩于伟饯;**赠言:赠以良言,以示期望和勉励。承恩:指作者自己承主人的招待。伟饯:盛大的饯别宴会。**登高作赋,是所望于群公。**登高作赋:《韩诗外传》卷七:"孔子曰:'君子登高必赋。'"群公:指在座的宾主。**敢竭鄙怀,恭疏短引。**竭:竭尽。鄙怀:作者自谦鄙陋的思想。怀:一本作"诚"。恭疏:恭敬地写出。短引:短小的引言,即指此序。**一言均赋,四韵俱成。**四韵俱成:大家都作八句诗(每二句为一韵)。王勃所作诗为:"滕王高阁临江渚,佩玉鸣銮罢歌舞。画栋朝飞南浦云,珠帘暮卷西山雨。行云潭影日悠悠,物换星移几度秋。阁中帝子今何在?槛外长江空自流。"此二句言主人发出一句倡议,请大家都作一首四韵诗。**请洒潘江,各倾陆海云尔。**潘:指潘岳。陆:指陆机。两人均为晋朝人。钟嵘说:"陆才如海,潘才如江。"此二句言请尽情地发挥文才,写成诗赋。

［译文］

唉！名胜之地不能常游,今日的盛大筵席也难以再逢。兰亭集会已经过去了,金谷园已经变成荒丘。临别赠言,因为有幸在盛筵上承受了恩惠;登高作赋,这只能期望诸公。请允许我冒昧地倾吐心意,恭敬地写下这篇短序。一说大家赋诗,四韵八句也就写成。请诸位尽情地发挥文才,写成诗赋。

评析

全文可分四段:首段叙述盛会缘起、宴会的人物和地点,随即按"人杰""地灵"分条并列,直至点出自己适逢其会的原因。第二段点明宴会的时令,然后按秋季特色,描绘了阁上所见的远景近景的各色画面,既有人工之美,又有自然之美,写得美不胜收,淋漓尽致。第三段转入宾主睹物生情,饮酒赋诗,乃全文的主干。第四段,作者笔端一转,从“君子安贫,达人知命”领起,劝勉大家老当益壮,穷且益坚,以求失之东隅,收之桑榆,并结合自己的身世,明确表态,以不作“穷途之哭”结束。

此文为“骈四俪六”的骈体文,辞藻华丽,典故翔实,运用四六句式又极为熟练,不仅对偶恰当,而且平仄协调,看起来锦绣斑斓,听起来抑扬顿挫。摹写景物形象生动,结合身世陈辞慷慨,尤其造语流畅,才华横溢,可谓不亢不卑,落落大方。文章充分表现了作者颠沛失意的心态和年少气盛的豪迈性格。

秋日饯别序

王勃

［一段］

黯然别之销魂，悲哉秋之为气。黯然别之销魂：江淹《别赋》："黯然销魂者，惟别而已矣。"悲哉秋之为气：《楚辞·九辩》："悲哉，秋之为气也！"人之情也，伤如之何！极野苍茫，白露凉风之八月；白露：《礼记·月令》："孟秋之月凉风至，白露降。"穷途萧瑟，青山白云之万里。萧瑟：《楚辞·九辩》："萧瑟兮草木摇落而变衰。"白云：《穆天子传·三》：西王母为天子谣曰："白云在天，山陵自由。道路悠远，山川间之。"奏鸣琴则《离鹍》《别鹤》，惊歧路之悲心；《离鹍》：古曲调名。《别鹤》：嵇康《琴赋》："嚶若离鹍鸣清池。"又：鹍鸡游纮。李善注："古《相和歌》者有《鹍鸡曲》。"来胜地则时雨凉风，助他乡之旅思。琴书人物，冀北关西。冀北：《文苑英华》作"冀部"，据项本改正。《左传》四年《传》："冀之北土，马之所生。"关西：《后汉书·杨震传》："字伯起，弘农华阴人，少好学明经，博览无不穷究。诸儒谓之语曰：'关西孔子杨伯起。'"去马归轩，云间日下。

［译文］

离别时的心情是令人销魂的，秋天的气氛是令人心悲的。人们的心情是多么地悲伤啊！在白露降临、凉风劲吹的八月，在郊外的荒凉处一派萧瑟景象，只有一望无际的青山白云。抚琴时演奏的是《离鹍》《别鹤》的乐曲，使身处歧路的悲痛之人心惊不已；来到了名胜之地又遇到了阵雨凉风，增添了身处异乡的思家之情。琴书以及友人，从此分处天南海北。行人远去而自己返回家中，从此南北相隔。

［二段］

杨学士天璞自然，地灵无对。杨学士：未详。天璞自然：《世说新语·赏誉》："王戎目山巨源如璞玉浑金，人皆钦其宝，莫知名其器。"二十八宿禀太微之一星，六十四爻受乾坤之两卦。二十八宿：《尚书·说命中》：孔传："天有日月、北斗、五星、二十八宿，皆有尊卑相正之法。明王奉顺此道，以立国设都，立君臣上下。"禀太微之一星:《史记·天官书》:“南宫朱鸟,权、衡。衡,太微,三光之廷。”“其内五星,五帝坐。后聚一十五星,蔚然,曰郎位。”《正义》:“部位十五星,在太微中帝坐东北。周之元士,汉之光禄、中散、谏议,此三署郎中。”占:欲其大小均耀,光润有常,吉也。六十四爻:《论衡·正说》:“说《易》者皆谓伏羲氏作八卦,文王演为六十四卦。”**论其器宇,沧海添江汉之波;序其文章,玄圃积烟霞之气。**玄圃:传说中昆仑山顶神仙居处,中有奇花异石。郦道元《水经注·河水一》:“昆仑之山三级……二曰玄圃,一名阆风。”**几神之外,犹是卿云;**卿云:指司马长卿、扬子云。《后汉书·班彪传赞》:“兼丽卿云。”**陶铸之余,尚同嵇阮。**陶铸:《庄子·逍遥游》:“是其尘垢秕糠,将犹陶铸尧舜者也。”嵇阮:指嵇康、阮籍:《世说新语·言语》:“周仆射诣王公,既坐,傲然啸咏。王公曰:‘卿欲希嵇阮耶。’”**接光仪于促席,直睹明月生天;**促席:迫近其坐席也。左思《蜀都赋》:“合樽促席,引满相罚。”张铣曰:“酒将阑,故合并其樽,促近其席。”陶潜《停云》诗:“安得促席,说彼平生。”直睹:直视。**响词辩于中筵,但觉清风满室。**中筵:潘岳《笙赋》:“促中筵,携友生。”清风:《诗经·烝民》:“吉甫作诵,穆如清风。”毛传:“清微之风,化养万物也。”**悠哉天地,含灵有喜愠之容;**悠哉:《礼记·中庸》:“天地之道,悠也,久也。”含灵:《晋书·左贵嫔传》:“元杨皇后诔曰:‘含灵握文。’”**丘也东西,怅望积别离之恨。**丘也东西:《礼记·檀弓上》:“今丘也,东西南北之人也。”郑注:“东西南北,言居无常处也。”**烟霞直视,龙蛇去而泉石空;**直视:《三国志·魏志·崔琰传》:“刨鬚直视,若有所瞋。”龙蛇:《左传·襄公二十一年》:“深山大泽,实生龙蛇。”**文酒求朋,贤俊散而琴歌断。**求朋:《易·萃卦》王注:“思援而求朋。”贤俊散而琴歌断:《汉书·元帝纪》:“延登贤俊。”孔稚珪《北山移文》:“琴歌既断。”**门生饯别,如北海之郡前;**门生饯别:《后汉书·郑玄传》:“(郑玄)字康成,北海密人。”《世说新语·文学》刘俊注:《郑玄别传》曰:“袁绍辟玄,及去,饯之城东。欲玄必醉,会者三百余人,皆离席奉觞,自旦及莫。度玄饮三百余栝,而温克之客,终日无怠。”**高士将归,似东都之门外。**高士将归:《汉书·疏广传》:广为太傅,兄子受为少傅。在位五岁,广谓受曰:“今仕至二千石,宦成名立,如此不去,惧有后悔。岂如父子相随出关,归老故乡,以寿命终,不亦善乎?”受叩头曰:“从大人议。”即日父子俱移病。满三月赐告,广遂称笃,上疏乞骸骨。上以其年笃老,皆许之。公卿大夫故人邑子设祖道,供张东都门外,送者车数百辆,辞决而去。及道路观者皆曰:“贤哉二大夫!”注:苏林曰:“长安东郭门也。”**研精麝墨,运思龙章,**研精麝墨:《初学记》二十一:韦仲将《墨方》曰:“含墨法,以真珠一两,麝香半两,皆捣细后,都合下铁臼中,持三万杵,杵多愈益,不得过二月九月。”运思龙章:傅玄《客难》:“振笔若天文,运思若回云。”《庄子·天运》:“龙,合而成体,散而成章。”**希存宿昔之资,共启相思之咏。**

宿昔:前夜,又泛指昔时。古辞《饮马长城窟行》:“远道不可思,夙昔梦见之。”《广雅》:“昔,夜也。”相思之咏:李陵《与苏武书》:“行人难久留,各言长相思。”

［译文］

杨学士天生璞实,灵秀的气质无人可比。在二十八宿中秉承了太微之一星,在六十四爻中承受了乾、坤之两卦。要论起他的胸怀,犹如沧海再加上长江、汉水那样的波涛翻腾;要评论起他的文章,好像昆仑山的云霭缭绕。观其天才,犹如司马相如和扬雄;看其学识,如同嵇康、阮籍。在接近他而观其仪表时,好像看到了天上的明月;在座席中和他探讨文章时,只觉得好像清风满室那样令人舒畅。天地之间是多么广阔啊,人人都会有喜怒之情;连孔子还曾居无定处,对离别之情感到惆怅。看到眼前的美景,联想到龙蛇离去后山泉就会空荡;和好友在一起饮酒论文时,贤士离去后琴歌之声随之中断。和弟子告别,有如郑玄在城东告别诸公;高士将要归去,好像故人们在东门外给疏广送行。于是我便准备好笔墨,抒发我的万千思绪,希望借此作为昔日的凭证,从而等到来日分别后读到这篇文字时一起兴起相思之情

评析

古代文人在送别亲朋故人时,往往要撰写一篇“序”,借以抒发自己的复杂心情。其中不乏佳作,本篇即是其中之一。此文显然受到了六朝名家江淹《别赋》的影响,用词亦多有相同之处,如“黯然别之销魂”即是。

作者在本文中采取了层层递进的写法:在开头处即渲染了离别的气氛,写出了凄凉的秋景,接下去写在这样黯然销魂的场合中送别了杨学士,结尾又加深了离别时的伤感。其中,贯穿全文的基调是低沉的,但在低沉之中又表现出作者的真挚情感,读来令人为之长叹。

本文继承了六朝骈文的四六句的传统,但又有了新的发展,最显著的是七字句增多,如“沧海添江汉之波”“玄圃积烟霞之气”等。这也是王勃文章的一个特点。

李白（701—762），字太白，号青莲居士，绵州昌隆（今四川江油）人。杜甫称其“笔落惊风雨，诗成泣鬼神”，后人誉为“诗仙”。

与韩荆州书

李白

［一段］

白闻天下谈士相聚而言曰：“生不用封万户侯，白：李白自称。古人写信，自称其名以表恭敬。谈士：谈论世事的士人。万户侯：汉代制度，诸侯食邑，大者万户。此处指官爵显要之意。**但愿一识韩荆州。”**荆州：韩朝宗。古时用某人任官的地方来称呼，以示尊重。**何令人之景慕，一至于此！岂不以有周公之风，**周公：周文王之子姬旦，辅助武王灭纣，建立周王朝，封于鲁。武王死，成王年幼，周公摄政。**躬吐握之事，**吐握：吐哺和握发的省略说法。《史记·鲁周公世家》记载说，周公“一沐三握发，一饭三吐哺（口里嚼着食物），起以待士，犹恐失天下之贤人”。说明他对荐拔人才十分尽心，对人才极为尊重。后人常用吐哺握发指代荐拔人才的事。**使海内豪俊，奔走而归之，一登龙门，**登龙门：传说鲤鱼跃龙门，就会变成龙。故用以比喻德高望重的人，得其接引，声誉便会提高。**则声价十倍！所以龙蟠凤逸之士，**龙蟠凤逸之士：像龙那样蟠踞未起，凤那样飞逸高渺。意指那些志气高洁，等待时机，不轻易出来应世的奇逸非凡的才士。**皆欲收名定价于君侯。**君侯：古时候称列侯为君侯。唐时刺史一类的官，位置相当于列侯，故以君侯尊称。**君侯不以富贵而骄之，寒贱而忽之，则三千之中有毛遂，**毛遂：战国时平原君的食客。最初不被平原君所知，后来赵国派平原君出使楚国谈判，毛遂自荐随行，并对这次谈判作出了决定性的贡献。**使白得颖脱而出，**颖脱而出：毛遂向平原君自荐随行时，平原君表示不信任他的才能，说：“贤士之处世，譬若锥之处囊中，其未立见。”意即在他的门下，从来未有所表现。毛遂回答说：“臣乃今日请处囊中耳。使遂得早处囊中，乃颖脱而出，非特其未见而已。”颖：锋端。**即其人焉。**

［译文］

我李白听说天下一些谈论世事的人，聚集在一起时就会说："人生不必封万户侯，只愿结识一下韩荆州。"为什么使人景仰爱慕竟然到了这样的程度呢！难道不是因为您有周公的风度，躬行吐哺、握发之类接待贤者的美德，才使得海内豪杰俊才，都奔集到您的门下，一经您的品题，如登龙门，立刻名声身价大增，十倍于前吗！所以那些才能超群的读书人，都希望在君侯处获得美名，得到评价。君侯不因为自己的富贵而傲视他们，也不因为他们的寒贱而轻忽他们，那么在众多的宾客中定有毛遂那样的奇才，假使我李白能有脱颖而出的机会，我就是那样的人啊。

［二段］

白，陇西布衣，陇西：郡名，治所在今甘肃省陇西县南。布衣：平民。**流落楚汉。**楚汉：春秋战国时，楚国的中心地域，位于汉水流域。即今湖北省。**十五好剑术，遍干诸侯；**干：求，此处为谒见之意。诸侯：此处指出镇地方的高官，下文的"卿相"，指在朝高官。**三十成文章，历抵卿相。虽长不满七尺，而心雄万夫。**雄：超过。**皆王公大人许与气义。**王公大人：泛指高级官僚。**此畴曩心迹，**畴曩（nǎng）：往者。心迹：思想与行为。**安敢不尽于君侯哉？**

［译文］

我李白是陇西平民，流落在楚地汉水一带。十五岁喜爱剑术，拜访了许多地方长官；三十岁诗文有了成就，屡次拜谒朝廷高官。尽管我身高不足七尺，但心志则超过万人。王公大人都称赞我有志节，讲道义。此乃我以前的思想和行迹，怎敢不尽心地向您倾诉呢？

［三段］

君侯制作侔神明，制作：此处指建功立业，后面的"制作"指文章。侔：相等。**德行动天地，笔参造化，**造化：制造，化育。**学究天人。**天人：指天道与人道的深微处。**幸愿开张心颜，**开张心颜：即开心张颜，意思是和颜悦色，真诚相待。**不以长揖见拒。**长揖：古代宾主以平等身份相见之礼。见：被。**必若接之以高宴，纵之以清淡，请日试万言，倚马可待。**倚马可待：比喻文思敏捷。《世说新语·文学》：东晋桓温北征，因急需一份文书，唤袁虎（一作"宏"）起草，袁虎倚在马上，手不停笔,一下便写就七张纸,又快又好。今天下以君侯为文章之司命,人物之权衡,权衡:称量用具。权,秤锤。衡,秤杆。一经品题,品题:品评人物,定其高下。便作佳士。而君侯何惜阶前盈尺之地,盈尺之地:满一尺之地,言其小。不使白扬眉吐气,激昂青云耶?

【译文】

君侯的功业堪比神明,您的德行感动天地,您的文章阐明了宇宙变化的规律,学问探究了天道与人事的关系。希望君侯敞开胸怀,和颜接纳,不要因为我行长揖之礼晋见而拒绝我。假如能用盛大的宴席接待我,听任我纵情畅谈,那么我请以日试万言来测试,我将手不停笔,倚马可待。当今天下人以君侯为评论文章的主宰,权衡人物的权威,士人一经您的好评就成为德才兼备的佳士。君侯为什么吝惜庭阶前一尺见方的地,不使我李白扬眉吐气,奋发昂扬于青云之上呢?

【四段】

昔王子师为豫州,王子师(137—192):名允,东汉太原祁县(今属山西省)人。灵帝时任豫州刺史,东汉献帝即位,任司徒,后与吕布谋诛杀董卓,不久被董卓部将李傕、郭汜所杀。未下车,即辟荀慈明;未下车:此处指未到任。下句“既下车”意思是上任后。辟:任用。荀慈明:名爽,一名谞,官至司空。既下车,又辟孔文举。孔文举:孔融,东汉名士,与另一位名士祢衡友善。汉献帝时为北海相,立学校,后为太中大夫,因反对曹操,被曹所杀。山涛作冀州,山涛:字巨源,西晋名士,“竹林七贤”之一,曾任冀州刺史。冀州原本风俗薄劣,人才之间不互相推重。山涛甄拔隐沦,搜访贤才,旌表了三十余人,均能显名当时,从而改变了冀州薄俗。甄拔三十余人,或为侍中、尚书,侍中:官名,汉代为加官,在皇帝左右侍应杂事。后权力逐渐增大,到南北朝以后,实际上就是宰相。尚书:官名,隋唐置尚书省,下设吏、户、礼、兵、刑、工六部,六部长官为尚书。先代所美。美:称道。而君侯亦一荐严协律,严协律:据说即严武,但史籍并未记载他做过协律郎。入为秘书郎;秘书郎:官名,掌管图书经籍。中间崔宗之、房习祖、黎昕、许莹之徒,崔宗之:唐代人,名成辅。袭封齐国公,历任左司郎中等职,李白重要交游之一。杜甫《饮诗中八仙歌》称之为“潇洒美少年”。房习祖、黎昕、许莹:事迹未详。或以才名见知,或以清白见赏。白每观其衔恩抚躬,抚躬:省察自己。忠义奋发。白以此感激,知君侯推赤心于诸贤之腹中,推赤心于诸贤之腹中：谓以至诚对待贤人。所以不归他人，而愿委身国士。委身：把身体托给。倘急难有用，敢效微躯。敢效微躯：愿意贡献微贱之身。

【译文】

从前王允担任豫州刺史，尚未到任就征辟荀爽；到任之后，又征辟孔融。山涛任冀州刺史，考察选拔了三十余人，有的任侍中，有的任尚书。这均是被前代所赞美的。君侯您也荐举过严协律进入朝廷担任秘书郎；还有崔宗之、房习祖、黎昕、许莹这样的人，有的因为才干声名而得到您的了解，有的因为品行清白而被您赏识。李白每每看到他们感恩戴德，抚躬自问，以忠义奋发自勉。李白也因此感激，知道君侯对许多贤人推诚相待，所以贤士们不归依他人，而愿把身心命运托付给国中才德至高的人。倘使君侯在急难之际，有用得着我的地方，我自当献身效命。

【五段】

且人非尧、舜，尧、舜：上古两帝王，此处指圣人。谁能尽善？白谟猷筹画，谟猷筹画：谋画打算。安能自矜？矜：矜持，此处为自负才能之意。至于制作，制作：此处指诗文创作。积成卷轴，卷轴：古代在纸或帛上写诗文，然后卷在轴上，就是一卷。则欲尘秽视听，尘秽视听：玷污了您的耳目，此乃请别人看自己文章的自谦说法。恐雕虫小技，雕虫小技：微不足道的技能，此指诗赋作文。不合大人。若赐观刍荛，刍荛：原为割草人、采薪者，此指诗人自己，自谦不佳。请给纸笔，兼之书人，然后退扫闲轩，轩：小屋。缮写呈上。缮：誊抄。庶青萍、结绿，青萍：宝剑名。结绿：美玉名。长价于薛、卞之门。薛：薛烛，春秋时越国人，善相剑。卞：卞和，善相玉。幸推下流，大开奖饰。奖饰：称誉。唯君侯图之！

【译文】

况且人不是尧舜，谁能十全十美呢？我李白在谋略策划方面，怎么能自负呢？至于写作，已经积累成卷轴，却想呈请君侯抽暇过目，只怕雕虫小技，不能受到大人的赏识。倘能垂顾，愿意看看拙作，那么，请赐予纸笔，容我在一间小室之中誊清呈上。希望青萍宝剑，结绿美玉，在薛烛、卞和的手中提高价值。但愿君侯推恩于身处下位的人，大开奖励之门。请君侯考虑我的要求吧！

评析

李白此文是一篇自我推荐书,文章写得纵横恣肆、气概凌云。这同样反映了李白纯真无邪的诗人气质,决不因求人而有半点猥琐的私意、屈懦的鄙态。这是因为他相信自己的才华足以用世,而其用世之志,则在忠义奋发,以报君国。故求韩荐己,同样也完全出于一片公心。两片公心相识,两位贤士相与,这中间自然不必要有任何世俗的表现。这样,将此信写得光明磊落,内心无私,文风自然能尽情地抒发。

文章的写作特点是顿挫跌宕,起伏照应。一些佳句流传至今,如“龙蟠凤逸”“颖脱而出”“扬眉吐气”等。典故用得也恰当得体,对偶、藻饰比较突出,是一篇难得的骈体文。

李华(约715—774),字遐叔,赵州赞皇(今河北赞皇县)人。长于作文,与萧颖士齐名,著有《李遐叔文集》。

吊古战场文

李华

【一段】

浩浩乎!浩浩:广大貌。**平沙无垠,**垠(yín):边际。**敻不见人。**敻(xiòng):遥远。**河水萦带,**萦带:像带子一样环绕着。**群山纠纷;**纠纷:纠结杂乱貌。**黯兮惨悴,**黯(àn):阴暗。惨悴:惨淡憔悴,形容景象萧条。**风悲日曛。**曛(xūn):昏暗。**蓬断草枯,**蓬:草名,飞蓬。**凛若霜晨。鸟飞不下,兽铤亡群。**铤(tǐng):快走的样子。**亭长告余曰:**亭长:秦汉制度,十里一亭,设亭长一人,掌捕劾盗贼。唐代的亭长,乃是地方上掌管治安和传达禁令的小官吏。**"此古战场也,尝覆三军。**三军:春秋时诸侯大国多设左、中、右三军,又有步、车、骑三军,此处代指军队。**往往鬼哭,天阴则闻。"伤心哉!秦欤?汉欤?将近代欤?**

【译文】

广阔呀!平旷的沙漠,无边无际,极目远望,看不见一个人影。黄河的水像带子一样盘曲回绕,群山错杂耸立;阴暗的天,愁惨的地,北风悲号,日色黄昏。飞蓬断落,杂草枯萎,寒气凛冽,像下霜的早晨。飞鸟在空中盘桓,不肯落下;野兽仓皇逃奔,离散失群。亭长告诉我说:"这是古代的战场,曾有三军将士在这里覆灭。往往有鬼哭的声音,阴天便可以听见。"伤心啊!这是秦代的战场呢?还是汉代的战场呢?或者是近代的战场呢?

【二段】

吾闻夫齐魏徭戍,齐魏:战国时齐国与魏国。徭:劳役。戍:守边。**荆韩召募。**荆:楚国。召募:指召募兵员。**万里奔走,连年暴露。沙草晨牧,河冰夜渡。地阔天长,不知归路。寄身锋刃,腷臆谁诉?**腷(bì)臆:亦作

"逼忆",烦闷。**秦汉而还,多事四夷。**四夷:四方边境的少数民族。**中州耗斁,**中州:中原。耗斁(dù):损耗败坏。**无世无之。古称戎夏,**戎:泛指少数民族。夏:华夏。**不抗王师。**王师:帝王的军队。**文教失宣,**文教:文明教化,此处指王道政治及其礼乐制度。失宣:不提倡。**武臣用奇。**奇:指奇诡的计谋。**奇兵有异于仁义,王道迂阔而莫为。**王道:指古代儒家用仁义礼乐治理天下的理想政治。迂阔:迂远而不切合实际。**呜呼噫嘻!**

[译文]

我听说战国时代的齐国、魏国征发士卒去守卫边防,楚国、韩国招募士兵去从事征战。战士们跋涉万里,常年露宿荒野,日晒雨淋。清晨在沙漠里寻找水草放牧,夜里穿越结冰的黄河。天地辽阔广大,不知归路在哪里。把生命交给了锋刃,心中的愁闷又向谁诉说?秦汉以来,四方边境战事频繁。中原地区受到破坏,又是代代皆有。古人说,不论是戎族还是华夏族,都不和有德之君的大军对抗。然而后世文治教化得不到很好的宣扬,武将奇诡的计谋却都得到施展。奇兵突袭不同于仁义之师,王道和仁政成为迂腐空疏的说教,再没有人去实施。唉,哎呀!

[三段]

吾想夫北风振漠,胡兵伺便。主将骄敌,期门受战。期门:军营之门。**野竖旄旗,**旄旗:用牛尾装饰的旗子,此处泛指军旗。**川回组练。**组练:组甲被练,两种士卒的衣甲。此处借指军队。**法重心骇,威尊命贱。利镞穿骨,**镞:箭头。**惊沙入面。主客相搏,山川震眩。**眩:迷乱。**声析江河,势崩雷电。至若穷阴凝闭,**穷阴:天色阴沉之极。**凛冽海隅,**海隅:海角,古代沙漠称瀚海。此处海隅则指沙漠僻远之地。**积雪没胫,**胫:小腿。**坚冰在须;鸷鸟休巢,**鸷鸟:凶猛的鸟。休巢:歇巢不出。**征马踟蹰;**踟蹰:徘徊不前。此处指畏寒而不前。**缯纩无温,**缯纩(zēng kuàng):此指冬衣。缯:丝织品的总称。纩:丝绵絮。**堕指裂肤。当此苦寒,天假强胡。凭陵杀气,**凭陵:倚仗,凭仗。杀气:隆冬肃杀之气。**以相剪屠。**剪:除灭。**径截辎重,**径截:恣意截击。辎重:军用物资的总称。**横攻士卒;都尉新降,**都尉:指官职低于将军的武官。**将军覆没;尸填巨港之岸,血满长城之窟。无贵无贱,同为枯骨,可胜言哉!**

鼓衰兮力尽，矢竭兮弦绝，白刃交兮宝刀折，两军蹙兮生死决。蹙(cù)：迫近。降矣哉，终身夷狄！战矣哉，暴骨沙砾！砾(lì)：碎石。鸟无声兮山寂寂，夜正长兮风淅淅。淅淅：风声。魂魄结兮天沉沉，鬼神聚兮云幂幂。幂幂：覆盖笼罩的样子。日光寒兮草短，月色苦兮霜白。伤心惨目，有如是耶！

［译文］

我想象那北风吹袭沙漠时，胡兵就乘机进犯。主帅轻视敌人，敌人到了营门，才仓促应战。原野里竖起军旗，平原上战士奔驰。军法严厉，士兵心中惊骇，主帅的威严受到了尊崇，兵士的性命却极为轻贱。锋利的箭头穿过筋骨，卷起的风沙扑打着脸颊。我方与敌方肉搏奋战，山河也震动得头晕目眩。喊声杀声撕裂了山河，冲杀的气势崩裂了雷电。当天气阴沉，浓云笼罩天空的时候，凛冽的寒气充塞边地，积雪没过小腿，冰凌结在胡须上；凶猛的飞禽只能在巢中休息，战马也冻得踟蹰不前；薄薄的丝绵衣没有一点暖气，手指冻掉，皮肤开裂。这严酷的冰雪风寒，是老天爷帮助了强大的胡人。他们凭借着肃杀天气，来对我们抢劫屠杀。直接袭击我们的军备，拦腰冲杀我们的部队；都尉刚刚投降，将军已经阵亡；尸体僵卧在大港沿岸，鲜血淌满了长城窟穴。不论高低贵贱，同样变成枯骨，此种惨状能说得尽吗！鼓声衰弱啊力气用尽，利箭已经射完啊弓弦断绝，白刃相接啊宝刀断折，两军交战啊生死立决。投降吧，终身成为夷狄之人！战斗吧，白骨暴露在沙漠！飞鸟无声啊，群山寂寞；长夜漫漫啊，寒风淅淅。灵魂凝结啊，天空阴沉沉，鬼神凝集啊，阴云密布。日光寒冷啊枯草短，月色凄苦啊霜惨白。还有什么伤心惨目的事，能像这样呢？

［四段］

吾闻之：牧用赵卒，牧：战国时抗击匈奴的将领李牧。据史书记载，他大破匈奴，杀十余万骑。大破林胡，林胡：匈奴的一支。开地千里，遁逃匈奴。汉倾天下，汉倾天下：汉朝用尽天下的财力。此指汉武帝时，由于连续对匈奴用兵而致耗竭全国财力。财殚力痡。殚(dān)：竭尽。痡(pū)：病，此处指疲敝。任人而已，其在多乎？周逐猃狁，猃狁(xiǎn yǔn)：也作“猃狁”，周时北方的一个民族。北至太原，太原：在今宁夏固原县北。既城朔方，城：筑城。朔方：北方。一说，指今宁夏灵武一带。全师而还。饮至策勋，饮至：古代征战盟会归来，告祭于宗庙，举行宴饮，称“饮至”。策勋：将功劳记载于简策。**和乐且闲，穆穆棣棣，**穆穆：仪态美好，容止庄敬，多用以形容天子。棣棣：仪态文雅安和。**君臣之间。秦起长城，竟海为关；荼毒生灵，**荼毒：残害。**万里朱殷。**朱殷：谓血赤黑色。**汉击匈奴，**汉击匈奴：汉武帝时由大将军卫青、骠骑将军霍去病率兵北击匈奴，占领阴山一带，并设兵屯守，匈奴从此势衰。但汉王朝也损失极大。**虽得阴山，**阴山：山名。起于河套西北，绵亘内蒙古自治区东北，与大兴安岭相接。**枕骸遍野，**枕骸：尸骨相枕，形容死人极多。**功不补患。苍苍烝民，**苍苍：原指草木繁盛，此处指众多之意。烝民：众民。**谁无父母？提携捧负，畏其不寿。谁无兄弟？如足如手。谁无夫妇？如宾如友。生也何恩？杀之何咎？其存其没，家莫闻知；人或有言，将信将疑；悁悁心目，**悁悁（juān）：忧闷的样子。**寝寐见之。**寝寐：睡梦中。**布奠倾觞，**布奠倾觞：把酒倒在地上祭奠死者。布：陈列。奠：祭奠。**哭望天涯。天地为愁，草木凄悲。吊祭不至，精魂无依。必有凶年，人其流离。**必有凶年：谓大战之后，必有灾年，人民将流离失所。《老子》第三十章：“大军之后，必有凶年。”**呜呼噫嘻！时耶命耶？从古如斯。为之奈何？守在四夷。**守在四夷：《左传·昭公二十三年》：“古者天子，守在四夷。”意为古时天子实行王道，四夷归服，各为天子守土，就没有战争的祸患了。

【译文】

我听说：李牧统帅赵国的士兵，大破林胡，开拓千里疆域，使匈奴望风而逃。汉朝倾尽天下之力，民穷财尽，国力衰弱。关键在于用人是否得当，哪在军队的多少呢？周朝驱逐猃狁，北到太原，在北方筑城之后，全军凯旋而还。祭祀宴饮，庆祝授勋，和睦安适，端庄恭敬，这种气氛洋溢于君臣之间。秦朝修筑长城，直到海边都筑起了关塞；残害人民，血流万里。汉朝攻伐匈奴，尽管夺占了阴山，但留下的尸骨，枕藉遍野，实在是功绩抵不过灾难。天下众多百姓，谁没有父亲和母亲？牵在手中，抱在怀里，只怕他寿命不长。谁没有哥哥和弟弟？情谊如同手足。谁没有夫妻？相敬如同宾友。他们存养生息，国家对他们有什么恩德？杀害他们，他们有什么过错？他们是活着还是死了，家里没人知晓；即便有人传来消息，也令人将信将疑；忧愁苦闷，触目伤心，睡在梦里，似见亲人。摆酒遥奠，哭望天涯。天地为之悲怆，草木为之凄惨。慰问和祭奠如果不能使死去的人受飨，灵魂到哪里归宿呢？大战之后，必有灾荒，苦难的人们又将流离失所。哎呀，哎哟！这是时势造成的呢，还是命运造成的呢？从古到今都是这样。

对这样的灾祸应该怎么办？只有广行仁德，让四方各族为朝廷守卫疆土。

评析

此文虽以骈体为宗，然而它与六朝以来流行的讲究偶辞俪句，铺陈事典，注重形式美，又有较大不同。本文作者李华是唐代古文运动的先驱之一。他提倡古文，力求克服齐梁靡丽之风，于是在骈俪之中，寓古文之气，以散御俳，崇雅去浮，使文章显示出清新质朴和刚劲有力的风格，充分体现了盛唐新体文的特色。《吊古战场文》在构思表现手法上，也富有创造性。过去的吊古文多以抒情为主，而此文则以议论为主。这些带情韵以行的议论，高屋建瓴，一泻千里，气势甚壮。中间用感叹句、反诘句调节节奏，使音调铿锵，参差有趣。运用夸张、对偶、排比、拟人等多种修辞方法，造成一唱三叹的效果，增强了文章的感染力。段与段之间又用"吾闻夫""吾想夫""吾闻之"等散文性质的语词连接，使全篇保持着"大海奔腾"一样"沛然莫之能御"的磅礴气势，一扫历来某些骈文那种绮丽柔弱文风，对后代文赋有着深远影响。

韩愈（768—824），字退之，河南河阳（今河南孟州）人，郡望昌黎，世称“韩昌黎”。与柳宗元同为古文运动的倡导者，被后世列为古文“唐宋八大家”之首，有《韩昌黎集》。

原　道

韩愈

【一段】

博爱之谓仁，博爱：广泛地爱，即儒家所提倡的仁民爱物。《孟子·梁惠王上》所说的“故推恩足以保四海”。行而宜之之谓义，宜之之谓义：《礼记·中庸》：“义者，宜也。”宜即合宜、合适、合理。由是而之焉之谓道，由是而之焉：是，指上文所说的仁义。之：往至。道：《礼记·中庸》：“率性之谓道。”郑玄注：“循性行之是谓道。”此处韩愈用来解释道德之道。足乎已无待于外之谓德。德：《礼记·乐记》：“德者，得也。”事物言其所得，即事物的特性，引申为人的行为规范。孔子强调德为天赋。仁与义为定名，定名：确立的名称，谓仁义的内容是确定的，只能是好的，不能是坏的。道与德为虚位。虚位：空虚的位子，谓道德的内容是不确定的，可能是好的，也可能是坏的。故道有君子小人，而德有凶有吉。老子之小仁义，老子：春秋时著名哲学家，姓李，名耳，楚国人。创立道家学派，并为后来的道教奉为始祖。非毁之也，其见者小也。坐井而观天，曰天小者，非天小也。彼以煦煦为仁，煦煦（xù）：这里指小恩小惠。孑孑为义，孑孑（jié）：琐碎的样子。其小之也则宜。其所谓道，道其所道，非吾所谓道也。其所谓德，德其所德，非吾所谓德也。凡吾所谓道德云者，合仁与义言之也，天下之公言也。老子之所谓道德云者，去仁与义言之也，一人之私言也。

【译文】

泛爱一切人叫仁，实行仁而合宜的叫义，由此而前进叫道，自身具有的不求于外界的叫德。仁和义是有实际内容的名称，道与德是不具确切含义的空位。

因而道有君子之道与小人之道,德有凶恶吉利之分。老子小看仁义,并非毁谤仁义,是由于他目光短浅见识少。如同坐在井里看天,却说天小一样,其实天并不小。他把小恩小惠看作仁,将谨小慎微视为义,那么他小看仁义是必然的事。他所说的是他的道,并不是我说的道。他所讲的德是他的德,也并非我讲的德。我所讲的道德,是结合仁与义的实际内容而讲的,是天下公论。老子所说的道德云云,是抛开了仁义而说的,只是他个人的见解。

【二段】

周道衰,孔子没,没:通“殁”,死。**火于秦,**火于秦:指秦始皇焚书。**黄老于汉,**黄老:道家的流派,汉初流行并发展起来,以道家为本,兼采名家学说,比较注重法治,主张守成无为,为汉初统治者所信奉。黄:指黄帝,传说中的古代帝王。老:即老子。**佛于晋、魏、梁、隋之间。**佛于晋、魏、梁、隋:指佛教盛行于晋、魏、梁、隋之间。佛教于东汉初传入我国,但真正盛行是从东晋开始,至南北朝崇佛之风愈来愈严重。此处“魏”,指北魏,由鲜卑族拓跋氏建立。**其言道德仁义者,不入于杨,则入于墨;**杨:指杨朱,战国时哲学家,主张“轻物重生”“为我”,与儒家、墨家对立。墨:墨翟,鲁国人,战国初年的思想家,主张“兼爱”“薄葬”,与儒家对立。“不入于杨,则入于墨”,语出《孟子·滕文公下》:“杨朱、墨翟之言盈天下,天下之言不归杨则归墨。”**不入于老,则入于佛。入于彼,必出于此。入者主之,出者奴之;入者附之,出者污之。**此四句谓赞成某一家,就以那一家为主而去附和;反对某一家,就以那一家为奴而去诋毁。**噫!后之人其欲闻仁义道德之说,孰从而听之?老者曰:“孔子,吾师之弟子也。”**老者曰:《庄子·德充符》:“无趾语老聃曰:‘孔丘之于至人,其未邪!彼何宾宾以学子为?’”又《天运》:“孔子行年五十有一而不闻道,乃南之沛见老聃。”是道家有孔子师从老子之说。老者:学老子者。**佛者曰:“孔子,吾师之弟子也。”**佛者曰:佛教称孔子为儒童菩萨,说孔子亦佛之弟子。此说出《清净法行经》,释道安《二教论》引之,见释道宣《广弘明集》卷八。**为孔子者,习闻其说,乐其诞而自小也,亦曰:“吾师亦尝师之”云尔。**此五句意谓学习孔子的儒生,也说孔子曾向老子学习过。《孔子家语·观周》记,孔子问礼于老聃。**不惟举之于其口,而又笔之于其书。噫!后之人虽欲闻仁义道德之说,其孰从而求之?甚矣,人之好怪也!不求其端,不讯其末,惟怪之欲闻。**

【译文】

周道衰落,孔子逝世,儒家诗书被焚于秦代,黄老学说盛行于汉代,佛教流行于晋、魏、梁、隋各代。那时候谈论道德仁义的人，不信奉杨朱学派，就崇尚墨翟学派；不加入道教，就加入佛教。侍奉那一家，势必脱离这一家。如加入哪一派，就从哪一派为主，反对这一派，就以这一派为奴；加入哪派就附和哪派的观点，反对这一派就加以诋毁和攻击。唉！后世的人想要知道仁义道德的学说，究竟从哪里得到呢？学习老子道家的人说："孔子，是我们老师的学生。"学佛的人说："孔子，是我们老师的学生。"学习孔子学说的人听惯了那些话，乐于听从那些荒诞之说而小看自己，也说"我们的老师也曾向他们学习过"云云。不仅口头上说，还写进书里。唉！后世的人虽然想知道仁义道德的学说，可是从哪里学到真知呢？大过分了，人们喜好怪诞的心理！他们不去探求事情的开端，也不问事情的结果，只想听怪诞的言论。

【三段】

古之为民者四，为民者四：指士、农、工、商四种人。作者认为士是行教化的人，故下文说"处其一"。**今之为民者六；**为民者六："四民"之外，再加上佛教徒、道教徒。作者认为佛教徒、道教徒也是施行教化的人，故下文说"处其三"。**古之教者处其一，今之教者处其三。农之家一，而食粟之家六；工之家一，而用器之家六；贾之家一，**贾（gǔ）：商人。**而资焉之家六。**资焉：取资于此。**奈之何民不穷且盗也！古之时，人之害多矣。有圣人者立，然后教之以相生相养之道。为之君，为之师，驱其虫蛇禽兽而处之中土。寒然后为之衣，饥然后为之食；木处而颠，土处而病也，然后为之宫室。为之工以赡其器用，为之贾以通其有无，为之医药以济其夭死，为之葬埋祭祀以长其恩爱，为之礼以次其先后，为之乐以宣其湮郁，**湮郁：心中积闷。**为之政以率其怠倦，为之刑以锄其强梗。**强梗：即强梁，不服政教，危害民间的人。**相欺也，为之符玺、斗斛、权衡以信之；**符：符节。玺：印信。权衡：称物体重量的衡器。**相夺也，为之城郭、甲兵以守之。害至而为之备，患生而为之防。今其言曰："圣人不死，大盗不止。剖斗折衡，而民不争。"**"圣人不死"四句见《庄子·胠箧》。韩愈引庄子语为例，来攻击道教的不仁。**呜呼！其亦不思而已矣！如古之无圣人，人之类灭久矣。何也？无羽毛鳞甲以居寒热也，无爪牙以争**

食也。

［译文］

古时为民的有士、农、工、商四种人，现在称为民的加上佛、道，变为六种人；古代负有教民任务的只有一类，当今呢？教民的有三类。务农的仅一家，而食用粮食的却有六家；做工的仅有一家，而使用器皿的有六家；经商的只有一家，需要供应商品的却有六家。此种情况，又怎么能不使民众穷困而偷盗呢！古时候，人们遭受的灾害太多了。有圣人出现，才教给民众以相生相养的生活方式。为他们立君主，当他们的老师，驱赶那些虫蛇禽兽，把民众安排在中原地区。天冷了，教他们做衣裳，肚子饿了，教他们煮食物；巢居在树木上，容易掉下来，穴居在土窟里容易患病，就教他们营造房屋。教他们做工来丰富生活用具，教他们经商来互通有无，发明医药来救治那些夭死的人，规定丧葬祭祀的制度，来增进人与人之间的恩爱，制定礼节来分清尊卑先后的秩序，创造音乐来宣泄人们心中的郁闷，实施政令来监督怠惰懒散的人，建立刑法来铲除强悍不驯之徒。为了防止人们互相欺诈，便制作符节、玺印、斗斛、秤尺作为凭信；为了防止互相掠夺，就筑城墙、造武器来帮助他们守卫。灾害要到来，就为他们做好准备，祸患要发生就为他们做好预防。现在道家认为："圣人不死，大盗就不会停止。如果毁坏了升斗，折断了秤杆，人们就不会争夺。"唉！他们讲这些话，也是没有认真思考罢了！如果古代没有圣人，人类早已灭亡了。为什么这样说呢？因为人类没有羽毛鳞甲来适应严寒酷暑，没有坚硬的爪牙来夺取食物。

［四段］

是故君者，出令者也；臣者，行君之令而致之民者也；民者，出粟米麻丝，作器皿，通货财以事其上者也。君不出令，则失其所以为君；臣不行君之令而致之民，则失其所以为臣；民不出粟米麻丝，作器皿，通货财以事其上，则诛。今其法曰："必弃而君臣，而：汝，你。与下句中的"而"同。去而父子，禁而相生相养之道，以求其所谓清静寂灭者。"清静：老子的主张，意为"无为而治"。寂灭：佛家的主张，意为"不生不灭"。呜呼！其亦幸而出于三代之后，三代：指夏、商、周三朝代。不见黜于禹、汤、文、武、周公、孔子也；其亦不幸而不出于三代之前，不见正于禹、汤、文、武、周公、孔子也。

［译文］

因此，君主是发布命令的；臣子是执行君主命令并实施于民众的；民众是生产粟米丝麻、制作器皿、交流货物钱财来供养居于上位的君臣的。君主不发布命令就丧失了做君主的权力；臣子不执行君主的命令并实施于民众，就丢掉了做臣子的职责；民众不生产粟米丝麻，制作器皿，不交流财货供养居于上位的君臣，就要受到严惩。现在佛教却宣扬他们的佛法说："一定要抛弃你们的君臣关系，丢开你们的父子情分，禁止你们那种相生相养的办法，去追求那种清静寂灭的彼岸世界。"唉！他们幸亏出现在三代之后，没有遭受夏禹、商汤、周文王、周武王、周公、孔子的贬斥；他们也不幸而没出生在三代之前，没有得到夏禹、商汤、周文王、周武王、周公、孔子的教诲和纠正。

［五段］

帝之与王，帝：指唐尧和虞舜的称号。王：指禹、汤、文、武的称号。**其号虽殊，其所以为圣一也。夏葛而冬裘，渴饮而饥食，其事虽殊，其所以为智一也。今其言曰："曷不为太古之无事？"**曷不：何不，为什么不。**是亦责冬之裘者曰："曷不为葛之之易也？"责饥之食者曰："曷不为饮之之易也？"传曰："古之欲明明德于天下者，先治其国；欲治其国者，先齐其家；欲齐其家者，先修其身；欲修其身者，先正其心；欲正其心者，先诚其意。"**传：解释儒家经典的书。《大学》乃战国时期儒家所作，着重阐述个人的道德修养与社会治乱的关系，"明明德"等都是修养的目标，"诚意、正心、修身、齐家、治国、平天下"等，是实现天下大治的步骤。儒家认为社会治乱的关键在于"修身"，即每个社会成员，尤其是统治者道德修养的好坏，决定社会的治乱。《大学》所述，合理的一面是肯定道德在社会生活中的作用，但将道德作为决定因素是过分夸大了道德的作用。韩愈在本段引用《大学》，是正面提出儒家之道以辟佛、道。**然则古之所谓正心而诚意者，将以有为也。今也欲治其心，而外天下国家，灭其天常，子焉而不父其父，臣焉而不君其君，民焉而不事其事。孔子之作《春秋》也，诸侯用夷礼则夷之，**夷礼：外族的礼仪。**进于中国则中国之。**中国：指平原地区诸侯国。**经曰："夷狄之有君，不如诸夏之亡。"**经：此处指《论语》。夷狄：古代对外族的通称。诸夏：指中原各诸侯国。**《诗》曰："戎狄是膺，荆舒是惩。"**戎：指古代西部地区的少数民族。荆舒：泛指古代南部地区的民族。今也举夷狄之法，而加之先王之教之上，几何其不胥而为夷也？

［译文］

帝和王，他们称号尽管不同，但他们作为圣人是一样的。夏天穿葛衣，冬天穿皮衣，渴了要饮水，饿了要吃饭，事情虽然不同，但作为人类发展所获得的智慧是一样的。如今道家的人说："为什么不采用上古的无为而治呢？"这就如同责怪冬天穿皮衣的人说："为什么不过穿葛衣那样的简单生活呢？"责怪饿了进食的人说："为什么不过只喝水那样的简易生活呢？"《礼记·大学》说："古时候那些想要发扬光辉道德于天下的人，一定要先治理好国家；要治理好国家，必须先要安顿好家庭；要安顿好家庭，必须先搞好自身修养；要搞好自身修养，一定要先端正自己的思想；要端正思想，一定先使自己有诚意。"如此看来，古时候认为思想端正和诚意，都是将要有所作为的。现在那些修养心性而把天下国家当作身外之物的人，他们毁弃伦理纲常，做儿子的不把父亲当父亲，做臣子的不把君主当君主，做民众的不去从事他们应该做的事。从前孔子讲《春秋》时，对于采用夷狄礼法的诸侯，就把他们列入夷狄，对于接受中原礼法的诸侯，就承认他们是中原的国家。《论语》说："夷狄虽有君主，却不如中原没有君主。"《诗经》说："夷狄应当攻击，荆舒应当惩罚。"现在却把夷狄的礼法放在先王政教之上，这不是很快就要沦落为夷狄了吗？

［六段］

夫所谓先王之教者，何也？博爱之谓仁，行而宜之之谓义，由是而之焉之谓道，足乎己无待于外之谓德。其文，《诗》《书》《易》《春秋》；书：《尚书》，上古时历史文件的汇编。《易》：《周易》，古代流传下来的占卜书。这些均被列入儒家的经典。其法，礼、乐、刑、政；其民，士、农、工、贾；其位，君臣、父子、师友、宾主、昆弟、夫妇；其服，麻、丝；其居，宫、室；其食，粟、米、果、蔬、鱼、肉。其为道易明，而其为教易行也。是故以之为己，则顺而祥；以之为人，则爱而公；以之为心，则和而平；以之为天下国家，无所处而不当。是故生则得其情，死则尽其常；郊焉而天神假，郊：郊祀，祭天。假：同"格"，到。庙焉而人鬼飨。庙：指祭祖。曰："斯道也，何道也？"曰："斯吾所谓道也，非向所谓老与佛之道也。”尧以是传之舜，舜以是传之禹，尧、舜：均为传说中父系社会后期部落联盟的领袖。禹以是传之汤，汤以是传之文、武、周公，文、武、周公传之孔子，孔子传之孟轲。孟轲：战国时邹（今山东邹县）人，被儒家称为“亚圣”。轲之死，不得其传焉。荀与扬也，荀：荀子，名况，又称荀卿、孙卿，战国末年著名思想家和教育家。扬：指扬雄（约前53—18），字子云，西汉末年思想家和文学家。择焉而不精，语焉而不详。由周公而上，上而为君，故其事行；由周公而下，下而为臣，故其说长。然则如之何而可也？曰：“不塞不流，不止不行。人其人，火其书，庐其居，明先王之道以道之。鳏、寡、孤、独、废疾者有养也。鳏（guān）：没有妻子的老人。其亦庶乎其可也！”

【译文】

所谓先王的政教，是什么呢？广泛地爱一切人就叫仁，履行仁道而合宜叫义，由此前进叫道，自身具有而不求于外叫德。它的主要文献是《诗经》《尚书》《易经》《春秋》，它的法制是礼仪、音乐、刑法、政教，它的民众是士、农、工、商，它的名分是君臣、父子、师友、宾主、兄弟、夫妇，它的衣服是丝和麻，它的住处是房屋，它的食物是粮食、蔬果、鱼肉。它作为道理简单明了，作为教化简单易行。因此，用它修身，就和顺吉祥；用以待人，就博爱而公正；用以修心，就祥和平静；用它来治理天下和国家，就没有不适当的地方。所以，活着就能享受正常的人情，死后可以得到正常的待遇：祭天就会使天神降临，祭祖就能使祖宗的灵魂得到供奉。有人问：“此种道，是什么道呢？”我说：“这是我所说的道，并不是前面说的老子和佛家的道。”这个道，尧将它传给了舜，舜把它传给了禹，禹把它传给了汤，汤把它传给了周文王、武王和周公，周文王、武王、周公再传给孔子，孔子又传给孟轲。孟轲死后，这个道就没人传了。荀子、扬雄选取不精，阐释不详。从周公以上，继承道的都是在上为君的，为此儒道能够推行；自周公以下，传道的都是在下为臣的，所以诸子的学说得以长久流传。如此说来，怎么才能行呢？我认为：“不堵塞佛老之道，儒道就不能流传，不禁止佛老之道，儒道就不能推行。让那些僧道还俗为民，将佛经、道书烧掉，把佛寺、道观改为民房，阐明先王的道来教导民众。让鳏夫、寡妇、孤儿、孤老和有残疾的人都得到抚养。这样，大概也就可以了吧！”

评析

唐代为佛、道两教盛行的时代，韩愈为了维护儒家的正统地位，于是写了这篇《原道》。其实“道”这个字，原始儒家虽然也有时提及，但说得最多的还是道家；后来佛教进入中土，在本体之论上，甚至超过了道家，为此佛教更致力于究明道的内涵。因此单从本体论方面说，儒家自不能与佛、道两家相比。儒家真正属于自家的概念是“仁义”二字。但在佛、道两家张口闭口大谈其道的情况下，道的观念深入人心。为此，儒家阐述自己的“仁义”，也必须将它说成是“道”。明白了这一点，便知道此文实际上是“原仁”“原义”而非“原道”。仁者博爱之谓，爱整个社会、整个人类便是博爱。儒家学说以有益于社会人伦为目的，而佛教则本质上对人类和社会采取否定的态度，并不立足于社会集体化伦理本身来探讨社会问题。为此韩愈首先在这一点上否定了佛教的“道”。儒家看到了社会发展的一面，肯定政教、道德对于社会发展的积极作用。道教则把一切社会问题，都归咎于社会的发展，同时否定儒家为了适应社会发展、解决社会问题而创建的社会制度和伦理道德。韩愈讲明这一点，也就否定了道家的“道”。佛、道两家之道既被否定，儒家的道也就确立了，作者《原道》的写作目的也就达到了。

本文从骈文方面考察，乃骈散兼用之作，只不过以散体为主，骈体为辅。韩愈是古文运动的倡导者之一，他极力反对六朝骈文。但由于时代的影响，唐初仍为骈文的盛世，在中唐也有所波及，为此在行文中四字句、对仗、用典仍不时出现。

进学解[①]

韩愈

［一段］

国子先生晨入太学，国子：属于中央学校的学生，即太学生。先生：指博士，即太学生的教师。一说，国子先生即国子博士，国子博士是官名，国子先生是称呼。太学：唐代的国子监下分七个“学”，即国子学、太学、广文馆、四门馆、律学、书学、算学等。这里的“太学”即国子监。**招诸生立馆下，诲之曰：“业精于勤荒于嬉，行成于思毁于随。**业：指所学的科目。随：随便，指随声附和，不动脑筋。此二句言学业的精通在于勤勉，而它的荒废则由于嬉戏。**方今圣贤相逢，**圣贤：圣指皇帝，贤指宰相。**治具毕张。**治具：指法令。《史记·酷吏列传》：“法令者，治之具。”也泛指一切规章制度。毕张：全部摆开。**拔去凶邪，登崇畯良。**凶恶：指恶劣的人。登崇：提拔。畯良：指好的人才。畯同“俊”。**占小善者率以录，名一艺者无不庸。**占：据有。小善：小的长处。率：大率，大都。以：原作“一”，据别本改。录：录取使用。名：占有，具有。一艺：任何一种技艺。名一艺，即能通任何一艺。庸：用，指被使用。**爬罗剔抉，刮垢磨光。**爬罗剔抉：爬梳网罗，挑选抉择，即指搜罗选拔一切人才。刮垢磨光：刮去污垢，磨出光亮，指对人才的教育培养。**盖有幸而获选，孰云多而不扬？**选：选用。孰云：谁说。多：指搜罗人才之多。不扬：不被提拔。此二句言，大概有实际无才能却也侥幸被选用的，但绝没有因为人才多，就使真有才能的人被埋没而不录用的。**诸生业患不能精，无患有司之不明；**有司：主管的官吏。古时设官分职，各有专司，故称。**行患不能成，无患有司之不公。”**

［译文］

国子先生早晨来到太学，召集学生们站在学舍之下，教导他们说：“学业精通在于勤奋，学业荒疏由于玩乐游荡；德业有成是由于善于思索，德业败坏是由

① 进学：指进入太学，作者自己做国子博士时，每天到太学工作。解：解说，解释。一说进学的意思是使学业有所进益，解是辩解。

于因循随俗。当今圣上有贤相辅佐,法制健全又注重施行。除掉奸邪凶恶之徒,提拔、推荐优秀杰出的人才。有一点长处的全被录取,有一技之长的无不任用。选拔人才,经过搜罗抉择,造就人才,注意刮垢磨光。大概也有侥幸入选的,谁说多才多艺的人会不被荐举呢?诸位只须担心自己的学业不精进,不必担忧主管长官的眼目不明;只须担心自己德行没有成就,不必担忧主管长官态度不公平。”

【二段】

言未既,既:完,终。**有笑于列者曰:“先生欺余哉!弟子事先生,于兹有年矣。**列:行列,指诸生站立的行列。于兹:到现在。**先生口不绝吟于六艺之文,手不停披于百家之编。**吟:吟诵。六艺:即六经,指《诗》《书》《礼》《乐》《易》《春秋》。此二句言先生遍读六经和诸子百家之书。**纪事者必提其要,纂言者必钩其玄。**纪事者:指史籍之类。纂言者:指学术论著。钩:探索。钩其玄:指探索书中的微言妙义。**贪多务得,细大不捐。焚膏油以继晷,恒兀兀以穷年。**焚:点燃。膏油:指灯油。继:继续。晷:指日光。兀兀:专心不旁顾的样子。穷年:终年。**先生之业,可谓勤矣。抵排异端,攘斥佛老。**抵排:抵触排斥。异端:指邪说,此处指下文的佛老学说。攘斥:排斥。其说见《原道》和《论佛骨表》。**补苴罅漏,张皇幽眇。**苴(jū):草垫,此处用作动词,填塞的意思。补苴,即填补。罅(xià):同“隙”,罅漏,此处指旧有儒家学说中的缺漏。张皇:张大,申明。幽眇:幽深隐约,此处指旧有儒家学说中的要言深义。此二句言,儒家学说中有漏洞、不完备的地方,加以弥补充实;有不明显和不易懂的地方,则加以解释说明。**寻坠绪之茫茫,独旁搜而远绍。**坠:失坠。绪:前人未竟的功业。坠绪,此处指已经失传的儒家道理。《原道》:“尧以是传之舜,舜以是传之禹,禹以是传之汤,汤以是传之文、武、周公,文、武、周公以是传之孔子,孔子以是传之孟轲,轲之死,不得其传焉。”旁搜:指普遍地、广泛地从各地搜求圣人的遗绪。远绍:远继,指远继孔子、孟轲的事业。**障百川而东之,回狂澜于既倒。**障:阻拦。百川:一切江河。东之:使水向东流。此处比喻引导百家之说归入正轨。狂澜:狂猛的浪涛。倒:倾倒,指波涛冲决倾倒,此处比喻挽转来势凶猛的异端邪说。**先生之于儒,可谓有劳矣。沉浸浓郁,含英咀华,**沉浸:潜心,深深地体会。浓郁:本指香味浓厚,此处指书中精美的成分。含、咀:指含味咀嚼。英、华:均指花,此处指细细体味书中的精华。**作为文章,其书满家。上规姚姒,浑浑无涯,**规:模仿,学习。

姚：虞舜的姓。姒：夏禹的姓。姚姒，指《尚书》中的《虞书》和《夏书》。浑浑：深大的样子。扬雄《法言·问神》："虞之道浑浑尔。"涯：边际。**周诰殷盘，佶屈聱牙；**周诰：指《尚书》中的《大诰》《康诰》《酒诰》《洛诰》之类，乃周代的文告。殷庚：指《尚书》中的《盘庚》三篇。佶屈：曲折。聱牙：口齿不顺利。此二句言周代文章古奥艰涩，读着不顺口。**《春秋》谨严，《左氏》浮夸；**此二句言《春秋》的字句极其简单，但寓褒贬，故说"谨严"；《春秋左氏传》，书中叙述的内容铺张夸大，有许多地方超出了经的范畴，故言"浮夸"。**《易》奇而法，**易：指《易经》，乃古代占卜的书。奇：指卦的变易。指用幻象来说明问题，如"龙战于野""载鬼一车"之类。法：定则。此句言，《易经》虽多变化，却有一定的法则。**《诗》正而葩；**诗：指《诗经》。正：醇正。《论语·为政》："子曰：'诗三百，一言以蔽之，曰：思无邪。'"葩：花，此处比喻文采丰富。**下逮《庄》《骚》，太史所录，子云、相如，同工异曲。**庄：指《庄子》。骚：指《离骚》。太史所录：汉代太史所录的，指《史记》。子云：汉代扬雄的字，此处指扬雄所著的书，如《太玄》《法言》。相如：汉代司马相如，曾作《子虚赋》《上林赋》等。同工异曲：本指乐工所奏曲调不同，而工妙相等。此处是说，以上所举的各种著作，论成就有许多相同处，论风格有许多差别处。**先生之于为文，可谓闳其中而肆其外矣。**闳(hóng)：宽阔。肆：开展。中：指文章的思想内容。外：指文章的形式。此句言，文章的内容博大精深，文辞奔放畅达。**少始知学，勇于敢为；长通于方，左右具宜。**长：年长。方：指学术，道理。此四句言自幼为人，即敢作敢为；到了通达道理之后，更能适应事物。**先生之于为人，可谓成矣。**为人：与上文"为文"相对。成：指达到了《论语·宪问》所谓"成人"的地步。**然而公不见信于人，私不见助于友。跋前疐后，动辄得咎。**跋：践。疐(zhì)：阻碍。咎：罪过。《诗经·豳风·狼跋》："狼跋其胡，载疐其尾。"是说狼前进即踩其胡(项下悬肉)，后退则踏其尾。此二句言，自己的遭遇坎坷，动不动就得罪。**暂为御史，遂窜南夷。**窜：逐，被贬斥。南夷：指潮州一带地方。韩愈于贞元十八年(802，或言十九年)做监察御史，因上表谏迎佛骨，被贬为潮州刺史。**三年博士，冗不见治。**三年：一本作"三为"，韩愈任博士凡四次，也不止三年。此处为概举成数。冗：闲散。不见治：不见治绩，即无所建树。**命与仇谋，取败几时。**命：命运。仇：敌人。谋：相伴，相合。取败：倒霉。几时：指随时随刻。此二句言命运与仇敌打交道，随时遭受挫折。**冬暖而儿号寒，年丰而妻啼饥。头童齿豁，竟死何裨？**童：发秃。豁：牙齿脱缺。竟死：到死。何裨：有何补益。**不知虑此，而反教人为？"**

［译文］

话还没说完，有人在行列里发出笑声，说："先生在欺骗我们啊！我们这些学生跟先生学习也已经有好几年啦。先生嘴里不停地诵读六经的文章，手中不停地翻阅诸子百家的著作。对于记事的著作，都写出提要，立论的书一定要探究妙理。不厌其多，务求多得，大小都不放弃。点着灯夜以继日，一年到头，勤奋不止。先生从事学业，可以说是勤奋的了。抵制异端邪说，反对佛家与道家。弥补儒家的疏失缺漏，发挥其精深奥妙的道理。寻求渺茫失传的儒家之道，独自广泛搜寻，远继前贤。堵塞奔腾的河川，引导它东流入海，挽回泛滥的狂涛使它复归故道。先生对于儒家，可以说是有功劳的了。心思沉浸在意味浓厚的典籍之中，细细地品味其中的精华，写成的文章、著作已经堆满了屋子。向上模仿前人，取法于舜禹时代的典章，深远博大，无边无际；周代的《诰》和商代的《盘庚》，文章古奥，艰深难读；《春秋》一字褒贬，准确严密；《左传》记事详赡，文辞铺张；《易经》变化奇妙，言有法制；《诗经》思想雅正，辞采华美；往下到《庄子》《离骚》，太史公的《史记》，扬雄、司马相如的创作，虽然风格不同，都同样美妙出众。先生的文章内容博大精深，文辞奔放流畅。先生年轻时就懂得学习，很有勇气，敢作敢为；成年以后通达事理，处理问题都很得当。先生的为人，可以说是很老成的了。然而您在公事方面，不被人家信任，在私事方面，得不到朋友的帮助。进退两难，动不动就会获罪遭灾。刚刚担当御史，就被贬到边远的南方。做了三年博士，被投闲置散，表现不出您的政绩。命运使得自己经常要和仇敌打交道，时不时就遭受失败。冬天天气还和暖的时候，孩子却为寒冷呼号；年成丰收，而您的妻子却为饥饿啼哭。您的头也秃了，牙齿脱落了，就这样直到老死，又有什么好处。您不知道考虑这些问题，反而来教训别人吗？"

［三段］

先生曰："吁，子来前！夫大木为杗，细木为桷，欂栌、侏儒，椳闑、扂楔，杗(máng)：大梁。桷(jué)：椽。欂栌(bó lú)：柱的方木，即斗拱。侏儒：指侏儒柱，梁上的一种短小的支柱。椳(wěi)：门户的枢轴。闑(niè)：门阃，两扇门间的竖闩。扂(diàn)：门键，门插棍。楔：楔子，塞紧脱缝或从旁支撑的斜木。**各得其宜，施以成室者，匠氏之工也。**匠氏：工匠。**玉札、丹砂，赤箭、青芝，牛溲、马勃，败鼓之皮，**玉札：药用的玉类。一说即地榆。丹砂：即朱砂。赤箭：一种药草，红色，形似箭杆，上端有花。一说即天麻。青芝：一名龙芝，灵芝的一种。牛溲：牛的尿。马勃：一种草药，又名马屁菌。败鼓之皮：破烂的鼓皮。**俱收并蓄**，俱收并蓄：即兼收并蓄。以上九句言各种药材，不分贵贱，良医均用来治病。**待用无遗者，医师之良也。登明选公，杂进巧拙**，登、选：指提升录用。明、公：指用人公平合理。杂进：掺杂着录用。巧拙：指被录用之人技能之优劣。杂进巧拙，指巧的拙的都予以录用。**纡余为妍，卓荦为杰**，纡余：屈曲的样子。此处指为人和缓。卓荦：指才干突出。**较短量长，惟器是适者**，器：指人的材质。适：合用。此句言，选用人才，各按其才能所适合的工作来安排。**宰相之方也。昔者孟轲好辩，孔道以明，辙环天下，卒老于行。**孟轲：即孟子。好辩：好与人辩论。他曾说："余岂好辩哉，余不得已也。"（见《孟子·滕文公下》）孔道：指孔子的道理，即儒道。辙：车辙。环：环绕。卒：终于，结果。老：年老而死。以上四句言孟轲与人辩明了儒道，走遍了各国，结果无人用他，而在奔走中死去。**荀卿守正，大论是弘，逃谗于楚，废死兰陵。**荀卿：赵人，游学于齐，乃襄王时著名的学者。后受到谗害，逃往楚国。楚春申君任他为兰陵令。春申君死，荀卿也被废，住在兰陵而死。正：醇正。守正：指信守孔子之道。韩愈所谓"大醇小疵"者，益亦指此。大论：指他的学术议论。弘：发扬。**是二儒者，吐辞为经，举足为法**，吐辞：指立论。经：经典。举足：指行动。法：规范。此二句言孟轲和荀卿的言论，成为经典性的著作，他们的行为成为后人效法的榜样。**绝类离伦，优人圣域**，绝、离：都是不同的意思。类、伦：均为同类、同辈。优：足够。圣域：圣人的境地。此二句言孟轲与荀卿与众不同，已完全进入圣人的境地。**其遇于世何如也？今先生学虽勤而不繇其统，言虽多而不要其中，文虽奇而不济于用，行虽修而不显于众。犹且月费俸钱**，繇：同"由"。统：道统。要：恰当、恰合。中（zhòng）：关键之处，要害之处。行：行为。修：有修养，有锻炼。**岁靡廪粟**，岁：每年。靡：耗费。廪粟：指俸米。**子不知耕，妇不知织，乘马从徒**，乘马：指出门骑马。从徒：指有随从跟随着。**安坐而食，踵常途之役役，窥陈编以盗窃；**踵：脚跟，此处用作动词，走。常途：平常的道路。役役：拘谨的样子。窥：看。陈编：陈旧的书籍。盗窃：指偷袭古代的理论。此二句言拘谨地按常规走路，袭取古代说法而无创见。**然而圣主不加诛，宰臣不见斥，非其幸与！动而得谤，名亦随之；投闲置散，乃分之宜。**此四句言，由于自己有所作为而受谤，名声也因而被毁；自己又没有什么成绩，被放在闲散的岗位上，也实在是应该的。**若夫商财贿之有亡，计班资之崇庳，忘己量之所称，指前人之瑕疵**，财贿：钱财，指俸禄。亡：同"无"。班资：官阶资格。庳：同"卑"。

崇庳：高低。己量：自己的分量，能力。所称：所符合的标准。这四句言那种俸钱的多少，计较官职的高低，不管自己实际能力的大小是否符合标准，专去挑剔别人的毛病。**是所谓诘匠氏之不以杙为楹，而訾医师以昌阳引年，欲进其豨苓也。**”诘：责备。杙（yì）：小木橛。楹：柱子。訾（zǐ）：指责。昌阳：即菖蒲，一种草药名，有健身补养的作用。引年：保身延年。豨苓：又名猪苓，一种草药名，有利尿治渴的作用，与昌阳作用相异。结尾三句承上四句言，自己没有什么成就，做这小官，已然算侥幸了。如果计较官职高低，那就是质问工匠为什么不用小木橛做柱子，指责医师为什么不用猪苓代替菖蒲做延年益寿的药。这都是用反语来解嘲的话。

［译文］

先生说：“喂，你到前面来！用大木材做梁，小的木头做椽子、壁柱、斗拱、短椽、门臼、门闩、门柱，各自得到合适的安排，用以造成宫室，是木匠师傅的技艺。玉札、丹砂、赤箭、青芝，同那些牛溲、马勃、破鼓的皮，兼收并蓄，等到需用，不会缺漏，此乃医师的高明。提拔人才，贤明公正，乖巧的，笨拙的，都加以引进，处世周备、温婉潇洒的是佳士，旷达豪放、才具卓越的为杰出之士，比较人才的优劣短长，不论具有什么样的能力、才干，全都安排合适，发挥作用，此乃宰相的治国之术。从前孟轲喜好辩论，孔子之道得以阐明，他游历的车辙遍天下，在奔波中结束了一生。荀子恪守孔孟之道，伟大的理论得以弘扬，后来逃避谗言，自齐国逃到楚国，最后被免职而死在兰陵。这两位大儒，言论成为经典，行为成为法则，他们远远地超过了一般人士，其优秀杰出足以达到圣人的境界，可是他们在世上的遭遇，又怎么样呢？现在我作为老师，学业虽然勤奋，但不能继承儒家的道统；言论虽然很多，但不切中要旨；文章虽然巧妙，却无益于实用；品德虽然有修养，但不够明显出众。就这样，尚且每月耗费公家的俸钱，每年消耗仓库中的粮食，儿子不会种地，妻子不懂纺织，出门有车马可乘，有仆从跟随，安安稳稳，坐吃俸禄，拘谨地按着常规道路前进，剽窃些旧书而无创见；然而君王不加惩罚，宰相未加斥逐，这难道不是幸运吗？动不动就遭到诽谤，然而刚直的声名也随之而来；安置在闲散地位，乃是本分所应当。若还讨论财物利禄的有无，计较官位的高低，忘记了自己的才干是否相称，却指责地位在我之前的人的毛病，那就如同人们所说的，责问木匠师傅为什么不用小木头做柱子，批评医师用菖蒲来延年益寿，却想叫人采用豨苓来代替它一样荒谬啊！”

评析

韩愈作此文时，自以"才高"而屡遭贬斥，于是模仿汉代东方朔《答客难》、扬雄《解嘲》一类文章，设为学生对他的遭遇不平提出疑问，作者再作解嘲式的解答。这样不仅表达了对自己不得重用的不满，也提出朝廷应该"拔除凶邪，登崇畯良"的意见(此乃作者的一贯主张)。

在行文方面，韩愈是韵白相间，骈散结合，融合了辞赋、骈文、古文的长处，使文章颇具气势和节奏感。

杜牧(803—852),字牧之,号樊川居士,京兆万年(今陕西西安)人。《新唐书·杜牧传》称他“刚直有奇节,不为龊龊小谨,敢论列大事,指陈病利尤切至”;关心军事,曾为曹操所定《孙子》十三篇作注。他是晚唐著名诗人之一,与李商隐齐名,人称“小李杜”,有《樊川集》。

阿房宫[①]赋

杜牧

［一段］

六王毕,六王:指楚、齐、韩、赵、魏、燕六王。**四海一;**四海:即全国。古代认为中国四境有海环绕。**蜀山兀,阿房出。**蜀:四川地区兴起的一王国,后为秦所灭。蜀山:蜀地的山,出木材。兀:本指物体高大而上平,此处指光秃。出:出现,建成。**覆压三百余里,隔离天日**。《三辅黄图》:“阿房宫亦曰阿城,……规模三百余里。离宫别馆,弥山跨谷,辇道相属,阁道通骊山八百余里。”此处指阿房宫所占的地面广阔,下文则形容楼阁的高大。**骊山北构而西折,直走咸阳**。骊山:在今西安市临潼境内。北构:指向北方建造。**二川溶溶,**二川:指渭川、樊川。溶溶:水流的样子。**流入宫墙。五步一楼,十步一阁;廊腰缦回,檐牙高啄**。廊腰:指游廊的转折处。缦:无文采的缯帛。缦回:形容游廊曲折,如缦带之回环萦绕。檐牙:比喻檐角突出,好似牙齿。啄:鸟用嘴取食。**各抱地势,钩心斗角**。钩心:指各建筑物向中心攒聚,连互钩连。斗角:指建筑物的檐角并出相接,重叠交错。**盘盘焉,囷囷焉,**盘盘:重叠盘结的样子。囷囷:屈曲攒聚的样子。**蜂房水涡,矗不知其几千万落**。蜂房:蜂窝。水涡:水流的漩涡。均是形容房屋的层叠稠密。落:指一房屋。**长桥卧波,**卧波:横托在水上。

① 阿房宫:秦始皇(嬴政)所建造的宫苑,故址在今陕西省咸阳市。《史记·秦始皇本纪》:“三十五年(前212),……始皇以为咸阳人多,先王之宫廷小,……乃营作朝宫渭南上林苑中。先作前殿阿房,东西五百步,南北五十丈,上可以坐万人,下可以建五丈旗。……阿房宫未成;成,欲更择令名名之。作宫阿房,故天下谓之阿房宫。”

未云何龙？复道行空，复道：《史记·秦始皇本纪》："为复道，自阿房渡渭，属之咸阳。"不霁何虹？霁：雨止天晴。高低冥迷，不知西东。歌台暖响，春光融融；舞殿冷袖，风雨凄凄。一日之内，一宫之间，而气候不齐。

［译文］

六国灭亡，天下统一；蜀地山上的树木砍光了，阿房宫建成了。覆盖地面三百多里，高耸的楼阁，遮天蔽日。从骊山北边建起，延伸向西转折，直到京都咸阳。渭水、樊川，水波荡漾，流入宫墙。五步一幢楼，十步一座阁；连接楼阁的走廊曲折回环，伸向青天的檐牙像群鸟在高处啄食。建筑物各自依地势，相抱相凑钩心斗角。盘盘绕绕，曲曲折折，像蜂房那样密集，像漩涡那样起伏，高高地矗立着，不知它有几千万院落。长长的桥横卧在水上，没有风起云涌哪来的龙？高高复道横贯空中，没有雨过天晴哪来的虹？高低迷离，不辨西东。台上歌声嘹亮，洋溢着温暖的气息，简直是春意融融；殿中舞袖飘拂，带来了凄清的寒意。一天之内，一宫之中，气候却如此不同。

［二段］

妃嫔媵嫱，王子皇孙，辞楼下殿，辇来于秦。妃嫔媵嫱：均为封建王侯妻妾的名称。《左传·襄公元年》："宿有妃嫱嫔御焉。"杜预注："妃嫱，贵者；嫔御，贱者。皆内官。"媵：陪嫁的人。《仪礼·士昏礼》郑玄注："古者嫁女必侄娣从，谓之媵。"亦为妾的一种。辇：帝王或皇后乘坐的车子，此处用作动词，乘坐之意。朝歌夜弦，为秦宫人。明星荧荧，开妆镜也；荧荧：光亮的样子。绿云扰扰，梳晓鬟也；渭流涨腻，弃脂水也；绿云：比喻女子乌黑的头发。扰扰：纷乱的样子。脂水：指宫女的洗面水。因水中有从脸上流下的胭脂、香粉，故称。烟斜雾横，焚椒兰也；椒兰：香料。雷霆乍惊，宫车过也；辘辘远听，辘辘：车声。杳不知其所之也。一肌一容，尽态极妍；肌、容：指宫女的肌肤和容貌。尽、极：都是非常之意。态：与妍同意。妍：姿容美貌。缦立远视，而望幸焉。缦立：舒缓伫待。一说，缦，同"曼"，柔美。幸：封建时代，帝王驾临某地或被帝王宠爱。有不得见者三十六年。燕、赵之收藏，三十六年：秦始皇在位三十六年。此处说有许多宫女，从来也没见过秦始皇的面。韩、魏之经营，齐、楚之精英，几世几年，取掠其人，掠：抢劫。倚叠如山。一旦不能有，不能有：原作"有不能"，据《全唐文》改。输来其间。鼎铛玉石，金块珠砾，弃掷逦迤，秦人视之，亦不甚惜。铛

(chēng):锅类的器皿。此处言秦人对这些财富并不珍惜,把鼎当锅,把玉当石,把金当土,把珠当砂,丢弃极多。

【译文】

六国的妃嫔宫人,王子王孙,离开自家的楼阁,离开自家的殿庭,坐上车子,被送入秦国。日夜歌唱奏乐,充当秦国的宫人。明星亮晶晶,是她们打开了梳妆的镜子啊;绿云缭绕,是宫人们早晨梳发髻、理云鬓;渭水上涨,浮着一层油腻,是她们倾倒的脂粉水;烟雾纵横弥漫,是宫人在焚烧椒兰;雷声突然使人惊心动魄,原来是宫车驰过;辘辘车声,越听越远,不知道前往何处。肌肤容姿,修饰得艳丽娇妍;久久地站立着,远远地望着,盼望得到宠幸。有人从来未见过皇帝,整整地空等了三十六年。燕国、赵国收获的财富,韩国、魏国营求的珠玉,齐国、楚国搜罗的奇珍,是他们经历了多少代剽窃掠夺而来,堆积得像山一样。一旦国破家亡,不能继续占有,运输到这里来,宝鼎被当成铁锅,美玉被视为石子,丢弃到处均有,秦国人看了也不觉得可惜。

【三段】

嗟乎!一人之心,千万人之心也。秦爱纷奢,纷奢:纷多奢侈。**人亦念其家。奈何取之尽锱铢,**锱铢:古代两种量度名。普通说法,铢是二十四分之一两,六铢为一锱。此处比喻秦统治阶级搜刮的苛刻,一锱一铢都不给百姓留下。**用之如泥沙?!使负栋之柱,**负:负担,支撑。**多于南亩之农夫;架梁之椽,多于机上之工女;钉头磷磷,**磷磷:本指分散地露出水面的石头,此处形容钉头密排的样子。**多于在庾之粟粒;瓦缝参差,多于周身之帛缕;直栏横槛,多于九土之城郭;**九土:九州。**管弦呕哑,多于市人之言语。使天下之人,不敢言而敢怒。独夫之心,日益骄固。**独夫:完全孤立的统治者。《尚书·泰誓下》:"独夫受洪惟作威。"蔡沈注:"言(纣)天命已绝,人心已去,但一独夫耳。"此处指秦始皇。**戍卒叫,函谷举。**戍卒:指陈涉、吴广。他们原来是被秦征发作戍卒的人,行至大泽乡号召起义。举:攻克。函谷举指函谷关被刘邦攻破事。《史记·高祖本纪》载,汉元年(前206)十月,刘邦兵至霸上,秦王子婴降,秦亡。**楚人一炬,可怜焦土。**此指项羽焚烧秦宫室事。《史记·项羽本纪》载,公元206年十二月,"项羽引兵西屠咸阳,杀秦降王子婴,烧秦宫室,火三月不灭;收其货宝妇女而东"。

【译文】

可叹啊!一个人的心也就是千万人的心。秦国人喜欢纷繁奢华,百姓也顾念自己的家。怎么能掠取时连锱铢之微也搜刮尽净,使用它时却像对待泥沙一样毫不珍惜？致使承受大梁的柱子,多于田野的农夫;架在梁上的椽,多于织机上的织妇;建筑物上的钉头,比粮仓里的谷粒还要多;参差不齐的瓦缝比人们身上穿的丝缕还要多;纵横连接的栏槛,多于九州的城郭;管弦乐的声音,多于市民的话语。这使天下的人们,嘴里不敢说,心里都怨怒。而那孤家寡人的心,竟一天比一天骄傲顽固。那滞留大泽乡的戍卒登高一呼,函谷关就此守不住。楚国人一把大火,可惜华丽的宫殿,便成了一片焦土。

［四段］

呜呼！灭六国者,六国也,非秦也;族秦者,秦也,呜呼:二字原无,据《唐文粹》补。族:此处指灭的意思。**非天下也。嗟夫！使六国各爱其人,则足以拒秦。秦复爱六国之人,则递三世可至万世而为君,**递:传,接。《史记·秦始皇本纪》载:始皇二十六年(前221),统一之业成,更号为皇帝,制曰:"自今以来,除谥法,朕为始皇帝,后世以计数,二世三世至千万世,传之无穷。"**谁得而族灭也！秦人不暇自哀,而后人哀之;后人哀之而不鉴之,**鉴:借鉴,此处指引以为戒。**亦使后人而复哀后人也。**

［译文］

唉！消灭六国的,是六国自己,不是秦国;使秦国灭亡的是秦国自己,而不是天下人。唉！倘使六国各自爱护他们的百姓,就足以抵抗秦国。倘若秦国爱护六国的百姓,就可以传到三世,甚至可以传到万世永做皇帝,谁能使他们灭族呢！秦人来不及哀痛自己的灭亡,而让后代人哀痛他们;后代人哀痛他们而不以他们为鉴戒,那么只好让后人再去哀叹那些后世人了。

评析

《阿房宫赋》的作者杜牧,通过对阿房宫建筑的宏伟富丽及宫中声色繁华的描绘,揭露了秦始皇骄奢淫逸的生活,并指出了由此带来的秦朝灭亡的后果,以警告统治者要吸取历史教训,勿蹈秦亡覆辙。

从艺术特点分析,传统的骈体赋句式和修辞比较简单,而此赋在句式和修辞上,均极尽变化之能事。如开头三个三字句,两两相对,并用声色急促的入声韵,在声调节奏上就给人以突兀与急促的感觉。与秦的骤兴骤亡,阿房宫的突然矗立在天地之间,匆然而化为灰烬,在感觉上是一致的。可以说这篇骈体赋,通过众多句法的不断变化,在声音上紧急地、一刻也未曾松懈地抓住了读者。声音节奏与事体本身的发展、作者思想感情的变化,达到了高度统一。从骈文角度而言,它突破了四六句式,但用典得体,对仗工整,对骈体文向多种形式发展有贡献。

宋元明清骈文

不以物喜，不以己悲。
居庙堂之高则忧其民，处江湖之远则忧其君。

——宋·范仲淹

王禹偁(954—1001)，字元之，济州钜野(今山东省巨野县)人。反对北宋初年承袭五代的浮华文风，提倡“韩柳文章李杜诗”。其作品清新淡雅，对北宋诗文革新运动起到开拓作用，有《小畜集》《小畜外集》。

待漏院[①]记

王禹偁

【一段】

天道不言，天道不言：天道，指大自然。《论语·阳货》：“子曰：‘天何言哉！四时行焉，百物生焉，天何言哉！’”**而品物亨，岁功成者，**品物：即万物；品指各类。亨：亨通，此处指顺利生长。《易经·坤卦》：“含弘光大，品物咸亨。”岁功：一年的农业收获。成：丰盛。**何谓也？四时之吏、五行之佐，宣其气矣。**四时之吏：即分掌四时的天神，此处指四时。佐：辅助；五行之佐，分掌五行(金、木、水、火、土)的天神，此处指五行。宣：疏导；宣其气，疏导阴阳四时之气(使万物顺利生长)。**圣人不言，**圣人：指皇帝。**而百姓亲，万邦宁者，何谓也？三公论道，**三公论道：《尚书·周官》：“立太师、太傅、太保，兹惟三公，论道经邦，燮理阴阳。”论道指议论治国大道。此句言，主持朝政的高级官吏，辅佐皇帝治理国事。**六卿分职，**六卿分职：《尚书·周官》：“冢宰掌邦治，统百官，均四海；司徒掌邦教，敷五典，扰兆民；宗伯掌邦礼，治神人，和上下；司马掌邦政，统六师，平邦国；司寇掌邦禁，诘奸慝，刑暴乱；司空掌邦土，居四民，时地利。六卿分职，各率其属，以倡九牧，阜成兆民。”孔安国传：“六卿各率其属官士大夫治其所分之职。”此处的六卿泛指朝廷各部的长官。**张其教矣。**张其教：发扬教化。**是知君逸于上，臣劳于下，**《法言·孝至》：“君逸臣劳，何天之劳。”此二句言，为臣勤劳，则为君可垂拱而治。**法乎天也。**法乎天：取法于天道。按，古人以上天有各种神在主宰着天地四时的变化，这是古人以现实的统治秩序来认识自然界的缘故。**古之善相天下者，**相天下：辅佐皇帝

① 待漏院：百官在宫门外等候早朝休息的地方。漏指漏刻，古代用铜壶滴漏计时，宰相及百官须待漏尽门启而后入朝，故称待漏。

治理天下。**自咎、夔至房、魏**，咎、夔至房、魏：咎，咎繇，又作皋陶，乃舜时的法官。夔，后夔，舜时管音乐和教育的大臣。（以上二人均见《尚书·舜典》）房、魏，指唐太宗时宰相房玄龄和魏徵。《新唐书·魏徵传》："帝曰：'贞观以前，从我定天下，间关草昧，玄龄功也；贞观之后，纳忠谏，正朕违，为国家长利，徵而已。虽古名臣，亦何以加！'"**可数也。是不独有其德，亦皆务于勤耳。况夙兴夜寐，以事一人**，夙兴夜寐：起早眠迟。《诗经·卫风·氓》："夙兴夜寐，靡有朝矣。"朱熹集传："早起夜卧，无有朝旦之暇。"一人：指皇帝。《尚书·周官》："弼予一人。"**卿大夫犹然，况宰相乎？**

［译文］

自然界不会说话，而世间万物能顺利地生长，庄稼能得到丰收，这是什么道理？是由于掌管四时、五行的天上的神灵，使一年四时风雨通畅的结果。圣人并不说话，而百姓得以安定、四方得以安宁，这是为什么？是由于三公在商议治国之道，六卿分别忠于职守，宣扬圣人的教化之道。由此可知，皇帝安安稳稳地在上，大臣们辛辛苦苦地在下，这是在效法自然啊。古代擅长治理国家的人，从虞舜时的皋陶、后夔一直到唐代的房玄龄、魏徵，历历可数。这些人不仅具备高尚的德行，而且工作起来都很勤奋。他们早起晚睡，以辅佐皇帝，卿大夫都是这样的表现，又何况是身居宰相之位的人呢？

［二段］

朝廷自国初因旧制，设宰相待漏院于丹凤门之右，因旧制：沿唐朝的旧制。唐朝元和初始设待漏院。丹凤门：宋朝汴京（今开封市）皇城的正南门，原名明德，宋太宗太平兴国三年（978）改名丹凤。**示勤政也。乃若北阙向曙**，北阙：古代宫殿北面的望楼，乃臣子等候朝见或上书之处。此处指宫殿。**东方未明，相君启行**，相君：对宰相的尊称。**煌煌火城**。煌煌：明亮的样子。火城：李肇《唐国史补》卷下："每大朝会，百官已集，宰相方至，列烛多至数百炬，谓之火城。"朱彧《萍洲可谈》卷一载，北宋"朝时自四鼓，旧城诸门启关放人，都下人谓'四更时、朝马勤、朝士至'者。以烛笼相围绕聚首，谓之火城。"**相君至止，哕哕銮声**。哕（huì）：铃声。銮：铃。《说文》："人君乘车四马镳，八銮铃，像鸾鸟之声。"段玉裁注："为铃系于马衔之两边，声中五音，似鸾鸟，故曰銮。"**金门未辟**，金门：即金马门，汉代宫门名，因门旁有铜马，故名。此处借指宋朝宫门。**玉漏犹滴**。玉漏犹滴：漏壶里的水还未滴完，意即还不到上朝的时刻。**撤盖下车**，盖：车盖。**于焉以息。待漏之际，相君其有思乎？**

［译文］

我朝从建国之初就沿袭了前朝的制度，在丹凤门的右边设置了宰相待漏院，以示勤政。当北面宫门的城楼上微见曙光，而东方还未亮时，宰相就开始动身上朝了，一路上灯火明亮有如火城一样。宰相在宫门外停下，车铃声响个不停。当时宫门还没有打开，漏壶还在滴水。宰相撤去车盖走下车来，就在待漏院歇息。在等待上朝的时间里，他可能会想到一些事情吧？

［三段］

其或兆民未安，思所泰之；四夷未附，思所来之；来（lài）：安抚，招徕。《孟子·滕文公上》："劳之来之。"**兵革未息，何以弭之；田畴多芜，何以辟之；贤人在野，我将进之；佞人立朝，我将斥之；六气不和，**六气不和：指天时不顺。六气，指阴、阳（晴）、风、雨、晦（暗）、明六种自然现象。**灾眚荐至，**灾眚（shěng）：灾祸。眚，本指眼睛生翳，后引申为日食，古以日食为灾异。荐至：不断发生。荐，频仍。**愿避位以禳之；**愿避位以禳之：愿意解除自己的官职以消除灾祸。古代有天人感应的说法，认为上天降灾，是执政者不德所致，故自己应让位自责。禳（rǎng）：以祈祷消灾。**五刑未措，欺诈日生，**五刑：指墨、劓、剕、宫、大辟五种刑罚。（见《尚书·吕刑》）措：废止。刑措是古人成语，意即政治清明，百姓安定，用不着刑罚。此二句言，各种刑罚还不能废弃不用，是由于"欺诈日生"。**请修德以厘之。**厘：治理，改革。此句言，请求用修德的方法来矫正世俗，化育百姓。**忧心忡忡，**忧心忡忡：忧虑不安的样子。《诗经·召南·草虫》："未见君子，忧心忡忡。"**待旦而入。九门既启，**九门：古代宫殿有九门。《礼记·月令》郑玄注："天子九门者：路门也，应门也，雉门也，库门也，皋门也，城门也，近郊门也，远郊门也，关门也。"此处泛指宫门。**四聪甚迩。**四聪：《尚书·舜典》："明四目，达四聪。"孔颖达疏："明四方之目，使为己远视四方也。达四方之聪，使为己远听四方也。"迩（ěr）：近。此处言，皇帝可以从百官那里听到四面八方的情况。**相君言焉，时君纳焉。皇风于是乎清夷，**皇风：指朝廷的德化、治绩。清夷：清平、太平。**苍生以之而富庶。若然，则总百官，**总百官：总意为统辖，统领，宰相为百官之长，所以这样说。**食万钱，**食万钱：形容生活奢侈。晋何曾官至丞相，"性奢豪，务在华侈……食日万钱，犹曰'无下箸处'"。（见《晋书·本传》）**非幸也，宜也。**此二句言，不是侥幸得来的，而是应该享受的待遇。

［译文］

也许想的是众多百姓的生活还没有安定，要想一想安定他们的办法；四方的少数民族还没有归附，要想一想使他们归附的办法；战事还没有平息，想想怎样才能熄灭战火；很多农田都荒芜了，想想怎样才能开垦出来；贤良之士还散落在民间，我将会向皇帝荐举他们；奸佞之徒还厕身于朝堂，我要把他们贬斥出去；气象不正常，自然灾祸一再出现，我愿意引咎辞职来祈求上天消除灾难；酷刑还没有废除，欺诈行为不断发生，我准备修明德行来进行治理。我带着种种忧虑的心情，等待天亮时入朝。等到宫门大开，宰相距离善于体察民情的皇帝很近时，便向皇帝奏明了自己的想法。皇帝及时采纳了建议，于是社会的风气因此而清平，百姓因此而富裕。如果是这样的话，那么宰相领导百官，收入万钱的俸禄，就不是侥幸取得，而是理所当然的了。

［四段］

其或私仇未复，思所逐之；旧恩未报，思所荣之；子女玉帛，何以致之；车马玩器，何以取之；奸人附势，我将陟之；直士抗言，我将黜之；三时告灾，三时：指春、夏、秋三个农事季节。上有忧色，构巧词以悦之；群吏弄法，君闻怨言，进谄容以媚之。私心慆慆，慆慆(tāo)：长久，此处指个人的私欲无限。《左传·昭公元年》："以仪节也，非以慆心也。"杜预注："为心三节仪，使动不过度。"假寐而坐。假寐：闭目养神，作暂时的休息。《左传·昭公二年》："(赵盾)盛服将朝，尚早，坐而假寐。"杜预注："不解衣冠而睡。"九门既开，重瞳屡回，重瞳：相传舜的眼睛有两个瞳孔，此处指皇帝的眼睛。屡回：时时顾盼。相君言焉，时君惑焉。惑：被(宰相之言所迷)惑。政柄于是乎隳哉，隳(huī)：毁坏。帝位以之而危矣！若然，则死下狱，投远方，此二句言，投到狱中死去，或被流放到远方。非不幸也，亦宜也。

［译文］

也许想的是个人的私仇还没有报，要想办法把仇人驱赶走；旧恩未报，要想办法使恩人荣华富贵；美女金钱，怎样才能到手；车马古玩，怎样才能掠取；奸佞之徒依附我的权势，我准备提升他们；耿直的人公开反对我，我准备贬斥他们；一年三季之中都发生了灾害，皇帝为之面带愁容，我便用花言巧语来讨好他；众多官吏贪赃枉法，皇帝听到了下面的人怨声载道，我便用谄媚的面孔来奉承他。

私心重重,强闭眼睛坐在那里假装睡觉。等到宫门大开,皇帝在朝堂上注视着宰相,宰相便编造了一些假话,皇帝终于被他蒙蔽。这样一来,政权应起的作用便被他破坏了,帝位也因此而面临危机了! 如果是这样的话,这样的宰相即便是入狱被处死,或是流放到远方,并不是身遭不幸,而是理所当然的了。

［五段］

是知一国之政,万人之命,悬于宰相,可不慎欤?复有无毁无誉,无毁无誉:既无美政可誉,又无败政可毁。**旅进旅退,**旅进旅退:随众人进退,无所建树。旅:众。**窃位而苟禄,备员而全身者,**窃位:指窃居宰相之位。苟禄:苟且受禄。备员:指备宰相之员。全身:指苟全性命。**亦无所取焉。**

［译文］

由此可知,一个国家的政权,上万人的身家性命,都寄托在宰相身上,能不令人谨慎吗?还有一种宰相,既无过失也没有好的名声,随着大流进退,窃居高位而无功受禄,滥竽充数而只知保全自己,像这种人也是不可取的。

［六段］

棘寺小吏王禹偁为文,棘寺:即大理寺,古代掌刑狱的官署。《旧唐书·刑法志》:"古者断狱,必讯于三槐九棘(古代树三槐以为三公之位,树九棘以为朝臣之位。见《周礼·秋官》)之官。"故称大理寺九棘寺。小吏:王禹偁此时以知制诰兼大理寺法官,故谦称棘寺小吏。**请志院壁,用规于执政者。**

［译文］

大理寺小吏王禹偁写了这篇文章,请把它刻写在待漏院的墙壁上,用来告诫执政的大臣们。

评 析

本文写作于淳化(990—994)年间作者兼任大理寺官员的时期。文章虽名为记,实际上作者对待漏院的环境、修建过程等均未涉及。全文核心是评论为相之道。他认为,宰相应忠于国事,勤于政务,从而使国家安定,百姓富庶。确切地说,它是一篇议论文。

本文最大的特点是心理描绘的运用。在第三、四两段中，作者采用了对比的手法，把两种截然不同的宰相的内心活动刻画得淋漓尽致，把贤相的忧国忧民和奸相的蝇营狗苟的正反两种典型展现在读者面前。这种对人物内心活动的描摹，在古代散文中是罕见的，可以说是王禹偁的独创。

在行文上，作者大量采用四字句，如“兆民未安，思所泰之；四夷未附，思所来之；兵革未息，何以弭之；田畴多芜，何以辟之；贤人在野，我将进之；佞人立朝，我将斥之”等，句子虽短，读起来却朗朗上口，具有鲜明的节奏感。

黄冈竹楼记

王禹偁

［一段］

黄冈之地多竹，黄冈：现在湖北省黄冈市。大者如椽。椽：椽子，屋顶结构中放在横木上，支架屋顶和瓦片的木条。竹工破之，刳去其节，刳（kū）：挖去。用代陶瓦，比屋皆然，比屋：家家户户。以其价廉而工省也。

［译文］

黄冈一带盛产竹子，大的像房椽那样粗。竹工破开它，去掉竹节，可以代替瓦，家家皆用它来建造房屋，因为它既便宜又省工。

［二段］

子城西北隅，子城：指附属大城的小城，如内城及城门外的套城。雉堞圮毁，雉堞：城上矮墙。圮毁：塌坏。蓁莽荒秽，蓁莽：密生的树木和野草。荒秽：荒凉肮脏。因作小楼二间，与月波楼通。月波楼：黄冈市的一座城楼，亦为王禹偁所筑。远吞山光，吞：实指望见。平挹江濑，挹：汲取，此处指望见。濑：沙上的流水。幽阒辽夐，阒（qù）：寂静。夐（xiòng）：遥望。不可具状。夏宜急雨，有瀑布声；冬宜密雪，有碎玉声。宜鼓琴，琴调和畅；宜咏诗，诗韵清绝；宜围棋，子声丁丁然；丁丁：象声词。宜投壶，投壶：古代的一种游戏，用箭状的筹棒去投长颈的壶，按投中次数来分胜负。矢声铮铮然：皆竹楼之所助也。

［译文］

在黄冈子城的西北角处，城上的矮墙已经损毁，杂草丛生，我便在此处盖了两间小楼，和当地的月波楼通连。在楼上远望山色，平视江水，清幽寂静的美景，真是无法形容。夏天时最好下着急雨，可以发出瀑布般的声音；冬天最好下着密雪，可以发出碎玉落地的声音；在楼上适合弹琴，琴声和谐流畅；适合吟诗，诗韵清新无比；适合下围棋，棋子落在棋盘上丁丁作响；适合玩投壶的游戏，箭镞的声音铮铮入耳：这些乐趣都是靠了竹楼的帮助才得来的。

［三段］

公退之暇，公退：办完公务之后。被鹤氅衣，被：披。鹤氅：用鸟羽织成的裘。戴华阳巾，华阳巾：道士的一种帽子。手执《周易》一卷，焚香默坐，消遣世虑。世虑：世俗的念头。江山之外，第见风帆沙鸟，第：但，只。烟云竹树而已。待其酒力醒，茶烟歇，送夕阳，迎素月，亦谪居之胜概也。胜概：佳境。概，有"状况"之意。

［译文］

在公事完毕的空闲，我披上件鹤氅衣，戴上华阳巾，手拿一卷《周易》，焚香静坐，消除了世俗杂念。除了水色山景之外，我只看到风帆、沙鸟、烟云、竹树罢了。等到酒醒时，茶也凉了，烟也消失了，我便送走了夕阳，迎来了皓月，这也是我贬居生活中所欣赏的美景吧！

［四段］

彼齐云、落星，齐云：齐云楼，在苏州（今江苏苏州），相传是五代时韩浦建造。落星：落星楼，在南京（今江苏南京）东北，三国时吴国孙权建造。高则高矣；井幹、丽谯，井幹：井幹楼，汉武帝刘彻所建。丽谯：丽谯楼，魏武帝曹操所建。华则华矣。止于贮妓女，藏歌舞，歌舞：指能歌舞的人。非骚人之事，骚人：诗人。吾所不取。

［译文］

像那齐云楼、落星楼，高倒是高；井幹楼、丽谯楼，美倒是美。可它们只是妓女聚集，欣赏歌舞的地方，并不是供文人墨客享用的，对我来说是不足取的。

［五段］

吾闻竹工云："竹之为瓦，仅十稔。十稔：十年。若重覆之，得二十稔。"噫！吾以至道乙未岁，至道：宋太宗年号（995—997）。乙未岁：指至道元年（995）。自翰林出滁上。翰林：王禹偁做过翰林学士。出：贬谪。滁上：滁州，今安徽滁州市。此年王禹偁从翰林学士被贬为滁州刺史。丙申移广陵，丙申：宋太宗至道二年（996）。广陵：今江苏扬州。丁酉又入西掖。丁酉：宋太宗至道三年（997）。西掖：中央最高行政机关中书省的别称。此年王禹偁在中书省任知制诰。戊戌岁除日，戊戌：宋真宗咸平元年（998）。除日：旧历除夕，大年三十。有齐安之命。齐安：指黄州，郡治在今湖北省黄冈。王禹偁此年编写《太祖实录》，因直书史事，为宰相所不满，被贬。**己亥闰三月**，己亥：宋真宗咸平二年（999）。**到郡。四年之间，奔走不暇，未知明年又在何处，岂惧竹楼之易朽乎？后之人与我同志，**同志：志同道合的人。**嗣而葺之，**嗣：继续。葺：修理。**庶斯楼之不朽也。**庶：表示希望的虚词。斯：这个。**咸平二年八月十五日记。**

【译文】

我听竹工说："用竹作瓦，只能用十年。如果覆盖两层，可以二十年不坏。"唉！我在至道乙未年，从翰林学士被贬到滁州，丙申年调到广陵，丁酉年又调到中书省，戊戌年除夕那天接到任职齐安的调令，乙亥年闰三月到齐安任职。四年之间，不停地奔走，不知明年又会在何处，难道还怕竹楼容易坏吗？以后继任黄州刺史而又和我志同道合的人，接着维修它，这座竹楼大概是不会坏的。咸平二年八月十五日记。

评析

作者王禹偁三十岁从政后，由于他遇事敢言，性喜评论人物，以耿直自命，因而在官场中几上几下，浮沉不定。此种复杂的宦海经历，引起了他的无限感慨。本文中充分反映了作者的此种心情。

作者在语言运用上颇具匠心，可谓千锤百炼，引人入胜。在写到竹楼给人们带来的乐趣时，用了一连串骈文惯用的对仗："夏宜急雨，有瀑布声；冬宜密雪，有碎玉声；宜鼓琴，琴调和畅；宜咏诗，诗韵清绝；宜围棋，子声丁丁然；宜投壶，矢声铮铮然：皆竹楼之所助也。"上述例句，还具备骈文讲求声韵的特征，平仄协调，易于上口。

范仲淹(989—1052)字希文,苏州吴县(今江苏苏州)人。北宋前期政治改良运动领袖,政绩卓著;同时,诗、词、散文都很出色,著有《范文正公集》。

岳阳楼记

范仲淹

［一段］

庆历四年春,庆历:宋仁宗年号(1041—1048),四年,即1044年。**滕子京谪守巴陵郡。**滕子京:名宗谅。当时他因政敌诬告,被贬为岳州巴陵郡(郡治在岳阳)知州。**越明年,政通人和,百废具兴。乃重修岳阳楼,增其旧制,**增:扩建。旧制:原来的规模。**刻唐贤、今人诗赋于其上,属予作文以记之。**

［译文］

庆历四年的春天,滕子京被贬到巴陵郡任太守。到了第二年,政通人和,百废俱兴。他便重新修了岳阳楼,扩大了原来的规模,把唐朝名士和当代人物的诗赋刻在上面,委托我写这篇文章,记下这件事。

［二段］

予观夫巴陵胜状,胜状:美好的景色。**在洞庭一湖。衔远山,吞长江,浩浩汤汤,**浩浩汤汤(shāng):形容水大的样子。**横无际涯。朝晖夕阴,**朝晖夕阴:早晨的阳光和傍晚的昏暗,泛指一天中天气的变化。**气象万千。此则岳阳楼之大观也,前人之述备矣。**前人之述:指上面说到的"唐贤、今人诗赋"。备:详尽。**然则北通巫峡,**巫峡:长江三峡之一,在湖北巴东县西。**南极潇、湘,**极:远通。潇、湘:潇水和湘江。潇湘合流后又北入洞庭湖。**迁客骚人,**迁客:贬职外调的官吏。**多会于此,览物之情,得无异乎?**

［译文］

我看巴陵的美景,全在一个洞庭湖上。它含远山、吞长江,浩浩荡荡,漫无边际。朝阳夕照，气象万千。这就是岳阳楼一带的壮观美景，前人对它的描绘已经很详尽了。然而，它北面通向巫峡，南面直抵潇水、湘江，贬官、诗人常在此处聚集，当他们触景生情时，能没有差异吗？

［三段］

若夫霪雨霏霏，霪雨：连绵不断的雨。**连月不开；**不开：不放晴。**阴风怒号，浊浪排空；日星隐耀，**隐耀：隐没了光辉。**山岳潜形；**潜形：被淹没了形体。**商旅不行，樯倾楫摧；**樯：船桅。倾：倒。楫：船桨。摧：断。**薄暮冥冥，**薄暮：傍晚。**虎啸猿啼。登斯楼也，**斯：此。**则有去国怀乡，**去国：离开京城。**忧谗畏讥，**忧谗：担心受到诽谤。**满目萧然，**萧然：萧条凄凉的样子。**感极而悲者矣。**

［译文］

有时细雨连绵不断，数月不见阳光；阴风怒吼，浊浪腾空而起；日月星辰光芒消失，山岳也隐没了它的形体；商人、旅客无法通行，桅杆倾斜，船桨折断；傍晚一片昏暗，虎啸猿啼。此时登上了岳阳楼，就会产生远离京城，怀念家乡，担心受人诽谤的心情，他们满目都会是萧瑟凄凉的景色，从而极度感伤心怀悲痛了。

［四段］

至若春和景明，波澜不惊；春和景明：春天天气暖和，阳光明媚。景：日光。不惊：平静。**上下天光，一碧万顷；**万顷：形容江面阔大。**沙鸥翔集，**翔集：有时飞翔，有时停下来聚集。**锦鳞游泳；**锦鳞：鱼的代称。锦：形容鱼鳞光彩鲜明。**岸芷汀兰，**岸芷汀兰：岸上的香芷和岸边的香兰。汀：岸边平地。**郁郁青青。**郁郁：形容香气很浓。青青：茂盛的样子。**而或长烟一空，皓月千里；浮光跃金，**浮光跃金：月光照在浮动的水面上，金光跳跃。**静影沉璧；**沉璧：指月影如璧玉沉在水底。**渔歌互答，此乐何极！登斯楼也，则有心旷神怡，宠辱皆忘，把酒临风，其喜洋洋者矣。**

［译文］

有时春光明媚，风停浪静；水天一色，碧波万里；沙鸥飞翔云集，金鲤游动嬉戏；岸边芷草和沙洲兰花，郁郁青青。有时还会出现云雾消失一空，月光一泻千里的景色；那时湖面上金光闪烁，月影如璧玉浮沉；渔歌互相问答，其乐无穷！

此时登上了岳阳楼,就会令人感到心旷神怡,一切宠辱都被置之度外,临风酌饮,真是心花怒放了。

［五段］

嗟夫!予尝求古仁人之心,尝:曾经。求:探索。仁人:泛指爱国爱民、品德高尚的人。**或异二者之为。何哉?不以物喜,不以己悲。居庙堂之高,**庙堂:代指朝廷。**则忧其民;处江湖之远,**江湖:代指民间。**则忧其君。是进亦忧,**进:进用。**退亦忧。**退:隐居。**然则何时而乐耶?其必曰"先天下之忧而忧,**天下:指天下的人。**后天下之乐而乐"欤!噫!微斯人,**微:不是。斯人:这样的人,指"古仁人"。**吾谁与归!**归:同一趋向。**时六年九月十五日。**

［译文］

唉!我曾经探求过古代仁人志士的胸怀,他们或许同上述两种人表现不一样。为什么呢?因为他们不因外界环境称心而兴高采烈,也不因自己的失意困境而悲伤欲绝。身居朝廷高位,就会替百姓担忧;身处边远江湖,就会为皇帝担忧。这就是升官也担忧,贬斥在外也担忧。那么他们何时才能感到快乐呢?他们一定会说"先天下之忧而忧,后天下之乐而乐"吧!唉!如果没有这种人,我还能和谁志同道合呢?庆历六年九月十五日。

评析

岳阳楼是岳州巴陵县(今湖南岳阳市)的城西门楼,下瞰洞庭,景物宽广。相传建于唐初,唐代张说为岳州刺史时,常与文人到这里游赏赋诗,后来成为名胜之地。本文写于宋仁宗庆历六年(1046),作者其时知邓州(治所在河南省邓州市)。范公偁《过庭录》云:"滕子京负大才,为众所嫉,自庆历谪巴陵,愤郁多见辞色。文正(范仲淹)与之同年友善,爱其才,恐后贻祸;然滕豪迈自负,罕受人言。正患无隙以规之,子京忽以书抵文正,求岳阳楼记。故记中云'不以物喜,不以己悲''先天下之忧而忧,后天下之乐而乐',其意盖有在焉。"作者的此种胸襟,突破了个人感情悲喜的局限,而着眼于天下人,此乃其思想超出一般"迁客骚人"的地方。文章由叙事、写景、议论三部分组成,骈散相间,结构严密,排比工整,且富于藻饰。此种文章也和王禹偁的文章一样代表着北宋早期一种文风。

欧阳修(1007—1072),字永叔,号醉翁,晚年号六一居士,庐陵(今江西省吉安市)人。他继承并发展了韩愈的古文理论,领导北宋诗文革新运动,开创了一代文风。曾主修《新唐书》,撰《新五代史》,著有《欧阳文忠公文集》。

秋声赋

欧阳修

［一段］

欧阳子方夜读书,欧阳子:作者自称。闻有声自西南来者,悚然而听之,悚然:吃惊的样子。曰:“异哉!”初淅沥以潇飒,淅沥以潇飒:风雨交杂的声音。淅沥:象声词,此处指雨声。潇飒:此处指风声。忽奔腾而砰湃,砰湃:波涛汹涌声。如波涛夜惊,风雨骤至。其触于物也,纵纵铮铮,纵纵铮铮:金属相击的声音。金铁皆鸣;又如赴敌之兵,衔枚疾走,衔枚:枚是一种筷形小棒,两端有带,可以系在颈上。古代行军时,常命令士兵衔在口里,防止喧哗,以保行军的秘密。不闻号令,但闻人马之行声。予谓童子:“此何声也?汝出视之。”童子:指幼仆。童子曰:“星月皎洁,明河在天。明河:指银河。四无人声,声在树间。”

［译文］

我正在夜里读书,听到有声音从西南方传过来,心怀不安地听着,失声地说:“奇怪啊!”开始时发出淅沥的雨声和潇潇的风声,忽然间又发出奔腾澎湃的响声,好像波涛在黑夜里惊起,狂风暴雨骤然降临。它接触到物体时,叮叮当当,好像金铁相撞之声;又好像奔赴前线的军队,衔枚而匆匆奔走,听不到号令声,只听到人马行进之声。我对童子说:“这是什么声音?你出去看一下。”童子说:“星星和月亮都洁白明亮,银河在天空清晰可见。四处并无人声,声音从树间发出。”

［二段］

予曰："噫嘻，悲哉！此秋声也，胡为乎来哉？盖夫秋之为状也，状：情状。其色惨淡，烟霏云敛；烟霏云敛：烟纷飞，云密集，指天气阴阳变幻。霏：纷。敛：聚集。其容清明，天高日晶；日晶：阳光灿烂。其气栗冽，栗冽：寒冷。砭人肌骨；砭（biān）：刺。原指古代用以刺穴治病的石针。其意萧条，山川寂寥。故其为声也，凄凄切切，呼号奋发。丰草绿缛而争茂，缛：丰茂。佳木葱茏而可悦；葱茏：草木青翠茂盛的样子。草拂之而色变，木遭之而叶脱。其所以摧败零落者，乃其一气之余烈。一气：指秋气。

［译文］

我说："唉！可悲呀！这是秋天的声音，它为什么要来呢？秋天的情景是这样的：它的色彩惨淡阴暗，烟飞云敛；它的外貌清静明朗，天高日明；它的气候寒冷，刺人肌骨；它的意境萧条，山水沉寂。因此它发出的声音凄凄切切，尔后便呼啸怒吼。繁密的青草本来长得绿油油且茂盛，青葱葱的佳木本来令人赏心悦目；可是秋风过后，青草遇到了它就要改变颜色，树碰上了它就要纷纷落叶。摧残草木使之零落不堪的，就是秋风这种肃杀之气发出的余威。

［三段］

"夫秋，刑官也，上古设官，以四时为名，掌管刑法的司寇为秋官。于时为阴；于时为阴：古人以春夏为阳，秋冬为阴。《汉书·律历志》："秋为阴中，万物以成。"又兵象也，又兵象也：古代征伐多在秋天，故称"兵象"。于行为金。行：指五行，金木水火土。古人认为四季变化为五行"相生"的结果，并把五行分为四季，秋属金。是谓天地之义气，天地之义气：指刚正之气。《礼记·乡饮酒义》："天地严凝之气，始于西南而盛于西北，此天地之尊严气也。"由西南方至西北方，正是秋的方位。本文开头讲秋声来自西南，即本此。常以肃杀而为心。心：指用心。天之于物，春生秋实。故其在乐也，商声主西方之音，西方之音：商声代表西方之音，商声是五声（宫、商、角、徵、羽）之一。五声分配于四季，商属秋；又五声和五行相配，商声属金，主西方之音。夷则为七月之律。夷则：十二律（黄钟、大吕、太簇、夹钟、姑洗、仲吕、蕤宾、林钟、夷则、南吕、无射、应钟）之一。律，本为正音器具，后配十二月，以占气候。七月，正当十二律中的夷则。《礼记·月令》："孟秋之月，其音商，律中夷则。"商，伤也，物既老而悲伤；古人常以同声通训，"商"与"伤"音同义近，物类即衰老就悲伤。夷，戮也，物过盛而当杀。“夷”的原意是杀戮诛锄，物类过盛就该消灭。

［译文］

“秋天的气节，象征着刑官，在时令上属于阴；又象征着战争，在五行中属于金。这就是传所谓的天地间的刚正之气，常常拿着酷烈的手段显示自己的意志。自然界对世上的万物，春天生长，秋天结实。所以秋天在音乐上相对是商声，商声代表西方的音调，夷则属于七月的音律。商，就是伤的意思，万物衰颓了会感到悲伤；夷，就是杀戮的意思，万物过盛了就应该杀戮。

［四段］

“嗟夫！草木无情，有时飘零。人为动物，惟物之灵，百忧感其心，万事劳其形。有动乎中，必摇其精。摇：指消损。精：精气。而况思其力之所不及，忧其智之所不能，宜其渥然丹者为槁木，渥然丹者：指容貌红润，比喻年轻力壮。渥然：滋润的样子。语出《诗经·秦风·终南》：“颜如渥丹。”槁木：指枯木，指衰老。黟然黑者为星星。黟（yī）然黑者：指乌亮的鬓发，比喻年轻。星星：形容鬓发花白。奈何以非金石之质，金石之质：指坚固不坏的质地。《古诗十九首》：“人生非金石，焉能长寿考。”欲与草木而争荣？念谁为之戕贼，亦何恨乎秋声！”此二句大意是人的衰颓是自己忧劳的结果，怎好怨恨秋声凄切呢？戕贼：伤害。

［译文］

“唉！草木是没有感情的，到了时候就会飘零消亡。人属于动物，而且是万物中的精灵，数不清的忧虑触及他的内心，数不清的琐事劳累着他的身体。内心受到触动，必然会消耗精力。又何况有时考虑的是他力所不能及的事，发愁的是他的智力所不能解决的问题，这就必然使得红彤彤的面貌变成枯木一样，乌黑的鬓发变成花白色了。为什么要拿本来不是金石的躯体，去和草木争荣斗艳呢？想一想是谁戕害了自己，又何必去怨恨这秋声！”

［五段］

童子莫对，垂头而睡。但闻四壁虫声唧唧，如助予之叹息。

［译文］

童子听说后也无法回答，低下头打起了瞌睡。这时只听到四面墙壁虫声唧唧，好像是陪着我一道叹息。

评析

从战国时期宋玉在《九辩》中发出“悲哉！秋之为气也，萧瑟兮草木摇落而变衰”的感慨后，历代文人骚客“咏秋”的篇章可谓数不胜数，但其基调大致相同：触景伤情，悲叹人生之无常。本文也反映了这一点，但又能从“百忧感其心，万事劳其形”，“思其力所不及，忧其智所不能”去深层次挖掘产生忧患的根本原因，从而使文章在思想内涵方面具有积极意义。

艺术性方面，作者在描绘秋景时，使用了较多赋文惯用的四字句，例如“其色惨淡，烟霏云敛；其容清明，天高日晶；其气栗冽，砭人肌骨；其意萧条，山川寂寥”等，就把秋天的种种特色，形象地反映出来了。本文还重视骈文所讲究的音韵美，例如“人为动物，唯物之灵，百忧感其心，万物劳其形”。

醉翁亭[1]记

欧阳修

［一段］

环滁皆山也。环滁：滁，滁州。《朱熹语录》卷一百三十九："欧阳文多是修改到妙处，顷有人买得《醉翁亭记》原稿，初说'滁州西面有山'，凡数十字，末后改定，只曰'环滁皆山也'五字而已。"**其西南诸峰，林壑尤美。望之蔚然而深秀者，琅琊也。**蔚然：草木茂盛的样子。琅琊：山名，在今安徽滁州市西南十里。《太平寰宇记》：东晋元帝为琅琊王，避地此山，因名。**山行六七里，渐闻水声潺潺，而泻出于两峰之间者，酿泉也。**酿：原作"让"，据明嘉靖刻本改。**峰回路转，有亭翼然临于泉上者，醉翁亭也。**翼然：像鸟张开翅膀的样子。**作亭者谁？山之僧智仙也。名之者谁？太守自谓也。**太守自谓：太守，汉代郡的长官之称，此处是作者沿用旧名称知州。自谓：自称。**太守与客来饮于此，饮少辄醉，而年又最高，故自号曰醉翁也。**自号曰醉翁：作者《赠沈遵》诗："我时四十犹强力，自号醉翁聊戏客。"**醉翁之意不在酒，在乎山水之间也。山水之乐，得之心而寓之酒也。**寓：寄托。此二句言，心里体会到山水的乐趣，而把它寄托在饮酒之中。

［译文］

环绕着滁州的都是山。在西南方向的几座山峰，树木和山谷优美异常。远望草木茂盛而幽静秀丽的地方，就是琅琊山。顺着山路行走六七里地，断断续续地听到了潺潺的流水声，流水从两座山峰之间倾泻而出的，就是酿泉。顺着山峰回转的路上，有座亭子像鸟一样展翅落在酿泉之上的，就是醉翁亭。修建亭子的人是谁？是山上的僧人智仙。给亭子命名的人是谁？是当地的太守用了自己的名号来命名。太守和客人们来到这里饮酒，稍微喝一点就醉了，他的年龄又最大，所以自号醉翁。醉翁的心意并不在酒上，而在山水之间。游山玩水的乐趣，心里能感受到，并把它寄托在酒上而已。

---

① 醉翁亭：位于今安徽省滁州市。

［二段］

若夫日出而林霏开，云归而岩穴暝，林霏：指林中雾气。霏：雨雪飘飞的样子。暝：昏暗。此句言，傍晚云雾聚拢，山谷渐渐阴暗起来。**晦明变化者，**晦明变化：指山间有时阴暗，有时明亮。**山间之朝暮也。野芳发而幽香，佳木秀而繁阴，风霜高洁，水落而石出者，山间之四时也。**四时：四季。“野芳发”指春景，“佳木秀”指夏景，“风霜”指秋景，“水落”指冬景。**朝而往，暮而归，四时之景不同，而乐亦无穷也。**

［译文］

太阳一出来，林中的雾气便散开，云烟积聚，山岩的洞穴便昏黑，这种时而阴暗时而晴朗的变化，正是山间清晨和傍晚的景象。野花盛开而幽香，佳木秀丽而成荫，天高气爽而霜露洁白，水位低落而山石露出，这是山间一年四季中的景色。早晨外出，傍晚归来，四季的景色不同，乐趣也是无穷的啊。

［三段］

至于负者歌于途，负者：背负着东西的人。**行者休于树，前者呼，后者应，伛偻提携，**伛偻（yǔ lǚ）：弯腰背的样子，此处指老年人。提携：牵引而行。《礼记·曲礼上》：“长者与之提携，则两手奉长者之手。”注：提携，谓牵将行。此处指领着走的小孩子。**往来而不绝者，滁人游也。临溪而渔，**渔：捕鱼。**溪深而鱼肥；酿泉为酒，泉香而酒洌；**泉香而酒洌：一作“泉洌而酒香”。此处指酒清而不浊。**山肴野蔌，**肴（yáo）：荤菜，指野味。蔌（sù）：菜。**杂然而前陈者，太守宴也。宴酣之乐，非丝非竹，**非丝非竹：不用乐器。丝指弦乐器；竹指管乐器。**射者中，弈者胜，**射：此处指投壶。古代酒席间比赛射箭的游戏。奕：下棋。**觥筹交错，**觥（gōng）筹交错：酒杯和酒杯交互错杂，形容宾主尽兴。觥指一种大酒杯；筹指饮酒数目的筹码。**坐起而喧哗者，众宾欢也。苍颜白发，颓乎其间者，**苍颜：苍老的容颜。颓然：醉倒的样子。**太守醉也。**

［译文］

像那些背负着东西的人走在路上唱着歌，赶路的人坐在树下休息，前面的人打招呼，后面的人应声，弯腰曲背的老人和被人牵领着的孩子，往来不断的，是滁州的老百姓在这里游览。到河边去垂钓，水深而鱼肥；用泉水来酿酒，水香而酒清；各种野味和蔬菜，错杂地摆放在面前，这是太守在举行宴会。宴会高潮时的乐趣，不是由丝竹乐器演奏的曲调，而是投壶的人投中了目标，下棋的人获胜了，酒杯和酒筹在人们的手中传来传去，坐着的人和站着的人在嬉笑喧哗，这是宾客们在尽情地欢乐。有一个面容苍老，头发斑白，倒卧在人们之中的人，那是太守喝醉了。

［四段］

已而夕阳在山，人影散乱，太守归而宾客从也。树林阴翳，阴翳：荫蔽。**鸣声上下，游人去而禽鸟乐也。然而禽鸟知山林之乐，而不知人之乐；人知从太守游而乐，而不知太守之乐其乐也。醉能同其乐，**其乐：指滁人和宾客之乐。**醒能述以文者，太守也。太守谓谁？庐陵欧阳修也。**

［译文］

过了一会儿，夕阳落山，人影散乱，这是客人们随着太守回去了。树林沉浸在阴暗之中，飞鸟展翅发出鸣声，这是游人离去后鸟儿的欢乐。可是鸟儿只知道在山林中的乐趣，而理解不到人的乐趣；人们只知道跟随太守去游览的乐趣，而理解不到太守是为了他们的快乐而自己也感到快乐。醉了能和大家共同享受乐趣，酒醒后又能把这件事用文章记下来的，是太守。太守是谁？是庐陵人欧阳修。

评析

欧阳修是古代散文名家之一，本篇又是他的名作，历代选本中多有选录，流传很广，影响很深。本文中的一些佳句，如“醉翁之意不在酒”“水落而石出”等，更是传诵四方，为人们经常引用的名句。

全文以写景为主，而写景时又采用了多种手法。如开始先写琅琊山，由山而引出酿泉，由酿泉而引出醉翁亭，这是“由远及近”的写法。在写到山景时，先写朝暮景色之不同，接着再写一年四季的景色各异，这又是“全面铺开”的写法。特别是在第三段中，作者把熙熙攘攘的人群和当地的景物环境有机地结合起来，进行了工笔描摹的刻画，令人读来有如欣赏一帧风俗画卷，目不暇接。

在句式方面，本文的不少句子都用“也”字做句尾，读来颇富风趣。这种写法在古代散文中也是少有的。

苏轼(1036—1101),字子瞻,号东坡,眉州眉山(今四川省眉山市)人。与其父苏洵、弟苏辙,被后人合称为"三苏"。为北宋中期文坛领袖,于诗、词、散文、书、画等方面均有很高成就,著作有《苏东坡集》《东坡乐府》等。

前赤壁[①]赋

苏轼

【一段】

壬戌之秋,壬戌:宋神宗(赵顼)元丰五年(1082)。**七月既望,**既望:指农历的每月十六日。望:指十五日。**苏子与客泛舟游于赤壁之下。清风徐来,水波不兴。举酒属客,**举酒属客:举起酒杯,向客人敬酒。属:劝酒。**诵《明月》之诗,歌《窈窕》之章。**明月之诗:指《诗经·陈风·月出》。《窈窕》之章:指其首章,原文是:"月出皎兮,佼人僚兮,舒窈纠兮,劳心悄兮。"窈纠,即窈窕。**少焉,月出于东山之上,徘徊于斗牛之间。**徘徊:形容月亮徐徐运行。斗牛:两个星宿名,南斗和牵牛。**白露横江,**白露:指月光之下所呈现的乳白色水汽。**水光接天。纵一苇之所如,**纵:任凭。一苇:比喻小船。《诗经·卫风·河广》:"谁谓河广,一苇杭(航)之。"所如:所往。凌:渡、越。茫然:旷远的样子。此二句是说,任凭小船在茫无边际的江上飘荡。**凌万顷之茫然。浩浩乎如冯虚御风,**冯:同"凭",依凭。虚:太空。御风:驾驭着风。《庄子·逍遥游》:"列子御风而行,泠然善也。"**而不知其所止;飘飘乎如遗世独立,羽化而登仙。**遗世:遗弃人世。羽化:变化飞升的意思。道家谓人飞升成仙叫羽化。此二句是说,飘飘然像是脱离人世,了无牵挂,成为神仙,飞入仙境。

【译文】

壬戌年的秋天,七月十六日那天,我和客人们划着船,到赤壁之下去游览。

① 赤壁:有两处,一在湖北省嘉鱼县东北,三国时周瑜、刘备曾在此处大破曹操;一在黄州(今湖北省黄冈市),乃当地的名胜,也叫赤鼻矶。苏轼所游历的是黄州的赤壁。

清风慢慢地吹过来，江面没有激起波浪，我举起酒杯向客人敬酒，朗诵《明月》之诗，歌唱《窈窕》之篇。过了片刻，月亮从东山上升起，在斗、牛两个星宿之间踌躇徘徊。白茫茫的雾气横跨江面，水面的月光和天空连成一片。我们听任苇叶般的小船自由自在地漂流，越过茫茫无边的江面。在浩瀚的江水中好像乘风飞去，不知将要飞向何处；我们飘飘然，好像要远离尘世而独自存在，又好像变成了神仙一般。

［二段］

于是饮酒乐甚，扣舷而歌之。扣舷：敲着船舷。**歌曰："桂棹兮兰桨，**桂棹兮兰桨：桂木做的棹，木兰做的桨。桂木、木兰，均为芳香的树木。此处是形容船的精美。**击空明兮溯流光。**空明：指在月光照耀下，明澈如空的水。韩愈《祭郴州李使君文》："航北湖之空明，觑鳞介之惊透。"溯：逆流而行。流光：指映在水面上，与水同时浮动的月光。此句意谓船桨击打着清澈的江水，在月光浮动的水面上逆流而行。**渺渺兮予怀，**渺渺：辽远的样子。**望美人兮天一方。"**美人：指倾慕、向往的人。**客有吹洞箫者，**客：或谓指绵竹道士杨世昌，字子京。苏轼《次孔毅父韵》有句云："杨先生自言识音律，洞箫入手清且哀。"**依歌而和之。**倚：随，按。和：应和。此处指依着歌声，谱成曲调。**其声呜呜然，如怨如慕，如泣如诉；余音袅袅，不绝如缕；舞幽壑之潜蛟，泣孤舟之嫠妇。**幽壑：即深涧。嫠（lí）妇：寡妇。舞、泣：均为使动用法。此二句言，箫声非常动听，使深涧中潜藏的蛟龙听了都会起舞，使孤舟上的寡妇听了会凄然下泪。

［译文］

这时大家喝着酒十分高兴，敲打着船舷，唱起歌来。歌词是："桂木做的棹啊，兰木做的桨，击打着清澈的江水啊，让小船逆流而上，迎来浮动的月光。我的胸怀无比广阔，遥望心中的美人啊天各一方。"客人中有位能吹箫的，依着歌词的旋律进行伴奏，箫声呜呜地响，又像哀怨又像思慕，又像哭泣，又像倾诉；箫声停后仍旧余音袅袅，好像一缕细丝连绵不断；这种声音能使潜伏在深渊中的蛟龙起舞，使独处孤舟中的寡妇为之暗地哭泣。

［三段］

苏子愀然，愀（qiǎo）然：忧愁的样子。《国语·楚语上》："子木愀然。"注：愀然，愁貌。**正襟危坐而问客曰："何为其然也？"**正襟：端正衣襟。危坐：端坐。

［译文］

我这时面现忧愁之色，整理衣襟，端正地坐着问客人："箫声为什么这样感伤呢？"

［四段］

客曰："'月明星稀，乌鹊南飞'，此非曹孟德之诗乎？月明星稀，乌鹊南飞：此乃曹操《短歌行》中的两句，传说是曹操攻吴，屯兵赤壁，夜间乘月观望江景时所作。**西望夏口，**夏口：城名，在湖北省武汉市西的黄鹄山上。**东望武昌，**武昌：今湖北省鄂州市。**山川相缪，**缪：同"缭"，缭绕。**郁乎苍苍，此非孟德之困于周郎者乎？**此：这地方。周郎：即周瑜。因他任建威中郎将，时年二十四岁，吴中皆呼为周郎。见《三国志·吴书·周瑜传》。汉献帝建安十三年（208），曹操以舟师攻孙权，周瑜大破之于乌林赤壁，操败退南郡。（见《通鉴·汉纪五十七》）孟德困于周郎，即指此事。**方其破荆州、下江陵、顺流而东也，**荆州：指曹操破刘表时的荆州，州治在湖北襄阳。下：攻下。江陵：今湖北省江陵县。建安十三年，赤壁之战前，曹操曾攻破荆州，刘表儿子刘琮投降，而后曹操又攻破江陵，沿江东下，进驻赤壁。**舳舻千里，旌旗蔽空，**舳（zhú）舻：长方形的大船。《汉书·武帝纪》："舳舻千里，薄枞阳而出。"王先谦补注引钱大昕云："汉律名船长方形为舳舻；舳，一曰船尾；舻，一曰船头。"**酾酒临江，横槊赋诗，**酾（shī）：即滤酒，此处指饮酒。槊：长矛。元稹《唐故工部员外郎杜君墓系铭》："曹氏父子，鞍马间为文，往往横槊赋诗。"**固一世之雄也，而今安在哉？况吾与子渔樵于江渚之上，侣鱼虾而友麋鹿，**江渚：江中小洲。侣、友：均为意动用法。此二句言，何况我与你在沙洲上捕鱼砍柴，以鱼虾为伴侣，以麋鹿为朋友。意即被贬官放逐，生活在江湖之间。**驾一叶之扁舟，举匏樽以相属。**匏樽：用匏（葫芦的一种）做的酒器。**寄蜉蝣与天地，**蜉蝣：一种生命短暂的小昆虫，朝生暮死，意谓自己像蜉蝣一样，寄生在天地之间。**渺沧海之一粟，**渺：小。沧海：大海。**哀吾生之须臾，**须臾：顷刻，片时。**羡长江之无穷。挟飞仙以遨游，**挟：持，带。**抱明月而长终。知不可乎骤得，**骤得：突然得到。《楚辞·九歌·湘夫人》："时不可兮骤得。"王逸注：骤，数也。**托遗响于悲风。"**遗响：余音，指洞箫声。

［译文］

客人说："'月明星稀，乌鹊南飞'，这不是曹操的诗句吗？西望夏口，东望武昌，山川缭绕，郁郁苍苍，这不是曹操被周郎围困的地方吗？当曹操攻占荆州，拿下江陵，顺着长江东下的时候，战船连接千里，旗帜遮蔽天空。站在船上洒酒祭江，横握长槊赋诗明志，确实是一世的英雄啊，可如今又到哪儿去了呢？何况我和你在江边沙洲上打鱼砍柴，与鱼虾做伴而与麋鹿为友，驾着一叶小舟，举起酒杯互相劝酒。像蜉蝣一样在天地间寄托着短暂的生命，渺小得像沧海中的一粟。哀叹我们的生命太短暂了，羡慕长江流水无穷无尽。希望追随着仙人遨游于太空，怀抱明月而永存于天地。我知道这些希望不会立即实现，因而才使箫声的余音在萧飒的秋风中回荡。”

［五段］

苏子曰："客亦知夫水与月乎？逝者如斯，逝：流去。斯：指水。《论语·子罕》："子在川上曰：'逝者如斯夫，不舍昼夜。'"**而未尝往也；盈虚者如彼，而卒莫消长也。**往：消失。盈虚：指月的圆缺。卒：终。消长：消亡和增长。此四句言，流去的终没有增减。**盖将自其变者而观之，则天地曾不能以一瞬；**曾：乃。一瞬：一眨眼，转眼。此二句言，如从变化的一面看，那么天地间的事物时刻在变动，连一眨眼的时间都不停止。**自其不变者而观之，则物与我皆无尽也，**物：外物。**而又何羡乎？且夫天地之间，物各有主；苟非吾之所有，虽一毫而莫取。惟江上之清风，与山间之明月，耳得之而为声，目遇之而成色，取之无禁，用之不竭，是造物者之无尽藏也，**造物者：古时认为万物是天地所造成的，故为造物者，即现在所说的"自然"。无尽藏（zàng）：佛家语，即无穷无尽的宝藏。**而吾与子之所共适。"**适：享用。

［译文］

我对客人说："您知道江水和月亮（的意蕴）吗？江水虽然日月不停地流去，但长江本身并没有因之而消失；月亮虽然那样时圆时缺，但月亮本身没有丝毫增减。如果从变化的方面来看，天地之间的万物用不了一眨眼的工夫就会变化；如果从不变的方面来看，万物和我都是永远地存在着，那又何必羡慕它们呢？况且天地之间万物都各自有主，如果不是为我所有的，即便是一丝一毫也不去取。只有那江上的清风和山间的明月，用耳朵就能听到它的声音，用眼睛便能看到它的颜色，取走它们无人禁止，享用它们也不会枯竭，这是大自然无穷无尽的宝藏，也是我和你可以共同享用的。"

［六段］

客喜而笑，洗盏更酌，更酌：再斟酒。肴核既尽，肴核：肴，荤菜；核，果品。杯盘狼藉。狼藉，零乱。相与枕藉乎舟中，相与枕藉：醉后互相枕着睡觉。藉：垫。不知东方之既白。

［译文］

客人听后高兴地笑了，洗了酒杯，重新斟酒，菜肴和果品都吃完了，酒杯和盘子放得凌乱不堪。大家互相依偎着在船中睡觉了，不知不觉东方已经露出了白色。

评析

此赋在写景方面颇具特点，“清风徐来，水波不兴”，寥寥八个字，把空中的风、江面的水在秋夜间的特色如实地反映出来了。又如“纵一苇之所如，凌万倾之茫然”，又将一叶孤舟在浩瀚的江面上游弋的情景刻画得惟妙惟肖。在写到笛声时，作者写道：“如怨如慕，如泣如诉”，“舞幽壑之潜蛟，泣孤舟之嫠妇”，令人很容易领会到这是何等委婉动听的乐声。在写到曹操大军东下时，作者写道：“舳舻千里，旌旗蔽空，酾酒临江，横槊赋诗”，又把这个不可一世的军事统帅描写得如此威风凛凛。

从骈文角度考察，本文多为四字句和六字句，有骈偶，有藻饰，并有音韵美，骈文到了宋代，有这么多的骈文因素是颇为罕见的。

后赤壁赋

苏轼

［一段］

是岁十月之望，是岁：指宋神宗元丰五年（1082）。望：阴历每月十五日。**步自雪堂，**雪堂：苏轼在黄州时建造的自住厅堂。因在雪天落成，并四壁绘有雪景，故名。**将归于临皋。**临皋：亭名。在今湖北黄冈南长江边。苏轼曾家居于此。**二客从予，过黄泥之坂。**黄泥之坂：即"黄泥坂"，山坡名，乃是从雪堂到临皋的必经之路。坂：斜坡。**霜露既降，木叶尽脱，人影在地，仰见明月。顾而乐之，行歌相答。**行歌：边走边唱。

［译文］

这一年的十月十五日，我从雪堂走出，将要回到临皋。两位客人跟随着我，同过黄泥坂。当时霜露已经降临，树木的叶子全部凋落了，人的影子倒映于大地，抬头可以看到明月。环顾四周很高兴，便一边走一边吟诗，互相唱和。

［二段］

已而叹曰："有客无酒，有酒无肴。已而：过了一会儿。**月白风清，如此良夜何！"客曰："今者薄暮，**薄暮：傍晚。薄：迫近。**举网得鱼，巨口细鳞，状如松江之鲈。**松江之鲈：松江（流经今江苏和上海一带）盛产的四鳃鲈，长仅五六寸，味极鲜美。**顾安所得酒乎？"**顾：但是。安所：从什么地方。**归而谋诸妇。**谋诸妇：和妻子商量这件事。**妇曰："我有斗酒，藏之久矣，以待子不时之需。"**子：您。古时对男子的尊称或通称。不时之需：随时的需要。

［译文］

过了一会儿，我叹气说："有客人却没有酒，即便有了酒又没有下酒的菜品。月色皓洁而晚风清凉，怎样才能度过这个良宵呢？"客人说："今天傍晚时，我撒网捕到一条鱼，嘴大鳞细，外形好似松江的鲈鱼。可是到哪里才能得到酒呢？"我就回家和妻子商量，妻子说："我有一斗酒，已经存放很久了，为的就是满足你的临时需要。”

【三段】

于是携酒与鱼，复游于赤壁之下。复游：这年七月苏轼曾游过赤壁，见《前赤壁赋》，这次是再度游览。**江流有声，断岸千尺，**断岸：陡峭的江岸。**山高月小，水落石出。曾日月之几何，**曾日月之几何：才隔了几天。曾：才，刚刚。**而江山不可复识矣！予乃摄衣而上，**摄衣而上：撩起衣裳，登上岸石。**履巉岩，**巉岩：险峻的山石。**披蒙茸，**蒙茸：草木繁盛的样子。**踞虎豹，**踞虎豹：蹲坐在虎豹一样的山石上。**登虬龙，**登虬（qiú）龙：攀着虬龙一样弯曲的古木。虬龙：古代传说中的一种有角的小龙。**攀栖鹘之危巢，**栖：宿息。鹘（hú）：一种凶猛的鸟。危巢：高高的鸟巢。**俯冯夷之幽宫。**俯：俯视。冯（píng）夷：水神名。幽宫：深宫。**盖二客不能从焉。**盖：连接词，有提起下文的作用。**划然长啸，**划然：长啸的声音。**草木震动，山鸣谷应，风起水涌。予亦悄然而悲，**悄然：忧愁的样子。**肃然而恐，凛乎其不可留也。**凛乎：恐惧的样子。**反而登舟，放乎中流，**中流：指江中心。**听其所止而休焉。时夜将半，四顾寂寥。适有孤鹤，横江东来，翅如车轮，玄裳缟衣，**寂寥：安静、冷清。玄：黑色。裳：下裙。缟：白色丝织品。衣：上衣。**戛然长鸣，掠予舟而西也。**戛（jiá）然：形容鹤叫的尖厉声。掠：擦过。

【译文】

于是我们带着酒和鱼，再次到赤壁之下游览。长江的流水哗哗地发出响声，陡峭的崖岸高达千尺，在高耸的山峦的衬托下，月亮也似乎变小了，水位下降后露出了礁石。仅仅过了不长的时间，上次见到的江景山色，竟再也认不出来了。我便撩起衣襟上岸，脚踏险峻的岩石，拨开杂乱无章的野草，坐在形似虎豹的怪石上休息，然后又踏上虬龙般的树枝，手攀鹘鸟栖身的高高鸟巢，俯视着冯夷所居的深宫。那两位客人已经无力跟着我爬上来了。我这时一声长啸，草木为之震动，山谷也发出了回声，风在吹动江水汹涌。我暗自感到悲伤，真是惶恐之至，吓得我不敢在那里停留了。我便返身到岸边登上小舟，将小舟驶向江心，任凭它随意漂荡后再停止。此时已将近午夜，四下环顾一片沉寂。正好有只孤鹤，穿过大江上空从东飞来，展开双翅像车轮一样，好像穿着白衣黑裙一样，发出清脆的长鸣声，掠过我们乘坐的小船向西飞去。

［四段］

须臾客去，予亦就睡。须臾：片刻。**梦一道士，羽衣蹁跹，**羽衣：用羽毛制成的衣服。后称道士所称的衣服为羽衣。翩跹：飘然轻快的样子。**过临皋之下，揖予而言曰："赤壁之游乐乎？"**揖予：向我拱手施礼。**问其姓名，俯而不答。"呜呼噫嘻！**呜呼噫嘻：感叹词。**我知之矣！畴昔之夜，**畴昔：往昔，从前。**飞鸣而过我者，非子也邪？"道士顾笑，予亦惊寤。**顾：回头看。寤：醒。**开户视之，不见其处。**

［译文］

不久客人离去，我也睡下了。梦见一位道士，穿着羽衣飘然而来，路过临皋停下，向我拱手作揖说："赤壁之游高兴吗？"问他的姓名，他低着头并不回答。"唉！嘻嘻！我知道了。昨夜从我船上飞叫着过去的，不就是您吗？"道士听到我这句话后，对我笑了笑，我也惊醒了。开门一看，看不到他在何处。

评析

此文乃《前赤壁赋》的姊妹篇，应和《前赤壁赋》一并阅读，才能领会作者的复杂心情。从开头看，作者重游赤壁，乃是临时决定的。"如此良夜何"一句，说明了大自然赋予人们的环境是美好的，应该忘记尘世间纷扰不息的烦恼，去尽情欢娱。在作者刻意描绘的三段中，一方面把江岸的崎岖险峻加以形容，另一方面则极力渲染作者不畏艰难、勇于攀登的气魄，"盖二客不能从焉"又是绝妙的衬托之笔。尤其要注意的是作者的"长啸"，此种悠长而哀怨的声音，不正是他在宣泄自己胸中的愤懑之情吗！至于结尾处的梦见道士，与其说是作者的幻觉，倒不如说是一种游戏的笔墨，作者身遭贬职的不公正待遇，为了摆脱内心的忧郁情绪，不得不采取豁达乐观、超然物外的做法。

此文作为骈文而言，对仗较为工整，声韵讲究，辞藻华美，在宋代骈文中较为难得。

岳飞(1103—1142),字鹏举,相州汤阴(今河南汤阴县)人。南宋抗金名将,宋孝宗时追谥武穆,后又追谥忠武,封鄂王。有《岳武穆集》。

奉诏移伪齐檄[1]

岳飞

［一段］

契勘伪齐僭号,窃据汴都。汴都:即汴京或汴梁。古地名。战国时称大梁,乃魏国都。东魏置梁州,隋唐改曰汴州,自五代梁、晋、汉、周,以迄北宋,皆建为都,遂有汴京之称。都治皆即河南开封之地。后人称开封为汴梁或汴都,即源于此。**旧忝台臣,累蒙任使。**忝:羞辱,有愧于。《诗经·小雅·小宛》:"夙兴夜寐,无忝尔所生。"台世:宰相之称。唐明皇《集贤书院成,送张说上集贤学士赐宴得珍字》诗:"集贤招衮职,论道命台臣。"**是宜执节効死,图报国恩,乃敢背弃君父,无天而行。**此句上承前二句,是说你刘豫从前忝居宰相之职,本应以死报国。**以祖宗涵养之泽,翻为叛乱;**涵养:滋润养育。《陈书·沈炯传》上表:"特乞霈然申其私礼,则王者之德,覃及无方,矧彼翔沉,孰非涵养。"**率函夏礼义之俗,甘事仇雠。**夏礼:夏代所制之礼。《论语·八佾》:"子曰:'夏礼,吾能言之,杞不足征也。'"**紫色余分,拟乱正统。**正统:旧称一个相承、统一全国的封建王朝为正统。反之则称为僭窃、偏安。班固《典引》:"膺天之正统,受克让之归运。"**想其面目,何以临人?方且妄图襄汉之行,欲窥川蜀之路。**此二句言,刘豫不仅叛国投敌,而且还企图扩大其统治区,向襄汉及川蜀等地方侵扰。**专犯不韪,自速诛夷。**此二句言刘豫的行为专门违犯忌讳,从而加速了自己的灭亡。

［译文］

查伪齐政权擅立国号,盘踞在国都开封。刘豫原来曾愧居朝廷重臣之位,

---

[1] 康王赵构于公元1127年在临安称帝。翌年,刘豫背叛宋王朝降金,两年后(1130)又被金统治者立为皇帝,国号"大齐",建都大名,后迁汴京。该檄文即为此而作。

多次奉命出使。按道理应该坚守节操为国尽忠，借以报答国家对他的恩情，现在竟背叛了君父，做出了无法无天的勾当。他曾身受祖先养育之恩，反过来进行叛乱活动；抛弃了华夏礼义之邦的习俗，心甘情愿地事奉敌人。以邪僻不正的身份，妄想窃据正统的帝位。想一想这个人的本来面目，怎么能够用皇帝的身份统治百姓？现在他还妄图向襄汉一带扩充势力，打算进入四川境内。他的行动触犯了兵家的忌讳，只能加速他的灭亡。

［二段］

我国家厄运已销，中兴在即，天时既顺，人意悉谐。所在皆贾勇之夫，思共快不平之忿。贾勇：谓勇敢有余。骆宾王诗："天子按剑征贾勇。"**今王师已尽压淮、泗，东过海、沂，驿骑交驰，羽檄迭至。**王师：帝王的军队。淮：水名，古四渎之一，今称淮河。泗：水名，即泗水，发源于今山东省泗水县陪尾山，因其四源合一水，故名。古时泗水流经今山东曲阜鱼台、江苏徐州，至洪泽湖畔龙集入淮。后南段河道变迁，经江苏徐州宿迁、泗阳至淮阴附近入淮河。自宋熙宁中，黄河改道向东南流，在今徐州会合泗水入淮河。海：具体所指何处，未详。沂：即沂水。羽檄：即羽书。《史记·韩信卢绾传》附《陈豨传》："吾以羽檄征天下兵，未有至者。"《集解》："推其言，则以鸟羽插檄书，谓之羽檄，取其急速若飞鸟也。"**故我得兼收南阳智谋之士，提大河忠孝之人，仗义以行，乘时而动。金、洋之兵出其西，荆、湖之师继其后。**金、洋之兵：所指未详。荆、湖之师：指荆、湖之军队。荆：古时九州之一。湖：州名。《广舆记》：属浙江，吴曰吴兴，隋唐曰湖州。**虽同心一德，足以吞彼国之枭群；**枭雄：凶狠专横之人。陈琳《为袁绍檄豫州》："幕府方诘外奸，未及整训，……而（曹）操豺狼野心，潜包祸谋，……除灭忠正，专为枭雄。"**然三令五申，岂忍残吾宋之赤子？**吾宋：我大宋。**尔应陷没州县官吏兵民等，元非本意，谅皆胁从，屈于贼威，归逃无路。**此句是岳飞为刘豫统治区的官吏所讲的政策，认为他们均属屈于刘豫的威胁，皆非出自本意，而且又逃归无路，对此，岳飞表示理解。**我今奉辞伐罪，拯溺苏枯，惟务安集，秋毫无犯。傥能开门纳款，肉袒迎降，**伐罪：征讨罪者。《左传·僖公二十三年》："以辞伐罪足矣，何必卜。"肉袒：脱去上衣，露出肢体。古人在谢罪或祭祖时，常脱衣露体，表示虔敬和惶惧。**或愿倒戈以前驱，或列壶浆而在道，自应悉仍旧贯，不改职业，尽除戎索，咸用汉条。如或执迷不悟，甘为叛人，嗾桀犬以吠尧，詈猎师而哭虎，**

桀犬吠尧：喻为主之忠，不问仁暴。《史记·淮阴侯传》："跖之狗吠尧，尧非不仁，狗固吠非其主。"猎师：长于猎事者，一作猎人。《新唐书·姚崇传》："玄宗猎渭滨，召见曰：'公知猎乎？'对曰：'臣年二十，居广成泽，以呼鹰逐兽为乐，少为猎师，老而犹能。'"**议当躬行天罚，**天罚：天讨其罪也。犹言天诛神罚。《尚书·甘誓》："今予惟恭行天之罚。"**玉石俱焚，祸并宗亲，辱及父祖，挂今日之逆党，**逆党：此处指刘豫。**遗千载之恶名。顺逆二途，早宜择处，兵戈既逼，虽悔何追！谨连黄榜在前，各令知悉。**

【译文】

国家的困难时期已经过去，很快就会实现复兴的局面，既顺应了天时，又符合了民意。到处都是跃跃欲试的精兵，心中都想消灭敌人以消除怨气。现在大军已集结在淮河、泗水一带，在东方已越过海州、沂水，骑兵和辎重的车辆来往不断，下达命令的文书接连传递。因此我国可以广泛地吸收南阳一带的智谋之士，选拔黄河两岸的忠孝之人，大家坚守正义而行动，在适当的时机出动。金、洋的兵将从西面进攻，荆、湖的军队在后面进行支援。虽然说大家能做到同心同德，足以把金国的害人虫全部消灭掉；然而我方却三令五申，哪里能够伤害我大宋的百姓？你们这些沦陷州县的大小官吏军民们，我想你们并不是出于本意，而是被金兵威胁才顺从于他们的，在敌人的威逼之下不得已而屈服，想逃跑也没有门路。我现在奉朝廷之命讨伐金国，拯救处于水深火热之中的百姓，只是想使大家安居乐业，决不侵犯百姓一点利益。如果能来我军驻地归顺，真心实意地来投降，有人愿意领路对敌人进行反戈一击，或者是列队欢迎我军前往的话，我们将会按照过去的具体情况，不改变你们原来从事的工作，只是废除金国侵略者的苛刻的法令，一律实行汉人的章法条款。如果有人执迷不悟，甘心背叛国家，教唆走狗们反对祖国，咒骂猎师而同情老虎，那么我将代表上天严惩你们，使你们落得个被全部消灭的命运，还要牵连到你们的亲人，连祖先都会蒙受耻辱，名列逆党名册于今日，千年之后也会留下恶名。是归顺还是反抗，要早日做出决定。大兵已经压境，日后再追悔也来不及了！现将皇帝的文告一并公布于众，希望人人都要明白。

评析

金兵攻占开封后，康王赵构于 1127 年在应天府（今河南商丘）称帝，史称宋高宗。翌年宋室派出的使臣刘豫叛变投金，其后被金人立为皇帝，国号"大齐”。岳飞这篇檄文便是为此而写。

檄文首先批判了刘豫背君弃父的行径,并揭露了他得寸进尺,妄图入川的阴谋,接着盛赞讨逆的宋军,表现出同仇敌忾的决心。以下笔锋一转,又向伪齐的官兵申明国家的政策,希望他们弃暗投明,立即反正,同时指出了继续为虎作伥的可悲下场。全文一气呵成,大义凛然,充分表现出岳飞坚定不移的爱国热情。

本文属于公告一类的政府文牍,要考虑到通俗性的问题。故而虽用骈文写作,也讲求对仗工整,但极少用典,这也是切合实际的,与“初唐四杰”的骈文形成了鲜明的对比。

范成大(1126—1193),字致能,号石湖居士,吴兴(今浙江湖州)人。与陆游、杨万里齐名,自辑《石湖集》一百三十六卷,别著有《吴门志》《揽辔录》等书。

望海亭赋并序

范成大

［序］

会稽太守参政魏公,会稽:郡名。秦置,治所在吴县。地处今江苏省南部及浙江西部。郡守:官名。秦废封建,设置郡县,郡设守、丞、尉各一人。守治民,丞为佐。边远之郡丞为长史。汉景帝中元二年更名太守,秩二千石。作望海亭于卧龙之巅,率其属为歌诗以落成,录与书来,且使赋之。余谨掇其膏馥之余,拟赋一首以寄。后日获从杖屦其上,屦(jù):践踏。于山川之神,尚有旧焉。其辞曰:

［译文］

会稽太守参政魏公,在卧龙山上建造了一座望海亭,带领着他的部属写了一些诗来纪念望海亭的落成,他把这些诗抄下来寄给我,并请我写一篇赋。我谨追随着这些华丽辞藻的作品,写出一篇赋寄去。日后如能扶杖漫步在望海亭上,那么对于山川之神来说,我还算是旧相识呢。这首赋的内容如下:

［一段］

诸侯之客,有来自东,而姹会稽之游者,姹(chà):夸耀。司马相如《子虚赋》:"子虚过姹乌有先生。"曰:佳乎丽哉! 越之为邦也,萦山带湖,楼观相望;背卧龙而崛起,焕丹碧之翚翔。卧龙:谓眠卧之龙。庾信《同会河阳公新造山池聊得寓目诗》:"暗石疑藏虎,盘根似卧龙。"丹碧:赤与青,丹青。陈泰《三月望楚昭王庙观乐舞诗》:"晶荧丹碧飞甍阁。"跻攀下临,顾瞻无旁。跻(jī)攀:登攀。平畴蔚以稚绿,乔木森其老苍;平畴:平坦的土地。《陶渊明集》三《癸卯岁始春怀古田舍诗》之二："平畴交远风，良苗亦怀新。"乔木：木之高而上曲者曰乔。今通称枝干长达二三丈以上者为乔木。《诗经·周南·汉广》："南有乔木，不可休思。"**淙万壑之春声，写千岩之秋光。朝霞暝霏，扶疏微茫。**朝霞：早晨的日光照耀的云彩。六气之一。屈原《远游》："食六气而饮瀣兮，漱正阳而含朝露。"扶疏：繁茂分枝貌。《韩非子·扬权》："为人君者，数披其木，毋使木叶扶疏。"**望山河之故墟，吊草木之余社。**余社：祖先所留的福祉。孙万寿《答杨世子诗》："若人惟杰出，继世承遗社。"**夏后万国之朝，勾践百战之野，**夏后：复姓。《元和姓纂》：史记夏禹为夏后，因国氏焉。相传禹会诸侯于此，故名会稽。勾践：即越王勾践（前？—前465）。春秋时越王，为吴王夫差所败，困于会稽，屈膝求和。其后卧薪尝胆，发愤图强，十年生聚，十年教训，终于灭掉吴国。又渡淮水，会诸侯，受方伯之命，霸称中国。**兴亡梗概，犹有存者。至于流觞泛雪，高人之旧事；**流觞：按古人修禊之日，与会者列于曲水之旁，投觞于水之上游，任其循环而下，止之则取而饮之，谓之流觞。王羲之《兰亭序》："清流激湍，映带左右，引以为流觞曲水。"高人：高士。骆宾王《寓居洛滨对雪忆谢二诗》："高人傥有访，兴尽讵须还。"**浣纱采莲，游女之遗迹。**浣：洗濯衣垢。**郁溪山之如画，尚仿佛其可识；访故老以问讯，兴慨叹于畴昔。是为游览之大略，而蓬莱观风之所得。**蓬莱：山名。古代方士传说为仙人所居。《山海经·海内北经》："蓬莱山在海中。"《史记·封禅书》："自威、宣、燕昭使人入海求蓬莱、方丈、瀛洲。此三神山者，其传在海中。"**虽然，士固多感，而况于对景以怀古，抚事而凝情，往往使人魂断意折，酒澹而歌不平。故丽则丽矣，而未擅乎登临之胜也。**

［译文］

诸侯的客人，有从东方回来的，曾经夸口他在会稽的旅游，说：真是美妙而壮丽啊！会稽这个地方，群山环绕而湖泊居中，楼台馆阁彼此相望；背靠卧龙山而崛起，雕梁画栋的建筑高峻庄严。登上楼阁向下遥望，可以看到一望无际的景色。田亩间呈现出一片浅绿色，乔木成片空阔无边；山谷中发出了春日流水的淙淙声，岩谷之间还可以欣赏到秋天的风光。早晨的云霞弥漫天际，缓慢地向四外扩散。看到了当地的古代遗迹，凭吊了草木间古人留下来的旧社。夏禹曾在这里接受了万国的朝拜，这里还是越王勾践身经百战的地方，兴亡成败的大致的遗址，现在有的还保存着。至于古人曾在这里聚会饮酒和雪夜访友，那是高士们的往事了；在溪水旁浣纱和在湖中采莲，那是游女们留下来的遗迹。葱茏的溪山，有如图画一般，面貌大致还可辨认；访问当地老人谈起了旧事，对过去的事情不胜感慨。以上就是游览中的大致过程，也可以说是在仙境乐土中观察民风习俗的一些心得。然而，士人是多愁善感的，何况面对景物而怀古，因事而动情，往往会使人魂断而意折，饮酒而歌咏心中的不平之气。所以壮丽倒是壮丽，但还比不过登山临水的乐趣啊。

【二段】

若夫浩荡轩豁，孤高伶俜，轩豁：开明之义。韩愈《河南神庙碑》："乾端神倪，轩豁显露。"伶俜：孤单。《文选》潘岳《寡妇赋》："少伶俜而偏孤兮，痛切怛以摧心。"腾驾碧寥，指麾沧溟，堕忧端于渺莽，挹颢气于空明，颢(hào)气：洁白清鲜之气。班固《两都赋》："轶埃壒之混浊，鲜颢气之清英。"飘飘焉有连鳌跨鲸之意，鳌：传说中的大龟。屈原《天问》："鳌戴山抃，何以安之。"鲸：动物名，亦作"鳇"。属哺乳类，种类甚多，生活在海洋中。贾谊《吊屈原赋》："横江湖之鳣鲸兮，固将制于蝼蚁。"举莫如望海之新亭。尝试登兹而望焉：沃野既尽，遥见东极。送万折之倾注，艳寒光之迸射；浸地轴以上浮，荡天容而一色。地轴：支持大地回转之轴心，又谓大地之深奥，或谓地也。《文选》木华《海赋》："壮如天轮，胶戾而激转，又似地轴，挺拔而争回。"珠辉具芒，矗蝀横霓，蝀(dōng)：即螮蝀，虹的别称。李白诗《古风》之二："螮蝀入紫微，大明夷朝辉。"快宇宙之清宽，怅百年之逼仄。当其三星晓横，三星：《诗经·唐风·绸缪》："三星在天。"三星，毛《传》以为即参星，郑玄笺以为即心星，均指一星而言。万境俱寂；浴日未动，晨光先激。波鳞鳞而跃金，天晃晃而半赤。鳞鳞：如鳞状物。如云、水等。《文选》鲍照《还都道中诗》："鳞鳞夕云起。"晃晃：明貌。晋傅玄《日升歌咏》："逸景何晃晃，旭日照万方。"赪轮腾上，东方皆白。烟消尘作，栖鸟振翼。俯群动而纷起，寄一笑于遐觌。赪(chēng)：红色。《尔雅·释器》："再染谓之赪。"永我暇日，苒其将夕。苒(rǎn)：渐渐。饯斜晖于孤嶂，候佳月于沧浦。孤嶂：孤立的山峰。沉沉上下，杳无处所。惊玉地之破碎，漾银盘而吞吐；忽褰云而涌雾，献霜影于庭宇。夜色既合，初闻钟鼓。觞屡至而不辞，诗欲成而起舞。又若潮生海门，万里一息；海门：谓由海入陆之口岸。浮光如线，涛头千尺。方铁马之横溃，倏银山之崩坼。气平怒霁，水面如席，霁：雨止。《尚书·洪范》："乃命卜筮，曰雨曰霁。"吴帆越樯，飞上空碧。此亦天下之伟观，然犹未及乎目力。

［译文］

在浩荡开朗的自然环境中，孤孤单单地独自一人，腾空而升至云端，指挥着大海，这时会把种种发愁的事抛向大地，吮吸着清澈鲜明的空气，心中感到有一种驱使鳌鲸的气概，这种境界全不如新建的望海亭。曾经登上这座亭远望：一片开阔的郊野的尽头，远远地看到了东方的边际。波涛翻滚倾注于大海，夺目的寒光四处迸射；海水淹没了地轴，和天空融合成为一种颜色。辐射出珠玉般的光芒，可以看到横跨其上的虹霓，为宇宙的宏伟而感到快意，为人生的短促而感到惆怅。在三星于清晨横列天空时，四面八方是一片寂静；太阳还没有升起，早晨的微光已在闪烁。云层像鱼鳞一样闪着金光，天空摇动着出现半天红色。一轮红日腾空而起，东方顿时完全发白了。云气消失而出现微尘，夜宿的禽鸟振翼飞翔。这时的人们也都纷纷外出，看到这种辽阔的景色而感到愉悦。歌咏白天的景色，逐渐看到了傍晚的降临。在孤立的山峰边告别夕阳，在沧浦边迎接皎洁的明月降临。明月浮沉上下晃动，并不停留在固定地点。惊奇地看到了月照大地出现的斑驳阴影，月亮好像一个银盘在云中出没；有时隐身于云雾之中，有时在庭院中映照出一片白影。这时夜幕已完全降临，开始听到报时的钟鼓。在这种环境中一杯接着一杯地饮酒，写诗的中途翩翩起舞。在入海的口岸处激起了怒潮，一泻千里；月光被冲激成碎线，波涛高达千尺。其响声如同战马横冲直撞，又好像银山分崩离析。浪平雨住之后，水面平坦得有如坐席，各地驶来的船只，飞快地航行在清澈的绿水中。这可以算是天下的奇景了，但是你还没有全部观赏完。

［三段］

燕香春容，俗客莫陪；春容：撞击。《礼记·学记》："善待问者如撞钟……待其从容，然后尽其声。"郑玄注："从，读如富父舂戈之舂。舂容，谓重撞击也。"本指钟声回荡相应，引申为雍容畅达之意。**神清意消，徙倚徘徊。天风激吹，波涛阖开；五云明灭，丹宫绛台。**五云：青、白、赤、黑、黄五色之云。又五色之瑞云。杜甫《重经昭陵》："再窥松柏路，还有五云飞。"丹宫：红色的宫殿。颜延之《直东宫答郑尚书诗》："皓月鉴丹宫。"**睇三山之不远，其为公而飞来。**三山：古代神话中的三神山。旧题晋王嘉《捡遗记·高辛》："三壶则海中三山也：一曰方壶，则方丈也；二曰蓬壶，则蓬莱也；三曰瀛壶，则瀛洲也。"**遂招汗漫之胜游，下飙车之逸轨；**汗漫：不着边际。《淮南子·俶真训》："甘瞑于溷澖之域，而徙倚于汗漫之宇。"飙车：御风之车，谓其行甚速也。

《真仙通鉴》:“王母所居宫阙,有曾城千里,玉楼十二,琼华之阙,光碧之堂,其山之下,弱水九里,并飙车羽轮,不可到也。”**属紫霄之妙质,侑玉斝之清醴。**斝(jiǎ):古代铜制酒器,似爵而较大,有三足两柱、一鋬,圆口子底,盛行于商代。《诗经·大雅·行苇》:“或献或酢,洗爵奠斝。”**勤歌鸾与舞凤,寿仙伯以多祉;**仙伯:众仙之长。又为仙人。《神仙传》:“淮南安未得上天,遇诸仙伯,安少习尊贵,稀为卑下之礼,坐不起恭,或语高亮,或误称寡人。”**恍风雨之皆散,但惊尘之四起。悟真灵之不隔,而何有乎弱水之三万里也。**弱水:古人称水浅或不通舟楫者为弱水,或谓水弱不能胜舟。辗转传伪,遂有功不能负芥或不胜鸿毛说,以指险恶难渡的河海。

【译文】

在鸟语花香的畅达道路上,不让凡俗的客人陪伴;神志清爽而安闲自得,在道路上流连徘徊。空中吹来一阵急风,水面的波涛被吹得翻腾;五色的瑞云忽隐忽现,照在楼台馆阁上发出红光。看到三座神山离这里并不远,它们可能是为你而飞来的。于是邀请你遨游于各处胜地,乘坐着飙车任意而行。登上了美妙的天空,在天庭中用玉杯来饮酒。用歌鸾和舞凤的形式来表演,敬祝仙人多福;在恍惚间风消雨散,只有四外浮起了轻尘。我这才明白真正的神灵是不会与世人隔绝的,三万里险恶难渡的弱水又有什么用。

【四段】

噫!昔之居此者多矣,曾靡暇于经营。逮山灵之效奇,发遗扃于岩扃;山灵:山神。班固《东都赋》:“山灵护野,属御方神。”扃(jiōng):自外关闭门户用的门闩。又门户亦日“扃”。**殚妙巧于天藏,超埃壒而上征。极观听之所接,遂杳渺而难名;嗟此乐之无央,与来者而同登。决眦荡胸,雪其尘缨,**决眦:张眼瞪视。尘缨:世俗之事。孔稚珪《北山移文》:“昔闻投簪逸海岸,今见鲜兰缚尘缨。”**且安知前日之苍烟白露,断蔓而荒荆者哉!顾客子之所能道者,才管中之一斑;惟览者之自得,会绝景于凭阑。心凝神释,浩如飞翰,**飞翰:紧急递送之书信。《后汉书·孔融传》:“收合士民,起兵讲武,驰檄飞翰,引谋州郡。”**而后知兹亭之仙意,而凌虚御风之无难。主人瞿然而起曰:“有是哉?吾将观焉。”**

【译文】

啊!从前住在这里的人太多了,都没有抽出时间进行开发。后来等到山神在这里显圣，才在岩峰间发现了古代遗迹；天生的绝妙胜地埋没在这里，于是才破土而出。这里的景色具有极大的视听价值，其幽深莫测之处难以命名；感叹在这里观赏的乐趣真是无穷，愿和前来的人一道而去。我要痛下决心，把那里的尘垢打扫干净，以后谁又能想到过去这里曾是烟雾缭绕、野草成堆的地方！客人所谈到的景色，只不过是极小的一部分；只有游览者本人自己去看一看，他将会凭栏看到绝妙的风光。静心屏气，浮想联翩，然后才会明白这座亭子确有仙意，要想乘风登上天空并非难事了。主人听后吃惊地站了起来说："是这样吗？我要去看一看。"

评析

根据本文的序言，我们得知此赋为应友人所请而撰写，属于日常酬酢之作。作者在写作时能摒弃俗套，别出新意，确属此类文章中的上乘之作。

开头先写登上望海亭时的所见，接着极力描摹海上所出现的光怪陆离的景象，此后由海景而联想到仙境，最后以动员人们前去观赏结束全文。其中，作者着意刻画的乃是海景和仙境。写海景时基本上采用现实的笔法，把早晨和傍晚的景象如实地展现在读者面前。而写到仙境时，则采用了浪漫的笔法：乘风遨游天庭，与"仙伯"共饮。这种思绪很明显是受了楚辞中《九歌》的影响。

在语言运用方面，作者严遵骈文写作中对仗工整的特色，语言比较质朴，用典不多，华丽的辞藻更少，可以称之为一篇淡化了的骈文。这也可以说是宋代骈文共通的一个特点。

赵秉文(1159—1232),字周臣,自号闲闲老人,磁州滏阳(今河北磁县)人。一生事五朝,主金代文坛达三十年之久。著有文集《滏水集》等。

华山感古赋

赵秉文

［一段］

有浮而清,有浊而宁。五岳奠形,二华削成。五岳:即嵩山(中岳)、泰山(东岳)、华山(西岳)、衡山(南岳)、恒山(北岳)。二华:谓太华山、少华山。李长民《广汴赋》:"二华对峙,八川交注。"**是其禀金天之秀气,奄西土而作镇,**金天:谓秋之天空也。张衡《思玄赋》:"顾金天而叹息,吾欲往乎西嬉。"西土:西方之地。岐周之地:今陕西省。《尚书·泰誓中》:"曰:'呜呼!西土有众,咸听朕言。"注:武王在西,故称西土。**包潼关以为门,奄奠乎东井鹑首之分。**潼关:关名。古称桃林之塞,秦为阨华,东汉建安中于此建关,以潼关水而名。西薄华山,南临商岭,北距黄河,东接桃林,乃陕西、山西、河南三省要冲,历代均为军事要地。**岳之尊惟天之柱,岳之作为世霖雨,岳之崇三峰如公。**公:正直无私。《墨子·尚贤上》:"举公义,辟私怨。"**阿衡周公,承天之功。**阿衡:商代官名。《尚书·太甲上》:"惟嗣王不惠于阿衡。"疏:"伊尹,汤倚而取平,故以为官名。"周公:姬旦。周文王子,辅助武王灭纣,建周王朝,封于鲁。武王死,成王年幼,周公摄政。管叔、蔡叔挟殷的后代武庚作乱,周公东征,平武庚、管叔、蔡叔。七年,建成周雒邑。周代的礼仪制度,相传均为周公所制订。**厥掌伊何,两分其山。圣道通塞,孟荀杨韩。**孟荀杨韩:孟,指孟子。荀,指荀子。杨,似指诸子中的杨朱。韩,指韩非子。**厥莲伊何,疗瘵蠲疴。**疗瘵:治病。**上医医国,雷扁秦和。**雷扁秦和:雷,指雷公,黄帝之臣,善医。扁,指扁鹊,战国时名医,原名秦越人,渤海郡鄚人。秦和:战国名医,其事不详。**其肃如霜,其高如秋。戚施伊优,为天之羞。**戚施:本为蟾蜍的别名;又蟾蜍四足据地而无颈,不能仰视,也用来代指驼背,或比喻谄媚的人。《诗经·邶风·新台》:"燕婉之求,得此戚施。"伊优:屈曲佞媚之貌。《后汉书·文苑·

赵壹传》:《刺世疾邪赋》:“伊优北堂上,抗脏倚门边。”

【译文】

清气上浮形成了天,浊气下沉形成了大地。五岳从此奠定了形体,两座华山从此分开。它秉承金天的秀气,成了西方的一座主要的山脉,囊括潼关以为门户,它成为东井、鹑首星座的分野之处。华山的尊贵在于它是支撑上天的砥柱,华山的功德在于它能为大地普降甘霖,华山的崇高在于它的三峰正直无私。有如主持国政的伊尹、周公,秉承天意而做出劳绩。它把山分为两座,是要有什么作为?圣贤之道有时畅达有时阻塞,孟荀和杨韩就是例证。它盛产的莲草有什么用处,可以医治病症。上等的医生可以治理国家,像雷、扁、秦和都是。其严肃的外貌有如冰霜,其高度有如腾飞在天空。只有那种有如驼背的外貌,可算是美中不足。

【二段】

若夫昔之所谓具臣者,都山岳之权,窃雷雨之施。具臣:备位充数,不称职守之臣。壤开千里之尊,秩晋三公之贵。秩:俸禄。《左传·庄公十九年》:“王夺子禽、祝跪与詹父田,而收膳夫之秩。”危不持而颠不扶,则将安用彼相矣。持:扶持。且夫安昌、胡广之保禄,安昌:汉张禹的封号。《汉书·张禹传》:“元帝崩,成帝即位,征禹、宽中,皆以师赐爵关内侯……是时,帝舅阳平侯王凤为大将军辅政专权,而上富于春秋,谦让,方向经学,敬重师傅。而禹与凤并领尚书,内不自安,数病上书乞骸骨。欲退避凤……禹为人谨厚,内殖货财,家以田为业。及富贵,多买田至四百顷,皆泾、渭溉灌,极膏腴上贾。”胡广:字伯始,后汉人,拜尚书郎,累官司徒,以定策立桓帝,封临安乐侯。复拜太尉,迁太傅,广练达事体,明解朝章。虽无謇直之风,屡有补阙之为。故京师谚曰:“万事不理问伯始,天下中庸有胡公。”林甫、卢杞之窃位,其余刀锯之余,盖亦未足与议。李林甫:唐人,李思询子,小字哥奴。玄宗时官至兵部尚书,同中书门下三品,兼中书令。厚结宦官妃嫔,察帝动静,故奏对皆称旨。在朝十九年,专政自恣,卒酿成安史之乱。卢杞:唐滑州人,字子良。貌丑,好口辩。德宗时为相,专权自恣。陷害杨炎、颜真卿,排斥宰相张镒。藩镇叛乱,杞以筹军资为名,收括财货,继而征收间架、除陌之税,怨声满天下。李怀光反,暴扬杞罪恶,贬死于澧州。刀锯:古代刑具。刀用于割刑,锯用于刖刑。《国语·鲁语》上:“中刑用刀锯,其次用钻笮(即黥刑)。”注:割鼻用刀,断截用锯。受过宫刑的人称刀锯之余或刀锯余人。《汉书·司马迁传》《报任安书》:“奈何令刀锯之余人,荐天下之豪隽哉!”譬犹有干云遏日之险,而不能已山东之乱;山东:战国时称六国曰山东,因六国均在崤山函谷关以东也。山东之乱,指秦末农民起义,最终项羽、刘邦等灭亡了秦朝。**擘山导河之力，而不能障渔阳之骑也。**渔阳之骑：渔阳，郡名。秦置，在北京市密云市西南。《史记·燕世家》：燕筑长城，自选阳至襄平，置上谷、渔阳、右北平、辽西、辽东诸郡。此处指安史之乱。白居易《长恨歌》："渔阳鼙鼓动地来，惊破霓裳羽衣曲。"**向者嬴颠刘蹶，天崩地坼；**嬴颠刘蹶：《史记·秦本纪》："舜赐姓嬴氏。"嬴颠，应指秦朝灭亡。刘蹶，应指汉朝灭亡。**九庙灰烬，万里喋血。**九庙：帝王祖宗之庙。周为七庙，设太祖之庙并三昭三穆；新莽时增为九庙，后世沿用。喋血：流血满地。**陈吴一呼，殽函瓦裂。**陈吴：指秦朝末年农民起义领袖陈胜、吴广。殽函：指殽山和函谷关。**莽卓盗国，内讧外掣。**莽卓：指西汉王莽和东汉末年的董卓，他们均篡夺帝位。**杨李擅权，幽陵窃发。**杨李：指唐代的杨国忠和李林甫，他们二人均曾专权一时。**僖昭播迁，朱李猖獗。**僖昭：指唐朝末期的僖宗和昭宗，他们都曾为宦官藩镇挟持流离播迁。**而是山也，萃寇盗之渊薮，为豺狼之窟宅。坠生灵于涂炭，寄性命于锋镝。**锋镝：锋，兵刃；镝，箭镞。泛指兵器。《史记·秦楚之际月表》："堕坏名城，销锋镝，钼豪桀，维万世之安。"**与兽为群，以巢为室，以木为衣，以橡为食。**以橡为食：以橡树的果实橡子作为食物。**身为心仇，形为影绝。恶闻人声，愁见日月。何辜于天，使至此极。或曰：子知其一，未知其二。向者子房运筹，霍光建谟。**子房：张良（前？—前186），字子房，韩国人。秦末，陈胜、吴广领导农民起义，刘邦乘机起义，良为谋士。《史记·高祖本纪》："高祖曰：'夫运筹策于帷帐之中，决胜于千里之外，吾不如子房。'"霍光（前？—前68）汉河东平阳人，字子孟，霍去病异母养弟。汉昭帝八岁即位，光以大司马大将军受遗诏辅政。封博陆侯，政事一决于光。昭帝死，迎立昌邑王刘贺，以其淫乱废之，立宣帝。光秉政二十年，族党满朝，权倾内外。**或启其心，或惎其谋。禄、产擅权，于吕其刘。**禄、产：指吕产、吕禄，均为吕泽之子。吕禄在高后时，封赵王，为上将军，居北军，吕后死后，被周勃等所杀。吕产：吕后时封梁王，为相国，吕后死后，被周勃所诛。**我命平、勃，反正而旒。**平、勃：指陈平和周勃。陈平（前？—前178），汉阳武人，少时家贫，秦末初随项羽，后归刘邦。有谋略，积功封曲逆侯。惠帝时为左丞相。后与太尉周勃合力，尽诛诸吕，迎立文帝，卒安汉王朝。周勃（前？—前169），汉沛人。少以编织蚕箔为生。从刘邦起义，以军功为将军，封绛侯。刘邦常说周勃厚重少文，然安刘氏者必勃。惠帝六年为太尉。吕后死，周勃与陈平等共诛诸吕。反正：由乱而治，由邪而正。《公羊传·哀公十四年》："拨乱世，反诸正，莫近诸春秋。"旒：古代旗帜下边悬垂的饰物。**二竖啸凶，既唐而周。**二竖：春秋晋景公疾，延秦医缓来治，未至，梦二竖子相问答。后因以二竖为病魔之称。**我命五**

龙，夹日而犇。五龙：比喻同时有才名的五人。**潼关之败，繄尚父是赖；**潼关之败：指唐军在潼关被安禄山叛军击败。尚父：周武王称吕尚为尚父，意谓可尊的父辈。《诗经·大雅·大明》："维师尚父，时维鹰扬。"传："师，太师也；尚父，可尚可父。"在这里指郭子仪。郭子仪因功被封为尚父。**奉天之逼，惟西平之力。**西平：指晚唐名将李晟。唐德宗时朱泚叛据长安，李晟将他击败，收复京师，被封为西平郡王。**奋然大臣力争而活国，屹然如天柱之承西极。**西极：西方极远之处。**奈何以人事之一缺，而为山灵之泽。**

【译文】

那些被认为不称职的大臣，掌握了重如山岳的大权，窃取了翻云覆雨的手段。他们的封地远达千里，官秩达到了三公的高位。在国家危难之秋他们也不去挽救，那还要这些大臣做什么呢？像张禹、胡广之流只知道保全自己的禄位，李林甫、卢杞只是窃居相位，至于其他受到过严惩的人，更不用再谈了。就像虽有重重天险作为屏障，却不能消除山东的起义军；拿出劈山倒海的力量，也不能阻挡渔阳叛党的骑兵。从前秦、汉两代的灭亡，有如天崩地陷一样，祖庙化为灰烬，万里流遍鲜血。陈胜、吴广登高一呼，使得殽山、函谷关为之震动。王莽、董卓夺取政权，陷入内外交困的局面。杨国忠、李林甫争相弄权，北方便暗地里发动叛乱。唐僖宗、唐昭宗被迫流离外地，朱温、李克用等猖獗一时。这座华山，在那时成为盗寇隐藏的地方，成为豺狼寄身的巢穴。百姓们身遭涂炭，在刀锋箭镞的面前苟延性命。藏在山中和野兽为伴，以巢穴为居室，以树叶为衣服，以橡子为食物。心中怀满了仇恨，但又不敢暴露自己的身影。成天害怕听到有人前来的声音，无休止地苦难使他们愁见日月。百姓们究竟犯了什么过错，竟落得个如此不堪忍受的下场。有人说，你这是只知其一，不知其二。从前张良曾制定策略，霍光曾周密谋画。有的启发其思想，有的教导其谋略。吕禄、吕产擅权时，有追随吕氏的，也有追随刘氏的。我让陈平、周勃行动，使追随吕氏者反正归汉。两个贼徒逞凶作乱，兵戈之灾不断，我命令五员得力的将领，及时前往征讨。潼关之战失利了，多亏有郭子仪还可以依赖；朱泚在奉天宫逼迫皇帝，靠李晟的力量才把他打败。由于这些大臣拼力作战而使国家复兴，他们好像擎天柱那样矗立于西方！为什么把人事的某些过失，归到山泽身上。

【三段】

有秦川胡老启口而笑曰：日有中昃，月有盈亏。秦川：地名。自大散关以北，达于岐雍，夹渭川南北岸，沃野千里，以秦之故国，故称秦川。昃：太阳偏西。凡一治一乱，乃一昏一明。福生有基，祸生有萌。山有朽故壤崩，木有虫故蠹生。谓山盖高，浮云翳之，不见其形；谓心至灵，有物蔽之，不见其情。夫恶直为求谗之媒，喜誉为招佞之旌，佞：奸巧谗谀，花言巧语。骄奢为重敛之阶，好大为兴戎之征。是以古之明王，弃是而不营。于以忠直是旌，抑谗佞之萌；旌：旗的通称。土木不饰，杜非议之征；平刑释冤，息吁嗟之声；含诟忍耻，绝忿怒之兵。夫然，故心定神休，嗜欲不生，祸乱不作，而天下和平矣。故亡汉者，汉也，非莽卓也；莽卓：指西汉的王莽与东汉的董卓。乱唐者，唐也，非安史也。安史：指唐玄宗时代的安禄山和史思明，二人叛乱，史称安史之乱。使汉以秦为鉴，自无西京之乱；使唐以汉为鉴，又安有蜀道之窜？蜀道之窜：唐玄宗在安史之乱时，曾逃亡到四川。如何以一晌之乐而忘累世之患也。斯言怀古，非止一时。往者不可及，来者犹可追耳。

〔译文〕

有一位秦川的老者开口笑着说：太阳会有正和偏，月亮会有盈和亏。历史上的一治一乱，好像是一时昏暗一时光明一样。幸福是要有基础的，祸患产生于萌芽状态。山脉会分崩离析，树木会被虫吃鼠咬。再高的山，如果被浮云包围了，人们会看不到它的本来面目；再灵巧的内心，如果被外物蒙蔽了，人们会看不到他的真情。讨厌正直的意见就会使谗言乘虚而入，喜欢别人奉承就会招来邪恶的小人，既骄傲而又奢侈就会给横征暴敛铺平道路，好大喜功就会出现穷兵黩武的征兆。因此古代的有道明君，就不会这样去做。他们表扬忠直为国之人，杜绝奸佞小人的出现；不修饰宫室，杜绝不合理的税收；公平执法，平反冤案，使百姓不会怨声载道；以容让忍耐为本，杜绝因一时冲动而引起的战争。做到了这些，就会心神安定，不会产生私欲，不会发生祸乱，那就天下大平了。因此说消灭汉朝的是汉朝本身，而不是王莽、董卓；扰乱唐室的是唐室本身，而不是安禄山、史思明。如果汉朝能吸取秦朝灭亡的教训的话，就不会发生长安的乱事；如果唐朝能以汉朝如何灭亡作为一面镜子的话，就不会发生皇帝逃难到四川的事。为什么只贪图片刻的享乐而忘掉历代的灾祸出现的原因？现在的怀古，并不是偶然想起。过去的事无法挽回，未来的事还是可以考虑的。

评析

本文以华山为题，但直接写到华山的地方很少，只有开头的寥寥数语，大部分内容实乃借题发挥。作者在行文时发思古之幽情，对汉、唐两代动乱的发生原因，进行了比较客观的分析，其结论是：“亡汉者，汉也”，“亡唐者，唐也”。应该说，作者的结论是符合历史实际的，因而具有强烈的说服力。

全文对仗的句子甚多，不仅对仗工整，而且音节优美，读起来朗朗上口，颇有感染力，如“向者嬴颠刘蹶，天崩地坼；九庙灰烬，万里喋血”，“陈吴一呼，殽函瓦裂。莽卓盗国，内讧外掣”。有些排比句如“以巢为室，以木为衣，以橡为实”，写得比较自然、生动。

文中用典太多，不免令人有堆砌之感，而有的典故也较冷僻。因此，与初唐四家的骈文相比，自显逊色。

袁中道（1570—1626），字小修，湖北公安人。与其兄宗道、宏道并称“三袁”，为公安派代表作家，著有《珂雪斋集》等。

西山十记·记一[1]

袁中道

【一段】

出西直门，西直门：即今北京西直门。以下各地名，今天大部分仍存在。过高梁桥，杨柳夹道，带以清溪。流水澄澈，洞见沙石，蕴藻萦蔓，鬣走带牵。蕴藻：一种水草。萦：萦绕。蔓：枝蔓。鬣（liè）：兽类颈上之毛，如马鬃。走：移动。牵：牵扯。此句言，水藻像马鬃那样被风吹得移动着，又像带子一样牵扯着。小鱼尾游，翕忽跳达。翕（xī）忽：忽然之间。《文选·吴都赋》有“神化翕忽”。刘良注：“翕忽，变化疾速貌。”跳达：同“挑达”，轻捷跳跃的样子。《诗经·郑风·子衿》：“挑兮达兮，在城阙兮。”朱熹注：“挑，轻儇跳跃之貌；达，放恣。”一说，往来的样子。亘流背林，禅刹相接。亘流背林：面对着河水，背靠着树林。亘（gèn）：横断，此处是迎对的意思。禅刹：佛寺。绿叶秾郁，下覆朱户，寂静无人，鸟鸣花落。过响水闸，听水声汩汩。至龙潭堤，树益茂，水益阔，是为西湖也。西湖：即后来颐和园内的昆明湖。每至盛夏之月，芙蓉十里如锦，芙蓉：荷花。香风芬馥，士女骈阗，骈阗（tián）：人多拥挤的样子。临流泛觞，最为胜处矣。临流泛觞：指在水边宴饮。大家列坐在流水之侧，把酒杯（觞）放在流水上，让它任意漂流，停在谁那里，谁就喝酒。憩青龙桥，桥侧数武，武：半步。一般以五尺为步。极言小阁的飘忽轻盈之状。有寺依山傍岩，古柏阴森，石路千级。山腰有阁，翼以千峰，萦抱屏立，积岚沉雾。屏立：像屏风一样地立着。积岚沉雾：形容岚雾的厚重。岚：山气。前开一镜，堤柳溪流，杂以畦畛，丛翠之中，隐见村落。降临

[1] 西山十记：全文共十篇，此处选一篇。西山：指北京西山，军都山的分支，包括妙峰山、香山、翠微山、卢师山、玉泉山等。

水行，至功德寺，宽博有野致。宽博：指衣服肥大。**前绕清流，有危桥可坐。寺僧多业农事。日已西，见道人执畚者插者带笠者野歌而归。**道人：此处指僧人。畚（běn）：草编农具，像簸箕一类的东西。插：同“锸”，铁锹。**有老僧持杖散步塍间，水田浩白，群蛙偕鸣。**塍（chéng）：田垄。浩白：形容水田白茫茫一片。**噫！此田家之乐也，予不见此者三年矣。**

［译文］

出了西直门，过了高梁桥，一路上杨柳夹道，还有小河流水。流水清澈，可以看到水底的沙石，水草的枝蔓缠绕，像马鬃那样被风吹得移动，又像带子那样互相牵扯。小鱼摆着尾巴游来游去，忽然之间又在跳跃。在面对河流背靠着树林之处，佛寺一个接着一个。在绿荫丛中，覆盖着红色的庙门，周围无人，呈现出一片寂静，只看到落花，听到鸟鸣。迈过了响水闸，听到了潺潺的流水声。来到了龙潭堤，树木越发茂盛，水面越发宽阔，这就是人们所说的西湖。每年到了夏季最热的时候，连绵十里的荷花如同锦障，阵阵香风吹来，游玩的男男女女人挨着人，坐在河边宴饮，这实在是一个理想的好去处。在青龙桥稍作休息，在离桥边数步之地，有一座庙宇构筑在山岩旁边，庙旁是阴森高大的古柏，旁边有上千级的石阶。山腰间筑有阁楼，阁楼的两旁群山环立，把它环绕在中间，山中的岚雾厚重。再往前走，看见了像镜子一样的水面，那是一湾溪流，堤岸上种植着柳树，旁边夹杂着一些农田，在丛生的翠绿色的作物中间，隐约看到了村落。顺着河边前行，来到了功德寺，僧人穿着宽大的衣服显得朴实无华。庙前有清澈的溪水环绕，有一座高高的桥可以坐下。庙里的僧人大多从事农耕。这时太阳西下，看到僧人们拿着簸箕、铁锹，戴着斗笠，唱着村歌野调回来了。有一个老僧手执禅杖在田埂间散步，水田呈现出一片白色，青蛙们一起在鸣叫。啊！这是农民的乐趣，我已经有三年没有见到过这种场面了。

评析

袁中道是晚明著名的散文作家，与其兄袁宗道、袁宏道被时人称为“三袁”。他的文章写得飘逸潇洒，于平淡中见功力，于朴实中见瑰丽。本文即为他的代表作之一。

全文以白描的手法叙述了他于盛夏时前往西山一游，把沿途所见一一进行勾勒。文章中不仅写到了桥梁、流水、植被、游鱼、花鸟、古寺、楼阁、农田等，而且还着重写出了寺僧的活动,这就使得寂静的大自然和人物活动有机地结合在一起了。特别是在结尾处流露出来的作者的朴实的感情,“噫！此田家之乐也,予不见此者三年矣”。他对田园耕作的生活如此向往,这种精神是可贵的。

在词语方面,全文大多为四字句,基本上没有用典,更没有冷僻的字。由于还存在一些对仗的句子,仍可归入骈文一类,亦可视为明代骈文的一种特点。

牛金星(生卒年未详),河南卢氏(一说宝丰)人。崇祯十四年(1641)年参加李自成领导的农民起义军,担任谋士,颇得信任,最后投降清朝。

讨明檄

牛金星

【一段】

上帝鉴观,实惟求莫;上帝:天帝,天神。《尚书·盘庚下》:“上帝将复我高祖之德。”**下民归往,只切来苏。**来苏:因某人的到来而从疾苦之中获得重生。《尚书·仲虺之诰》:“徯予后,后来其苏。”徯:待。后:君,指商汤。**命既靡常,情尤可见。粤稽往代,爰知得失之由;鉴往识今,每持治忽之故。咨尔明朝,久席泰宁,浸驰纲纪。**席:凭借,倚仗。纲纪:法度。《汉书·礼乐志》:“夫立君臣,等上下,使纲纪有序,六亲和睦,比非天下所为,人之所设也。”**君非甚暗,孤立而炀蔽恒多;臣尽行私,比党而公忠绝少。**炀蔽:蒙蔽。比党:拉帮结派。**甚至贿通官府,朝廷之威福日移;利入戚绅,闾左之脂膏尽竭。**闾左:居于闾巷左侧的平民,多贫苦者。《史记·陈涉世家》:“发闾左适戍渔阳九百人,屯大泽乡。”**公侯皆食肉纨绔,而倚为腹心;**纨绔:细绢制成的裤。《汉书·叙传》:“数年,金华之业绝,出与王、许子弟为群,在于绮襦纨绔之间,非其好也。注:纨,素也。绮:今细绫也。并贵族子弟之服。后因以泛指富贵人家的子弟,含鄙薄意。**宦官悉龁糠犬豚,而藉其耳目。**龁(hé):咬。《荀子·正论》:“彼乃将食肉而龁其骨也。”**狱囚累累,士无报礼之思;征敛重重,民有偕亡之恨。**偕亡:并亡。《尚书·汤誓》:“时日曷丧,予及汝偕亡。”**肆昊天既穷乎仁爱,致兆民爰苦于灾祲。**祲(jìn):盛。又由阴阳二气相侵而形成的征象不祥的云气。

【译文】

天帝观察一个社会,只是看一看社会是否安定;老百姓归顺一个朝代,只要求能在痛苦中获得重生。天命是不会长久的,真正的情感是可以被观察到的。

考察一下过去各个朝代的历史，就可以知道得与失的原因；通过过去来对照现今，就可以掌握治和亡的道理。令人可叹的明室，过去长期处于安宁的环境，纲纪日渐松弛。现在的皇帝并不是十分昏庸，只是受到孤立而遭到蒙蔽；大臣们人人为私，结党为奸而绝少效忠国家。甚至于官府公然受贿，朝廷的威信不断下降；财富都流入了皇帝豪绅之家，民脂民膏都被搜刮干净。所有的公侯重臣都是贪婪之徒，却被皇帝依靠为心腹之人；太监们都是像猪狗一样的畜生，却被皇帝依靠为刺探消息的耳目。监狱中关满了犯人，士人没有报答知遇之心；苛捐杂税无穷无尽，百姓们发出了要与皇帝同归于尽的怨言。违背了天意而毫无仁爱之心，致使亿万民众陷于苦难之中。

〔二段〕

朕起布衣，目击憔悴之形，身切恫瘝之痛。恫瘝（tōng guān）：病苦，疾苦，同“恫矜”。《尚书·康诰》：“恫瘝乃身。”传：“恫，痛。瘝，病。治民务除恶政。当如痛疾有汝身，欲去之。”后称关怀人民群众的疾苦如同身受“恫瘝在抱”本此。**念兹普天率土，咸罹困穷；讵忍易水燕山，未苏汤火。**易水：《战国策·燕一》：“燕南有呼沲、易水。”其水有三，皆发源于河北易县。燕山：山名，自天津市北部蜿蜒而东，直至海滨，延袤数百里。**躬于恒冀绥靖，群黎犹虑。**绥靖：安定平服。《汉书·王莽传》：元始五年五月策：“遂制礼作乐，有绥靖社稷之大勋。”**尔君若臣未达帝心，未喻朕意，是以质言正告。**质言：实言。《史记·张释之传》：“问释之秦之敝，具以质言。”**尔能体天念祖，度德审几，朕将加惠前人，不吝异数。如杞如宋，享祀永延，用彰尔之孝；有室有家，民人胥庆，用彰尔之仁。**如杞如宋：周灭商后，封夏禹后裔于杞，商纣王兄微子启于宋，供奉夏、商宗祀。胥：全，都。**凡兹百工，勉保乃辟。**辟：国君，天子。**绵商孙之厚禄，赓嘉客之休声。**赓（gēng）：继续。**克殚厥猷，臣谊靡忒；**靡忒：无变更。**惟今诏告，允布腹心。君其念哉，罔恫怨于宗工，勿阽危于臣庶。**臣庶：群臣百姓。**臣其慎哉，尚效忠于君父，广贻穀于身家。**穀：指俸禄。身家：指本人及家属。**谨诏。**

〔译文〕

我是平民出身，亲眼看到了百姓们憔悴饥寒的身影，也亲身体会了遭受迫害的痛苦。考虑到普天之下都身陷痛苦之中，哪里还忍心看到河北的老百姓依然生活在水深火热的环境中。我率兵前来的目的是安定地方,顾念当地的百姓。尔等皇帝和大臣们还没有认清我的心意,所以我才正言相告:你们如果能够体会天意并想起自己的祖先,认清当前的形势,我将施恩于你们的先人,毫不吝惜地对他们加以礼遇。好像从前周武王曾封杞、宋以继承夏、商两代那样,使你们的祖先永享祭祀,用来表彰你们的孝心;你们本人的全家大小,将和百姓共享太平的生活,用来表彰你们的仁心。你们大小官员们,要竭尽全力拥戴我。我将继续发给你们优厚的俸禄,你们也将落个贵宾的美名。你们要为我全力地出谋划策,不要违反臣道。现在发布这道诏书,把我的心里话公布出来。皇帝要多加考虑啊,不要埋怨你的大臣,更不要加害于你的大臣。大臣们也要小心谨慎,要效忠于皇帝,照顾好你们的家室。特此诏告。

评析

本文为牛金星为闯王李自成撰写的檄文。过去,在声讨旧政权的檄文中,大多过甚其词,真正的佳作并不多。本文在立论上还是比较公允的,因此广为后人传诵。

全文以列举明室的罪行为主。“君非甚暗,孤立而炀蔽恒多;臣尽行私,比党而公忠绝少。”这个基调带动了全文。皇帝并不是一个暴君,而大臣却都是一群贪婪的硕鼠,这就无怪乎要形成“士无报礼之思”,“民有偕亡之恨”的局面了。在揭露明室罪行后,鲜明地提出了起义军的基本政策,以促使对方认识到大势所趋后主动投降。文章写得极有气势,措词也颇有分寸。

在写法上骈散兼用,虽有对仗但用典较少,这也是为了便于群众理解,从而达到了广为宣传的目的。

袁枚（1716—1798），字子才，号简斋，浙江钱塘（今杭州）人。与赵翼、蒋士铨合称“乾嘉三大家”，又与赵翼、张问陶并称“性灵派三大家”，为“清代骈文八大家”之一，著有《随园诗话》《小仓山房文集》等。

秋兰赋

袁枚

［一段］

秋林空兮百草逝，若有香兮林中至。既萧曼以袭裾，复氤氲而绕鼻。萧曼：高远貌。三国魏何晏《景福殿赋》：“若乃阶除连延，萧曼云征……彰天瑞之休显，照远戍之来庭。”注：萧曼，萧条曼延，言高远也。裾（jù）：衣服的前襟，即大襟。氤氲（yīn yūn）：云烟弥漫貌。唐张九龄《湖口望庐山瀑布》：“灵山多雾色，空水共氤氲。”**虽脉脉兮遥闻，觉熏熏然独异。**脉脉：相视貌，含情不语貌。《古诗十九首》之十：“盈盈一水间，脉脉不得语。”熏熏：和悦貌。《诗经·大雅·凫鹥》：“凫鹥在亹（mén），公尸来止熏熏。”毛传：“熏熏，和说也，欣欣然乐也。”**予以讶焉，是乃芳兰。开非其时，宁不知寒？**

［译文］

秋天的树林中空空荡荡啊，众多的花草都不见了，好像有一种香味从林中传出来。远远地飘过来的香味，扑向人们的衣襟，在人们的鼻孔附近围绕。虽然说在遥远的地方就能闻到，但是这种浓烈的香味却与众不同。我心中感到有些奇怪，这就是芳兰。它开得不是时候呀，难道说它不觉得冷吗？

［二段］

于焉步兰陔，循兰池，陔（gāi）：台阶，级层。**披条数萼，凝目寻之。**萼（è）：环列花朵外部的叶状薄片。**果然兰言，称某在斯。业经半谢，尚挺全枝。啼露眼以有待，喜采者之来迟。苟不因风而枨触，虽幽人其犹未知。**枨（chéng）：触动。幽人：隐士。《易·履》：“履道坦坦，幽人贞吉。”**于是**

舁之萧斋，置之明窗。舁（yú）：抬、扛。萧斋：书斋的别称。唐李肇《国史补》中："梁武帝造寺，令萧子云大书萧字，至今一'萧'字存焉。李约竭产自江南买归东洛，匾于小亭以驰玩之，号为萧斋。"朝焉与对，夕焉与双。虑其霜厚叶薄，党孤香瘦，风影外逼，寒心内疚，乃复玉几安置，金屏掩覆。虽出入之余闲，必褰帘而三嗅。褰（qiān）：撩起，用手提起。《诗经·郑风·褰裳》："子惠思我，褰裳涉溱。"谁知朵止七花，开竟百日。晚景后凋，含章贞吉。含章：内含美质。贞吉：谓人能守正道而不自乱则吉，后亦指纯正美好。露以冷而未晞，茎以劲而难折。瓣以敛而寿永，香以淡而味逸。商飙为之损戚，凉月为之增色。商飙：秋风。也作"商猋"。晋陆机《园葵诗》："时逝柔风戢，岁暮商猋飞。"留一穗之灵长，慰半生之萧瑟。灵长：广远绵长。晋郭璞《江赋》："资五才之并用，实水德之灵长。"此谓水流。萧瑟：寂寞凄凉。杜甫《杜工部草堂诗笺》三十一："庾信平生最萧瑟，暮年诗赋动江关。"

【译文】

这时我走上兰陔，顺着兰池前行，拨开兰草数一数花萼，目不转睛地寻找。芳兰竟然说话了，说："我在这里呢。"兰花已经凋落了一半，枝条还在那里挺立着。两眼泪汪汪地在那里等待，使来晚了的采兰人非常惊喜。如果不是由于风吹而触动了采兰人的话，隐士还不知道它在这里。于是便把它放在书房，安置在明窗之旁。早晨和它成对，晚上和它成双。我担心它叶子太薄禁不起严霜摧残，孤独存在而香味不浓，外受风吹，内感寒意，便又把它安放在玉几上，用金屏把它遮挡住。即便是在进出的片刻余暇，也要撩开窗帘反复地嗅它。谁料想秋兰仅有七个花朵，竟开放了百日之久。晚景绵长而后凋谢，其内在的高贵品质确属良善。露水由于天气冷而未干，花茎由于坚韧而难以折断。花瓣由于收缩了而容易长期保存，香味虽已淡薄气味却仍在散发。秋风由于它的存在使人减少忧思，凉月由于它的存在而增加色彩。留下可长期保存的一株，用来安慰我凄凉的后半生。

【三段】

予不觉视心布覆，深情容与。布覆：遍布笼盖。容与：安逸自得貌。屈原《楚辞·九歌·湘夫人》："时不可兮骤得，聊逍遥兮容与。"析佩表洁，浴汤孤处。佩：系物于衣带上叫佩。浴汤：古人以兰草泡在水中而沐浴，见《戴礼·夏小正》。这种习俗至宋时犹存。倚空谷以流思，静风琴而不语。风琴：悬于檐前的铁片，风吹则响,故名。歌曰:“秋雁回空,秋江停波。兰独不然,芬芳弥多。秋兮秋兮,将如兰何!”

[译文]

我的内心好像被蒙上了什么,感情上起伏不定。于是便折断兰花佩戴在身以显示为人高洁,独自一人浴于兰汤。在空荡的山谷中停靠而长思,檐前的风琴沉寂而无声。我写了一首诗:“秋雁回南在天空,秋天江水无波声。只有秋兰不如此,芬芳之气满空中。秋天啊秋天,你又能把秋兰怎么样!”

评析

袁枚是清乾隆时著名的作家,诗文俱属上乘,在文坛享盛名达五十年之久。他的作品不拘成法,以才运情,笔力横逸。他写诗强调“性灵”,与主张声调的沈德潜一争上下。从本文中可以看出他的文风,确实与众不同,充分表现出了超凡脱俗的思想境界。他写文章赞赏秋兰,实际上是在表达他不肯屈膝权贵,洁身自好的性格。在写法上,他用了拟人的手段,竟使秋兰开口说出“某在斯”的话来。这种写法在古代散文中是极为罕见的。

作者也是盛清时善写骈文的大手笔,其骈文又和他的“性灵”说的主张相一致。即以本文而论,四六对仗的句子不多,大多为六字对,还有五字对、七字对,可称为随心所欲,信手拈来。此外,全文没有用典,也极少藻饰,这也是骈文发展到清代的特征之一。

邵齐焘(1718—1769),字荀慈,号叔山,江苏昭文(今常熟市)人。邵氏擅长写骈文,文风矫健,辞藻华丽,时人称"今古骈散殊体,诡制道通如一,本朝唯齐焘一人而已"。著作有《玉芝堂诗文集》)。

送黄生汉镛[1]往徽州诗序

邵齐焘

【一段】

黄生汉镛,故以童子受知武进贤令新城王公。童子:未成年的人。《诗经·卫风·芄兰》:"芄兰之支,童子佩觿。"武进:县名,属江苏省。新城:县名,属河北省。**王今擢徽州府同知,兼摄郡符,将往从焉。**同知:官名,称副职。清代府、州以及盐运使设同知,府同知即以同知为官称,州同知称州同,盐同知为盐同。郡符:郡刺史之符玺。韩愈《祭马仆射文》:"始执郡符,遂殿交州。"**路指歙溪,棹开吴市。**歙溪:指徽州。宋代歙县改名为徽州。吴市:指作者讲学所在地。常州古为吴地。**烟波渺渺,嶂岭盘盘。**嶂:山之高险者。盘盘:曲折回环绕。李白《蜀道难》:"青泥何盘盘,百步九折萦崖峦。"**事迫饥驱,义兼负米。**义兼负米:《宋史·张昭传》:"躬耕负米以养亲。"**情笃知惠,性爱岩壑。粤以首夏,忽乎将行。**

【译文】

黄生汉镛,过去在少年时代就受到了武进的好县令新城王公的赏识。王公现在升任徽州府同知,兼任州的长官,黄生也将随从前往。他们此行的目的地是徽州,乘船从常州出发。水面上烟雾弥漫,岸边远望峰峦曲折回环。我终日为日常生计而忙碌,还要尽孝于双亲。我和黄生的感情深厚,又都喜好山水之游。在这初夏的季节,黄生就要匆忙出行了。

---

① 黄生:即黄汉镛,名景仁,字汉镛,一字仲则,号鹿菲子,江苏武进人,以诗闻名。邵齐焘主持常州龙城书院时,黄氏受业门下。

【二段】

余讲文此邦，才逾二载。空空自笑，愧韩愈之抗瘢；瘢(bān)：疤痕，喻过失。此处似指唐宪宗派人迎佛骨，韩愈上书表示反对。**济济相趋，得孔融之小友。**济济：美好貌。《诗经·齐风·载驱》："四骊济济，垂辔沵沵。"孔融之小友：指祢衡。孔融长之二十岁，二人为忘年交。**方欣起予，遽慨离群。目极长衢，心驰遐路。**衢：四通八达的道路。**垂杨濯濯，落絮萦愁；**濯濯：光秃貌。《孟子·告子上》："人见其濯濯也，以为未尝有材焉，此岂山之性也哉？"**芳草芊芊，成茵藉恨。**芊(qiān)芊：草木茂盛貌。《列子·力命》："美哉国乎，郁郁芊芊。"**谷禽睍睆，求友相鸣；**睍(jiàn)睆(huǎn)：好貌。《诗经·邶风·凯风》："睍睆黄鸟，载好其音。"求友相鸣：求其友声。**津树扶疏，落帆何处？**扶疏：茂密分枝貌。**西陵浙水，知有遇风之诗；**西陵：渡口名，在今浙江省杭州市。遇风之诗：指南朝宋谢惠连在赴京城建康途中遇风受阻，作《西陵遇风献康乐》怀念族兄谢灵运。**渔浦桐庐，曾无维舟之待。**渔浦：浦名，在浙江省杭州市南。桐庐：县名，三国吴置。汉富春县之洞溪乡，在今浙江省建德北。维舟：系停泊。何逊《与胡兴安夜别诗》："居人行转轼，客子暂维舟。"**新知生别，悲乐萃于一时；病骨空囊，劳怀极于千里。不能馈赆壮行，酌尊叙别，**赆(jìn)：以财物赠行者。《孟子·公孙丑下》："行者必以赆，辞曰：'馈赆。'予何为不受？"**裁诗四首，聊代疏麻。**疏麻：传说中的神麻，常折以赠别。

【译文】

我在常州讲学，已经有两年了。每每自嘲，我比不上韩愈因反对迎佛骨而获咎；在众多的弟子中，我像孔融那样结识了一个小友。刚感到可以从中获得教益，哪想到立刻就要分手了。我在大街上放眼远望，内心深处却遥想到远方的路程。生长茂盛的垂杨那飞落的絮勾引起我的愁思；颜色浓绿的芳草连成的一片片草坪触动了我的离别之恨。山谷中美丽的小鸟，为了寻求伙伴而在鸣叫；看到河边枝叶茂盛的树木，想到了今晚将在何处泊舟。在浙水的西陵渡口，有过谢惠连的《西陵遇风献康乐诗》；在渔浦桐庐，并没有何逊停泊船只的地方。新结交的小友就要告别了，悲喜交加的心情一齐涌上心头；老弱多病的身躯，还要怀念远行千里的故人。我无法用财物作为送别的纪念，并备酒送行，只写了四首诗，姑且把它作为一份薄礼。

【三段】

汉镛既得余诗，即夕尽次其韵。清源自浚，逸藻不停；浚(jùn)：深。《诗经·小雅·小弁》："莫高匪山，莫浚匪泉。"逸藻：放纵之辞藻。逸：放纵也。又逸还可释为超妙，同"轶"。《三国志·诸葛亮传》："亮少年逸群之才，英霸之将。"**感藉词倾，情缘墨露。尝览《陈书》，见孝穆与总持唱和，**孝穆：即徐陵(507—583)，字孝穆，祖籍东海郯(今山东郯城)人。他的父亲徐摛在梁代是最有名的文人，和庾肩吾同为萧纲的启蒙老师。总：指江总(519—594)，字总持，祖籍济阳阳考(今河南兰考)人。《陈书》本传称江总"好学，能属文，于五言七言尤善。然伤于浮艳，故为后主所爱幸"。**乃言"吾诗寄弟集中"。今老夫此诗，亦欲寄汉镛集也。**

【译文】

汉镛得到我作的诗后，当天晚上就和诗四首。诗文中可见清澈毕现的深邃思想，遏制不住意气风发的辞藻；诚挚的感情通过语言充分倾泻出来，师生的友谊通过笔墨显露出来。我曾读过《陈书》，见到了徐陵和江总的唱和之诗，徐陵曾说："我写的诗附在老弟的文集中吧。"我现在写的这几首诗，也想附在汉镛的文集中啊。

评析

邵齐焘为清乾隆时的诗文名家之一，他在被罢官回乡后，即在书院以讲学为生。黄汉镛是他的得意门生之一，两人的关系十分密切，可以称为"忘年交"。当黄生远赴他乡以求进取时，作者的依依惜别之情自会油然而生。因之，这篇送别的文章确属真情流露之作，绝非一般的酬酢文章。

作者在文中也流露了个人的坎坷遭遇，这种遭遇又和送别得意门生纠结在一起，其心中愤懑不平之情不问可知。全文的基调因之是阴沉的，看到的景物也是令人伤感的。"垂杨濯濯，落絮萦愁；芳草芊芊，成茵藉恨"，就是很好的说明。

全文句式多变，既有传统的四六句，也有大量的四四句，而且还是骈散兼备，行文有如天马行空，是一篇上乘之作。

刘星炜(1718—1772),字映榆,又字印于,号圃三,江苏武进(今常州)人。善写骈文,乃清代“骈文八大家”之一,著有《思补堂文集》等。

《倪温陵都督[①]诗集》序

刘星炜

【一段】

将使王杨横槊,临敌而未号能军;王杨:指“初唐四杰”中的王勃与杨炯。**褒鄂操觚,登高而岂遑作赋。**褒鄂:初唐功臣段志玄封号褒国公,尉迟恭封号鄂国公,当时并称褒鄂。觚:书简。遑(huánɡ):闲暇。**其有写金壶之翰墨,妙识孤虚;**金壶翰墨:据晋王嘉《拾遗记》,周灵王时,浮提国献善书者二人,肘间有金壶四寸,中有墨汁如漆,洒地皆成篆隶科斗之字。后比喻极为精妙的书法作品。孤虚:古方术用语。以十天干顺次与十二地支相配为一旬(十天),所余两地支为“孤”,与“孤”相对者为“虚”。常以之推算吉凶祸福。**握玉帐之钩钤,兼谐竞病。**玉帐:征战时主将所居的军帐。李白《司马将军歌》:“身居玉帐临河魁,紫髯若戟冠崔嵬。”钩钤:星座名,属房宿的辅官,有两星。《汉书·天文志》:“其后荧惑守房之钩钤。钩钤,天子之御也。”竞病:南朝梁曹景宗既破魏军,梁武帝(萧衍)宴于华光殿,令沈约赋诗。时韵已尽,惟余“竞病”二字。景宗操笔成诗曰:“去时儿女悲,归来笳鼓竞。借问行路人,何如霍去病。”武帝与在座者皆嗟叹不已。见《南史·曹景宗传》。后多指作诗押险韵。**吾闻其语,未见其人。**

【译文】

如果让王勃、杨炯拿起武器,在战场上也不能够冲锋陷阵;让段志玄、尉迟恭拈起书简笔墨,登高聚会时哪里会吟诗作赋。有人能够写出精妙的书法,也能推算天文,进而占卜推算时机;一边征战守卫天子,一边还能和诗叶韵。我听说过,只是没有见到过这种人。

① 倪温陵:名鸿范,字伯琇,号随庵,晋江(今属福建)人,官至浙江提督。晋江古称温陵,故题称倪温陵。

【二段】

温陵先生，象应铜浑，天开金印。铜浑：即浑天仪。金印：黄色铸印，谓之金印。人中麟角，腾骧空騕褭之群；麟角：喻珍贵稀少。《抱朴子·极言》："若夫睹财色而心不战，闻俗言而志不沮者，万夫之中有一人为多矣。故为者如牛毛，获者为麟角也。"腾骧：超跃也，奔驰也。《晋书·夏侯湛传》："奋迅于云霄之际，腾骧于四极之外。"騕褭：骏马。张衡《思玄赋》："紥騕褭以服箱。"李善注引《汉书音义》应劭曰："騕褭，古之骏马也，赤喙玄身，日行五千里。"笔底龙文，叱咤得烟岚之气。爰从乙榜，识燕颔于宾筵；乙榜：明清科举制度，乡试合格的为举人，称乙榜。燕颔：颔，颈下颏上也。燕颔，如燕之颔也。早以丁年，拔鲸牙于海澨。鲸：海中大鱼，属哺乳水类。这里的鲸牙，指举弩牙，即拉动弩时安放箭的齿状豁口。澨(shì)：水滨。戈船下濑，溪水无淫；濑(lài)：湍急之水。长弩射潮，涛头不上。弩：用机械发射的弓，其种类很多，大者用脚踏，或用腰开，有数矢并发者称连弩。结发从戎之始，敌号万人；结发：古代男子自成年时束发，因谓童年或年轻时为结发。《史记·李将军列传》："且臣结发而与匈奴战，今乃一得当单于。"颁旂按部之余，书陈三箧。旂(qí)：旗帜的总称。按部：带领部属。陆机《文赋》："然后选义按部，考辞就班。"春蒐秋狝，祃牙自肃于军容；春蒐(sōu)：春季的射猎。秋狝(xiǎn)：秋猎。《周礼·夏官·大司马》："中秋，教治兵，……遂以猎田。"注："秋田为狝。"祃牙：古时出师行祭牙旗之礼。唐封演《封氏闻见记》五："军前大礼，谓之牙旗。出师则有建牙、祃牙之事。"文鼓武铙，倚树深娴于诗械。铙(náo)：乐器名，行军用之。如铃而大，有中空短柄，用时执把，口朝上，以槌鼓击作响。诗械：作诗的器具，如笔、墨、纸、砚等。苏轼《孙莘老寄墨四首》："先生不讥诃，又复寄诗械。"廉颇名字，长列御屏；萧酂勋庸，还镌汉鼎。廉颇：战国赵将，与蔺相如结为刎颈之交。萧酂：指萧何。萧何为汉初功臣，论功第一，被封为酂侯。勋庸：勋功。杜甫《水宿遣兴奉呈群公诗》："勋庸思树立，语默可端倪。"凤衔仙诏，峨冠列翡翠之华；鳄徙溟池，折棰偃鲲鹏之穴。溟池：即溟海，神话传说中在极北之地。《庄子·逍遥游》记北溟有大鱼名鲲，化而为大鸟名鹏。筹边全阃，开府则坐镇十州；阃(kǔn)：门槛，指郭门、国门。《史记·冯唐传》："阃以内者，寡人制之。"开府：开建府署，辟置僚属。汉制惟三公可开府。州：地方行政单位。宋分境内为诸府、州、军、监，上属各路，下属诸县。元明清皆有州，分直隶与散州两类。衣锦故园，传檄而风驰八闽。檄(xí)：古代官方文用的木简，长尺二寸，多作征诏、晓谕、申讨等用。若有急事，则插上羽毛,称为羽檄。闽:古民族名,聚居于今福建省境。《周礼·夏官·职方氏》有七闽。后因简称福建为闽。**而乃冥搜史传,雅好游吟。**冥搜:尽力寻找,搜集。**弯弓小鲁之山,辨练光于曳马;散屐大吴之岭,识宝气于连牛。**此二句化用骆宾王《上司列太常伯启》中“登小鲁之岩,辨练光于曳马;临大吴之国,识宝气于连牛”句。小鲁指《孟子·尽心上》所说“孔子登东山而小鲁,登泰山而小天下”。曳马、连牛是从星象上代指吴越之地。大吴之国语见《战国策·赵二》“黑齿雕题,鳀冠秫缝,大吴之国也”,亦指吴地。**每于九曲峰头,六桥堤畔,松扉桂幌,聚粒米而图成;**九曲:福建省武夷山形九曲,山中有水,水随山曲,称为天下胜景。六桥:在浙江杭州市西湖,名映波、锁澜、望山、压堤、东浦、跨虹,宋苏轼始建。苏轼《轼在颍州与赵德麟同治西湖湖成德麟有诗见怀次韵》:“六桥横绝天汉上,北山始与南屏通。”又西湖的里湖也有六桥,名环壁、流金、卧龙、隐秀、景行、濬源,明杨德瑛建。聚粒米:《后汉书·马援传》:“又于帝前聚米为山谷,指画形势。”**橘诵兰言,拨铜琶而响裂。更以频年官兴,峡云岭树之闲;长日梦思,碧汉红墙之地。**红墙:红色之墙。李商隐《代应诗》:“本来银汉是红墙。”**讴吟圣藻,全身恍惹御炉;**圣藻:出类拔萃者的辞藻。御炉:天子的香炉。柳宗元《省试观庆云图诗》:“抱日依龙衮,非烟正御炉。”**讽咏名篇,万本无非禁脔。**禁脔(luán):原指为君王独享的美味,后喻独占不容他人分享、染指的东西。**于是舒每饭不忘之悃,赓和天章;**悃(kǔn):诚恳,诚实。赓和:唱和。《新唐书·韦皇后传》附上官昭容(婉儿):“数赐宴赋诗,君臣赓和……”天章:比喻帝王的诗文辞章。徐陵《丹阳上庸路碑》:“御纸风飞,天章海溢。”**逢见猎而喜之时,规摹院体。**见猎而喜:也作“见猎心喜”,喻旧习难记,触其所好便跃跃欲试。《二程遗书》:“明道年十六七时,好田猎。十二年,暮归,在田野见田猎者,不觉有喜心。”院体:书法的一种流派。唐贞元中翰林院学士吴通微工行草,院中胥徒效其书,大行于世,称为院体。又院体乃绘画的一种流派。

【译文】

温陵先生,天姿生来聪慧,生就一副将才。在茫茫人海中实属罕见,从人群中脱颖奔腾而出;提笔写出超越世俗的文章,其气势犹如云雾弥漫于天地。在乡试得中之时,曾在宴会上见到过尊容;早在成年时,在海滨就进行射猎。荡舟在湍急的水中,溪水并不激荡;用长长的弩弓射向潮水,波涛不再起伏。从成年从军之日开始,号称可敌万人;在军旅生活的余暇,写作的诗文装满了三箱。举行春蒐秋狝的大典时,在仪式上可称之为军容严整;演奏军乐时,其节奏配合得可谓娴熟。廉颇的姓名,长期书写在御屏上;萧何立下了功勋,他的名字曾镌刻在汉鼎上。皇帝颁布了诏书,儒生获得了令人称羡的殊荣;鳄鱼远奔溟池,轻而易举地捣毁了鲲鹏的巢穴。谋划国家大事,担任督抚时曾坐镇十州之地;回到故乡时,他的号令遍及福建全省。他还用心搜集史传典籍,喜好吟诗作赋。时而登泰山弯弓射猎,遥望吴门;或漫步吴地,辨察斗牛之间宝气冲天。经常在九曲峰头,六桥堤畔,松树和桂树之下,堆集米粒演示战场形势;和心意相投的人在一起,弹唱豪迈的乐曲。连年来仕途颇为得意,又有游山玩水的闲情逸致;终日萦怀不忘之事,乃是曾经面见过皇帝。恭读天子的诗篇,仿佛身沾御炉散发的气味;吟诵皇帝的大作,篇篇都是美妙绝伦的文章。因此写作时每每表现出时刻不忘皇恩的竭诚心意,恭敬地赓和天子诗作;每逢旧习难忘之时,便模仿院体创作。

［三段］

以予使轺所至,缟带言欢。轺(yáo):小车,又指使者所乘的车。缟(gǎo)带:细白的生绢带。指朴质的衣饰,泛指学子之服。**愧磨盾鼻之末工,谓着佛头而亦可。**盾鼻:盾牌的把手。《资治通鉴》卷一百六十南朝梁太清元年:"(荀)济少居江东,博学能文,与上有布衣之旧,……常谓人曰:'会于盾鼻上磨墨檄之。'"注:"于盾鼻上磨墨以声其罪。"着佛头:即"佛头着粪",玷污之意。**置身一邱一壑,所谓伊人;结体九地九天,此在兵法。**伊人:这个人。《诗经·秦风·蒹葭》:"所谓伊人,在水一方。"九地:用兵法之九种地势。详见《孙子·九地》。九天:极言其高。《孙子·形》:"善攻者,动于九天之上。"

［译文］

由于我因公出差见到了温陵先生,老朋友相见后握手言欢。自愧我的文采水平太低,在先生面前颇有亵渎之感。我即便是身处一丘一壑,也会思念故人;我们之间的友谊可称九地九天那样广阔无垠,在兵法上就有这种说法。

评析

刘星炜是清乾隆时的重臣,而倪温陵又是坐镇地方的武将,二人相交甚厚。为故交的诗集作序,允称得体。本文开头先提到文人未必能上阵作战,而武将又未必能操笔赋诗,然后笔一转,写出了倪温陵恰巧就是这样的一个文武全才。在往日的文学评论中称这种写法为"烘云托月",确实有一定的说服力。

由于是为他人诗集作序,不可避免地会出现一些溢美之词,这也是一种通病。然而,作为骈文来讲,作者确能做到对仗工整,音节优美。结尾处又用自己的作品来对比,更显示出了倪温陵不凡的文采。

本文继承了六朝骈文的传统,虽用典较多,且有生涩之感,不如初唐骈文那样自然得体,但在清代骈文中仍是别具一格之作。

洪亮吉(1746—1809),字君直,一字稚存,号北江,江苏阳湖(今常州)人。与汪中、孔广森齐名,乃清代骈文大家之一,著有《洪北江全集》。

游城北清凉山[1]记

洪亮吉

【一段】

夫蒹葭盛则吟虫集矣,云霞生则爨烟绝矣。蒹葭:蒹,荻;葭,芦苇。乃常见的水草,喻微贱。《韩诗外传》二:"闵子曰:'吾出蒹葭之中,入夫子之门。'"爨(cuàn)烟:炊烟。犹复绀宇斜出,瞰临流之舟;绀(gān)宇:佛寺。绀:深青透红之色。青藤上缘,接过岭之树。于是纵睇幽远,悼叹今昔。连山青而百里,夕阳红而万状;草露炫目,天风振衣;炫(xuàn)目:耀目。声摇鹊巢,影入雉堞。雉堞(dié):城墙长三丈、广一丈为雉。堞:女墙,即城上端凸凹迭起之墙。鲍照《芜城赋》:"是以版筑雉堞之殷,并干烽橹之勤。"庵:圆形的小屋;又解作小庙。

【译文】

芦苇生长旺盛的地方就会有鸣虫聚集,天上的云霞出现时大地上的炊烟就见不到了。况且佛寺从侧方露出,正面着河中的舟船;青绿的藤条向上延伸,直达山岭上的树木。于是我便纵目向远处望去,不由得叹今伤昔。山峦连绵长达百里,夕阳的红光千姿百态;草上的露水发光照耀着眼睛,天上刮起了风吹动了衣服;风声震动了喜鹊窝,影子映到了城墙上。

【二段】

盖曾不半日而城北之胜已俱览焉。庵名隐仙,楼则扫叶。北登翠微之亭,西泛莫愁之艇。翠微:轻淡青葱的山色。艇(tǐng):轻便小船。

---

① 清凉山:在今南京市。

升皋陟风，游禽输其捷；皋：土山，丘陵。陟（zhì）：登高。输：比不上。鸣榔鼓棹，潜鳞讶其狂。榔：同“桹”，捕鱼时用以敲船惊鱼的长木条。棹（zhào）：划船的工具。阴谷蔽日，流萤已飞；长林无风，密叶自下。金粟数树，与松花竞香；金粟：桂花的别称，因其色黄如金，花小如粟，故称。秋棠千株，共玉蕊比洁。棠：木名。有红白两种。红者木质坚韧；白者果实可食，亦谓杜梨。玉蕊：谓玉之精也，神仙所食；又指琼花，此处似指玉蕊花。泠泠瑟瑟，凉生秋初；泠泠：水声。陆机《招隐诗》：“山流何泠泠，飞泉漱鸣玉。”瑟瑟：轻微的声音。寥寥萧萧，境出尘表。寥寥：空虚。萧萧：风声。兴尽而返，途穷乃归。经黄公之酒垆，指徐君之墓树。黄公、徐君：从下文“盖数君者灵爽尚接，笑言始生，而坟土已三尺矣”，乃知为与作者同时之人。欢悰方延，哀绪忽振。欢悰（cóng）：欢乐。盖数君者灵爽尚接，笑言如生，而坟土已三尺矣。既伤曩游，复念逝者。同行孙君星衍、汪君为霖、陶君涣悦，亦并有怀旧之感。孙星衍等三人：孙星衍（1753—1818），清乾隆年间著名的学者，与本文作者齐名，曾任山东布政使。汪为霖（1763—1822），清中期诗人、书画家，曾任兖州知府。陶涣悦（生卒年不详），清中期诗人，官至户部郎中。相与弹琴赋诗，荡此哀郁。迨至白日入地，红灯烛天，始复联骑以前，接坊而过，联骑：并骑。《文选》刘峻《广绝交论》：“出平原而联骑，居里闬而鸣钟。”坊：城市中街市里巷的通称。臻于快园。复预雅集，亦庶几曩哲投辖之旨，投辖：汉陈遵好客，每宴会辄取客车辖投井中，言留客之切也。见《汉书·陈遵传》。古人秉烛之义焉。

［译文］

花费了不到半天的时间城北的名胜便都游遍了。我们到过隐仙庵，也到过扫叶楼。向北曾登上翠微亭，向西曾荡舟于莫愁湖。登上丘陵迎风而立，飞鸟也不会这样快捷；拍打着船桨，游鱼也会惊讶这种猛烈的声音。在阴暗的山谷中见不到阳光，飞行无定的萤火虫已经出现；丛林深处吹不进风，密集的树叶自会落下。那里有几株桂树，和松树的花竞放香气；还有上千株秋海棠，要和琼花比一比洁白。听到一阵泠泠瑟瑟的声音，感觉到初秋已有寒意；听到了萧萧的一阵风声，使人产生了置身世外的感觉。游兴已尽便向回走，无路可通只得转身而归。途经黄公的酒垆，指认了徐君的墓树。原本欢乐的心情，忽然产生出一阵悲哀。这几位过去还是精神勃勃，谈笑风生，现在他们却已在三尺坟墓中了。既伤感过去曾一起出游，又怀念逝世的人。我的同伴孙君星衍、汪君为霖、陶君涣悦，也都有怀旧的感觉。我们便在一起弹琴赋诗，用来涤荡悲哀郁闷的心情。一直停留到日落西山、灯火辉煌的时刻，大家一起骑马前进，进入居民区，直达快园。我们又商议着下一次的集会之事，这也可以说是符合前人投辖留客的做法，也符合古人秉烛夜游的要求吧。

【三段】

是日也，孙君等各赋诗，而亮吉为之记。

【译文】

当天，孙君等人都各自作诗，我就把这次的集会记了下来。

评析

古代的文人在集会后往往要写一篇“记”（也有称为“序”的）以留念，写记的多属集会中的大手笔。本文所记的清凉山的集会，与游者都是当时的名士。大家在游兴之余，吟诗联句，自是文人本色，而洪亮吉的这篇记，更起到了锦上添花的作用。

作者在写到秋景时，颇能抓住时令特点，如“阴谷蔽日，流萤已飞；长林无风，密叶自下。金粟数树，与松花竞香；秋棠千株，共玉蕊比洁”，这是只有在初秋时才会见到的景色。同时，作者在文章中流露出来的伤感之情也确实发自肺腑，“盖数君者灵爽尚接，笑言如生，而坟土已三尺矣”，这正是“物伤其类”的真实写照。

洪亮吉是清代的骈文大家，这篇文章虽用典不多，但对仗工整，措辞不华丽，有质朴之感。

吴锡麒（1746—1816），字圣徵，号谷人，浙江钱塘（今杭州）人。以骈文著名，与邵齐焘、洪亮吉、刘星炜、袁枚、孙星衍、孔广森、曾燠并称八大家，著作有《正味斋集》。

答张水屋[①]书

吴锡麒

［一段］

获读手书，且言宦况，宦况：做官的情况。乃知门临乱冢，屋绕丛山，几几乎青磷代灯，白云同榻矣。青磷：青色的磷火。寂寞之境，迁谪所悲。迁谪：升官与贬官。然计足下浊酒浇愁，蹇驴觅句。蹇驴：驽劣之驴。《易林》："蹇驴不才，骏骥失时。"月来如客，花开当春。踵杜老之豪吟，点倪迂之小笔，亦无闷也。杜老：唐代著名诗人杜甫。倪迂：元末画家倪瓒。无闷：没有烦恼苦闷。

［译文］

接到您的来信，其中谈到了您做官的情况，我这才知道您住的地方临着一片乱坟，还有群山环绕着，几乎是可以用坟地里出现的磷火来代替灯烛，和白云同榻共眠了。身处寂寞的环境，这是遭到贬官的人会感到悲伤的。然而我料想到您会通过饮酒来消除愁闷，骑着一头蹩脚驴去吟诗。月光入户好像宾客登门，看到花开就判断出春天的到来。学习杜甫那样不停吟诗，画一画倪瓒那样的小幅图画，也可排除烦闷了。

［二段］

否则偕二三父老，咨疾苦，论桑麻。谊若家人，游同乡井。乡井：家乡。以云宦隐，亦固其宜。宦隐：做官与归隐。至于千金万金之寿，

① 张水屋：名道渥，字水屋，浮山（今属山西）人，官至霸州知州，著作有《水屋剩稿》。

眼花耳热之娱，业当颜子坐忘，司空见惯。颜子：似指孔子弟子颜回。坐忘：澹泊无忧的境界。一觉扬州之梦，十年禺筴之场，一觉扬州之梦：出自唐杜牧《遣怀诗》："十年一觉扬州梦，赢得青楼薄幸名。"禺筴之场：指张水屋曾任两淮盐运通判，驻扬州。禺筴指盐务。岂犹望失之东隅，收之桑榆也哉！东隅：日出东隅，故以东隅指早晨。《后汉书·冯异传》："可谓失之东隅，收之桑榆。"桑榆：喻日落。《淮南子》："日西垂影在树端，谓之桑榆。"注："言其光在桑榆上。"

［译文］

或者，找来两三个当地的老人，了解一下民间疾苦，研究一下种植农作物的经验。您和他们亲若一家，像和同乡友人那样交往。如果说这就是官场中的隐士，那也十分恰当。至于像长寿在世，以及令人眼花缭乱的种种欢乐，应该像颜回那样澹泊视之，认为是司空见惯的事。扬州之梦醒来，追思官场蹉跎岁月，难道还希望在东边失掉的，从西边找回来吗？

［三段］

如其蔗境能甘，强台可上，则借回飙，阶青汉，固亦大丈夫之志业耳。蔗境：蔗本比蔗尾为甘。今谓蔗境者由苦而甘。《晋书·顾恺之传》："顾恺之每食甘蔗，常自尾至本。人或怪之，恺之曰：'渐入佳境。'"强台：又名作荆台。《战国策·魏策》："楚王登台而望崩山，左江而右湖，以临彷徨，其乐忘死。遂盟强台而登，曰：'后世必有以高台陂池而亡其国者。'"青汉：天汉，高空。顾况《短歌行》："明月皎皎入华池，白云离离度青汉。"必谓仕须及热，贵可因人。想足下抱纯约之怀，负慷慨之气。溪边古柳，已怕折腰；帘外青山，将羞植笏。笏(hù)：古庙堂朝会所执的手板，有事则书于上，以备遗忘。古代自天子至士皆执笏，后世唯品官执之。又：铸金银为条板，形似笏。因称一枚为一笏。未有不思之烂熟者也。

［译文］

如果能像倒吃甘蔗那样越吃越甜，强台可以攀登的话，那么借着巨大的风力，上登天河而去，那也是大丈夫的豪迈壮志。如果说想当官就要热衷于奔走，想获得显贵地位就要依附他人。我想你素日养成了笃厚的胸怀，生就了意气风发的气质。当年陶渊明居住在溪边古柳之处，他怕的是在权贵面前低三下四；宁愿身处青山之中，也不愿意聚敛财富。这事我认为您早就记得烂熟了。

［四段］

若仆者，赋惟穷鸟，泣似枯鱼。穷鸟：无路可逃之鸟。枯鱼：干鱼。《韩非子·外储说左下》:"孙叔敖相楚,栈车牝马,粝饼菜羹,枯鱼之膳,冬羔裘,夏葛衣,而有饥色,则良大夫也,其俭逼下。"**文章既已逊人,经济安能报国?印累绶若,久不关心。**文章:文辞。《史记·儒林传序》:"文章尔雅,训辞深厚。"也泛指独立成篇的文字。经济:经国治民。《晋书·殷浩传》简文(司马昱)答书:"足下沈识淹长,思综通练,起而明之,足以经济。"印:执政所持之信,后以为印信之通称;故印玺、图记、钤记、关防之属,皆称之印。绶:丝带,用来系帷幕或印环。古代常用不同颜色的丝带,标志官吏的身份和等级。**惟冀具菽水之资,了婚嫁之愿。**菽水:豆与水,谓薄之饮食。陆游《湖堤暮归诗》:"俗孝家家供菽水,农勤处处筑陂塘。"婚嫁:嫁娶。北齐颜之推《颜氏家训·后娶》:"前妻之子,每居己生之上,宦学婚嫁,莫不为防焉,故虐之。"**然后芒鞋拾路,落叶打包。**芒鞋:草鞋。苏轼《定风波》:"竹杖芒鞋轻胜马,谁怕?一蓑烟雨任平生。"**猿鸟无猜,水云得意。将因树以为屋,可缝芰而制衣。**芰(jì):菱角。两角为菱,四角为芰。**赋性之迂,实自知耳。**赋性:天所予之禀性。苏辙《为兄轼下狱上书》:"赋性愚直,好谈古今得失。"

【译文】

像我这个人,只是一只无路可投的小鸟,又好像一条将要干涸而死的小鱼在哭泣。写出来的文章既不如别人,胸中又缺少报效国家的韬略。有关官场上的事情,很久以来就不关心了。只不过想攒一些赡养父母的钱,并给儿女操办完婚事。然后脚穿草鞋上路,回到我的家乡。身与猿鸟为伴,在山水云霭中度过晚年。靠近大树构筑居室,亲手缝制衣服。生性就是如此迂阔,这一点我自己也知道。

【五段】

方今大暑如沸,小年正长。小年:形容时间长,近似一年。宋代唐庚《醉眠诗》:"山静似太古,日长如小年。"**榻有青苔,门无绿树。言归之计徒切,望远之梦或通。何以解忧,托荷花而酌子;愿言则嚏,见荔子而思余。**嚏(tì):打喷嚏。《诗经·邶风·终风》:"愿言则嚏。"荔(lì)子:即荔枝。唐韩愈《柳州罗池庙碑》:"荔子丹兮蕉黄,杂肴蔬兮进侯堂。"**札到经秋,书成维夏。火云千里,旧雨一心。**旧雨:老朋友。杜甫《秋述》:"秋,杜子卧病长安,多雨生鱼,青苔及榻。常时车马之客,旧,雨来,今,雨不来。"言旧时宾客遇雨亦来,而今遇雨不来。

【译文】

现在正是大暑,热得像沸水一样,而昼长夜短。床前有青苔,门外无绿树。

回归故乡的想法十分迫切，也许在梦中可以看到家乡。怎样才能排除忧闷呢，我姑且拜托荷花与你共饮；希望你想到我就会打喷嚏，见到荔枝就会想到我。写给您的信到秋天才会收到，而我却是在夏天写的。炽热的云一望千里，我和老朋友始终是一心一意。

评析

本文为吴锡麟给友人张道渥（字水屋）的一封回信。信中饱含作者怀念故交之情，并多方开导友人要正确对待官场，切勿随波逐流。同时，作者也流露出对官场生活的厌倦。从措辞上来看，他也是为人耿介、不善于逢迎的一介书生。

文章突出的特点是感情真挚，感人肺腑。这样的词句是真情的流露，而不是一般书信中常用的套语，如"月来如客，花开当春。踵杜老之豪吟，点倪迂之小笔，亦无闷也"。作者为友人设计了排遣郁闷的手段，其关怀故人之情真是跃然纸上。

全文流丽清新，对仗工整，在骈文中堪称佳作。

孔广森(1752—1786),字众仲,又字㧑约,号巽轩,山东曲阜人,孔子六十九代孙。从戴震、姚鼐修习经学,尤精《公羊春秋》,著作有《仪郑堂骈俪文》《诗声类》。

丁酉八月陶然亭[①]宴集序

孔广森

【一段】

陶然亭者,都中士大夫比之周侯藉卉之地、右军修禊之所。藉卉:坐在草地上。《世说新语·言语》:"每至美日,辄相邀新亭,藉卉饮宴。"右军:指王羲之,曾任右将军。修禊:古代民俗于农历三月上旬的巳日(魏以后固定为三月初三),到水边嬉游采兰,以驱除不祥,称为修禊。《世说新语·企羡》注引晋王羲之临海叙:"暮春之初,会于会稽山阴之兰亭,修禊事也。"**或逢美日,则重席相邀;将有远行,则百壶出祖。**百壶:谓酒多。**仆至者屡矣,然其事无称尔。若乃主人望重,新封燕颔之侯;宾客声华,将应鲲溟之运。**颔:颜下颈上也。燕颔:如燕之颔也。旧时以燕颔形容为王侯的贵相。《后汉书·班超传》:"燕颔虎颈,飞而食肉,此万里侯相也。"梁简文帝《七略》:"蝉鸣秋稻,燕颔玉精。"鲲:大鱼名。《庄子·逍遥游》:"北溟有鱼,其名为鲲,鲲之大,不知其几千里也。"**今日之会,是为盛与!通政王公,被雍鹭之表仪,历附蝉之清秩。**通政:指通政司,明清时收受、检查内外奏章和申诉文书的中央机构。雍:和也。鹭:水鸟名,又名白鹭、白鸟。《诗经·周颂》:"振鹭于飞,于彼西邕。"清秩:犹言清班,即清贵之官。唐司空图《司空表圣诗集》:"清秩偶叨非养望,丹方频试更堪疑。"**昔九隆不惠,六士龚行,**九隆:山名,在云南省保山县西。亦作九龙。又名牢山。山有九岭,汉时哀牢夷即居此山下。《后汉书·西南夷传》:"哀牢者,其先有妇人,名沙壹,居于牢山。尝捕水中鱼,触沉木若有感,因怀妊,十月产子男十人。后沉木化为龙,

① 陶然亭:在今北京市西城区,乃清代士大夫游宴之地。康熙三十四年(1695),江藻建。亭名取义于晋陶潜(渊明)《时运》诗:"挥兹觞,陶然自乐。"又取唐诗人白居易诗句:"更待菊黄家酿熟,与君一醉一陶然。"

出水上，沙壹忽闻龙语曰：'若为我生子，今奚何在？'九子见龙惊走，独小子不能去，背龙而坐，龙因舐之。其母鸟语，谓背为九，谓坐为隆，因名子曰九隆。……后牢山下有一夫一妇，生十女子，九隆兄弟皆娶以为妻，后渐相滋长。"龚行：为恭行天子之命罚也。《三国志·魏志·钟会传》："命授六师，龚行天罚。"**终童请瓯越之缨，介子奋楼兰之志。**终军：少好学，年十八岁为博士弟子。武帝时官谏议大夫，遣终军说南越王入朝。军自请，"愿受长缨，必羁南越王而致之阙下"。既至，南越王愿举国内属。越相吕嘉不从，举兵杀其王及汉使者。军死时年二十余，世称"终童"。介子：指西汉昭帝时的傅介子。楼兰：汉西域国之一。武帝时遣使通大宛，楼兰当道，常攻击汉使。昭帝立，遣傅介子斩其王，改名鄯善。**高平第一，聚米成山；草奏盈千，以鞍为几。人陪玉帐，出赞金弢；**金弢：金属弓袋。**会借箸以成劳，遂磨盾而书捷。**箸：饭具，俗称筷。**嘉河西之记室，每问班彪；为淮右之铭辞，天过韩愈。**记室：掌章表书记文檄。河西：泛指黄河以西地区，又称河右。班彪（3—54）：汉扶风安陵人，字叔皮。年二十余，避难于天水，依隗嚣。后至河西为窦融从事，为融画策事汉。光武初举茂才，拜徐令。因病免官。好著作，博采遗事异闻，作西汉史六十五篇，以补《史记》太初以后之缺。淮右：又称淮西，指今皖北豫东淮河北岸一带。韩愈（768—824）：唐河南河阳（今河南孟州）人，字退之。贞元八年进士及第，十九年任监察御史，因上书谏陈时弊，屡次被贬。反对六朝以来的文风，提倡散体，为后世古文家所宗，称韩文。**于是从军诗出，尽识公孙；绝幕归来，仍多揖客。**公孙：诸侯之子曰公子，其孙曰公孙。后世用于对高官贵族子弟的尊称。绝幕：幕通"漠"，渡越沙漠。《史记·匈奴传》："大将军（卫青）出定襄，骠骑将军（霍去病）出代，咸约绝幕击匈奴。"揖客：对客行揖礼，礼贤下士之意。扬雄《解嘲》："当今县令不请士，郡守不迎师，群卿不揖客，将相不俯眉……是以欲谈者卷舌而同声，欲步者拟足而投迹。"**粤以在丁之岁，中卯之辰，载酒来游，朋旧式宴。**式宴：安乐也。式或为助词。张衡《东京赋》："上下通情，式宴且盘。"薛综注："式，用也。"**斯时也，汉兴廉孝之科，周上贤能之籍。**廉孝：即孝廉。本为汉代选举官吏的两种科目名。孝，指孝子；廉，指廉洁之士。汉武帝元光六年初，令郡国举孝廉各一人。后来合称孝廉。贤能：贤良有才能之人。《荀子·仲尼》："处重擅权，则好专事而妒贤能，抑有功而挤有罪。"**泽云西北，瑞我玉京；竹箭东南，萃斯瑶度。**玉京：帝都。南齐孔稚珪《褚先生百玉碑》："道家之书原出于老子，其自言也，先天地生，以资万类。上处玉京，为神王之宗；下在紫微，为飞仙之主。"瑶：石之美或曰美玉。**盖与会者五十余人，而应试者居大半焉。他日一枝木桂，半镜芙蓉；鲔渚同辞，豹文共蔚。**鲔（wěi）：

水名。渚(zhǔ):水中小陆地,又指水边。**则西园图记,可当千佛之经;东塔闻声,且续重阳之饮。**西园:园名。汉末曹操所建,在邺都。曹丕《芙蓉池作诗》:“行辇夜行游,逍遥涉西园。”图记:地图记录。欧阳修《丰乐亭记》:“考其山川,按其图记。”重阳:农历九月九日。古以九为阳数,九月而又九日,故称重阳。**庶几贤主,以为美谈。**

【译文】

陶然亭这个地方,国都中的文人把它比作是周伯仁席地宴饮之地,又如同王羲之《兰亭集序》中所说的修禊之所。有时到了天气晴朗的日子,就准备好酒宴相邀;有人将要出门远行,就备酒为之饯行。我经常参加这些活动,然而并没有值得称道的地方。像今天备宴的主人德高望重,最近又被朝廷提拔;宾客多人齐聚一处,庆贺主人将要鹏飞万里。今天这次聚会,可以说是盛况空前!通政使王公,生就了仪表堂堂的容貌,又身居显赫的职位。从前九龙曾不恭顺,六士恭行天罚,终军曾表示要捉住南越王,傅介子也有过攻下楼兰的壮志。昔年汉光武帝亲征高平第一城,大将马援聚米成山以说明当地形势;上奏文书过千,用马鞍当作案几。在军帐中处理军务,在军帐外手执武器上阵;用筷子指点天下大势而立功,用盾鼻磨墨书写捷报。在军中做记室,和班彪一样备受器重;撰写得胜铭辞,天赋胜于韩愈。在军旅中经常作诗,结交不少高官子弟;从战场上归来,依旧广揽宾朋。定于在丁那一年,中卯那一天,准备好酒肴来到这里一游,和旧友们共同饮宴。在那一年,恰逢汉廷举办孝廉的科举,周室制订贤才的名册。祥云浮现西北,正应帝都祥瑞之兆;竹箭出现在东南,奇才异人荟萃一堂。参加宴会的共五十余人,其中参加考试的占大多数。日后考试得中,文采斐然的士子犹如荷花那样光辉夺目;大家在一起赋诗,佳作连篇。西园的图记,可以当作千佛之经;倾听从东塔传来的声音,可在重阳节再继续饮宴。这篇文章写给贤明善良的主人,作为日后的美谈。

评析

古代的士人,在聚会饮宴时往往选择一些环境优美、风景宜人的处所,大家边饮边谈,指点江山,畅所欲言。而同时又多吟诗作赋以抒发胸臆中的万千思绪,事后还要将诗作汇集成册,作为日后追忆之用。本文即为作者为这册诗集所写的序言。

由于与会者多为赴京应试的举子，而宴会的主人王公又是当时的重臣，所以在文中既要指出主人的文韬武略，又要对举子们寄托希望。

全文以四六句式为主，用典也较多，基本上是继承了六朝的传统，但词句比较平易近人。作者本人又是一位经学大师，在修辞炼字方面，充分显示出他非凡的功力。在清代的骈文中，本篇可称上乘之作。

吴鼒(1755—1821),字山尊,一字及之,号仰庵,安徽全椒人。善写骈文,又工诗,著有《夕葵书屋集》,并选编《八家四六文钞》。

《八家四六文钞》[①]序

吴鼒

[一段]

国家化成万祀,道光八野;道光:道德的光辉。《晋书·汝南王亮传》史臣曰:"有晋郁兴,载崇藩翰,分茅赐瑞,道光恒典。"人握珠璧,文奋鸾龙。其以立言垂不朽者,不仅数公。兹就鼒师友之间,钻仰所逮。或亲炙言论,或私淑诸人,所知在此也。私淑:私善。范成大《寄题新昌小道院诗》:"勿云私淑小邑,可以匹休大邦。"后遂称未得身受其教而宗仰其人为私淑。即鼒卅年游学江湖,受知场屋,江湖:泛指五湖四海各地。场屋:科举时代应试场所之称。一名科场。《宋史·陈彭年传》:"彭年,太平兴国中,举进士在场屋间,颇有隽名。"巨公名德辱收之者,亦不仅数公。名德:德高望重。《晋书·庾冰传》:"冰,字季坚,兄亮以名德流训,冰以雅素垂风。"众制分门,元音异器,元音:即母音。兹集局于四六一体。四六一体:即骈文。因以四字六字为对偶故名。道则共贯,艺有独工,所录在此也。

[译文]

我国的功德教化功垂千秋万载,道德的光辉遍及四面八方;人人具有高尚品质,写出来的文章如同龙飞凤舞。那些以文章留名于后世的,不仅这几位。现在谨就我的师辈和友人之中,找出一些平素瞻仰崇拜的作者。有的是我曾亲身受到过他们的指教,有的是我私下学习过他们的笔法,我所知道的就是这几位。我在三十年间曾在各地就学,在科场中受到教诲,指点过我的德高望重的名人硕儒,也不只是这几位。各种作品有不同的类别,各种乐声有不同的乐器,

① 《八家四六文钞》:吴鼒选编的一部骈文选本。

现在我只收集四六这一种文体。写作的道理是共同的,写作的手法则独有专攻,我所选的文章就在本书内。

［二段］

此数公者,通儒上材。通儒:指博通古今、学识渊博的儒者。《尉缭子·治本》:"野物不为牺牲,杂学不为通儒。"**或修述朴学,传薪贾郑**;朴学:本指上古朴质之学。《汉书·欧阳生传》:"宽有俊才,初见武帝语经学。上曰:'吾始以《尚书》为朴学,弗好,及闻宽说,可观。'乃从宽问一篇。"后泛指经学为朴学。贾郑:似指汉代贾逵和郑玄。贾逵为东汉经学家,精通《左传》。郑玄为东汉时学者。**或喁于乐府,嗣响雅骚**。喁(yú):应和声。乐府:诗体名。初指乐府官署所采制的诗歌,后将魏、晋至唐可以入乐的诗歌,以及仿乐府古题的作品,统称乐府。宋以后的词、散曲、剧曲配乐,有时也称乐府。雅骚:指《诗经》和《楚辞》。**传世行远,不名一技。兹集发于生徒之请,综为骈俪之则。采片石于抵鹊之山,挂只鳞于游龙之渊**,抵鹊:借指玉璞。萧统《锦带书·中吕四月》:"蕴抵鹊于文山,俨然孤秀。"**所业在此也**。

［译文］

这几位作者,都是学识渊博的佼佼者。有的专攻经学,继承了贾逵和郑玄的传统;有的擅长乐府,继承了《诗经》《楚辞》的传统。他们所写的作品在世间广为流传,其影响并不只在一个地方。这本文集的编辑是为了满足我的学生的请求,他们希望编选出一种四六文体的范本。这个文集也不过相当于在抵鹊山上拾取一两片玉石,在潜藏游龙的深渊中拾取一两片龙鳞而已,我所做到的就是这些。

［三段］

夫一奇一偶,数相生而相成;尚质尚文,道日衍而日盛。尚质尚文:即崇尚文采与崇尚质朴。**旸谷幽都之名,古史工于属对**;旸谷:日所出处。《尚书·尧典》:"分命羲仲宅嵎夷,曰旸谷。"传:"日出于谷而天下明,故称旸谷。"幽都:"指北方极远的地方,旧称日没于此,万象阴暗,故称幽都。"传:"北称幽,则南称明,从可知也。都,所谓聚也。"属对:诗文中两句缀成对偶。唐元稹《唐故工部员外郎杜君墓系铭》:"词气豪迈而风调清深,属对律切而脱弃凡近。"**觏闵受侮之句,葩经已有俪言**。觏(gòu)闵:谓见害于人。《诗经·邶风·柏舟》:"觏闵既多,受侮不少。"传:"闵,病也。"疏:"小人见困病于我既多,我又受小人欺侮不少。言觏,自彼加我之辞;言受,从己受彼之称尔。”葩经:《诗经》之别名。韩愈《进学解》:“诗正而葩。”道其缘起,略见源流。盖琴无取乎偏弦之张,锦非倚乎独茧之剥。偏弦:其中一弦特异也。陆机《文赋》:“譬偏弦之独张,含清喟而靡应。”独茧:一茧也。司马相如《上林赋》:“曳独茧之褕袘。”注:洗曰:“独茧,谓一茧丝为衣。”以多为贵,双词非骈拇也;沿饰得奇,偶语非重台也。骈拇:《庄子》篇名。此篇言俗有美恶,道无是非,殉名殉利,则有君子小人之殊,损性残生,曾无盗跖、伯夷之异,以言仁义,非人性也。郭璞《积首蛇赞》:“夔称一足,蛇则二首,少不知无,多不觉有,虽资天然,无异骈拇。”重台:花之复瓣者。唐韩偓《玉山樵人香奁集·妒媒诗》:“好鸟岂须兼比翼,异华何必更重台。”要其挦扯虽富,不害性灵;开阖自如,善养吾气。挦(xián)扯:写作中对他人作品率意割裂取用。性灵:性情,泛指精神生活。《宋书·颜延之传》:“含生之氓,同祖一气;等级相倾,遂成差品,遂使业习移其六识,世服没其性灵。”敷陈士行,蔚宗以论史;敷陈:铺叙。《淮南子·要略》:“分别百事之微,敷陈存亡之机。”蔚宗:南朝范晔,字蔚宗,曾著《后汉书》。钩抉文心,彦和以谈艺。文心:此处似指刘勰所著《文心雕龙》一书。彦和:刘勰,字彦和。而必左袒秦汉,右居韩欧,挤齐梁为江河之下,指王杨为刀圭之误,齐梁:南朝的齐朝和梁朝。王杨:“初唐四杰”中的王勃和杨炯。他们均以文章和诗传世。不其过欤!然而,醇甘所以养生,或曰腐肠之药;笙簧所以悦听,或曰乱雅之音。笙:管乐器名。大者十九簧,小者十三簧。簧:乐器中有弹性的薄片,用以振动发声。《诗经·小雅·鹿鸣》:“吹笙鼓簧,承筐是将。”疏:吹笙之时,鼓其笙中之簧以乐之。是故言不居要,则藻丰而伤繁;文不师古,则思骛而近谬。铅黛饰容,夫岂盼倩之质;铅黛:铅粉与黛黑。妇女涂而画眉的化妆品。刘勰《文心雕龙·情采》:“夫铅黛所以饰容,而盼倩生于淑姿。”盼倩:《诗经·卫风·硕人》:“巧笑倩兮,美目盼兮。”倩,谓好口辅(口角,一说即酒窝)也。盼,谓目黑白分明也。后人因此以言姿态之美。旌旗列仗,乃非节制之师。旌旗:旗帜的通称。虽复硬语横空,巧思合绮,绮:华丽,美盛。好驰骤而前规亡,贪掎摭而真精失。驰骤:疾奔。《庄子·马蹄》:“饥之渴之,驰之骤之,整之齐之,前有橛饰之患,而后有鞭棰之威,而马之死者已过半矣。”掎摭:指责。曹植《与杨德祖书》:“刘季绪才不逮于作者,而好诋诃文章,掎摭列病。”其有摆脱凡近,规杌初祖,初祖:始祖。《陶斋吉金录》四:“黄帝初祖,德帀于虞;虞帝始祖,德帀于新。”(帀,zā,环绕)真宰不存,形似取具;真宰:天为万物的主宰,故称真宰。《庄子·齐物论》:“若有真宰,而特不得其眹。”屋下架屋,歧途又歧。又其下者,剪裁经文而边幅益俭,揣摩时好而气息愈器。启事则吏曹公言，数典则俳优小说。吏曹：官署名，后汉置，掌选举祠祀之事。俳优：古代以乐舞作谐戏的艺人。《荀子·王霸》："俳优、侏儒、妇女之请谒以悖之。"小说：小说一词，最早见于《庄子·外物》："饰小说以干县令，其于大达亦远矣。"意指浅薄琐碎的言论。《汉书·艺文志》把小说列于九流十家之末，谓："小说家者流，盖出于稗官。街谈巷语，道听涂说者之所造也。"后来，凡是丛杂的著作，都称为小说。其不得仰配于古文词宜矣。

［译文］

有奇数就有偶数，奇数偶数组合起来是无穷无尽的；有文采就有质朴，文采质朴互为消长就会使文章一天天发展起来。"旸谷""幽都"这两个地名，在《尚书》中可称为对偶；"觏闵""受侮"的提示，在《诗经》中也可称为对偶。从对偶的起源来看，大致可以找出它的源头。抚琴时绝对不能只拨动一根琴弦，织锦时也不能只用一只茧来抽丝。如果以多为贵，对应的词并不一定是对偶；如果滥加修饰，成对的词也不一定是对偶。搜集的词尽管丰富，但不应有害于文章的性灵；要做到选词时得心应手，善于培养文章的气势。铺叙文人行事，范晔借此来评论朝代兴衰；探索文人构思，刘勰借此来评论文艺。如果有人偏爱秦汉的文章，轻视韩愈、欧阳修的作品，排斥南朝的齐、梁的作品一代不如一代，指责王勃和杨炯的文章是微不足道，这些观点岂不是太过分了吗！然而，美酒是用来养生的，有人认为是腐烂肠胃的毒药；笙簧是用来愉悦人的听觉的，有人认为是有伤大雅的乐声。所以如果语言抓不住要点，那么尽管词汇丰富却会令人感到庞杂；文章不效法古人的经验，思想就会走上邪道而发生错乱。只依靠铅黛一类的化妆品修饰面容，怎能使容貌倩丽？只倚仗旌旗仪仗来壮大声威，并不是军纪严整的队伍。有的文章满篇都是豪迈的话、华丽的辞藻，喜好任意发挥而丧失了前人留下来的规范，贪图旁征博引而失去了自己的真正思想。也有的文章摒弃了时尚的写法，一味模仿古人，真实的内容不复存在，就好像用来充数的一样；在房屋下面又筑造房屋，真是错上加错了。还有更为下等的，割裂经典作品而支离破碎，迎合当时的风气而更加嚣张。写封书信时满篇都是衙门里的公文腔，引用典故时尽是一些戏文和杂七杂八的内容。这些文章显然是不能和古文的传统相提并论的。

［四段］

肅得友多闻，恭承大雅，大雅：《诗经》的组成部分，有《大雅》《小雅》。《雅》乃周王畿内乐调。《大雅》多为西周初年作品，旧训雅为正，或指与"夷俗邪音"不同的正声，见《荀子·王制》。**伐柯之则不远，吹律之秘可睹。**伐柯：《诗经·豳风》篇名，赞美周公之诗。《毛诗序》："伐柯，美周公也。周大夫刺朝廷之不知也。"**规之前贤，则异代接武；准之选理，则殊涂同归。用是合为编，质诸百代。枚马并世而迟速不谋，卜颛一师而与拒相左。**枚马：指西汉作家枚乘和司马相如。卜颛：指孔子弟子卜商（子夏）和颛孙师（字子张）。《论语·先进》："子贡问：'师与商也孰贤？'子曰：'师也过，商也不及。'"**诸君语羞雷同，出则辙合，所以贵也。至于撰录矜慎，服膺有年。**服膺：牢记在心中，衷心信服，《礼记·中庸》："得一善，则拳拳服膺而弗失之矣。"**抄撮寡约，染指可饱。今之所集，多少不均。良以方朔万言，阮咸三语，**染指：《左传·宣公四年》："楚人献鼋于郑灵公，公子宋（字子公）与子家将见，子公之食指动，以示子家，曰：'他日我如此，必尝异味。'……及食大夫鼋，召子公而弗与也。子公怒，染指于鼎，尝之而出。"本指以手指蘸鼎内鼋羹，后用以比喻非所应得的利益。方朔：汉代赋作家东方朔。阮咸：魏晋"竹林七贤"之一，乃阮籍兄之子。**酌理以为富，惬心不尚奢，各有当焉。名山之托，仆非其人，观者谅之，靡苛以例可耳。**

［译文］

我从朋友那里学到不少知识，其中也接触过一些饱学之士，他们的作品可以媲美于《伐柯》，从中可以看出音韵对仗的奥秘。和前代的作家相比，他们可以称作是异代的接班人；从入选的标准来看，他们和前辈们又可以说是殊途同归。因此我把这些作品汇集成册，请后世的人加以评定。枚乘和司马相如同时代而成名有先有后，子夏和子张师出同门而孔子对他们的评价却两极。诸君作品中并无雷同之处，但音韵对仗却都符合要求，这是可贵之处。我在编选时采取谨慎的态度，对入选作品的作者深为钦佩。我在抄写时不加以删改，看到这些文章时好像吃了一顿美餐。现在这本选集，每个作家的作品多少不等。这是考虑到东方朔挥笔万言，而阮咸的某些作品只有三言两语，只要言之有理就可以，只要求令人满意而不要求长篇大论，长短各有所需。古人著书讲求"藏之名山，传之其人"，我并不是这种人，读者们要原谅我，不要用种种的框框来苛求。

评析

吴鼒选编的《八家四六文钞》乃清人骈文的总集，共九卷，收录了袁枚、邵齐焘、刘星炜、孔广森、吴锡麟、曾燠、孔星衍、洪亮吉八人的作品。本文即是吴鼒为此书所写的序言。为了体现本书的特色,序言也用骈文来写作。

序言开头先说明编选本书的缘起,并对入选的作者进行概括的介绍。这些作者都是清代著名的学者闻人,“或修述朴学”,“或嗎于乐府”,以这样渊博的学识来撰写四六文,正所谓得心应手,随手拈来了。

本文价值最高的地方是吴鼒对骈文所进行的评论。他首先对骈文的出现进行了如实的阐述。文中指出,在《尚书》和《诗经》中已多次出现了对偶的词语,其后逐渐形成了骈文,甚至在史书和文学评论的作品中也出现了对仗工整的句子。他还正确地指出:骈文中的对仗并不是越多越好,要根据文章内容的需要而定。正像他所说的:“言不居要,则藻丰而伤繁;文不师古,则思骛而近谬。”为对仗而对仗,那是形式主义的表现,以致作者发出了“其不得仰配于古文词宜矣”的慨叹。在历代有关文学评论的作品中,涉及骈文的并不多,吴鼒的这篇序言确实起了总结的作用。

写作本文不是一件容易的事。全书入选的都是四六文,因而作为全书的提纲挈领之作的序言自应起到示范的作用。全文对仗无一不工整,用典适度而不冷僻,对古人的推崇并不溢美,对时人的评价又有尺度。可以看出,作者在写作本文时是颇费斟酌的。

再版后记

我是教中国古代文学史的。1980年，我在天津师范大学任职古代文学教研室主任。其时，校方提出中国古代文学史分四个阶段，把教这门课的教师分配到四段任教：（一）先秦文学；（二）汉魏晋六朝文学；（三）唐宋文学；（四）元明清文学。为了发挥每位教师的业务专长，我提出先由每位教师挑选各自负责段，倘出现个别段要教的人太多，或太少，再由我来平衡。结果是选元明清段的人多一位，先秦段、唐宋段人数正符所需，汉魏晋南北朝段无人报名。因为汉魏六朝段文学以汉赋和骈文为主体，讲起来难度比较大；其他三段，在1980年以前研究著作多，而汉魏六朝研究者却很少，即所谓“冷门”。

出现此种情况后，作为教研室负责人的我，只有教这段课了，别无选择。再者，我过去背诵过的古文多为这一阶段的骈文，为此欣然接下这一工作。

骈文是中国古代文章中最美的。它追求辞藻华丽、语句对仗和“四六句”，读起来朗朗上口，给人以最高的艺术享受。彼时，我是多么希望能够读到一部历代骈文精华的白话本，然而此愿望到了我75岁时仍未实现。为此，深感只有自己动手来做，才能了却这一夙愿了。

由于我平时注重这方面的资料积累，在我老伴冀宁（南开大学历史系毕业，中学高级教师）的帮助下，共用近5年时光完成了这部填补国学整理空白的著作。

本书首版由长春出版社于2010年出版。此次再版，承蒙广西师范大学出版社编辑张伟、李信精心审校，在此谨致谢忱。

九秩翁吴云

2019年5月20日于天津寓所